Danielle Steel

Töchter der Sehnsucht

DANIELLE STEEL

Töchter der Sehnsucht

ROMAN

Aus dem Amerikanischen von
Dr. Ingrid Rothmann

Goldmann Verlag

Die amerikanische Originalausgabe
erschien unter dem Titel »Kaleidoscope«
bei Delacorte Press, New York

Der Goldmann Verlag
ist ein Unternehmen der Verlagsgruppe Bertelsmann

1. Auflage

Printed in Germany · Mohndruck, Gütersloh
ISBN 3-442-30378-8

Für drei sehr liebe kleine Mädchen:
Samantha, Victoria und Vanessa,
die mir sehr teuer sind,

für ihre große, hübsche Schwester Beatrix

und für die drei großen Brüder
Trevor, Todd und Nicky
sowie für das Brüderchen Maxx,
das mir ebenso lieb ist:

Gesegnet seid
mit einem guten Leben, einem gütigen Schicksal,
mit guten Herzen und guten Menschen, die euch lieben
und die ihr liebt.
Möget ihr stets sicher, stark und glücklich sein... und stets vereint!

Möge jede Drehung des Kaleidoskops
euch Freude bescheren!
Die erste, von uns bewirkt,
bescherte euch uns, einen nach dem anderen.
Geschenke des Himmels, über alles geliebte, teure Kinder.
Mögen euch die Drehungen von eigener Hand Liebe bringen,
und Blumen... aber keine Dämonen...
Sucht einander Halt, geliebte Kinder,
beschert einander Kraft, dazu viel Heiterkeit,
schöne Zeiten und viel Liebe... wie wir sie euch einst bescherten.

Mit all meiner Liebe zu Euch und Eurem Daddy,
und mit unserer Liebe zueinander und zu Euch.
Aus ganzem Herzen

d. s.

KALEIDOSKOP

Erster
schimmernder Moment des Lebens
einem Edelstein gleich
aufblitzend
im Licht des Mittags
hell leuchtende
lodernde Flamme,
ein Name, neu,
im strahlenden Licht
eine Drehung sodann,
unmerklich nur
und tiefdunkle Nacht
senkt sich
erstmals herab
muntere Reime sodann
sanfte Lieder,
Herzen, die einem gehören,
bis man allein zurückbleibt,
von hellster Morgenröte
zu tiefstem Dunkel,
von Sonnenaufgang
bis zu Dämmerträumen
phantastische Schemen,
Leben,
auf ungeraden Bahnen,
glänzende Hoffnungen,
plötzliche Wendungen
von Hell
zu Dunkel
von Elend
zu Pracht,
von Freude
zu Kümmernis,

und stets das Warten
auf morgen,
auf eine Schicksalswendung,
den Hoffnungsstrahl...
die Hand gedreht, unmerklich nur
wendet des Lebens Bahn,
des Lebens Ziel...
dreht sich das Kaleidoskop des Lebens,
so bedarf es nicht viel...

ERSTER TEIL

Solange

1. Kapitel

Es war der 24. Dezember 1943. Sie lagen nordöstlich von Neapel in Stellung, und es goß in Strömen. Sam Walker kauerte, in sein Regenzeug gehüllt, im Unterstand des Schützengrabens. Er war einundzwanzig Jahre alt und vor dem Krieg noch nie in Europa gewesen. Eine scheußliche Art, die Welt kennenzulernen, von der er jetzt mehr als genug gesehen hatte. Seit November 1942 war er im Fronteinsatz, hatte in Nordafrika gekämpft und bis zum Mai 1943 an der Operation Torch teilgenommen. Sam hatte schon geglaubt, Afrika sei das allerletzte, mit seiner tödlichen Hitze, mit seinen Wüstenwinden und Sandstürmen, von denen man blind wurde und rote, tagelang brennende und tränende Augen bekam, doch dies hier war noch viel schlimmer. Seine Hände waren so steif, daß er kaum den Glimmstengel halten konnte, den ein Kamerad ihm als Weihnachtsgeschenk zugesteckt hatte, geschweige denn, daß er ihn anzünden konnte.

Der Wind aus den Bergen fuhr einem durch Mark und Bein. Es war angeblich der kälteste Winter, den Italien je erlebt hatte, so kalt, daß in ihm plötzlich Sehnsucht nach sengender Wüstenhitze erwachte. Sam war mit der Clarks Fünfter Armee angegliederten 45. Infanteriedivision im Juli auf Sizilien gelandet. Im Oktober hatte er die Schlacht um Neapel mitgemacht, anschließend die Kämpfe um Termoli. Seither waren sie zwei Monate lang durch unwegsames Gelände in Richtung Rom vorgerückt, hatten sich in Scheunen versteckt, falls sie welche fanden, hatten sich ihr Essen zusammengeklaut und die Deutschen Schritt für

Schritt zurückgedrängt und für jede Handbreit Boden, die sie eroberten, einen hohen Blutzoll geleistet.

»Scheiße...« Sein letztes Streichholz war naß, und mittlerweile war auch die Kippe, sein einziges Weihnachtsgeschenk, durchweicht. Der Angriff der Japaner auf Pearl Harbor hatte ihn als Harvard-Student überrascht. Harvard... der Gedanke allein hätte ihm ein Lachen entlockt, wäre er nicht so hundemüde gewesen. Harvard... mit seinem harmonischen Lebensstil, den altertümlichen Gebäuden und den intelligenten jungen Gesichtern, aus denen die Gewißheit sprach, daß sie dereinst die Geschicke der Welt lenken würden. Wenn sie alle geahnt hätten... eigentlich unglaublich, daß er jemals dazugehört hatte. Es hatte ihn auch genug Schweiß gekostet, um dorthinzukommen, ihn, einen »Städter« aus Sommerville, der sein Leben lang davon geträumt hatte, einmal in Harvard zu studieren. Seine Schwester hatte ihn deswegen nur ausgelacht. Ihre eigenen Wünsche hatten sich darauf beschränkt, einen der Jungen ihrer High-School-Abschlußklasse zu heiraten, wen, das spielte eigentlich keine Rolle. Geschlafen hatte sie zur Probe mit fast allen. Drei Jahre älter als ihr Bruder, hatte sie schon eine gescheiterte Ehe hinter sich, als Sam schließlich tatsächlich nach Harvard konnte, nachdem er nach dem High-School-Abschluß ein Jahr lang jeden sich bietenden Job angenommen hatte. Ihre Eltern waren bei einem Ausflug nach Cape Cod, der mit einem Autounfall geendet hatte, ums Leben gekommen, als Sam fünfzehn war. Anschließend hatte er bei Eileen und ihrem achtzehnjährigen Ehemann gewohnt. Sam hatte vier Monate vor diesem das Haus verlassen, und seither hatten die Geschwister kaum noch Kontakt miteinander gehabt. Nach seiner Einberufung war er zu Eileen gefahren, um sich zu verabschieden. Sie arbeitete in einer Bar, und er hatte sie zunächst kaum erkannt, da sie in der Zwischenzeit blond geworden war. Zuerst hatte es ausgesehen, als sei ihr sein Besuch peinlich. Sam hatte in ihrem Blick jene Berechnung gelesen, die er gut kannte und die ihm verhaßt war. Eileen war noch immer auf der Suche nach dem »Superding«, und ihr kleiner Bruder hatte ihr ohnehin nie viel bedeutet.

»Na denn, viel Glück...« In einer dunklen Ecke der Bar stehend, starrte sie ihn verlegen an, während er mit sich kämpfte, ob er ihr zum Abschied einen Kuß geben sollte. Sie aber schien in Eile zu sein und wollte wieder an ihre Arbeit. Es gab nichts mehr zu sagen.

»Laß mich wissen, wo du bist...«

»Ja... mach' ich. Gib schön acht auf dich...« Sam war sich wie ein Zwölfjähriger vorgekommen, als er Lebewohl sagte. Er wußte noch ganz genau, was ihn an seiner Schwester immer gestört hatte. Allerdings konnte er sich kaum an etwas erinnern, das ihm gefallen hatte. Sie waren immer wie zwei Wesen aus verschiedenen Welten gewesen, aus verschiedenen Leben, ja fast von verschiedenen Planeten. Als Kind hatte Eileen ihn quälen wollen und ihm einzureden versucht, daß er ein Adoptivkind sei, und er hatte ihr geglaubt, bis ihre Mutter ihr eines Tages eine Tracht Prügel verabreichte und Sam in ihrer geradezu mitleiderregenden Sprechweise, die vom Alkohol geprägt war, sagte, daß Eileen lüge. Eileen log dauernd, sie log wegen allem und jedem und schob die Schuld auf Sam, wenn sie etwas ausgefressen hatte. Leider war es so, daß sie beim Vater meist Glauben fand. Sam war mit keinem Familienmitglied sehr vertraut, nicht mit dem großen starken Vater, der sein Leben lang auf einem Fischdampfer geschuftet hatte, nicht mit der Mutter, die zuviel trank, und erst recht nicht mit der Schwester, die sich Nacht für Nacht herumtrieb. Zuweilen hatte er sich abends in seinem Bett ausgemalt, wie es wohl wäre, zu einer »richtigen« Familie zu gehören, zu einer Familie, in der es regelmäßig warme Mahlzeiten und frische Bettwäsche gab... zu einer Familie aus Beacon Hill etwa... die den Sommer über nach Cape Cod zog... einer Familie mit kleinen Kindern, mit Hunden und mit Eltern, die viel lachten. Er konnte sich nicht erinnern, seine Eltern jemals bei einem Lachen oder Lächeln oder auch nur Hand in Hand ertappt zu haben, und mitunter fragte er sich, ob sie dazu je imstande gewesen waren. Insgeheim haßte er sie für das jämmerliche Leben, das sie führten, das Leben, zu dem sie auch ihn verdammt hatten, denn seine Wünsche reichten viel weiter. Und seine Eltern wiederum haßten ihn, weil er gute Zensuren hatte, weil er intelligent war, bei Schulaufführungen Hauptrollen bekam und weil er Vater und Mutter seine Verachtung spüren ließ und ihnen unmißverständlich zu verstehen gab, daß es für ihn ein anderes Leben, andere Welten, andere Menschen gab... Als er seinem Vater gestand, daß er eines Tages in Harvard studieren wollte, hatte dieser ihn angestarrt wie einen Wildfremden. Und ein Fremder war er für seine ganze Familie geblieben. In Harvard war endlich ein Traum für ihn wahr geworden, und das Stipendium, das ihm das Studium ermöglichte, war das schönste Geschenk... das Geschenk seines Lebens... und dann jener ganz besondere erste Tag, nachdem er so schwer und so lange gearbeitet hatte... und nach einem knappen Vierteljahr war alles vorbei gewesen. Ununterbrochen trommelte der Regen auf seine eiskalten Hände. Als Sam neben sich eine Stimme hörte, warf er einen Blick über die Schulter.

»Brauchst du Feuer?«

Sam nickte, aus seinen Erinnerungen gerissen. Er blickte zu einem hochgewachsenen, blonden, blauäugigen Mann auf, dem Regenrinnsale über die schmalen Wangen liefen. Bei diesem Wetter sahen alle aus, als weinten sie.

»Ja... danke...« Sam lächelte, und momentan blitzte es in seinen Augen auf wie vor Jahren. Früher, vor Ewigkeiten, hatte er vor Humor und Tatkraft gestrotzt. Er hatte davon geträumt, die treibende Kraft des Theater-Klubs von Harvard zu werden.

»Schöne Weihnachten, wie?«

Der andere lächelte. Er schien älter als Sam, aber auch Sam sah älter aus, als es seinen Jahren entsprach. Nach dem Feldzug in Nordafrika und nach der Landung in Italien fühlten sich alle wie Greise, und manche sahen auch so aus.

»Arthur Patterson«, stellte er sich förmlich vor, und Sam lachte laut auf, als ein Windstoß sie beide gegen die Wand ihres Unterstandes drückte.

»Ein herrliches Fleckchen Erde, dieses Italien, findest du nicht? Ich wollte schon immer mal in diese Gegend. Ein wundervoller Urlaub...« Er warf einen Blick um sich, als sähe er schöne Mädchen in Badeanzügen, Strände voller makelloser Körper, während Patterson breit grinste, obwohl ihm nicht danach zumute war.

»Schon länger da?«

»Ach, mindestens tausend Jahre. Letzte Weihnachten war ich in Nordafrika. Phantastische Gegend. Rommel hat uns eingeladen.«

Sam nahm dankbar das Streichholz von dem großen Blonden entgegen, zündete seine Zigarette an und machte zwei tiefe Züge, ehe er sich die Finger verbrannte. Er hätte die Kippe seinem neuen Freund angeboten, doch blieb dazu keine Zeit, da der Regen das fingerbreite Reststück sofort auslöschte. Entschuldigend sah er seinen Wohltäter an.

»Ich heiße übrigens Sam Walker.«

»Woher kommst du?«

»Aus Harvard« lag Sam auf der Zunge, nur um der guten alten Zeiten willen, doch das hätte zu verrückt geklungen. »Aus Boston«, sagte er statt dessen.

»Ich bin aus New York.« Als ob das jetzt eine Rolle gespielt hätte! Jetzt war das alles Schnee von gestern, denn es waren Namen von Orten, die es nicht mehr gab. Für sie alle gab es nur mehr Palermo, Sizilien und Salerno, Neapel, und natürlich Rom, ihr endgültiges Ziel, falls es ihnen jemals glückte, dorthin zu kommen.

Der große Blonde sah an ihm vorbei, die Augen gegen Wind und Regen zusammengekniffen. »Ich war Anwalt, ehe alles anfing.«

Unter normalen Umständen wäre Sam beeindruckt gewesen, aber so wie die Orte, aus denen sie kamen, spielten auch die ehemaligen Pflichten keine Rolle mehr.

»Und ich wollte Schauspieler werden.« Das hatte Sam bisher kaum jemandem anvertraut, schon gar nicht seinen Eltern vor deren Tod oder seiner Schwester. Nur ein paar Freunden hatte er es gestanden, und die hatten ihn deswegen ausgelacht. Und seine Lehrer hatten ihm geraten, ein lohnenderes Ziel anzustreben. Niemand hatte begriffen, was Spielen für ihn bedeutete, was passierte, wenn er auf der Bühne stand. Es war wie ein Zauber, der in seinem Inneren schlummerte und ihn in den Charakter verwandelte, den er darstellen sollte. Verschwunden die Eltern, die er gehaßt hatte, die Schwester, die er verachtete, und mit ihnen all seine Ängste und Unsicherheiten. Doch dies schien niemand zu begreifen, auch nicht in Harvard. Aus Harvard-Absolventen wurden keine Schauspieler, sie wurden vielmehr Ärzte, Anwälte, Geschäftsleute, Industrielle, Treuhänder von Stiftungen, Botschafter... er lachte halblaut auf. Jetzt war er ein Botschafter mit Gewehr und Bajonett, das er seinen Gegnern in den Leib rammen konnte, wie er es im letzten Jahr unzählige Male getan hatte. Sam fragte sich, wie viele Menschen Patterson getötet haben mochte und wie es um seine diesbezüglichen Empfindungen bestellt war, doch war das eine Frage, die man niemandem stellte. Man war seinen eigenen Gedanken überlassen und den Erinnerungen an die verzerrten Gesichter und starren Augen, wenn man das Bajonett wieder herauszog und es am Boden abwischte... Er blickte mit Greisenaugen zu Arthur Patterson auf. Dabei schoß ihm die Frage durch den Kopf, ob einer von ihnen noch das nächste Weihnachtsfest erleben würde.

»Warum wolltest du Schauspieler werden?«

»Hmmm?« Der ernste Blick in den Augen des anderen riß ihn aus seinen Gedanken. Beide ließen sich auf einem aus dem Schlamm ragenden Felsbrocken nieder, während das Wasser im Unterstand ihre Füße umspülte.

»Ach, Himmel..., eigentlich weiß ich es gar nicht... es interessierte mich.« In Wahrheit war viel mehr dahinter. Nur beim Spielen fühlte er sich als Ganzes, fühlte er sich stark und selbstsicher. Doch das konnte er diesem Burschen nicht sagen. Es war lächerlich, am Weihnachtsabend in einem Schützenloch zu hocken und von Träumen zu sprechen.

»In Princeton war ich im Gesangsverein«, erzählte Patterson. Es war ein absurder Dialog, der bewirkte, daß Sam Walker plötzlich rauh auflachte.

»Merkst du, wie irre wir sind? Quasseln von Gesangsvereinen und Studentenbühnen und Princeton und hocken in diesem gottverdammten Unterstand. Ist dir klar, daß wir vielleicht die nächste Woche nicht erleben werden? Und ich erzähle dir, daß ich Schauspieler werden wollte...« Trotz seines Lachens war ihm nach Weinen zumute. Alles war so verdammt schrecklich, doch es war die Wirklichkeit. Es war so wirklich, daß man es schmecken, spüren und riechen konnte. Ein ganzes Jahr lang hatte er nur den Tod gerochen, und er hatte die Nase voll. Alle hatten die Nase voll, während die Generäle den Angriff auf Rom planten. Aber wen kümmerte schon Rom? Oder Neapel und Palermo? Wofür kämpften sie eigentlich? Für die Freiheit in Boston, in New York und San Franzisko? Dort gab es die Freiheit längst. Zu Hause fuhren die Menschen zur Arbeit, gingen tanzen und ins Kino. Was, zum Teufel, wußten die von all dem hier? Nichts. Absolut gar nichts. Sam blickte zu dem hochgewachsenen Blonden empor und schüttelte den Kopf. In seinem Blick lag Weisheit und Kummer, sein spontanes Lachen war wie weggeblasen. Er wollte heim... zu irgend jemandem... sogar zu seiner Schwester, die ihm nicht geschrieben hatte, seitdem er aus Boston fortgegangen war. Er hatte ihr zweimal geschrieben, bis ihm klargeworden war, daß es nicht der Mühe wert war. Jeder Gedanke an Eileen brachte ihn auf die Palme. Während seiner Teenagerzeit und schon vorher hatte sie für ihn lediglich eine Peinlichkeit bedeutet, ebenso wie seine Mutter... und sein wortkarger, schwerfälliger Vater. Er haßte sie alle, und jetzt war er hier, allein mit einem Fremden, der in Princeton dem Gesangsverein angehört hatte. Arthur Patterson war ihm auf den ersten Blick sympathisch.

»Wo hast du studiert«, fragte ihn nun Patterson, der sich verzweifelt an die Vergangenheit zu klammern schien, an alte Zeiten, so als würden einen die Erinnerungen dorthin zurückbefördern, aber Sam wußte es besser. Die Wirklichkeit war hier, im Dreck, im gefrierenden Regen des Unterstandes. Sam sah ihn mit schiefem Lächeln an, von der Gier nach einer Zigarette erfüllt, einer richtigen Zigarette und nicht nach dem Stummel einer fremden Zigarette.

»In Harvard«, sagte er. In Harvard hatte er richtige Zigaretten gehabt, wann immer er wollte. Lucky Strikes. Der Gedanke daran brachte ihn fast zum Heulen. Patterson schien beeindruckt.

»Und du wolltest Schauspieler werden?«

Sam zog die Schultern hoch.

»Ja, irgendwie... ich studierte englische Literatur. Wahrscheinlich wäre ich mit der Zeit irgendwo als Lehrer versackt und hätte die Schüleraufführungen für die grünen Anfangssemester organisiert.«

»Auch nicht übel. Ich war auf der St. Paul. Dort hatten wir einen tollen Theater-Klub.« Sam starrte ihn an, als zweifle er daran, daß ein echter Mensch neben ihm saß... Princeton... St. Paul... was haben jetzt all diese Namen hier zu suchen? Was trieben sie hier... er dachte an die Männer, die hier gefallen waren.

»Verheiratet?« fragte Sam. Sein Interesse für Patterson war erwacht – er erschien ihm wie ein Weihnachtsengel, der ihm einen Besuch abstattete.

Sie schienen in jeder nur denkbaren Hinsicht verschieden, und doch schienen sie etwas gemeinsam zu haben.

Arthur schüttelte den Kopf.

»Ich war viel zu sehr damit beschäftigt, beruflich weiterzukommen. Ich war bei einer New Yorker Anwaltsfirma... acht Monate lang, ehe ich meine Einberufung bekam.« Er war siebenundzwanzig, und in seinen Augen lagen Ernst und Traurigkeit, während aus Sams Augen der Schalk lachte. Sams Haar war sehr dunkel, Arthur war blond. Sam war mittelgroß, breitschultrig und für seine Größe langbeinig. Zudem schien er über eine Energie zu verfügen, die Arthur fehlte. An Arthur Patterson war alles zurückhaltender, gedämpfter, stiller, aber Sam war ja auch der jüngere.

»Ich habe in Boston eine Schwester... falls sie inzwischen nicht von einem Typ in einer Bar umgebracht wurde.« Plötzlich schien es wichtig, Informationen auszutauschen, so als wäre dies die letzte Gelegenheit, etwas von sich zu erzählen, und jeder wollte, daß jemand ihn kannte, ehe er umkam, wollte

Freunde gewinnen, wollte nicht in Vergessenheit geraten. »Wir sind nie miteinander ausgekommen. Ehe ich fortging, besuchte ich sie, aber seither hat sie mir nicht ein einziges Mal geschrieben. Und du? Geschwister?«

Zum erstenmal seit langem lächelte Arthur. »Ich bin das einzige Kind von Eltern, die ihrerseits Einzelkinder waren. Mein Vater starb während meines Studiums, meine Mutter hat nicht wieder geheiratet. Sie ist jetzt ziemlich schlimm dran, das zeigen mir ihre Briefe.«

»Kann ich mir denken.« Sam nickte und versuchte sich Arthurs Mutter vorzustellen. Im Geiste sah er eine hochgewachsene hagere Frau mit weißem, einstmals blondem Haar. Vermutlich stammte sie aus New England.

»Meine Eltern kamen bei einem Autounfall ums Leben, als ich fünfzehn war.« Daß es für ihn kein Verlust gewesen war, daß er sie gehaßt hatte und daß sie ihn nie verstanden hatten, verschwieg er Arthur. Das wäre jetzt zu rührselig gewesen, außerdem war es für ihn längst unwichtig. »Hast du gehört, wohin es von hier aus weitergehen soll?« Höchste Zeit, sich wieder mit dem Krieg zu befassen, es war sinnlos, zu lange an die Vergangenheit zu denken. Die Wirklichkeit war hier, nordöstlich von Neapel. »Gestern hörte ich etwas von Cassino, das ist jenseits der Berge. Wird sicher ein Mordsspaß.« Dann würden sie es nämlich mit Schnee, anstatt mit Regen zu tun bekommen. Sam fragte sich, welche Härten ihnen die Generäle, in deren Hände jetzt ihr Leben lag, zugedacht hatten.

»Der Sergeant hat gestern etwas von Anzio verlauten lassen. Das ist ein Ort an der Küste.«

»Großartig.« Sam lächelte boshaft. »Vielleicht könnten wir schwimmen gehen.«

Auch Arthur Patterson konnte sich ein Lächeln nicht verkneifen. Ihm gefiel dieser Junge aus Boston, der kein Blatt vor den Mund nahm. Man spürte, daß unter der im Krieg gewachsenen Bitterkeit ein fröhliches Herz und ein wacher Verstand lagen. Endlich jemand, mit dem man reden konnte. Für Arthur hatte der Krieg Härten in vielfacher Hinsicht gebracht. Von Jugend auf verwöhnt, nach dem Tod des Vaters von einer überbesorgten Mutter noch mehr umhegt, hatte ihn der Krieg wie ein brutaler Schock getroffen. Er, der nie im Leben eine Unbequemlichkeit auf sich hatte nehmen müssen, der nie gefährdet gewesen war oder Angst gehabt hatte, war seit der Ankunft in Europa von all dem ständig umgeben. Er bewunderte Sam, weil dieser die Gefahren überlebt hatte wie er selbst auch.

Sam zog die Notration hervor, die er sich als Festmahl aufgespart hatte, und öffnete sie, während er das Gesicht verzog. Die Süßigkeiten hatte er bereits an einheimische Kinder verschenkt.

»Na, hast du Lust auf ein Stück Weihnachtsbraten? Die Füllung ist zwar etwas üppig ausgefallen, aber die Kastanien sind wirklich köstlich.« Er bot ihm den Inhalt der lächerlich kleinen Dose mit Grandezza an, und wieder mußte Arthur lachen. Sam gefiel ihm wirklich gut. Alles an ihm gefiel ihm, denn er spürte instinktiv, daß Sam über jenen Mut verfügte, der ihm fehlte. Er selbst wollte nur überleben und rasch nach Hause in ein warmes, sauberes Bett kommen, zu blonden, langbeinigen Mädchen, Absolventinnen von Wellesley oder Vassar.

»Danke, ich habe schon gegessen.«

»Mmmm«, gab Sam so überzeugend genüßlich von sich, als hätte man ihm einen köstlichen Fasan vorgesetzt. »Die Küche ist großartig. Wußte gar nicht, daß man in Italien so gut ißt.«

»Walker, was soll das?« Der Sergeant war eben an ihnen vorübergekrochen und hielt an, um sie beide aufmerksam zu mustern. Mit Sam gab es keine Probleme, aber man mußte ihn im Auge behalten, da der Junge zu tollkühn war und sein Leben bereits mehr als einmal unnötig aufs Spiel gesetzt hatte. Patterson war ein ganz anderer Fall, keinen Mumm und viel zuviel Bildung.

»Gibt's Probleme?«

»Nein, Sergeant, ich sagte eben, daß die Ration großartig schmeckt. Möchten Sie probieren?« Er hielt dem argwöhnischen Sergeanten die halbleere Dose unter die Nase.

»Lassen Sie das, Walker. Sie sind hier auf keiner Party.«

»Verdammt... dann muß ich die Einladung falsch verstanden

haben.« Unbeeindruckt vom Dienstrang und der Mißbilligung des Sergeanten verzehrte Sam seine Ration lachend. Der Sergeant arbeitete sich im strömenden Regen weiter vor und warf noch einmal einen Blick zurück.

»Wir rücken morgen vor, meine Herren, falls Ihre... gesellschaftlichen Verpflichtungen es gestatten...«

»Sergeant, wir werden unser Bestes tun... unser Allerbestes...« Sams Antwort entlockte dem Sergeanten unwillkürlich ein Lächeln, während Arthur Patterson ein Frösteln überlief. Der Sergeant bewunderte Sams Fähigkeit, lachen zu können und auch die anderen zum Lachen zu bringen. Er wußte, daß ihnen schwere Zeiten bevorstanden. Sogar Walker würde das Lachen vergehen.

»Der Bursche reißt mir den Arsch auf, seit ich dabei bin«, bemerkte Arthur verdrossen zu Sam.

»Das macht seinen besonderen Charme aus«, brummte Sam, während er in seinen Taschen nach einer vergessenen Kippe kramte. In diesem Augenblick zauberte Arthur eine nahezu vollständige Zigarette hervor wie ein Geschenk der Weisen aus dem Morgenlande.

»Menschenskind, woher hast du das?« Sams Augen wurden groß vor Begierde, als Arthur die Zigarette anzündete und sie ihm reichte. »Soviel Tabak auf einmal habe ich nicht zu sehen bekommen, seitdem ich einem toten Deutschen eine abnahm.«

»Der Gedanke ließ Arthur schaudern, andererseits konnte er sich gut vorstellen, daß Sam dazu imstande war. Daran mochte teils die harte Kindheit schuld sein, teils die Tatsache, daß Sam Walker Mumm hatte. Das spürte man auch jetzt, im Schutz des Unterstandes, während Sam dumme Witze riß und von Harvard sprach.

In der Nacht schliefen sie aneinandergedrückt Seite an Seite, und am Morgen ließ der Regen endlich nach. Die nächste Nacht verbrachten sie in einer nach einem kleinen Scharmützel eingenommenen Scheune, und zwei Tage darauf stießen sie gegen den Fluß Volturno vor. Es war ein mühseliger Marsch, der sie mehr als ein Dutzend Mann kostete. Inzwischen waren Sam und Arthur schon Freunde. Sam war es, der Arthur halb hinter sich her zerrte und halb trug, als dieser nicht mehr weiter konnte, und Sam rettete ihn auch vor einem Heckenschützen, der sie alle fast niedergemäht hatte.

Nach der gescheiterten Invasion bei Nettuno und Anzio hatte es Sams und Arthurs Division geschafft, die Linien der Deutschen zu durchbrechen. Diesmal wurde Arthur verwundet. Sein Arm war angeschossen, und Sam glaubte zunächst, er sei tot, als er den Schuß hörte und sich zu ihm umdrehte. Arthur lag da, Blut auf der Brust, und seine Augen blickten glasig, als Sam ihm das Hemd aufriß und dann feststellte, daß es nur eine Armwunde war. Daraufhin schleppte er ihn hinter die Linien zu den Sanitätern und blieb bei ihm, bis feststand, daß er versorgt wurde. Anschließend lief er zurück und kämpfte bis zum Umfallen. Es war für alle eine harte Prüfung.

Die nächsten vier Monate waren der reinste Alptraum. Insgesamt betrugen die Verluste bei Anzio 59000 Mann. Sam und Arthur hatten das Gefühl, den Dreck und den Schnee von ganz Italien durchwatet zu haben, denn es hörte nicht auf zu regnen, während sie in nördliche Richtung gegen Rom vorstießen. Arthur war rasch wieder einsatzfähig, und Sam war heilfroh, ihn in seiner Nähe zu haben. In den Wochen vor Arthurs Verwundung hatte sich zwischen ihnen eine echte Freundschaft entwikkelt, über die keiner ein Wort verlor, die aber von beiden tief empfunden wurde. Sie wußten, es war eine Freundschaft, die allen Prüfungen der Zeit trotzen würde, da sie gemeinsam eine Hölle durchlebten. So etwas vergaß man nicht. Ihre Beziehung war bedeutungsvoller als alles andere in ihrer Vergangenheit und im Moment auch bedeutender als ihre Zukunft.

»Los, Patterson, bewegen Sie Ihren faulen Hintern.«

Sie standen auf ihrem unaufhaltsamen Marsch, der ihnen den Sieg über Mussolini bescheren würde, in einem Tal südlich von Rom.

»Der Sergeant sagt, daß es in einer halben Stunde weitergehen soll.« Patterson stöhnte, ohne sich zu rühren.

»Faules Aas, du hast bei Monte Cassino nicht mal mitgemacht.« In den Wochen nach Arthurs Verwundung war es zur Schlacht um Cassino gekommen, und der Kampf hatte getobt, bis die ganze Stadt in Trümmern lag. So dicht waren Rauch und Qualm gewesen, daß es mehrere Stunden gedauert hatte, bis man sehen konnte, daß die riesige Klosteranlage völlig zerstört war, ja praktisch nicht mehr existierte. Seither war es zu keinen größeren Kampfhandlungen mehr gekommen. Dafür gab es ständig kleinere Gefechte mit Italienern und Deutschen. Seit dem vierzehnten Mai wurden sie auf ihrem Vormarsch, bei dem es als nächstes galt, die Flüsse Garigliano und Rapido zu überqueren, von der Achten Armee unterstützt, und in der Woche darauf hatten sich die Truppen total verausgabt. Arthur sah aus, als könne er eine ganze Woche durchschlafen, wenn Sam ihn nur gelassen hätte.

»Auf, Mensch!« Sam stieß ihn mit der Stiefelspitze an. »Oder möchtest du von den Deutschen eine Extraeinladung?«

Arthur sah ihn mit einem zusammengekniffenen Auge an, von dem einzigen Wunsch beseelt, noch einen Moment weiterdösen zu können. Ab und zu machte ihm auch noch die Wunde zu schaffen, zudem ermüdete er schneller als Sam, aber das war auch schon vor der Verwundung so gewesen. Sam war geradezu unverwüstlich. Er war eben auch jünger, tröstete sich Arthur.

»Gib acht, Walker, langsam, aber sicher redest du schon wie der Sergeant.«

»Die Herren haben ein Problem?« Der Sergeant hatte das Talent, in den ungünstigsten Augenblicken aufzutauchen. Er war mit einem sechsten Sinn dafür begabt zu ahnen, wann seine Leute über ihn herzogen, und zwar mit Ausdrücken, die alles andere als schmeichelhaft waren. Wie immer war er unvermittelt hinter Sam aufgetaucht, und Arthur rappelte sich schuldbewußt auf. Der Mann hatte eine Spürnase dafür, ihn in den ungünstigsten Momenten aufzustöbern. »Na, wieder mal eine Ruhepause eingelegt, Patterson?« Mist. Nichts konnte man ihm recht machen. Seit Wochen waren sie auf dem Vormarsch, aber ähnlich wie Sam schien auch der Sergeant keine Müdigkeit zu kennen.

»Der Krieg ist bald aus, aber Sie schaffen es glatt, unseren Sieg noch zu verschlafen.« Sam grinste, und der bärbeißige Sergeant starrte ihn finster an, doch herrschte zwischen den beiden ein stilles Einverständnis und gegenseitige Achtung, von der Arthur nichts ahnte. Er hielt den Sergeanten für einen Schweinehund durch und durch, spürte aber, daß Sam ihn insgeheim mochte.

»Walker, halten Sie auch Ihren Schönheitsschlaf, oder könnt ihr euch noch mal richtig zusammenreißen, bis wir in Rom sind?«

»Wir versuchen es ja, Sergeant... ehrlich.« Sam lächelte, als der Sergeant über ihre Köpfe hinweg losbrüllte:

»Vorwärts, Marsch...!« Er lief voraus, um den anderen Beine zu machen, und zehn Minuten später stießen sie nordwärts weiter vor. Arthur hatte das Gefühl, – ununterbrochen Tag und Nacht – in Bewegung gewesen zu sein, als er unendlich erschöpft endlich am vierten Juni über die Piazza Venezia in Rom taumelte, willkommen geheißen von einem Blumenregen und von den Küssen und Umarmungen begeisterter Italiener. Um sie herum herrschte Lärm, Gelächter, Gesang und das Geschrei der eigenen Leute. Sam mit seinem sieben Tage alten Bart rief ihm und allen anderen in Sichtweite etwas zu.

»Geschafft! Wir haben es geschafft! Wir haben es geschafft!« In Sams Augen standen Freudentränen, ebenso wie in den Augen der Frauen, die ihn abküßten, dicke, dünne, alte, junge Frauen in Schwarz und in zerlumpter Kleidung und Pappmaché-Schuhen, Frauen, die unter günstigeren Umständen ansehnlich sein mochten, es nach den Verheerungen des Krieges aber nicht mehr waren, obwohl sie Sam durchwegs schön erschienen. Eine steckte eine große gelbe Blume in die Mündung seines Maschinengewehres, und Sam hielt die Frau so lange und so fest in den Armen, daß sich Arthur, der die Szene beobachtete, fast schämte.

Abends kehrten sie in einer der kleinen Trattorias, die man ihnen zu Ehren eröffnet hatte, ein, zusammen mit Hunderten anderen Soldaten und vielen Italienerinnen. Es war ein Fest voll freudiger Erregung, bei dem gegessen und gesungen wurde, und einige Stunden lang hatten sie das Gefühl, sie würden für die hinter ihnen liegenden Strapazen reichlich belohnt. Dreck und Schlamm, Regen und Schnee waren nahezu vergessen. Aber nicht lange. Drei Wochen lang wurde in Rom gefeiert, dann hieß es weitermarschieren. Einige Truppenteile blieben in Rom, Sams und Arthurs Einheit war nicht darunter. Statt dessen sollten sie zu Bradleys Erster Armee bei Coutenances in Frankreich stoßen, und eine Zeitlang konnten sie sich vormachen, daß dieser Marsch ein Kinderspiel sein würde. Es war Frühsommer, und die Landschaften in Italien und Frankreich waren bezaubernd. Die Luft war lau, und überall wurden sie von den Frauen willkommen geheißen – von Frauen und deutschen Stellungen. Einmal rettete der Sergeant Sams Haut, und als Gegenleistung bewahrte Sam den gesamten Zug davor, in einen Hinterhalt zu geraten. Insgesamt gestaltete sich der Vormarsch ziemlich glatt, da die Deutschen ab Mitte August den Rückzug angetreten hatten.

Die Amerikaner sollten nach Frankreich vordringen, zu General Leclercs französischer Division stoßen und sodann gegen Paris vorrücken. Als diese Neuigkeit langsam bis zu den Männern durchsickerte, feierte Sam heimlich mit Arthur.

»Paris, Arthur … Menschenskind! Es war schon immer mein Traum, mal dorthinzukommen.« Er tat, als hätte man ihn eingeladen, im Ritz zu wohnen und in die Oper und zu den Folies-Bergère zu gehen.

»Walker, mach dir nicht zu große Hoffnungen. Wir haben Krieg, falls dir das entgangen sein sollte. Vielleicht erleben wir den Einmarsch in Paris gar nicht mehr.«

»Arthur, genau das mag ich an dir so gern. Immer optimistisch und aufmunternd.« Sam ließ sich seine Hochstimmung nicht nehmen. Seine Gedanken drehten sich einzig und allein um das Paris, von dem er gelesen und von dem er schon jahrelang geträumt hatte. Seiner Vorstellung nach mußte alles genauso sein, wie es immer beschrieben worden war, und auf ihn und Arthur warten. Er sprach von nichts anderem, während sie durch Städte und Dörfer vorrückten, deren Bevölkerung das Ende der vierjährigen bitteren Besetzung bejubelte. Sam war besessen vom Traum seines Lebens und vergaß sogar Rom und den Siegestaumel, der dort geherrscht hatte. Indessen kämpften sie sich zwei Tage lang in Richtung Chartres vor, während die Deutschen sich methodisch nach Paris zurückzogen, als führten sie die Sieger zu ihrem Ziel, das nach Arthurs fester Überzeugung nur noch ein großer Trümmerhaufen sein konnte.

»Du bist wohl nicht bei Trost, Walker! Hat dir das noch niemand gesagt? Total verrückt, einfach irre. Du tust so, als läge ein Urlaub vor uns.« Arthur starrte ihn fassungslos an, während Sam ständig von Paris quasselte und so wie nebenbei den Feind bekämpfte. Vor Aufregung vergaß er sogar, die Taschen der Gefallenen nach Zigaretten abzusuchen.

In den frühen Morgenstunden des fünfundzwanzigsten August wurde Sams Traum Wirklichkeit. Begleitet von unheimlicher Stille, beobachtet von unsichtbaren Augen aus allen Fenstern, marschierten sie in Paris ein. Es war völlig anders als bei ihrem Triumphmarsch auf Rom. In Paris waren die Menschen ängstlich, wachsam und nur widerstrebend bereit, sich aus ihren Häusern und Schlupfwinkeln zu wagen. Erst allmählich tauchten sie auf, und dann gab es plötzlich auch hier Jubel, Umarmungen und Tränen, ähnlich wie in Rom, nur dauerte hier alles etwas länger.

Um halb drei an jenem Nachmittag hatte General von Choltitz kapituliert, und Paris war offiziell von den Alliierten befreit worden. Als sie vier Tage später, am neunundzwanzigsten August, in einer Siegesparade die Champs-Élysées entlangmarschierten, schämte Sam sich seiner Rührung nicht, während er mit seinen Kameraden in einer Reihe im Gleichschritt ging. Der Gedanke, wie weit sie gekommen waren, wieviel sie erreicht hatten und daß sie das Paris seiner Träume befreit hatten, war atemberaubend. Und der Jubel der Menschen, die die Straßen säumten, trieb ihm die Tränen in die Augen, als die Truppen vom Arc de Triomphe zu einem Dankgottesdienst in die Notre-Dame marschierten. Sam hatte noch nie im Leben soviel Dankbarkeit empfunden, Dankbarkeit, daß er bislang den Krieg überlebt hatte und nun in dieser herrlichen Stadt sein durfte, an deren Befreiung er beteiligt gewesen war.

Nach dem Gottesdienst in Notre-Dame verließen Arthur und Sam tiefbewegt die Kathedrale und schlenderten gemächlich die Rue d'Arcole entlang. Den Rest des Nachmittags hatten sie frei, und momentan wußte Sam gar nicht, was er konkret wollte. Er wollte sich einfach treiben lassen, alles in sich aufnehmen und den Menschen zulächeln. An einer Ecke kehrten sie in ein Bistro auf eine Tasse Kaffee ein und bekamen ein Täßchen Zichorienkaffee, wie alle Welt es jetzt trank, und ein Tellerchen mit winzigen Plätzchen von der Frau des Besitzers, die sie auf beide Wangen küßte. Als es dann ans Zahlen ging, wollte sie nichts davon wissen, obwohl die beiden darauf bestanden. Arthur sprach ein paar Brocken Französisch, Sam aber konnte ihr nur mittels Zeichensprache seinen Dank ausdrücken und erwiderte die Küsse. Sie wußten nur zu gut, wie knapp die Lebensmittel hier waren. Das bißchen Backwerk war nicht mit Gold aufzuwiegen.

Nach dem Verlassen des Bistros war Sam von neuem sprachlos vor Staunen. Vielleicht war der Krieg alles in allem doch nicht so schlecht gewesen. Vielleicht hatte es sich gelohnt. Er war zweiundzwanzig und fühlte sich, als hätte er die Welt erobert, oder zumindest jenen Teil, der zählte. Arthur lächelte ihm im Gehen zu. Aus irgendeinem Grund hatte Rom ihn mehr beeindruckt. Vielleicht weil er die Stadt vor dem Krieg schon einmal besucht hatte und Rom für ihn eine ähnliche Bedeutung besaß wie Paris für Sam, obschon dieser nie zuvor in Paris gewesen war.

»Patterson, weißt du, daß ich nie wieder nach Hause möchte? Klingt verrückt, nicht?« Er hatte den Satz noch nicht fertig gesprochen, als seine Aufmerksamkeit von einer vor ihnen gehenden jungen Frau gefesselt wurde. Deswegen hörte er kaum hin, als Arthur antwortete. Die Frau hatte flammendes rotes Haar, das in einem Nackenknoten zusammengefaßt war. Ihr dunkelblaues Crêpe-Kleid, das ihre Körperformen knapp umhüllte, war so abgetragen, daß es glänzte. Ihre stolze Kopfhaltung schien anzudeuten, wie frei und unbekümmert sie sich fühlte. Sie hatte die Deutschen überstanden, und sie schuldete niemandem etwas, nicht einmal den Alliierten, die Paris befreit hatten. Was sie empfand, drückte sie mit ihrer Haltung aus, und Sam starrte ihre wohlgeformten Beine an, sah ihren Hüftschwung, während sie sich ihr an die Fersen hefteten und das Gespräch mit Arthur stockte.

»...meinst du nicht?« fragte Arthur ihn.

»Was?« Sam konnte sich nicht auf das konzentrieren, was er sagte. Er sah nur das rote Haar, die schmalen Schultern, den stolzen Gang. An der Ecke hielt sie inne und ging dann über die Seine-Brücke, um den Quai de Montebello entlangzugehen, während Sam ihr unwillkürlich folgte.

»Wohin gehst du?«

»Ich weiß es noch nicht.« Seine Stimme klang gepreßt, seine blauen Augen blickten ernst, als würde etwas Schreckliches geschehen, wenn er die Frau nur einen Augenblick aus den Augen verlieren würde.

»Wohin gehst du?«

»Hmmm...?« Er bedachte Arthur mit einem flüchtigen Blick und beschleunigte den Schritt, als fürchte er, das Mädchen nicht mehr einzuholen. Und dann, ganz plötzlich bemerkte auch Arthur sie. Sein Blick fiel in dem Augenblick auf sie, als sie den Kopf nach ihnen wandte, als spüre sie jemanden hinter sich. Ihr Antlitz war kameenhaft – cremefarbene Haut, feine Züge und große grüne Augen, die auf die beiden jungen Männer gerichtet waren, zuerst auf den einen, dann auf den anderen. Ihr Blick schien an Sam hängenzubleiben, als wolle sie ihm zu verstehen geben, er möge Abstand halten.

Seine mangelnden Französischkenntnisse und ihr vernichtender Blick hemmten ihn, doch als sie weiterging, folgte er ihr mit womöglich noch gesteigerter Entschlossenheit.

»Hast du schon mal ein Gesicht wie dieses gesehen?« fragte er Arthur ganz atemlos, ohne diesen anzusehen. »Das ist die schönste Frau, die mir je begegnet ist.«

Sie hatte etwas überaus Anziehendes an sich und verfügte dazu über eine Kraft, die auch aus der Distanz spürbar war. Dies war keines der Mädchen, die den alliierten Truppen Blumen zuwarfen oder bereit waren, den nächstbesten Soldaten in die Arme zu schließen. Dies war eine Frau, die den Krieg überlebt hatte und nicht daran dachte, sich bei jemandem zu bedanken.

»Ein hübsches Mädchen«, gab Arthur ihm recht, wobei ihm bewußt war, wie unzulänglich seine Worte waren. Ihm war es peinlich, daß sich Sam so hartnäckig an ihre Fersen heftete.

»Mir scheint aber, sie ist nicht sehr erbaut, daß wir ihr folgen.« Das war eine Untertreibung.

»Sag etwas zu ihr.« Sam war wie elektrisiert von dem Mädchen, als die Entfernung zwischen ihnen schrumpfte.

»Bist du verrückt? Ihr Blick war nicht der freundlichste.« Beide sahen die rothaarige Schönheit in einem Laden verschwinden und blieben hilflos auf dem Gehsteig stehen.

»Und was jetzt?« Arthur war es unangenehm, einem weiblichen Wesen durch die Straßen von Paris zu folgen. Befreiung oder nicht, es erschien ihm ungebührlich und aufdringlich.

»Wir warten hier draußen, und wenn sie herauskommt, laden wir sie zu einer Tasse Kaffee ein.« Sam bedauerte, daß er die Süßigkeiten nicht aufgehoben hatte. Das Mädchen war auffallend schmal, und hatte Backwerk wahrscheinlich seit Jahren nicht mehr zu essen bekommen und hätte es nötig gehabt. Er selbst hatte ja nicht mehr getan, als sich auf dem Bauch durch Nordafrika und Italien zu robben und auf Knien durch Frankreich zu kriechen.

Zum Teufel, was war das schon, im Vergleich zum Überleben unter deutscher Besatzung, schon gar für eine Frau. Plötzlich verspürte er den Wunsch, sie vor allem zu bewahren, was ihr noch zustoßen würde, vor allem jetzt, da sich die alliierten Truppen in Paris wie verrückt gebärdeten.

Als sie aus dem Laden kam, trug sie in einem Korb zwei Eier und ein Baguette. Sichtlich verärgert registrierte sie, daß die beiden Amerikaner auf sie gewartet hatten. Mit flammenden Augen sagte sie etwas Unverständliches zu Sam, und er wandte sich rasch an Arthur, damit dieser es ihm übersetzte.

»Was hat sie gesagt?« Etwas Schmeichelhaftes konnte es nicht gewesen sein, aber auch dies schien jetzt keine Rolle mehr zu spielen. Wenigstens hatte sie das Wort an sie gerichtet. Arthurs Wangen röteten sich, als sein Blick verärgert zu Sam wanderte. Ein solches Benehmen sah Sam gar nicht ähnlich. In Rom und an allen anderen Orten hatte er sich, von ein paar Kniffen und Umarmungen oder Küssen abgesehen, im großen und ganzen anständig aufgeführt, aber dies war etwas ganz anderes, und Arthur war nicht sicher, ob es ihm gefiel.

»Sie sagt, wenn wir auch nur einen Schritt näher kämen, würde sie sich an unseren Vorgesetzten wenden und uns festnehmen lassen. Ehrlich gesagt, Walker, ich habe das Gefühl, daß sie es ernst meint.«

»Dann sag ihr, daß du General bist.« Sam grinste. Er schien seine Haltung und gute Laune wiedergefunden zu haben, seine Niedergeschlagenheit war wie weggeblasen.

»Himmel... sag ihr, daß ich in sie verliebt bin.«

»Soll ich ihr auch einen Riegel Schokolade und Seidenstrümpfe anbieten, wenn wir schon dabei sind? Um Himmels willen, Sam, komm endlich zur Vernunft und laß die Kleine in Ruhe.« Sie betrat in diesem Augenblick einen anderen Laden, und es war klar, daß Sam nicht die Absicht hatte aufzugeben.

»Komm schon...« Arthur versuchte ihn zum Weitergehen zu bewegen, doch vergeblich. Sie kam aus dem Laden, als sie noch immer in einem Wortwechsel begriffen waren, und diesmal ging sie direkt auf die beiden zu und blieb so knapp vor ihnen stehen, daß Sam glaubte, ihre Nähe brächte ihn um den Verstand. Ihre Haut war so weiß, daß es ihn drängte, die Hand auszustrecken und ihren Arm zu berühren, als sie die beiden in ihrem mangelhaften Englisch anherrschte.

»Verschwindet! Geht zurück! Geht weg!« stieß sie hervor und wurde trotz ihres starken Akzentes verstanden. Es sah aus, als wolle sie die beiden jungen Männer ohrfeigen, besonders Arthur. Es schien, als erwarte sie von ihm, er sei vernünftiger und könnte Sam zur Räson bringen.

»*C'est compris?*«

»Nein...« Sam stürzte sich beherzt in ein verzweifeltes Gespräch. »*No compris*... ich spreche kein Französisch..., ich bin Amerikaner... Ich heiße Sam Walker, und das ist Arthur Patterson. Wir wollten bloß guten Tag sagen und...« Er bedachte sie mit seinem gewinnendsten Lächeln, in ihrem Blick aber lag etwas Abweisendes und Verletzendes. Sam konnte das nicht begreifen, weil er es nie gespürt oder erlebt hatte. Sie tat ihm sehr leid.

»*Non!*« Sie versuchte, die beiden mit einer Armbewegung zu verscheuchen. »*Merde! Voilà! C'est compris?*«

»*Merde?*« Sams Blick drückte Verständnislosigkeit aus. Er wandte sich an Arthur. »Was ist *merde?*«

»Das heißt Scheiße.«

»Sehr hübsch.« Sams Lächeln wäre auch nicht anders ausgefallen, wenn sie ihn zum Tee eingeladen hätte. »Möchten Sie mit uns eine Tasse Kaffee trinken... Café?« Noch immer lächelnd wandte er sich an Arthur:

»Mensch, Patterson, wie lade ich sie zu einem Kaffee ein? Sag doch was, hörst du?«

»*Je m'excuse...*« begann Arthur stockend und versuchte krampfhaft sich seine Französischkenntnisse in Erinnerung zu rufen, was angesichts dieser unglaublich aussehenden Französin fast unmöglich war. Sam hatte recht. Sie war das schönste Mädchen, das er je gesehen hatte. »*Je regrette... mon ami est très excité... voulez-vous un café?*« brachte er schließlich mühsam heraus, plötzlich ebenso von dem Verlangen erfüllt, sie nicht gehen zu lassen, doch ihre Reaktion hätte nicht wütender ausfallen können.

»*Quel sacré culot... bande de salopards... allez-vous faire...*« Und dann schüttelte sie mit Tränen in den Augen den Kopf und lief an ihnen vorüber, den Weg zurück, den sie gekommen war. Den Blick hatte sie gesenkt. Ihre Schultern aber hielt sie stolz wie zuvor. Sie lief schnell. Ihren Schuhen war anzusehen, daß sie abgetragen und viel zu groß für sie waren, ebenso wie das dunkelblaue Kleid, das aussah, als gehöre es ihrer Mutter.

»Was hat sie gesagt, Arthur?« Sam war ihr schon wieder auf den Fersen. Er mußte sich durch eine Gruppe von Soldaten, die aus dem Nichts aufgetaucht war, einen Weg bahnen.

»Ich glaube, sie hat uns zum Teufel geschickt, alles übrige habe ich nicht ganz verstanden. Ich glaube das war Argot.«

»Was ist denn das? Ein Dialekt?« Sams Besorgnis war sofort erwacht. Französisch war schon ohne Dialekte kompliziert genug. Aber er hatte keine Zeit, sich um solche Probleme Gedanken zu machen, er mußte sich darauf konzentrieren, sie in dem auf den Straßen herrschenden Gedränge nicht zu verlieren.

»Das ist der Slang, der in Paris gesprochen wird.« Sie war in eine kurze Straße eingebogen, in die Rue des Grands-Degrés und blieb plötzlich vor einem Eingang stehen. Dann verschwand sie und knallte die Tür hinter sich zu. Sam blieb mit triumphierendem Lächeln stehen.

»Na, was freut dich so riesig?« fragte Arthur ihn.

»Jetzt wissen wir, wo sie wohnt.« Alles andere wäre einfach.

»Woher willst du wissen, daß sie hier nicht einen Besuch macht?« Arthur fand die Intensität von Sams Leidenschaft faszinierend. Er selbst hatte noch nie so empfunden, aber er hatte auch noch nie ein Mädchen wie dieses gesehen. Sie war wirklich bildschön.

»Früher oder später wird sie wieder herauskommen. Sie muß.«

»Und du willst tatsächlich hier stehenbleiben und den ganzen Tag auf sie warten? Walker, du bist verrückt.« Arthur schüttelte besorgt den Kopf. Er hatte keineswegs die Absicht, seine Zeit in Paris vor der Tür irgendeines Mädchens zu verbringen... eines Mädchens, das offensichtlich nichts von ihnen wissen wollte, während es Tausende anderer gab, die entzückt gewesen wären, ihnen Dankbarkeit und Leidenschaft auf verschiedene Weise zu beweisen. »Ich jedenfalls bleibe hier nicht den lieben langen Tag stehen, falls du glaubst...«

Sam zeigte sich unbeirrbar. »Dann lauf los. Wir treffen uns später wieder – im Café, in dem wir eben waren.«

»Und du möchtest hier warten?«

»Genau.« Er steckte sich eine Zigarette an und lehnte sich glücklich gegen die Wand des Hauses, in dem er ihre Wohnung vermutete. Er dachte daran hineinzugehen, aber das hatte noch Zeit. Vermutlich würde sie wieder herauskommen... mit der Zeit... und er wollte warten.

Arthur war wütend und versuchte, ihn zu überreden, mit seiner Zeit etwas Nützlicheres anzufangen, vergebens. Sam war hartnäckig. Arthur wurde noch zorniger, gab sich aber schließlich geschlagen und entschloß sich, mit seinem Freund gemeinsam zu warten, teils weil er Sam nicht allein lassen wollte, teils weil er das Mädchen auch sehr reizvoll fand. In weniger als einer Stunde kam sie heraus, in der Hand eine Netztasche mit ein paar Büchern drin. Jetzt trug sie ihr Haar offen und sah noch schöner aus als vor einer Stunde. Sie bemerkte die beiden sofort, als sie aus der Haustür trat. Ihr erster Impuls war, wieder zurückzulaufen, aber sie besann sich schnell anders. Hocherhobenen Hauptes schritt sie an ihnen vorüber. Sam berührte mit einer ganz leichten Bewegung ihren Arm, um ihre Aufmerksamkeit auf sich zu lenken. Zuerst sah es aus, als wollte sie einfach weitergehen, dann aber blieb sie stehen und starrte die beiden Amerikaner an. In ihren grünen Augen loderte es. Der Blick, mit dem sie die beiden bedachte, sprach Bände. Gleichzeitig aber schien es, als begriffe sie, daß es keinen Sinn hatte, mit den beiden zu sprechen, weil sie ohnehin nichts verstanden und auch gar nichts verstehen wollten.

»Möchten Sie mit uns essen, Mademoiselle?« Sam gestikulierte dazu, ohne sie aus den Augen zu lassen. Mit seinem Blick wollte er ihr eindringlich zu verstehen geben, daß er nichts Böses vorhatte und auch nicht darauf aus war, die Gelegenheit auszunützen. Er wollte sie nur ansehen... und sie vielleicht berühren. »*Oui?*« Er sah sie voll jungenhafter Hoffnung an, aber sie schüttelte den Kopf.

»*Non.* Okay?« Ihr französischer Akzent, der auch aus diesem einen Wort herauszuhören war, klang bezaubernd, und Sam lächelte, während Arthur den Wortwechsel schweigend verfolgte. Er war nicht imstande, in seinem armseligen Französisch einzugreifen.

»Nein...« Sie wiederholte die Geste, mit der Sam »essen« angedeutet hatte und schüttelte den Kopf.

»Warum?« Er kämpfte um das französische Wort. »*Pourquoi?*« Plötzlich sah er sie voller Verzweiflung an. Womöglich war sie verheiratet. Vielleicht würde ihr Mann ihn umbringen. Aber sie hatte keinen Ring am Finger. Trotz ihrer Jugend konnte sie Witwe sein.

»*Parce que* –« Sie sprach ganz langsam und war bemüht, sich verständlich zu machen. Aber sie war fast davon überzeugt, daß es unmöglich war. »*– je ne veux pas.*«

Da meldete sich Arthur im Flüsterton zu Wort. »Sie sagt, daß sie nicht möchte.«

»Warum?« Sam schien gekränkt. »Wir sind nette Jungen. Nur ein Lunch... essen...« Wieder die Handbewegung des Essens.

»Café... okay? Fünf Minuten?« Er hielt die fünf Finger einer Hand hoch. »Okay?« Jetzt hob er beide Hände, mit den Handflächen nach außen in einer Geste der Hilflosigkeit und des Friedens, und als sie wieder den Kopf schüttelte, wirkte sie sehr müde. Sie sah aus, als lägen Jahre hinter ihr, in denen sie von Uniformierten belästigt worden war, von Fremden in ihrer Heimat.

»Kein Deutscher... kein Amerikaner... nein... kein Café... nein...«

Wieder die Geste des Essens.

Sams faltete bittend die Hände, und einen Augenblick lang wirkte er, als würde er in Tränen ausbrechen. Aber wenigstens war sie stehengeblieben und hörte ihm zu. Er deutete erst auf sich und dann auf Arthur.

»Nordafrika... Italien... jetzt Frankreich...« Er deutete Schießen an, zeigte dann auf Arthurs verwundeten Arm und blickte sie flehend an. »Ins Café... fünf Minuten... bitte...«

Als sie diesmal den Kopf schüttelte, schien sie es fast zu bedauern. Dann aber drehte sie sich um.

»*Non, je regrette...*« Und damit ging sie ganz rasch davon, und die beiden starrten ihr nach. Diesmal nahm Sam die Verfolgung nicht mehr auf. Es hatte keinen Sinn. Aber als Arthur sich in Bewegung setzte, rührte Sam sich nicht vom Fleck.

»Komm schon, Mann, sie ist fort und möchte nichts mit uns zu tun haben.«

»Mir egal.« Sam hörte sich an wie ein enttäuschter Schuljunge. »Vielleicht ändert sie ihre Meinung, wenn sie zurückkommt.«

»Hmm. Vermutlich bringt sie dann ihren Vater und sieben Brüder mit, die uns die Zähne einschlagen. Sie sagte nein, und sie hat es ernst gemeint. Komm, wir wollen nicht den ganzen Tag mit Warten vertun. In Paris gibt es Millionen anderer Frauen, die sich danach sehnen, den Helden der Befreiung ihre Dankbarkeit zu beweisen.«

»Das kümmert mich nicht.« Sam rührte sich immer noch nicht von der Stelle. »Dieses Mädchen ist anders.«

»Du hast verdammt recht, sie ist anders.« Arthur wurde böse, sehr böse. »Sie hat uns deutlich zu verstehen gegeben, daß wir uns zum Teufel scheren sollen. Und ich persönlich habe vor, ihrem Rat zu folgen, egal wie schön ihre Beine sein mögen. Kommst du mit, oder nicht?«

Sam zögerte einen Augenblick, ehe er ihm mit unverkennbarem Bedauern folgte. Und wohin sie an jenem Tag auch gingen, er konnte nur an das schöne rothaarige Mädchen aus der Rue d'Arcole denken, an das Mädchen mit den grünen Augen, in denen Feuer und Kummer standen. Sie hatte etwas an sich, das ihn nicht losließ. An jenem Abend ließ er Arthur nach dem Dinner mit drei Mädchen am Tisch sitzen und stahl sich heimlich davon, nur um die Straße, in der sie wohnte, entlangzugehen. Er wollte ihr nahe sein. Ein Irrsinn, wie er wußte, aber er konnte nicht anders.

Er wollte sie noch einmal sehen, und wenn auch nur aus der Entfernung. Nicht allein ihr Aussehen hatte ihn gefangengenommen, sondern noch etwas... etwas, das er nicht aussprechen, ja nicht einmal begreifen konnte. Er wollte sie näher kennenlernen... oder sie zumindest betrachten können... Er mußte es einfach.

In einem kleinen Café auf der gegenüberliegenden Straßenseite bestellte er eine Tasse jenes bitteren Kaffees, den hier alle schwarz und ohne Zucker tranken. Er saß da und starrte zu dem Eingang ihres Hauses hinüber, und dann sah er voller Verwunderung, daß sie mit ihrem Netz voller Bücher über die Straße kam und langsam die Stufen zur Tür hinaufging, einen Augenblick stehen blieb und in ihrer Tasche nach dem Schlüssel suchte. Dabei warf sie einen Blick über die Schulter, wie um sich zu vergewissern, daß ihr niemand folgte. Sam sprang sofort auf, warf eine Handvoll Münzen auf den Tisch und lief über die Straße. Erschrocken erkannte sie ihn. Im ersten Moment sah es aus, als wollte sie einfach davonlaufen, dann aber blieb sie trotzig stehen. Im besetzten Paris hatte sie sich schon oft bedrohlicheren Situationen gegenübergesehen. Sie war bereit, es auch mit dieser aufzunehmen. Aber als sie Sam ansah, lag in ihrem Blick mehr Mattigkeit als Zorn.

»*Bonjour, Mademoiselle.*« Er wirkte jetzt sehr verlegen, als er vor ihr stand und sie den Kopf schüttelte wie eine Mutter, die einen Schuljungen ausschilt.

»*Pourquoi vous me poursuivez?*«

Er hatte keine Ahnung, was ihre Worte bedeuteten, und diesmal war kein Arthur zur Stelle, der übersetzen konnte. Doch das Mädchen konnte mehr Englisch, als er ursprünglich angenommen hatte. Sie wiederholte ihre Frage heiser und verhalten. »Warum verfolgen Sie mich?«

»Ich möchte mit Ihnen reden.« Auch er sprach leise, als liebkose er die wohlgeformten Arme, die in der kühlen Abendluft leicht fröstelten. Sie trug über dem häßlichen alten blauen Kleid keine Jacke.

Sie deutete vage auf die Menschen auf der Straße, als böte sie diese als Ersatz an. »Viele Mädchen in Paris... freuen sich, mit Amerikanern zu sprechen.« Dann wurde ihr Blick hart. »Freuen sich, mit Deutschen zu sprechen, mit Amerikanern...« Er verstand.

»Und Sie sprechen nur mit Franzosen?«

Mit einem Lächeln zog sie die Schultern hoch.

»Franzosen sprechen auch mit Deutschen und Amerikanern...« Sie wollte ihm damit zu verstehen geben, wie Frankreich sich selbst verraten hatte, wie häßlich alles gewesen war, doch mit ihren kümmerlichen Englischkenntnissen ließ sich das nicht ausdrücken, und schließlich war er ein Fremder.

»Wie heißen Sie? Ich heiße Sam.«

Sie zögerte eine Weile, denn sie war der Meinung, daß er ihren Namen nicht zu kennen brauchte. Dann sagte sie achselzuckend wie im Selbstgespräch: »Solange Bertrand.« Auf einen Händedruck ließ sie sich nicht ein.

»Sie gehen?« In ihrem Blick flammte Hoffnung auf. Sam aber deutete auf das Café gegenüber.

»Eine Tasse Kaffee, dann gehe ich. Bitte?«

Einen Augenblick glaubte er, sie würde wieder wütend werden, doch sie zögerte.

»*Je suis très fatiguée.*« Sie deutete auf die Bücher. Er wußte aber, daß sie in diesen Zeiten nicht zur Schule gehen konnte. Alle Schulen waren geschlossen worden.

»Studieren Sie?«

»Unterrichten... einen kleinen Jungen zu Hause... sehr krank... Tuberkulose.«

Er nickte verständnisinnig. Alles an ihr kam ihm so edel vor.

»Sind Sie denn nicht hungrig?« Sie schien ihn nicht zu verstehen, und er vollführte die Geste, die »Essen« andeuten sollte, und diesmal lachte sie und zeigte schöne Zähne und ein Lächeln, das sein Herz einen Salto schlagen ließ.

»*D'accord... d'accord...*« Solange hob eine Hand und spreizte die Finger. »*Cinq minutes...* fünf Minuten!«

»Da müssen Sie schnell trinken, und der Kaffee ist ganz heiß...« Ihm war, als wären ihm Flügel gewachsen, während er ihr das Netz abnahm und sie über die Straße zum Café geleitete. Der Besitzer begrüßte sie wie eine alte Bekannte und zeigte sich erstaunt, daß sie sich in Gesellschaft eines amerikanischen Soldaten befand. Sie nannte den Besitzer Julien, und die beiden plauderten ein wenig, ehe sie eine Tasse Tee bestellte. Essen wollte sie nicht, bis Sam die Initiative ergriff und einfach für sie Käse und Brot bestellte, Dinge, die sie mit Heißhunger verzehrte. Bei genauerer Betrachtung fiel ihm zum erstenmal auf, wie dünn sie war. Ihre Schultern waren knochig, die Hände ganz schmal. Vorsichtig nippte sie an dem heißen Tee, offensichtlich dankbar für das dampfende Getränk.

»Warum tun Sie das?« fragte sie, nachdem sie ausgetrunken hatte. Dazu schüttelte sie den Kopf. *»Je ne comprends pas.«*

Nicht einmal ihr konnte er erklären, warum es ihn drängte, mit ihr zu sprechen, aber sie hatte ihn vom ersten Moment an in ihren Bann geschlagen. »Ich weiß es nicht.« Seine Miene war nachdenklich, und sie schien ihn nicht verstanden zu haben. Mit einer verlegenen Handbewegung deutete er an, daß er es selbst nicht wußte. Und dann versuchte er eine Erklärung, indem er die Hand aufs Herz und dann auf die Augen legte. »Als ich Sie zum erstenmal sah, da empfand ich etwas Besonderes.«

Mißbilligend musterte sie die anderen mit Amerikanern im Café sitzenden Mädchen, aber Sam beeilte sich, den Kopf zu schütteln. »Nein, nein... nicht so... mehr...«

Er deutete »mehr« mit den Händen an, und sie sah ihn traurig an, als wüßte sie es besser.

»*Ça n'existe pas*..., das gibt es nicht.«

»Was gibt es nicht?«

Sie berührte ihr Herz und zeigte dann »mehr«, wie er es getan hatte.

»Haben Sie im Krieg jemanden verloren?« Er fragte es sehr widerstrebend. »Ihren Mann?«

Langsam schüttelte sie den Kopf, und dann aber erzählte sie es ihm doch, ohne zu wissen warum: »Meinen Vater... meinen Bruder... von den Deutschen getötet... meine Mutter starb an Tuberkulose... mein Vater, mein Bruder in der *Résistance*.«

»Und Sie?«

»*J'ai soigné ma mere*... ich... habe mich um die kranke Mutter gekümmert.«

»Sie haben sich um die Mutter gekümmert?!«

Sie nickte. »*J'ai eu peur*...« sie deutete mit einer Handbewegung Ärger über sich selbst an und dann Angst... »*de la Résistance*..., weil meine Mutter mich sehr brauchte... Mein Bruder war sechzehn...« Ihre Augen füllten sich mit Tränen, und ohne zu überlegen faßte Sam nach ihrer Hand. Er war erstaunt, daß sie sich nicht wehrte, einen Augenblick jedenfalls, ehe sie ihm ihre Hand entzog, um nach der Tasse zu greifen. Damit lenkte sie sich einen Augenblick von den Gefühlen ab, die sie übermannt hatten.

»Haben Sie außerdem noch Familie?« Sie sah ihn auf seine Frage hin verständnislos an. »Noch Geschwister? Tanten und Onkel?«

Sie schüttelte mit ernstem Blick den Kopf. Zwei Jahre lang war sie jetzt schon allein. Allein hatte sie sich gegen die Deutschen behaupten müssen. Das Geld zum Leben verschaffte sie sich mit Unterrichtsstunden. Nach dem Tod ihrer Mutter hatte sie oft erwogen, für die Résistance zu arbeiten, doch irgendwie hatte ihr der Mut gefehlt, da ihr Bruder einen sinnlosen Tod gestorben war. Er war nicht als Held gefallen, sondern er war von einem ihrer Nachbarn verraten worden. Überall schienen Kollaborateure und Verräter zu lauern, von ein paar patriotischen Franzosen abgesehen, auf die man Jagd machte und die man, sobald sie entlarvt waren, exekutierte. Alles hatte sich verändert, auch Solange. Aus dem lebensfrohen Mädchen von ehedem war eine nachdenkliche und verschlossene Frau geworden.

Und doch hatte dieser amerikanische Junge es irgendwie geschafft, die Hand auszustrecken und sie zu berühren, und das wußte sie – schlimmer noch, es gefiel ihr sogar. Es bewirkte, daß sie sich wieder wie ein menschliches Wesen fühlte.

»Wie alt sind Sie, Solange?«

»*Dix-neuf*...« Sie überlegte kurz, wie es richtig auf englisch hieß. »Neunzig.« Sie sagte es ganz leise, und da lachte er sie an und schüttelte den Kopf.

»Nein, das glaube ich nicht. Neunzig?« Plötzlich merkte sie, was sie gesagt hatte, und lachte auch, zum erstenmal. Und plötzlich war sie wieder jung und schöner als zuvor.

»Für neunzig sehen Sie blendend aus.«

»*Et vous?*« wollte sie nun wissen.

»Zweiundzwanzig.« Plötzlich war es ein ganz alltägliches Frage-und-Antwort-Spiel, das irgendwo auf der Welt zwischen einem jungen Mädchen und einem jungen Mann hätte stattfinden können, nur hatten diese beiden schon so viel Grausames gesehen. Sie in Paris, und er an der Front.

»*Vous étiez étudiant*... Student?«

Er nickte. »An der Harvard-Universität in Boston.« Darauf war er noch immer stolz, auch jetzt, denn sonderbarerweise schien es ihm wichtig zu sein. Doppelt stolz war er, als er in ihren Augen Verstehen aufflackern sah.

»Harvard?«

»*Bien sûr*... natürlich! Wie die Sorbonne, nicht?«

»Wahrscheinlich.« Er war stolz, daß sie Bescheid wußte, und sie tauschten ein Lächeln. Tee, Brot und Käse waren längst verzehrt, sie aber hatte es nicht mehr eilig zu gehen.

»Solange, könnte ich Sie morgen sehen? Zu einem Spaziergang? Oder zum Essen?« Ihm war klar, daß sie unter Hunger litt, mit wie wenig sie auskommen mußte, und er empfand es als seine Pflicht, sie zu ernähren.

Sie schüttelte den Kopf und deutete auf die Bücher in ihrem Netz.

»Nachher? Oder vorher? Bitte... ich weiß nicht, wie lange ich hier bleiben werde.« Gerüchte besagten, daß sie von Paris aus nach Deutschland vorstoßen würden, und der Gedanke, sie nicht mehr sehen zu können, war ihm unerträglich. Er wollte sie nicht verlassen... noch nicht... vielleicht nie. Er war zum erstenmal richtig verliebt, und er stand völlig in ihrem Bann, als er in die grünen Augen blickte, aus denen so viel Sanftheit und Weisheit sprach.

Sie seufzte. Der Junge war so hartnäckig. Und fast gegen ihren Willen gefiel er ihr. Während der gesamten Zeit der Besetzung hatte sie nicht eine einzige Bekanntschaft mit einem Deutschen gehabt und schon gar nicht mit einem Soldaten. Irgendwie konnte sie nicht einsehen, warum es nach der Befreiung anders sein sollte... und dennoch – dieser Junge war anders als die übrigen Soldaten. Und das verunsicherte sie.

»*D'accord*«, sagte sie zögernd.

»Seien Sie doch nicht so aufgeregt«, neckte er sie, und sie machte ein verwirrtes Gesicht. Lächelnd faßte er nach ihrer Hand.

»Ich danke Ihnen.«

Dann standen sie langsam auf, und er begleitete sie über die Straße bis zu ihrer Haustür. Sie verabschiedete sich mit einem förmlichen Händedruck und bedankte sich für das Essen. Dann fiel die schwere Tür hinter ihr ins Schloß. Als Sam langsam in Richtung seines Quartiers schlenderte, hatte er das Gefühl, sein ganzes Leben hätte sich in wenigen Stunden verändert. Er war nicht sicher, was genau passiert war, aber er wußte, daß diese Frau ... dieses Mädchen ... dieses außergewöhnliche Wesen aus einem ganz bestimmten Grund in sein Leben getreten war.

2. Kapitel

»Wo hast du letzte Nacht gesteckt?« Arthur fragte es ihn gähnend beim Frühstück in dem Hotel, in dem sie einquartiert waren. Es war das Hotel Idéal an der Rue Saint-Sébastien. Die Angehörigen der amerikanischen Armee waren in ganz Paris in ähnliche Quartiere eingewiesen worden. Arthur selbst hatte einen besonders angenehmen Abend verbracht, der mit zuviel Wein, aber nicht zu vielen Frauen endete.

»Ich war mit Solange essen«, verkündete Sam beiläufig und trank seine Tasse leer. Er versuchte es wie eine ganz gewöhnliche Verabredung hinzustellen, was es nicht war, wie beide wußten.

»Wer ist Solange? Jemand, den du aufgegabelt hast, nachdem wir uns getrennt haben?«

»Unsinn.« Sam sah seinem Freund direkt in die Augen, den Mund zu einem schalkhaften Lächeln verzogen.

»Du weißt schon ... wir haben sie gestern bis zur Rue d'Arcole verfolgt ... rotes Haar, grüne Augen, tolle Beine ... herrlicher Gang ...«

»Im Ernst?« Arthur war ehrlich verblüfft, und dann lachte er. Sam mußte sich einen Scherz erlaubt haben.

»Fast hätte ich dir geglaubt. Also, mal ernsthaft, wo warst du?«

»Ich war mit Solange zusammen.« Diesmal sah er aus, als sagte er die Wahrheit.

»Walker, jetzt Spaß beiseite. Mit *dem* Mädchen? Wo, zum Teufel, hast du sie aufgegabelt?«

»Vor ihrem Haus. Ich bin zurückgegangen, und sie kam gerade nach Hause. Sie gibt einem tuberkulosekranken Kind Unterricht.«

»Woher weißt du das? Wenn ich mich recht erinnere, hat sie nur Französisch gesprochen, Argot besser gesagt.« Arthur hätte nicht erstaunter sein können.

»Sie kann etwas Englisch. Nicht viel, aber es reicht. Bis auf die Tatsache, daß sie behauptet hat, sie sei neunzig Jahre alt, verstanden wir uns glänzend.« Er sah Arthur mit einem Lächeln an, in dem sich Besitzerstolz spiegelte. Es war klar, daß Solange bereits zu ihm gehörte, und Arthur verspürte Bedauern, daß er selbst nicht diese Beharrlichkeit aufgebracht hatte. Sam und Menschen seines Schlages hatten etwas ganz Gewisses an sich. Ihnen fielen im Leben unweigerlich sämtliche Preise zu.

»Wie alt ist sie nun wirklich?« Arthurs Neugierde war erwacht. Wie Sam wollte er nun alles über sie erfahren.

»Neunzehn.«

»Und ihr Vater ist nicht mit einem Schlachtmesser über dich hergefallen?«

Sam schüttelte den Kopf. »Ihr Vater und ihr Bruder sind von den Deutschen umgebracht worden, und ihre Mutter starb an Tuberkulose. Sie steht ganz allein.«

Arthur schien beeindruckt. Die beiden mußten sich sehr lange unterhalten haben.

»Triffst du sie wieder?«

Sam nickte und bedachte seinen Freund mit einem wissenden Lächeln. »Ja, ich treffe mich heute mit ihr. Aber eines weiß sie noch nicht – nach dem Krieg werden wir heiraten, Patterson.«

Arthur starrte seinen Freund fassungslos an, diesmal aber sparte er sich eine Bemerkung, daß er ihn für verrückt hielt, denn irgendwie spürte er plötzlich, wie ernst es Sam war.

An jenem Abend gingen Sam und Solange wieder zusammen

essen, und diesmal erfuhr er von ihr, was es hieß, in Paris unter deutscher Besatzung zu leben. Auf subtilere Weise war es viel schlimmer als das, was er selbst durchgemacht hatte, noch dazu war sie völlig wehrlos. Solange hatte dank ihres Verstandes überlebt, sie hatte es geschafft, nicht festgenommen, gefoltert oder vergewaltigt zu werden. Die Deutschen hatten sich aufgeführt, als gehöre ihnen nicht nur Paris, sondern auch alle Frauen, die in dieser Stadt wohnten. Nach dem Tod ihres Vaters war es ihre Aufgabe gewesen, ihre Mutter zu erhalten. Sie selbst war nie satt geworden, denn das wenige, was sie bekamen, hatte sie ihrer Mutter gegeben. Schließlich hatte man ihnen noch ihre Wohnung genommen, und ihre Mutter war in einem Untermieterzimmer in Solanges Armen gestorben, in dem Zimmer, das sie jetzt bewohnte und das mit häßlichen Erlebnissen und traurigen Erinnerungen angefüllt war, aber ein anderes Zuhause hatte sie nicht. Und nach allem, was sie im Krieg mitangesehen hatte, traute sie niemandem mehr über den Weg. Seit man ihren Bruder verraten hatte, empfand sie Mißtrauen allem und jedem gegenüber, auch Frankreich oder ihren Landsleuten konnte sie keinen Glauben mehr schenken.

»Ich möchte, daß Sie eines Tages nach Amerika kommen«, sagte er, ganz vorsichtig, als taste er sich langsam vorwärts, während er ihr beim Essen zusah. Er bestellte noch etwas und war froh, daß sie es annahm.

Seine Einladung in sein Land entlockte ihr ein Achselzucken, so als wäre es ein unerfüllbarer Traum, nicht wert, daß man einen Gedanken daran verlor.

»Amerika sehr weit...« Sie gestikulierte und erklärte dann auf Französisch: »*C'est très loin.*« In jeder Hinsicht weit, dachte sie bei sich.

»Ach, gar nicht so weit.«

»Und Sie? Wieder Harvard nach dem Krieg?«

»Vielleicht.« Falls es dann noch von Bedeutung war. Er konnte sich kaum vorstellen, jemals wieder in einem Hörsaal zu sitzen. Vielleicht würde er es schließlich doch noch mit der Schauspielerei versuchen. Er hatte mit Arthur in den gemeinsamen Nächten im Schützengraben viel darüber gesprochen. Im Moment hielt Sam ein solches Vorhaben für sinnlos. Aber es war kaum vorauszusehen, was nach der Heimkehr noch wichtig sein würde, denn es hatte sich bestimmt auch dort viel verändert.

»Ich möchte Schauspieler werden.« Er gestand es fast nur versuchsweise, um die Wirkung zu testen, und sie schien sehr interessiert.

»Schauspieler?« Solange nickte, als käme ihr dieser Plan sehr vernünftig vor. Am liebsten hätte er sie geküßt, aber er lächelte ihr nur besonders warmherzig zu und verwirrte damit Solange ein wenig. Sam bestellte Obst, und für Solange waren das die ersten Früchte seit Monaten, Früchte, von denen sie nicht zu träumen gewagt hätte. Seine Großzügigkeit machte sie verlegen, aber in anderer Hinsicht kam ihr dies alles ganz selbstverständlich vor – als ob sie alte Freunde wären. Es schien ihr fast unglaublich, daß sie ihn erst zum zweitenmal sah.

Ihre Bekanntschaft wurde vertieft, als sie Spaziergänge an der Seine unternahmen, in kleine Bistros und Cafés einkehrten, plauderten, es sich schmecken ließen und einander schließlich an den Händen hielten. Sam hatte Arthur seit Tagen kaum noch zu Gesicht bekommen, und als sie dann zufällig beim Frühstück zusammentrafen, wollten Sam die Neuigkeiten nicht gefallen, die er erfuhr. Patton hatte zwei Tage nach der Siegesparade auf den Champs-Élysées die Maas überschritten und stand zwei Wochen später vor Metz an der Mosel auf dem Vormarsch nach Belgien. Es war unwahrscheinlich, daß ihr Aufenthalt in Paris sich noch weiter in die Länge ziehen würde. Am dritten September wurden Brüssel und Antwerpen von den Briten befreit.

»Sam, wir müssen jeden Tag damit rechnen, daß wir uns in Bewegung setzen, denk daran«, knurrte Patterson mißmutig beim Kaffee. Sam wußte, daß er recht hatte, aber er sehnte sich verzweifelt danach, bei Solange bleiben zu können. Und am Tag, an dem die Briten Brüssel eingenommen hatten, war er zu ihr ins Zimmer gegangen, hatte ihr sanft das alte blaue Kleid, das ihrer Mutter gehört hatte, ausgezogen und sie zum ersten Mal geliebt. Verwundert und entzückt hatte er festgestellt, daß sie unberührt war. Nachher hatte sie in seinen Armen gelegen. Tränen des Glücks liefen ihr über die Wangen, als er sie küßte. Und Sam hatte sich noch heftiger in sie verliebt.

»Sam, ich liebe dich so sehr.« Leise und mit belegter Stimme formulierte sie sorgfältig ihre Worte.

»Ich dich auch. Solange, ich dich auch...« Es war ihm unerträglich, sie verlassen zu müssen, und er wußte, daß auch sie den Abschied fürchtete. Mittlerweile war sie sehr vertrauensvoll und offen. Zwei Wochen darauf erhielt Sam seinen Marschbefehl. Seine Einheit wurde an die deutsche Front verlegt, denn der Krieg tobte noch weiter, obwohl das Ende bereits abzusehen war. Alle Welt war nun überzeugt, daß Deutschland nach der Befreiung der besetzten Gebiete rasch kapitulieren würde... vielleicht schon zu Weihnachten. Sam versprach Solange einmal spätabends, während er ihren wundervoll geformten Körper mit zärtlichen Fingern liebkoste, daß alles bald vorbei war. Ihre Haut fühlte sich an wie Seide, und das Haar, das ihr über die Schultern und Brüste fiel, leuchtete wie Feuer, als er sie küßte.

»Ich liebe dich, Solange... o Gott, wie ich dich liebe!«

Eine Frau wie sie hatte er noch nie getroffen. Ganz gewiß nicht in Boston und auch nicht in Europa.

»Möchtest du mich nach dem Krieg heiraten?« In ihren Augen standen Tränen, als er diese Frage stellte, und sie gab keine Antwort. Da zwang er sie, ihn anzusehen, und die Tränen liefen ihr langsam über die Wangen, als wüßte sie etwas, das er nicht wußte.

»Was ist denn los, mein Liebling?«

Sie brachte es kaum über sich, ihre Gedanken auszusprechen – noch dazu auf Englisch.

»Im Krieg ändert sich vieles, Sam...«

Ihm gefiel es, wie sie seinen Namen aussprach, ihm gefiel auch, wie sie atmete, sich bewegte und duftete. Er liebte alles an ihr mit einer Leidenschaft, die ihn direkt in den Himmel zu heben schien. Gefühle, wie sie sie in ihm erweckte, hatte er nie zuvor empfunden.

»Du wirst nachher wieder nach Harvard gehen... und...« es

folgte ein hilfloses Achselzucken, »und du wirst Paris vergessen.« Damit wollte sie ausdrücken, daß er sich schon bald nicht mehr an sie erinnern würde. Verwirrt starrte er sie an.

»Glaubst du wirklich, ich könnte dies alles vergessen? Denkst du vielleicht, daß unsere Beziehung nicht mehr Bestand hat als ein normales Techtelmechtel? Verdammt, ich liebe dich!« Zum erstenmal erlebte sie ihn im Zorn, aber gleich darauf liebte er sie mit einer verzweifelten Heftigkeit.

»Ich liebe dich. Verstehst du? Das ist es, was zählt. Und nach dem Krieg nehme ich dich mit nach Hause. Wirst du mitkommen?«

Sie nickte langsam, konnte aber immer noch nicht ganz begreifen, daß er sich auch nach dem Krieg mit ihr abgeben wollte... falls er das Kriegsende erlebte. Sie konnte den Gedanken nicht ertragen. Sie hatte im Krieg alle Angehörigen verloren, und jetzt würde sie vielleicht auch ihn verlieren. Dieser Gedanke machte ihr angst, und sie wußte, daß es besser war, ihn nicht zu lieben, und doch war sie wie er unfähig, ihren Gefühlen Einhalt zu gebieten. Es war eine Leidenschaft, die stärker war als sie beide.

Sam hatte das Gefühl, seine Seele würde gewaltsam von der ihren weggerissen. Am Tag, als er Paris verließ, kam sie, um Abschied zu nehmen. Weder Sam noch Solange brachten ein Wort heraus, als er sie schließlich verließ. Als sie durch die Porte Saint-Cloud hinausmarschierten, lernte Arthur einen neuen Sam kennen, einen Sam, der sich einen letzten Blick zurück versagen mußte, um nicht zum Deserteur zu werden. Es war ein unerträglicher Anblick. Solange blieb hier, und er mußte in ein fremdes Land marschieren. Als letztes sah er ihre Tränen.

In den Ardennen kämpfte Sam noch draufgängerischer als zuvor, als könnte er damit die frühere Rückkehr zu Solange erzwingen. Ende September verflüchtigte sich der Traum. Nicht der Traum von Solange, sondern der Traum, daß der Krieg noch vor Weihnachten zu Ende sein würde. Die Deutschen waren längst nicht so geschwächt, wie Sam vermutet hatte, und lieferten dem Gegner erbitterte Kämpfe. Erst Ende Oktober wurde Aachen genommen. Sofort regte sich bei Sam, Arthur und ihren Kameraden neue Hoffnung, die vor Arnheim wieder zunichte wurde, und mittlerweile hatte der Winter eingesetzt, und die peitschenden Winde und der beißende Frost erinnerten Sam an das vergangene Jahr, als sie in den Bergen Italiens froren.

Von Oktober bis Dezember kämpften sie in Kälte und Schnee mit dem Gefühl, nicht ein Stück vorwärtszukommen. Die Deutschen warfen ihnen Panzerdivisionen entgegen. Panzer, deren Zahl nahezu unerschöpflich schien.

»Großer Gott, was für ein unglaublicher Mist!« Sam und Arthur hockten total erschöpft in der Dunkelheit. Ihre Hände waren steif vor Kälte, die Füße gefühllos, das Gesicht prickelte. Es war das erste Mal, daß Arthur ihn entmutigt erlebte. Seine Gedanken drehten sich nur darum, Weihnachten mit Solange zu verbringen, obwohl es allen längst klar war, daß dies nicht möglich war.

Am sechzehnten Dezember begann die Ardennenoffensive, in deren Verlauf die Deutschen den Alliierten eine volle Woche Widerstand leisteten. Erst als sich am dreiundzwanzigsten der Himmel klärte, gelang es den Alliierten, den Feind zurückzudrängen, aber auch zu diesem Zeitpunkt war der Sieg noch nicht gesichert. Um so entmutigender war es, als bekannt wurde, daß die Deutschen in Malmédy am siebzehnten Dezember neunzig Kriegsgefangene in einer brutalen, gegen alle Kampfmoral verstoßenden Aktion erschossen hatten. Und am Weihnachtsabend saßen Arthur und Sam wieder Seite an Seite in einem verschneiten Unterstand, versuchten sich warm zu halten und teilten ihre Rationen.

»Ich weiß nicht, Patterson, letztes Jahr war der Truthahn besser. Ob wir uns nach einem neuen Küchenchef umsehen sollten?«

Aber trotz dieser für Sam typischen Äußerung wirkten seine Augen matt vor Erschöpfung, und die hageren Wangen bedeckte ein Bart, der eine Woche alt war. Seit Paris schien er um zehn Jahre gealtert, vielleicht, weil jetzt so viel für ihn auf dem Spiel stand.

Ihr Sergeant war beim Vormarsch durch die Ardennen gefallen, und Sam mußte feststellen, daß der Kerl ihm fehlte... daß Solange ihm fehlte, ja sogar seine Schwester in Boston, von der er noch immer nichts gehört hatte, vermißte er.

»Möchte wissen, was sie in Paris macht.« Sam sprach die Worte aus, als wäre er gar nicht hier – in Gedanken ganz bei Solange. Hätte Arthur nicht so jämmerlich gefroren, hätte er über seinen Freund lachen müssen.

»Wahrscheinlich denkt sie an dich, du Glückspilz.« Er konnte sich noch genau erinnern, wie schön sie war, und er wünschte, er hätte ebensoviel Ausdauer wie Sam bewiesen, als sie ihr begegnet waren. Schließlich war er es, der Französisch sprechen konnte, aber... ach, das war albern. Sie war jetzt Sams Mädchen.

»Na, ein Stück Schokoladekuchen?« Sam hielt ein steinhartes Plätzchen zwischen den Fingern, das er seit einer Woche in seiner Jacke mit sich trug, und Arthur lehnte mit einer Grimasse ab.

»Ach, du wartest aufs Soufflé? Kann ich dir nicht verübeln.«

»Laß das, du machst mich nur noch hungriger.« In Wahrheit war ihnen viel zu kalt zum Essen. Sie waren halb erfroren, total erschöpft und hatten Angst.

Es dauerte weitere zwei Tage, bis die Deutschen zurückwichen und die Westfront endlich zusammenbrach. Im März nahmen sie die Brücke von Remagen bei Bonn ein, und im April stießen sie bei Lippstadt auf die Neunte Armee und nahmen an der Ruhr 325000 Deutsche gefangen. Endlich begann sich ein Ende abzuzeichnen. Am 23. April trafen die Amerikaner bei Torgau auf die Russen. Roosevelt war zwei Wochen zuvor gestorben. Diese Nachricht hatte alle bekümmert, aber die Männer an der Front wollten endlich gewinnen und sobald wie möglich nach Hause. Der Kampf um Berlin tobte bis zweiten Mai, ehe endlich die Waffen schwiegen. Am siebten Mai kapitulierten die Deutschen, und Arthur und Sam standen sich gegenüber und starrten sich stumm an. Sie schämten sich ihrer Tränen nicht. War jetzt alles vorüber? Sie hatten das Gefühl, durch die halbe Welt marschiert zu sein, und so war es auch. Sie hatten die halbe Welt befreit.

»Mein Gott, Sam...« flüsterte Arthur, als sie die Nachricht von der Kapitulation vernahmen. »Es ist vorbei... ich kann es nicht glauben.« Sie umarmten sich wie Brüder, und nach allem, was sie gemeinsam erlebt hatten, fühlten sie sich auch wie Brüder. Sam wurde dabei ein sonderbar wehmütiges Gefühl nicht los. Ein so bewegender Moment würde nie wiederkehren, und gleich darauf empfand er Erleichterung. Er warf seinen Stahlhelm in die Luft und stieß einen lauten Freudenschrei aus, aber dabei dachte er nicht an Arthur. Es war Solange... er befand sich schon praktisch auf dem Weg nach Hause. Und wie er ihr acht Monate zuvor versprochen hatte, wollte er sie mit sich nehmen.

3. Kapitel

Vor der Überfahrt im Mai 1945 hatte er drei Tage Urlaub bekommen. Sam war direkt nach Paris gefahren und hatte Solange angetroffen, wie er sie verlassen hatte. Die drei Tage, die nun folgten, verflogen schneller als ein Traum.

Als er diesmal auf dem Bahnhof von ihr Abschied nahm, um von Berlin aus in die Staaten zu fliegen, ließ Solange ihren Tränen freien Lauf. Sam hatte erwogen, sie noch in Paris zu heiraten, aber dies wäre nur unter großen bürokratischen Schwierigkeiten möglich gewesen. Es war einfacher, sich in den Vereinigten Staaten trauen zu lassen. Er hatte Solange versprochen, sie Ende des Sommers nachkommen zu lassen. Erst mußte er zusehen, daß er irgendwie zu Geld kam. Sein Entschluß, nicht mehr nach Harvard zu gehen, da er sein Glück als Schauspieler versuchen wollte, stand fest. Im Moment war er gewillt, jede Arbeit anzunehmen, nur um das Geld für Solanges Überfahrt zusammenzubekommen. Er wollte sie mit einem Touristenvisum einreisen lassen und sie unmittelbar nach der Ankunft heiraten. Der Gedanke an die Monate ohne Solange war für ihn fast unerträglich.

In New York hatte Arthur ihn überredet, zu ihm zu ziehen, bis Sam eine Wohnung gefunden hätte. Tatsächlich sollten die Wohnungssuche und die Vorfreude auf Solanges Kommen Sam ganz ausfüllen.

»Weine nicht, mein Liebling. Verlaß dich darauf, daß du spätestens im September nachkommen kannst.« Er hatte also vier Monate Zeit, um alles in die Wege zu leiten und genug Geld zu verdienen, damit sie zu zweit eine Weile leben konnten. Er war dreiundzwanzig, hatte den Krieg überlebt und war von dem Gefühl erfüllt, die Welt erobern zu können.

»Ich liebe dich, Sam!« rief sie, als der Zug losfuhr, und sie winkte, solange sie ihn sehen konnte.

»Hübsches Mädchen, das Sie da haben«, bemerkte bewundernd ein Sergeant, als sie es sich im Zug bequem machten. Sam nickte nur. Er hatte keine Lust, mit irgend jemandem über Solange zu sprechen. Auf die bewundernden Blicke anderer Männer konnte er verzichten. Solange war eine schöne junge Frau, ja sie war mehr als das, sie war seine zukünftige Frau.

Der Zug kam um Mitternacht in Berlin an. Sam fuhr sofort in sein Quartier und machte sich auf die Suche nach Arthur, der sich eifrig den deutschen Mädchen widmete, da sie seiner Vorliebe für hochgewachsene Blondinen entsprachen. Deutschland war für ihn diesbezüglich der siebte Himmel, ein Grund für Sam, ihn ständig aufzuziehen. Als er in seinem Quartier eintraf, war Arthur nicht da, so daß Sam schlafen ging, in Gedanken bei seiner Verlobten und ihrem gemeinsamen Leben in New York. Und ehe er es sich versah, war der Morgen gekommen. Zwei Tage später flog er ab, während Arthur erst in zwei Wochen abreisen sollte.

Sam wurde nach Fort Dix, New Jersey, gebracht, um dort seine Entlassungsurkunde zu unterschreiben. Von dort fuhr er mit der Bahn nach New York. Kaum war er an der Penn Station ausgestiegen, hatte er das Gefühl, auf dem Mond gelandet zu sein. Nach drei Jahren in Europa, nach Kämpfen in Dreck und Schlamm, Regen und Schnee, war es unglaublich, wieder daheim zu sein und zu sehen, daß die Menschen ihrem gewohnten Leben nachgingen. Es fiel ihm schwer, sich daran zu gewöhnen, auch das kleine Hotel an der West Side, in dem er wohnte, war ihm fremd. Er sehnte sich nach Arthur und Solange, während er durch die Straßen lief, bei Agenten und auf Schauspielschulen vorsprach und einen Job suchte, bei dem er Geld verdienen konnte.

Bei der Entlassung hatte er 154 Dollar in die Hand gedrückt bekommen, ein Betrag, der sehr schnell dahinschmolz. Daher war es eine große Erleichterung, als Arthur zwei Wochen später ankam und Sam zu ihm und seiner Mutter ziehen konnte, denn ohne Arthur hatte Sam Mrs. Patterson nicht behelligen wollen. Er freute sich sehr, Arthur wiederzusehen, nicht weil er ihm half, sondern vor allem weil er wieder jemanden hatte, mit dem er sich aussprechen konnte. Stundenlang schwatzten sie miteinander in dem Zimmer, das sie zusammen bewohnten. Sie waren wie Kinder. Arthurs Mutter beschwerte sich manchmal, weil die beiden sie störten, und sie betrachtete Sam nur mit Mißfallen. Sie tat, als trüge er irgendwie Schuld am Krieg. Das Gelächter der beiden und die Geschichten, die sie sich immer wieder erzählten, bewiesen ihr, daß die Soldaten großen Spaß gehabt hatten und daß Arthur nur von zu Hause fortgegangen war, um ihr Kummer zu bereiten. Sam stellte für sie die ständige unglückselige Erinnerung an schwere Zeiten dar, so daß es eine Erleichterung war, als Arthur eine eigene Wohnung fand und Sam dort bei sich wohnen ließ. Inzwischen hatte Sam einen Job bei einer J.-P.-Clarke-Filiale an der Third Avenue als Kellner bekommen, gleichzeitig hatte er sich in einer Schauspielschule an der West Thirty-ninth einschreiben lassen. Rollen hatte er noch keine angeboten bekommen. Als er sich schon verzweifelt fragte, ob die Schauspielerei nur ein hoffnungsloser Traum war, bekam er einen Termin zum Vorsprechen bei einer Off-Broadway-Show. Ein Engagement bekam er zwar nicht, aber er fühlte sich in der Branche schon ein wenig heimischer als vorher, und er wußte jetzt vor allem, was er bisher falsch gemacht hatte. Er besprach die Sache mit seinem Schauspiellehrer, und als er sich Ende Juli wieder beim Theater vorstellte, erhielt er eine Statistenrolle. Solange berichtete er davon wie über einen großen Sieg. Viel aufregender für beide war es aber, als er ihr schließlich im September das Geld für die Überfahrt schicken konnte, und dazu ein paar zusätzliche Dollar, damit sie sich einkleiden konnte. Er hatte ihr lang und breit erklärt, daß sie von seinem Kellnerlohn und von Trinkgeldern leben müßten und daß sie unter Umständen eine lange Zeit sehr sparsam sein mußten. Aber er wurde keinen Augenblick in seinem Entschluß schwankend, Solange nachkommen zu lassen.

Sie traf am sechsundzwanzigsten September auf der *De Grasse* nach einer Überfahrt in der Touristenklasse ein. Es war das erste Schiff, das seit Kriegsende aus Le Havre ausgelaufen war. Sam stand am Kai und suchte mit dem von Arthur geliehenen Feldstecher die Decks ab. Jedes einzelne Gesicht betrachtete er und geriet allmählich in Panik, weil er Solange nicht finden konnte... und dann sah er auf einem der unteren Decks ein weißes Kleid und ein weißes Hütchen, unter dem das rote Haar, das er so liebte, hervorquoll, und das Gesicht, nach dem er sich so sehr gesehnt hatte. Er winkte wie wahnsinnig, doch am Pier standen sehr viele Menschen. Es war klar, daß Solange ihn unmöglich in dieser Masse entdecken konnte.

Die Zollformalitäten dauerten so lange, daß Sams Ungeduld kaum mehr zu zügeln war. Es war ein strahlender, sonniger Tag, sehr warm, und eine leichte Brise war zu spüren – ein vollkommener Tag für das Wiedersehen mit Solange. Und plötzlich war sie da und flog in seine Arme, den Hut schief auf dem Kopf. Die Tränen liefen ihr über die Wangen, während er sie küßte und in den Armen hielt. Auch Sam weinte. Es war der Augenblick, den er so verzweifelt herbeigesehnt hatte, und er lachte gleichzeitig vor Erleichterung und Freude und küßte seine Verlobte immer wieder.

»O Gott, Solange, ich liebe dich so sehr.« Es war eine Leidenschaft, die keine Vernunft und kein Maß kannte. Er konnte es nicht ertragen, sie gleich nach ihrer Ankunft alleinzulassen, und schwänzte seine Schauspielstunden. Zudem fiel es ihm sehr schwer, jeden Abend um fünf zur Arbeit zu gehen. Er hatte eine winzige Wohnung in den East Forties unter der Hochbahn gefunden, und Solange begleitete ihn von dort aus allabendlich zur Arbeit, mochte es auch noch so kalt sein. Kam er dann um halb drei nach Hause und brachte ihr etwas zu essen mit, war sie immer noch auf und erwartete ihn. Sie aßen erst, nachdem sie sich geliebt hatten, manchmal erst um vier Uhr morgens. Zu Weihnachten bestand sie plötzlich darauf, daß er sich künftig ernsthaft seiner Schauspielkarriere widmen sollte. Die Bühnenlaufbahn erschien Sam im Moment wie ein ferner Traum. Solange war viel näher und realer, aber er wußte, daß sie recht hatte. Gelegentlich begleitete sie ihn zum Unterricht und bekam mit, wie begabt er war. Seine Lehrerin war jedoch unerbittlich und forderte immer mehr von ihm. Jeden Morgen lernte er Rollen auswendig und suchte in Zeitungsannoncen nach Vorsprechterminen.

Mit Arthur trafen sie sich ab und zu, viel seltener jedoch, als Sam es sich gewünscht hätte. Sie hatten leider wenig Zeit füreinander, da Sam nachts arbeitete und Arthur inzwischen eine feste Freundin hatte. Sie hatte schon vor dem Krieg ihr Diplom am Vassar-College gemacht, bediente sich einer nasalen Sprechweise und hatte einen blonden Pagenkopf. Von Sam schien sie nicht sonderlich begeistert zu sein, und sie ließ keine Gelegenheit aus, von ihm als dem »Kellner« zu sprechen. Mehr noch, sie machte kein Hehl daraus, daß sie Solange haßte. Arthur war das Verhalten seiner Freundin schrecklich peinlich, und er protestierte, wenn sie Sam und Solange die »Zigeuner« nannte. Sie hieß Marjorie, und Arthurs Kriegsgeschichten oder die Tatsache, daß Solange die Besetzung Frankreichs mutig überstanden und ihre gesamte Familie verloren hatte, rührten sie kein bißchen. Sie selbst hatte im Krieg als freiwillige Helferin beim Roten Kreuz und in der Junior League gearbeitet, und das war in ihren Augen wirklich ein Verdienst und eine vornehme Tätigkeit. Es war nicht zu übersehen, daß sie mit ihren achtundzwanzig Jahren von der Angst besessen war, ledig bleiben zu müssen. Nach dem Krieg ging es vielen Mädchen ähnlich, Mädchen, die schon Jahre zuvor geheiratet hätten, wären nicht so viele Männer in Übersee stationiert gewesen, wie immer wieder betont wurde. Und

Marjorie setzte alles daran, daß Arthur sie zur Ehefrau machte. Aber Arthur hatte seine eigenen Probleme. Seine Mutter war gesundheitlich nicht auf der Höhe, das hatte er Sam gestanden, und eine Ehe mit Marjorie würde sie zusätzlich belasten. Arthur war wieder für seine alte Anwaltsfirma tätig und galt als sehr tüchtig. Noch immer hatte er Angst, seiner Mutter Kummer zu bereiten, seiner Mutter, die der Meinung war, er sollte eine jüngere Frau heiraten... eine andere... oder am besten gar keine. Als er bei den Pattersons wohnte, hatte Sam Arthurs Mutter sehr genau kennengelernt, und Arthur tat ihm wirklich leid, weil er sich von allen unterkriegen ließ. Seine Mutter wollte ihn von allen anderen Menschen fernhalten, damit sie ihn für sich allein habe. Alle Frauen in Arthurs Leben und auch seine Freunde waren für sie nur Konkurrenten. Schließlich brachte sie es fertig, daß Arthur Gewissensbisse hatte, wenn er nicht jeden Augenblick seiner Freizeit mit ihr zusammen war.

»Il manque de courage«, hatte Solange über Arthur geurteilt, als sie in die Staaten kam. Es war bei einem ihrer Drei-Uhr-Morgen-Festmähler gewesen, und ihre Bemerkung war von einer entsprechenden Handbewegung gekennzeichnet.

»Er hat... keinen Mut.« Sie war stolz, den richtigen Ausdruck gefunden zu haben. »Kein Herz... keinen Mumm.«

»Solange, er hat sehr viel Herz. Leider verfügt er nicht über die nötige Energie.« Und seine Mutter umklammert ihn wie ein Schraubstock, dachte Sam bei sich.

»*Voilà.*« Sie gab ihm recht. »Keinen Mut. Er soll Marjorie heiraten, wenn es sein Wunsch ist, andernfalls soll er ihr Lebewohl sagen, oder vielleicht«, sie lächelte boshaft, »sollte er sie verprügeln.« Sam hatte gelacht und nicht widersprochen.

»Und zu seiner Mutter sollte er sagen... *merde!*« Da hatte Sam noch lauter gelacht. Er und Solange verstanden sich prächtig, im Bett und auch sonst, da sie in allen Dingen ähnliche Ansichten hatten. Zudem hatte Solange ein goldenes Herz und hing sehr an ihm. Sie mochte auch Arthur sehr gern, und das gefiel Sam besonders gut. Arthur war bei ihrer Trauung im Rathaus drei Tage nach Solanges Ankunft Trauzeuge gewesen, und er hatte sich um den Papierkram gekümmert, den Solanges Ankunft mit sich gebracht hatte. Sie nannte ihn »grand frère«, großer Bruder, und sah ihn mit ihren großen grünen Augen liebevoll an. Arthur hätte sein Leben für sie hingegeben.

Marjorie hatte große Mühe, aber schließlich setzte sie ihren Willen durch, und im Frühjahr 1946 gab es in ihrer Heimatstadt Philadelphia eine stille Hochzeit. Sam war nicht sehr glücklich über Arthurs Wahl. Er fand, daß sein Freund jetzt nicht nur eine schwierige Mutter, sondern auch noch eine ausgesprochen komplizierte Frau hatte. Arthurs Mutter konnte aus gesundheitlichen Gründen nicht an den Hochzeitsfeierlichkeiten teilnehmen. Ihr Herz sei zu schwach, um eine Reise zu verkraften, hieß es, deshalb war sie auf Anraten ihres Arztes zu Hause geblieben. Auch Solange und Sam waren nicht gekommen, aber sie waren auch nicht eingeladen gewesen. Arthur hatte ihnen umständlich erklärt, daß es sich um eine kleine Hochzeit handle, bei der nur die Familie und Marjories engster Freundeskreis anwesend war, auch sei es zu weit... zu kompliziert... sicher würden sie es nicht auf sich nehmen wollen... Bei jedem Treffen mit Sam hatte er sich entschuldigt, aber Solange wußte es besser, denn sie hatte den Zeitungsbericht gelesen. Es war eine Hochzeit mit fünfhundert Gästen in der St.-Peter-Episkopalkirche in Philadelphia mit anschließendem Empfang im Philadelphia Club gewesen. Auch Arthur hatte die Notiz entdeckt und betete darum, daß die Walkers sie nicht gelesen hatten.

»Sam, das war aber nicht sehr nett von ihm.« Solange war um Sams willen gekränkt und enttäuscht, Sam aber zeigte sich erstaunlich verständnisvoll.

»Daran hat Marjorie schuld und nicht Arthur.«

»*Quand même*...« Trotzdem... es bestätigte nur, was sie bereits festgestellt hatte. Arthur fehlte es an Mut, und Sam ahnte, daß Marjorie ihre Beziehung ernsthaft unterbinden würde.

Mit der Zeit erkannte er, daß er recht gehabt hatte. Sam traf sich mit Arthur zum Mittagessen, gelegentlich war auch Solange dabei, aber diese Begegnungen schlossen Arthurs Frau nie mit ein, die nun, da sie Arthurs Ring am Finger hatte, erklärte, daß sie Rechtswissenschaft studieren und erst viel später Kinder haben wollte. Arthur erholte sich von diesem Schlag lange nicht. Er hatte auf raschen Kindersegen gehofft, und Marjorie hatte ihn vor der Ehe in dem Glauben gelassen, daß sie sich auch so schnell wie möglich Kinder wünschte.

Sams und Solanges gemeinsames Leben war so erfüllt, daß sie sich über Arthur und dessen Frau nicht allzu viele Gedanken machten. Solange lebte nur für Sam. Ständig ermutigte sie ihn, mit seiner Schauspielerei Ernst zu machen. Im Herbst 1947 war sie über jedes am Broadway gespielte Stück eingehend informiert, hatte sich wenn möglich in Proben geschlichen und las jede nur erreichbare Fachzeitschrift und alle einschlägigen Artikel, während Sam täglich auf die Schauspielschule ging und alle Vorsprechtermine wahrnahm, zu denen sie ihn schickte. Mit vereinten Kräften ging es auch früher als erwartet mit Sams Karriere bergauf.

Sein großer Durchbruch kam schon kurz nach Weihnachten. Er erhielt eine Hauptrolle in einem Off-Broadway-Stück und bekam außerordentlich gute Kritiken, die ihm den Respekt der Theaterbranche sicherten. Das Stück wurde nach viereinhalb Monaten abgesetzt, stellte aber für Sam eine unschätzbare Erfahrung dar. Und im Sommer trat er im Sommertheater in Stockbridge, Massachusetts, auf. Während ihres Aufenthaltes in Stockbridge entschloß er sich zu einem Besuch bei seiner Schwester, obwohl es ihm sehr unangenehm war, daß er in den drei Jahren seit seiner Heimkehr aus dem Krieg nie den Versuch gemacht hatte, mit ihr in Verbindung zu treten. Solange schalt ihn heftig wegen seines mangelnden Familiensinns... bis sie Eileen und Jack Jones kennenlernte und begriff, warum Sam jeden Kontakt unterlassen hatte. Sam hatte sich zunächst bei Eileens alter Adresse gemeldet und festgestellt, daß seine Schwester einen Marinecorps-Veteranen, Jack Jones, geheiratet hatte. Zur Begrüßung überschüttete Jack Solange und Sam mit einer Flut anrüchiger Witze. Eileen selbst war schweigsam und zurückweisend, als sie in ihrem Haus, das in einer häßlichen Straße eines heruntergekommenen Vorortes von Boston lag, saßen. Sie war offensichtlich betrunken. Ihr Haar, das an den Wurzeln schwarz nachwuchs, bleichte sie noch immer blond, ihr Kleid saß so knapp, daß sie ebensogut gar nichts hätte anhaben können, was ihrem Mann offensichtlich mehr behagt hätte. Unglaublich, daß sie und Sam auch nur entfernt verwandt sein sollten. Daher war es eine große Erleichterung für Solange, als sie sich schließlich wieder empfehlen konnten. Sam atmete tief durch und sah seine Frau mit einem Lächeln an, in dem sich Bedauern und Enttäuschung mischten.

»Das also war meine Schwester...«

»Ich verstehe nicht... was ist nur los mit ihr?« Solange, die in den vergangenen Jahren noch schöner geworden war und sich trotz ihrer begrenzten Mittel geschmackvoll zu kleiden verstand, konnte es nicht fassen. Sie selbst sah aus wie eine Schauspielerin oder ein erfolgreiches Mannequin.

»So war sie immer schon«, erklärte Sam. »Wir kamen nie miteinander aus.« Er seufzte. »Und um ehrlich zu sein, ich habe Eileen nie gemocht.«

»Zu schade.« Sie waren froh, wieder fortzukommen. Beiden war klar, daß Eileen für sie keinen Verlust darstellte. Aber sie bedauerten, daß sie zu Arthur keinen engeren Kontakt mehr hatten. Er besuchte Sam in jenem Sommer einmal in Stockbridge und zeigte sich von dessen Bühnenauftritt sehr beeindruckt. Natürlich entschuldigte er Marjorie gebührend, die angeblich sehr bedauerte, daß sie ihren Mann nicht begleiten konnte, da sie einen Besuch bei ihren Eltern in deren Sommerhaus in Philadelphia geplant hätte. Da sie ihr Studium an der juristischen Fakultät der Columbia University im Herbst beginnen würde, wollte sie sich vor Semesterbeginn noch ausgiebige Ferien gönnen. Es verstand sich von selbst, daß Sam und Solange keine weiteren Fragen stellten.

Im September sank die Beziehung zu Arthur und Marjorie zur Bedeutungslosigkeit herab. Sam bekam ein Angebot, seine erste richtig große Rolle, und Solange war so aufgeregt und glücklich, daß sie eine Riesenflasche Champagner besorgte, die sie in totaler Hemmungslosigkeit austranken. Sam sollte die Hauptrolle in

»Wilderness« spielen, in einem Stück, das zu den wichtigsten der Broadwaysaison zu werden versprach. Es war eine Traumrolle, und beide gerieten außer sich vor Nervosität. Arthur übernahm die Vertragsverhandlungen, und Sam kündigte seinen Kellner-Job. Die Proben des von einem der erfolgreichsten Broadway-Produzenten finanzierten Stückes begannen unverzüglich. Sam Walkers Karriere hatte ihren Anfang genommen. Es war eine Saison, in der er sich in bester Gesellschaft befand. Rex Harrison würde im Schubert in »Anna der Tausend Tage« mit Joyce Redman auftreten. Henry Fonda und David Wayne spielten im Alvin in »Mister Roberts«, und Anne Jackson hatte am sechsten Oktober in Tennessee Williams »Der steinerne Engel« im Music Box Theatre Premiere. Es sollte ein Jahr werden, an das die Theaterwelt immer zurückdenken würde.

Arthur führte die Walkers ins »21« zum Feiern aus. Was Marjorie betraf, erklärte er, sie sei bereits mit ihrem Studium vollauf beschäftigt und hätte nicht mitkommen können. Solange hatte an jenem Abend in ureigener Sache eine Ankündigung gemacht. Sam hatte sie es bereits am Abend zuvor gesagt, und er befand sich in Hochstimmung. Mit einem Schlag hatten sie alles, was sie sich wünschten. Er und Solange würden ein Kind bekommen. Das Baby sollte im April geboren werden, und bis dahin würde Sam auch mit dem Stück gut vorangekommen sein. Ihr Glück schien den Gipfel der Vollkommenheit erreicht zu haben, so daß sich in Arthur ein wenig Neid und Bedauern über sein eigenes Leben regten. Er war erst zweiunddreißig, wirkte aber seit geraumer Zeit viel älter. Auch er hatte sich Kinder gewünscht, aber Marjorie würde nach Abschluß ihres Studiums dreiunddreißig sein. Zudem war abzusehen, daß der Beruf sie ausfüllen würde. Arthur mußte sich mit der Tatsache abfinden, daß er niemals Vater sein würde. Aus irgendeinem Grund gewann dadurch das Baby von Sam und Solange auch für ihn eine besondere Bedeutung.

»Ich beneide euch.« Und das tat er wirklich; er dachte dabei nicht nur an das Kind, sondern an alles, was sie hatten... die Liebe, die sie verband... die Freude über Sams Karriere. Für die beiden schien das Leben erst zu beginnen. Sam war sechsundzwanzig und Solange dreiundzwanzig. Seit jenem Tag nach der Befreiung von Paris, als sie Solange begegneten, schienen Ewigkeiten vergangen zu sein. Solange war jetzt eine schicke, ja elegante Frau und noch viel schöner als damals, da sie nun voller Lebensfreude war.

Und die Freude und Erregung ließ auch im Herbst nicht nach, als Sam Tag und Nacht probte und an seiner Rolle bis zur Perfektion arbeitete. Abends kam er jedesmal todmüde nach Hause, war aber nie zu erschöpft, Solange seine Liebe zu beweisen oder ihr von seinen Kollegen oder den Änderungen an dem Stück zu erzählen. Von seiner Partnerin Barbara George, einem bekannten Broadway-Star, konnte er sehr viel lernen. Das alles erzählte er Solange mit leuchtenden Augen und mit seinem fröhlichen Lachen, das sie so liebte.

Die Premiere fand am neunten Dezember statt, einen Tag nachdem Rex Harrison mit dem Anderson-Stück Premiere gehabt hatte, und Sam bekam sogar noch bessere Kritiken als Harrison. Es war unglaublich... mehr noch... es war nicht zu fassen... Sam hatte es geschafft.

4. Kapitel

Das Baby kam zur Welt, während das Stück am Broadway noch mit großem Erfolg lief. Solanges Zeiteinteilung hatte sich geradezu als perfekt erwiesen. Die Wehen setzten ein, nachdem der Vorhang an einem Samstagabend gefallen war, und das Baby, ein Mädchen, erblickte am nächsten Morgen um zehn Uhr im Doctor's Hospital an der East End Avenue nach einer unkomplizierten Geburt das Licht der Welt. Sam betrachtete seine schwarzhaarige und grünäugige Tochter, die in Solanges Armen lag, andächtig. Er war überwältigt davon, wie hübsch die Kleine war und wie schön Solange aussah – müde, aber sehr stolz, als hätte sie unter viel Mühen ein großes Geheimnis ergründet.

Der erste Besucher am nächsten Tag war Arthur, der sich das Baby mit feuchten Augen durch das Fenster ansah. Sie hatten sich für den Namen Hilary entschieden. Solange gefiel dieser Name sehr gut, obwohl sie mit der Aussprache Schwierigkeiten hatte. Sie konnte das »H« nicht aussprechen und nannte das Kind »Ilary«, wenn man es ihr zum Stillen brachte und sie auf französisch zärtliche Zwiesprache mit ihm hielt. Sie hatten Arthur gebeten, als Taufpate zu fungieren – eine Bitte, die ihn sehr rührte, doch anstelle von Marjorie hatten sie Sams Partnerin Barbara George zur zweiten Patin auserkoren.

Bei der pompösen Taufe in der St. Patrick's Cathedral steckte das Baby in einem wunderschönen Taufkleidchen aus Spitze, einem Geschenk der Taufpatin. Solange trug ihren neuen Nerzmantel und einen Diamantring zur Schau – beides Geschenke, die Sam ihr nach der Geburt aus Dankbarkeit gemacht hatte. Seit Sam die Hauptrolle in »Wilderness« spielte, hatten sich ihre finanziellen Verhältnisse sehr vorteilhaft geändert. Sie bezogen eine große Wohnung an der Lexington Avenue, die zwar nicht luxuriös war, aber um vieles komfortabler als ihre alte Bleibe unter der Hochbahn an der Third Avenue. Das Baby bekam ein eigenes Zimmer, dessen Fenster auf ein kleines Hintergärtchen führten, und Sam und Solange hatten nun einen gemütlichen Raum für sich und ein geräumiges Wohnzimmer, in dem sie mit ihren Freunden zusammensitzen konnten. Der Strom der Besucher in ihrer neuen Wohnung schien nicht abzureißen. Es waren neue Freunde – meist Schauspieler und Leute, die mit Sams Stück zu tun hatten. Solange hatte nichts gegen diese Gesellschaft, im Gegenteil, sie sah diese Menschen gern bei sich.

Das Stück lief ein volles Jahr und wurde erst nach Weihnachten 1949 abgesetzt. Noch vor Ablauf eines Monats bekam Sam einige Angebote, und als er sich schließlich für ein Stück entschloß, das ihm zusagte, waren er und seine kleine Familie kaum zu Atem gekommen, als die Probenarbeit wieder begann. Inzwischen war die Kleine neun Monate alt und im besten Krabbelalter. War Sam beim Rasieren, tauchte sie plötzlich im Bad zu seinen Füßen auf, trank er Kaffee, saß sie unter dem Frühstückstisch und entzückte ihn mit ihrem ununterbrochenen Gebrabbel. Er wollte ganz rasch noch ein Kind, einen Sohn, wie er hoffte, Solange aber war dafür, sich noch ein wenig Zeit zu lassen. Sie war zufrieden mit ihrer kleinen Hilary und wollte dem Kind noch eine Weile ihre volle Fürsorge und Aufmerksamkeit schenken. Man konnte sich keine liebevollere Mutter denken. Seit der Geburt war ihre Beziehung zu Sam noch inniger, so als hätte sich ihre Liebe für ihn vervielfacht. Ihr Aussehen war durch die Mutterschaft in keiner Weise beeinträchtigt worden – im Gegenteil. Solange war eine auffallende Schönheit, die in den Gesellschaftskolumnen der Presse immer häufiger Erwähnung fand. Sie hatte einige Interviews gegeben, in denen sie das Interesse jedoch immer wieder geschickt auf Sam lenkte und seine schauspielerischen Qualitäten ins gebührende Licht rückte. Nach der Premiere des neuen Stückes stimmten die Kritiker neuerlich Lobeshymnen an. Es lief volle zwei Jahre, und als es schließlich abgesetzt wurde, beschloß Sam, eine Pause einzulegen. Neun Monate später kam die zweite Tochter, diesmal ein rothaariges Baby zur Welt. Es war der Premierenabend von Sams neuem Stück. Kurz nachdem der Vorhang sich gehoben hatte, mußte Arthur Solange ins Krankenhaus bringen. Es war für sie eine große Enttäuschung, Sams Premiere nicht miterleben zu können, aber sie schaffte es kaum ins Krankenhaus, drückte verzweifelt Arthurs Hand, während dieser den Fahrer bat, schneller zu fahren. Zehn Minuten nach der Ankunft in der Klinik wurde Alexandra auf einer Bahre vor dem Kreißsaal geboren. Solange lehnte sich erschöpft und erleichtert zurück, als sie das laute Geschrei des Babys hörte. Kaum war sie in ein Zimmer geschoben worden, war auch schon Arthur an ihrer Seite und brachte sie zum Lachen, indem er erklärte, sie hätten noch Zeit, zum Schluß des Stückes mit dem Baby zurechtzukommen. Solange hätte es nur zu gern getan – Arthur konnte ihr jedoch nur versprechen, Sam gleich nach der Aufführung mitzubringen und sie am nächsten Tag wieder zu besuchen.

Sam erschien erst am nächsten Morgen bei Solange. Endlose Premierenpartys hätten ihn aufgehalten, entschuldigte er sich und war bemüht, Solanges Enttäuschung zu übersehen.

Die ganze Nacht hatte sie auf ihn gewartet, und er hatte nicht mal angerufen. Er präsentierte ihr ein herrliches Smaragdarmband als Überraschung, aber dennoch blieben ihre stummen Fragen unbeantwortet. Sie war zutiefst gekränkt, daß Sam nicht möglichst schnell zu ihr gekommen war. In jüngster Zeit war er überhaupt viel weniger aufmerksam, da seine Arbeit ihn zu sehr beanspruchte, wie er behauptete. Solange wußte, daß er die schwierigste Rolle in dem Stück spielte, aber dennoch ... ihr war das Baby viel wichtiger. Sam aber sprach von nichts anderem als von seiner neuen Partnerin. Er schien geradezu besessen von ihr zu sein. Und Arthur hatte die Aufgabe übernommen, Solange und Alexandra nach dem Klinikaufenthalt nach Hause zu bringen, während Sam auf einer Probe war. Er war fast ständig außer Haus. Solange hütete sich, sich zu beklagen, wenn er abends spät heimkam, doch sie registrierte es immer. Was ihr besonders auffiel, war der betäubende Duft des Parfums einer anderen. Obwohl sie es mit keinem Wort erwähnte, wußte sie, daß ihre Ehe sich in letzter Zeit verändert hatte. Sie spürte eine unendliche Leere in ihrem Leben, eine Leere, die für sie ständigen Schmerz bedeutete. Arthur war der einzige, der sie zu verstehen schien, der einzige, mit dem sie sich aussprechen konnte. Dabei hatte er genug eigene Probleme. Sein Wunsch nach eigenen Kindern war noch vorhanden, aber Marjorie wollte nach wie vor nichts davon hören. Arthur hielt Sam für einen verdammten Narren, aber das sprach er nicht aus. Er tat nur sein Bestes, Solange mit häufigen Einladungen zum Lunch aufzuheitern. Es war nicht fair, eine Frau, die ihren Mann über alles liebte, so zu behandeln. Immer häufiger ertappte er sich bei dem Gedanken, daß er damals vor vielen Jahren Sam aus dem Feld hätte schlagen sollen, doch dafür war es jetzt zu spät. Solange war Sams Frau und ihm treu ergeben.

»Und du, Arthur, was ist mit dir? Bist du glücklich? Nein, natürlich nicht«, beantwortete Solange ihre Frage sofort selbst, und er widersprach nicht. Wie hätte jemand auch mit einer Frau wie Marjorie glücklich sein können?

»Du solltest ihr ein Kind aufzwingen, wenn du eines möchtest.« Sie machte ein so ernstes Gesicht, daß er lachen mußte. Es war unmöglich, Marjorie etwas aufzuzwingen – für ihn jedenfalls. Er war nicht der Typ dazu.

»Man kann eine Frau nicht zum Kinderkriegen zwingen.« Er lächelte wehmütig. »Man bekäme nur eine unglückliche Mutter und schließlich unglückliche Kinder. Keine so fröhlichen Kinder, wie du sie hast.« Die beiden Mädchen waren kleine Engelchen, die Solange vergötterte. Hilary war noch immer so dunkel wie Sam und hatte große grüne Augen, während Alexandra leuchtend rotes Haar hatte und blauäugig war. Arthur lächelte Solange zu und erkannte den Kummer in ihren Augen. Sie wußte, was Sam hinter ihrem Rücken trieb, so wie ganz New York es wußte. Ihr waren die Gerüchte zu Ohren gekommen, und zudem berichtete die Presse ständig über seine Eskapaden.

»Sam ist ein verdammter Narr. Jetzt ist er einunddreißig und hat alles erreicht ... und dazu hat er eine Frau, für die die meisten Männer ihren rechten Arm hergeben würden.«

»Was sollte ich wohl mit seinem rechten Arm anfangen?« Ihr philosophisches Lächeln ließ sie ungemein französisch wirken. »Ich möchte sein Herz und nicht seinen Arm ... oder den teuren Schmuck. Wenn etwas im Gange ist, kommt er immer mit Juwelen an.«

»Ich weiß.« Arthur runzelte die Stirn. Er beriet Sam noch immer in geschäftlichen Dingen, und schon seit geraumer Zeit hatte er Sam geraten, sparsamer zu sein. Aber Sam sah alles von der spielerischen Seite und genoß seinen Erfolg. Er hörte nicht auf, zu kaufen und zu kaufen ... Spielzeug für die Kinder ... Pelze und Schmuck für seine Frau ... Anzüge für sich ... und teure Geschenke für die Frauen, mit denen er Affären hatte. Von einigen dieser Affären wußte Arthur. Er billigte sie nicht und hoffte immer, Solange würde nichts davon erfahren. Aber er spürte, daß diesmal etwas anders war. Er hatte jetzt das Gefühl, daß Solange wirklich unglücklich war.

»Arthur, ich weiß nicht, was ich tun soll. Ich weiß nicht, ob ich ihm eine Szene machen soll, ob ich ihm sagen soll, daß ich informiert bin, oder ob ich still abwarten soll, bis alles vorüber ist. Denn es wird bald vorbei sein wie immer bei Sam... und dann kommt er zu mir zurück.« Ihr Lächeln hätte Arthur in die Knie gezwungen, wäre es für ihn bestimmt gewesen.

»Solange, du bist eine sehr vernünftige junge Frau, das genaue Gegenteil der meisten amerikanischen Frauen. In diesem Land spielen die Frauen meist verrückt, wenn sie ihren Mann eines Seitensprunges verdächtigen. Sie heuern Detektive an, reichen die Scheidung ein, nehmen ihn nach allen Regeln der Kunst aus...«

Solange war wirklich einmalig. Aber sie lächelte nur ihr kluges kleines Lächeln, das ihm sagte, daß sie tausend Jahre alt war, auch wenn sie aussah wie zwanzig.

»Arthur, ich will keine Sachen oder Geschenke. Ich will nur meinen Mann.« Es lag auf der Hand, daß sie Sam von ganzem Herzen liebte. Und Arthur beneidete seinen Freund nicht zum erstenmal. Sehr oft hatte er sich gefragt, was geschehen wäre, wenn er Solange damals so hartnäckig gefolgt wäre, wenn er sie an jenem Tag in der Rue d'Arcole angesprochen hätte – was wäre passiert? Es war eine alberne und sinnlose Frage, die er sich aber sein ganzes Leben lang stellen würde. Sam war der Glückliche. Er war glücklicher, als er ahnte, dieser Dreckskerl.

»Ich denke, er wird sich wieder beruhigen.«

Solange seufzte und trank ihr Weinglas leer.

»Wir haben mit allen seinen Partnerinnen dieses kleine Problem, aber mit der Zeit wird er ihrer überdrüssig. Es ist für ihn ja auch nicht einfach, er lebt sich in seine Rollen immer ganz ein... die Schauspielerei ist ein harter Beruf, der ihn voll und ganz fordert.« Sie sah aus, als glaubte sie, was sie sagte, aber Arthur schüttelte den Kopf.

»So sehr beansprucht sein Beruf ihn nicht. Sam ist zu verwöhnt. Verwöhnt vom Erfolg, verwöhnt von den Frauen, die ihm begegnen... und von dir, Solange. Du behandelst ihn wie einen Pascha.«

»Für mich... er bedeutet mir alles.« Der Blick ihrer großen Augen und ihre Worte trafen Arthur bis ins Mark.

»Dann mußt du Geduld haben. Sam wird wieder zu dir zurückkehren. Er spielt nur mit dem Feuer. Solange dir das klar ist, bleiben seine Affären bedeutungslos.«

Sie nickte. Ein guter Rat. Und sie war stets bereit, Geduld zu üben. Sam war ihr teurer als ihre eigenes Leben.

Sams Affäre zog sich über ein halbes Jahr hin und fand ein brutales Ende, als seine Partnerin einen Selbstmordversuch unternahm. Danach wurde ihre Rolle umbesetzt, aus »gesundheitlichen Gründen«, und Sams Leben verlief wieder in normalen Bahnen. Das bewies eigentlich nur, wie hart und gefühllos Sam sein konnte, aber Solange war dennoch erleichtert, daß es so gekommen war. Für den Moment war die Bedrohung vorüber. Es war 1954, und er spielte in dem Stück noch ein ganzes Jahr und kehrte wie immer zu Frau und Kindern zurück. Das Theaterstück lief besonders lange, und beiden tat es leid, als es abgesetzt wurde. Im Anschluß daran unternahmen sie mit den Mädchen eine Europareise. Sie verbrachten einen ganzen Sommer in Saint-Tropez – davon hatte Sam immer schon geträumt. Im Krieg war er schon an der Côte d'Azur gewesen, wenn auch nur für einen Tag, und hatte sich immer gewünscht, dorthin zurückzukehren.

Sie schickten Arthur eine Ansichtskarte aus Saint-Tropez und eine aus Cannes, und dann unternahmen sie einen Ausflug nach Paris. Solange wollte den Kindern zeigen, wo sie ihre Kindheit verbracht hatte. Diese Rückkehr war für sie eine enorme Gefühlsbelastung. Neun Jahre waren vergangen, seit sie ihre Heimatstadt verlassen hatte, die für sie schmerzliche Erinnerungen, aber auch viele glückliche barg. Solange hoffte, wenigstens Hilary würde, obwohl sie erst fünf Jahre alt war, etwas von der Reise haben. Alexandra war ja noch ein Baby. Deswegen hatten sie eine Nurse mitgenommen, die die Kinder betreute – was für ein Unterschied zu damals, als Solange Frankreich mit einem Dampferticket in der Tasche und kaum genügend Geld, um sich satt zu essen, verlassen hatte! Damals hatte sie drei Kleider und zwei Paar Schuhe besessen, dazu den Hut auf ihrem Kopf und einen abgetragenen Mantel, der ihrer Mutter gehört hatte. Jetzt war sie mit Schrankkoffern voller Kleider wiedergekommen. Sie hatten die Überfahrt erster Klasse auf der *Liberté* gemacht und stiegen in Paris im Ritz ab. Sam führte sie zu Givenchy, zu Chanel und Dior, damit sie ihre Garderobe ergänzen konnte, und ging mit ihr zu Cartier, wo er darauf bestand, ihr ein neues Diamantarmband zu kaufen.

»Aber Sam, das brauche ich doch gar nicht«, protestierte sie lachend, als er es ihr mit sanfter Gewalt um das Handgelenk legte. Er war so liebevoll wie einst und verwöhnte sie wie eine neue Geliebte. In den letzten Jahren hatte er sich so kostspielige Gewohnheiten zugelegt, daß sein Lebensstil Solange manchmal angst machte. Wie Arthur so wollte auch sie ihn dazu bringen, daß er an die Kinder dachte und für sie Reserven schuf.

»Jedes Mädchen soll einmal ein Diamantarmband haben, Solange.«

»Aber ich habe doch drei!« Sie entzog ihm lächelnd ihren Arm und schüttelte den Kopf. *»Non, chéri! Je ne veux pas!* Ich möchte, daß du dein Geld sparst.«

»Du redest schon wie Arthur.« Sam schien verärgert.

»Er hat recht. Wir müssen an die Kinder denken.«

»Sehr gut.« Er deutete auf ein weiteres Armband auf dem Samttablett und bedeutete der Verkäuferin, es ihm vorzulegen. »Wir nehmen zwei.«

»Ah, non, Sam! Quand même voyons!« Seit der Rückkehr nach Paris sprach sie wieder mehr französisch, und ihre Freude war groß, als sie merkte, daß Hilary ganz unbefangen anfing, französische Worte zu artikulieren, so daß sie mit der Zeit zweisprachig wurde. Alexandra konnte noch nicht reden, würde aber die Sprache ihrer Mutter ebenfalls lernen. In gewisser Weise hatte Solange ihre Heimat nie ganz aufgegeben. Und es tat gut, wieder zu Hause zu sein. Es gab Orte und Erinnerungen, die ihr Herz höher schlagen ließen, und als sie nachts auf der Place Vendôme standen und die vielen Lichter und das Standbild Napoleons sahen, war es ein erhebendes Gefühl für sie – so hatte sie niemals empfunden, seitdem sie Paris verlassen hatte.

An jenem Abend aßen sie im Maxim's und am nächsten Tag im La Tour d'Argent, und am Tag der Abreise überreichte Sam ihr die beiden Diamantarmbänder und einen neuen Ring. Solange versuchte zu protestieren, obwohl sie wußte, daß es hoffnungslos war. Auf der Überfahrt dachte sie oft daran, was für eine wundervolle Reise es gewesen war. Sie hatte das Wiedersehen mit ihrer Heimat genossen, freute sich aber auch wieder auf New York, das nun ihr wirkliches Zuhause geworden war. Dort lebte sie seit neun Jahren, und die Stadt war ihr ans Herz gewachsen. Sie hatten jetzt eine Wohnung am Sutton Place, mit herrlicher Aussicht auf den Fluß und ausreichend Platz für die Kinder. Es war eine zweigeschossige Wohnung, die ideal für große Einladungen war. Ganz in der Nähe wohnte Marilyn Monroe, die mit Sam gut bekannt war und sich immer mit ihm traf, wenn sie sich in New York aufhielt, aber Solange wußte, daß die beiden nie eine Affäre miteinander gehabt hatten. Sie mochte Marilyn sehr – sie war eine sehr amüsante Frau. Es war Marilyn, die ihr immer wieder zuredete, sie solle zum Film gehen, worüber Solange nur lachen konnte.

»Ein Star in der Familie reicht!« pflegte sie darauf mit ihrem noch immer hörbaren französischen Akzent zu antworten. Sam bekam im Herbst ein Angebot für ein neues Stück, das er ablehnte, da er es für zu wenig anspruchsvoll hielt. Um so verblüffter reagierten alle, als er sich zur Arbeit an einem Film entschloß. Für die Dauer der Dreharbeiten zog die ganze Familie nach Hollywood. Solange fand, daß diese Stadt total verrückt und voller Menschen war, die den Unterschied zwischen Phantasie und Wirklichkeit nicht mehr erkennen konnten. Sie wohnten in einem der »Bungalows« des Beverly Hills Hotels und hatten noch einen kleineren für die Kinder und die Nurse gemietet. Ein Jahr lang lebten sie ein völlig unwirkliches Leben. Solange hielt den Film für sehr gut, Sam aber war alles andere als begeistert und sehr erleichtert, als sie nach New York zurückkehrten und er im Januar 1956 mit den Proben für ein neues Stück anfangen konnte. Er widmete sich wieder völlig der Bühnenarbeit, und es waren keine zwei Monate vergangen, als er sich wieder in seine

Partnerin verliebt hatte. Aber diesmal war Solange mit ihrer Geduld am Ende. Sie traf sich mit Arthur regelmäßig zum Lunch, und öfter, als ihr lieb war, weinte sie sich an seiner Schulter aus. Arthurs Ehe bestand nur mehr auf dem Papier, da Marjorie ständig beruflich unterwegs war. Seine Mutter war im Vorjahr, als sie in Kalifornien gewesen waren, gestorben. Plötzlich fühlte Arthur sich entsetzlich einsam – so einsam wie Solange, trotz Sams ewiger Beteuerungen und teurer Geschenke. Zu seinen Kindern war er immer besonders nett, wenn ihn Gewissensbisse plagten.

»Warum? Warum tust du mir das an?«

Eines Morgens beim Frühstück hielt sie ihm die Zeitung mit der Klatschkolumne unter die Nase.

»Solange, du bildest dir wieder Sachen ein! Das tust du immer, wenn ich mit der Arbeit an einem neuen Stück anfange.«

»Weil du mit Beginn der Probenarbeiten unweigerlich mit der neuen Partnerin eine Affäre anfängst. Mußt du dir neben deiner Rolle auch die Partnerin aneignen? Könnte diese Aufgabe nicht einer der anderen Schauspieler übernehmen? Deine zweite Besetzung vielleicht? Könnte man das nicht vertraglich festlegen?«

Sam lachte sie nur aus und zog sie an sich. Er setzte sie auf seinen Schoß und liebkoste ihre rote Haarflut, die nichts von ihrer Pracht eingebüßt hatte.

»Ich liebe dich, du närrische Person.«

»Nenn mich nicht närrisch! Ich kenne dich zu gut, Mr. Walker. Du kannst mich nicht mehr an der Nase herumführen. Niemals wieder!«

Sie drohte ihm ernsthaft mit dem Finger, doch immer wieder verzieh sie ihm. Sam trank zuviel, und wenn er betrunken nach Hause kam, benahm er sich manchmal aggressiv und ängstigte sie, aber sie konnte ihm unmöglich lange böse sein. Dazu liebte sie ihn zu sehr – mehr, als ihr gut tat, meinte Arthur, und er hatte vielleicht recht. Es gab im Grunde nur einen einzigen Punkt an Sam, den sie nicht akzeptierte: die anderen Frauen. Alles andere liebte sie an ihm. Im Frühjahr wurde sie wieder schwanger, und ihre dritte Tochter wurde kurz nach Weihnachten geboren, als Sam in Kalifornien war. Sie wurden Megan getauft. Und wieder hatte Arthur Solange ins Krankenhaus gebracht. Sie brauchte volle zwei Tage, um Sam in Kalifornien telefonisch zu erreichen. Es kursierten wieder delikate Gerüchte über ihn, und sie wußte, was er in Hollywood trieb. Diesmal hatte sie es endgültig satt und gab es ihm auch deutlich zu verstehen, als er wieder in New York war. Das Baby war drei Wochen alt. Solange drohte ihm sogar mit der Scheidung – etwas, was sie noch nie getan hatte. »Du demütigst mich vor der ganzen Welt... du hältst mich zum Narren und erwartest, daß ich stillhalte und es über mich ergehen lasse. Sam, ich möchte mich scheiden lassen.«

»Du hast den Verstand verloren. Du bildest dir diese Dinge nur ein. Wer hat dir das alles eingeredet? Arthur etwa?« wehrte er sich, schien aber doch sehr betroffen zu sein.

»Arthur hat damit nichts zu tun. Man braucht ja nur die Zeitungen aufzuschlagen. In jeder Klatschkolumne von hier bis Los Angeles steht alles über deine Eskapaden. Jahr für Jahr, Monat für Monat, bei jedem Film, bei jedem Stück gibt es ein neues Starlet, eine neue Partnerin, eine neue Frau. Du treibst es schon zu lange auf diese schamlose Weise, und du spielst mit den Gefühlen anderer. Du bist von dir selbst so eingenommen, daß du glaubst, du wärest dir so etwas schuldig. Mir soll es recht sein, aber auch ich bin mir etwas schuldig. Ich brauche einen Ehemann, der mich liebt und der mir treu ist.«

»Und was tust du?« Jetzt versuchte er zum Gegenschlag auszuholen, obwohl er wußte, wie verzweifelt sie sein mußte.

»Was ist mit deinen Verabredungen mit Arthur?«

»Sam, mit wem sollte ich mich denn sonst aussprechen? Er ruft wenigstens nicht die Zeitungen an und erzählt weiter, was ich mit ihm bespreche.« Jeder andere, den sie ins Vertrauen zog, würde direkt oder indirekt die Öffentlichkeit informieren. Sie war schließlich Sam Walkers Frau. Und Sam war ein Star.

»Wenigstens kann ich mich an seiner Schulter ausweinen.«

»Während er in deine Suppe heult. Ihr seid wirklich das wehleidigste Paar, das mir je begegnet ist. Und denk daran, was ich dir schon mal sagte. Ich werde nie in eine Scheidung einwilligen. Punktum. Amen. Also komm mir nicht wieder damit.«

»Ich brauche deine Einwilligung gar nicht.« Es war das erste Mal, daß sie ihm unverhohlen drohte.

»Ach, nein?« Sein Ton verriet einen Anflug von Furcht, obwohl er geschickt versuchte, seine Gefühle zu überspielen, aber sie ließ sich nicht täuschen.

»Ich brauche dich nur beobachten zu lassen. Ich hätte mich schon fünfzigmal scheiden lassen können.«

Sam war türenknallend aus dem Haus gestürmt, ohne etwas zu erwidern. Am nächsten Tag war er wieder nach Kalifornien geflogen. Die Proben für sein Stück mußten um einen ganzen Monat verschoben werden, aber Sam Walker wurde viel verziehen, er konnte sich alles leisten.

Bei seiner Rückkehr standen die Zeichen bei Solange noch immer auf Sturm. Sie wußte genau, in wessen Gesellschaft er an die Westküste geflogen war. Sie hatte es jetzt endgültig satt. Und als er eines Abends nach Hause kam, erwartete sie ihn und stellte ihn erneut zur Rede.

Es kam zu einem so lauten Streit, daß Hilary aufwachte. Alexandras Zimmer lag ein Stück weiter weg, und Megan war erst ein paar Monate alt.

Aber Hilary war schon acht, und ihr blieb alles deutlich in Erinnerung. Der Krankenwagen und die Polizei... die Sirenen... und ihre Mutter, die in ein Laken gehüllt hinausgetragen wurde... sie erinnerte sich genau an das, was gesagt worden war... und daran, daß ihr Vater weinte, als man ihn abführte. Er hatte seine Tochter gar nicht bemerkt, wie sie in der Tür gestanden und zugesehen hatte. Und sie erinnerte sich, daß das Kindermädchen Onkel Arthur anrief. Arthur war sofort gekommen, und sein Gesicht war fahl vor Entsetzen. Er konnte es nicht fassen. Es mußte ein Irrtum vorliegen, es mußte... es war unmöglich. Er kannte doch die Probleme der beiden, aber er wußte, daß Sam Solange liebte und umgekehrt. Es war eine Liebe, die schon einige Stürme überstanden hatte, eine Liebe, die alles verzieh, eine Liebe auf den ersten Blick. Diese seltene Zuneigung hatte alle gerührt, die mit ihnen näher zu tun hatten... er konnte es nicht fassen, als er in der Morgendämmerung in ihrer Wohnung saß und der Portier diskret an die Wohnungstür klopfte und die Zeitungen brachte. Aber da stand es, schwarz auf weiß. Arthur griff mit zitternder Hand nach der Zeitung. Da stand es... das Ende eines Traumes... das Ende eines Lebens. Sam hatte Solange getötet.

ZWEITER TEIL

Hilary

5. *Kapitel*

Hinter Arthur, der in der Sprechzelle auf Sam wartete, fiel laut die Tür ins Schloß. Sam war auf die Polizeiwache des siebzehnten Bezirks an der East Fifty-first Street gebracht worden, und es wurde Mittag, bis man Arthur endlich zu ihm ließ. Bis zu diesem Zeitpunkt hatte man ihn verhört, stundenlang, obwohl dazu gar keine Notwendigkeit bestand. Er hatte ohnehin alles gestanden. Er hatte geheult. Er hatte mit ausdruckslosem Blick vor sich hingestarrt... er hatte sich an jede Minute jener ersten Stunden in Paris erinnert. Sam war unbegreiflich, warum er so etwas getan hatte... er wußte nur, daß er betrunken gewesen war... Solange hatte ihm höllische Angst eingejagt, als sie sagte, daß sie ihn verlassen wollte. Dennoch – er konnte es nicht mehr verstehen, warum er es getan hatte. Er hatte sie doch auf keinen Fall verlieren wollen, und sie hatte gesagt... sie hatte gesagt... Mit verzweifeltem Blick starrte er Arthur an, als man ihn hereinführte. Fast hätte man meinen mögen, er nehme ihn gar nicht richtig wahr.

»Sam...« setzte Arthur heiser an. Er hatte den ganzen Morgen über geweint. Jetzt faßte er nach Sams Arm, als müsse er ihn vom Rande des Abgrunds zurückreißen. Und Sam sah aus, als sei er dem Ende nahe. Er stand in der Mitte der Zelle und sah Arthur blicklos an.

»Ich habe sie getötet, Arthur... ich habe sie getötet.« Er sah Arthur gar nicht... er sah vielmehr Solange vor sich – wie sie sich wehrte und er sie zu Tode würgte... das rote Haar, das er so sehr liebte... warum..., warum hatte er ihr das angetan? Warum hatte sie diese schrecklichen Dinge zu ihm gesagt? Er starrte seinen Freund immer noch an, während ihm Tränen über die Wangen liefen.

»Setz dich, Sam... komm schon.« Arthur drückte ihn behutsam auf einen der beiden steiflehnigen Stühle, die sich an einem schmalen, zerschrammten Tisch gegenüberstanden.

»Wir müssen miteinander reden.« Sam schien zwar kaum fähig, einen klaren Gedanken zu fassen, aber einige Dinge mußten geklärt werden.

»Möchtest du über das Ganze sprechen?«

Sams Blick war noch immer starr. Es war doch alles ganz einfach.

»Ich habe sie getötet.«

»Sam, das weiß ich. Aber was ist vorher passiert? Hat sie dich provoziert?« Er mußte Sam einen guten Strafverteidiger sichern, aber zuvor galt es festzustellen, was überhaupt geschehen war. Sam war mit einemmal nicht nur sein bester Freund, er war auch ein Klient. »Hat sie dich geohrfeigt?« Sam schüttelte den Kopf.

»Sie sagte schreckliche Dinge... im Zorn.«

Arthur konnte sich den Grund denken, aber er fragte dennoch: »Warum war sie zornig?«

Sam hatte den Blick gesenkt. Er dachte an Solanges Wutausbruch – so hatte er sie nie zuvor erlebt. Und er hatte gewußt, daß er diesmal zu weit gegangen war. In seiner Verzweiflung hatte er alles versucht, um sie nicht zu verlieren. Und doch hatte er alles zerstört... die einzige Frau, die er von Herzen liebte... Verzweifelt wandte er sich Arthur zu.

»Sie wußte, daß ich wieder eine Affäre hatte... es war gar nicht wichtig für mich... kein Seitensprung hat mir etwas bedeutet.«

»Solange haben deine Affären schon etwas bedeutet, Sam.« Arthur sprach leise. Er mußte sich ins Gedächtnis rufen, daß es Sam war, den er verteidigte, und nicht Solange.

Als Antwort bedachte Sam ihn mit einem sonderbaren Blick und schwieg.

»Hat sie dir mit Scheidung gedroht?«

Sam nickte, und dann plötzlich verspürte er den Drang, die Situation zu klären. Er mußte Arthur die Frage stellen. Er mußte es wissen. Im Grunde hatte er sie vermutlich nur darum getötet. Natürlich hatte sein alkoholisierter Zustand auch eine Rolle gespielt. Er hatte die Beherrschung verloren, weil sie so fürchterliche Dinge gesagt und weil er Angst gehabt hatte, sie würde es diesmal ernst meinen und er könnte sie verlieren.

»Solange sagte, du und sie, ihr beide hättet eine Affäre gehabt. Stimmt das?« Sein Blick durchbohrte den Freund, und Arthur sah ihn bekümmert an.

»Was glaubst du?«

»Vorher habe ich keinen Gedanken daran verschwendet. Ich weiß, daß ihr euch irgendwie nahegestanden habt... und oft zum Lunch verabredet wart...«

»Und hat sie je ein Geheimnis daraus gemacht?« Wie alle guten Anwälte kannte er die Antwort, ehe er die Frage stellte.

»Nein... sie hat mir immer davon erzählt... oder zumindest habe ich das geglaubt.«

»Meinst du nicht auch, daß sie damit nur versucht hat, dich zurückzugewinnen, trotz des Schmerzes, den du ihr zugefügt hast? Wie sonst hätte sie es anstellen sollen?«

Jetzt, im hellen Licht des Tages, erkannte Sam alles. Doch in der letzten Nacht, in seinem grenzenlosen Jähzorn hatte Sam ihr geglaubt... und er hatte den Verstand verloren und sie umgebracht. Der Gedanke daran drückte ihm die Kehle zu, wie eine Hand, die ihn erdrosselte. Er wußte, daß er nichts anderes verdiente. Für das, was er Solange angetan hatte, verdiente er den Tod. Wieder brach er in Tränen aus, und Arthur umfaßte seine Schultern.

»Was wird jetzt aus den Kindern?« Sam sah voller Panik zu Arthur auf.

Arthur hatte sich schon den ganzen Morgen über das Schicksal der Mädchen den Kopf zerbrochen. »Sicher bist du so vermögend, daß für die Kinder gesorgt ist, während das Verfahren läuft.« Zudem hatten sie eine Nurse und ein Hausmädchen. In der Wohnung am Sutton Place hatten die Walkers ein ziemlich aufwendiges Leben geführt.

Sam starrte den Freund mit stumpfem Blick an.

»Wieviel wird mich dies alles kosten?«

Solange hatte es das Leben gekostet, und jetzt... Arthur mußte gegen seine eigenen Gefühle ankämpfen. Wie hatte Sam ihr nur so etwas antun können? Und dennoch, Sam war sein Freund, mehr noch, er war fast wie ein Bruder. Sie hatten Seite an Seite den Krieg überlebt, Sam hatte ihn über Stock und Stein geschleppt, hatte ihn zu den Sanitätern gebracht, als er bei Monte Cassino verwundet worden war. Sie waren zusammen in Paris und in Rom einmarschiert... Paris... die Rue d'Arcole... Solange! Das alles war so dicht mit seinem eigenen Leben verwoben. Und jetzt ging es nicht mehr nur noch um Sam und Solange, es waren drei Kinder da, die umsorgt werden mußten. Hilary, Alexandra und Megan. Aber Arthur zwang seine Gedanken zurück zu Sams Frage, die er beantworten mußte. Sam wollte wissen, wieviel die Verteidigung ihn kosten würde.

»Das hängt von dem Anwalt ab, den du nimmst. Ich werde mir sehr gut überlegen, wen ich dir empfehle. Du solltest dir den besten nehmen. Es wird zu einem Riesenprozeß kommen, bei dem die Sympathien aller Beteiligten und Zuschauer auf seiten Solanges liegen werden. In den letzten Jahren hat sich die Presse viel mit deinen Frauengeschichten beschäftigt, ein Umstand, der sich jetzt für dich nachteilig auswirkt.«

Aber Sam schüttelte entschieden den Kopf. »Ich möchte keinen anderen Verteidiger. Ich möchte, daß du mich vertrittst.« Er musterte Arthur, der merklich zusammenzuckte.

»Das kann ich nicht.« Seine Stimme klang heiser und wurde von den Wänden zurückgeworfen.

»Warum nicht?«

»Weil ich dein Freund bin. Und weil ich in Strafsachen keine Erfahrung habe.«

»Das ist mir einerlei. Einen besseren als dich gibt es nicht. Einen anderen will ich nicht. Ich möchte dich.« Wieder füllten sich seine Augen mit Tränen, weil alles so schrecklich war, so unfaßbar, und doch war es tatsächlich passiert. Er selbst hatte diesen Alptraum Wirklichkeit werden lassen. Er hatte dieses schreckliche Verbrechen begangen.

Arthurs Gesicht glänzte vor Schweiß. Das alles war schon schlimm genug, aber der Gipfel war, daß er Sams Verteidigung übernehmen sollte. Er konnte es nicht.

»Sam, ich glaube nicht, daß ich das schaffe. Ich war noch nie bei einem Strafverfahren als Anwalt tätig. Und das wäre für dich ein gewaltiger Nachteil. Das kannst du keinem von uns antun, o Gott, bitte.« Arthur war nach Heulen zumute. Aber Sam, der ihn mit flehendem Blick ansah, zeigte sich unnachgiebig.

»Du mußt es tun. Für mich, für die Kinder... für Solange... bitte...

Für Solange? Guter Gott, Sam hatte sie umgebracht. Aber Arthur wußte, daß Solange auch wünschen würde, daß er Sam half. Er wußte, wie verzweifelt sie ihn geliebt hatte.

»Das sollten wir uns beide noch mal überlegen. Ich bin überzeugt, daß es ein verhängnisvoller Fehler wäre. Sam, du brauchst den Besten, und nicht einen Wirtschaftsanwalt, den du aus irregeleiteter Anhänglichkeit in die Sache hineinziehst. Ich kann es nicht. Ich kann so etwas einfach nicht!« Einen solchen Gefühlsausbruch hatte Sam an ihm noch nie erlebt, dennoch wollte er, daß Arthur seine Verteidigung übernahm.

»Was im Moment aber viel wichtiger ist... soll ich der Kinder wegen jemanden benachrichtigen?«

Sam schüttelte nach kurzer Überlegung den Kopf. Von Arthur und den unzähligen Theater-Bekannten abgesehen, hatte er niemanden. Solange hatte keine vertrauten Freundinnen gehabt. Sie war in Sam, seinen Kindern und seiner Karriere aufgegangen. Für andere hatte sie weder Zeit noch Interesse aufgebracht.

»Gibt es keine Angehörigen, die ich verständigen sollte?« Nach dem gemeinsam in Europa verbrachten Jahren hätte es Arthur wissen müssen, doch plötzlich ließ ihn sein Gedächtnis im Stich. Er wußte, daß Sams Eltern tot waren, aber er konnte sich nicht mehr erinnern, ob es sonst jemanden gab, den er hätte verständigen sollen. Sam schüttelte den Kopf.

»Niemanden, der den Kindern etwas bedeutet. An meine Schwester in Boston darfst du dich unter keinen Umständen wenden.«

»Warum nicht?«

»Ich habe sie seit Jahren nicht mehr gesehen – das letzte Mal vor Hilarys Geburt. Sie ist eine Schlampe. Also kannst du sie vergessen.«

Aber Arthur konnte es sich jetzt nicht leisten, auch nur irgend jemanden zu vergessen.

Vielleicht war eine Tante genau das, was die Kinder jetzt brauchten.

»Wie heißt sie? Nur für alle Fälle... in einer Situation wie dieser weiß man ja nie...

»Eileen. Eileen Jones. Sie ist mit einem Ex-Marinesoldaten verheiratet, er heißt Jack. Sie leben in Charlestown. Glaub mir, dir gingen die beiden gewaltig gegen den Strich.« Sam stand auf und ging durch die Untersuchungszelle ans Fenster.

»Ich habe ja nicht die Absicht, sie übers Wochenende einzuladen, aber im Moment wären ein oder zwei Angehörige, die sich um sie kümmern, nicht schlecht.« Die drei Mädchen, von denen zwei fast noch Babys waren, hatten niemanden auf der Welt außer einer Nurse und einem Hausmädchen... und Arthur.

Sam drehte sich wieder zu seinem Freund um. »Kann ich die Kinder sehen?« Der Gedanke an die drei trieb ihm wieder die Tränen in die Augen... seine kleinen Engelchen... seine Babys... wie hatte er ihnen dies antun können? Er hatte ihnen die Mutter genommen, eine Mutter, die ihnen eine glückliche Kindheit und ein harmonisches Leben bereitet hätte, eine Mutter, die sie nie im Stich gelassen hatte, die immer für sie da war, die sie küßte, liebkoste, badete, die mit ihnen spielte, ihnen Märchen vorlas, sie abends ins Bett brachte, dabei immer lachte und mit ihnen schmuste... allein der Gedanke ließ ihn erschaudern. Er fragte sich, ob er es je fertigbringen würde, sich um die drei zu kümmern, falls er hier herauskäme. Aber daran auch nur einen Gedanken zu verschwenden, war ohnehin sinnlos. Er würde es schaffen müssen. Arthur sah ihn ernst an.

»Möchtest du sie wirklich sehen?«

»Nein, lieber nicht.« Sams Stimme war kaum hörbar. »Ich dachte nur ... ich wollte versuchen, ihnen zu erklären ... Hilary wenigstens ...«

»Das kannst du später auch noch tun. Im Moment solltest du dich um dich selbst kümmern, wir müssen dich hier herausbekommen.«

»Glaubst du, das schaffst du?« Es war das erste Mal, daß Sam ihn dies fragte, und Arthur gefiel die Frage gar nicht.

»Ich glaube, ein anderer Anwalt hätte bessere Chancen als ich.«

»Mir egal. Ich sagte dir schon, daß ich dich als Verteidiger haben möchte.«

»Es wird ein beinharter Kampf ... für alle ... ehrlich, Sam.« Er sprach es nur ungern aus, aber er mußte ihm die Wahrheit sagen. »Wir werden auf momentane geistige Verwirrung plädieren müssen ... auf ein Verbrechen im Affekt ... du hast alles gestanden. Für die Anklage könnte der Fall nicht günstiger liegen, dazu kommt, daß dein Ruf in den vergangenen Jahren ziemlich gelitten hat.« Sie beide wußten, daß er recht hatte, und Arthur hatte ihm schon lange ins Gesicht sagen wollen, was für ein verdammter Narr er war, aber aus anderen Gründen. Er hatte es ihm übelgenommen, daß er Solange kränkte, unnötigerweise. Aber Sam war sein Freund, und Arthur wußte, daß der Erfolg so schnell und heftig über ihn hereingebrochen war, daß er Schwierigkeiten hatte, damit fertig zu werden. Er war erst fünfunddreißig und schon seit Jahren ein Star. Er hatte viel hinnehmen müssen, war gezwungen gewesen, vielen Erwartungen zu entsprechen, und er hatte einen Preis dafür gezahlt ... aber das hatte Solange auch ... mehr als Sam bewußt war. Es gab vieles an Solange, das ihm entgangen war, weil ihn seine Karriere so beansprucht hatte, daß er egozentrisch geworden war. Das schienen sogar seine Töchter zu spüren. Alexandra hatte kürzlich zu Arthur gesagt: »Wenn Daddy daheim ist, müssen wir viel Getue um ihn machen, sonst wird er ärgerlich. Unser Daddy braucht viel Aufmerksamkeit.« Das traf den Nagel auf den Kopf. Solange hatte es ihnen erklärt und ihnen beigebracht, ihn in Ruhe zu lassen, wenn er müde war, oder ihm kleine Aufmerksamkeiten zu bringen, wie die Schokolade, die er so liebte, oder einen Teller frischer Früchte, etwas Kühles zum Trinken. Manchmal sangen sie ein kleines Liedchen, das Solange mit ihnen geübt hatte. Der ganze Haushalt drehte sich nur um Sam.

Und jetzt hatten die Kinder beide Elternteile, Solange und Sam, auf einen Schlag verloren. Nachdem er Sam alleingelassen hatte, zerbrach sich Arthur den ganzen Weg ins Büro den Kopf. Er entschied sich, auf eigene Faust die Paten der Kinder anzurufen und festzustellen, ob er bei ihnen Interesse wecken konnte. Da Sam in Haft und Solange nicht mehr am Leben war, hatten die Kinder außer Arthur niemanden mehr. Aber die Pateneltern, meist bekannte Schauspieler, waren ihres hübschen Gesichts und des berühmten Namens wegen ausgewählt worden. Ein echtes Interesse an den Kindern hatte keiner. Sie waren viel mehr daran interessiert, mit Arthur über den Skandal zu diskutieren, sie wollten wissen, warum Sam durchgedreht, ob er den Verstand verloren hatte, weil Solange ihn provoziert hätte, und was jetzt geschehen würde, wann es zum Prozeß käme... aber keiner fragte nach den Kindern. Damit war er wieder so weit wie zuvor.

Er war nach wie vor die einzige Person, die in Sams Abwesenheit etwas für die Kinder tun konnte. Für alle Fälle wollte er sich den Namen ihrer Tante merken, aber vorerst wollte er Sams Wunsch berücksichtigen und sie nicht anrufen.

Als nächstes kümmerte er sich um Sams Bankkonten, um sich über seine finanzielle Situation Klarheit zu verschaffen. Er war zutiefst betroffen, als er feststellte, wie es um Sams Vermögen stand. Sam hatte viel weniger Geld, als er erwartet hatte. Er hatte alles verjubelt, meist für seine Extravaganzen und seine Freundinnen. Er hatte sogar auf eine zukünftige Gage Kredit aufgenommen und war, abgesehen von einem kleinen Betrag auf dem Girokonto, hoch verschuldet. Es war kaum genügend Bares da, um die Gehälter für die Nurse und das Hausmädchen zu bezahlen. Sam hatte seine Kinder in eine scheußliche Situation gebracht, und Arthur mußte daran denken, daß Solange schon vor zehn Jahren so etwas vorausgesehen hatte. Immer hatte sie gewollt, daß Sam für die Kinder vorsorgte und Geld anlegte. Statt dessen aber hatte er ihr Schmuck und Pelze gekauft, ganz zu schweigen, was er für die anderen Frauen ausgegeben hatte. Seine Großzügigkeit war sprichwörtlich, er hatte, seitdem er es sich leisten konnte, an nichts mehr gespart. So war es gekommen, daß er lausige zehntausend Dollar auf der Bank hatte und seine Schulden das Zehnfache betrugen. Erstaunlich, wie wenig man von seinem Freund wußte. Arthur wünschte, er hätte ihm schon vor Jahren ernsthaft die Leviten gelesen. Aber wie konnte er ahnen, daß Sam so verantwortungslos gewesen war und seinen Kindern so wenig Vorsorge hatte angedeihen lassen! Arthur versuchte, mit Marjorie über das Problem zu sprechen. Er schilderte ihr das Schicksal der Kinder, in der Hoffnung, ihr Mitgefühl zu wecken. Zu seiner Enttäuschung fand sie nur harte Worte für die Kleinen und ließ keinen Zweifel darüber, daß sie die drei für ebensolche Zigeuner wie die Eltern hielt. Sie schien für die Ärmsten nicht einen Funken Mitgefühl aufbringen zu können.

In den nächsten Tagen sollte er seine Frau kaum zu Gesicht bekommen. Er hatte alle Hände voll mit Sam und den Kindern zu tun. Dazu kam die Presse, die alle Beteiligten ständig belagerte, sogar die Mädchen. Arthur mußte sich auch um Solanges Begräbnis kümmern. Es gab sonst niemanden, der die Formalitäten hätte erledigen können.

Die Beerdigung sollte drei Tage nach Sams Verhaftung stattfinden. Zwei Tage lang lag Solange aufgebahrt, und am dritten Tag fand der Gedächtnisgottesdienst statt. Arthur fand es erstaunlich, wie groß die Trauergemeinde war. Die meisten waren Sam zuliebe erschienen, aber viele der Trauergäste hatten Solange gekannt und sie geschätzt.

»Eine bildhübsche Frau...« hörte er zahllose geflüsterte Kommentare, »... makellos schön ... er wußte gar nicht, was für ein Glückspilz er war... sie hätte auch zum Film gehen sollen... ich wollte immer, daß sie als Model für mich arbeitet... eine wunderbare Mutter... Prachtmädchen... er hatte Glück, sie zur Frau zu haben... Französin mit Leib und Seele... unglaublich... unbegreiflich..., warum hat er es getan...? Sie hat ihn vergöttert...«

So ging es in einem fort, und Arthur saß mit den Kindern und der Nurse in der ersten Reihe und kämpfte gegen seine Tränen an, als der Sarg geschlossen wurde. Hilary starrte ausdruckslos auf ihre Mutter nieder und küßte sie. Dann kehrte sie steif zu ihrem Platz zurück, als hätte das Ausmaß ihres Kummers jegliche Regung in ihr getötet. Sie wollte nicht zulassen, daß Arthur sie anfaßte. Sie ließ überhaupt niemanden in ihre Nähe. Ständig hielt sie Alexandras Hand fest und beantwortete die Fragen der kleinen Schwester – warum Mami in der Kiste unter den Rosen bedeckt schlafe. Arthur hatte den Blumenschmuck bezahlt, weil er verhindern wollte, daß die finanziellen Reserven der Familie Walker noch mehr zusammenschmolzen.

Für Alexandra sah Solange aus wie Schneewittchen nach dem Biß in den Apfel, und sie fragte Hilary ständig, wann sie wieder aufwachen und ob Daddy kommen und sie wachküssen würde.

»Nein, Axie, sie wird jetzt für immer so schlafen.« Sie sagte es ganz leise, während der Organist das Ave Maria spielte.

»Warum?«

»Nun, darum eben.« Sie brachte die Kleine zum Schweigen. »Und jetzt sei still!«

Der Griff um die Hand ihres Schwesterchens wurde fester, und Hilarys Gesicht wurde bleich, als man den Sarg ihrer Mutter an ihr vorüberrollte. Schweigend stand sie da, um plötzlich die Hand auszustrecken und zwei weiße Rosen aus der schweren Blütendecke zu ziehen, die den Sarg bedeckte. Eine Rose reichte sie Alexandra. Die Kleine fing zu weinen an und flüsterte: »Ich will, daß Mami endlich aufwacht. Sie kann doch unter dem geschlossenen Deckel nicht atmen.« Es war, als wüßte sie, daß ihre Mutter tot sei, aber niemand konnte ihr das alles erklären. Sogar die kleine Megan hatte zu weinen angefangen, als begriffe sie alles, und die Nurse mußte sie nach draußen bringen, damit sie sich im Freien ausweinen konnte. Es schien unpassend, Solange an einem so herrlichen winterlichen Sonnentag zu Grabe zu tragen, vielleicht aber doch nicht... Solange war stets von Licht, Blumen und Sonne erfüllt gewesen – vom flammenden roten Haar und den strahlenden grünen Augen angefangen bis zu dem geschmeidigen Körper, der ständig in Bewegung war.

Arthur brachte die Kinder in seiner Limousine nach Hause und fuhr dann noch einmal auf den Friedhof. Später besuchte er Sam auf Rikes Island und brachte ihm eine weiße Rose vom Sarg wie jene, die Hilary Axie gegeben hatte, mit.

Arthur wirkte sehr groß, schmal und bleich, als er im dunklen Anzug, den Homburg in Händen, die Zelle für Untersuchungshäftlinge betrat. Er sah aus wie ein Todesbote und war es in gewisser Weise tatsächlich. Zitternd sah Sam zu ihm auf.

»Ich dachte, du würdest dies vielleicht haben wollen.« Er reichte ihm die weiße Rose, die Sam mit bebender Hand in Empfang nahm.

»Wie geht es den Kindern?«

»Sehr gut. Hilary sorgt für ihre kleinen Schwestern. Mir scheint, sie hat Solanges Rolle übernommen.«

Sam ließ sich auf einen Stuhl fallen. Verzweifelt stützte er den Kopf in die Hände. Noch immer hielt er die Rose krampfhaft in der Hand. Für ihn roch sie nach Tod, nach Trauer und nach dem Begräbnis.

Alle Freude war aus seinem Leben geschwunden. Er hatte das Gefühl, daß alles vorbei war. Und so war es auch tatsächlich. Tag und Nacht lag er in seiner Zelle und dachte an Solange. Sogar seine Kinder schienen ihm fern und unwichtig. Ihn bewegte einzig die Frage, wie sehr sie ihn in späteren Jahren hassen würden, wenn sie erfuhren und begriffen, daß er ihre Mutter ermordet hatte.

Jede wie auch immer geartete Beziehung zu ihnen war unmöglich geworden. Jetzt war alles unmöglich geworden. Und das Leben war für Sam nicht mehr lebenswert, darüber hatte er bereits mit Arthur gesprochen, der ihn zur Vernunft bringen und ihn zwingen wollte, an die Kinder zu denken. Er war ihnen etwas schuldig. Aber was konnte er ihnen denn noch geben? Seine Schulden? Sein schlechtes Gewissen? Seine üblen Angewohnheiten? Seine überwältigende Reue... er hatte die einzige Frau getötet, die er je liebte... er war überzeugt, daß seine Töchter dies nie verstehen würden.

»Sam, ich habe mir über die Kinder Gedanken gemacht.« Arthur räusperte sich und betete, daß Sam ihm nicht widersprechen würde.

»Ich möchte Solanges Schmuck verkaufen, damit sie ein wenig finanziellen Rückhalt haben. Und du wirst viel Geld für den Prozeß brauchen, besonders wenn es mir gelingt, dich zu überzeugen, daß du dir einen anderen Anwalt nehmen mußt. In meinem Fall brauchen wir nur meiner Firma den Zeitaufwand zu ersetzen. Ich persönlich stelle selbstverständlich an dich keine Ansprüche.« Er wollte keinesfalls Geld für Sams Verteidigung verlangen, nicht für eine Verteidigung, die zu übernehmen er gar nicht gewillt war. Sam hatte die einzige Frau, die Arthur bewundert, ja fast angebetet hatte, getötet. Er konnte ihn gar nicht vor Gericht vertreten, auch wenn sie Freunde gewesen waren. Das hatte er Sam vergeblich klarzumachen versucht.

»Nun, was hältst du vom Verkauf des Schmuckes?« Er blickte auf Sam nieder, der ihm sein totenbleiches, mit Bartstoppeln übersätes Gesicht zuwandte.

»Gute Idee. Wenn es den Mädchen hilft, dann verhökere das Zeug. Brauchst du die Schlüssel zum Banksafe?«

»Die habe ich schon gefunden. Solange hat bemerkenswert gut Ordnung gehalten.«

Sam fand keine Worte und beschränkte sich auf ein Nicken. Kaum verwunderlich, daß sie ordentlich gewesen war. Sie war in jeder Hinsicht ein bemerkenswerter Mensch gewesen. Aber das wußten sie ohnehin beide. Jetzt war es nicht mehr von Bedeutung... sie war nicht mehr da... sie lag in dem Sarg, der vor Arthurs Augen ins Grab gesenkt worden war. Dieser Gedanke verfolgte ihn noch immer, und Sam spürte das ebenso wie Arthurs unendliche Trauer.

»Ich werde mich noch diese Woche darum kümmern.« Er brauchte für die Mädchen und für Sams Verteidigungsfonds so viel Geld wie möglich.

Der Prozeß war für den kommenden Juni angesetzt. Sie hatten also noch ein paar Monate Zeit, und Arthur wollte sicherstellen, daß die Kinder bis dahin ohne Probleme leben konnten. Außerdem würden die psychiatrischen Gutachten für Sam eine Menge kosten. Arthur beabsichtigte, auf zeitweilige geistige Unzurechnungsfähigkeit zu plädieren. Es war angesichts der Tatumstände und Sams Geständnis die einzig mögliche Vorgangsweise. Die Zeit zog sich dahin wie eine Ewigkeit, und die Nurse, die die Kinder betreute, entpuppte sich als wahres Ekel. Solange hatte bei der Auswahl der Kindermädchen niemals große Sorgfalt walten lassen, da sie ohnehin stets selbst zur Stelle war und sich um die Kinder kümmerte.

Weihnachten wurde diesmal ganz schrecklich. Da beide Eltern aus ihrem Leben verschwunden waren, fühlten sich die Kinder bereits wie Vollwaisen. Am ersten Weihnachtsfeiertag führte Arthur Hilary und Alexandra zum Lunch aus. Diese Einladung verlief ganz und gar nicht unbeschwert. Auch Alexandra entging die gedrückte Stimmung nicht. Ihr Blick wanderte ernst zwischen ihrer Schwester und Arthur hin und her, dann wandte sie sich verwirrt an Hilary.

»Warum bist du böse auf Onkel Arthur?«

»Das bin ich nicht.« Hilary starrte auf ihren Teller, nachdem sie ihrer kleinen Schwester kurz einen wütenden Blick zugeworfen hatte.

»Doch, das bist du. Du hast die Hand weggezogen, als er danach fassen wollte.«

»Iß deinen Teller leer, Axie.«

Hilary schien kein Ohr für die Weihnachtslieder zu haben, die ein Streichorchester im Palm Court des Plaza spielte. Sie war tief in ihre Gedanken versunken, und Arthur bedauerte schon, daß Marjorie nicht mitgekommen war, die im Colony Club eine Verabredung mit einer Anwaltskollegin hatte. Sie hatte rundweg abgelehnt, ihn zu begleiten.

»Mich interessieren diese Kinder nicht, und du tätest besser daran, dich nicht mit ihnen abzugeben. Du bist kein Angehöriger. Sie müssen sich mit der Situation abfinden.«

»Mit acht und fünf Jahren? Wir haben Weihnachten, um Himmels willen. Das mindeste, was wir tun können…«

»Ich möchte nichts davon hören. Wenn du den edlen Retter mimen möchtest, dann laß mich bitte aus dem Spiel.« Und damit war sie hinausgerauscht, und er war allein mit Hilary und Alexandra ausgegangen. Tatsächlich aber war Marjories unbeugsame Haltung den Kindern gegenüber nur eine Folge ihrer Abneigung gegen die Walkers im allgemeinen und besonders ihrer Mißbilligung, mit der sie seine häufigen Verabredungen mit Solange angesehen hatte. Eifersucht war es nicht. Marjorie stand einfach Solanges französischem Naturell ablehnend gegenüber sowie der Tatsache, daß Sam Schauspieler war, wenn auch ein sehr erfolgreicher.

Sam hingegen hatte zu Weihnachten keinerlei Kontakt mit den Kindern. Er durfte sie nicht anrufen und hätte es ohnehin nicht getan, da er zu niedergeschlagen war, um an etwas anderes als an Solange und seine Wahnsinnstat zu denken. Arthur hatte den Versuch unternommen, Sam Fotos von seinen Töchtern zu zeigen, vergeblich… Sam war völlig in sich gekehrt und sprach nur über Solange, die Vergangenheit und über seine Sünden, Fehler und Missetaten, die er immer wieder aufzählte. Er gebärdete sich wie ein alter Mann, der das Leben hinter sich hatte. Arthur tat sich ungemein schwer, mit Sam über den Prozeß zu diskutieren. Er schien keinen Funken Interesse für seine Verteidigung aufzubringen und sagte immer wieder, daß er es verdiene, bestraft zu werden. Natürlich war dieser Standpunkt für Arthur nicht gerade ermutigend.

Der Rest des Winters verflog mit grausamer Eile. Hilary schien mit ihren Schwestern tadellos zurechtzukommen. Man sah es den beiden jüngeren an, daß es ihnen gutging, während aus Hilarys Augen ständig Schmerz und Kummer sprachen. Ihr Blick war so anklagend, daß Arthur es mit der Angst zu tun bekam. Aber sie nahm von ihm keinen Trost an – im Gegenteil, seit dem Tod ihrer Mutter hatte sie nie seine Nähe gesucht. Wenn er ihr erzählte, daß er ihr Taufpate sei und sie liebhätte, hörte sie sich das wohlerzogen an, ohne ihm eine Antwort zu geben. Sie war ein merkwürdiges, zurückhaltendes Mädchen und nach Solanges Tod ungewöhnlich still geworden. Von ihrem Vater sprach sie, als würde sie ihn gar nicht mehr kennen und als sei er Jahre vor ihrer Mutter gestorben. Es lag auf der Hand, daß sie von den Geschehnissen zutiefst betroffen war. Es schien fast unglaublich, daß sie erst neun Jahre war. Die Tragödie hatte sie gezeichnet, so daß sie viel reifer wirkte, als es ihrem Alter entsprach.

Sooft es sich einrichten ließ, versuchte Arthur die Kinder zum Essen einzuladen. Langsam wuchsen ihm die finanziellen Probleme über den Kopf. Schule, Haushalt, Hausangestellte und Miete verschlangen viel Geld. Die kleine Megan war einige Male krank gewesen, es galt also Arzthonorare zu bezahlen, und die Kinder brauchten Schuhe und Kleidung. Der Erlös aus dem Verkauf von Solanges Schmuck war für Sams Verteidigung vorgesehen, und es war zu wenig übriggeblieben, um den Unterhalt der Kinder davon zu bestreiten. Die mageren Reserven schmolzen rasch dahin. Zuweilen fragte sich Arthur, ob Hilary etwas von diesen Schwierigkeiten ahnte. Ständig ermahnte sie die anderen zur Sparsamkeit und hatte sogar gelernt, ihre Sachen selbst zu stopfen, was Arthur sehr erstaunte. Es war kein Wunder, daß Megan Hilary bereits als Mutter ansah.

Als der Frühling kam, hatte Sam dreißig Pfund abgenommen, und die psychiatrischen Gutachten lagen vor. Die Ärzte, die ihn untersucht hatten, waren sich einig, daß er an einer tiefen Depression litt. Sie waren sich auch einig, daß er im Affekt gehandelt hatte und man von einer vorübergehenden Unzurechnungsfähigkeit ausgehen mußte, da er als normal und intelligent einzustufen sei. Sein größtes Problem war die Depression. Arthur hatte das Gefühl, nicht bis zu ihm durchdringen zu können, denn Sam tat nichts, um ihm bei der Vorbereitung zu seiner Verteidigung Hilfestellung zu leisten. Arthurs Bemühungen schienen ihn überhaupt nicht zu interessieren. Über Monate hinweg arbeitete Arthur Abend für Abend an der Verteidigung, informierte sich über ähnlich gelagerte Fälle, versuchte Verfahrensfehler zu finden und suchte verzweifelt nach neuen Gesichtspunkten.

Der Prozeß selbst wurde ein Alptraum. Der Anklagevertreter war sehr versiert und seiner Sache ungemein sicher. Er hatte jede Schlampe, jede Nutte und jedes Starlet, mit dem Sam jemals geschlafen hatte, als Zeugen geladen. Eine Prozession von Frauen zog vorüber, und alle sagten aus, daß Sam zuviel trank, daß er zur Gewalttätigkeit neigte, wenn er alkoholisiert war, und daß er ein Mensch ohne moralische Grundsätze war. Und dem Bild, das die Anklage von Solange zeichnete, konnte Arthur beim besten Willen nicht widersprechen. Man beschrieb sie als intelligente Frau, die Geist und Charme hatte und ihrem Mann außerordentlich ergeben war, bemüht, alles menschenmögliche für ihn zu tun, seine Karriere zu fördern, ihn glücklich zu machen, während sie ihren drei Kindern gleichzeitig eine bewundernswerte Mutter war. Sie hatte ein gemütliches Heim geschaffen und sich von sämtlichen schädlichen Einflüssen von Bühne und Film, denen die meisten Star-Ehefrauen erlagen, ferngehalten. Es kam offen zur Sprache, daß man trotz intensiver Nachforschungen niemanden gefunden hatte, der sie einer Untreue hätte bezichtigen können, ganz im Gegenteil, alle Befragten konnten schwören, daß Solange Walker ihren Mann vergöttert hatte. Der Anklagevertreter betonte, daß Sam absolut keinen Grund gehabt hatte, sie zu töten. Es lag kein »Verbrechen aus Leidenschaft« vor, sie hatte ihm keinen Grund für einen Wutanfall geliefert. Sam hatte sie einfach so, in einer Aufwallung von Jähzorn und Böswilligkeit getötet. Die Anklage versuchte sogar, auf Mord ersten Grades zu plädieren, da sie davon ausging, daß die Tat heimtükkisch geplant war, weil Sam frei für seine Affären sein wollte. Arthur hingegen war bemüht, auf Totschlag hinzuarbeiten, und betonte immer wieder, daß es sich im Grunde um einen Unfall gehandelt hatte. Am Ende aber wurde Sam nach nur eintägiger Beratung der Geschworenen und nach drei Prozeßwochen des Mordes für schuldig befunden. Arthur war total niedergeschlagen. Sam war, als man ihn aus dem Gerichtssaal führte, völlig geistesabwesend. Er stand eindeutig unter Schockeinwirkung. Im Laufe des Prozesses hatte seine Depression sich noch vertieft, so daß es fast unmöglich war, ihm eine Gefühlsbewegung zu entlocken. Das war ein Grund dafür, daß es allen Prozeßbeteiligten so schwerfiel, ihm zu glauben, daß er seine Frau wirklich geliebt hatte. Sam aber war nicht imstande, auch nur eine Regung zu zeigen. Dieser Umstand mußte ihm bei der Jury schaden, wie Arthur zu Recht befürchtet hatte.

Unverzüglich nach der Urteilsverkündigung beantragte Arthur eine Besuchserlaubnis bei Sam in der Zelle. Aber Sam hatte sich geweigert, ihn zu sehen, so daß der Antrag abgelehnt wurde. Arthur war verzweifelt und hatte das Gefühl, Sam im Stich gelassen zu haben. Aber hatte er ihn nicht gewarnt und ihn angefleht, sich einen erfahrenen Strafverteidiger zu nehmen? Auf dem ganzen Heimweg machte Arthur sich Vorwürfe, weil er sich von Sam hatte überreden lassen, die Verteidigung zu übernehmen. Er genehmigte sich zwei große Drinks, erwog, die Kinder zu besuchen, und entschied dann, daß er ihre Gegenwart im Moment nicht ertragen konnte. Marjorie hatte eine Nachricht hinterlassen, daß sie zum Abendessen nicht zu Hause sein würde. Er saß im Dunkeln an seinem Schreibtisch und empfand ihre Abwesenheit als Erleichterung. Sie hatte für Sam ohnehin nie etwas übriggehabt. Was Arthur wirklich fehlte, waren die warmherzigen Gespräche und die bedingungslose Zuneigung von Solange. Es war das, was sie alle brauchten und was Sam ihnen geraubt hatte. Arthur ertappte sich unwillkürlich bei der Frage, ob die Geschworenen richtig entschieden hatten, ein Gedanke, der ihn schaudern ließ, als das Telefon läutete. Es war der Gefängnisdirektor. Vielleicht hat Sam sich doch entschlossen, meinen Besuch zu dulden, dachte Arthur, als er mit zusammengekniffenen Augen einen Blick auf seine Uhr warf. Es war schon viertel nach acht, und er war todmüde und schon ziemlich alkoholisiert, aber Sam zuliebe würde er noch einmal zum Gefängnis fahren.

»Mr. Patterson, ihr Klient hat vor einer Stunde in seiner Zelle Selbstmord begangen. Wir haben ihn eben gefunden.« Arthur spürte, wie sein Herz auszusetzen drohte. Das Grauen drückte ihm die Kehle zu. Er hatte das Gefühl, sich jeden Moment übergeben zu müssen, in Ohnmacht zu fallen oder zu sterben. »Wie bitte?« Es war ein kaum hörbares Flüstern. Der Direktor wiederholte die Mitteilung, während Arthur sich zitternd im Stuhl zurücksinken ließ. Er bebte am ganzen Körper.

»O mein Gott. Wieso haben Sie ihn nicht beobachten lassen?« Sam war seit Monaten im höchsten Grade depressiv, man hätte also mit einer Kurzschlußhandlung rechnen müssen. Einer der Psychiater hatte sogar davor gewarnt. Und doch hatte niemand wirklich damit gerechnet... jetzt waren beide tot. Das war mehr, als Arthur ertragen konnte... sein einziger Freund... und die einzige Frau, die er je wirklich geliebt hatte... jetzt mußte er an die Kinder denken. Was, um Himmels willen, sollte er mit ihnen anfangen? Er mußte die Sache ernsthaft mit Marjorie besprechen, sobald sie nach Hause kam. Die Kinder hatten kein Heim mehr. Sam und Solange waren tot, ihre drei Töchter waren Vollwaisen.

6. *Kapitel*

»Arthur, hast du den Verstand verloren?« Marjorie starrte ihn so fassungslos an, als hätte er sich in aller Öffentlichkeit splitternackt ausgezogen. Er hatte auf sie gewartet und ihr, als sie nach Hause gekommen war, von Sams Selbstmord berichtet. Auf diese Nachricht hatte sie kaum reagiert. Was sie entsetzte, war Arthurs Vorschlag, daß sie Hilary, Alexandra und Megan zu sich nehmen sollten. Arthur war nichts anderes eingefallen, und irgendwie mußte er den Kindern helfen. Sie waren mittellos und standen allein auf der Welt. In einer größeren Wohnung mit einer ständigen Hausangestellten würden er und Marjorie es spielend schaffen... falls sie einverstanden war.

»Bist du verrückt geworden? Was, um alles in der Welt, sollen wir mit drei kleinen Kindern anfangen? Wir wollten nie eigene haben, warum sollten wir jetzt unser Leben von fremden Gören durcheinanderbringen lassen?«

Er schluckte und war verzweifelt bemüht, einen klaren Kopf

zu bekommen. Er wünschte, er hätte mit dieser Diskussion bis zum Morgen gewartet. Als Marjorie kam, war er schon ziemlich betrunken gewesen, und nun befürchtete er, daß er nicht sehr überzeugend argumentiert hatte.

»Sam Walker war mein bester Freund. Er hat mir im Krieg das Leben gerettet... diese Kinder sind für uns keine Fremden, Marjorie, auch wenn du es gern so siehst.«

»Hast du denn eine Ahnung, wieviel Verantwortung ein einziges Kind einem abverlangt, ganz zu schweigen von dreien?«

»Hilary ist für die Kleinen schon wie eine Mutter. Sie würde dir alles sehr erleichtern, Marjorie, wirklich.« Er fühlte sich wie ein Sechzehnjähriger, der seine Eltern um ein Auto bittet und dabei den kürzeren zieht.

»Außerdem habe ich mir immer Kinder gewünscht. Du warst diejenige, die behauptete, sie könne Kinder und Beruf nicht vereinbaren...« Er versuchte es mit einem vorwurfsvollen Blick, den sie aber gar nicht beachtete. Marjorie empfand keinerlei Schuldbewußtsein, nur Empörung.

»Ich bin nicht gewillt, drei Kinder bei uns aufzunehmen. Uns fehlt der Platz, die Zeit, und wir haben nicht die geeignete Lebensweise. Wir sind beide berufstätig. Und außerdem würde uns die Ausbildung von drei Mädchen ein Vermögen kosten. Nein! Vergiß es, bring sie in einem Heim unter, Arthur.« Das Tragische dabei ist, daß sie es ernst meint, dachte Arthur, der hörte, wie sie sich zum Zubettgehen zurechtmachte.

Er versuchte sie am nächsten Morgen beim Frühstück umzustimmen, wieder vergebens. Ihr Entschluß stand unumstößlich fest. Arthurs Durchsetzungsvermögen und Überredungskunst reichten nicht aus, um Marjories Meinung zu ändern.

»Ich will keine eigenen Kinder, warum sollte ich also fremde Kinder ins Haus nehmen? Noch dazu diese Kinder! Arthur, ich wußte ja immer schon, daß du mit Blindheit geschlagen bist, aber für dumm habe ich dich eigentlich nicht gehalten. Der Mann war ein Mörder, ganz zu schweigen von allem anderen. Wer weiß, welche Eigenschaften die Kinder mitbekommen haben. Und ihre Mutter...« Arthurs Blick umwölkte sich, als sie weitersprechen wollte, doch sie argumentierte so hitzig, daß es ihr entging. »Ich fand immer schon, daß sie aussah wie eine französische Hure. Ehe sie sich Sam Walker geschnappt hat, hat sie vermutlich alles mögliche getrieben.«

»Marjorie, Schluß damit. Du weißt nicht, was du redest. Ich war dabei, als Sam ihre Bekanntschaft machte.«

»In einem Bordell etwa?« fragte sie boshaft, und plötzlich verspürte er den Wunsch, sie zu ohrfeigen, aber auch das wäre zwecklos gewesen. Sie hatte den Sieg davongetragen. Er hatte es nicht geschafft, Sams Kinder zu sich zu nehmen.

»Marjorie, ich habe nicht die Absicht, mit dir über Bordelle zu diskutieren, kann dir aber versichern, daß sie niemals eines betreten hat. Es tut mir sehr leid, daß du es in dieser Sache an Verständnis mangeln läßt. Das ist eine große Enttäuschung für mich.«

Ohne Arthur noch eines Wortes zu würdigen, verließ sie das Haus und ging ins Büro. Marjorie war allein Arthurs Problem. Und es war wirklich ein großes Problem. Die Eltern der Kinder waren seine besten Freunde gewesen. Er war Hilarys Taufpate. Die Kinder waren ihm nicht fremd, wenn Marjorie sich dies auch wünschen mochte. Sie waren Wesen aus Fleisch und Blut, und er hatte sie gern.

Sam und Solange hatten die Mädchen auch geliebt. Arthur fand es vor allem wichtig, daß den Kindern ein Gefühl von Geborgenheit erhalten blieb. Sie sollten sich nicht verlassen vorkommen. Die Vorstellung, sie zur Adoption freizugeben, erschien ihm grausam und unmenschlich. Aber er hatte keine Ahnung, was er für sie tun konnte.

In der darauffolgenden Woche wurde alles noch komplizierter, da sowohl die Nurse als auch das Hausmädchen kündigten. Sie hatten lange genug unter unmöglichen Bedingungen ausgeharrt. Beide schienen empört über den Skandal, in den sie hineingeraten waren, und zeigten bemerkenswert wenig Mitgefühl für die Kinder. Für Arthur hieß es nun, neue Betreuer zu finden, was mittlerweile noch viel schwieriger geworden war. Schließlich suchte er am Wochenende den Zettel, auf dem er den Namen von

Sams Schwester notiert hatte: Eileen Jones. Er bezweifelte, ob er sie in Boston überhaupt ausfindig machen konnte. Wenn ja, würde er sie vielleicht dazu überreden können, die Kinder wenigstens vorübergehend bei sich aufzunehmen. Dann konnte er die Wohnung am Sutton Place auflösen und eine Menge Geld sparen. Es waren ohnehin kaum mehr Reserven vorhanden. Brachte er die Kinder eine Zeitlang bei ihrer Tante unter, gewann er Zeit, um etwas anderes in die Wege zu leiten oder Marjorie doch noch davon zu überzeugen, daß sie die Kinder zu sich nehmen müßten. So oder so, er brauchte Zeit, und wenn er die drei jetzt zu Sams Schwester brachte, verschaffte er sich die nötige Atempause. Sein vordringlichstes Ziel war es, Marjorie klarzumachen, daß er das richtige vorhatte und nicht verrückt war, wenn er die Mädchen zu sich nahm. Sicher, es würden einige Veränderungen nötig sein, aber es ging schließlich um drei kleine menschliche Wesen, für die sich die Veränderungen lohnten, auch wenn Marjorie nicht dieser Meinung war. Wenn sie die Kinder nicht aufnahmen, wer würde sich dann um sie kümmern? Dieses Problem bereitete Arthur große Sorgen.

Als erstes mußte er Eileen Jones ausfindig machen und herausfinden, ob sie gewillt war, die Kinder zu sich kommen zu lassen, und sei es nur den Sommer über. So schlimm, wie Sam behauptete, konnte sie nicht sein. Schließlich war sie seine Schwester, und Blut war bekanntlich dicker als Wasser. Er ließ seine Sekretärin die Auskunft in Boston anrufen, und schließlich wurden Jack und Eileen Jones in Charlestown gefunden, einem Vorort, der sich einer Werft rühmen durfte und direkt am Wasser gelegen war, wie ihn seine Sekretärin informierte. Das hörte sich an, als sei es genau der richtige Ort für Sommerferien. Arthur rief ohne Umschweife die hörbar überraschte Eileen Jones an. Ja, sie hatte von dem Prozeß und dem Selbstmord ihres Bruders gelesen. Sehr berührt schien sie von all dem nicht zu sein, denn sie fragte Arthur als erstes, ob Sam Geld hinterlassen hätte.

»Leider nicht sehr viel, und das ist einer der Gründe, warum ich anrufe.« Er entschied sich, unumwunden zur Sache zu kommen und festzustellen, ob sie ihm helfen wollte. Er hatte sonst niemanden, an den er sich wenden konnte. »Wie Sie vielleicht wissen, hatten Sam und Solange drei kleine Töchter, Hilary, Alexandra und Megan, und im Moment gibt es niemanden, der sich um sie kümmern könnte. Ich möchte mit Ihnen die Möglichkeit besprechen... das heißt, ich möchte Sie fragen, ob Sie imstande wären, den Kindern ein Zuhause zu geben, vorübergehend oder vielleicht sogar ständig.«

Am anderen Ende der Leitung herrschte betretenes Schweigen. Und dann ertönte wieder die scharfe Stimme, der es an dem warmen Unterton mangelte, der Sams Stimme so sympathisch gemacht hatte.

»Heiliger Bimbam, Mister, Sie machen mir Spaß! Gleich drei Gören? Ich habe ja selbst keine Kinder. Warum sollte ich Sams Blagen zu mir nehmen?«

»Weil die Kinder Sie brauchen. Wenn Sie sie nur den Sommer über behalten, bleibt mir Zeit, jemanden anderen zu suchen. Aber im Moment weiß ich mir sonst keinen Rat.« Er versuchte, an ihr Mitgefühl zu appellieren, aber Eileen Jones war inzwischen auf eine Idee gekommen.

»Springt etwas für mich heraus, wenn ich sie nehme?«

Arthur zögerte nur einen Sekundenbruchteil.

»Selbstverständlich werden ihnen alle Unkosten ersetzt.«

»Na, das habe ich zwar nicht gemeint, aber das nehme ich natürlich ohnehin.«

»Verstehe.« Arthur war jetzt klar, warum Sam sie nicht gemocht hatte, aber Eileen war im Moment die letzte Rettung.

»Wären dreihundert Dollar als Bezahlung für Sie ausreichend, Mrs. Jones? Hundert für jedes Kind?«

»Wie lange?« Sie schien argwöhnisch zu sein – und gierig.

»Bis ich eine andere Unterbringungsmöglichkeit finde... ein paar Wochen, einen Monat, vielleicht den Sommer über.«

»Länger nicht. Ich betreibe hier kein Waisenhaus. Und meinem Mann wird das alles sowieso nicht in den Kram passen!« Ihr war aber sonnenklar, daß die dreihundert Dollar ihm sehr gut gefallen würden. Sie hoffte, Arthur mit der Zeit noch mehr Geld entlocken zu können.

»Haben Sie auch genügend Platz für die Kinder, Mrs. Jones?«

»Ein Raum wäre frei. Zwei Kinder müßten in einem Bett schlafen, für das dritte müssen wir uns etwas ausdenken.«

»Das wäre Megan. Sie wird ein Kinderbettchen brauchen. Die Kleine ist erst ein Jahr alt.« Er wollte noch fragen, ob sie ein Baby versorgen konnte. – Überhaupt hatte er vor, noch sehr viel in Erfahrungen zu bringen, wagte es aber nicht. Er hatte keine andere Wahl. Er mußte darauf vertrauen, daß sie Sam zuliebe das Bestmögliche für die Kinder tun würde. Und die Kinder waren so reizend, daß sie sich auf den ersten Blick in sie verlieben würde.

Von Liebe auf den ersten Blick konnte jedoch keine Rede sein, als Arthur die drei Mädchen nach Charlestown brachte. Er hatte Hilary am Vortag erklärt, daß sie den Sommer bei ihrer Tante Eileen verbringen würden. Sodann wies er das Hausmädchen an, die Sachen der Kinder zu packen. Unter vier Augen erklärte er der Angestellten, daß sie und die Nurse das Haus verlassen könnten, sobald die Kinder am Morgen abgereist waren. Er schlug vor, daß Hilary und Alexandra ihre Lieblingsspielsachen mitnehmen sollten. Er sagte keiner Menschenseele etwas davon, daß er die Wohnung auflösen und alles verkaufen wollte, sobald die Kinder fort waren. Der Erlös aus dem Verkauf der Einrichtung würde ihnen sehr zugute kommen. Es wäre Wahnsinn gewesen, ihr spärliches Budget durch die Miete für eine Wohnung noch mehr zu schmälern. Sams Schulden waren noch immer astronomisch und Arthur war froh, die Wohnung und die drei Angestellten loszuwerden.

Hilary hatte ihn mißtrauisch angesehen, als er von der Fahrt nach Boston sprach. Seit dem Tod ihrer Mutter schien ihre Zuneigung zu ihm sehr abgekühlt zu sein, es war jedoch schwer zu beurteilen, ob das ihre Art war, Schmerz zum Ausdruck zu bringen, oder ob anderen Gründe dahintersteckten.

»Warum schickst du uns fort?«

»Weil es dort für euch besser sein wird als hier. Eure Tante lebt in Boston direkt am Wasser. Zumindest wird es kühler sein. Ihr könntet doch nicht den ganzen Sommer in New York bleiben.«

»Aber wir kommen doch wieder zurück, ja?«

»Natürlich kommt ihr zurück.«

Er spürte, wie eine Woge von Schuldbewußtsein und Angst ihn erfaßte. Wenn sie ihm nun ansah, daß er log?

»Warum hast du dann Millie gesagt, daß sie unsere ganzen Sachen einpacken soll?«

»Weil ich dachte, ihr würdet sie vielleicht brauchen. Also, sei jetzt vernünftig, Hilary. Es wird sehr schön für euch alle sein, die Schwester eures Vaters kennenzulernen.« Hilary stand mucksmäuschenstill in der Mitte des Raumes. Sie trug ein gelbes Organdykleidchen mit weißem Pikeeaufputz. Das schimmernde schwarze Haar, das dem von Sam so ähnelte, war zu zwei ordentlichen Zöpfen geflochten, ihre großen grünen Augen blickten klug wie die ihrer Mutter. Ihre weißen Söckchen waren makellos, die Lacklederschuhe glänzten. Sie musterte ihn, als wüßte sie, daß er etwas vor ihr verbarg. Irgendwie machte sie ihm angst. Sie war so klug und kühl, und sie hatte sich selbst zur Hüterin ihrer jüngeren Schwestern ernannt. Die Nachricht vom Tod ihres Vaters hatte sie stoisch aufgenommen und kaum eine Träne vergossen, statt dessen hatte sie Alexandra getröstet und gesagt, Daddy sei jetzt bei Mami im Himmel. Für Alexandra war das alles sehr schwer zu verstehen, sie war schließlich erst fünf, aber Hilary erleichterte es ihr. Es war, als hätte Solange sie zurückgelassen, damit sie sich um die jüngeren Geschwister kümmerte.

»Warum haben wir Tante Eileen nicht schon früher kennengelernt? Hat mein Daddy sie nicht gemocht?« Sie war so hellsichtig wie Solange und ließ sich nicht mit irgendwelchem Unsinn abspeisen. Der Blick, mit dem sie ihn nun betrachtete, hätte auch von Solange kommen können.

»Nun, ich glaube nicht, daß sie sich sehr nahegestanden haben, aber das heißt noch lange nicht, daß sie kein netter Mensch ist.«

Hilary nickte. Sie war gewillt, mit einem endgültigen Urteil zu warten – zunächst. Doch es war ihr anzusehen, was in ihr vorging, als sie in Charlestown eintrafen. Das Haus, ein kleines Holzhaus, stand in einer trostlosen Straße. Die Jalousien waren den scharfen Winden des vergangenen Winters zum Opfer gefallen. Der Anstrich blätterte ab, im Hof wucherte Unkraut, und zwei der hölzernen Eingangsstufen waren eingebrochen. Es war alles andere als eine glückliche Ankunft, als Hilary mit Alexandra an der Hand die Stufen hinaufging und Arthur das Baby in den Armen trug.

Er versuchte vergeblich, die Türklingel zu betätigen, und merkte dann, daß auch sie kaputt war. Deshalb klopfte er laut an das Fenster. Er spürte Hilarys Blick auf sich, spürte ihre stumme Frage, warum er sie hierhergebracht hatte. Er wagte nicht, sie anzusehen, denn er hätte es nicht ertragen, Solanges Blick auf sich zu spüren, einen vorwurfsvollen Blick.

»Ja, was gibt's?« Die Tür wurde von einer Frau mit strähnigem Blondhaar geöffnet. Sie war in einen zerschlissenen fleckigen Bademantel gehüllt.

»Was wollen Sie?« Offensichtlich verärgert starrte sie die Gruppe auf der Treppe an, die Augen zusammengekniffen, um sich vor dem Rauch der im Mundwinkel hängenden Zigarette zu schützen. Dann begriff sie, wen sie vor sich hatte. Sie lächelte verlegen, und einen Augenblick sah sie Sam ähnlich, aber nur ganz vage.

»Mrs. Jones?« Arthur spürte, wie sein Herz schwer wurde. Dies besserte sich auch nicht, als sie den Wohnraum betraten. Eine kaputte Couch, drei lädierte Sessel, aus denen die Füllung quoll, ein Kaffeetisch, der bessere Tage gesehen hatte, und eine kleine Kunststoff-Eßtisch-Garnitur. Im Hintergrund plärrte ein Fernsehgerät. Das Hausinnere war noch verwahrloster als die Fassade. Eileen Jones verwendete sichtlich nicht viel Zeit darauf, ihrem Mann ein gemütliches Heim zu bereiten. Es war Samstag nachmittag, und aus dem Radio tönte laut eine Baseballübertragung, während gleichzeitig im Fernsehen eine Show lief. Der Lärm war so ohrenbetäubend, daß die Kinder wie vor den Kopf geschlagen waren. Alle standen verlegen mitten im Raum und starrten sich an.

»'n Bier?« Eileen achtete gar nicht auf die Kinder, sondern wandte sich nur Arthur zu. Unglaublich, daß diese Frau Sam

Walkers Schwester sein sollte! Er war ein gepflegter und gutaussehender Mensch gewesen, ein Mann, eine Persönlichkeit, die kraftvoll und anziehend wirkte. Für Sam hatte man sofort Sympathie empfunden. Er und Solange waren ein gutaussehendes Paar. Aber diese Frau hier war eine heruntergekommene Schlampe und wirkte billig und häßlich. Er schätzte sie auf Anfang Vierzig. Die Trunksucht hatte sie sichtlich gezeichnet. Früher einmal mochte sie vielleicht hübsch gewesen sein, doch war alles Angenehme aus ihren Zügen längst geschwunden. Geblieben waren Härte, Verbitterung und Häßlichkeit. Ihre fettigen gefärbten Haarsträhnen waren dünn, ungepflegt, unfrisiert und reichten ihr knapp über die Ohren. Sie hatte die gleichen blauen Augen wie Sam, aber bei ihr waren sie glanzlos geworden, und Tränensäcke – Folgen ihrer Trunksucht – wölbten sich über ihre aufgedunsenen Wangen. Ihre Haut war fahl, ihre Taille durch die Unmengen Bier formlos, während ihre Beine dünn wie zwei Zahnstocher unter dem Saum ihres Bademantels hervorragten. Sie unterschied sich gewaltig von allen weiblichen Wesen, die die Mädchen bislang zu Gesicht bekommen hatten. Arthur merkte, daß Hilary sie erschrocken anstarrte.

»Das ist Hilary« – er versuchte sie zu bewegen, der Frau die Hand zu geben, aber das Kind rührte sich nicht vom Fleck. »Und das ist Alexandra« – die Kleine rümpfte über den schalen Biergeruch die Nase, »und Megan«, er deutete auf das Baby, das die abgetakelte Blondine aus großen Augen anstarrte. Die Kleine war die einzige, die von dem Sommeraufenthalt und ihrer neuen Betreuerin nicht abgeschreckt zu sein schien. Die beiden Älteren waren sichtlich schockiert, und Hilary mußte gegen die Tränen ankämpfen, als sie das Zimmer sah, in dem sie wohnen sollten. Eileen Jones führte sie ohne weitere Umstände in die Kammer und deutete auf das durchgelegene schmale Bett, das ungemacht in einer Ecke stand. Der Raum war eine enge fensterlose Zelle, die kaum Platz für das Bett bot. An einer Wand lehnte zusammengeklappt ein Kinderbettchen, das aussah, als hätte man es aus dem Sperrmüll gefischt. Und genau dort hatte Eileen es kurz nach Arthurs Anruf tatsächlich entdeckt.

»Wir werden das Bett später frisch überziehen.« Sie verzog die Lippen und bedachte ihre älteste Nichte mit einem gekünstelten Lächeln.

»Vielleicht hilfst du mir dabei.« Arthur schenkte sie einen gleichgültigen Blick.

»Die Augen hat sie von ihrer Mutter.«

Arthur war erstaunt. »Sie kannten Solange?« Solange hatte dieses Frauenzimmer ihm gegenüber nie erwähnt.

»Ja, ich bin ihr einmal begegnet. Sam ist einmal hier in der Nähe aufgetreten.«

Plötzlich fiel es Arthur wieder ein. Solange hatte diese Frau gehaßt, Sam ebenso. Sie hatten Eileen einen kurzen Besuch abgestattet, als Sam in Stockbridge im Sommertheater engagiert war. Das schien Ewigkeiten zurückzuliegen wie alles andere auch. Arthur wurde die Kehle eng, als er sich umsah. Es war ihm widerwärtig, die Kinder hier lassen zu müssen, und einen Augenblick lang haßte er seine Frau, weil sie ihn zu diesem Schritt gezwungen hatte. Wie konnte sie nur so eiskalt sein? Aber sie hatte ja keine Ahnung, wie es hier aussieht, rief er sich zur Vernunft, mit Schuldgefühl und Reue kämpfend. Er zwang sich, nicht daran zu denken, und rief sich ins Gedächtnis, daß der Aufenthalt ja nur für den Sommer geplant war. Und nachher ... tja, das war das echte Problem. Was dann? Marjorie würde sich nicht erweichen lassen. Und er hatte bereits nach Menschen Ausschau gehalten, die möglicherweise helfen konnten. Vielleicht konnte er sie in einer großen Familie unterbringen oder bei einem kinderlosen Ehepaar, das sich Töchter wünschte. Er hatte alle Partner in seiner Anwaltsfirma ins Vertrauen gezogen.

Hilary stand noch immer voller Unbehagen unter der Tür des Raumes, der ihr Zimmer werden sollte, und betrachtete voller Widerwillen die neue Umgebung. Kein Schrank, keine Kommode für ihre Sachen, nicht einmal ein Stuhl oder eine Lampe oder ein Tisch.

»Sie haben das Geld dabei?« Eileen wandte sich zu Arthur um. Ihm war es peinlich, ihr das Geld vor den Kindern zu übergeben, aber er suchte trotzdem in seiner Jacke nach dem Umschlag.

»In dem Betrag sind die Unkosten für die Kinder enthalten – großzügig berechnet.«

Eileen, die viel weniger feinfühlig war als Arthur, öffnete den Umschlag und zählte das Geld. Er hatte ihr tausend Dollar gegeben, einen Betrag, in dem ihr Honorar enthalten war, und wenn sie ihre Karten richtig ausspielte und den Gören in den nächsten zwei Monaten nur Makkaroni und Käse vorsetzte, würde ein schöner Batzen übrigbleiben. Sie lächelte den Kindern beglückt zu, genehmigte sich einen Schluck Bier und verabschiedete Arthur, nachdem sie ihre Zigarette mit einem gekonnten Schwung in die Küchenspüle geschleudert hatte.

»Geht in Ordnung, Mr. Patterson. Falls es Probleme gibt, rufe ich sie an.«

»Ich dachte, ich könnte in ein paar Wochen kommen und nach den Kindern sehen, falls es Ihnen und Ihrem Mann recht ist.«

Hilary starrte ihn ungläubig an. Er wollte sie wirklich hier lassen, in diesem unmöglichen, verdreckten Haus mit den Bierflaschen und dem speckigen Bett... bei dieser gräßlichen Person. War sie schon vorher sehr distanziert gewesen, so wurde sie nun eiskalt, als Arthur sich zum Gehen wandte.

»In ein paar Tagen rufe ich an, Hilary, und wenn du mich brauchst, dann kannst du dich jederzeit bei mir melden.« Sie nickte, weil sie zu mehr nicht imstande war. Für sie war es unfaßbar, daß er ihnen so etwas Schreckliches antun konnte, nach allem anderen, was er ohnehin schon verbrochen hatte. Obwohl sie ihn am liebsten ermordet hätte, sah sie ruhig auf Alexandra hinunter, die leise zu weinen angefangen hatte.

»Axie, sei nicht albern. Es wird sicher sehr lustig. Onkel Arthur hat gesagt, wir könnten ans Meer.«

»Ach?« Eileens Lachen klang ordinär. Eben war der Wagen davongefahren. »Wohin wollt ihr da gehen? Zur Werft hinunter?« Wieder ein Kichern. Tausend Scheinchen waren ein hübsches Entgeld für zwei Monate Umstände. Wenn sie Glück hatte, waren die Kinder gar nicht so störend. Das Baby konnte zwar zur echten Plage werden, und die Fünfjährige war eine Heulsuse, aber die Älteste schien alles fest im Griff zu haben.

Vielleicht konnte man sie sogar zum Kochen und zu anderen Hausarbeiten anlernen. Eileen ließ sich vor dem Fernsehgerät mit einem neuen Bier auf die Couch fallen und zündete sich eine Zigarette an. Vielleicht würde sie heute mit Jack auswärts essen.

»Entschuldigung.« Hilary stand mit dem Baby in den Armen neben dem Fernsehapparat. »Wo sind Laken und Überzüge für unser Bett?«

»Hinten auf der Veranda, glaube ich. Du mußt sie suchen.« Mehr wurde nicht gesprochen, während Hilary sich still daran machte, ein wenig Ordnung zu schaffen. Sie fand zerrissene, aber wenigstens saubere Bettwäsche, konnte jedoch weder Decken noch Kissen ausfindig machen. Auch für das Kinderbett fand sie etwas, das sich als Laken eignete. Sie stützte das Gestell auf dem Bettpfosten und an der Wand ab, weil sie fürchtete, es könnte sonst zusammenbrechen.

Dann wusch sie Alexandra das Gesicht, führte sie auf die Toilette, wechselte Megans Windeln und gab ihnen Wasser zu trinken. Dann setzten sie sich in ihrem Zimmer hin und blickten stumm um sich.

»Hier ist es scheußlich«, flüsterte Axie, voller Angst, die Frau mit dem Bier und den Zigaretten könnte sie hören.

»Ist die wirklich Daddys Schwester?«

Hilary nickte. Sie konnte es selbst kaum glauben, daß diese Person ihre Tante war und sie den Sommer über auf sie angewiesen waren – ein widerwärtiger Gedanke. Sie hatten keinen Platz für die mitgebrachten Spielsachen, und ihre Kleider mußten in den Koffern bleiben. Es wurde fünf, bis Eileen die Kinder wieder zu Gesicht bekam. Wie sie vermutet hatte, hatte Hilary alles sicher im Griff.

»Entschuldigung.« Sie stand mit ihrem schimmernden, schwarzen Haar und den großen, grünen Augen wie eine kleine Anklägerin vor ihr. »Könnten meine Schwestern etwas zu essen bekommen? Sie haben Hunger.«

Nicht einmal dafür hatte Eileen vorgesorgt. Im Haus war so gut wie nichts vorrätig. Im Kühlschrank befanden sich nur

Bierdosen, ein paar faulige Zitronen und altbackenes Brot. Wenn es sich vermeiden ließ, aßen Jack und Eileen nie zu Hause. Zu Hause wurde nur getrunken.

»Aber klar, Kleine. Wie heißt du?«

»Hilary.« In ihren Augen lag etwas ganz Entrücktes, so als hätten die letzten Monate ihre Seele zerbrochen. Mit ihren neun Jahren hatte sie mehr Schmerz und Kummer erlebt als die meisten Menschen in einem ganzen Leben.

»Kannst du für mich rüber in den Laden laufen und was Eßbares besorgen? Ein paar Thunfischdosen müßten reichen.«

»Thunfisch?« Hilary sah aus, als hätte sie das Wort noch nie gehört. Sie war an warme Mahlzeiten gewöhnt, die das Hausmädchen oder ihre Mutter zubereitet hatten. Nahrhafte Suppen, deftige Aufläufe, durchgebratene Steaks und Schokoladekuchen mit Vanilleeis. »Thunfisch?«

»Ja. Da hast du Geld.« Eileen steckte ihr ein paar Dollars zu, als erwarte sie, Hilary könnte ein ganzes Abendessen damit herbeizaubern. Sogar Hilary war klar, daß dies unmöglich war. Ihr Kindermädchen hatte ihr mehr mitgegeben, wenn sie nur Eis holen gegangen war.

»Der Laden ist an der Ecke, du kannst ihn nicht verfehlen. Und bring noch ein paar Bierdosen mit, ja?« Immer hatte sie Angst, daß das Bier ausginge, auch wenn noch so reichlich davon da war.

Hilary nahm ihre Geschwister mit, weil sie Angst hatte, die Kleinen allein im Haus zurückzulassen. Der Laden war so verlottert wie die ganze Umgebung. Die meisten Häuser waren halb zerfallen. Alles sah verwahrlost und schmutzig aus. Hilary kaufte zwei Dosen Thunfisch, ein Glas mit Babynahrung, einen Laib Brot, etwas Mayonnaise, Butter, ein halbes Dutzend Eier, ein Packung Milch und eine Dose Bier für die Hausfrau. Damit ließ sich ein halbwegs anständiges Abendessen auf den Tisch bringen. Die restlichen Eier und das Brot brauchte sie für das Frühstück am nächsten Morgen. Doch als sie an die Haustür kam, stellte ihr Eileen sofort Fragen.

»Wo ist mein Bier?«

»In der Einkaufstüte.«

»Dann heraus damit.« Sie fuhr Hilary so barsch an, daß Axie zu wimmern anfing. Die Kleine vertrug es nicht, wenn sie oder ihre Schwestern angebrüllt wurden. Ihre Mutter hatte es nie getan, und sogar das Kindermädchen, das sie nie gemocht hatten, weil es häßliche Dinge über ihre Eltern gesagt hatte, war freundlicher gewesen. Hilary beeilte sich, Eileen das Bier zu geben, und Eileen stellte ihr zornfunkelnd eine zweite Frage: »Wo ist das Wechselgeld?«

Hilary gab ihr drei Cents, die Eileen ihr wütend entgegenschleuderte. Eine Münze traf das Baby knapp neben dem Auge.

»Was hast du da gemacht? Dir ein Steak gekauft? Wir sind hier nicht an der Park Avenue. Wo ist das übrige Geld?« Die tausend Dollar, die sie von Arthur bekommen hatte, waren vergessen.

»Ich mußte Abendbrot kaufen«, erklärte Hilary. »Und fürs Frühstück ist auch nichts im Haus.«

»Wenn ich möchte, daß du was fürs Frühstück besorgst, dann sage ich es dir rechtzeitig. Verstanden? Untersteh dich ja nicht, noch einmal soviel Geld auszugeben.«

Hilary war wie betäubt von dem, was sie zu hören bekam. Ihre Hände zitterten immer noch, als sie das Essen richtete. Es dauerte keine zehn Minuten, und sie hatte geschickt eine ganze Mahlzeit zurechtgezaubert. Für Megan ein weiches Ei mit Toast und dazu die Babynahrung, für sich und Axie Thunfischsandwiches mit Mayonnaise und für alle drei Milch, die sie dankbar tranken. Die Fahrt von New York hatte sie hungrig und müde gemacht, dazu kam der seelische Schock, den Eileen und Charlestown ihnen bereitet hatten. Ihrer Tante bot Hilary nichts zum Essen an, und Eileen zeigte auch kein Interesse für das, was sie trieben. Hilary hatte ihnen das Essen in ihrem Zimmer gegeben. Das gleichzeitige Dröhnen von Radio und Fernsehen machte jedes Gespräch unmöglich, und Eileen jagte allen, sogar dem Baby, Angst ein. Aber als Hilary das Geschirr in die Spüle stellte und mit dem Spülen beginnen wollte, kam Eileens Mann nach Hause, und als Hilary ihn sah, wuchs ihre Angst noch mehr.

Jack war ein großer, stämmiger Mann mit enormen Armen

und mächtigen Schultern. Er trug Arbeitshosen und ein Unterhemd, und die Alkoholschwaden, die ihn umgaben, wehten bis in die Küche. Kaum war er zur Tür hereingekommen, als er Eileen anbrüllte, doch noch ehe er sie schlagen konnte, wedelte sie mit dem Umschlag vor seiner Nase herum und zeigte ihm das Geld, freilich nicht alles – nur fünfhundert Dollar. Da verzog er das Gesicht zu einem breiten, dümmlichen Grinsen. Er konnte ja nicht ahnen, daß seine Frau noch einmal fünfhundert Dollar unter alten Strümpfen, unter denen sie immer ihr eigenes Geld aufbewahrte, versteckt hatte.

»Wummmm... Baby! Sieh dir das an! Ist das nicht wunderhübsch?« Hilary beobachtete ihn lange, ehe er sie bemerkte.

»Woher hast du das?«

»Von denen.« Sie deutete mit einer unbestimmten Geste auf den rückwärtigen Teil des Hauses, und plötzlich bemerkte Jack Hilary in der Küche.

»Wer ist das?« Aus seinem Blick sprach Ahnungslosigkeit. Hilary fiel auf, daß er ein unglaublich dummes Gesicht und Schweinsäuglein hatte. Sie haßte ihn auf den ersten Blick. Der war ja noch ärger als Eileen. Vor allem sah er noch viel gemeiner aus.

»Du weißt schon, die Kinder meines Bruders, von denen ich dir erzählt habe.«

»Ach, der seiner Alten die Luft abgedreht hat?«

»Ja. Der. Die sind heute gekommen.«

»Und wie lange müssen wir sie behalten?« Er schien alles andere als erbaut, während er Hilary musterte wie ein Stück Vieh. Er schien ihre Ankunft trotz des Geldes nicht als Glücksfall anzusehen.

»Ein paar Wochen nur – bis dieser Anwalt ein anderes Plätzchen für sie findet.«

Ach, so war das also. Schaudernd vernahm Hilary diese Neuigkeit. Arthur hatte ihnen vor der Abfahrt nichts davon erzählt. Sie fragte sich, was aus der Wohnung werden würde.

Aber Eileen lächelte ihrem Mann zu. Sie hatte die Kinder vergessen, er ebenso. Es war, als würden sie gar nicht mehr existieren. »He, Baby, laß uns tanzen gehen.« Nach Hilarys Ansicht waren sie dazu viel zu betrunken, aber Jack Jones gefiel der Vorschlag. Sein Gesicht glänzte fettig, sein Haar lichtete sich, und seine schweren Hände sahen aus wie Pranken.

»Können wir die Kinder allein lassen?«

»Warum nicht? Die Älteste sorgt für alles.«

»Alles?« Mit einem vielsagenden Lächeln rückte er seiner Frau näher. Hilary ahnte, daß seine Bemerkung irgendwie unanständig war, aber Eileen lachte nur und zog ihn noch näher an sich.

»Komm, du geiler alter Seebär... sie ist doch erst neun...« Eileen lachte, als er seinen Mund gierig auf den ihren drückte und seine dicke Hand unter ihren Bademantel schob.

»Und wie alt warst du beim erstenmal?«

»Dreizehn«, erklärte sie züchtig. Beide wußten, daß sie log. Mit einem wilden Auflachen holte sie sich noch ein Bier und bemerkte jetzt erst, daß Hilary sie beobachtete.

»Was treibst du da? Belauschst du uns, du kleines Gör?«

»Ich wollte nur... nach dem Essen saubermachen... es tut mir leid...«

»Ab in dein Zimmer!« brüllte Eileen und knallte die Kühlschranktür heftig zu.

»Verdammte Blagen.« Jetzt wußte sie, daß die drei ihr sehr lästig sein würden, bis Patterson sie wieder holte, aber solange es Jack nichts ausmachte, waren sie wegen des Geldes nützlich.

Um acht gingen die beiden aus dem Haus. Megan und Alexandra schliefen bereits in dem kleinen luftlosen Raum, aber Hilary lag in der Dunkelheit wach und dachte an ihre Mutter. Sie hätte nie zugelassen, daß ihnen so etwas zustieß. Niemals. Sie hätte Eileen gehörig die Meinung gesagt, hätte ihre Kinder nach Hause genommen und irgendwo, irgendwie hätte sie ihnen ein Zuhause geschaffen, und genau das war jetzt Hilarys Pflicht. Das war ihr völlig klar. Sie mußte einen Weg finden, irgenwoher mußte sie sich Geld beschaffen und einen Ort suchen, an dem sie bleiben konnten und ihre Schwestern sicher waren. Sie würde alles tun, um sie zu behüten. Und in der Zwischenzeit mußte sie sie von Jack und Eileen fernhalten und zusehen, daß sie bei Laune blieben. Sie konnten in dem von Unkraut überwucherten Hof oder in ihrem Zimmer spielen. Sie mußte ihre Mahlzeiten zubereiten, dafür sorgen, daß sie gebadet wurden, und sich um ihre Kleidung kümmern. Sie lag im Bett und plante alles ganz genau, bis ihr schließlich die Augen zufielen. Sie erwachte erst, als Megan um Viertel nach sechs weinte, weil ihre Windel naß war. Das Baby war ein liebes Kind, rotgelockt, der Mutter sehr ähnlich. Dazu hatte sie die blauen Augen ihres Vaters, so wie Hilary die grünen Augen von Solange und Sams schwarzes Haar geerbt hatte. Aber eigentlich war es Alexandra, die ihrer Mutter am ähnlichsten war, und Hilary brach manchmal fast das Herz, wenn sie lachte.

Ehe Jack und Eileen auf die Beine kamen, machte sie das Frühstück für die Kleinen und brachte sie zum Spielen hinaus, nachdem sie ihnen ihre blauen Baumwollkleidchen angezogen hatte.

Sie selbst trug ein rotes Kleid mit einer Schürze. Ihre Mutter hatte es kurz vor ihrem Tod gekauft, und es war ihr Lieblingskleid. Es war ihr ein Trost, es jetzt tragen und an ihre Mutter denken zu können.

Es wurde Mittag, chc Eilccn Jones in der Tür auftauchte und sie unfreundlich musterte. Sie sah ganz so aus, als sei sie nicht gesund. Wären die Kinder älter gewesen, hätten sie erkannt, daß Eileen total verkatert war.

»Könnt ihr Rangen nicht die Klappe halten? Ihr macht ja Lärm wie eine ganze Horde. Allmächtiger!« Damit knallte sie die Tür ins Schloß, und sie bekamen sie erst nach dem Essen wieder zu Gesicht. Den ganzen Tag hielt sie sich im Haus auf, hockte vor dem Fernsehapparat und trank Bier, während Jack seinen Durst außer Haus löschte. Die einzige Veränderung, die an Wochentagen eintrat, war der Umstand, daß Jack früher aus dem Haus ging und Arbeitskleidung trug. Er sprach kaum ein Wort mit den Kindern, nur hin und wieder machte er einen Witz und sagte zu Hilary, daß sie einmal hübsch werden würde, aber Hilary schwieg. Eileen sprach überhaupt nicht mit ihnen. Und es schien eine Ewigkeit zu vergehen, ehe sie wieder von Arthur hörten. Eine Woche nachdem er sie hierhergebracht hatte, rief er an und erkundigte sich nach ihrem Befinden. Hilary antwortete ganz automatisch, daß es ihnen gutginge, obwohl es gar nicht wahr war. Axie litt unter Alpträumen, und Megan schreckte in der Nacht regelmäßig auf. Das Zimmer war stickig und heiß, das Essen unzureichend. Hilary bemühte sich nach besten Kräften, dies alles wettzumachen, aber sie konnte nicht viel ausrichten. Sie war schließlich nur ein neunjähriges Mädchen, das immer tiefer in dieser Misere versank. Von alldem sagte sie aber Arthur kein Wort.

»Uns geht es gut.« Es klang müde und bar jeder Begeisterung.

»In ein paar Tagen rufe ich wieder an.« Es sollte nicht dazu kommen. Er hatte im Büro mit einem schwierigen Fall alle Hände voll zu tun, und er versuchte noch immer, Sams Angelegenheiten zu ordnen und jemanden für die Kinder zu finden. Es wurde August, und langsam zeigte sich, daß es unmöglich war, die drei Schwestern unterzubringen. Seine Frau zu überreden, hatte er aufgegeben. Schließlich hatte sie ihn vor die Wahl gestellt, sie oder die Kinder. Die Würfel waren gefallen. Arthur würde die Kinder nicht zu sich nehmen können.

7. *Kapitel*

Gegen Ende des Sommers kamen zwei von Arthurs Firmenpartnern ganz unerwartet zu ihm und boten ihm eine Lösung seines Problems an.

George Gorham näherte sich bereits dem Ruhestand, hatte aber erst im Jahr zuvor eine junge Dame der Gesellschaft geheiratet. Margaret Millington war eine der strahlendsten Debütantinnen des Jahres gewesen, als sie der Gesellschaft präsentiert worden war. Sie hatte alle Welt beeindruckt, weil sie das Vassar College mit Auszeichnung absolviert hatte. Danach aber hatte sie die vorgezeichnete Bahn verlassen. Anstatt einen der jungen Männer aus dem Kreis ihrer Verehrer zu heiraten, wie ihre Eltern es erwartet hatten, war ihre Wahl auf George Gorham, einen Witwer, gefallen, der vierzig Jahre älter als sie und für sie in jeder Hinsicht ideal war – bis auf den Umstand, daß er zeugungsunfähig war. Er war diesbezüglich ganz aufrichtig gewesen, und sie hatte behauptet, daß das für sie keine Rolle spiele. Doch er befürchtete, es könne mit der Zeit für sie ein Problem werden, das seine Ehe belasten konnte. Die kleine Alexandra würde diese einzige Leere, die in ihrem Leben herrschte, ausfüllen. Er hatte zusammen mit Margaret erwogen, alle drei Walker-Kinder zu adoptieren, um die Familie zusammenzuhalten. Obwohl es eine wahrhaft gute Tat gewesen wäre, erschien es ihnen doch als zu übertrieben. Er fühlte sich nicht mehr jung genug, um ein Kind in Megans Alter aufzuziehen, und ein neunjähriges Kind konnte nach der Adoption nur sehr problematisch werden. Eine Fünfjährige aber war geradezu ideal, und Margaret war begeistert von der Idee. Und am Tag, als George Arthur wegen Alexandras Adoption ansprach, war auch David Abrams zu Arthur gekommen. Er war erst vierunddreißig, und er und seine Frau waren Anwälte, wenngleich Rebecca für eine andere Firma arbeitete. Sie waren seit der Collegezeit verheiratet und hatten die ganzen Jahre versucht, ein Kind zu bekommen, aber ohne Erfolg. Schließlich hatte man ihnen eröffnet, daß die Lage hoffnungslos sei. Rebecca konnte keine Kinder bekommen. Diese Nachricht war für beide ein harter Schlag gewesen, weil sie sich eine ganze Kinderschar gewünscht hatten. Jetzt aber mußten sie entdecken, daß sie dankbar für ein einziges sein konnten – mehr konnten sie sich im Moment gar nicht leisten. Wie die Gorhams hatten auch sie kurz erwogen, alle drei zu adoptieren, hatten sich aber dann außerstande gefühlt, sich eine so große finanzielle Last aufzubürden. Sie wollten das Baby Megan adoptieren.

Blieb also nur Hilary. Und Arthur stand vor einer schwerwiegenden Entscheidung. Sollte er die Geschwister auseinanderreißen? Hatte er das Recht dazu? Aber Sam hatte mit seinem Mord an Solange die Familie zerstört. Vielleicht würde es Arthur glükken, jedes Leben einzeln zu retten. Die Gorhams waren wunderbare Menschen und noch dazu schwerreich. Arthur zweifelte keinen Augenblick, daß es Alexandra an nichts fehlen würde, und nach dem, was George gesagt hatte, würde man das Kind mit viel Liebe aufnehmen, mehr noch, Alexandra würde in unmittelbarer Nähe bleiben, so daß Arthur sie im Auge behalten konnte, obwohl dies bei Menschen wie George und Margaret Gorham gewiß nicht nötig war.

Rebecca und David Abrams lebten zwar in nicht so gesicherten Verhältnissen wie George, sie waren aber zwei strebsame junge Leute, die gewiß ihren Weg machen würden. Die Familien beider lebten in New York, so daß es unwahrscheinlich war, daß sie jemals fortziehen würden. Arthur konnte also auch wenn nötig für Megan den Schutzengel spielen. Hilary bereitete ihm die allergrößten Sorgen. Was sollte aus ihr werden? Es war ein Jammer, daß weder die Gorhams noch die Abrams ein zweites Kind zu sich nehmen wollten. Als er sie noch einmal befragte, zeigten sie ganz entschieden ihre Ablehnung. Versuchsweise unternahm er noch einen Anlauf bei Marjorie, ihre Antwort aber war ein eisernes ›Nein‹. Und er ahnte, daß ihre Beziehung in Gefahr geraten würde, wenn er weiter darauf beharrte. Schon vor Wochen hatte er ihr versprechen müssen, das Thema nicht mehr anzuschneiden. Es blieb also nichts übrig, als Hilary dort zu lassen, wo sie war, nämlich bei den Jones in Boston, falls die sie behalten würden. Nachdem der Haushalt aufgelöst war, betrug das Vermögen der Walkers zehntausend Dollar, und Arthur erwog, den Jones diesen Betrag für Hilarys Unterhalt anzubieten. Es war nicht viel, aber besser als nichts. Arthur war mit dieser Lösung alles andere als glücklich, als er die endgültigen Formalitäten für die zwei anderen Kinder erledigte. Die Adoptionspapiere wurden unterzeichnet, und beide Ehepaare waren außer sich vor freudiger Erwartung. Rebecca wollte sich einen Monat Urlaub nehmen, und Margaret und George planten für den Herbst eine Europareise mit ihrer neuen Tochter. George hatte bereits die einschlägigen Nobelläden geplündert, so daß es in Alexandras Kinderzimmer aussah wie in einem Spielzeugladen, während Rebeccas Mutter so viel Kinderkleidung gekauft hatte, daß man Vierlinge damit hätte ausstaffieren können. Die beiden Kleinen waren also sehr gut dran, denn ihrer Ankunft sah man mit großer Freude entgegen. Nur Hilary bereitete Arthur große Sorgen.

Ende August führte er ein kurzes Gespräch mit Eileen Jones und deutete ihr die Lage an, worauf Eileen ihm rundheraus erklärte, daß sie Hilary für zehntausend Dollar ewig bei sich behalten würde. Allerdings sah sie nicht ein, warum sie die Kleine adoptieren sollte. Sie konnte einfach so mit ihnen zusammenleben – und kochen und putzen, aber diese Einzelheiten verschwieg sie Arthur. Für sie war das Mädchen eine richtige Haushaltshilfe geworden, und Hilary war so eingeschüchtert, daß sie alles tat, was man ihr sagte. Einmal hatte Eileen Alexandra eines kleinen Vergehens wegen heftig geohrfeigt, und das Baby hatte sie mehr als einmal geschlagen – eigentlich immer, wenn das Kleine den Fernsehapparat oder das Radio anfaßte oder sich überhaupt aus dem Zimmer rührte, was unvermeidlich war. Für drei Kinder war die Kammer viel zu klein, besonders für ein Kleinkind von noch nicht zwei Jahren, das nicht begriff, warum es immer eingesperrt sein sollte.

Auf jeden Fall erklärte Eileen sich einverstanden, Hilary für bare zehntausend Dollar zu behalten. Das Mädchen entwickelte sich zu einer profitablen Geldquelle für Eileen. Diesmal würde sie Jack nur zweitausend Dollar eingestehen und achttausend verstecken und ihm einreden, daß sie das Mädchen nur ihrem Bruder zuliebe behalte.

»Und ich dachte, du hättest ihn nicht ausstehen können.«

»Na ja, immerhin war er mein Bruder ... und sie ist seine Tochter. Außerdem ist sie brav und fleißig.«

»Ach was, Kinder sind eine Landplage.« Jack mußte es wissen. Seine letzte Frau hatte drei, die ihn verrückt gemacht hatten.

»Aber wenn du dich um sie kümmern willst, bitte, es ist dein Problem. Solange sie mir nicht auf die Nerven fällt.«

»Wenn sie es tut, dann hau ihr eine runter.«

»Mach' ich.« Damit schien er besänftigt und war einverstanden, daß Hilary bei ihnen blieb. Am Abend schloß Eileen sich im Bad ein, vergewisserte sich, daß das Geld vom letzten Mal noch da war und rechnete sich aus, daß sie mit den achttausend Dollar, die sie bekommen würde, fast zehntausend unter ihrer Wäsche verborgen hatte – ein gutes Gefühl, falls sie sich je entschließen würde, ihren Mann zu verlassen. Vielleicht würde sie die Kleine mitnehmen, vielleicht auch nicht. Das kam darauf an, ob Hilary ihr noch von Nutzen sein konnte. Wenn nicht, sollte Jack sie durchfüttern oder sie von diesem Anwalt abholen lassen. Sie schuldete der Kleinen gar nichts. Im Gegenteil, das Kind war ihr zu Dank verpflichtet. Schließlich hatte sie Hilary bei sich behalten, oder nicht?

Arthur erschien in Begleitung eines Kindermädchens, das er für diesen Tag engagiert hatte. Er war entsetzt, als er sah, wie schmal Hilary aussah und wie blaß die anderen nach zwei Monaten in Boston geworden waren. Wie kleine Straßenkinder sahen sie aus. Er hoffte inständig, daß sie gesund geblieben waren. Er bat Hilary nach draußen, damit er unter vier Augen mit ihr sprechen konnte. Er wollte wissen, wie es ihr wirklich ging, aber sie verriet nichts. Es war, als wäre die Distanz zwischen ihnen noch größer geworden, und er ahnte nicht im entferntesten, wie sehr sie ihn dafür haßte, was er ihr angetan hatte. Zwei Monate lang hatte sie mit allen Mitteln versuchen müssen, genügend Nahrung für ihre Geschwister zusammenzukratzen, hatte es kaum geschafft, die Kleinen, geschweige denn sich selbst zu sättigen, weil Eileen ihr zu wenig Geld gab. Sie hatte gewaschen, geschrubbt, gekocht, Kinder gehütet und sie ständig vor den angedrohten Prügeln von Onkel und Tante geschützt. Abends hatte sie die Schwestern in den Schlaf gesungen und sie umarmt, wenn sie nach ihrer Mutter weinten. Das alles ahnte Arthur nicht, als er Hilarys Gesicht sah und sich fragte, warum sie so verschlossen war.

Und jetzt mußte er ihr die Neuigkeit beibringen, auf die niemand sie vorbereitet hatte. Ihre Schwestern durften hier fort und sie nicht. Außer bei gelegentlichen Besuchen würden sie nie wieder zusammen sein, und auch dies nur, falls die neuen Eltern es gestatteten. Arthur wußte bereits, daß die Abrams damit nicht einverstanden sein würden. Sie wollten nicht, daß Megan irgend etwas über ihr vergangenes Leben, ihre Eltern oder Schwestern erfuhr. Megan würde ein neues Leben beginnen.

»Hilary...« setzte er unbeholfen an. Er hatte sich auf die Stufen gesetzt, die von der zum Wäschetrocknen bestimmten hinteren Veranda in einen Hinterhof führten. Unkraut zerkratzte ihre Beine, Fliegen umschwirrten sie.

»Ich... ich dachte... ich muß... dir etwas sagen.« Er wünschte, er hätte irgend etwas erzählen können. Er wußte, daß die Trennung ihr sehr zusetzen würde. Aber er war nicht schuld daran, daß es so weit gekommen war. Das rief er sich immer wieder ins Gedächtnis. Er hatte sein Bestes getan... wenn nur Marjorie sie aufgenommen hätte...

»Ist etwas, Onkel Arthur?« Vielleicht wollte er ihr beibringen, daß sie nicht mehr in ihre Wohnung zurückkehren konnten, aber Eileen hatte bereits ausgeplaudert, daß die Wohnung nicht mehr ihnen gehörte, und sie hatte sich mittlerweile damit abgefunden. Solange sie zusammen waren, war alles andere nicht so wichtig, auch nicht die scheußliche Umgebung. Er sah ihre großen grünen Augen und hatte das Gefühl, Solange streckte die Hand nach ihm aus und wollte nach ihm fassen, und das machte ihn jetzt nur noch elender.

»Ich... deine Schwestern werden für eine Weile fortgehen.« Es gab keine andere Möglichkeit, er mußte direkt werden.

»Megan und Axie?« Erschrocken und verwirrt richtete sie ihren Smaragdblick auf ihn.

»Warum? Warum gehen sie fort?«

»Weil...« O Gott... bitte, laß nicht zu, daß ich ihr dies antun muß! Seine Brust war wie zugeschnürt, aber er hatte keine Wahl, er mußte es ihr sagen.

»Hilary, es ist unmöglich, daß ihr weiterhin zusammenbleibt. Deine Tante kann euch nicht behalten, und ich habe niemanden gefunden, der euch alle aufnimmt. Megan und Alexandra werden bei zwei sehr netten Familien in New York leben. Und du wirst hier bei deiner Tante in Boston bleiben.«

Einfacher wäre es gewesen, ihr ein Messer ins Herz zu stoßen, und als er ihre Tränen sah, beneidete er Sam um sein leichteres Schicksal und haßte ihn plötzlich.

»Hilary, Liebes, bitte... Liebes, ich habe es versucht, ehrlich...« Er streckte die Hand nach ihr aus, sie aber entzog sich ihm und lief durch das Unkraut auf die Vorderseite des Hauses zu, als fürchte sie, die beiden wären schon fort. Dabei rief sie ihm zu:

»Nein, nein, das lasse ich nicht zu!« Sie lief hinein, und ohne eine weitere Erklärung flüchtete sie in ihr häßliches Zimmer und zog die Schwestern fest an sich. Sie hatte sie auf ihrem Bett spielend zurückgelassen, Axie hatte auf Megan aufgepaßt. Sie hielt sie an sich gedrückt, während die Tränen über ihr Gesicht liefen. Hilary fühlte sich hilflos und wußte, daß sie gegen ihn nicht ankonnte. Sie wußte nicht, wohin sie hätte gehen sollen. Sie hatte kein Geld, niemanden, der ihr half, und sie war erst neun Jahre alt. Man konnte ihr das nicht antun... es war unmöglich... die beiden waren das einzige, was sie noch hatte... Mutter und Vater hatten sie im Stich gelassen... und Onkel Arthur... Tante und Onkel haßte sie, Megan und Axie waren ihr ein und alles.

»Was ist los, Hillie?« Alexandra sah mit großen blauen Augen zu ihr auf, und Megan fing zu weinen an, weil Hilary sie zu festhielt. Deswegen ließ sie die Kleine los und klammerte sich an Axie.

»Ich habe dich so lieb... das ist alles... so lieb... aus ganzem Herzen. Wirst du dich immer daran erinnern, Axie?«

»Ja.« Das Stimmchen klang ernst, als wüßte Axie, daß etwas Bedeutsames vor sich ging. Sie hatten zusammen schon viel durchgemacht, alle drei, und hatten eine starke Bindung. Es war, als würden sie auch ohne Worte die Stimmungen des anderen kennen und mögliche Gefahren ahnen. »Hillie, wird wieder etwas Schlimmes passieren? So wie mit Mami und Daddy? Wird man dich auch in einer Kiste fortschaffen?«

Sie fing zu weinen an, und Hilary beeilte sich den Kopf zu schütteln. »Nein, nein, keine Angst. Onkel Arthur möchte dich und Megan nach New York zu einem kurzen Besuch bei Freunden mitnehmen.« Sie mußte es der Schwester leichtmachen, mochte es für sie selbst auch noch so schmerzlich sein. Aber ihnen zuliebe mußte sie alles ertragen. Für Megan würde es am einfachsten sein. Sie brauchte vermutlich eine kurze Zeit, um sich an die neue Umgebung zu gewöhnen, aber dann würde sie sich sehr bald an nichts mehr erinnern ... niemals wieder ... aber Hilary würde die beiden nie vergessen. Sie würde sie für den Rest ihres Lebens in Erinnerung behalten, und eines Tages würde sie ihre Geschwister wiederfinden. Das schwor sie sich, als sie Axie in den Armen hielt. Gleich darauf tauchten Arthur und die Nurse, die er mitgenommen hatte, im Eingang auf.

»Hilary, wir müssen fahren.«

Von Tränen blind nickte sie, und plötzlich fing Alexandra an zu heulen.

»Ich will nicht fort von Hillie.« Sie ließ ihre Hand nicht los. Hilary, die ihre eigenen Tränen abwischte, gab ihr einen Kuß.

»Du mußt mit, damit du dich um Megan kümmern kannst, sie würde sich sonst ängstigen. Alles klar? Wirst du an meiner Stelle auf sie aufpassen?«

Alexandra nickte unter Tränen. Egal, was man ihr sagte, sie wußte, daß etwas Schreckliches passieren würde, und als Hilary ihre Sachen packte, war sie sich ganz sicher. Eileen hielt sich im Hintergrund. Sie war so außer sich über die frischen grünen Scheine, die Arthur ihr zugesteckt hatte, daß sie nichts anderes tun konnte, als sich ins Bad einzusperren und das Geld nachzuzählen. Den größeren Teil wollte sie vor Jack verstecken, aber einmal wollte sie es auf einem Haufen sehen.

Hilary half, Alexandra und Megan in den Wagen zu setzen. Die Mädchen saßen mit der Nurse im Fond. Megan streckte weinend die Arme nach Hilary aus, und Alexandra schluchzte hemmungslos, als Arthur sich mit einem letzten Blick auf Hilary ans Steuer setzte.

»Ich komme bald wieder und besuche dich.« Darauf sagte sie gar nichts. Er hatte sie hintergangen. Und das Geschrei, das vom Hintersitz kam, drohte, sie um den Verstand zu bringen. Mühsam rang sie um Fassung. Sie trat zurück, winkte und rief dem Wagen nach, solange die beiden sie hören konnten.

»Axie, ich habe dich lieb ... Megan, ich habe dich lieb ...« Ihre Stimme kippte zu einem Schluchzen um, und sie winkte, bis der Wagen um eine Kurve fuhr und ihr ganzes Leben mit sich nahm. Da sank sie in die Knie und rief unter Tränen die Namen ihrer Schwestern, von dem Wunsch beseelt, jemand würde sie töten. Sie fühlte nichts, bis jemand sie packte und schüttelte und eine harte Hand ihr ins Gesicht schlug.

Tränenblind sah sie auf. Eileen stand vor ihr, ihre zerbeulte Tasche mit triumphierendem Blick unter den Arm gepreßt. Ihr Ton war schroff wie immer.

»Was treibst du da?« Da wurde Eileen klar, daß die beiden Kleinen fort waren. »Heulen hilft gar nichts. Geh hinein und mach sauber, du kleine Närrin. Die Leute glauben womöglich noch, daß wir dich schlecht behandeln.« Damit zerrte sie die schluchzende Hilary ins Haus. Eine zweite Ohrfeige folgte. Hilary taumelte in ihr Zimmer und warf sich aufs Bett, das noch immer den Geruch der Kinder an sich hatte, die eben noch darauf gespielt hatten. Sie roch noch Megans Kinderpuder und das Shampoo, mit dem sie Axie den Kopf gewaschen hatte. Der Schmerz war unerträglich.

Stundenlang lag sie da und schluchzte, bis sie schließlich erschöpft und tieftraurig einschlief. Es war ein schwerer unruhiger Schlaf, in dem sie lief... und lief, hinter einem Wagen herrannte... und ihre Schwestern zu finden versuchte... überall suchte sie... und das einzige, was sie von weitem hörte, war Eileens betrunkenes Lachen.

8. Kapitel

Im Laufe der Monate rief Arthur Hilary mehrmals an, nachdem er die Familienbande zerrissen hatte, aber sie weigerte sich, ans Telefon zu kommen und mit ihm zu sprechen, und schließlich bewirkte sein eigenes Schuldgefühl, daß er sich immer seltener meldete. Daß es den anderen Mädchen gutging, wußte er. Die Gorhams waren begeistert von Alexandra, die ein entzückendes Mädchen war, und die Abrams waren verliebt in ›ihr‹ Baby. Von Hilary wußte er nichts. Er hatte keine Ahnung, wie es ihr ging, da Eileen ihn nicht auf dem laufenden hielt und Hilary sich weigerte, mit ihm zu sprechen.

Einmal, es war kurz vor Thanksgiving, fuhr er nach Boston, um sie zu besuchen. Aber Hilary saß stocksteif im Wohnzimmer. Sie hatte ihm nichts zu sagen, und er empfahl sich rasch von Gewissensbissen und stiller Verzweiflung getrieben. Er hatte das Gefühl, die Seele des Kindes zerstört zu haben, aber was hätte er denn tun können? Eileen war schließlich ihre leibliche Tante. Er redete sich tausend Dinge ein, um auf der Rückfahrt sein Gewissen zu beruhigen, und es wurde Weihnachten, bis er wieder zum Hörer griff, aber diesmal meldete sich überhaupt niemand, und danach war er von seinem eigenen Leben zu stark in Anspruch genommen. George Gorham war unerwartet gestorben, und ebenso unerwartet entschloß David Abrams sich zu einem Umzug nach Kalifornien. Dies bedeutete, daß von nun an viel mehr Arbeit für Arthur anfallen würde. Natürlich gab es in der Firma etliche andere Partner, aber Arthur gehörte nun zu den erfahrensten, so daß es an ihm war, wichtige Entscheidungen zu treffen, besonders bezüglich Georges Vermögen, das zum überwiegenden Teil in der Firma steckte. Bei der Beerdigung traf er natürlich mit Margaret zusammen, aber Alexandra war nicht bei ihr.

Es wurde Frühjahr, bis Arthur Hilary wiedersah. Sie war noch verschlossener geworden. Aus ihrem Blick sprach eine Verzweiflung, die ihm große Angst einjagte. Das Haus war tadellos in Ordnung. Wenigstens das hatte sich geändert, und darüber war Arthur erleichtert. Eileen bemühte sich offensichtlich. Er hatte ja keine Ahnung, daß sie Hilary mittlerweile als volle Haushaltshilfe mißbrauchte. Mit zehn Jahren gehörte es zu ihren Pflichten, alles im Haus zu erledigen, den Garten zu jäten, die Sachen von Tante und Onkel zu bügeln, sauberzumachen, zu kochen und die Wäsche zu waschen. Es war bemerkenswert, daß sie unter diesen Umständen anständige Zensuren in der Schule schaffte, aber irgendwie gelang es ihr trotz der widrigen Umstände. Freundinnen hatte sie keine und empfand auch kein Verlangen, Freundschaften zu schließen. Was hatte sie mit den anderen gemeinsam? Die Mitschüler hatten ein normales Familienleben mit Eltern und Geschwistern. Sie hingegen hatte Tante und Onkel, die sie haßten und zuviel tranken. Sie mußte tausend Haushaltspflichten erledigen, ehe sie ihre Hausaufgaben machen durfte, und ging um Mitternacht zu Bett. Und in letzter Zeit fühlte sich Eileen nicht wohl. Ständig redete sie von ihrer Gesundheit und nahm rasch ab trotz der Unmengen Bier, die sie in sich hineinschüttete. Sie hatte mehrere Ärzte konsultiert. Hilary hatte heimlich mitangehört, wie Jack von Florida sprach. Freunde von ihm arbeiteten dort auf einer Werft und hatten versprochen, ihm Arbeit zu verschaffen. Das warme Klima würde Eileen vielleicht guttun. Vor dem nächsten Winter wollten sie dorthin ziehen.

Aber dies erwähnte Hilary Arthur gegenüber nicht. Es war für ihn unwichtig. Und es war ihr auch egal, so wie ihr überhaupt alles gleichgültig geworden war. Das einzige, woran ihr noch etwas lag, war der Gedanke, Axie und Megan eines Tages wiederzufinden, und sie wußte, daß ihr das auch gelingen würde. Sie brauchte nur zu warten, bis sie achtzehn war, dann würde sie sich auf die Suche machen. In der Nacht träumte sie davon und spürte noch immer Axies weiche rote Löckchen an der Wange, als würde sie im Bett neben ihr liegen, und Megans leisen Atem. Eines Tages ... eines Tages ... würde sie ihre Schwestern finden.

Im nächsten Oktober zogen sie nach Jacksonville in Florida.

Eileen war inzwischen ernsthaft krank. Sie konnte kaum mehr gehen oder essen, und kurz vor Weihnachten wurde sie bettlägerig. Hilary erfaßte instinktiv, daß ihre Tage gezählt waren. Jack schien sich nichts daraus zu machen, er war ständig außer Haus, trank und krakeelte, und hin und wieder sah sie ihn in der Nachbarschaft aus einem Haus kommen und eine andere Frau küssen. Es fiel ihr zu, sich um Eileen zu kümmern und alles zu tun, was für eine Todkranke zu tun war. Ins Krankenhaus wollte Eileen nicht, und Jack sagte, daß sie es sich auch nicht leisten könnten. Deswegen erledigte Hilary alles, kaum daß sie von der Schule nach Hause kam, bis zum nächsten Morgen. Manchmal konnte sie nachts gar nicht schlafen. Sie lag neben Eileens Bett auf dem Boden und tat alles Nötige, wenn sie gebraucht wurde. Jack übernachtete ohnehin nicht mehr im gemeinsamen Schlafzimmer. Er schlief auf der Veranda hinter dem Haus, kam und ging nach Belieben und sah oft tagelang nicht nach seiner Frau. Eileen weinte oft und fragte Hilary immer wieder, wo er sich in der Nacht herumtrieb. Hilary log sie an und sagte, daß er schlafen würde.

Eileen war auch nicht während der Krankheit imstande, auch nur einen Funken Freundlichkeit zu empfinden. Sie wurde keine Spur sanfter oder zeigte sich dankbar für die aufopfernde Hilfe, die Hilary ihr angedeihen ließ. Eileen erwartete das einfach von dem Kind. So schwach sie auch war, sie drohte Hilary mit Schlägen, wenn sie etwas nicht zu ihrer Zufriedenheit erledigte. Natürlich konnte sie ihre Drohungen nicht mehr wahrmachen, aber Hilary haßte sie dennoch dafür. Sie hatte sie vom ersten Tag an gehaßt. Eileen lebte noch eineinhalb Jahre, nachdem sie nach Florida gekommen waren. Als Hilary zwölf war, starb sie, den Blick starr auf ihre Nichte gerichtet, als wolle sie ihr noch etwas sagen. Hilary war sicher, daß es nichts Nettes gewesen wäre.

Nach Eileens Tod gestaltete sich Hilarys Leben in mancher Hinsicht etwas einfacher, in anderer aber schwieriger. Sie brauchte niemanden mehr zu pflegen, doch sie mußte sich von Jack und den Frauenzimmern fernhalten, die er anschleppte. Am Tag nach Eileens Tod hatte er ihr unverblümt gesagt, daß sie weiter unter seinem Dach wohnen konnte, solange sie keinen Ärger mache. Er hatte sie angewiesen, die Sachen ihrer Tante durchzusehen, zu behalten, was sie wollte, und alles andere wegzuwerfen. Es sah aus, als legte er auf Erinnerungen an Eileen keinen Wert. Hilary hatte sich Zeit gelassen, weil sie ständig das scheußliche Gefühl hatte, Eileen würde zurückkommen und sie bestrafen, wenn sie in ihren Sachen herumstöberte, aber schließlich hatte sie sich überwunden. Die Kleider schenkte sie einem Kirchenbasar, die billigen Schminkutensilien warf sie weg. Sie stand eben im Begriff, die Wäsche zu sortieren, als sie in einer Lade eine kleine Stoffbörse bemerkte und sie öffnete, um sich zu vergewissern, daß sie nichts Wichtiges enthielt. In der Börse befanden sich über zehntausend Dollar, meist in kleinen Scheinen, aber auch ein paar Fünfziger, so als hätte Eileen das Geld im Laufe der Jahre zusammengespart und vor Jack versteckt. Hilary starrte die Börse lange an, dann schob sie sie in eine Tasche, und am Abend versteckte sie das Geld zwischen ihren eigenen Sachen. Es war genau das, was sie eines Tages brauchen würde, wenn sie mit der Suche nach Megan und Alexandra beginnen würde. Das ganze darauffolgende Jahr nahm Jack kaum Notiz von ihr. Er war vollauf damit beschäftigt, den Frauen in seiner Umgebung nachzustellen. Mittlerweile war er aus mehreren Jobs hinausgeflogen, hatte aber immer wieder Arbeit gefunden. Ihm war es einerlei, was er machte, solange er ein Dach über dem Kopf hatte, in der Nacht eine Frau im Bett und eine Sechserpackung Bier im Kühlschrank. Aber als Hilary dreizehn wurde, wurde er anspruchsvoller. Ständig nörgelte er an ihr herum und verlangte, daß sie dieses und jenes für ihn erledigte. Seiner Meinung nach hielt sie das Haus nicht gut genug in Ordnung, und wenn er, was selten genug vorkam, abends zum Essen zu Hause war, beklagte er sich, daß sie lausig kochte. Plötzlich konnte sie ihm nichts mehr recht machen, und er tat so, als wäre das häusliche Leben für ihn sehr wichtig, während er zuvor kaum von ihr Notiz genommen hatte. Jetzt aber kritisierte er sogar ihre Kleidung und behauptete, ihre Sachen seien zu lose und ihre Röcke zu lang. Es war das Jahr 1962, Miniröcke waren in Mode. Jack wollte, daß sie sich anzog wie die Mädchen, die er in Zeitschriften oder im Fernsehen sah.

»Möchtest du denn nicht, daß die Jungen dir nachsehen?« fragte er sie eines Nachmittags mit schwerer Zunge. Er war eben von einem Softballspiel mit Freunden nach Hause gekommen, von denen die meisten wie er Kriegsveteranen waren, doch er war fünfundvierzig, und drei Jahrzehnte reichlicher Alkoholgenuß forderten ihren Zoll. Er war übergewichtig, sein Bierbauch quoll ihm über den Bund seiner Hose.

»Magst du Jungens nicht, Hilary?«

Ständig verfolgte er sie, und sie hatte ihn satt. Sie hatte gar nicht die Zeit, sich um Jungen zu kümmern. Schule und Haushalt füllten sie ganz aus. Im Herbst kam sie in die neunte Klasse, ein Jahr früher als die anderen. Und jetzt hatte sie zehntausend Dollar in einer Wäschelade versteckt. Sie hatte alles, was sie brauchte.

»Nicht besonders«, gab sie zur Antwort, »für Jungen habe ich keine Zeit.«

»Ach? Und was ist mit Männern? Hast du Zeit für Männer, kleine Hillie?«

Eine Antwort darauf sparte sie sich. Statt dessen ging sie in die Küche und machte sich ans Kochen. Unwillkürlich war ihr aufgefallen, wie sehr Jack zum Südstaatler geworden war. Er hatte sich die schleppende Sprechweise angewöhnt und dazu einen Akzent, als sei er in Florida geboren. Niemand hätte in ihm den Bostoner vermutet. Sofort mußte sie an die kurze, dort verbrachte Zeit denken... es war der Ort, an dem sie Megan und Axie verloren hatte. Von Arthur Patterson hatte sie nie wieder etwas gehört – nicht, seitdem sie nach Florida gezogen waren, aber das kümmerte sie überhaupt nicht. Sie haßte und verabscheute ihn. Nie wäre sie auf den Gedanken verfallen, der Grund für sein Schweigen könnte darin begründet sein, daß Jack und Eileen vor dem Umzug keine Adresse hinterlassen hatten. Sie waren ohne Nachricht untergetaucht, und Arthur hatte keine Ahnung, wie er sie hätte aufspüren sollen. Er hatte zudem mit persönlichen Problemen zu kämpfen, denn ungefähr zu dem Zeitpunkt, als die Jones' nach Florida zogen, hatte Marjorie ihn verlassen.

»Was gibt's zum Essen?« Jack lehnte mit einer Bierdose in der Hand und einer Zigarette im Mundwinkel in der Küchentür. Neuerdings schien er ihr wachsendes Interesse entgegenzubringen, und das gefiel ihr ganz und gar nicht. Seine Gegenwart bereitete ihr Unbehagen, weil sie das Gefühl hatte, daß er sie mit Blicken auszog.

»Hamburger.«

»Wunderbar.« Dabei hielt er den Blick unverwandt auf ihre festen jungen Brüste gerichtet. Hilary hatte lange wohlgeformte Beine und eine schmale Taille. Das dichte schwarze Haar fiel ihr weich wie ein schwarzer Schleier bis zur Hüfte. Sie war ein bildhübsches Mädchen – eine Tatsache, die sich nur schwer verbergen ließ. Auch wirkte sie um Jahre älter, als sie tatsächlich war, und in ihrem Blick lag der Schmerz eines ganzen Lebens.

Jack tätschelte ihre Kehrseite und strich unnötigerweise ganz knapp an ihr vorüber, und zum ersten Mal wich er ihr auch beim Kochen nicht von der Seite. Das war Hilary so unangenehm und peinlich, daß sie keinen Bissen herunterbrachte, als die Hamburger fertig waren. Lustlos schob sie das Essen auf ihrem Teller hin und her und beeilte sich, aus der Küche zu kommen, sobald das Geschirr gespült war. Kurz danach hörte sie ihn aus dem Haus gehen. Lange ehe er um Mitternacht wieder nach Hause kam, schlief sie in ihrem Zimmer neben der Küche. Draußen ergoß sich ein Tropenregen wie ein Sturzbach vom Himmel, es hatte gedonnert und geblitzt. Jack torkelte stockbesoffen ins Haus, besessen von der Absicht, etwas zu tun... wenn er nur gewußt hätte, was das war... verdammt... er hatte es vergessen... noch immer fluchend kam er an ihrem Zimmer vorüber, und da fiel es ihm wieder ein. Mit einem Auflachen blieb er stehen. So verharrte er einige Zeit vor Hilarys Tür. Er klopfte erst gar nicht an, sondern betrat das Zimmer mit nassen Schuhen, die Spuren auf dem Linol-Boden hinterließen. Jahrelanger starker Zigarettenkonsum ließ ihn schwer atmen, aber Hilary hörte es nicht. Das schwarze Haar lag über ihr Gesicht gebreitet, einen Arm hatte sie über den Kopf ausgestreckt. Sie lag in einem kindlichen Baumwollnachthemd auf der Decke.

»Wie schööön . . .«, schnurrte er und hustete so laut, daß sie beinahe aufgeschreckt wäre. Sie drehte sich auf die andere Seite und gab den Blick auf eine anmutige Hüfte und ein langes Bein frei, nur wenige Zoll von ihm entfernt. Langsam knöpfte er sein Hemd auf, bis es als nasses Bündel auf dem Boden landete. Er zog den Reißverschluß seiner Hose auf und streifte sie gleichzeitig mit den Schuhen ab. Gleich darauf lagen auch Shorts und Socken neben dem Bett. Nur die Riesenmenge Alkohol, die er intus hatte, verhinderte, daß seine Erektion noch größer wurde. Während er sie beobachtete, war er von schmerzhafter Begierde und von jahrelang unterdrückter Lust erfüllt, aber jetzt war dieses Mädchen endlich alt genug... Teufel, er konnte sie von nun an jahrelang haben, ein tolles Weib direkt zu Hause..., ehe sie erwachsen wurde und aus dem Haus ging, und vielleicht würde sie dann gar nicht mehr fortwollen. Ächzend legte er sich neben sie, und die Alkoholschwaden, die er ausatmete, und sein Schweißgeruch weckten sie.

»Hmmm...« Sie machte ein Auge auf, ratlos, wo sie sich befand, gleich darauf aber schnappte sie entsetzt nach Luft und sprang auf. Er war schneller und faßte so heftig nach ihrem Nachthemd, daß es riß und sie nackt und bebend vor ihm stand. Jack lag auf ihrem Bett und musterte sie eingehend.

»Donnerwetter... sehr hübsch, die kleine Hillie.« Sie versuchte vergebens ihre Blößen zu bedecken. Am liebsten hätte sie geschrien und wäre davongelaufen. Sie hatte keine Ahnung, wie sie sich verhalten sollte. Sie war zu Tode erschrocken. Sie wußte, daß er sie einholen würde, falls sie versuchte davonzulaufen.

»Komm wieder ins Bett. Es ist noch zu früh zum Aufstehen. Erst möchte Onkel Jack dir etwas zeigen.« Sie sah ihn daliegen, an der Stelle, wo sie gelegen hatte, bedrohlich in seinem Zustand. Seine Absicht war ihr klar – über diese Dinge wußte sie schon Bescheid –, aber lieber würde sie sterben, als sich von ihm berühren zu lassen.

»Faß mich nicht an!« Sie lief durch die offene Tür in die Küche, und er folgte ihr in der Finsternis, nackt, und glitt auf den nassen Stellen aus, die er selbst mit seinen Schuhen hinterlassen hatte.

»Komm, du kleine Schlampe... du möchtest es doch auch, und du kriegst es von mir.« Er wollte nach ihrem Arm fassen und sie wieder in ihr Zimmer zerren. Sie aber wehrte sich wie eine wilde Katze, zerkratzte ihm das Gesicht und den Arm und versuchte, nach ihm zu treten.

»Laß mich los!« Sie riß sich mit aller Kraft los und schaffte es fast zur Hintertür, ehe er sie wieder einholte, aber ihr blieb ein Augenblick Zeit, nach etwas zu greifen. Plötzlich war ihr eingefallen, daß es neben der Spüle lag. Sie verbarg es vor ihm und ließ sich scheinbar gehorsam wieder in ihr Zimmer führen. Es war eine gewagte Sache, aber sie war fest entschlossen, ihn eher zu töten, als sich vergewaltigen zu lassen.

»Braves Mädel... du magst den guten alten Onkel Jack doch ein wenig, kleine Hillie...« Sie antwortete nicht, und er nahm von ihrem Schweigen keine Notiz, als er sie grob aufs Bett warf und sich auf sie legen wollte. Da spürte er plötzlich etwas Kaltes, Scharfes, Häßliches, das blitzend auf seinen Unterleib zeigte.

»Wenn du mich anfaßt, schneide ich dir alles ab... und das ist mein voller Ernst.« Ihr Ton ließ keinen Zweifel an ihren Absichten, und er glaubte ihr. Er wich ein winziges Stück zurück, und die Messerspitze folgte seiner Bewegung.

»Raus aus meinem Zimmer!«

»Schon gut, schon gut... Himmel...«, murmelte er, während er rücklings aus dem Zimmer schlich und fast an der Schwelle stolperte. »Tu das Ding weg, um Himmels willen, schnell, verdammt noch mal.«

»Erst, wenn du draußen bist.« Sie folgte ihm, das Messer noch immer auf seinen Unterleib gerichtet, und das schien ihn zutiefst zu beunruhigen.

»Kleines Biest... bringt man euch das heutzutage in der Schule bei? Zu meiner Zeit waren die Mädchen viel netter.« Darauf gab sie keine Antwort, und er wich weiter zurück, und dann ganz plötzlich schlug er ihr das Messer aus der Hand und versetzte ihr einen so heftigen Hieb ins Gesicht, daß sie gegen die Wand prallte. Sie wußte nicht, was mehr schmerzte, ihre Nase, die stark blutete, oder der Hinterkopf, von dem sie das Gefühl hatte, er sei eingeschlagen worden.

»Na, wie fühlt sich das an, du kleines Luder?«

Stöhnend raffte sie sich auf, noch immer fest entschlossen, ihre Tugend zu verteidigen, aber er hatte jetzt nur noch ein Ziel; er mußte sie bestrafen, weil sie ihn gedemütigt hatte. Alles andere konnte er später auch noch haben. Zum Henker, sie konnte nirgendwo hingehen. Sie gehörte ihm. Sie war praktisch sein Eigentum.

»Na, wirst du nächstes Mal artig zu Onkel Jack sein?« Wieder schlug er ihr mit dem Handrücken ins Gesicht. Seine Augen blitzten unheilvoll. Diesmal prallte sie gegen einen Stuhl, der ihre Rippen prellte und eine tiefe Wunde verursachte, aus der sie sofort stark blutete. In ihren Ohren dröhnte es, und ihre Lippe war geplatzt. Sie hatte das Gefühl, ihr Kiefer sei gebrochen. Und noch ehe alles vorüber war und sie vor ihm wegkroch, brachte er ihr noch einen tiefen Schnitt in die Brust bei.

Danach war er, erschöpft von seiner Tat und betrunken, auf der Couch eingeschlafen. Er war zufrieden mit sich – nächstes Mal würde das kleine Biest ihm keinen Widerstand leisten, da war er ganz sicher. Er hatte ihr eine Lektion erteilt – so gründlich, daß sie sich nackt in den strömenden Regen hinausschleppte, bis sie bewußtlos auf den Stufen des Nachbarhauses zusammenbrach. Dort blieb sie stundenlang liegen, aus ihren Wunden blutend, bis Mrs. Archer sie am nächsten Tag fand, als sie die Tür öffnete und ihre Zeitung hereinholen wollte.

»O mein Gott... mein Gott!« schrie Mrs. Archer auf und wich entsetzt ins Haus zurück. Sie rannte zu ihrem Mann. »Mein Gott... Bert, da liegt eine Tote auf unserer Schwelle. Splitternackt!« Er kam an die Tür gelaufen und fand Hilary dort noch immer ohne Bewußtsein.

»Allmächtiger, das ist die Kleine von nebenan, deren Tante gestorben ist... das Mädchen, das man nie zu Gesicht bekommt... wir müssen die Polizei verständigen.« Aber Mollie Archer hatte bereits die Nummer des Notrufs gewählt. In ein paar Minuten war die Polizei zur Stelle, wobei der Krankenwagen ihr noch zuvorkam. Hilary wurde ins Brewster Hospital gebracht. Eine halbe Stunde später kam sie wieder zu Bewußtsein und erkannte die Archers, die sie erschrocken anstarrten. Mrs. Archer brach in Tränen aus. Die Kleine erinnerte sie sehr an ihre eigene Tochter. Es war ganz klar, daß man sie verprügelt und vergewaltigt hatte, um sie sodann vor ihrer Haustür liegenzulassen. Bei der ärztlichen Untersuchung sollte sich jedoch herausstellen, daß Hilary nicht mißbraucht worden war. Man hatte sie nur geschlagen – fast totgeprügelt. Ihre Wunden mußten genäht werden. Besonders arg waren die Schnitte an der Brust, das Schlimmste aber war die Gehirnerschütterung, die sie sich zugezogen hatte, als Jack sie gegen die Wand geschleudert hatte. Sie erbrach, als sie zu sich kam, und verlor noch einige Male das Bewußtsein, aber die Ärzte versicherten Mrs. Archer, daß keine Lebensgefahr bestand. Nach ein paar Stunden gingen die Archers nach Hause. Hilary weigerte sich auszusagen, wer sie so zugerichtet hatte, aber die Polizei ließ nicht locker.

»Was glaubst du, wer ihr das angetan haben könnte?« fragte Mrs. Archer ihren Mann auf dem Heimweg. Es sollte Tage dauern, bis die Wahrheit ans Licht kam, ohne daß Hilary etwas verraten hätte. Jack selbst war es, der sich beim dritten Verhör verriet, worauf man ihm mit einer Anzeige drohte. Hilary bat flehentlich, man möge davon absehen.

»Wenn Sie ihn anzeigen, wird er mich umbringen.« Sie war vor Angst ganz außer sich, denn sie war überzeugt, daß er sie töten wollte oder noch Ärgeres mit ihr anstellen würde.

Die Polizei aber gab der Situation eine neue Wendung.

»Hilary, du mußt nie wieder zu ihm zurück. Du könntest bei Pflegeeltern unterkommen.«

»Pflegeeltern? Was ist denn das?« Ihre Augen waren ängstlich aufgerissen. Was aber konnte ärger sein als die Hölle, in der sie jahrelang gelebt hatte?

»Das ist ein vorübergehendes Zuhause, manchmal sogar ein

Zuhause für immer, wo Kinder leben, die sonst nirgends Platz finden.«

»Sie meinen, so etwas wie ein Heim?«

Der Polizeibeamte schüttelte den Kopf.

»Nein, es sind Familien, die Kinder wie dich zu sich nehmen. Na, was hältst du davon?«

»Ja, ich glaube, ich möchte Pflegeeltern haben.«

Vorerst aber mußte die Behörde den Nachweis erbringen, daß sie eine verwaiste Minderjährige war, und das war viel einfacher, als man befürchtet hatte. Sie erklärte, daß ihre Eltern tot seien und sie von Onkel und Tante nie adoptiert worden war. Nur einmal noch kam es zu einer Begegnung mit Jack. Mollie Archer, die verlegen im Eingang stehenblieb, paßte auf, daß nichts geschah. Hilary hatte ihre Sachen holen wollen, fürchtete aber, Jack allein gegenüberzutreten. Es war das erste Wiedersehen seit der Nacht, als er sie verprügelt hatte, und sie hatte Angst, daß er sich rächen würde, weil sie ihm die Polizei auf den Hals gehetzt hatte. Aber er starrte sie nur haßerfüllt und böse an und wagte in Mrs. Archers Gegenwart kaum ein Wort an sie zu richten.

Hilary packte ihre Sachen in den einzigen Koffer, den sie hatte, und versteckte die kleine Stoffbörse sorgfältig im Futter. Sie mußte gut auf das Geld achten, es war der einzige Freund, den sie auf der Welt hatte... ihr Fluchtgeld, mit dessen Hilfe sie ihre Geschwister finden würde... ihre zehntausend Dollar. Hätte Jack von der Existenz des Geldes geahnt, er hätte sie mit Sicherheit umgebracht.

Als sie das Haus verlassen hatte, knallte Jack die Tür laut zu und schloß ab, und sie ging still über den Hinterhof zu Mrs. Archers Haus. Dort wartete sie, daß die Leute vom Jugendamt sie abholten. Man hatte einen Platz für sie gefunden. Sie sollte am nächsten Morgen zu ihren Pflegeeltern gebracht werden. Alles war ganz glattgegangen, und einen Augenblick gab sie sich der Hoffnung hin, es würde ihr auch in Zukunft besser gehen! Alles würde gut werden, und in einigen Jahren konnte sie nach New York fahren und die Suche nach Megan und Axie aufnehmen. Und eines Tages würden sie dann wieder zusammen sein, und sie konnte sich um ihre Schwestern kümmern. Das hatte sie dem glücklichen Fund zwischen Eileens Wäsche zu verdanken. Es war das einzig Positive, das ihre Tante je für sie getan hatte, und auch dies war nicht beabsichtigt gewesen. Aber das war jetzt unwichtig. Das Geld war in Hilarys Koffer versteckt. Sie hätte es mit Zähnen und Klauen und unter Einsatz ihres Lebens verteidigt, denn für sie stellte es ein Vermögen dar.

Wie vereinbart holte die Sozialarbeiterin sie ab und brachte sie zu einer Familie, die in einer armseligen Hütte in einem Vorort von Jacksonville wohnte. Die Frau, die ihnen öffnete, lächelte. Im Haus lebten fünf andere Kinder zwischen zehn und vierzehn Jahren. Für Hilary ließen die Umstände und die ganze Umgebung schlagartig die Erinnerung an das Haus in Boston aufleben. Derselbe Mief, dieselbe desolate Einrichtung, derselbe triste Eindruck – angesichts der vielen Kinder, die in dem Haus lebten, eigentlich kein Wunder.

Die Frau hieß Louise. Sie zeigte Hilary ihr Zimmer, das sie mit drei anderen Mädchen teilen mußte. Alle schliefen sie auf schmalen Armeepritschen, die Louise aus Heeresbeständen ergattert hatte. Auf einer Pritsche hockte ein Mädchen, eine Farbige, groß, dünn, mit riesigen dunklen Augen. Neugierig sah sie der eintretenden Hilary entgegen, die ihren Koffer abstellte, als die Sozialarbeiterin die beiden bekannt machte.

»Hilary, das ist Maida. Sie ist schon ein Dreivierteljahr bei dieser Familie.« Noch ein flüchtiges Lächeln, und die Sozialarbeiterin zog sich zu Louise und der Kinderschar in die Küche zurück. Das Haus wirkte sehr lebendig, aber alles andere als wohnlich, und in Hilary wuchs das Gefühl, man hätte sie in einem Arbeitslager untergebracht.

»Hilary... was soll'n das für ein Name sein?« Maida starrte sie jetzt, da sie allein waren, feindselig an. Sie musterte Hilary vom Kragen des häßlichen Kleides angefangen bis zu den Billigschuhen, die Eileen ihr einmal gekauft hatte. Hilarys Kleidung war unter aller Kritik – von den Organdy- und Samtkleidchen ihrer frühen Kindheit, die für sie längstvergangener Luxus waren, Welten entfernt. Mit ihren ernsten grünen Augen betrachtete sie das schwarze Mädchen und fragte sich, was für ein Leben sie in diesem Haus erwartete.

»Woher kommst du?« fragte Maida.

»Aus New York... und aus Boston. In Florida bin ich erst seit zwei Jahren.«

Das schwarze, zaundürre Mädchen nickte. Hilary fiel jetzt auf, daß sie ihre Fingernägel ganz kurz abgekaut hatte. Maida wirkte aggressiv und nervös.

»Und warum bist du hier? Stecken deine alte Herrschaften im Knast?« Maidas Eltern saßen hinter Gittern, die Mutter war Prostituierte, der Vater Zuhälter und Drogendealer.

»Meine Eltern sind tot.« Hilarys Blick war wachsam, als sie knapp hinter der Tür Aufstellung nahm.

»Hast du Geschwister?« Was für einen Unterschied machte das schon aus? Sie war nahe daran zu bejahen, überlegte es sich aber anders und schüttelte den Kopf. Maida schien mit dieser Antwort zufrieden.

»Du wirst hier für Louise rackern müssen, bis du umfällst. Sie ist ein richtig gemeines Biest.« Das war keine angenehme Neuigkeit, aber irgendwie hatte Hilary schon beim Betreten des Hauses geahnt, daß es hier nicht so einfach und nett sein würde, wie man ihr weiszumachen versuchte.

»Was wird verlangt?«

»Wir müssen das Haus putzen, uns um die Kinder kümmern, den Hof fegen, im Garten arbeiten, die Wäsche richten... alles, was sie verlangt. So wie Sklaverei, nur darf man im Haus schlafen und essen.« In Maidas Blick lag ein böses Grinsen, und Hilary wußte nicht, ob Lachen angebracht war. »Aber hier ist es immer noch besser als in einem Heim.«

»Ein Heim?« Für Hilary war das alles neu... Pflegeeltern und Jugendheime und Eltern, die im Knast saßen, obgleich ihr eigener Vater im Gefängnis gestorben war. Es war unendlich schwierig, die Veränderungen, die er in einem einzigen Augenblick ungehemmten Jähzorns über sie gebracht hatte, zu verkraften. Wie oft hatte Hilary vor dem Einschlafen, wenn sie sich Gedanken an die Vergangenheit gestattete, überlegt, daß er sie ebensogut gemeinsam mit ihrer Mutter hätte töten können. Das wäre viel einfacher gewesen, als sie zu diesem elenden Leben zu verurteilen, fern von zu Hause, fern von ihren Lieben, verlassen unter Fremden.

»Wo warst du vorher?« Maidas Stimme klang gereizt. »In welchem Erziehungsheim?« Sofort schickte sie eine Erklärung hinterher. »Knast für Kinder meine ich. Wenn sich keine Pflegeeltern finden, kommt man in ein Heim. Dort wird man eingesperrt und wie ein Stück Dreck behandelt. Da schufte ich mir lieber den Hintern für Louise ab, bis meine Ma wieder rauskommt. Nächsten Monat wird sie entlassen, und ich kann nach Hause.« Beim letzten Mal war ihre Mutter wegen einer Drogensache zusammen mit ihrem ›Ehemann‹ im Gefängnis gelandet.

»Und du? Wie lange wirst du hierbleiben? Hast du Verwandte?« Sie glaubte wohl, Hilarys Eltern wären erst vor kurzem ums Leben gekommen und dies sei nur eine vorübergehende Lösung. Hilary war irgendwie anders, sie sprach anders, bewegte sich anders, starrte alles wortlos an, als gehöre sie nicht wirklich hierher. Doch auf Maidas Frage schüttelte sie nur den Kopf, denn eben kam die Sozialarbeiterin wieder ins Zimmer.

»Na, ihr zwei, habt ihr euch schon angefreundet?« Das Lächeln der Frau zeigte an, daß sie sich des Dschungels, in dem sie tätig war, nicht bewußt war. Für sie waren das alles nette Kinder, für die sie anständige Pflegeeltern gefunden hatte, Grund für Glück und Zufriedenheit bei allen. Die Mädchen sahen sie an, als sei sie übergeschnappt. Maida fand als erste ihre Sprache wieder.

»Ja, genau... angefreundet haben wir uns, stimmt's Hilary?« Hilary wußte, welche Antwort man von ihr verlangte. Sie war sehr erleichtert, als sie von der Frau in die Küche gebracht wurde, denn Maida hatte etwas an sich, das ihr angst machte.

»Maida hat sich hier gut entwickelt«, vertraute ihr die Sozialarbeiterin an, als sie den tristen Gang zur Küche entlanggingen.

Die Kinder waren im Freien, und Louise erwartete sie, aber sie hatten schon gegessen. Hilary hatte plötzlich so großen Hunger, daß sie fürchtete, es nicht bis zum Abendessen auszuhalten.

»Na, kannst du tüchtig zupacken?« fragte Louise sie als erstes, und Hilary nickte. Jetzt hatte sie die Antwort auf ihre Frage bekommen. Die Frau vom Jugendamt war plötzlich wie vom Erdboden verschwunden, und Louise führte sie ins Freie und drückte ihr einen Spaten und eine Harke in die Hand. Sie sollte einen Graben ausheben, die Jungen würden ihr dabei helfen. Leider ließen sie sich aber nicht blicken. Sie rauchten heimlich hinter dem Schuppen, so daß es Hilary allein überlassen blieb, den Spaten schwitzend und stöhnend zu schwingen. Sie hatte in den vergangenen vier Jahren viel arbeiten müssen, nie aber hatte sie so schwere körperliche Arbeit geleistet. Sie hatte im Haus saubergemacht, hatte die ganze Wäsche für Jack und Eileen gewaschen und gebügelt, sie hatte gekocht und Eileen gepflegt, aber diese Arbeit hier war schwerer als alles, was sie zuvor geleistet hatte. Ihr standen Tränen der Erschöpfung in den Augen, als Louise sie endlich aus der glühenden Hitze ins Haus zum Abendessen rief.

Maida stand mit triumphierendem Blick am Herd. Ihr waren die hausfraulichen Tätigkeiten zugefallen. Sie hatte das Abendessen, wenn man es überhaupt so nennen konnte, zubereitet. Die Mahlzeit bestand aus spärlichen Fleischstückchen und Knorpeln, die in einer wäßrigen Fettbrühe schwammen, und das Ganze wurde von Louise munter als Eintopf bezeichnet, als sie jedem von ihnen eine kleine Portion zuteilte und sich zum Tischgebet setzte. Trotz ihres knurrenden Magens und der Benommenheit von der Arbeit in der prallen Sonne war Hilary nicht imstande, etwas hinunterzuwürgen.

»Komm schon, und iß deinen Teller leer, damit du nicht von Kräften kommst.« Louises Grinsen konnte einen das Fürchten lehren. Sie kam ihr vor wie die Hexe aus dem Märchen. Hilary konnte sich an viele Märchen aus ihrer früheren Kindheit entsinnen, in denen die Hexe stets den verdienten Tod gefunden hatte und die Kinder als Prinz und Prinzessin weiterleben durften.

»Tut mir leid... ich bin nicht hungrig...« lautete Hilarys lahme Entschuldigung, die von den Jungen laut belacht wurde.

»Bist du krank?« Louises Miene verriet Ärger. »Kein Mensch hat mir gesagt, daß du nicht in Ordnung bist...« Sie erwog, ob sie Hilary zurück ins Ungewisse schicken sollte, und Hilary mußte plötzlich daran denken, was Maida über das Heim erzählt hatte – Knast für Kinder. Eine treffende Beschreibung. Sie wußte aber nicht, wohin sie sonst hätte gehen sollen. Zu Jack konnte sie nicht zurück. Sie wußte genau, was er ihr beim nächsten Mal antun würde. Also blieb nur Louise oder ein Heim.

»Nein, nein, ich bin nicht krank... es ist nur die Sonne... draußen ist es so heiß.«

»Ooohh... so heiß...« Die anderen Kinder nützten die Chance, um sie zu verspotten, und Maida zwickte sie boshaft, als sie beim Geschirrspülen half. Hilary stellte rasch fest, daß das ›Familienleben‹ in diesem Haus äußerst merkwürdig war. Die Kinder waren weder befreundet noch miteinander verwandt. Louise tat gar nicht erst so, als würde sie die Kinder bemuttern. Sie waren für sie vielmehr ein Arbeitstrupp, der alles erledigte. Eine ähnliche Haltung nahmen ihre Schutzbefohlenen ihr gegenüber ein. Alles schien irgendwie vorübergehend zu sein, und von Wärme und Beständigkeit war nichts zu spüren. Louises Mann kam und ging scheinbar nach Belieben. Er hatte im Krieg ein Bein verloren, das andere war verkrüppelt. Arbeiten konnte er nicht, deswegen hatte Louise die Kinder bei sich aufgenommen. Sie übernahmen seinen Anteil an Arbeit und auch den ihren, und vor allem brachte es ihr Geld ein. Für jedes Kind bekam sie vom Bundesstaat einen bestimmten Betrag. Das machte sie zwar nicht reich, war aber nicht zu verachten. Sieben Kinder war die Höchstzahl, die sie aufnehmen konnte. Sie wußten, daß sehr bald Zuwachs kommen würde, da es im Moment zusammen mit Hilary nur sechs waren. Eine blasse, blonde Fünfzehnjährige namens Georgine sowie Maida und drei wilde, halbwüchsige Jungen, von denen zwei Hilary seit dem Abendessen mit lüsternen Blicken folgten. Keines der Kinder war hübsch, und einige sahen nicht mal gesund aus. Das wäre auch angesichts der Ernährung, die Louise ihnen zumutete, ein Wunder gewesen. Louise sparte an allen Ecken und Enden, aber das war Hilary von

Eileen und Jack her ohnehin gewöhnt, wenngleich Louise den Geiz noch weiter trieb.

Um halb acht schickte sie die Kinder lautstark zu Bett. Sie hatten in ihren Zimmern geschwatzt, sich gegenseitig ihr Leid geklagt, Geschichten über Eltern im Knast ausgetauscht und von ihren eigenen Erfahrungen in Erziehungsheimen erzählt. Das alles war Hilary, die in entsetztem Schweigen auf ihrem Bett hockte, völlig fremd. Die Jungen bewohnten nebenan ein eigenes Zimmer, und Georgine und Maida unterhielten sich, als wäre Hilary Luft. Schließlich drängelten sie sich in ihren Nachthemden an ihr vorüber und knallten ihr die Tür vor der Nase zu, als sie ins Bad gingen.

Ich halte durch, beschwor sich Hilary selbst... immerhin besser als bei Jack... alles in allem ist es nicht so schlimm... sie dachte an das in ihrem Koffer versteckte Geld und betete, daß niemand es finden möge. Das alles mußte sie nur mehr fünf Jahre über sich ergehen lassen... fünf Jahre Pflegeeltern oder Heim... oder Jack... Tränen brannten ihr in den Augen, als sie schließlich die Badezimmertür schloß, sich setzte und in das fadenscheinige große Handtuch schluchzte, das Louise ihr am Morgen zugeteilt hatte. Unfaßbar, daß ihr Leben unter diesen Umständen weitergehen sollte. Es dauerte nur wenige Minuten, und die Jungen trommelten gegen die Tür. Sie mußte das Bad räumen. Eine Reihe von Küchenschaben bahnten sich ihren Weg durch die Wanne.

»Na, was treibst du da drinnen, Alte? Muß man dir helfen?« rief einer der schwarzen Jungen, und die anderen lachten über seinen Humor. Hilary drückte sich an ihnen vorüber und erreichte ihr Zimmer gerade, als Maida das Licht löschte. Gleich darauf glaubte Hilary ihren Augen nicht zu trauen, als Louise mit einem Schlüsselbund in der Hand in der Tür auftauchte. Es sah ganz so aus, als sollten sie eingesperrt werden. Das war unmöglich... zumindest hielt Hilary es für unmöglich.

»Sperrstunde«, informierte Maida sie, und sogleich knallte Louise die Tür zu und drehte den Schlüssel lautstark im Schloß um. Für die anderen beiden Mädchen schien dies völlig normal zu sein. Hilary starrte sie in dem trüben, von außen einfallenden Licht fassungslos an.

»Warum macht sie das?«

»Damit wir nicht zu den Jungen können. Sie hat es gern hübsch, sauber und gesund.« Und plötzlich fing Maida zu lachen an, als sei dies alles ein herrlicher Witz, und Georgine kicherte mit. Sie hörten nicht auf zu lachen.

»Und wenn man mal muß?« fragte Hilary.

»Dann pinkelt man ins Bett«, erklärte Georgine.

»Aber du mußt es morgens selbst saubermachen«, setzte Maida hinzu, und wieder fingen sie zu wiehern an.

»Und wenn es brennt?« Hilary war entsetzt, aber Maida lachte nur.

»Dann wirst du gebraten, Baby, wie ein kleiner Kartoffelchip. Deine schneeweiße Haut wird braun wie meine.« Natürlich hätten sie im Falle eines Brandes eine Fensterscheibe einschlagen und entfliehen können, aber daran dachte die zu Tode erschrockene Hilary nicht. Die Decke bis ans Kinn gezogen, lag sie im Bett und versuchte nicht an die schrecklichen Dinge zu denken, die passieren konnten. Noch nie war sie in einem Raum eingesperrt worden. Es war ein Erlebnis, das schrecklicher war als alles andere, was sie bis jetzt durchgemacht hatte.

Ganz still lag sie da und starrte zur Zimmerdecke. Ihr Atem kam flach und in regelmäßigen Abständen. Sie hatte das Gefühl, daß sie jemand mit einem Kissen ersticken wollte, und sie hörte das Geflüster der anderen Mädchen, dann das Rascheln von Bettzeug und leises Gekicher. Sie drehte sich um, nur um zu sehen, was da vor sich ging. Sie war nicht im mindesten auf den Anblick vorbereitet, der sich ihr bot. Maida lag nackt in Georgines Bett. Ihr geflicktes Nachthemd lag auf dem Boden. Die beiden liebten sich, und Hilary sah im Mondschein, daß sie Küsse und Zärtlichkeiten austauschten. Maida verdrehte unter lautem Stöhnen die Augen. Hilary wollte sich abwenden, aber ihr Entsetzen ließ sie regungslos verharren, bis das ältere Mädchen sie bemerkte und fragte: »Na, was ist, Schätzchen, hast du noch nie gesehen, wie zwei Mädchen es miteinander treiben?« Hilary schüttelte wortlos den Kopf, und als Maida den Kopf zwischen Georgines Beine senkte, lachte diese heiser auf.

»Moment mal.« Georgine wandte sich an Hilary.

»Na, willst du es auch probieren?«

Wieder schüttelte Hilary entsetzt den Kopf. Es gab kein Entrinnen. Die Tür war versperrt, sie mußte hier liegen und alles mitanhören, auch wenn sie sich mit Grauen abwandte.

»Vielleicht macht es dir Spaß.«

»Nein... nein...« Tatsächlich war dieses merkwürdige Spiel der Grund für ihr Hiersein... nur hatte Jack versucht, sie zu mißbrauchen, und nicht zwei Mädchen. Sie konnte sich gar nicht vorstellen, was die beiden von ihr wollten. Aber zum Glück vergaßen sie Hilary rasch, als sie in ihrem nächtlichen Vergnügen fortfuhren. Sie wanden sich stöhnend vor Wonne, und einmal schrie Maida so laut auf, daß Hilary befürchtete, Louise würde kommen und sie alle schlagen, aber es war nichts zu hören, wenn man von dem Keuchen und Ächzen der beiden absah. Schließlich, als Hilary längst lautlos in ihr Kissen weinte, lagen sie erschöpft da und schliefen umschlungen ein. Hilary lag wach bis zum Morgen.

Der nächste Tag brachte wieder schwere Arbeit. Hilary mußte im Garten buddeln und anschließend das Innere eines Schuppens säubern. Die Jungen hänselten sie wie am Tag zuvor, und diesmal war es ihre Aufgabe, das Essen zu kochen. Sie bemühte sich, etwas Anständiges zustande zu bringen, eine schier unmögliche Aufgabe angesichts der jämmerlichen Zutaten, die Louise bereitgestellt hatte. Es gab dünne Scheiben Corned Beef, dazu ein paar Pommes frites und Reste vom Vortag. Davon konnte man kaum leben und in der Sommerhitze arbeiten, und nachts wurde sie wieder Zeugin von Maidas und Georgines Liebesspielen. Diesmal kehrte sie ihnen den Rücken, zog sich die Decke über die Ohren und stellte sich taub. Aber zwei Tage später schlüpfte Georgine zu ihr ins Bett und fing an, sanft ihren Rücken unter dem Nachthemd zu streicheln. Es war die erste zärtliche Berührung seit dem Tod ihrer Mutter, aber dies war etwas anderes, das wußte Hilary, und sie verabscheute es.

»Nicht, bitte...« Hilary rückte von ihr ab und fiel dabei halb aus dem Bett, aber das Mädchen packte sie mit festem Griff. Ihr Arm lag wie ein Stahlband um Hilarys Taille. Hilary spürte die Brüste der anderen an ihrem Rücken. Mit der freien Hand strich Georgine über Hilarys Brustwarzen.

»Komm, Schätzchen, fühlt sich das nicht wundervoll an... ja... ist das nicht was richtig Schönes... Maida und ich finden es allmählich langweilig nur zu zweit, wir wollen, daß du mitmachst... du könntest unsere Freundin sein.« Damit glitt ihre Hand von den Brüsten zu Hilarys zusammengepreßten Schenkeln.

»Bitte... nicht...« Sie jammerte und wehklagte, denn in gewisser Weise war dies hier ärger als Jack. Es gab keine Fluchtmöglichkeit, kein Messer, keinen Ausweg. Vor diesen Mädchen gab es kein Entrinnen, sie war in einem Raum mit ihnen eingesperrt, und Georgine hielt sie so fest, daß Hilary sich nicht befreien konte. Sie drückte sie nieder und schlang ihre Beine wie stählerne Bänder um Hilary. Dann schlich sich Maida vom anderen Bett heran und fing an, Hilary zu streicheln, während Georgine ihr die Beine so weit auseinanderzog, wie Hilarys Gegenwehr dies zuließ.

»So... siehst du...« Maida zeigte ihr Dinge, die sie nicht kennen wollte, und faßte sie an Stellen an, die Hilary selbst nie berührt hatte. Von Ekel geschüttelt fing sie zu schreien an, aber Georgine hielt ihr den Mund zu und überließ Maida die Liebkosungen. Sie streichelten sie endlos, zunächst ganz sanft, dann heftiger und gewalttätiger, während sie in ihren Armen schluchzte. Schließlich hatten die beiden es satt, doch als Georgine sie losließ, blutete Hilary heftig.

»Scheiße, hast du deine Periode?« Verärgert registrierte sie die Schweinerei im Bett und an den Beinen, die im Mondlicht zu sehen war. Aber Maida wußte es besser, sie hatte erreicht, was sie wollte. Sie sah erst Georgine grinsend an, dann das zu Tode entsetzte Mädchen auf dem Bett.

»Nee... sie war noch Jungfrau.«

Georgine reagierte mit einem bösen Grinsen. Hilary würde

noch nach Zärtlichkeiten winseln, das wußte sie. Alle taten das nach dem ersten Mal. Und wenn nicht, dann würde man ihr ein wenig einheizen, und aus Angst würde sie dann nachgeben.

Am nächsten Tag wusch Hilary ihre Laken, kaum daß Louise die Tür aufgesperrt hatte, und entschuldigte sich, als sie deswegen angeschrien wurde. Die Jungen lachten sie aus. Sie hatte das Gefühl, alle Schmerzen und Demütigungen der Welt zu durchleben, als legte es jemand darauf an, sie zu vernichten. Und ständig quälte sie die Frage, wo ihre Geschwister sich aufhielten. Sie betete darum, daß ihre Schwestern ein besseres Leben hatten, wußte aber, daß das ohnehin so gut wie sicher war, denn sie lebten bei Freunden von Arthur Patterson, und Menschen dieser Sorte hatten von so scheußlichen Dingen keine Ahnung... sie ahnten nicht, welche Foltern sich Menschen wie Eileen, Jack, Louise, Maida und Georgine ausdenken konnten. Während sie das Laken wusch und den Graben aushob, den Louise noch tiefer haben wollte, betete Hilary darum, daß nur sie Qualen erleiden mußte und Axie und Megan davon verschont blieben. Sie gelobte Gott, er könne mit ihr nach Belieben verfahren, wenn nur ihre Geschwister in Sicherheit waren... bitte lieber Gott... murmelte sie in der prallen Sonne vor sich hin, als Georgine sich von hinten anschlich.

»Na, was ist? Selbstgespräche?«

»Ich... nein...« Sie drehte sich hastig um, damit Georgine ihr Erröten nicht bemerkte.

»Hübsch war das letzte Nacht... nächstes Mal wird es dir besser gefallen.«

Da fuhr Hilary heftig herum. In diesem Augenblick sah sie aus wie ihre Mutter.

»Nein! Das wird es nicht! Wage ja nicht, mich jemals wieder anzufassen!« Drohend schwang sie die Schaufel, aber Georgine grinste nur und entfernte sich. Sie wußte, daß Hilary nachts unbewaffnet war. Sie verfuhren mit ihr ähnlich wie beim erstenmal, und am nächsten Tag war Hilary wie erstarrt. Sie konnte sich nicht wehren, und als die Sozialarbeiterin nach einer Woche nach ihr sah, fragte sie Hilary, ob die Arbeit ihr zu schwer sei.

Nach einigem Zögern schüttelte Hilary den Kopf. Georgine hatte ihr gedroht, daß sie in einem Heim landen würde, falls sie sich beklagte, und in den Heimen trieben es alle so, nur wurden dort manchmal Bleirohre und Flaschen verwendet... »ganz anders als bei mir und Maida«. Hilary glaubte ihr. In dieser Welt war alles möglich – jeder Schrecken, jede Qual. Sie nickte nur und log der Sozialarbeiterin vor, alles sei in bester Ordnung. Der schlimme Alptraum nahm seine Fortsetzung.

Er dauerte noch sieben Monate, so lange bis Georgine sechzehn und aus behördlicher Obhut entlassen wurde und Maidas Mutter auf Bewährung freikam und ihre Tochter zu sich nahm. Nun blieb Hilary als einziges Mädchen mit drei Jungen zurück, bis zwei neue Mädchen die Stelle der anderen einnehmen würden. Einige Tage aber mußte Hilary mit den Jungen allein verbringen.

Für Louise waren die drei Jungen und ein einziges Mädchen offenbar keine gefährliche Kombination. Sie sparte sich die Mühe, Hilarys Tür zu verschließen, so daß sie schutzlos war. Eines Nachts schlichen die Jungen zu ihr, und sie sah voller Grauen, daß sie auf ihr Bett zustrebten. Sie wehrte sich geschickt wie eine Katze, sank dann aber entkräftet zurück, und die Jungen konnten ihre Absicht ausführen. Am nächsten Morgen rief Hilary die Sozialarbeiterin an und bat darum, in ein Heim gebracht zu werden. Eine Erklärung lieferte sie nicht, und Louise nahm es scheinbar gleichgültig hin, als man Hilary zwei Tage später abholte. Hilary hatte vom Abendbrottisch ein Messer und eine Gabel genommen, und in der zweiten Nacht war sie für ihre Besucher gerüstet. Ein Junge hätte bei dem Kampf fast eine Hand eingebüßt, und die Eindringlinge traten erschrocken den Rückzug an. Hilary empfand es als Erlösung, endlich Louises Obhut entronnen zu sein. Der Sozialarbeiterin gegenüber erwähnte sie ihre schrecklichen Erlebnisse mit keinem Wort.

Im Heim bekam sie zunächst ein Zimmer für sich allein, da sie ständig vor sich hinbrütete und auf Fragen keine Antwort gab. Es dauerte zwei Wochen, bis einwandfrei feststand, daß sie nicht krank war. Sie war spindeldürr und geschwächt, da sie sich weigerte, das Bett zu verlassen, aber man war der Meinung, daß sich ihre Stimmung bessern würde, sobald man sie mit anderen Jugendlichen zusammenbrachte.

Ihre ›Krankheit‹ wurde als ›Pubertätspsychose‹ eingestuft. Hilary wurde zur Arbeit in der Wäscherei eingeteilt und schlief mit fünfzehn Mädchen in einem Schlafsaal.

Nachts mußte sie dasselbe Gestöhne und Geschrei, das sie von Maida kannte, mitanhören. Aber hier ließ man sie wenigstens in Ruhe, niemand sprach mit ihr, niemand berührte sie. Einen Monat darauf kam sie zu neuen Pflegeeltern, zusammen mit drei anderen Mädchen. Die Frau, in deren Obhut sie landete, war nett, nicht unbedingt sehr herzlich, aber angenehm und auf ernste, freudlose Weise sehr fromm. Ständig sprach sie von einem Gott, der sie bestrafen würde, wenn sie ihn nicht verehrten. Die Frau versuchte alles, um Hilarys Panzer zu durchdringen, denn es stand fest, daß sie ein normales intelligentes Mädchen war, ihr eisiges Schweigen aber nahm allen den Mut. Hilary brachte es fertig, alles von sich abprallen zu lassen. Zwei Monate darauf wurde sie ins Heim zurückgeschickt. Dafür kam eine muntere Elfjährige ins Haus, die lustig plapperte, lächelte und alles tat, was Hilary nicht getan hatte.

Diesmal landete Hilary für längere Zeit im Heim. Auch dort hielt sie Distanz. Sie ging zur Schule, tat ihre Arbeit und las, was ihr zwischen die Finger kam. Eines nämlich hatte sie sich vorgenommen. Sie wollte raus, sich Bildung aneignen, und je eifriger sie arbeitete, desto mehr wuchs in ihr die Gewißheit, daß dies ihre einzige Rettung war. Sie ging in ihren Schularbeiten auf und machte mit siebzehn ihren Abschluß mit Auszeichnung. Am Tag darauf rief die ihr zugeteilte Erzieherin sie zu sich ins Büro.

»Herzlichen Glückwunsch, Hilary, wir haben gehört, wie famos du abgeschnitten hast.« Vom Heim war bei der Schlußfeier niemand zugegegen gewesen. Niemand hatte sich um Hilary gekümmert – nicht in den ganzen neun Jahren. Und jetzt wußte sie, daß es niemals jemanden geben würde, der sich um sie kümmerte. Das war ihr Los, und sie akzeptierte es. Aber vielleicht glückte es ihr ja doch noch, Megan und Alexandra zu finden...

aber auch dieser Traum war mittlerweile sehr fadenscheinig geworden. Sie besaß zwar noch die zehntausend Dollar, die im Futter ihres Koffers versteckt waren, aber die Hoffnung, ihre Schwestern zu finden, war ganz gering ... es sei denn, sie wandte sich an Arthur ... aber würden sich die Mädchen noch an sie erinnern können? Alexandra war jetzt dreizehn, Megan erst neun ... für sie würde sie eine völlig Fremde sein. Alles, was ihr geblieben war, war sie selbst. Das hatte sie inzwischen gelernt. Sie blickte die Erzieherin ohne sichtbare Gefühlsregung an.

»Danke.«

»Jetzt mußt du eine wichtige Entscheidung treffen.«

»Ach?« Gewiß kam nichts Angenehmes auf sie zu, soviel begriff Hilary. Sie war stets bereit, sich gegen alle Mißhelligkeiten zu wehren, die man ihr aufzubürden versuchte. Seit ihrem ersten Pflegeplatz und ihren ersten Tagen im Heim hatte sie viel dazugelernt.

»Normalerweise bleiben unsere Zöglinge bis zum achtzehnten Lebensjahr bei uns, aber in einem Fall wie deinem, wenn jemand den Schulabschluß früher schafft, dann steht es dem Betreffenden frei, die Entlassung aus behördlicher Vormundschaft zu beantragen.«

»Was bedeutet das?« Argwöhnisch lugte Hilary hinter ihrem Panzer hervor. Ihre strahlenden grünen Augen waren die einzigen Gucklöcher.

»Es bedeutet, daß du frei bist, Hilary – wenn du möchtest. Du kannst auch bei uns bleiben, bis du genau weißt, was du in Zukunft tun möchtest. Hast du dir darüber schon mal Gedanken gemacht?«

Ganze vier Jahre hatte sie darüber nachgedacht. »Ja, ja schon.«

»Und?« Man mußte Hilary praktisch jedes Wort entreißen, aber viele Zöglinge waren vom Leben zu hart behandelt worden, um Vertrauen fassen zu können. Eine Tragödie, die man nicht ändern konnte.

»Möchtest du mir deine Pläne erklären?«

»Muß ich das, um rauszukommen?« Womöglich hatte es irgendwie mit Bewährung zu tun. Alle im Heim hatten Eltern, die im Gefängnis saßen und nur darauf warteten, auf Bewährung herauszukommen. Dies hier war sicher ähnlich. Aber die Erzieherin schüttelte den Kopf.

»Nein, das mußt du nicht. Aber ich möchte dir nach Möglichkeit helfen.«

»Ach, ich komme schon zurecht.«

»Und wohin möchtest du?«

»Nach New York, denke ich. Dort bin ich zu Hause. Das kenne ich.« Obwohl sie mehr als ihr halbes Leben nicht dort verbracht hatte, war es für sie noch immer die Heimat. Und natürlich lebten dort auch ihre Schwestern...

»Eine Riesenstadt. Hast du dort Freunde?«

Sie schüttelte den Kopf. Hätte sie Freunde besessen, wäre sie dann vier Jahre in einem Heim in Jacksonville gelandet? Eine dumme Frage. Aber wenigstens besaß sie ihre zehntausend Dollar. Die bedeuteten ihre Rettung. Freunde brauchte sie nicht. Sie brauchte nur Arbeit und ein Dach über dem Kopf. Nur eines stand für sie fest, hier wollte sie nicht bleiben.

»Ich glaube, ich werde bald gehen. Wann darf ich packen?« Die Aussicht auf die Freiheit ließ zum erstenmal ihre Augen aufleuchten.

»Wir könnten deine Entlassungspapiere nächste Woche fertig haben. Reicht das?« Die Erzieherin lächelte bedauernd. Bei diesem Mädchen hatten sie total versagt. Das kam hin und wieder vor, leider, doch ließ sich schwer voraussagen, wer dieses Symstem heil überstand und wer nicht. Sie stand auf und streckte Hilary die Hand entgegen, die diese vorsichtig ergriff. Sie traute nichts und niemandem.

»Du erfährst von uns, wann du abreisen kannst.«

»Danke.« Gleichmütig verließ sie das Büro und suchte ihr Zimmer auf.

Hilary legte sich aufs Bett und sah lächelnd zur Zimmerdecke. Alles war vorbei, die Qual, der Schmerz, die Demütigung, das ganze schreckliche Leben der letzten Jahre. Sie würde jetzt auf eigenen Füßen stehen. Sie fühlte sich wohl wie seit Jahren nicht mehr.

Und auf den Tag genau eine Woche später saß sie im Bus, ohne Bedauern, ohne Kummer, ohne Freunde, die sie zurückließ. Ihre Augen blickten hart und kühl in die Welt, die ihr noch unbekannt war. Die Vergangenheit war ein Alptraum, den sie schnell vergessen wollte.

9. Kapitel

Der Bus hielt in Savannah, Raleigh, Richmond, Washington und Baltimore. Er brauchte bis zur Ankunft in New York zwei Tage, eine Zeit, die Hilary damit zubrachte, stumm dazusitzen und aus dem Fenster zu starren. Einige Mitreisende hatten sich bemüht, in den Mittagspausen oder wenn man sich für die Nacht ausstreckte, mit ihr ins Gespräch zu kommen, und zwei Seeleute hatten sogar versucht, mit ihr anzubändeln, aber sie wies die beiden so unmißverständlich zurecht, daß sich daraufhin niemand mehr an sie heranwagte. Als einsame Gestalt stieg sie in New York aus dem Bus. In ihrem Herzen fühlte sie ein banges Beben. Sie war daheim ... nach neun Jahren ... als kleines Mädchen hatte man sie hier fortgeschafft, drei Tage nach dem Selbstmord ihres Vaters, und sie zu ihrer Tante nach Boston gebracht. Und sie hatte neun Jahre gebraucht, um zurückzukommen, aber sie hatte es geschafft!

Vom Jugendamt in Florida hatte sie zweihundertsiebenundachtzig Dollar für einen neuen Lebensbeginn mitbekommen, dazu hatte sie noch immer die zehntausend Dollar von Eileen.

In New York ging sie als erstes zu einer Bank an der Forty-second-Street. Als zweites nahm sie sich ein Hotelzimmer in einem kleinen, bescheidenen Hotel auf der East Side. Der Raum war einfach und karg eingerichtet, aber hier belästigte sie kein Mensch. Das Essen nahm sie in einem Café an der Ecke ein. Sie studierte die Stellenanzeigen in den Zeitungen. In der Schule hatte sie zwar Schreibmaschine schreiben gelernt, über andere

Fertigkeiten verfügte sie jedoch nicht, so daß sie sich keine Illusionen über ihre Aussichten machte. Sie mußte ganz unten anfangen. Daneben aber hatte sie noch andere Pläne – auf keinen Fall wollte sie ganz unten bleiben. Die Schicksale der Frauen, denen sie in den vergangenen neun Jahren begegnet war, hatten sie geprägt und entschlossen gemacht. So wie die würde sie nie enden. Sie wollte Arbeit finden und abends ein College besuchen und alles Notwendige tun, um voranzukommen. Und eines schönen Tages würde sie Erfolg haben.

An ihrem zweiten Tag in New York ging sie in ein Kaufhaus an der Lexington Avenue und gab fünfhundert Dollar für Kleider aus. Das war zwar ein erschreckend großer Teil ihres Vermögens, aber sie wußte, daß sie anständig aussehen mußte, wenn sie Arbeit finden wollte. Deshalb wählte sie gedeckte Farben, einfach geschnittene Sachen, einige Röcke und Blusen, Lacklederpumps und eine passende Handtasche. Als sie in ihrem Zimmer dann die Sachen anprobierte, sah sie aus wie ein hübsches junges Mädchen. Niemand hätte ihr angesehen, welch unsägliches Leben sie seit dem Tod ihrer Eltern geführt hatte.

Bei ihrem ersten Vorstellungsgespräch hieß es, sie sei zu jung, bei den drei nächsten hätte sie stenographieren müssen, was sie jedoch nicht konnte, und schließlich stellte sie sich bei einer Buchhaltungsfirma vor, wo sie ein dicker, schwitzender Glatzkopf unter die Lupe nahm.

»Können Sie tippen?« Er lächelte lüstern, während sie seinem Blick standhielt. Sie hatte schon Ärgeres mitgemacht, Angst konnte er ihr damit nicht einjagen. Außerdem brauchte sie den Job. Da sie nicht ewig von ihren schrumpfenden Reserven leben konnte, mußte sie rasch Arbeit finden, und sie hätte sogar gern für ihn gearbeitet, wenn er sich einigermaßen benahm.

»Auch Steno?«

Ihr verneinendes Kopfschütteln schien ihn nicht zu stören.

»Wie alt sind Sie?«

»Neunzehn«, log sie. Sie hatte inzwischen gelernt, daß kein Mensch eine Siebzehnjährige einstellen wollte. Deswegen griff sie zu einer Lüge.

»Haben Sie eine Ausbildung zur Sekretärin?« Wieder schüttelte sie den Kopf, und er reagierte mit einem Achselzucken. Dann stand er auf, in einer Hand einen Stapel Papiere. Damit kam er hinter dem Schreibtisch hervor, vorgeblich, um sie ihr zu zeigen, doch im Vorbeigehen streifte er ihre Brust. Hilary schnellte von ihrem Sitz auf und schlug ihm instinktiv mit dem Handrücken ins Gesicht. Beide schnappten gleichzeitig nach Luft, und der Mann starrte sie fassungslos an.

»Wenn Sie mich noch einmal anfassen, schreie ich so laut, daß die Polizei hier auftaucht!« stieß sie in warnendem Ton hervor. Ihre grünen Augen blitzten ihn an, ihr Körper war angespannt, und ihre Hände zitterten. »Wie können Sie es wagen?« Warum taten ihr das alle an...? Onkel Jack... die Mädchen und die Jungen bei Louise... immer wieder passierte ihr so etwas. Sie begriff nicht, daß sie schön und ausgesprochen reizvoll war. Ihr schien es eher die Strafe für etwas zu sein, was sie als Kind verbrochen hatte. Dennoch erschien es ihr ungerecht, daß ihr immer wieder der gleiche Tort angetan wurde. Langsam wich sie zur Tür zurück, ohne den Blick von ihm zu wenden.

»Hören Sie, es tut mir leid... ist doch nicht so schlimm... Miß... wie war doch gleich Ihr Name...? Warten Sie...« Er kam eilig auf sie zugewatschelt, und sie knallte ihm die Tür vor der Nase zu und raste die Treppe hinunter, um den Weg zu ihrem Hotel zu Fuß zurückzulegen. Sie fühlte sich schmutzig und niedergeschlagen und befürchtete allmählich, daß sie niemals eine geeignete Arbeit fand.

Doch schließlich wurde sie als Empfangsdame in einem Stellenvermittlungsbüro engagiert. Man fand Gefallen an ihrem netten Aussehen, argwöhnte zwar, daß sie sich älter machte, aber sie war intelligent, sauber und adrett, konnte halbwegs anständig tippen und den Telefondienst machen. Das reichte. Man bot ihr fünfundneunzig Dollar wöchentlich, und sie war glücklich. Hilary nahm die Stelle an und flog geradezu zurück in ihr Hotel, um alles für den nächsten Tag vorzubereiten. Von jetzt an würde es ganz sicher rasch aufwärtsgehen. Was sie eigentlich genau wollte, wußte sie nicht, aber sie hatte wenigstens eine Ahnung, wo sie weiterstudieren wollte. Sie hatte sämtliche Zeitungsannoncen durchgesehen und ein paar Anrufe getätigt. Eine Bewerbung hatte sie bereits abgeschickt und wartete nun auf Antwort. Bald würde sie nicht mehr zu bremsen sein.

Blieb nur noch eines, und sie nahm sich vor, es noch am Nachmittag zu erledigen, weil sie nicht wußte, ob sie später neben ihren Bürostunden noch Zeit dazu haben würde. Ein Telefonat genügte ihr nicht. Sie wollte ihn persönlich sehen. Nur einmal. Sie würde von ihm die gewünschte Information bekommen, und dann würde ein Anruf ausreichen... der Gedanke daran versetzte sie in Erregung, als sie sich umzog. Sie zog ein einfaches dunkelblaues Kleid an, dunkle Strümpfe und ihre Lackpumps. Das Kleid war zwar modisch kurz, aber nicht aufreizend. Ihr Haar band sie zu einem schlichten Knoten zusammen, der sie älter aussehen ließ. Sie wusch ihr Gesicht, trocknete es mit einem der rauhen Hotelhandtücher ab und ging wieder hinunter. Diesmal nahm sie nicht den Bus, da sie keine Zeit verlieren wollte. Statt dessen rief sie ein Taxi, blieb nach der Fahrt vor dem Gebäude stehen. Es war ein Glas-Chrom-Gebäude, das bis in den Himmel zu ragen schien. Im Lift, der rüttelnd bis zum achtunddreißigsten Stock hinaufglitt, hielt sie den Atem an aus Angst, er könnte steckenbleiben. Noch nie war sie in einem so hohen Gebäude gewesen, zumindest konnte sie sich nicht daran erinnern... aber es gab andere Dinge, an die sie sich erinnern konnte... an die Frankreichreise auf der *Liberté* mit ihren Eltern... an die Wohnung am Sutton Place... die Teestunden im Plaza mit ihrer Mutter, an Kuchen und heiße Schokolade und Unmengen von Schlagsahne... und sie erinnerte sich an den Abend, als ihre Mutter den Tod fand, und die Dinge, die sie und Sam gesagt hatten...

Lautlos glitten die Lifttüren auf, und Hilary befand sich in einem Vorzimmer, das mit weichem grünen Teppichboden ausgelegt war. An einem Schreibtisch saß ein junges Mädchen in einem rosa Leinenkostüm. Sie hatte kurzes blondes Haar und den kessen Blick, der allen Vorzimmerdamen eigen war. Ihr Anblick erinnerte Hilary an den Arbeitsplatz, den sie am Tag darauf ausfüllen sollte. Doch sie wußte, daß sie niemals so aussehen würde. Sie sah nicht ›toll‹ aus, sie war nicht blond, und sie machte auch nicht den Eindruck, als würde sie sofort aufspringen, wenn jemand sie darum ersuchte. Hilary wirkte ruhig und ernst, als sie näher ging und dem Mädchen in die Augen blickte.

»Ich möchte Mr. Patterson sprechen.«

»Erwartet er Sie?« Das Mädchen lächelte strahlend, ein Lächeln, das Hilary nicht erwiderte. Sie schüttelte den Kopf und sprach mit zurückhaltender Stimme. Daß sie von ihrer Umgebung eingeschüchtert war, ließ sie sich nicht anmerken. Sie wirkte völlig gelassen und beherrscht.

»Nein. Aber ich möchte ihn jetzt sprechen.«

»Ihr Name?« Die hübsche Blonde knipste wieder ihr strahlendes Lächeln an.

»Hilary Walker.« Und dann setzte sie hinzu, als wäre es besonders wichtig. »Er ist mein Taufpate.«

»Ach ja, natürlich«, flötete die kleine Blonde, drückte eine Batterie von Knöpfen und sprach gedämpft ins Telefon. Das gehörte ebenfalls zu ihrem Beruf... telefonieren, ohne daß jemand mithören konnte... Mr. Soundso möchte Sie sprechen, Sir... ach, Sie sind nicht da...? Ich soll was sagen? Es war eine Kunst, die Hilary im Stellenvermittlungsbüro zur Perfektion bringen würde. Und dann setzte das Mädchen Hilary in Erstaunen. Sie sah zu ihr mit perfektem Lächeln auf und deutete nach rechts.

»Sie können hinein. Mr. Pattersons Sekretärin wird Sie zu ihm führen.« Sie schien beeindruckt. Es war wirklich nicht so einfach, zu Arthur Patterson vorzudringen, aber die Besucherin war immerhin sein Patenkind.

Hilary trat ein und sah vor sich einen langen Gang. Das Anwaltsbüro nahm die gesamte Etage ein. Der Korridor war gesäumt von Bücherregalen mit ledergebundenen juristischen Nachschlagewerken, bevölkert von Sekretärinnen, die an ihren Schreibtischen vor den Büros der Anwaltspartner saßen. Hilary war noch nie in Pattersons Kanzlei gewesen, auch nicht als Kind, und offensichtlich waren die Anwälte inzwischen ohnehin umgezogen.

»Miß Walker?« Eine ältere Dame mit grauer Kurzhaarfrisur und freundlichem Lächeln stand auf und deutete auf die Tür am anderen Ende des Ganges.

»Ja.«

»Mr. Patterson erwartet Sie.« Als ob es verabredet gewesen wäre, als ob er gewußt hätte, daß sie kommen würde! Als hätte er sie seit neun Jahren erwartet. Aber was konnte er schon wissen, er, der hier an einem Schreibtisch saß? Was konnte er von dem Leben wissen, das Menschen wie Jack und Eileen führten, von der Krankenpflege vor Eileens Tod, von dem Kampf mit dem Messer? Woher sollte er wissen, daß sie bei diesen Leuten und bei Louise in Jacksonville halb verhungert war? Maida und Georgine... vom Heim... und von dem verschwitzten Männchen, bei dem sie erst vor ein paar Tagen ein ›Vorstellungsgespräch‹ gehabt hatte. Von alldem hatte er keine Ahnung. Hilary wußte nur, daß er ihre Mutter auf dem Gewissen hatte und ihr war einmal mehr, als hätte er sie mit eigenen Händen getötet. Schließlich war auch noch ihr Vater sein Opfer geworden. Und jetzt saß er hier in seinem Büro, und sie wollte nur eines von ihm wissen und ihn dann nie wiedersehen.

Die Sekretärin klopfte an. Auf einem unauffälligen Schild aus Leder stand in Messinglettern ›Arthur Patterson‹, und dann vernahm sie seine Stimme, die ihr noch immer vertraut war.

Sie hatte noch im Ohr, wie er sie vor acht Jahren angelogen hatte... Hilary, ich nehme sie nur für eine Weile mit... ich komme dich dann holen. Er hatte es nie getan, und jetzt war es ihr einerlei. Sie haßte ihn und erinnerte sich daran, wie sie auf der Straße gekniet und die Namen ihrer Schwestern gerufen hatte, als er losgefahren war, und sie mußte wieder gegen die Tränen ankämpfen. Jetzt hatte sie es bald hinter sich... fast. Es waren fast neun Jahre vergangen, seitdem sie ihre Schwestern das letzte Mal gesehen hatte.

»Kommen Sie.« Lächelnd öffnete ihr die Sekretärin die Tür, und Hilary trat leise ein. Zunächst bemerkte sie den Schreibtisch gar nicht, erst beim zweiten Hinsehen fiel er ihr auf. Es war ein schlichter Block aus Glas und Chrom vor einem Fenster, von dem man einen weiten Blick über ganz New York hatte. Und da saß er, der totale Gegensatz zu der modernen Umgebung. Er war fünfzig, sah aber mindestens zehn Jahre älter aus, groß, hager und hatte schütteres Haar, einen kummervollen Blick, und sein Gesicht war bleich. Doch als er jetzt aufstand und sie ansah, wurde er noch fahler. Ihm war, als sähe er ein Gespenst, als Hilary vor ihm stand. Sie war groß und schön, besaß Sams schimmerndes schwarzes Haar, aber damit endete die Ähnlichkeit... die Augen hatte sie von Solange, und die Art, den Kopf zu bewegen... und wie sie vor ihm stand, erinnerte ihn an damals, als Solange die Rue d'Arcole entlanggegangen war. Er glaubte, ein Gespenst vor sich zu sehen... wenn man sich die Haare rot dachte... es war Solange... aber mit kalten, verbitterten Augen. Ihr entschlossener Ausdruck, der Solange immer gefehlt hatte, sagte ihm, daß sie jeden, der ihr zu nahe kam, umbringen würde, ehe er sie berühren konnte. Sofort meldeten sich in Arthur die Gewissensbisse. Was hatte sie dazu gebracht, so verbittert zu sein? Und doch war sie heil, unversehrt und erwachsen und wunderschön geworden. Es erschien ihm wie ein Wunder. Er ging langsam mit ausgestreckter Hand auf sie zu. Er verspürte den Wunsch, die Vergangenheit wiederaufleben zu lassen. Ihm war, als gäbe es Sam und Solange wieder und als könnte er an ihrem Zauber teilhaben. Hilary würde ihm dies alles wiederbringen. Aber er spürte die Mauer, die das Mädchen um sich errichtet hatte, und sie wich vor ihm zurück. Er hielt instinktiv inne.

»Hilary, geht es dir nicht gut?« Diese Frage kam um Jahre zu spät, und sie haßte die Schwäche, die sie in seinem Blick erkannte. Bis zu diesem Moment war ihr gar nicht klargewesen, wie feige er war. Nein, Arthur hatte keinen Mut, das merkte sie erst jetzt. Deswegen hatte er sie im Stich gelassen, nachdem er sie belogen hatte. Er hatte keine Courage, das hatte auch Solange vor einem Menschenleben von ihm behauptet.

»Mir geht es gut.« Sie verlor keine Zeit. Sie war nicht gekommen, um ein herzliches Wiedersehen mit einem Freund der Familie zu feiern, sie war vielmehr gekommen, um die einzige Frage zu stellen, die sie seit Jahren beschäftigte.

»Ich möchte wissen, wo meine Schwestern sind.« In ihrem Blick lagen Härte und Kälte. Beide standen sich regungslos gegenüber, während sie sein Gesicht beobachtete. Sie wußte nicht, wie sie seine Miene deuten konnte – hatte er Angst oder Kummer? Mit angehaltenem Atem erwartete sie seine Antwort.

War er zuvor schon bleich gewesen, so hatte er nun eine geisterhafte Blässe angenommen. Ihm war klar, daß er sie nicht abwimmeln konnte und daß sie mit ihm nichts zu tun haben wollte. Sie wollte ihre Schwestern wiedersehen, und das konnte er nicht arrangieren, mochte er es sich auch noch so wünschen.

»Hilary... warum setzen wir uns nicht...« Er deutete auf einen Stuhl.

Sie schüttelte den Kopf, den Blick unablässig auf ihn gerichtet.

»Ich möchte nicht mit dir zusammensitzen. Du hast meine Eltern auf dem Gewissen, du hast meine Familie zerstört. Ich habe dir nichts zu sagen. Ich möchte nur wissen, wo Alexandra und Megan sind. Mehr will ich nicht. Wenn du mir das gesagt hast, gehe ich sofort.« Sie wartete. Sie wirkte so stolz wie einst Solange, die auch immer hocherhobenen Hauptes alles durchgestanden hatte... so außergewöhnlich... Arthur starrte sie an, sah eine andere, doch vor Hilary gab es kein Entkommen. Sie war eine Größe, mit der man rechnen mußte. Das wurde ihm erst jetzt voll bewußt. Er spürte auch, daß sie mehr über die Tragödie wußte, als er vor langer Zeit geglaubt hatte, aber er fragte nicht danach. Er sagte ihr die Wahrheit. In seinem trüben Blick lag Bedauern über das, was gewesen und vergangen war. Eine Familie war durch ihn zerstört worden, sie hatte recht. Er selbst war niemals ganz darüber hinweggekommen. Er hatte keine Familie gegründet, und Marjorie hatte ihn schon vor Jahren verlassen. Die Frau, die er von Herzen liebte, war nicht mehr am Leben, und ihre Kinder waren in alle Winde zerstreut. Er fühlte sich verantwortlich für das, was allen, auch Sam, zugestoßen war. Es gab keine Möglichkeit, diesem Mädchen die Situation zu erklären oder sich zu entschuldigen – bei ihr am allerwenigsten. Sie hatte in den vergangenen Jahren Gott weiß was durchmachen müssen.

»Hilary, ich weiß nicht, wo sie sind. Ich wußte ja nicht mal, wo du warst. Als ich dich vor sieben Jahren in Boston besuchen wollte, wart ihr alle fort... die Jones hatten keine Adresse hinterlassen, ich konnte dich nicht finden...«

Er hielt betreten inne – seine eigene Schuld war so groß, denn insgeheim war er damals erleichtert gewesen, ihr nicht mehr gegenübertreten zu müssen. Er vermutete, daß sie das ahnte. Sie hatte wissende Augen und machte den Eindruck, als hätte sie ein Herz, das kein Verzeihen kannte. An diesem Mädchen war nichts Warmherziges, nichts Sanftes und Liebes. Sie schien nur aus Granit und Stacheldraht, Stahlträgern und Glasscherben zu bestehen. Dieses Mädchen hatte häßliche Dinge erlebt, das sah er ihren Augen an, und einen Augenblick lang empfand er Furcht vor ihr, als würde sie ihm etwas antun, wenn sich die Gelegenheit dazu ergab. Unter den gegebenen Umständen hätte er es ihr nicht einmal verübeln können.

»Du hast nicht viel unternommen, um mich zu finden.« Das hörte sich sehr hart an. Erklärungen oder Entschuldigungen interessierten sie nicht.

»Wir sind nach Florida gezogen.«

»Und dann?« Er wollte wissen, was ihr zugestoßen war, warum sie so geworden war. Er mußte es wissen... mußte... ein Schluchzen würgte ihn, und er betete darum, daß er nicht in ihrer Gegenwart in Tränen ausbrach. »Was ist dir widerfahren?« Er wünschte, sie würden sich setzen... sie könnten miteinander sprechen... sie würde ihm zuhören... jetzt konnte er ihr alles erklären. Er konnte ihr von Marjories Verhalten berichten, die nun ein Amt am Bundesgericht bekleidete. Er konnte ihr sagen, warum er sie nicht hatte zu sich nehmen können... warum kein Mensch alle drei Schwestern aufnehmen wollte... warum er so gehandelt hatte.

»Sind Jack und Eileen... waren sie gut zu dir?«

Als sie voller Verbitterung auflachte, erschien sie ihm uralt. Und ihre grünen Augen verdunkelten sich. Sie dachte an Jack und jene Nacht und an das mitleiderregende Häufchen Elend, das Eileen vor ihrem Tod geworden war.

»Eileen ist tot. Die letzten vier Jahre war ich unter Vormundschaft des Gerichts von Jacksonville. Ich lebte bei Pflegeeltern und im Erziehungsheim, und jetzt bin ich frei, Arthur Patterson, ich schulde niemandem etwas, am allerwenigsten dir. Ich möchte meine Schwestern wiedersehen.« Ihr Herz schlug heftiger, als ihr klarwurde, daß er die Spuren der Mädchen verloren hatte.

»Warum hast du mich nicht angerufen, als sie starb?« Es hörte sich an, als sei er entsetzt. »Du hättest nicht zu Pflegeeltern und ins Heim gehen müssen...« Es waren Orte, an die er nie gedacht hatte, und auch jetzt war ihm der Gedanke unerträglich. »Hilary, es tut mir ja so leid...«

Aus ihren Augen blitzte wieder grünes Feuer. Seine Entschuldigung tat sie mit einer Handbewegung ab. »Red keinen Unsinn, es hat dich nie einen Deut gekümmert, was aus uns wird, und es ist dir jetzt ebenso gleichgültig. Natürlich ist nichts einfacher, als im nachhinein den Anständigen zu spielen und mir weiszumachen, es täte dir leid. Ehrlich gesagt, pfeife ich darauf. Es ändert nichts an dem, was ich durchmachen mußte. Ich möchte von dir die Adressen meiner Schwestern, und jetzt sag ja nicht, du wüßtest nicht, wo sie leben. Du mußt es wissen. Du hast sie hingebracht.«

In all den Jahren war ihr nie in den Sinn gekommen, daß er sie aus den Augen verloren haben könnte wie sie. Das war unmöglich. Er mußte es wissen, und sie suchte seinen Blick, aber was sie darin erkannte, entsetzte sie. Sie las in seinen Augen Reue und Schuldbewußtsein, Hilary hatte einen Menschen vor sich, der sie fürchtete.

Arthur setzte sich und schüttelte verzweifelt den Kopf. Dann blickte er mit traurigem, leerem Blick zu ihr auf.

»Alexandra fand bei einem meiner Partner hier in der Firma Aufnahme. Er hatte eine bezaubernde junge Frau aus guter Familie. Sie war wesentlich jünger als er. Eigene Kinder hatten sie nicht, deswegen waren sie Feuer und Flamme und wollten Alexandra adoptieren, als ich ihnen von ihr erzählte. Und sie nahmen sie zu sich... und liebten sie über alles.« Er blickte Hilary an, als hoffte er, sie ein wenig zu besänftigen, aber sie blieb hart.

Ihre Augen glichen grünem Eis, und ihre Hände zitterten, als sie sich wortlos in einen Stuhl fallen ließ und sich anhörte, was er zu sagen hatte. »Sie nahmen die Kleine nach Europa mit, überallhin... aber ein halbes Jahr später starb George nach einem Herzanfall. Das war für Margaret ein schrecklicher Schock. Als letztes hörte ich, daß sie sich mit dem Kind in Südfrankreich aufhielt... vor Jahren schickten wir Dokumente bezüglich der Hinterlassenschaft nach Paris... was nachher war, weiß ich nicht. Ich glaube, sie ist drüben geblieben, bin aber nicht ganz sicher. Es lag kein Grund vor, mit ihr den Kontakt aufrechtzuerhalten, und...« Er sprach nicht weiter. Tränen liefen über seine Wangen.

»Du hast also keine Ahnung, wo Alexandra ist.« Hilary sprach diese Feststellung tonlos aus.

»Und wie hieß die Frau?«

»Gorham. Margaret Gorham. Inzwischen hat sie vielleicht wieder geheiratet... alles mögliche kann passiert sein. Sie könnte auch irgendwo in den Staaten leben. Wenn sie in New York wäre, würde es mich allerdings wundern, denn in diesem Fall hätte ich sicher davon gehört.« Er sah sie kläglich an.

»Und Megan?«

»Sie wurde von David und Rebecca Abrams adoptiert, gleich nachdem ich... nachdem sie...« Er konnte sich kaum beherrschen, und Hilary zitterte am ganzen Leib... »nachdem ich sie zurück nach New York brachte. Abrams war bei uns angestellt, und nach einigen Monaten zogen sie um. Auch seine Frau war Anwältin. Beide hatten ein Angebot von einer Anwaltsfirma in Los Angeles bekommen, und sie waren ohnehin sehr darauf bedacht, ein neues Leben anzufangen, und machten mir klar, daß sie keine Verbindung mit mir aufrechterhalten wollten. Sie wollten, daß für Megan ein ganz neues Leben begann, fern von allem, was geschehen war. Seit damals habe ich nichts mehr von ihnen gehört. Falls er Mitglied der Anwaltskammer von Kalifornien ist, können wir ihn ausfindig machen... ich weiß nicht...«

»Du gemeiner Schuft!« Sie funkelte ihn haßerfüllt an. »Du hast zugelassen, daß wir auseinandergerissen wurden! Du hast alles in die Wege geleitet, als könntest du dich von deiner Schuld befreien, wenn du dich von uns befreist, aber es kam anders!« Sie durchschaute ihn jetzt ganz klar. »Auch dein Leben wurde zerstört, und das geschieht dir recht. Arthur Patterson, du sollst zur Hölle fahren! Du wirst den Rest deines Lebens damit leben müssen, daß du zwei Menschen getötet hast und drei weitere Leben durch dein Zutun vernichtet wurden. Also sind es fünf Menschenleben, die auf deinem Gewissen lasten. Kannst du damit leben?« Sie trat vor ihn hin und blickte mit einer Verachtung auf ihn nieder, die ihr Alter Lügen strafte. »Findest du nachts noch Schlaf? Kaum vorstellbar... Gott allein weiß, was aus meinen Schwestern wurde. Nur Gott weiß, zu welchem Leben du sie verdammt hast. Ich weiß ja, wie mein Leben verlief. Aber es ist noch nicht vorüber. Ich werde nicht zulassen, daß du auch noch meine Zukunft verdirbst. Ich werde etwas aus mir machen... und vielleicht werde ich eines Tages meine Geschwister finden... vielleicht... aber inzwischen –«, sie ging langsam zur Tür, enttäuscht und geschlagen, denn sie hatte sich von diesem Gespräch so viel erhofft, »möchte ich dich niemals wiedersehen, Arthur Patterson. Niemals wieder. Du wirst dein Gewissen nicht beschwichtigen können. Wir werden nie ›Freunde‹ sein, lieber Patenonkel.« Sie stand da und sah ihn lange an, ehe sie die letzten Worte aussprach. Sie gab sie in einem Flüsterton von sich, der ihn für den Rest seines Lebens verfolgen sollte. »Ich werde dir nie verzeihen, was du uns angetan hast... niemals... und ich werde dich dein Leben lang hassen. Denk daran... denk an das, was du getan hast, und daran, wie sehr ich dich hasse.«

Dann schloß sie die Tür hinter sich und war verschwunden wie ein Gespenst. Arthur hatte nicht den Mut, ihr zu folgen. Wie ein Greis zusammengesunken blieb er sitzen, dachte an Solange und beweinte das, was er falsch gemacht hatte. Hilary hatte recht, er hatte unverzeihliche Schuld auf sich geladen. Er selbst würde sich nie in seinem Leben davon freisprechen können. Wie Hilary stellte auch er sich jetzt die Frage, wo ihre Schwestern sein mochten.

Eine Antwort darauf gab es nicht. Hilary ging von ihm direkt zur öffentlichen Bibliothek an der Park Avenue und tat das einzige, was ihr einfiel. Sie schlug das Telefonbuch von Manhattan auf und konnte die Namen George und Margaret Gorham nicht darin entdecken. Sie fand insgesamt nur fünf Gorhams, und als sie diese anrief, wußte keiner etwas von Margaret oder Alexandra. Eine Liste der in Kalifornien zugelassenen Anwälte erwies sich als ebenso entmutigend. Es schien kein David Abrams darin auf. Das bedeutete, daß er Kalifornien vor langer Zeit verlassen und sich Gott weiß wohin begeben hatte. Mehr zu unternehmen, ließen ihre Mittel nicht zu. Sie war nicht in der Lage, die Suche nach ihren Schwestern aufzunehmen. Sie konnte gar nichts unternehmen. Sie hatte damit gerechnet, daß Arthur wissen würde, wo sie waren, aber er hatte sie aus den Augen verloren. Ihre Schwestern waren verschwunden – diesmal für immer. Und der Traum, der sie am Leben erhalten hatte, entglitt ihrem Herzen und fiel ihr wie ein Felsblock zu Füßen. Langsam und mit tränennassen Wangen ging sie zu ihrem Hotel. Die weißen Rosen, die den Sarg ihrer Mutter bedeckt hatten, fielen ihr ein, und ihr war, als wären ihre Schwestern gestorben. Sie existierten in ihrem Leben nicht mehr... schon seit Jahren nicht... und das Wiedersehen mit Arthur hatte ihr jenen schrecklichen Tag ins Gedächtnis gerufen, an dem man sie ihr weggenommen hatte... Axie, ich habe dich lieb... sie wußte noch, wie sie diese Worte herausgeschrien hatte, als der Wagen davonfuhr, und wie sie im Straßenstaub auf die Knie gesunken war. Hilary hatte das Gefühl, daß sie sich seit damals nie wieder aufgerichtet hatte. Doch jetzt würde sie es tun... sie mußte... sie würde es allein schaffen, wie sie es all die Jahre allein geschafft hatte... sie würde ihre Schwestern immer im Gedächtnis behalten – immer.

Als sie das Hotel betrat, spürte sie, wie sie ihr entglitten, wie einst geliebte Menschen, die nun tot waren.

Sie war allein, wie sie es immer gewesen war.

DRITTER TEIL

Alexandra

10. Kapitel

Das Haus an der Avenue Foch, das durch eine hohe, exakt gestutzte Hecke den Blicken der Passanten entzogen wurde, lag inmitten eines sorgfältig gepflegten Gartens. Der freistehende, aus dem achtzehnten Jahrhundert stammende Bau hatte schwere, mit Schnitzwerk verzierte Türen; Türklopfer und Klinken waren aus Messing. Hinter den Scheiben der von dunkelgrünen Läden flankierten Fenster sah man schwere Seiden- und Damastvorhänge.

Dieses vom lauten Getriebe der Welt abgeschirmte Haus, in dem absolute Perfektion herrschte, war angefüllt mit Kostbarkeiten von Fabergé, mit wertvollen Antiquitäten aller Art, über die nicht weniger wertvolle Kristallüster ihr gleißendes Licht warfen. Es war das Haus von Baron und Baroneß Henri de Morigny. Die de Morignys, eine der ältesten Familien Frankreichs, waren zwar edlen Geblütes, aber alles andere als wohlhabend, bis der Baron die schöne Alexandra, Tochter des alten Comte de Borne heiratete. Das lag nun schon vierzehn Jahre zurück. Das Haus an der Avenue Foch war das Hochzeitsgeschenk des Comte an das junge Paar. Alexandra hatte für Henri den alten Familiensitz der de Morigny, ein schönes Schloß in der Dordogne, und eine Jagdhütte in Sologne renovieren lassen. Im Laufe der Jahre war noch ein Sommerhaus in Saint-Jean-Cap-Ferrat dazugekommen, das die de Morignys in den Ferien mit den Kindern bewohnten. Sie führten ein Leben, in dem Luxus und Eleganz den Ton angaben, das einzige Leben, das Alexandra de Borne kannte. Ständig bemüht, ihre Aufgaben perfekt zu erfüllen, führte sie das Haus, plante Dinnerpartys, stellte Gästelisten zusammen, befolgte die Anweisungen ihres Mannes mit peinlicher Genauigkeit und erzog ihre beiden Töchter, Axelle und Marie-Louise. Die beiden Kinder waren die größte Freude ihres Lebens, und Alexandra war in Gedanken bei ihnen, während sie mit einem versonnenen Lächeln an ihrem Schreibtisch saß. Bald würden die Mädchen aus der Schule kommen, und sie würde mit ihnen die Hunde im Bois spazierenführen. Dies war immer die beste Gelegenheit für eine kleine Plauderei, um herauszubekommen, was die Kinder im Moment beschäftigte, wen sie mochten und wen sie ›haßten‹ und wo es Schwierigkeiten in der Schule gab. Anschließend würden die Mädchen zu Hause ihre ›devoirs‹, ihre Hausaufgaben, erledigen, abendessen, spielen, baden und zu Bett gehen. Alexandra pflegte stets die Zeit bis zum Dinner mit Henri bei ihnen zu bleiben. Ihre Töchter waren sechs und zwölf, so verschieden wie Tag und Nacht und brachten viel Freude und Frohsinn in ihr Leben. Die ernste Marie-Louise war eher Henri nachgeraten, während Axelle wie Alexandra als Kind war, etwas schüchtern, aber auch sehr zutraulich und überaus liebebedürftig. Alexandra tat nichts lieber, als mit der Kleinen zusammen zu sein, über die hellroten Löckchen zu streichen und in die großen blauen Augen zu blicken. Schon der Gedanke daran brachte in Alexandras Herz etwas zum Klingen. Lächelnd saß sie da, den Blick ins Leere gerichtet, in Gedanken versunken, so daß sie Henris Schritte auf dem Parkettboden überhörte. Er trat ein und blieb unvermittelt stehen, um sie zu beobachten. Erst als er weiterging und fast unmittelbar vor ihr stand, schreckte sie zusammen und sah zu dem hochgewachsenen und gutaussehenden Mann, ihrem Ehemann, auf. Er war neunundfünfzig, von imposantem Körperbau, mit markant zerfurchtem Gesicht. Sein Blick lag so eindringlich auf ihr, als wolle er ihr eine wichtige Frage stellen. Nur selten war seine Miene entspannt und heiter, aber er war ein Mann, auf den man zählen und dem man vertrauen konnte, und das wußte Alexandra zu schätzen. Als sie sich als junges Mädchen von neunzehn Jahren in Henri verliebt hatte, war eine zwei Jahre dauernde Verlobung gefolgt. Ihr Vater hatte ganz sicher sein wollen, daß sie nicht aus einer dummen Verliebtheit heraus einen Fehler beging, denn Henri war immerhin vierundzwanzig Jahre älter. Alexandra aber war ihrer Sache absolut sicher. Sie hatte sich immer schon einen Mann gewünscht, der ihrem Vater, dem alten Comte de Borne, ein wenig ähnlich war. Bei ihrer Geburt war er sechzig, oder besser gesagt, er wäre es gewesen, denn er hatte Alexandra adoptiert, als sie sechs war, und sie war ihm sofort ans Herz gewachsen. Eigene Kinder hatte der Comte nie gehabt. Seine erste Frau war mit vierzig Jahren gestorben. Nach ihrem Tod hatte er mit seinem Kummer in Südfrankreich Trost gesucht und war dort kurz darauf Margaret Gorham begegnet, die sich nach dem Tod ihres Mannes in einer ähnlichen Lage befand. Es folgte eine stürmische Romanze mit der lebenslustigen, jungen Amerikanerin. Noch vor Ablauf eines halben Jahres waren sie ein Ehepaar, und Pierre de Borne adoptierte Alexandra. Nur er und Margaret wußten, daß die Kleine schon einmal adoptiert worden war, und sie behielten dieses Geheimnis für sich. Kein Mensch brauchte davon zu wissen, zumal es völlig unwichtig war. Die Kleine war Alexandra de Borne und stand seinem Herzen so nahe wie eine leibliche Tochter, wenn nicht noch näher. Verwöhnt, verhätschelt und geliebt wie nur wenige Kinder wuchs sie heran und liebte den Mann, den sie als ihren Vater kannte, über alles. Pierre war es, an den sie sich mit jedem kleinen Kummer wandte, mit jedem Wunsch und jeder Träumerei. Sie teilte mit ihm alle Geheimnisse und gestand ihm ihre Missetaten, die sie selten genug beging. Margaret sah dies alles hochbefriedigt mit an, von Liebe zu Mann und Kind erfüllt, berstend vor Unternehmungsgeist und Lebensfreude. Eigentlich war Margaret das Kind in der Familie, das Streiche ausheckte, sich überraschend versteckte und sich komisch verkleidete, um alle zum Lachen zu bringen. Sie war ein großes Kind, das gern lachte und jeden einzelnen Augenblick des Lebens genoß. Alexandra hingegen glich in ihrem liebevollen Wesen, in ihrer Zurückhaltung und ihrer Bewunderung für Margarets Eskapaden und für ihr unwiderstehliches Gelächter irgendwie Pierre, was sonderbar genug war. Zur allgemeinen Verwunderung verliebte sich die behütete und von ihren Eltern angebetete Alexandra mit neunzehn Jahren und wollte Henri heiraten. Pierre de Borne war alles andere als erbaut von der Aussicht, seine Tochter an Henri de Morigny zu verlieren, zumal dieser viel älter war. Außerdem hielt er Henri für viel zu ernst und gesetzt und vor allem für sehr schwierig. Er wußte, daß Henri de Morigny, der nie geheiratet hatte, auf eine Frau wartete, die in allem seinen Vorstellungen entsprach, auf ein Mädchen aus guter und wohlhabender Familie, aus einer Familie von Adel. Alexandra erfüllte all diese Voraussetzungen. Was aber hatte de Morigny ihr zu bieten, fragte er sich. War er anständig? Würde er liebevoll sein? Pierre besprach die Angelegenheit ausführlich mit Margaret, die ähnliche Bedenken äußerte. Aber Alexandra wollte Henri und keinen anderen und wurde in ihrer Absicht auch niemals schwankend. Sie war einundzwanzig, als sie in der zum Landsitz ihrer Eltern gehörenden Kirche in Rambouillet getraut wurde. Siebenhundert Gäste aus den vornehmsten Familien der alten Welt wohnten der Zeremonie bei. Die Flitterwochen verbrachte das junge Paar in Tahiti, trank exotische Cocktails und liebte sich an dem Privatstrand des Hauses, das Henri gemietet hatte. Nach ihrer Rückkehr liebte Alexandra ihn noch leidenschaftlicher als zuvor und wünschte sich nichts sehnlicher als ein Kind. Trotz ihrer Bemühungen dauerte es über ein Jahr, bis sie schwanger wurde.

Ihr Vater sollte zwei Jahre nach Alexandras Heirat sein erstes Enkelkind in den Armen halten. Nicht lange danach verschied er friedlich im Schlaf. Margaret war untröstlich, während Alexandra auf diesen Schlag wie betäubt reagierte, da sie sich ein Leben ohne ihren Vater nicht vorstellen konnte – ein Leben, ohne seine Hand zu halten und in seine weisen Augen zu blicken. Von da an wurde sie von Henri, zu dem sie aufblickte und den sie insgeheim ein wenig fürchtete, sehr abhängig. Er gewann für sie noch an Bedeutung, und die Angst, auch ihn zu verlieren, wurde zur Zwangsvorstellung, da sie wußte, daß sie diesen Verlust nicht ertragen könnte. Seit jeher hatte sie unter der irrationalen Furcht gelitten, die Menschen zu verlieren, die sie liebte und von denen sie geliebt wurde. Es war ein Wesenszug Alexandras, der Margaret große Sorge bereitete, da sie den Eindruck gewann, daß Henri diese Schwäche ausnützte und Alexandra beherrschte. Dazu kam, daß er Alexandra in mancher Hinsicht wie ein Kind behandelte, das man schelten mußte, zu dem man in bestimmtem Ton sprach und dem man Anweisungen erteilte, weil es keine selbständigen Entscheidungen treffen konnte. In Margarets Augen war Henri eher Vater als Ehemann, und Alexandra tat auch alles, um ihm zu gefallen, mochte es auch noch so belanglos oder albern sein. Sein Perfektionismus, was Äußerlichkeiten betraf, wurde durch seine politischen Ambitionen zur Besessenheit gesteigert. Alles mußte perfekt und geplant sein. Alexandra mußte jederzeit makellos auftreten, die Kinder mußten viel wohlerzogener sein als andere. Für Margaret war dies alles sehr lästig, wenn sie zum Tee kam, und sie fand es besorgniserregend, daß Alexandra dies für ganz normal hielt. Alles war völlig in Ordnung, solange es ihrem Mann gefiel.

»So ist er eben, *Maman.* Er meint es ja nicht böse, aber er ist ein ernsthafter Mensch und dazu ein Perfektionist in jeder Hinsicht.« Alexandras Vater hatte an Tochter oder Frau niemals so große Ansprüche gestellt, zudem war er ein Mensch gewesen, der viel Spaß verstanden hatte. Für Margaret war Henri im Vergleich zu ihrem verstorbenen Mann ein Langweiler, aber davon ließ sie kein Wort laut werden. Wie seinerzeit Pierre war sie nur auf Alexandras Glück bedacht. Er hatte seiner Tochter den Großteil seines Vermögens vermacht und seiner Frau soviel, daß sie sich noch weitere vierzig Jahre nach Herzenslust amüsieren konnte. Bei seinem Tod war sie knapp vierzig gewesen, hatte jedoch immer viel jünger gewirkt, da sie sich dank ihrer Lebenslust ihre Attraktivität bewahrt hatte. Margaret war wesentlich jünger als Alexandras Mann.

Ja, Margaret de Borne genoß ihr Leben, war immer guter Dinge und unternahm ständig etwas Unerhörtes und Amüsantes. Nach Pierres Tod war sie von allen Seiten heftig umworben worden, sie hatte aber nicht das Verlangen gezeigt, sich wieder zu binden. Vor vielen Jahren war sie mit George sehr glücklich gewesen und hatte dann bei Pierre ihre Erfüllung gefunden. Welchen Sinn hätte es gehabt, dies alles noch überbieten zu wollen? Das erschien ihr unmöglich, und sie wollte es gar nicht erst ausprobieren. Aber bei Alexandra sah die Sache doch ganz anders aus, und Margaret machte sich ihretwegen größere Sorgen, als ihre Tochter ahnte.

Die Erwartungen, die Henri in sie setzte, waren wirklich übertrieben, wie sich von Anfang an gezeigt hatte. Deswegen hatten Pierre und Margaret den Entschluß gefaßt, ihm die Herkunft ihrer Tochter zu verschweigen, eine Herkunft, an die Alexandra keinerlei Erinnerung mehr hatte. Sie kannte nur ihren ›Papa‹, wie sie Pierre nannte, obwohl Margaret zuweilen das Gefühl hatte, daß ihre Tochter daneben noch andere, undeutliche Erinnerungsbruchstücke beschäftigten, die fast verschüttet waren. An George Gorham schien sie keine Erinnerung zu haben, denn man hatte ihr einfach erklärt, nach dem Tod ihres Vaters sei sie von Pierre adoptiert worden. Nie wäre sie auf den Gedanken gekommen, daß sie ganz andere Eltern hatte, daß Margaret gar nicht ihre Mutter war und daß sie nach dem tragischen Tod ihrer leiblichen Eltern schon einmal adoptiert worden war. Dies alles hatte man ihr geflissentlich verschwiegen. Pierre hatte kurz vor seinem Tod Margaret noch eingeschärft, Henri auf alle Fälle Alexandras Herkunft zu verschweigen. Alexandra hatte er damit nicht belastet, weil er weder ihr Gewissen strapazieren noch ihre schlummernden Erinnerungen wecken wollte. In ihrer Redlichkeit hätte sie sich womöglich bemüßigt gefühlt, ihrem Mann reinen Wein einzuschenken. Da war es viel einfacher, sie wußte von nichts. Ihr Vater kannte Henri zu gut und wußte, daß dessen Adelsstolz ebenso zur Manie geworden war wie sein Hang zur Perfektion.

Und da Margaret mit ihrem Mann einer Meinung war, schwieg sie Alexandra zuliebe. Daß sich nach so vielen Jahren niemand mehr an die Adoption zu erinnern schien, war ein Umstand, den sie sich gern zunutze machte.

Margaret war bei Marie-Louises Geburt überglücklich, und

sie war untröstlich, als Alexandra im Jahr darauf das zweite Kind, einen Jungen, verlor. Als nächstes kam nach einer schwierigen Schwangerschaft und einer qualvollen Geburt Axelle zur Welt. Anschließend riet der Arzt Alexandra dringend von einem neuerlichen Versuch ab, da sie kein Kind mehr austragen konnte, ohne ihr Leben zu riskieren. Alexandra gab sich mit ihren beiden Töchtern zufrieden, Henri aber war sehr enttäuscht und trug es ihr lange nach, daß sie ihm keinen Sohn geschenkt hatte. Noch Jahre nach Axelles Geburt hielt er ihr diese Fehlleistung bei jeder Auseinandersetzung vor. So kam es, daß sie sich immer irgendwie schuldbewußt fühlte, als hätte sie ihrem Mann zu wenig gegeben und sei ihm durch ihr Versagen etwas schuldig geblieben.

Der Verlust seines Sohnes war das eine Kreuz, das Henri tragen mußte, das zweite war es, Margaret de Borne als Schwiegermutter zu haben. Diese Frau machte ihn wahnsinnig – ihre langen, amerikanischen Beine, ihre großen Schritte, die er unweiblich nannte, ihr schallendes Gelächter, das ihm zu laut war, ihr gräßlicher Akzent, der in seinen Ohren mißtönend klang. Er haßte ihre Streiche, verabscheute ihren Humor und zuckte fast sichtbar zusammen, wenn sie zu Besuch kam und den Kindern Wasserpistolen in Form von Lippenstiften brachte, Spielzeug aus Groschenläden, das die Kinder begeisterte – oder, ein anderes Extrem, Kartons voller Kleidchen aus New York und dazu die passenden dunkelblauen Mäntel mit Nerzmuffs, die er vulgär fand, wie er seiner Frau anvertraute. Er verabscheute einfach alles, was Margaret ins Haus brachte, alles, was sie sagte und tat. Um so glücklicher durfte er sich schätzen, daß Alexandra ihr nicht nachgeraten war. Wie Pierre de Borne diese Frau hatte heiraten können, war ihm unbegreiflich, denn er selbst dankte seinem Schöpfer täglich, daß Alexandra so viel feiner und damenhafter als ihre Mutter war. Sie war intelligent, liebenswürdig und diskret, immer etwas schüchtern und dazu sehr fügsam, eine der Eigenschaften, die er an ihr am meisten schätzte.

Henri sah auf die an ihrem Schreibtisch sitzende Alexandra nieder und bedachte sie mit einem leisen und ein wenig zerstreuten Lächeln. Obschon er große Forderungen an sie stellte und sich nicht sehr zärtlich gebärdete, empfand er sehr viel für sie. Er wußte, daß sein Leben ohne sie nicht dasselbe sein würde, nicht nur in finanzieller Hinsicht, sondern auf subtilere und bedeutendere Weise anders. Alexandra hatte ihm ein repräsentatives Heim geschaffen, sie verfügte über Eleganz und Stil, Eigenschaften, die wie manche andere auf ihre makellose Herkunft zurückzuführen waren. Alexandra de Borne de Morigny war jeder Zoll eine Dame.

»Alexandra, du machst den Eindruck, als träumtest du.« Das sagte Henri ganz leise und mit nur andeutungsweise tadelndem Unterton. Niemals erhob er seine Stimme, weder ihr noch einem anderen gegenüber. Ein einziger Blick genügte, und seine Anweisungen wurden befolgt, auch von Alexandra. Mit seinen dunklen Augen und dem vollen, grauen Haar wirkte Henri ungemein distinguiert und agil. Der in seiner Jugend sehr sportliche und gutaussehende Henri de Morigny hatte sich mit den Jahren bewundernswert gehalten. Noch immer sah er gut aus und war energisch und aktiv, so daß ihm seine neunundfünfzig Jahre ebensowenig anzusehen waren wie Alexandra ihre fünfunddreißig... Alexandra mit ihren großen blauen Kinderaugen und dem seidigen erdbeerblonden Haar, das sie meist in einer eleganten Nackenrolle oder zu einem Chignon zusammengefaßt trug.

»Ist für das geplante Dinner alles arrangiert?« Er reichte ihr eine Liste, deren einzelne Punkte sie noch einmal durchsehen sollte. Alexandra, die eine Sekretärin hatte, welche ihr bei Erledigungen dieser Art half, zog es dennoch vor, alles selbst noch einmal nachzukontrollieren. Nur so konnte sie sich für die Perfektion verbürgen, die Henri erwartete.

»Ja, alles ist erledigt.« In ihrem Lächeln lag Bewunderung, während er sie unverändert ernst und ein wenig geistesabwesend ansah.

»Bitte, vergewissere dich noch einmal.« Es hörte sich an wie eine an ein Kind gerichtete Ermahnung. Alexandra lächelte unbeirrt. Zuweilen war ihr ein wenig bange vor Henris Wesen, ganz selten nur, und dann hielt sie sich immer rasch vor Augen, wie gutherzig er trotz seines Ordnungssinnes im Grunde war.

»Morgen essen wir im Élysée«, kündigte er nun an.

»Wie schön. Liegt ein besonderer Grund vor?« Alexandra zeigte sich wenig beeindruckt, da sie sehr oft Gäste des Präsidenten der Republik waren.

»Der neue Verteidigungsminister tritt sein Amt an.« Das klang alles andere als faszinierend, aber faszinierend waren diese offiziellen Anlässe im Élysée ohnehin nie. Henri jedoch hielt sie für sehr wichtig, da ihm eine politische Karriere vorschwebte, die er für die Zeit nach dem Ausscheiden aus seiner Tätigkeit als Bankpräsident anstrebte, ein Zeitpunkt, der allerdings noch einige Jahre auf sich warten lassen würde.

»Morgen bin ich mittags bei meiner Mutter. Ich werde rechtzeitig wieder da sein.« Alexandra richtete den Blick auf die Papiere, die auf ihrem Schreibtisch lagen, um Henris Blick auszuweichen. Sie haßte seine Mißbilligung, seit jeher schon. Immer hatte sie gehofft, Henri würde ihre Mutter mit der Zeit liebgewinnen, eine Hoffnung, die sie in den letzten Jahren aufgeben mußte, denn es war ein offenes Geheimnis, daß Henri Margaret nicht ausstehen konnte.

Fast hörte es sich an wie Vergeltung, als er in kaltem Ton ankündigte: »Heute werde ich zum Abendessen nicht da sein.« Eine Begründung oder Entschuldigung lieferte er nicht, und Alexandra hätte ihn nie nach dem Grund gefragt. »Ich nehme an, du wirst mit den Kindern essen wollen.«

Sie nickte und begegnete seinem Blick und fragte sich, was er wohl vorhatte. Vor einigen Jahren hatte er eine Geliebte gehabt, und sie hoffte inständig, er würde nicht wieder zu einer anderen Frau gehen, obwohl sie sich stillschweigend mit dieser in Frankreich häufig anzutreffenden Sitte abgefunden hatte. »Ich werde der Köchin Bescheid sagen.«

Falls es nicht Anzeichen dafür war, daß der Haussegen schief hing, freute sich Alexandra immer sehr auf das Abendessen mit den Kindern. Diesmal war sie sich dessen nicht ganz sicher. »Ein Geschäftsessen, Liebling?« fragte sie beiläufig, den Blick unschuldig auf ihn gerichtet.

Unwillig runzelte Henri die Stirn. Diese Frage war unangebracht, aber er wurde einer Antwort enthoben, als seine Töchter, die ihn hier nicht erwartet hatten, hereinstürmten und ihrer Freude laut Ausdruck verliehen. Marie-Louise, unter deren kurzem dunkelblauen Röckchen lange Fohlenbeine herausragten, sah ihn mit schwärmerischem Blick an, ehe sie, kritisch beobachtet von Henri, ihre Mutter umarmte. Er selbst vermied es, in Gegenwart der Kinder zu Alexandra zärtlich zu sein. Die kleine Axelle war ihr Ebenbild. Wie eine Miniaturausgabe von Alexandra saß sie selig auf dem Schoß der Mutter und faßte nach den Schreibtischutensilien, wobei sie fast ein Tintenfaß umstieß. Henri, der die Katastrophe vorausgesehen hatte, zuckte zusammen.

»Axelle!« tadelte er sie streng, sie aber blickte spitzbübisch und ohne Scheu zu ihm auf. Da Henri fürchtete, die Kleine könne ihrer Großmutter mütterlicherseits nachgeraten, ging er besonders streng mit ihr um. »Gib acht, was du im Arbeitszimmer deiner Mutter anfaßt!«

»Tue ich doch, Papa!« Sie lächelte schelmisch und sah ihn mit Engelsblick an, um dann den Mund schmollend zu verziehen. Mit ihrem runden Gesichtchen wirkte sie noch ganz babyhaft, ganz anders als Marie-Louise, die in ihrem grazilen Wuchs und ihrer unverkennbaren Eleganz bereits ihrem Vater sehr ähnlich war. »Heute wurde ich aus dem Klassenzimmer hinausgeschickt«, verkündete sie stolz, und Alexandra lachte auf. Sie bedauerte, daß ihr Vater Axelles Streiche nicht mehr miterleben konnte, denn sie hätte damit sein Herz im Sturm erobert. Natürlich war er auch auf Marie-Louise sehr stolz gewesen, nicht anders als Alexandra, denn die beiden waren entzückende Kinder.

»Das ist nun wirklich nichts, worauf man sich etwas einbilden dürfte, Mademoiselle. Was hast du angestellt?« befragte Henri sie scheinbar streng und mit kaum verhohlenem Stolz. Er liebte seine Töchter, wenngleich er immer bedauerte, daß ihm ein Sohn versagt geblieben war. Ein wahrer Jammer, daß Alexandra ihm keinen Erben geschenkt hatte, der einzige Punkt, in dem sie versagt hatte. Und sie spürte das ganz deutlich.

»Kann ich einen Kaugummi haben?« fragte Axelle nun in lautem Flüsterton, und Alexandra errötete. Wenn Henri nicht in der Nähe war, steckte sie den Mädchen hin und wieder eine Näscherei zu, die er ihnen verboten hatte, aber Axelle verriet sie immer wieder. Marie-Louise hatte Lakritzen und Schoko-Bonbons lieber, aber Axelle blies zu gern rosa Kaugummis zu Riesenblasen auf.

»Kommt nicht in Frage!« Henri blickte mit gerunzelter Stirn in die Runde. Dann erinnerte er Alexandra an die Liste, die er auf ihren Schreibtisch gelegt hatte, und begab sich in sein eigenes, nebenan liegendes Arbeitszimmer, dessen Tür er mit Nachdruck schloß, um sie gleich darauf einen Spaltbreit zu öffnen und lächelnd zu beobachten, wie seine Frau Süßigkeiten und Kaugummis an die Mädchen verteilte. Er sah Axelle zu gern mit klebrigem, verschmiertem Gesicht, hielt es aber für unpassend, es zuzugeben. Leise schloß er die Tür wieder und ging mit einem Aufseufzen an seinen Schreibtisch, während die Mädchen das Zusammensein mit ihrer Mutter nach Herzenslust genossen.

»Papa ist aber heute früh nach Hause gekommen«, bemerkte Marie-Louise verständig. Sie ließ sich anmutig auf einen zierlichen Stuhl neben dem Schreibtisch nieder und naschte ein Bonbon. Ihre dunklen, seelenvollen Augen und ihre natürliche Anmut würden sie in ein paar Jahren zu einer Schönheit machen – in gewisser Weise war sie es bereits jetzt, obwohl Axelle die auffallendere von beiden war, da sie die roten Haare ihrer Mutter geerbt hatte, die sich Alexandra seit Jahren schon in einem Blondton färbte, da es Henri besser gefiel. Er hielt rotes Haar für ›unpassend‹, obschon es in ihrem Fall von Natur aus rot war. Ihrem Mann zuliebe blieb Alexandra daher bei Blond.

»Er geht heute aus«, verkündete Alexandra nüchtern, während sie an die Kinder noch einmal Süßigkeiten verteilte.

»Gehst du auch aus?« Axelle stiegen spontan Tränen in die Augen, was sie nicht abhielt, den Kaugummi rasch zu nehmen. Alexandra schüttelte lachend den Kopf.

»Nein, ich nicht. Papa hat ein Geschäftsessen, und ich esse heute mit euch.«

»Hurra!« ließ Axelle sich begeistert und mit vollem Mund vernehmen, und Marie-Louises Lächeln sprach Bände. Sie fand es wundervoll, wenn ihre Mutter mit ihnen aß, besonders wenn ihr Vater nicht dabei war. Dann lachten sie immer viel, und Alexandra erzählte ihnen Geschichten aus ihrer Kindheit und von den wundervollen Streichen, die sie ihrem Vater gespielt hatte und bei denen Großmama oft als Komplizin fungiert hatte.

»Weiß eure Gouvernante, daß ihr schon zu Hause seid?« fragte nun Alexandra die Mädchen. Axelles schmutzige Hände waren Beweis dafür, daß sie ohne Wissen der Erzieherin zu ihr gekommen waren, denn diese schickte die Kinder stets tadellos sauber und ordentlich zu ihren Eltern. Alexandra aber hatte es viel lieber, wenn die beiden sich ganz natürlich und unbeschwert präsentierten.

»Ich glaube, wir haben total vergessen, uns bei ihr zu melden«, gestand Marie-Louise, während Axelle den rosa Kaugummi gekonnt zu einem Riesenballon aufblies. Alle drei lachten.

»Dann laßt euch vor Mademoiselle lieber nicht so blicken.« Lächelnd stellte Alexandra Axelle auf den Boden. »Und jetzt lauft und wascht euch.« Für gewöhnlich brachte der Chauffeur die Kinder von der Schule nach Hause, obwohl Alexandra sie gern selbst abholte, wenn es sich irgendwie einrichten ließ. »Ich muß noch einiges erledigen.« Sie wollte Henris Liste durchgehen, um sich zu vergewissern, daß für die Dinnerparty in der darauffolgenden Woche nichts vergessen worden war. Wer zu Gast bei ihnen sein würde, stand fest. Schon vor drei Wochen waren gedruckte und goldgeränderte formelle Einladungen verschickt worden. Die Gäste wurden gebeten, am Tag des Dinners um acht in Abendkleidung bei den de Morignys in der Avenue Foch 14 zu erscheinen. Alexandra wußte auch, was sie selbst anziehen würde, die Blumen waren bestellt, das Menü festgelegt. Als ihre Kinder hinausgingen, las sie die Aufstellung sorgfältig durch. Sie wußte, daß Henri aus diesem Anlaß Spitzenweine servieren lassen würde, einen Château Margaux 61 oder einen Lafitte-Rothschild 45. Es würde Cristalle Champagner geben und nachher Château d'Yquem, und schließlich Poire und andere Liköre, während die Damen sich in einen anderen Salon zurückzogen, damit die Herren bei ihren Zigarren, bei ihrem Brandy und ihren pikanten Histörchen ungestört blieben. Es war eine Sitte, der nur noch selten gehuldigt wurde, aber Henri hielt die alten Gewohnheiten hoch, und Alexandra richtete sich in allem nach ihm. Nie wäre sie auf den Gedanken gekommen, ihm mit eigenen Vorschlägen zu kommen. Immer war alles so gemacht worden, wie er es wollte, und immer war alles perfekt.

Reglos saß sie in ihrem Arbeitszimmer, dachte an ihren Mann und fragte sich, wo er den Abend verbringen würde, und dann dachte sie an ihre Töchter, deren Stimmen sie aus dem Garten hörte, wo sie mit der Gouvernante spielten. Bald würden die Ferien beginnen, die sie wie immer in Cap Ferrat verbringen wollten. Für die Kinder war es ein idealer Aufenthalt. Henri würde etwas später nachkommen, sobald es seine Geschäfte zuließen. Vielleicht konnten sie mit Freunden eine Kreuzfahrt auf deren Yacht unternehmen und ein paar Tage in Italien und Griechenland verbringen, während die Kinder in der Obhut ihrer Gouvernante und des Hauspersonals zurückblieben. Es war ein vergoldetes Leben, das einzige, das Alexandra je kennengelernt hatte, und doch gestattete sie sich hin und wieder die Überlegung – ganz selten allerdings –, wie ihr Leben an der Seite eines anderen Mannes, eines weniger schwierigen und vielleicht jüngeren Mannes, verlaufen wäre. Schuldbewußt pflegte sie solche Gedanken zu verdrängen und sich vor Augen zu halten, wie gut sie es im Grunde bei Henri hatte.

Als sich Henri an jenem Abend verabschiedete, sah er in seinem perfekt sitzenden dunkelblauen Maßanzug mit dem weißen gestärkten Hemd, an dessen Manschettenknöpfen Saphire blitzten, und der dunklen Krawatte fabelhaft aus. Sein lebhafter Blick, das energiegeladene Auftreten ließen an eine geheime Kraftreserve denken, die seine nahezu sechzig Jahre Lügen strafte und ihn viel jünger aussehen ließ.

»Henri, du siehst wundervoll aus wie immer.« Alexandra betrachtete ihn mit liebevollem Lächeln. Sie war bereits in ihren rosa Morgenmantel geschlüpft und trug dazu passende Pantöffelchen. Mit ihren auf dem Hinterkopf aufgetürmten Locken sah sie wunderschön aus, doch war ihrem Blick zu entnehmen, daß sie sich dessen nicht bewußt war.

»Danke, meine Liebe. Ich bleibe nicht lange aus.« Banale Worte, begleitet von einem Blick, aus dem Liebe und Zärtlichkeit sprachen. Henri wußte, sie würde wie gewohnt in ihrem Zimmer warten. Meist pflegte er leise anzuklopfen und kurz bei ihr vorbeizusehen, ehe er sich in sein eigenes Schlafzimmer zurückzog, das neben dem ihren lag. Er zog getrennte Schlafzimmer vor und hatte von Anfang an darauf bestanden. Damals hatte Alexandra geweint und gefleht und versucht, ihn umzustimmen. Aber Henri war fest geblieben. Er brauchte seinen eigenen Raum, seine Intimsphäre, und er behauptete, sie würde dies mit der Zeit ebenso brauchen. Wie mit so vielem fand sie sich im Laufe der Jahre damit ab, zumal ihre Zimmer durch eine Tür verbunden waren, die ihn nicht hinderte, mit einer Häufigkeit, die ihr schmeichelte, spätabends bei ihr zu erscheinen. Und Henri begehrte sie noch immer leidenschaftlich, wenn er sie so verführerisch vor sich sah, was allerdings nicht ausschloß, daß ihn auch andere Frauen reizten. Obwohl er stets um Diskretion bemüht war, argwöhnte er, daß sie Bescheid wußte, rein instinktiv, ohne konkrete Fakten. Frauen besaßen für diese Dinge ein untrügliches Gespür, wie er bereits in seiner Jugend entdeckt und voller Hochachtung registriert hatte.

»Ich wünsche dir einen unterhaltsamen Abend.« Sie gab ihm einen Kuß auf die Wange und ging hinunter in das kleinere Eßzimmer, um den Kindern beim Abendessen Gesellschaft zu leisten. Gleich darauf hörte man seinen Wagen. Alexandra zerschnitt Axelle das Fleisch, ganz ruhig und fest entschlossen, nicht daran zu denken, was Henri den Abend über tun würde.

»Warum geht Papa allein aus?« fragte Axelle mit vollem Mund, was Marie-Louise zu einem unwilligen Stirnrunzeln veranlaßte.

»Das ist eine ungehörige Frage«, schalt sie ihre Schwester.

Alexandra lächelte. »Schon gut, Marie-Louise. Hin und wieder trifft er sich mit Geschäftsfreunden, da ist es ihm lieber, wenn er allein ist.«

»Sind die sehr langweilig?« Axelle interessierte sich für alles.

»Ja, manchmal schon.« Wieder wurde Alexandra zum Lachen gereizt. »Glaubt mir, ich bin viel lieber bei euch.«

»Da bin ich aber froh.« Mit breitem Lächeln kündigte Axelle an, daß wieder einer ihrer Zähne locker sei, worauf Marie-Louise sich angewidert abwandte. Darüber war sie längst hinaus, und Axelles Angebot, den Zahn für sie sichtbar wackeln zu lassen, erregte vollends ihren Abscheu.

»Hör bloß auf! Mir wird ganz schlecht!« Marie-Louise verzog angeekelt das Gesicht. Alexandra schmunzelte zufrieden. Nie war sie glücklicher als in Gesellschaft ihrer Kinder. Nach Tisch hielt sie sich noch kurz bei Marie-Louise in deren Zimmer auf und erfuhr, daß sie eine neue beste Freundin in der Schule hatte. Anschließend las sie Axelle etwas vor, gab beiden einen Kuß und betete mit ihnen. Marie-Louise erinnerte sie manchmal an jemanden, aber sie war nie sicher, an wen ... an Henri vielleicht ... ja, vermutlich ... und dann verdrängte sie diesen Gedanken, als sie sich auszog, heiß badete und schließlich mit einem Buch zu Bett ging.

Mitternacht war vorüber, als Henri endlich nach Hause kam. Sie hörte ihn in seinem Zimmer, ehe er bei ihr eintrat, um ihr eine gute Nacht zu wünschen. »Noch wach?« fragte er, und sie nickte. Alexandra wartete gern, denn nach diesen Abenden war er oft ganz locker und eher geneigt, von seinen Vorstellungen, Plänen und Problemen offen zu sprechen.

»War es ein netter Abend?«

»Ach, so so.« Sein Blick schien den ihren zu suchen, und dann sagte er etwas, das für ihn sehr ungewöhnlich war, etwas, das Alexandra mehr beglückte, als er sich vorstellen konnte. Vielleicht hat er doch keine neue Geliebte, dachte sie unendlich erleichtert. »Ich hätte dich mitnehmen sollen, Alexandra. Ohne dich ödet mich jede Gesellschaft an.« Es war sonst nicht seine Art, ihr Komplimente zu machen, und sie glättete lächelnd das Bett neben sich für ihn, damit er sich setzen konnte. Und als er sich dann neben ihr niederließ, gab sie ihm einen Kuß.

»Danke, Henri. Du hast mir auch gefehlt ...« Ihr Ton war

sanft und verführerisch und erregte ihn. »Ich hatte einen wundervollen Abend mit den Kindern. Marie-Louise ist schon so ernst und erwachsen, und Axelle... nun, sie ist noch immer ein richtiges Baby.«

Ihre Liebe zu den Kindern rührte ihn. Aber auch Henri liebte seine Kinder über alles, auch wenn er sich seine Gefühle nicht anmerken ließ.

»Ja, es sind reizende kleine Mädchen.« Er beugte sich über Alexandra und küßte sie auf den Nacken. »So wie ihre *Maman*... auch du bist ein reizendes und braves Mädchen, mein Schatz.« Zärtliche Worte, nach denen sie sich gesehnt hatte und die ihr Herz erwärmten.

»Bin ich das?« Sie lächelte schelmisch. »Wie schade, daß du mich brav findest...« Sie lachte verhalten auf. Henri legte sich neben sie, strich mit einer Hand über ihre Brust und küßte sie voller Leidenschaft. Er hatte das alles nicht beabsichtigt, aber sie sah so reizvoll und begehrenswert in dem rosa Nachthemd aus. Manchmal fiel es ihm sehr schwer, ihr zu sagen, wieviel sie ihm bedeutete. Hier, im gedämpften Licht ihres Boudoirs war alles leichter, Henri liebte die gemeinsamen Stunden in ihrem Bett, ihre Seite an Seite verbrachten Nächte, nach denen er gegen Morgen auf Zehenspitzen zurück in sein Zimmer schlich. So tief seine Empfindungen für sie und die Kinder auch waren, so wenig war er imstande, sie richtig zu zeigen. Und dabei erwartete er so viel von ihr... und von sich. Er wollte, daß sie alles das war, was er sich erträumt hatte. Es war einer der Gründe, warum seine Wahl auf Alexandra gefallen war. Niemals hätte er sich mit weniger zufriedengegeben. Die Tochter des Comte de Borne aber war seiner würdig, Herkunft und Erziehung machten sie zu einer idealen Gefährtin. Die vierzehn Jahre seiner Ehe hatten ihm bewiesen, daß er sich in ihr nicht getäuscht hatte. Er war stolz auf das, was sie war, stolz aber auch auf das, was er sie gelehrt hatte. Alexandra war in jeder Hinsicht vollkommen. Am liebsten hätte er sie auf ein Podest gestellt... von den Augenblicken in seinen Armen abgesehen... wenn er mit ihr im Bett lag... dann konnte er ihr gestatten, eine andere zu sein, für wenige Momente jedenfalls. Und mit einem befriedigten Aufseufzen und einem letzten Blick auf sie, die ihm beglückt zulächelte, drehte er sich um und schlief zufrieden ein.

11. Kapitel

Der Chauffeur lenkte den Citroën über den Pont Alexandre III auf die Rive Gauche zu, und kurz nachdem sie den Invalidendom passiert hatten, befanden sie sich in der Rue de Varenne. Für Alexandra war es stets wie eine Heimkehr. So schön ihr Haus an der Avenue Foch war und so geschmackvoll sie es eingerichtet hatte, nach all den Jahren war ihr Elternhaus an der Rue Varenne für sie noch immer das eigentliche Zuhause.

Immer machte ihr Herz einen kleinen Sprung, wenn sie das Haus erblickte und der Hausmeister die Tore öffnete, damit sie auf den Hof fahren konnte. Es folgte unweigerlich ein trauriger Moment, wenn ihr zu Bewußtsein kam, daß ihr Vater nicht da war, denn er fehlte ihr noch immer sehr. Doch die Aussicht auf das Wiedersehen mit ihrer Mutter war ihr Trost und Freude gleichermaßen, so daß jeder Besuch wie eine Heimkehr war.

Der greise Butler stand lächelnd in der offenen Haustür. Hinter ihm sah man einige der unschätzbaren Kunstwerke, die ihre Eltern gesammelt hatten. Kostbare Möbelstücke mit Einlegearbeiten, Kommoden mit rosa Marmor und Bronzebeschlägen, an den Wänden hingen Gemälde von Renoir, Degas, Turner, van Gogh und vor allem von Cassatt, einem Maler, den ihre Mutter besonders schätzte. Es war ein Haus voller schöner Dinge, die eines Tages ihr gehören würden, eine Aussicht, an die sie ungern dachte, jedoch die einzige, die Henri damit versöhnte, Margaret als Schwiegermutter zu haben.

»Liebling, bist du da?« rief eine vertraute Stimme von oben aus dem Wohnsalon, von dem aus man einen wunderbaren Blick auf den Garten hatte, den Alexandra so liebte. Sie fühlte sich ganz in die Kindheit zurückversetzt und eilte mit strahlendem Lächeln die Marmortreppe hinauf. Ihre Freude war unbeschreiblich. Sie traf Margaret auf einer Couch sitzend mit ihrer feinen Stickarbeit an, die Brille auf der Nasenspitze, ein Glas Wein auf dem Tischchen neben sich, zu ihren Füßen vor dem Kamin ihre große Labradorhündin. Axelle und Marie-Louise waren vernarrt in das betagte Tier, Henri aber war jedesmal entsetzt, wenn die Hündin die Kinder zur Begrüßung fast umstieß, sie beschnüffelte und ableckte und an der Kleidung ihre Haare hinterließ. »Liebling!« Margaret ließ ihre Petit-Point-Arbeit sinken und stand auf. Hochgewachsen, gutaussehend, mit blondem Haar und blauen Augen war sie Alexandra nicht ganz unähnlich. Zu ihrem hellrosa Chanelkostüm trug sie eine kontrastierende dunkelblaue Bluse und farblich abgestimmte Pumps. Die Rubine an ihren Ohrklipsen waren riesengroß. »Mein Gott, ist jemand gestorben?« Unvermittelt wich sie einen Schritt zurück, nachdem sie Alexandra mit einem Kuß begrüßt hatte.

Sie musterte ihre Tochter mit einem äußerst kritischen Blick, der Alexandra zu einem nachsichtigen Lächeln veranlaßte. Ihre Mutter liebte helle, frische Farben und ließ sich von den ersten Modehäusern einkleiden, von Chanel, Givenchy, Dior und de Ribes. Ihr standen leuchtende Töne wundervoll, während Henri seine Frau lieber in Schwarz, Dunkelblau und Beige sah, auf dem Land in grauem Flanell. Für den Besuch bei ihrer Mutter hatte Alexandra ein neues schwarzes Kleid mit Jacke von Dior gewählt. »Hör endlich auf damit. Das Kleid ist ganz neu, und Henri gefällt es sehr gut.« Anders als mit Mann und Kindern unterhielt sich Alexandra mit ihrer Mutter stets auf englisch, das sie fließend, wenn auch mit unverkennbarem französischen Akzent sprach.

»Schrecklich sieht es aus! Du solltest es auf der Stelle verbrennen.« Margaret de Borne ließ sich wieder auf die Couch sinken und bedeutete dem Butler, er solle Alexandra ein Glas Wein einschenken. Dann widmete sie sich wieder ihrer Handarbeit. Sie freute sich riesig über die Besuche ihrer Tochter und genoß die vertrauten Gespräche, die sie miteinander führten. Ebenso gern ging sie mit ihr aus, aber ihre Treffen zu Hause waren etwas Besonderes. Beide gingen ohnehin mehr aus, als nötig war, deswegen hatten sie keine Lust, sich in schicken Restaurants zu treffen. Sie zogen es vor, einen kleinen Imbiß, bestehend aus Salat, Käse und Obst auf einem Tablett in Margarets kleinem Salon einzunehmen. Auf einen erneuten Blick zu ihrer Tochter hin schüttelte sie verzweifelt den Kopf. »Mein Liebe, ich wünschte, du würdest dir nicht diese Haarfarbe aufschwatzen lassen. Du siehst ja aus wie eine dieser gebleichten Blondinen aus Kalifornien. Wenn ich deine Haarfarbe hätte, würde ich sie noch betonen und sie noch intensiver rot färben.« Sie gestikulierte lebhaft mit ihrer Brille, die sie abgenommen hatte. Ihr hatte Alexandras rotes Haar immer sehr gut gefallen, ehe diese anfing, es blond zu färben. In Margarets Augen war das eine Verschwendung eines Gottesgeschenks. Ihr eigenes Haar bedurfte mittlerweile ein- bis zweimal im Monat einer langwierigen Prozedur bei Alexandre.

»Du weißt doch, daß Henri Rot haßt. Er findet es zu grell und vulgär. Blond ist viel damenhafter.«

»Henri... der Ärmste steht Ängste aus, einmal aus dem Rahmen zu fallen. Ein Wunder, daß er dich nicht mit schwarzer Perücke herumlaufen läßt, damit man überhaupt nichts von deinem eigenen Haar sieht. Im Ernst, mein Kind, Gott hat dir rotes Haar geschenkt, und darüber solltest du dich freuen.«

»Ach, mir macht es so nichts aus.« Alexandra lächelte und nahm einen Schluck Wein. Daß ihre Mutter ungeniert über Henri herzog, war nichts Neues. Viel schlimmer war es, wenn Henri über seine Schwiegermutter Klage führte. Aber damit mußte Alexandra seit nunmehr vierzehn Jahren leben. Es tat ihr nur unendlich leid, daß die beiden sich nie sympathischer geworden waren, aber sie hatte alle Vermittlungsversuche längst aufgegeben. Es stand fest, daß Henri und Margaret sich nie mögen würden.

»Du bist viel zu gutmütig und nachgiebig. Ach, übrigens... wie gefallen dir meine neuen Errungenschaften?« Mit einem glücklichen Lächeln deutete sie auf ihre Ohrklips. Dank Pierres großzügigem Testament und ihres eigenen ansehnlichen

Vermögens konnte sie es sich leisten, sich selbst zu verwöhnen. »Ich habe sie eben erst bekommen.«

»Dachte ich mir's doch.« Alexandra wußte, daß ihre Mutter ständig auf der Jagd nach tollen Kleidern und schönem Schmuck war. Es tat ihr gut, sie sah fabelhaft damit aus, und es machte sie glücklich, mochte Henri sich auch noch so sehr darüber ereifern, daß eine Frau mit ihrem Geld so hemmungslos um sich warf. »Die Klips sind wunderschön und stehen dir einmalig.«

»Sie sind von Van Cleef.« Margaret sagte es selbstzufrieden. »Ein richtiger Gelegenheitskauf.«

Darüber mußte Alexandra herzlich lachen. »Kann ich mir denken.«

»Nein, ehrlich. Unter hunderttausend.«

»Dollar oder Francs?«

»Soll das ein Scherz sein? Dollar natürlich.« Margaret schmunzelte ohne die Andeutung von Reue, und wieder lachte Alexandra.«

»Das dachte ich mir.« Es war kein Gelegenheitskauf, der Henris Billigung gefunden hätte. Und nach dreißig Jahren in Frankreich sprach ihre Mutter noch immer mehr Englisch als Französisch und berechnete alles in Dollar. »Was hast du sonst noch angestellt?«

»Ach, das Übliche. Gestern traf ich mich mit Mimi de Saint Bré zum Lunch.« Mimi, ebenfalls Amerikanerin mit französischem Ehemann, verfügte wie Margaret über Humor und Lebenslust. »Demnächst wollen wir zusammen nach New York.«

»Warum das?«

»Ach, nur so... Friseur und Einkäufe... ich war monatelang nicht drüben und dachte mir, es wäre vor dem Sommer ganz nett. Anschließend besuche ich Freunde in Rom und beabsichtige dann für ein, zwei Wochen nach San Remo zu fahren. Aber das ist noch nicht ganz sicher.«

»Warum kommst du nachher nicht zu uns nach Cap Ferrat?« Trotz Alexandras offensichtlicher Begeisterung hatte ihre Mutter Zweifel.

»Ich möchte die Nerven deines Mannes nicht zu stark strapazieren.«

»Dann bringe für die Kinder keine verrückten Dinge und keine lärmigen Spielsachen mit, und alles ist in bester Ordnung.« Beide lachten. Henri war einmal einer Ohnmacht nahe gewesen, als er sich im Salon mit Gästen niederließ, just auf einem der Jux-Kissen, die Margaret und die Kinder auf dem Sofa plaziert hatten.

»Weißt du noch, wie schrecklich die Szene war?« Margaret konnte sich kaum fassen vor Lachen, und auch Alexandra lachte Tränen. Für Henri war es entsetzlich gewesen, in Wahrheit aber war es sehr komisch, und sie alle waren nach der Einladung auf ihre Zimmer verbannt worden, Margaret miteingeschlossen, die Marie-Louise immer wieder zu Streichen anstiftete und damit für Aufregung sorgte. Daß sie deswegen nicht zu Henris bevorzugten Gästen gehörte, verstand sich von selbst. »Unter anderem wollte ich auch sehen, was es in New York Neues für die Kinder gibt... nichts so Aufregendes natürlich...« Die Aussicht brachte Glanz in Margarets Augen. Sie hatte alberne Scherzartikel dieser Art schon seinerzeit für ihren verstorbenen Mann gekauft, der sich für diese Sachen sehr begeistern konnte. Margaret war für ihn wie ein zweites Kind gewesen. Alexandra hingegen war immer schon ernsthafter, auch als Kind, und schon gar als Ehefrau.

»Ich werde Henri sagen, daß du kommst.«

»Warte damit lieber, bis du ihn tüchtig ärgern willst«, schlug Margaret mit dem Anflug von Boshaftigkeit vor.

»Mutter!« mahnte Alexandra sie scherzhaft... Margaret machte sich über Henri wirklich keine Illusionen. »Du tust so, als sei er ein Unmensch, und das ist er gar nicht.« Immer mußte sie Henri verteidigen, und vor ihm mußte sie wiederum für ihre Mutter Partei ergreifen, da sie strikte Loyalität beiden gegenüber wahrte.

»Er ist kein Unmensch«, antwortete Margaret spöttisch, »er ist nur ein Langweiler.«

Der Nachmittag verging wie im Flug wie immer, wenn sie zusammen waren, und um halb fünf sah Alexandra auf die Uhr und stand schuldbewußt auf. In diesem anheimelnden Raum in Gesellschaft ihrer Mutter fühlte sie sich stets sehr wohl. Margaret war immer schon ihre beste Freundin gewesen, das Zusammensein bedeutete für sie Freude und Entspannung.

»Ich muß jetzt gehen... ungern zwar...« Alexandra sagte es widerstrebend, worauf Margaret sie aufmerksam ansah.

»Warum denn? Gibst du heute eine Party?«

»Nein, die findet nächste Woche statt. Heute essen wir im Élysée. Henri wird nervös, wenn ich nicht pünktlich komme und mich fertig mache.«

»Du solltest ihm zur Abwechslung mal eine tolle Überraschung bereiten... bespielsweise ein knallenges straßübersätes Kleid anziehen und dein Haar kerzengerade in die Höhe sprayen. Das würde im Élysée die Atmosphäre auflockern.« Sie kicherte bei dem Gedanken, und Alexandra lächelte. Ihre Mutter hätte vermutlich wirklich etwas in dieser Richtung gemacht, und Henri hätte daraufhin als Konsequenz sofort am nächsten Morgen seine Anwälte angerufen – seine ständige, unausgesprochene Drohung. Einmal aus der Reihe getanzt, und... Alexandra hatte ihn nie so weit auf die Probe gestellt. Sie liebte ihn zu sehr, als daß sie ihre Ehe wegen eines Streiches, wie ihn ihre Mutter liebte, aufs Spiel gesetzt hätte. Und außerdem war sie vom Temperament her ganz anders.

»*Maman*, du hast viel mehr Mut als ich.«

»Aber nur, weil ich nicht mit deinem Mann verheiratet bin. Ich kann jetzt genau das tun, was mir Spaß macht. Und vorher hat dein Vater mir alles durchgehen lassen. Ja, ich hatte großes Glück.« Sie lächelte ihrer Tochter liebevoll zu.

»Auch Papa hatte mit dir Glück, und das wußte er genau«, rief Alexandra ihr ins Gedächtnis. Sie umarmten sich und schritten langsam Seite an Seite die Treppe hinunter. Der Butler wartete bereits, um Alexandra mit seinem gewohnten warmen Lächeln zu verabschieden. Er stand bereits seit ihrer Kindheit in Diensten der Familie und nannte sie ›Madame Alexandra‹, als er ihr in den Wagen half und die Tür zuschlug. Sie winkte noch einmal ihrer Mutter zu, ehe der Chauffeur losfuhr. Immer empfand sie eine gewisse Traurigkeit, wenn sie ihre Mutter verließ. In der Rue de Varenne war das Leben so einfach verlaufen ... vor ihrer Ehe ... aber sie war ungerecht. Sie liebte Henri, und sie liebte natürlich ihre Kinder, die in ihrem Leben die treibende Kraft darstellten. Doch das Wiedersehen mit ihrer Mutter weckte in ihr unweigerlich die Sehnsucht nach einem Leben, das einfacher und problemloser verlaufen war, nach einer Zeit, in der keine so hohen Erwartungen an sie gestellt worden waren.

Alexandra war noch immer in Gedanken, als sie sich auszog, das Bad einlaufen ließ und ein ganz dezentes, hochgeschlossenes schwarzes Abendkleid für das Diner im Élysée-Palast aus dem Schrank holte.

Während sie badete, kamen die Mädchen, um ihr gute Nacht zu wünschen, und als sie sich ankleidete, hörte sie, wie Henri sein Arbeitszimmer betrat. Er kam aber nicht zu ihr, um mit ihr zu sprechen. Sie sahen sich erst unten in der Halle, ausgehbereit. Ihr langärmeliges, hochgeschlossenes Kleid hatte einen langen, engen Rock mit kostbarer Goldstickerei. Die Robe, die ihr wundervoll stand, stammte aus einer früheren Kollektion von Saint Laurent. Alexandra trug dazu eine kurze Nerzjacke und auffallende Diamantohrgehänge, ein Geschenk ihres Vaters.

»Wundervoll siehst du aus, meine Liebe.« Aus Henris Blick sprach Bewunderung, sein Ton war zurückhaltend, sein Benehmen korrekt.

»Danke.« Sie wandte sich zu ihm um, blond, schön, das Haar zu einem Knoten zusammengefaßt, wie ihn vor Jahren Grace Kelly kreiert hatte. Es war für Alexandra eine sehr passende Frisur, vor allem eine, die Henri billigte. »War der Tag angenehm?« Ihr Blick ließ etwas von ihrer Einsamkeit ahnen. Plötzlich wünschte sie sich, er würde sie ganz spontan küssen. Henri tat nichts dergleichen.

»Ja, sehr angenehm, danke«, gab er zurück. Zuweilen begegneten sie sich wie Fremde, und die Leidenschaft der vergangenen Nacht war in der Förmlichkeit des Augenblicks vergessen. Er half ihr in den Wagen, und der Chauffeur fuhr los, während die beiden im Fond ihren Gedanken nachhingen, jeder in seiner eigenen Welt befangen, von den Fenstern im ersten Stock aus von zwei kleinen Mädchen in Nachthemden aufmerksam beobachtet.

12. Kapitel

An dem Tag, als Hilary von Arthur Patterson erfuhr, daß er nicht wußte, wo ihre Schwestern waren, ging für sie eine Welt unter. Sie war erst siebzehn und glaubte sich schon am Ende. Jahrelang hatte sie nur dank der Hoffnung überlebt, Megan und Axie zu finden, und jetzt gab es diese Hoffnung nicht mehr. Ihre Schwestern waren für immer verloren.

Am nächsten Tag trat sie ihren ersten Job mit schmerzender Leere in der Brust an, aber ihre Miene zeigte Gelassenheit, und ihre Augen blickten kühl. Niemand ahnte etwas von dem Schmerz, den sie durchlitt. Die einzige Triebkraft, die sie trotz allem noch aufrechterhielt, war ihr Überlebenswille und ihr Haß, den sie für Arthur empfand.

Wie eine Maschine bewegte sie sich durch Tage und Nächte, was aber nicht ausschloß, daß sie sich in ihrem Beruf tadellos bewährte. Hilary verbesserte ihre Tipp-Fertigkeit, lernte Steno aus einem Lehrbuch und ging abends aufs College, so wie sie es sich seit Jahren vorgenommen hatte. Sie tat alles, was sie sich vorgenommen hatte, und doch blieb das Gefühl aus, etwas zu erreichen. Sie spürte in sich nur eiserne Entschlossenheit, sie wollte Erfolg um jeden Preis, warum, das wußte sie selbst nicht. Es gab niemanden, dem sie etwas beweisen wollte, niemanden, den es kümmerte, niemanden, den sie liebte oder von dem sie geliebt wurde.

Ihre erste Stelle behielt sie nur ein Jahr, dann hatte sie eine bessere gefunden. Sie erfuhr von dieser Möglichkeit früher als andere dank ihrer Arbeit in einem Stellenvermittlungsbüro. Sie ging sich vorstellen, ehe jemand von der offenen Stelle erfuhr. Es war ein Job als Empfangsdame bei CBA, einer TV-Gesellschaft, ein sagenhafter Job, doppelt so gut bezahlt wie der erste. Gefordert waren Intelligenz, Schnelligkeit und sicheres Auftreten – Eigenschaften, über die Hilary verfügte. Die Dame, bei der sie sich vorstellte, zeigte sich sehr beeindruckt. Hilary bekam den Job und absolvierte nebenher weiter ihre Collegeausbildung. Von da an bekam sie in regelmäßigen Abständen Gehaltserhöhungen. Schließlich rückte sie zur Sekretärin auf, dann zur Produktionsassistentin. Es vergingen keine fünf Jahre, und sie war Produzentin. Sie war intelligent und hatte inzwischen den Collegeabschluß hinter sich gebracht. Mit ihren dreiundzwanzig Jahren stand sie tatsächlich im Begriff, Karriere zu machen. Ihre Vorgesetzten schätzten sie, und einige Mitarbeiter, besser gesagt, die meisten, fürchteten sie. Unter ihren Kollegen fand sie keine Freunde. Hilary hielt sich stets abseits, arbeitete intensiv, blieb meist lange im Büro und verwirklichte Projekte, die das Lob verdienten, das sie einheimste. Sie war eine bemerkenswerte Person, und als sie einer der Hauptproduzenten der Abendnachrichten um fünf vor halb neun wurde, lud Adam Kane, der oberste Nachrichtenchef, sie zur Feier des Tages ein. Erst zögerte sie, dann aber kam sie zu der Einsicht, daß eine Ablehnung sehr unklug gewesen wäre. Beherzt nahm sie an und aß mit Kane im ›Brussels‹, trank Champagner und fachsimpelte. Sie sprach mit ihm über die Bedeutung der TV-Gesellschaft und von dem, was sie bei CBA erreichen wollte. Er war nicht wenig erstaunt, als er hörte, daß sie sehr weitgesteckte Ziele hatte, Ziele, die über seine eigenen hinausreichten.

»Moment mal, halt... wo sind wir denn? Bei einer feministischen Versammlung?« Adam war ein gutaussehender Mann – brünett, mit braunen Augen –, der das Leben eher von der stoischen Seite nahm. »Wozu so hochgesteckte Ziele?« Sie war die erste Frau, die ihm ihren Ehrgeiz offen eingestanden hatte, und er seinerseits gestand ihr nun, daß sie ihm Angst einjagte. Er und seine Frau hatten sich vor kurzem scheiden lassen, weil sie ›keine

Nur-Hausfrau‹ mehr sein wollte. Die Scheidung hatte ihn bis in die Grundfesten erschüttert. Sie hatten zwei Söhne und ein Haus in Darien, und jetzt mußte er plötzlich ein Dasein als Single an der West Side fristen und verabredete sich mit Frauen, die dann von ›Zielsetzungen innerhalb der Firmenhierarchie‹ sprachen. Mit einem verhaltenen Lachen sah er sie an. Sie war schön, jung, voller Leben, und doch fehlte ihr etwas. »Was ist nur aus all den Frauen geworden, die sich Kinder und ein Leben in den Vororten wünschen? Sind diese Hoffnungen aus der Mode gekommen?«

Hilary erwiderte Adams Lächeln. Vielleicht hatte sie ihren Standpunkt zu deutlich betont. Sie ging viel zu selten mit Männern aus und hatte vergessen, daß man guttat, diese Ansichten lieber für sich zu behalten. Und dieser Mann war sehr nett. Sie arbeitete gern für ihn. »Tja, für einige von uns ist das sicher nicht mehr erstrebenswert.« Eine Entschuldigung wäre unangebracht gewesen. Sie wußte, was sie erreichen wollte. Nichts würde sie aufhalten können, ehe sie am Ziel war. Nach siebzehn Jahren war sie noch immer auf der Flucht vor den Dämonen der Vergangenheit, und sie wußte, daß diese Flucht nie ein Ende nehmen würde. Sie nahm es hin, lieferte ihm jedoch keine Erklärung. Sie sprach mit niemandem darüber. Sie lebte allein, war tüchtig in ihrem Beruf und hatte sonst keine Interessen. Das spürte Adam, und er fürchtete um sie, denn er wußte, daß das Leben mehr zu bieten hatte. Er war jetzt achtunddreißig und hatte mit dreiundzwanzig geheiratet. Und jetzt stand er im Begriff, endlose neue Horizonte zu entdecken.

»Möchten Sie denn nicht mit der Zeit Mann und Kinder haben?«

Hilary schüttelte den Kopf. Adam machte den Eindruck, als könne man offen zu ihm sprechen. »Nein, ich glaube nicht, daß mir das genügen würde.« Sie wollte niemanden um sich haben, den sie wieder verlieren konnte... am allerwenigsten zwei kleine Mädchen... zwei Kinder, die man ihr wegnehmen konnte... Sie wußte, daß sie dies nie zulassen würde. Sie wollte allein bleiben, und sie war allein, und es schmerzte nur hin und wieder, so wie jetzt, als sie diesen Mann ansah und sich fragte, wie es wohl sein mochte, ihm nahe zu sein. Oder ist nur der Champagner daran schuld? fragte sie sich sofort.

»Hilary, meine Kinder sind das Beste in meinem Leben. Betrügen Sie sich nicht um das Schönste.« Sie konnte ihm ja nicht sagen, daß sie in gewisser Hinsicht bereits Kinder gehabt hatte. Dies hatte noch niemand von ihr erfahren, und sie würde es auch nie jemandem anvertrauen.

»Warum herrscht die Meinung vor, man müsse unbedingt Kinder haben, um ein vollwertiger Mensch zu sein?«

»Nun, ganz so ist es heutzutage ja nicht mehr. Viele Frauen denken ähnlich wie Sie, aber diese Frauen befinden sich in einem Irrtum. Hilary, die Frauen, die keine Kinder wollen, geraten mit vierzig Jahren in Panik, denken Sie an meine Worte. Wir werden eine Frauengeneration erleben, die gegen ihre Biologie ankämpft, bis es endgültig zu spät ist. Jetzt sind Sie noch ganz cool und glauben, Sie hätten noch Jahre vor sich. Aber es ist ein Fehler, Kinder ganz auszuschließen. Sie waren nie verheiratet?« Er sah ihr in die Augen. Was er darin las, berührte ihn sehr: Sie zeigten Mut, Aufrichtigkeit, Integrität, Intelligenz, aber auch Furcht. Diese Frau lief vor etwas davon, und er konnte sich beim besten Willen nicht denken, was sie ängstigte. Vielleicht hatte sie schlechte Erfahrungen mit Männern gemacht... ähnlich wie er mit Barb. Noch immer konnte er nicht fassen, daß sie ihn verlassen und seine Kinder mitgenommen hatte.

Als Antwort auf seine Frage schüttelte sie den Kopf. »Nein, ich war nie verheiratet.« Und dann lachte sie. »Ich bin ja erst fünfundzwanzig. Warum sollte ich mich beeilen?«

»Richtig, Eile tut nicht not. Ich war nur neugierig. Als ich heiratete, war ich dreiundzwanzig und meine Frau einundzwanzig. Für uns war das alles ungeheuer wichtig, aber das liegt fünfzehn Jahre zurück, seit damals hat sich viel geändert.« Er lächelte ihr über den Rand seines Glases hinweg zu. »Was haben Sie damals getrieben? Sie waren ja noch ein Kind.«

Hilarys Blick verdunkelte sich bei dem Gedanken an die Vergangenheit... damals war sie bei Eileen und Jack in Boston gewesen... oder schon in Jacksonville? Die Erinnerung daran bereitete ihr Übelkeit. Axie und Megan waren zu jener Zeit schon fort gewesen. »Ach, nicht viel. Ich lebte bei einer Tante in Boston.«

»Und wo waren Ihre Eltern?«

»Sie kamen ums Leben, als ich acht war... oder neun...«

»Getrennt?« Sie nickte, bemüht, das Thema zu wechseln und wieder zu fachsimpeln, da sie über persönliche Dinge nicht sprechen wollte – mit niemandem. »Wie schrecklich! Sind sie verunglückt?« Sie nickte beiläufig und trank ihr Glas leer. »Waren Sie ein Einzelkind?«

Da traf ihn ein harter und kalter Blick, den er nicht zu deuten wußte. »Ja«, bestätigte sie mit einem Nicken.

»Na, das hört sich aber nicht sehr lustig an.« Sie tat ihm leid, und das war etwas, was sie nicht ausstehen konnte. Sie wollte kein Mitleid, weder von ihm noch von anderen. Um die Stimmung wieder zu lockern, versuchte sie ein Lächeln, doch er sah sie so eindringlich an, daß es sie nervös machte.

»Vielleicht hänge ich deswegen so an meiner Arbeit. Sie ersetzt mir das Zuhause.« Es war eine Äußerung, die er als mitleiderregend empfand, aber er ging darauf nicht ein.

»Wo haben Sie studiert?« fragte er.

»An der New York University.« Daß sie neben ihrer Arbeit ein Abendstudium absolviert hatte, verschwieg sie.

Adam Kane nickte. »Barb und ich waren in Berkeley.«

Sie lächelte. »Ach, das muß herrlich gewesen sein.« Er wollte plötzlich nicht mehr von seiner Ex-Frau sprechen, sondern nur noch von Hilary. »Schön, daß wir heute hier zusammensitzen. Ich wollte schon lange mal mit Ihnen gemütlich plaudern. Übrigens... bei CBA sind Sie großartig.«

»Kein Wunder.« Sie lächelte. »Ich bin ja auch schon lange genug dabei.« Jahre des Kämpfens und Drängelns, immer weiter nach oben, bis sie Produzentin geworden war. Sie durfte mit Recht stolz auf sich sein. Es war ein langer Weg, den sie seit ihrem Leben mit Jack und Eileen zurückgelegt hatte.

»Glauben Sie, daß Sie bei CBA bleiben werden?« fragte er nun, was ihm einen erstaunten Blick ihrerseits einbrachte.

»Warum sollte ich wechseln?«

»Weil man in dieser Branche meist nicht seßhaft wird.« Er selbst hatte oft gewechselt, und das war in diesem Beruf nicht weiter ungewöhnlich.

Hilary schüttelte den Kopf. In ihrem Blick lag eine geradezu erschreckende Entschlossenheit. »Nein, ich werde nirgendwohin gehen, Mr. Kane. Ich habe einen Job fest im Auge, weit, ganz weit oben an der Spitze.«

Er spürte, daß sie es ernst meinte, ernster als alles andere, was sie an diesem Abend gesagt hatte.

»Warum?« So viel Ehrgeiz war ihm ein Rätsel, obwohl er selbst erfolgreich war und seine Arbeit liebte. Die obersten Sprossen der Karriereleiter hatte er nie ernsthaft ins Auge gefaßt. So hochgesteckte Ziele waren ihm unbegreiflich, schon gar, wenn man ein hübsches junges Mädchen war.

»Weil es für mich sehr wichtig ist.« Sie war ganz aufrichtig. »Für mich ist es gleichbedeutend mit Sicherheit. Und mit Erfüllung. Und es ist etwas Greifbares, das ich abends mit nach Hause nehmen kann.«

Adam wußte es besser. »Bis man Sie feuert und eine andere einstellt. Hilary, hängen Sie sich nicht zu stark in den Job hinein. Sie werden eines schönen Tages mutterseelenallein dastehen und bitter enttäuscht sein.«

»Davor habe ich keine Angst.« Einsam war sie ihr ganzes Leben gewesen. Daran war sie gewöhnt. Tatsächlich gefiel es ihr so, denn es konnte ihr niemand weh tun, niemand konnte sie im Stich lassen oder betrügen.

Ein merkwürdiges Mädchen, dachte Adam Kane bei sich. Noch nie war er einem so unabhängigen Menschen begegnet. An jenem Abend brachte er sie nach Hause und hoffte, sie würde ihn zu sich hinaufbitten. Hilary drückte ihm jedoch nur die Hand und bedankte sich herzlich für den Abend. Und als er nach Hause kam, war er so verrückt nach ihr, daß er sie sofort anrief, ohne Rücksicht darauf, ob er sie weckte oder nicht. Zudem bezweifelte er, daß sie jetzt schon schlief.

Als sie sich mit heiserer Stimme meldete, genoß er es mit geschlossenen Augen. Er war ein passabler Bursche und haßte das Alleinsein. Und sie war so verdammt schön... er wußte, daß sie auch seinen Söhnen gefallen würde... »Hallo?«

»Hallo, Hilary... ich wollte Ihnen nur sagen, wie schön der Abend war.«

Ihr verhaltenes Auflachen klang ihm wie eine Liebkosung in den Ohren. »Ich habe den Abend auch sehr genossen. Aber versuchen Sie ja nicht, mich von der Arbeit abzulenken, Mr. Kane. Ich habe nicht die Absicht, meinen Job wegen irgend jemandem zu verlieren. Nicht mal Ihretwegen.«

»Ich weiß Bescheid. Möchten Sie im Laufe der Woche mit mir zu Mittag essen?«

»Gern... falls ich Zeit habe.«

»Wie wär's dann gleich mit morgen?«

Wieder lachte sie... eine Mischung aus heißer Glut und eisiger Kühle. »Adam, nicht so hastig. Ich sagte schon, ich möchte nichts verändern.«

»Um so besser. Dann nützen wir diese Chance, und ich hole Sie um Viertel nach zwölf in Ihrem Büro ab. Einverstanden?« Er benahm sich wie ein kleiner Junge. Hilary lächelte in die Dunkelheit. So ungern sie es sich eingestand, er übte auf sie eine Wirkung aus wie bislang kein anderer Mann. Und er war vertrauenerweckend. Vielleicht war er in Ordnung... für einen Lunch oder auch zwei... das konnte doch nicht schaden, oder? Seitdem sie wieder in New York lebte, hatte sie sich nichts dergleichen erlaubt, und es hatte ihr auch niemand gefallen. Andere Mädchen hatten Freunde, Affären, litten an gebrochenem Herzen. Hilary hatte außer Beförderungen, Gehaltserhöhungen und Arbeit nichts im Sinn. Darauf beschränkte sich ihre Leidenschaft, und bisher war sie gut damit gefahren. »Viertel nach zwölf?« wiederholte er angesichts ihres Schweigens.

»Sehr gut.« Ihre Stimme ließ diese Worte zärtlich an sein Ohr fluten. Adam fühlte sich wie im siebten Himmel, als er auflegte.

An nächsten Tag stand eine einzelne Rose auf ihrem Schreibtisch, und sie aßen zu Mittag im Veau d'Or. Erst um drei saß sie wieder in ihrem Büro.

»Adam, es ist schrecklich. Solche Sachen leiste ich mir sonst nie.« Sie warf ihre lange schwarze Haarflut über die Schultern zurück und krempelte die Ärmel ihrer Hemdbluse auf. Es war ein schöner warmer Tag, und sie hatte überhaupt keine Lust mehr zu arbeiten. »Sie üben einen ungünstigen Einfluß auf mich aus. Vor kurzem bin ich befördert worden, aber Sie werden es noch schaffen, daß man mich feuert.«

»Na und...? Werden Sie mich dann heiraten? Wir könnten nach New Jersey ziehen und zehn Kinder bekommen.«

»Eine schreckliche Vorstellung.« Sie sah ihn mit ihren eisigen grünen Augen an, und er spürte etwas, was er noch nie zuvor empfunden hatte. Hilary stellte für ihn eine echte Herausforderung dar, denn sie war von einer Mauer umgeben, die er unbedingt überwinden wollte, doch er war nicht sicher, wie weit sie dies zulassen würde. Sie umkreisten sich noch immer mit großer Wachsamkeit. Es gab so viel zu sagen, und Hilary war eine so kluge Gesprächspartnerin. Und er wiederum wirkte auf sie so anziehend wie kein Mann zuvor. Das war eine gefährliche Kombination, die ihr auch Kopfzerbrechen bereitete, nicht zuletzt, weil er sie von der Arbeit abhielt, aber schließlich war er ihr Boß.

Samstag lud er sie zum Dinner ein, und sie lehnte ab, ebenso wie sie seine nächsten zwei Einladungen ausschlug, aber er machte einen so geknickten Eindruck, als er bei ihr vorbeischaute, um sie zu überreden, daß sie zu guter Letzt nachgab und zusagte, mit ihm am darauffolgenden Freitag auszugehen. Sie gingen zu P. J. Clarke und aßen einen Hamburger. Dann spazierten sie die Third Avenue entlang zu ihrer Wohnung an der Fifty-ninth Street.

»Warum halten Sie zwischen uns so große Distanz?« Adam schien ehrlich bekümmert, denn er war wirklich verrückt nach ihr und hätte alles darum gegeben, um ihr näherzukommen.

»Ich weiß nicht, ob sich das ändern sollte. Es könnte beruflich Komplikationen geben. Sie sind mein Boß, Adam.« Mit einem Lächeln sah sie zu ihm auf. Mochte sie sich zu ihm auch noch so hingezogen fühlen, sie fürchtete eventuelle Auswirkungen im Büro.

Daraufhin lächelte er wehmütig. »Leider nicht mehr lange, falls dies wirklich etwas ausmachen sollte. Ich werde in zwei Wochen in die kaufmännische Abteilung versetzt. Das habe ich selbst heute erst erfahren.«

»Und wie gefällt Ihnen die Aussicht?« Hilary fragte es nicht ohne Besorgnis, denn man hatte ihn damit auf ein Nebengeleis geschoben, wie ihr sofort klar war. An seiner Stelle wäre sie am Boden zerstört gewesen, ihm aber schien es nicht viel auszumachen, wenn man seinem von einem Lächeln begleiteten lässigen Achselzucken trauen durfte.

»Kein Problem. Vielleicht ist es dort für mich besser als in meiner jetzigen Position... mal abgesehen davon, daß ich Sie nicht mehr in der Nähe haben werde. Meinen Sie, daß Sie sich dann öfter mit mir treffen können?« Gewiß, das erleichterte die Sache, aber Hilary war noch immer nicht sicher, ob sie sich mit ihm noch mehr einlassen sollte. Als Einzelgängerin lebte es sich viel leichter und sorgloser.

Dieses Leben mit sich allein war ihr zur zweiten Natur geworden, es aufzugeben, hätte bedeutet, einen Teil von sich selbst aufzugeben.

»Hilary?« Er sah im Gehen auf sie nieder und faßte sanft nach ihrer Hand. Sein Lächeln ließ ihn sehr jung erscheinen, und in gewisser Hinsicht war er auch noch jung. »Ich möchte mit dir zusammen sein... du bedeutest mir viel...«

»Adam, Sie wissen ja gar nicht, wer ich bin... ich könnte, weiß Gott wer sein... *La femme aux yeux verts*...« Die Worte waren ihr entschlüpft, und sie begleitete sie mit einem Lachen.

»Was heißt das?«

»Ach, das ist Französisch.« Auf dem College hatte sie ihre Französischkenntnisse aufgefrischt, voller Verwunderung, daß sie noch vorhanden waren, eingerostet zwar, aber vorhanden, ein letztes Geschenk ihrer Mutter. »Es heißt ›Die Frau mit den grünen Augen‹«.

»Wie kommt es, daß du Französisch sprichst?« Er wollte alles über sie wissen, aber es gab wenig, das sie ihm anvertrauen wollte.

»Früher sprach ich Französisch..., als Kind. Und auf dem College habe ich mich wieder damit beschäftigt.«

»Konnten deine Eltern Französisch?« Da hätte sie sich ihm offenbaren können, hätte ihm von Solange erzählen können, doch sie entschied sich für das Schweigen, weil es sicherer war.

»Nein, ich habe es in der Schule gelernt.« Adam nickte, und als sie vor ihrer Wohnung ankamen, lud sie ihn nach kurzem Zögern zu sich ein. Sie schaltete ihre Stereoanlage ein, und sie hörten Roberta Flack und plauderten stundenlang bei einer Flasche Wein. Es war schon ein Uhr, als er mit Bedauern aufstand und mit wehmütigem Lächeln auf sie niederblickte.

»Hilary, ich würde gern die Nacht mit dir verbringen, werde aber das Gefühl nicht los, daß du dafür noch nicht bereit bist... oder?« Sie schüttelte den Kopf, nicht sicher, ob sie je bereit dazu sein würde. Mehrfach hatten Männer versucht, ihr näherzukommen, aber sie war nie in Versuchung geraten. »Hast du einen Freund?« Er hatte diese Frage lange hinausgezögert. Hilary schüttelte den Kopf.

»Nein... seit langem nicht.«

»Aus einem besonderen Grund?«

»Aus vielerlei Gründen. Die meisten davon sind zu kompliziert, um erklärt zu werden.«

Adam setzte sich wieder neben sie auf die Couch und sah sie an.

»Warum versuchst du es nicht mit mir?«

Wieder zog sie die Schultern hoch. Sie wollte nicht erzählen, was sie durchgemacht hatte. Das ging niemanden etwas an. Jetzt führte sie ein völlig anderes Leben, an einem anderen Ort, in einer anderen Welt. Sie wollte die alte Last nicht mitschleppen. »Tut mir leid, Adam, ich kann nicht...«

»Warum nicht?« Er faßte liebevoll nach ihrer Hand. »Hast du kein Vertrauen zu mir?«

»Nein, nein, das ist es nicht.« Tränen brannten Hilary in den Augen, und sie haßte sich deswegen. »Ich möchte nicht darüber sprechen... wirklich...« Sie stand auf und richtete sich zur vollen Größe auf, die Schultern stolz gestrafft. Sie wußte nicht, wie sehr sie in dieser Pose ihrer Mutter ähnelte.

»Hilary...« Er näherte sich ihr und schlang die Arme um sie. »Warum läßt du dich nicht ein einziges Mal gehen? Ich weiß ja, wie stark du sein kannst, ich sehe es täglich bei der Arbeit, aber dies hier ist anders... das sind wir beide allein... und wir befinden uns nicht auf Kampfgebiet.«

Matt und mit gesenktem Kopf gab sie von sich: »Adam, das ganze Leben ist Kampfgebiet.«

»Das muß nicht so sein.« Wie sanft und wie unschuldig er war! Sie beneidete ihn um sein einfaches Leben. Sein größtes Problem hatte darin bestanden, daß seine Frau sich für ihre Freiheit und gegen die Ehe entschied. Doch von den Leiden, denen Hilary ausgesetzt gewesen war, hatte Adam keine Vorstellung. Er konnte daher kein Verständnis für sie aufbringen. »Das Leben kann herrlich sein... wenn man ihm eine Chance gibt...«

»Nein, so einfach ist es nicht.« Seufzend sah sie ihn an. »Ich glaube, das Leben, das ich führen mußte, würdest du nicht verstehen, und ich wäre auch nicht imstande, es dir zu erklären.«

»Warum fängst du nicht einfach von vorn an? Wäre es nicht möglich, daß du die Vergangenheit hinter dir läßt?«

»Ja, vielleicht.« Hilary war nicht sicher, ob ihr das gelingen würde, zu einem Versuch war sie aber bereit. Da zog er sie an sich und küßte sie, sanft zunächst, und dann mit wachsender Leidenschaft. Seit Wochen, nein, seit Monaten schon begehrte er sie, und jetzt konnte er sich nicht mehr zügeln. Erst zog er sie aus, dann sich. Er trug Hilary zum Bett, wo er anfing, sie zu liebkosen. Sie aber lag unbeteiligt und reglos da, insgeheim von Angst erfüllt. Manches, was Adam mit ihr machte, hatten auch Maida und Georgine getan... anderes wiederum rief die Erinnerung an die Jungen wach, die sie vergewaltigt hatten, nachdem Maide und Georgine das Haus verlassen hatten. Es gab so vieles, was sie große Überwindung kostete, auch mit einem lieben Menschen wie Adam. Er merkte auch sehr bald, daß sie nicht bereit war. Da zog er sich zurück, unbefriedigt, unfähig zu begreifen, was passiert war.

»Was ist mit dir?« Seine Stimme klang heiser, sein Blick war verhangen vor Leidenschaft. »Ich begehre dich so sehr.«

»Tut mir leid, Adam...«, kam es im Flüsterton zurück. Sie drehte sich zur Seite und starrte die Wand an, von der Frage bewegt, ob sie je normal reagieren würde. Womöglich würde sie die Vergangenheit nie überwinden können. Sie war fünfundzwanzig und glaubte allmählich, Grund zu diesem Argwohn zu haben. Es gab zu viele Menschen, die sie haßte... Arthur Patterson... Jack Jones... die Jungen, die sie vergewaltigt hatten... Maida und Georgine... Eileen... die Leute im Heim... und in der fernen Vergangenheit auch ihren Vater. Dies alles war eine Bürde, zu schwer, um daneben noch als Frau voll funktionsfähig zu sein. »Es ist ja nicht deine Schuld«, versuchte sie eine Erklärung. »Ich kann einfach nicht.«

»Warum nicht? Du mußt es mir sagen.« Er versuchte ganz ruhig zu bleiben und war um Verständnis bemüht. Hilary setzte sich wortlos auf und drehte sich zu ihm um. Vielleicht war es besser, ihn zu schockieren, als ihn zu verletzen.

»Ich wurde vergewaltigt... vor langer Zeit schon...« Mehr wollte sie nicht preisgeben und hoffte, daß er sich damit zufriedengeben würde, aber sie irrte sich.

»Wie denn? Von wem?«

»Das ist eine lange Geschichte...« Und welche sollte sie ihm erzählen? Von Maida und Georgine, den allerersten, oder von den halbwüchsigen Jungen, die später gekommen waren? Oder von Jack, der alles daran gesetzt hatte, um ihnen zuvorzukommen, und sie halbtot geprügelt hatte, als er nicht bekam, was er wollte? Sie alle waren mögliche Hauptpersonen in ihrer Geschichte, doch war kaum anzunehmen, Adam könne eine dieser Wahrheiten verstehen.

»Wann war das?«

»Als ich dreizehn war.« Das zumindest war eindeutig. Alles war vor ihrem vierzehnten Geburtstag passiert. Sie atmete tief durch. »Und seit damals gab es niemanden. Ich glaube, das hätte ich dir von allem Anfang an sagen sollen.«

»Allmächtiger...« Er war zutiefst erschüttert von ihrer Eröffnung. »Ja, es wäre alles viel einfacher gewesen, wenn du etwas gesagt hättest. Ich hatte ja keine Ahnung... wie auch...«

»Daß es überhaupt noch von Bedeutung sein könnte, hätte ich nicht gedacht.«

»Ach, wirklich? Du wurdest vor zwölf Jahren vergewaltigt, hattest seither keine intime Beziehungen und dachtest, das wäre normal? Wie hast du mir und dir so etwas antun können? Hast du nie eine Behandlung beim Psychiater in Erwägung gezogen? Oder warst du in Behandlung?« Er ging wie selbstverständlich davon aus, daß sie wie jede andere in ihrer Lage in einer Beratung gewesen war. Er selbst hatte Hilfe beim Psychiater gesucht, als seine Frau ihn verlassen hatte.

»Nein.« Hilary sagte es ganz ruhig und stand auf, um sich einen Bademantel zu holen. Ihr graziler schlanker Körper und ihre langen Beine weckten sein Begehren schmerzhaft, aber er zwang sich, nicht daran zu denken.

»Was heißt ›nein‹? Hast du nach der Vergewaltigung Hilfestellung bekommen? Ja oder nein?«

Sie reagierte mit einem matten Lächeln. Wohl kaum. »Nein. Ich glaube, ich brauchte keine Hilfe.«

»Bist du verrückt?«

»Na schön, sagen wir lieber, daß ich mir damals keine Hilfe verschaffen konnte.«

»Wo warst du denn? Am Nordpol etwa? Wo kann man sich heute nicht behandeln lassen?«

O Gott, er hatte ja keine Ahnung, wie ihr Leben damals ausgesehen hatte. Behandlung? Wo hätte sie behandelt werden sollen? Bei Louise oder im Erziehungsheim? »Adam, ich sagte es schon.« Langsam wurde sie ärgerlich, was ihn nicht hinderte, immer heftiger zu werden. »Ich möchte darüber nicht diskutieren, es ist zu kompliziert.«

»Zu kompliziert oder zu schmerzlich?«

Hilary wandte den Blick ab, damit er nicht sehen konnte, wie sehr er sie getroffen hatte. »Warum vergessen wir die Sache nicht einfach?« sagte sie tonlos.

»Was denn ... unsere Beziehung einfach vergessen? Warum? Du bist doch keine Drückebergerin, Hilary.« Adam war richtig wütend. Für ihren Job hätte sie buchstäblich alles getan, nicht aber für ihn oder die Beziehung, die sich zwischen ihnen entwickeln würde, wenn sie es nur zuließ.

»Warum vergessen wir das Problem nicht einfach? Mit der Zeit wird es sich selbst lösen.«

»Ach, wirklich? Und wie lange besteht es schon? Zwölf Jahre, wie du sagst, und man kann nicht behaupten, daß es sich von selbst gelöst hat. Wie lange möchtest du noch warten, bis es unwichtig wird? Dreißig Jahre etwa? Oder fünfzig? Sicher fühlst du dich dann viel besser – mit siebzig könntest du noch ein aufregendes Liebesleben führen! Hilary, nimm Vernunft an!« Adam faßte nach ihrer Hand und zog Hilary aufs Bett neben sich, aber er verlangte einfach zu viel von ihr. Sie wußte, daß sie es ihm nicht geben konnte. Er wollte alles, was seine Frau ihm genommen hatte und noch mehr. Und sie wußte mit Sicherheit, daß sie so etwas nicht geben konnte. Es war nichts übrig, was sie verschenken konnte. Sie konnte nur nehmen oder für kurze Zeit über sich selbst hinauswachsen, falls nicht zuviel von ihr gefordert wurde, aber alles andere war lange dahin. All ihre Liebe war verbraucht, und sämtliche Energien waren auf das Ziel gerichtet, das sie sich innerhalb des Konzerns gesteckt hatte. »Ich möchte, daß du mit einer Therapie beginnst.«

Sie saß da und starrte ihn an, als hätte er verlangt, sie solle sich einer Gehirnoperation unterziehen. Hilary hatte nicht die Absicht, eine Therapie zu beginnen, bei der Gott weiß was herauskommen würde.

»Ich kann nicht«, sagte sie.

»Unsinn! Warum nicht?«

»Dazu fehlt mir die Zeit.«

»Du bist fünfundzwanzig und hast ein Problem.«

»Keines, mit dem ich nicht leben könnte.«

»Du lebst ja nicht, du vegetierst dahin.«

Hilarys Ungeduld und Verärgerung wuchsen. Er hatte kein Recht, so über ihr Leben zu urteilen, nur weil sie mit ihm nicht schlafen konnte.

»Vielleicht wird es ohnehin von selbst besser«, sagte sie. Es hörte sich gleichgültig an, und das beunruhigte Adam.

»Von selbst? Das bezweifle ich sehr.«

»Adam, nur nichts überstürzen. Es ist schließlich das erste Mal.«

Lange saß er da und sah sie an. Er entdeckte mehr, als ihr lieb war. »Da gibt es viel, was du mir verschweigst, stimmt's?«

Sie lächelte sphinxhaft. »So wichtig ist das alles nicht.«

»Das glaube ich dir nicht. Vielmehr habe ich den Eindruck, daß du dein ganzes Leben hinter Festungsmauern verbringst.«

»Ja, so war es... vor langer Zeit...«

»Warum?«

»Weil es viele Menschen gab, die mir weh tun wollten.«

»Und jetzt?«

»Jetzt lasse ich es nicht mehr zu.«

Mit einem Blick, aus dem unendliches Mitleid sprach, beugte er sich zu ihr, um sie zu küssen. Dabei legte er die Hand auf ihre Schulter, und dann saßen sie zusammen auf dem Rand ihres zerwühlten Bettes. »Ich würde dir nie weh tun können, Hilary... das schwöre ich...« In seinen Augen standen Tränen, und sie wünschte, sie hätte für ihn etwas empfunden, doch sie konnte es nicht. Sie konnte für niemanden etwas empfinden, wie sie jetzt wußte, für niemanden, wenn er nicht eine schlummernde Leidenschaft in ihr weckte... etwas, was sie sich nicht vorstellen konnte. »Ich liebe dich...«

Auf diese Worte wußte sie keine Erwiderung. Sie sah ihn nur bedauernd an. Da lächelte er und küßte sie abermals. Adam hatte begriffen, und das rührte sie. »Schon gut... sag nichts mehr... laß nur zu, daß ich dich liebe...« Er drückte sie in die Kissen und zeichnete mit den Fingern behutsam ihre Körperformen nach, bis zur Mitte, dann um ihre Brüste herum, zurück zu ihrem Leib, dann wieder abwärts. Er liebkoste sie mit seiner Zunge und den Händen, beschränkte sich jedoch auf diese Zärtlichkeiten, stundenlang, bis sie sich wand vor Wonne und ihn um mehr anflehte, aber dazu war er nicht bereit. Statt dessen ließ er sich von ihr berühren und streichelte sie sanft mit seinem pulsierenden Glied, ließ es über sie gleiten wie eine seidige Hand, und sie beugte sich vor, küßte es und berührte es, bis auch er sich wand wie sie. Dann liebkoste er sie wieder, erst mit den Lippen, streichelte dann mit den Fingern ihre Scham und spürte, wie sie vor Angst erstarrte.

»Hil, ist ja gut... schon gut... ich tue dir nicht weh... bitte, Baby, bitte... laß mich... o Gott, du bist so schön...« Wie eine Mutter ihrem Kind raunte er ihr diese Worte zu und drang langsam in sie ein, sie ständig beschwichtigend, bis er sich ergoß, aber er spürte, daß sie keinen Höhepunkt erlebt hatte. Aber zumindest war er einen kleinen Schritt weiter. »Es tut mir leid, Hil...« Er wünschte sich mehr für sie, er wollte das für sie, was er selbst empfand, aber vermutlich war das im Augenblick zuviel verlangt.

»Es braucht dir nicht leid zu tun. Es war wundervoll.« Still lag sie neben ihm und schließlich schlief er ein, und sie beobachtete ihn und fragte sich, ob sie je für ihn empfinden würde, was er sich ersehnte, ja, ob sie es jemals für irgendeinen Mann würde empfinden können oder ob ihr Haß sie zu stark ausfüllte.

Am nächsten Morgen ging er, noch ehe sie sich angezogen hatte. Später am Vormittag bat er sie um eine Verabredung zum Lunch, sie aber schützte Arbeit vor und lehnte ab. Als er eine Verabredung für den Abend vorschlug, mußte sie wieder ablehnen, da sie eine Besprechung hatte. In seiner Verzweiflung bat er sie um ein Treffen am Sonntag, mit seinen Söhnen, die das Wochenende mit ihm verbringen würden. Hilarys Miene drückte ein sonderbares Zaudern aus, als würde sie am liebsten wieder eine Ausflucht suchen, er aber sah so zerknirscht aus, daß sie zusagte.

»Es sind großartige Burschen, sie werden dir gefallen.«

»Ja, sicher.« Sie lächelte, trotz ihrer großen Zweifel. Jahrelang hatte sie Begegnungen mit Kindern gescheut, und sie war auch jetzt nicht darauf aus, die seinen kennenzulernen und sich mit ihnen anzufreunden. Vor langer Zeit hatte sie Kinder liebgehabt, und diese Kinder hatte man ihr weggenommen.

Am Sonntagmorgen kam sie in Jeans und T-Shirt zu der Verabredung im Central Park. Er hatte versprochen, Baseball-Bälle, ein Picknick und die Kinder mitzubringen. Und als Hilary das Trio unter einem Baum entdeckte, der Kleine auf Adams Schoß, der Sechsjährige neben ihm, spürte sie in ihrem Herzen eine Regung, die sie kaum ertragen konnte. Wie angewurzelt blieb sie stehen und wollte kehrtmachen, aber das konnte sie Adam nicht antun. Als sie näher ging, wurde ihr noch mulmiger. Sie las in seinen Augen jene Liebe, die sie selbst für Megan und Axie empfunden hatte.

Eine halbe Stunde lang sah sie zu, wie Adam und seine Söhne einander Bälle zuspielten, dann behauptete sie, Kopfschmerzen zu haben, und lief schluchzend nach Hause, ohne Rücksicht auf Ampeln, Verkehr und Passanten zu nehmen.

Den ganzen Tag lag sie weinend auf ihrem Bett. Schließlich zwang sie sich, endlich zur Kenntnis zu nehmen, daß Megan und Alexandra für immer aus ihrem Leben verschwunden waren. Das war eine unumstößliche Tatsache, die sie sich ständig vor Augen halten mußte. Es war sinnlos, den verlorenen Geschwistern nachzuhängen. Niemand wußte, wo sie waren, es war daher so gut wie ausgeschlossen, sie jemals zu finden. Sich damit ein Leben lang zu quälen, war sinnlos. Die beiden waren jetzt keine Kinder mehr, sondern erwachsen. Sie konnte sich jeden Gedanken an sie sparen, denn sie waren keine verlorenen Kinder mehr, und ein Wiedersehen würde es nie geben. Andere Kinder aber wollte Hilary auch nicht sehen, weil es ihr unerträglich war.

Als abends das Telefon klingelte, nahm sie den Hörer ab und legte gleich wieder auf. Am nächsten Tag benahm sie sich, als wäre nichts geschehen, nett, sachlich, freundlich und reserviert. Adam wußte gar nicht, wie ihm geschah. Wie angekündigt, wurde er in der darauffolgenden Woche in die kaufmännische Abteilung versetzt und ging nie wieder mit Hilary aus. Sie achtete darauf, daß sie sich auch nicht wieder über den Weg liefen. Seine Anrufe nahm sie nicht entgegen. Es war, als wäre das alles gar nicht passiert. Daß Adam voll Mitleid für sie war, konnte sie nicht ahnen. Allmählich wurde ihm klar, daß Hilary nicht zu helfen war.

In den nächsten Jahren kniete Hilary sich noch mehr in ihre Arbeit hinein. Inzwischen war sie siebenundzwanzig und zu einer höheren Position innerhalb der Produktionsabteilung aufgerückt. Seit ihrer Begegnung mit Adam hatte sie sich Affären vom Leib gehalten. Sie war zu stark mit ihrem beruflichen Aufstieg beschäftigt, um daneben noch andere Wünsche im Leben zu haben. Sämtliche Männer, die Annäherungsversuche wagten, waren geschieden und hatten Kinder... bis sie William Brock begegnete, dem neuesten Nachrichtenmoderator bei CBA. Der große, blonde und männliche ehemalige Footballspieler war erst vor kurzem engagiert worden. Nach zwei gescheiterten Ehen kinderlos und ungebunden, machte er flott die Runde im Studio, bis er an Hilary geriet und von ihren eisigen grünen Augen fasziniert war. Er befleißigte sich einer behutsamen und achtungsvollen Vorgangsweise, die jedoch nicht ausschloß, daß er sie mit Geschenken überschüttete, von Blumen bis zum Pelz.

»Hübsch, sehr hübsch, Bill.« Hilary ließ den Mantel samt Karton eines Morgens auf dem Weg in ihr Büro auf seinen Schreibtisch plumpsen.

»Nicht Ihre Größe, meine Liebe?«

»Nicht mein Stil, Mr. Brock. In jeder Hinsicht.« Mit Büroliebschaften oder anderen Beziehungen hatte sie nichts im Sinn, und eine weitere Kerbe an Bill Brocks Gürtel zu verursachen, war das allerletzte, was sie sich wünschte. Er lud sie für eine Woche nach Honolulu ein, für ein Wochenende nach Jamaika, zum Skilaufen nach Vermont, zum Dinner ins Côte Basque, zu allem, was ihm einfiel. Und doch blieb er chancenlos, bis er Hilary an einem stürmischen kalten Winterabend, als sie kein Taxi ergattern konnte, in seinem Ferrari mitnahm. Hilary tippte ihm auf die Schulter, als sie merkte, daß er stadteinwärts fuhr. »Bill, Sie liegen ganz falsch. Ich wohne an der Fifty-ninth.«

»Und ich an der Ecke Fifth Avenue und Eleventh.«

»Meinen Glückwunsch, und jetzt bringen Sie mich bitte nach Hause, oder ich muß aussteigen und laufen.« Es war ihr ernst, und er hielt schlitternd an, aber noch ehe sie weitersprechen konnte, küßte er sie.

»Fahren wir zu Ihnen oder zu mir, Madame Produzentin, oder

sollen wir lieber etwas total Ausgeflipptes unternehmen und ins Plaza gehen?« Sie lachte über seinen ungeheuerlichen Einfall und verlangte wieder, daß er sie nach Hause brachte. Als er dann unterwegs anhielt und sie zum Dinner einlud, war sie nicht weiter erstaunt. Sie kehrten auf einen Hamburger in einer seiner Lieblingskneipen ein, kamen ins Gespräch, sehr angeregt, und sie fing an sich zu wundern, wieviel Intelligenz unter seinem Playboy-Image und dem ausgeprägten männlichen Körper lag. »Und Sie, schöne Frau? Was ist die eigentliche Triebkraft hinter diesen unergründlichen Smaragdaugen?«

»Ehrgeiz.« Sie gestand es ganz offen, da sie aus einem unerfindlichen Grund den Eindruck hatte, er würde Verständnis dafür aufbringen.

»Ach, das kenne ich. Eine kleine Prise habe ich selbst genossen. Wenn man mal anfängt, kann man danach süchtig werden.«

»Ich weiß.« Es war das einzige, was sie in Schwung hielt... der Weg an die Spitze, damit ihr niemals wieder etwas zustoßen konnte. Vorher würde sie sich nie sicher fühlen. Das brauchte Bill aber nicht zu wissen. »Nichts kommt dem Erfolg gleich. Tut es Ihnen leid, daß Sie den Football aufgaben?«

»Ja, schon. Es ist ein großartiger Sport, aber mit der Zeit hatte ich die Tritte und Nasenbrüche satt. Auf die Dauer hält das kein Mensch aus.« Sein Lächeln hätte die Herzen und auch tiefer gelegene Regionen der meisten Frauen zum Schmelzen gebracht. Bill zahlte und begleitete sie zu seinem Ferrari. Dann setzte er sie kampflos vor ihrer Haustür ab, so daß es ihr fast leid tat, als sie allein ihre Wohnung betrat. Irgendwie hatte sie mehr erwartet, zumindest einen Versuch seinerseits... irgendwas jedenfalls. Hilary war schon im Nachthemd, als eine halbe Stunde später ihre Türklingel schrillte.

»Wer ist da?« fragte sie durch die Sprechanlage.

»Bill. Ich habe vergessen, etwas wegen der morgigen Show zu fragen.«

Erst runzelte sie die Stirn, dann mußte sie lachen. Bills Worte klangen ehrlich, waren aber höchstwahrscheinlich ein Vorwand.

Deswegen entschloß sie sich, nicht darauf einzugehen und ihn statt dessen draußen im Schneesturm stehen zu lassen.

»Also, was gibt es?«

»Wie bitte?«

»Ich fragte, was es gäbe.«

»Ich kann Sie nicht hören ...« Er fing wie verrückt zu klingeln an, und sie versuchte, ihm über die Sprechanlage etwas zuzurufen, dann gab sie es auf und drückte auf den Knopf. Wenn es ein Vorwand war, dann gedachte sie ihm ihre Meinung zu sagen, und zwar deutlich. Als er kam, grinsend, schneebedeckt und mit gerötetem Gesicht, stand sie in der Tür. »Mit der Sprechanlage stimmt etwas nicht.« Bill war außer Atem und sah umwerfend gut aus.

»Ach, wirklich? Nett von Ihnen, daß Sie eigens heraufkommen. Schon mal was vom Telefon gehört, Mr. Brock?«

»Nein, Gnädigste, habe ich nicht.« Ohne weitere Umstände hob er sie hoch wie eine Stoffpuppe, trat mit Hilary in den Armen ein und stieß die Tür mit dem Fuß zu. Sie lachte nur. Eine unmögliche Szene, und er hatte etwas so wundervoll Jungenhaftes an sich. So wundervoll aber wieder nicht, daß sie den Wunsch verspürt hätte, mit ihm eine Beziehung anzufangen, mochte er auch noch so attraktiv und männlich sein. »Miß Walker, wo ist Ihr Schlafzimmer?« Er war die personifizierte Unschuld, wie ein Schuljunge, der im Begriff steht, einen Streich zu inszenieren. Zugleich war er unglaublich sexy.

Hilary konnte nicht anders, sie mußte lachen. »Da drinnen? Warum?«

»Das werden Sie gleich merken.« Er legte sie aufs Bett und verschwand im Bad. Fünf Sekunden später war er wieder da, splitternackt. Hilary verschlug es die Sprache. Bill war der umwerfendste Mann, den sie je zu Gesicht bekommen hatte, aber auch der anziehendste. Ohne weitere Einleitung fing er an, sie zu liebkosen, und ihr anfänglicher Widerstand schmolz dank seiner Erfahrung dahin und wich glühender Leidenschaft. Als sie vor Verlangen stöhnte, kam er ihrem Begehren nach. Atemlos lag er in ihren Armen, drehte sich dann zu ihr um und lächelte, weil sie ihn so erstaunt anstarrte. In ihr waren Gefühle geweckt worden, von deren Vorhandensein sie nichts geahnt hatte, und ehe sie ein Wort sagen konnte, fing er wieder an, zärtlich zu werden, und sie glaubte, den Verstand zu verlieren, als es bis zum Morgen so weiterging, immer wieder. Es war ein Erlebnis, wie sie es nie zuvor gehabt hatte und nie wieder haben würde, das wußte sie mit Sicherheit. Jetzt wußte sie, daß in ihr nicht alles abgestorben war und daß eines Tages der Richtige kommen und sie glücklich machen würde. Bill Brock hatte etwas für sie getan, was sie nie vergessen würde. Und als er am Morgen von ihr ging, sah sie sehnsüchtig seinem Ferrari nach.

In diesem Moment wußte sie, daß sie Bill ihr Leben lang in Erinnerung behalten würde, während von seiner Seite nichts dergleichen zu erwarten war. Bill war nicht auf der Suche nach einer festen Bindung, nach einer Freundin, einer Geliebten oder einer Ehefrau, nicht einmal nach einer Freundschaft. Für ihn war das Leben ein nicht enden wollender Strom hübscher Mädchen, und die Liebe besaß für ihn ähnlichen Stellenwert wie Essen, Trinken und Schlafen. Es war ihm ziemlich einerlei, mit wem er es trieb und wie oft. Er wollte es einfach tun, wann und wo und mit wem er Lust hatte.

Als er Hilary am nächsten Tag einen riesigen Rosenstrauß und ein Diamantarmband von Harry Winston schickte, gab sie ihm das Armband mit einem Lächeln zurück, was ihn nicht weiter erstaunte. Um eine Verabredung bat er sie nie wieder. Er hatte andere Eisen im Feuer, und Hilary war nur eine einzige in einem ganzen Universum schöner Frauen. Sie war enttäuscht, aber nicht überrascht. Die Überraschung kam erst, als sie zwei Monate später zum Arzt ging, nachdem sie wochenlang an einer Grippe laboriert hatte, die immer schlimmer wurde, anstatt zu verschwinden. Dazu kam, daß sie ständig an Erschöpfungszuständen litt. Sie wollte nichts als schlafen. Allein der Gedanke an Essen bereitete ihr Übelkeit. Wenn sie morgens ins Büro kam, fand sie sogar den Kaffeegeruch unerträglich. Nach sechs Wochen entschloß sie sich endlich zu einem Arztbesuch und ließ sich einen Termin geben, bei dem der Arzt eine Reihe von Blut-Tests und eine gründliche Untersuchung vorschlug. Anhand der Ergebnisse der Tests wollte er ihr dann Antibiotika verschreiben.

»Es könnte sich um einen Virus im Magen-Darm-Trakt handeln, Miß Walker. Waren Sie in letzter Zeit in exotischen Gegenden?«

Hilary schüttelte verzweifelt den Kopf, weil sie sich so elend fühlte. Sie kam sich uralt vor und wollte nichts tun, als den lieben, langen Tag schlafen. Es war richtig niederschmetternd, wenn man sich so lausig fühlte. Zwei Tage darauf sollte sie die Ursache erfahren. Die Testergebnisse waren da, und der Arzt sprach nicht mehr von Antibiotika. Hilary war schwanger. Routinemäßig war ein Schwangerschaftstest und zusätzlich einer für Geschlechtskrankheiten gemacht worden. Als sie mit dem Ergebnis konfrontiert wurde, war ihr erster Gedanke, daß sie Syphilis vorgezogen hätte. Wie betäubt legte sie den Hörer auf und ließ ihren Blick hilflos durch den Büroraum schweifen. Sie wußte genau, wer es war. Er war der einzige Mann, mit dem sie im Laufe von zwei Jahren geschlafen hatte. Sie hatte kein Verhütungsmittel benutzt, und er ebenfalls nicht. Nie wäre sie auf den Gedanken gekommen, sie hätte Verhütung nötig. Er war der zweite Mann, mit dem sie seit den Tragödien ihrer Jugend Kontakt gehabt hatte. Und jetzt war sie schwanger.

Für ihr Problem bot sich nur eine einzige Lösung an. Noch vor Ablauf einer Stunde rief sie den Arzt an und ließ sich einen Termin geben. Zu Mittag ging sie, noch immer wie vor den Kopf geschlagen, aus dem Büro nach Hause, um über ihre mißliche Lage nachzudenken. Sollte sie es ihm sagen? Würde er sie auslachen? Würde er ihr damit kommen, daß es ausschließlich ihr Problem war? Und die Abtreibung? War sie falsch? War es eine Sünde? Teils wollte sie die Sache schleunigst hinter sich bringen, teils dachte sie an Axie als Baby und an die kleine Megan ... an süßen Pudergeruch und seidiges Haar, das sich nachts in ihren Arm schmiegte. Sie wußte noch, wie ihre Schwester vor dem Einschlafen leise Laute von sich gegeben hatte, und plötzlich glaubte Hilary, sie würde es nicht über sich bringen. Sie hatte bereits zwei geliebte Kinder verloren, wie konnte sie dieses töten? Vielleicht wollte Gott auf diese Weise bei ihr wieder alles gutmachen, alles wieder ins Lot bringen, ihr eines der verlorenen Kinder wiedergeben, die vor ihr liegenden leeren Jahre nicht nur mit Arbeit füllen ... und bei einem Vater wie Bill Brock würde das Kind sehr hübsch werden, und Bill brauchte es nie zu erfahren ... das Kind würde ihr allein gehören ... ganz allein ... plötzlich wollte sie es mit aller Kraft schützen und verteidigen.

Jetzt war ihr auch klar, warum ihre Röcke so knapp saßen, obwohl sie an Gewicht abgenommen hatte. Um die Mitte war sie tatsächlich kräftiger geworden, und sie spürte bereits eine winzige Wölbung im Unterleib. Vom Arzt wußte sie, daß sie acht Wochen schwanger war. Acht Wochen ... zwei Monate ... und in ihr wuchs ein winziges Wesen. Sie konnte nicht zulassen, daß es getötet wurde. Und doch mußte sie es tun. Wie sollte sie beruflich weiterkommen, wenn sie ein Baby zu versorgen hatte? Wer würde ihr dabei helfen? Aber der Pudergeruch ... und das süße Gebrabbel ... sie wußte noch, wie man ihr Axie zum erstenmal gezeigt hatte ... aber wenn man ihr nun dieses Kind auch wegnahm, wie man ihr Axie und Megan genommen hatte? Was, wenn Bill Brock es herausfand und sein Kind haben wollte? In den nächsten Tagen wuchs in Hilary die Panik. Sie hatte niemanden, mit dem sie sich aussprechen, niemanden, an den sie sich wenden konnte. Sie war allein mit ihrem Schuldgefühl, mit ihrer Verwirrung und Angst. Verzweifelt wünschte sie sich, das Baby zu behalten, konnte sich aber nicht vorstellen, wie sie es schaffen sollte. Was aber am meisten belastete, war der Gedanke daran, daß sie ihr Kind eines Tages verlieren könnte. Deshalb wollte sie niemals wieder jemanden liebgewinnen. Ihre übergroße Angst wurde zum entscheidenden Faktor und überstieg ihre Kraft. Alles übrige hätte sie irgendwie bewältigt, aber die Angst vor dem möglichen Verlust war zu groß. Zu gut kannte sie den Schmerz, den eine Trennung hinterließ. Das durfte sie niemals wieder riskieren, nicht mit eigenen und nicht mit anderen Kindern. Sie mußte dieses Kind in Erinnerung an Megan und Axie opfern. In ihrem Leben und in ihrem Herzen würde es niemals wieder Kinder geben. Und als sie an jenem Freitagnachmittag in die Arztpraxis kam, wurde sie beim Eintreten fast ohnmächtig.

Sie nannte der Schwester ihren Namen, unterschrieb mit zitternder Hand ein Formular, worauf man sie eine Stunde im Wartezimmer sitzen ließ. Sie hatte sich den Nachmittag freigenommen, und die Nacht vorher hatte sie wachgelegen. Ein Teil ihres Wesens drängte sie, das Kind zu retten. Doch die Stimme der Vergangenheit war stärker, übertönte alles andere und erinnerte sie an den unaussprechlichen Schmerz, den der Verlust von Megan und Axie mit sich gebracht hatte. Sie dachte zurück an den Tag der Trennung und an die unerträgliche Pein... doch die Pein, sich dieses Kind entreißen zu lassen, war nicht geringer.

Die Schwester begleitete sie einen Gang entlang zu einer kleinen Kammer, und Hilary spürte, wie ihre Knie nachzugeben drohten. Man wies sie an, sich zu entkleiden, einen Kittel anzuziehen und Papierhüllen über die Füße zu streifen. Dann sollte sie sich wieder bei der Schwester melden.

»Danke«, flüsterte Hilary fast unhörbar, von dem Wunsch erfüllt, daß sie jemand daran hinderte, ehe es zu spät war. Doch da war niemand.

Die Schwester blickte sie an, als hätte sie ein Verbrechen begangen, und reichte ihr weitere Formulare zur Unterschrift. Ein einziger Blick darauf, und Hilary wurde wieder übel, so daß sie sich auf eine schmale Holzbank sinken ließ.

»Alles klar?« drang die gleichgültige Frage der Schwester an ihr Ohr.

»Nur ein kleiner Schwächeanfall.«

Die Schwester nickte gleichgültig und wies Hilary an, sich auf den Tisch zu legen.

»Der Doktor wird gleich da sein.« Es vergingen eineinhalb Stunden, und Hilary wartete noch immer. Sie zitterte am ganzen Leib vor Schüttelfrost und hatte aus reiner Nervosität erbrochen. Seit dem Morgen hatte sie nichts zu sich genommen. Schließlich kam die Schwester mit den Formularen wieder, sah sie an und schnüffelte mißtrauisch. Hilary errötete.

»Entschuldigung... ich fühle mich nicht gut...«

»Nachher werden Sie sich höchstwahrscheinlich wieder übergeben«, stellte die Schwester nüchtern fest. »Er kommt sofort. Wir hatten gerade ein kleines Problem.« Und Hilary konnte an nichts anderes denken als an das Baby, das in ihr lebte. Je länger der Arzt auf sich warten ließ, desto länger durfte es leben. Aber das änderte nichts daran, daß es schließlich doch getötet wurde. Verzweiflung schnürte ihr die Kehle zu. Es gab keinen Ausweg, sie durfte sich nicht erlauben, das Kind zu lieben, sie konnte dies alles nicht noch einmal durchmachen. Sie versuchte sich einzureden, daß es ganz anders sei als damals, doch im Grunde wußte sie, daß es nicht so war. Sie hatte Megan und Alexandra wie eigene Kinder geliebt... und sie hatte die beiden verloren. Und eines Tages würde man ihr auch dieses Kind nehmen. Das durfte sie nicht zulassen. Sie durfte diese Möglichkeit nicht zulassen... ehe das Unglück sie traf und vernichtete.

»Na, Sie sind bereit, junge Dame?« Der Arzt fegte wie ein Wirbelwind herein, im Chirurgenkittel mit grüner Kappe. Eine kleine Maske baumelte an einem Band um den Hals. Fast vermeinte sie, das Blut zu riechen, das er noch vom letzten Abbruch an den Händen hatte.

»Ich... ja...« Ihre Worte waren ein kaum hörbares Krächzen, und sie hatte das Gefühl, sich wieder übergeben zu müssen oder in Tränen auszubrechen. »Bekomme ich eine Vollnarkose?« Man hatte sie darüber nicht informiert.

»Nicht nötig. In ein paar Minuten ist alles vorbei.« Wie viele Minuten? Wie lange würde es dauern? Was würde man mit ihrem Kind machen?

Hilary lag flach auf dem Tisch, und die Schwester plazierte ihre Füße auf den Bügeln, die ungewöhnlich weit auseinanderstanden. Dann sicherte sie die Füße mit Riemen, so daß Hilary sich nicht rühren konnte und wieder von Panik erfaßt wurde.

»Ist das unbedingt nötig?«

»Nur damit Sie sich nicht selbst verletzen.« Sie machte sich daran, auch Hilarys Hände zu sichern.

Hilary verlegte sich aufs Bitten. »Ich verspreche Ihnen, ich werde nichts anfassen... das schwöre ich...« Das alles war wie eine mittelalterliche Folter. Die Schwester wandte sich an den Arzt, und dieser nickte, während er sich eine frische Maske vors Gesicht band.

»Immer mit der Ruhe. Es wird nicht lange dauern, und dann werden Sie es los sein.« ... los sein ... sie zwang sich, diese Worte tröstlich zu finden, schaffte es aber nicht. Sie versuchte sich einzureden, daß sie das richtige tat, in ihrem Inneren aber schrie eine Stimme, daß sie im Begriff war, ihr Kind zu töten. Megan und Axie hatte man ihr nur weggenommen, man hatte sie nicht getötet. Es war falsch, eine Sünde, es war schrecklich ... sie wollte ... sie spürte den Stich, als man ihr ein lokales Betäubungsmittel injizierte. Hilary wollte schreien und die Schwester bitten, ihr die Hand zu halten, aber die Schwester ging dem Arzt an die Hand und war völlig desinteressiert. Und dann hörte Hilary ein schreckliches Geräusch, ein Apparat, der sich anhörte, als könne er Mauerwerk durchfräsen. Es war die Absaugpumpe.

»Was ist das?« Abrupt richtete sie sich zu einer halb sitzenden Stellung auf, nicht imstande, die Beine zu bewegen. Den stechenden Schmerz der Injektion spürte sie immer noch.

»Eine Absaugpumpe, das hören Sie ja. Und jetzt legen Sie sich zurück. In einer Minute ist alles vorbei. Zählen Sie bis zehn.« Es war ein unbeschreiblicher Schmerz, als etwas Scharfes, Metallisches in sie eingeführt wurde. Keine von Maida und Georgine ausgeheckte Folter hatte sich mit diesem Schmerz messen können ... auch nicht die Jungen hatten ihr so große Schmerzen bereitet ... dies hier war entsetzlich, es war unerträglich, es war ... sie stieß einen Schrei aus, als das Metallstück in ihrem Inneren sie auseinanderzureißen drohte. Er öffnete gewaltsam ihren Uterus, erweiterte die Öffnung, damit man die Leibesfrucht absaugen konnte. »Miß Walker, die Schwangerschaft ist weiter fortgeschritten, als wir dachten. Wir müssen noch weiter öffnen.« Die Lokalanästhesie schien nicht die geringste Wirkung zu haben. Der Schmerz war so höllisch, daß ihre Beine zitterten. Endlich ließ der Arzt ein befriedigtes Knurren hören. »So, das wär's.« Er sagte etwas zu der Schwester, als Hilary sich übergab, aber die

Schwester war zu beschäftigt, als daß sie es bemerkt oder ihr geholfen hätte. Und plötzlich wußte Hilary mit aller Klarheit, daß es falsch war... sie durfte es nicht tun... sie mußte das Kind behalten, und sie hob wieder den Kopf.

»Nein, bitte nicht... aufhören!«

»Es ist fast vorbei... nur noch ein paar Sekunden«, versuchte er sie zu beruhigen. Zum Innehalten war es zu spät. Jetzt mußten sie weitermachen bis zum Schluß.

»Nein... bitte... ich halte es nicht aus... ich möchte nicht... das Kind...« Sie wurde von Schwäche übermannt, ihr ganzer Körper zuckte konvulsivisch.

»Es wird noch viele Kinder für Sie geben... Sie sind jung, und eines Tages wird alles so sein, wie es sein soll.« Wieder ließ er einen ominösen Brummton hören, wie sie nun wußte, ein Anzeichen dafür, daß er ihr noch mehr Schmerz zufügen würde, und dann führte er die Vakuumpumpe ein. Hilary hatte das Gefühl, jede Faser ihres Körpers würde von diesem Instrument herausgesogen, und sie übergab sich wieder, während der Vorgang kein Ende zu nehmen schien. Dann trat unvermittelt Stille ein.

»Und jetzt nur noch ein wenig ausschaben«, erklärte der Arzt. Der ganze Raum begann sich um Hilary zu drehen, als sie spürte, wie er herauskratzte, was von ihr noch übrig war, doch das Kind war ohnehin längst weg. ...sie hatte die anderen verloren, und jetzt hatte sie ihr eigenes Kind getötet. Sie konnte an nichts anderes denken, während sie dalag und sterben wollte wie ihr Kind. Jetzt hatte sie einen Mord begangen wie ihr Vater. Ihr Vater hatte seine Frau umgebracht und sie ihr eigenes Kind.

»So, das wäre alles.« Sie hörte die Stimme des Arztes, den sie inzwischen haßte. Die Schwester ließ Hilary zitternd und angeschnallt liegen. Sie spürte etwas Feuchtes und Warmes fließen, eine starke Blutung, aber es war ihr gleichgültig, was aus ihr wurde. Auch der Tod konnte nicht schrecklicher sein. Tatsächlich wollte sie sterben. »Sie müssen eine Weile ausruhen.« Der Arzt sah ihr ins Gesicht, tätschelte ihre Schulter und ging türknallend hinaus, während sie angeschnallt auf dem Tisch zurückblieb und in ihrem eigenen Erbrochenen liegend schluchzte.

Nach einer Stunde kam die Schwester wieder, gab ihr ein feuchtes Tuch und einen Zettel mit Anweisungen. Sollte die Blutung zu stark werden, mußte sie anrufen, andernfalls sollte sie vierundzwanzig Stunden strikte Bettruhe einhalten, dann würde alles gut. Das war's. Es war vorbei. Hilary zog sich an und taumelte hinaus, noch immer am ganzen Körper zitternd. Sie rief ein Taxi und nannte dem Fahrer ihre Adresse. Geschockt registrierte sie, daß es sechs Uhr geworden war. Sie hatte nahezu sechs Stunden in der Arztpraxis zugebracht.

»Was'n los, Miß, sind Sie krank oder was?« Daß sie grauenhaft aussah, war auch im Halbdunkel nicht zu übersehen. Um ihre Augen lagen tiefe Schatten, ihr Gesicht war fahl, und sie zitterte so heftig, daß sie kaum ein Wort herausbrachte.

Hilary nickte. »Ja... mich hat die Grippe erwischt...« Sie sagte es zähneklappernd, worauf er verständnisvoll nickte.

»Die erwischt jeden.« Er grinste sie breit an. Wenn sie nicht krank war, war sie bestimmt ein sehr hübsches Mädchen. »Sie dürfen mich bloß nicht küssen.« Sie versuchte, sich ein Lächeln abzuringen, und schaffte es nicht, denn sie hatte das Gefühl, niemals wieder lächeln zu können. Wie auch? Wie konnte sie sich selbst je wieder in die Augen sehen? Sie hatte ein Kind getötet.

Zu Hause angekommen, verkroch sie sich in ihr Bett, ohne sich vorher auszuziehen, und schlief bis vier Uhr morgens durch. Sie wurde von Krämpfen geweckt, aber als sie nachsah, konnte sie nichts Ungewöhnliches feststellen. Sie hatte es überlebt. Sie hatte es getan. Und sie wußte, daß sie es nie vergessen würde.

Montags schleppte sie sich blaß und matt zur Arbeit, aber sie ging hin, erledigte so viel wie sonst auch und ging mit einem Stapel unerledigter Sachen nach Hause. Sie wollte sich in die Arbeit vergraben, sie wollte alles tun, um sich zu betäuben, und sie tat es auch. Die nächsten Jahre arbeitete sie wie ein Roboter. Sie galt als Wunderkind von CBA. Hilary wurde zu einer Frau, die Bewunderung und Furcht erregte, zu einem Menschen, dem niemand ähnlich sein wollte.

»Schrecklich, nicht?« bemerkte eine der neuen Sekretärinnen

zu ihrer Kollegin. Es war der Tag von Hilarys dreißigstem Geburtstag. »Der Beruf ist ihr ein und alles, und wehe dem, der ihr in den Weg kommt. Wenigstens wird das behauptet. Persönlich ist sie mir ein wenig unheimlich.« Die andere gab ihr recht. Die beiden waren auf dem Weg zur Toilette und hechelten als nächstes die zwei neuen Männer in der Nachrichtenredaktion durch. Hilary war jedoch gegen den Klatsch immun. Ihr einziges Interesse galt ihrer Arbeit, ihrer Karriere, der TV-Gesellschaft.

Mit zweiunddreißig wurde sie Vizepräsidentin, und im Jahr darauf wurde sie wieder befördert. Mit sechsunddreißig war sie jene Frau, die es in der Management-Hierarchie am weitesten gebracht hatte, und mit neununddreißig war sie die Nummer drei an der Spitze. Niemand zweifelte daran, daß sie eines Tages die absolute Spitze erreichen würde. Die *New York Times* brachte einen ausführlichen Artikel, in dem Hilarys Aufstieg und ihre Zukunftsperspektiven durchleuchtet wurden, und im *Wall Street Journal* las man ähnliches. Hilary Walker hatte es geschafft.

13. Kapitel

Die Luft in der Park Avenue schien ihn niederzuschmettern, als er zwei Stunden darauf aus der Arztpraxis kam. Kein Wunder, er hatte es erwartet, und dennoch ... insgeheim hatte Arthur Patterson gehofft, das Leiden würde sich als harmlos herausstellen, aber die Schmerzen waren so heftig, daß die Tabletten ihm schon seit Wochen kaum Erleichterung verschafften. Dennoch hatte er sich einzureden versucht, es sei etwas anderes. Innehaltend versuchte er an der Ecke zu Atem zu kommen. Es war halb fünf, und er war total erschöpft, als wieder ein Schmerz seine Brust fast bersten ließ. Sein Husten war mitleiderregend. Ein Passant blieb abwartend stehen, um zu sehen, ob er helfen konnte, aber Arthur faßte sich und schaffte es bis zu seinem Wagen. Mit dem Fahrer wechselte er kaum ein paar Worte.

In Gedanken war er noch immer bei der düsteren Voraussage seines Arztes. Nun, er konnte vernünftigerweise nicht mehr verlangen. Mit fast zweiundsiebzig Jahren, nach einem erfüllten Leben... nach einem mehr oder weniger erfüllten Leben... immerhin war er einmal verheiratet gewesen. Marjorie war schon vor drei Jahren gestorben. Erst bei ihrer Beerdigung hatte er zu seiner Verwunderung entdeckt, daß sie einige Jahre zuvor wieder geheiratet hatte, einen ehemaligen Kongreßabgeordneten. Im dämmrigen Kirchenschiff von St. James hatte er sich gefragt, ob sie bei ihrem Tod wohl zufrieden mit ihrem Leben gewesen war... ob sie jemals wirklich glücklich gewesen war.

Jetzt würde auch er bald sterben müssen. Sonderbar, daß der Gedanke an den Tod ihn nicht ängstigte. Er empfand nur Bedauern. Es war so wenig, was er der Welt hinterließ, ein Anwaltsbüro, dessen Kapazität schon seit Jahren reduziert war, obwohl er noch immer fast täglich in sein Büro ging. Er bezweifelte, daß die Partner ihn nach seinem Tod vermissen würden. Ansonsten gab es auch niemanden, dem er fehlen könnte, von seiner Sekretärin abgesehen, die einfach einem der anderen Partner zugeteilt wurde.

Der Portier half ihm beim Aussteigen, und im Lift plauderte er wie immer mit dem Liftführer. Sie sprachen von der Hitze, die in diesem Jahr so früh gekommen war, und von den Baseballergebnissen, und dann schloß er mit einem erschöpften Aufseufzen seine Wohnungstür auf. Bald würde alles dahin sein... und als er das Wohnzimmer betrat, kamen ihm die Tränen. Aus keinem ersichtlichen Grunde hatte ihn die Erinnerung an Solange überfallen... Solange, mit dem feuerroten Haar und den smaragdgrünen Augen... er hatte sie vor langer Zeit sehr geliebt. Nun fragte er sich, ob es ein Wiedersehen geben würde nach dem Tod, falls es ein Leben danach gab... einen Himmel und eine Hölle, wie man es ihn als Junge gelehrt hatte... Mit geschlossenen Augen ließ er sich in einen Sessel sinken. Solange... er flüsterte ihren Namen vor sich hin, während ihm Tränen über die Wangen liefen, und als er die Augen wieder aufschlug, übermannte ihn ein plötzliches Gefühl der Verzweiflung. Er hatte sie jämmerlich im Stich gelassen, sie und Sam... die Töchter, die Solange so geliebt hatten, waren verschwunden, in alle Winde zerstreut. Er hatte zugelassen, daß sich ihre Spuren verloren hatten. Alles war ganz allein seine Schuld. Er hätte die Kinder zu sich nehmen können, wäre er gegen Marjorie fester aufgetreten. Aber dafür war es jetzt zu spät. Viel zu spät. Solange war seit über dreißig Jahren tot... und auch Sam... und doch stand für ihn jetzt eindeutig fest, was es zu tun galt. Er mußte ein Letztes tun. Er mußte die Kinder finden.

So blieb er sitzen, bis es dunkelte, und dachte zurück an einst, an die Schützengräben bei Cassino, an seine Verwundung und daran, wie Sam ihn gerettet hatte... und an die Befreiung von Paris und die erste Begegnung mit Solange... Es gab kein Zurück, man konnte nichts ungeschehen machen. Und vielleicht würde es jetzt auch nichts mehr bewirken. Und doch wußte er, daß er die drei Mädchen vor seinem Tod finden und ihnen alles erklären mußte... daß er sie zusammenbringen mußte. Mit dem zermürbenden Schmerz der Erinnerung dachte er an jenen Tag in Charlestown, als er Alexandra und Megan abholte und Hilary ihn so flehentlich gebeten hatte, ihre Schwestern nicht mitzunehmen.

Er lag die halbe Nacht wach im Bett, dachte an die kleinen Mädchen und grübelte, wie er sie finden könnte und ob eine Suche überhaupt noch früh genug Erfolg zeitigen würde. Es gab nur eines, das er ihnen hinterlassen konnte. Alles übrige war in Aktien und Wertpapieren angelegt. Aber vielleicht würde das Haus in Connecticut für sie mit der Zeit an Bedeutung gewinnen. Er hatte es vor Jahren als Sommerhaus gekauft, aber nur selten benutzt. Es war ein großes weitläufiges, im viktorianischen Stil erbautes Haus, in dem er sich stets gern aufgehalten hatte, obwohl es eigentlich als Bleibe für den Lebensabend gedacht war. Und jetzt war der Lebensabend da, und ihm blieb keine Zeit, den Ruhestand, beschauliche Gartenarbeit oder ausgedehnte Strandwanderungen zu genießen. Für ihn war alles vorbei. Der Arzt hatte gemeint, daß es für eine Operation zu spät sei. Die Röntgenaufnahmen hatten eine deutliche Sprache gesprochen. Das Krebsleiden war schon zu weit fortgeschritten und sein Körper schon so geschwächt, daß an eine Operation nicht mehr zu denken war. Schwer zu sagen, wieviel Zeit ihm noch blieb. Ein Vierteljahr, ein halbes oder sogar weniger, falls die Krankheit sich rasch weiterfraß.

Um Mitternacht stand er auf, um eine Schlaftablette zu nehmen, doch es wurde hell, ehe er Schlaf fand. Es war ein unruhiger Schlaf, denn er träumte von Hilarys Tränen, als er im Auto von ihr fortfuhr und etwas an sich gedrückt hielt, was, das konnte er nicht erkennen, und dann verwandelte sich Hilarys Gesicht plötzlich in das ihrer Mutter, und Solange weinte in seinen Armen und fragte ihn, warum er sie getötet hätte.

14. Kapitel

Am nächsten Tag ging Arthur Patterson um die Mittagszeit aus seinem Büro, erschöpft von der schlaflosen Nacht. Um elf war eine Besprechung mit einem seiner Partner angesetzt gewesen. Dieser hatte ihm den Namen eines Mannes genannt, der als der beste der Branche galt. Eine Erklärung, weshalb er diesen Mann brauchte, gab Patterson nicht, und sein Partner hatte keine Fragen gestellt.

Arthur hatte selbst angerufen und war erstaunt, daß John Chapman zu einem Gespräch noch am selben Tag bereit war, als er hörte, es sei dringend. Chapman kannte natürlich den Namen Patterson. Es kam auch nicht oft vor, daß der Seniorpartner eines angesehenen Anwaltsbüros höchstpersönlich und mit unüberhörbarer Verzweiflung um seine Hilfe bat. Chapman hatte gesagt, er könnte Patterson kurz nach zwölf treffen, obwohl er nur eine Stunde Zeit zur Verfügung hatte. Arthur hatte sich überschwenglich bedankt und war aus seinem Büro gelaufen, nicht ohne seine Taschen nach den Tabletten abzutasten. Ohne sie konnte er nicht mehr auskommen.

»Kommen Sie nach dem Lunch zurück?« fragte seine Sekretärin, als er hustend, wie es ihm zur Gewohnheit geworden war, an ihr vorüber hinauslief.

»Nein, ich glaube nicht«, gab er kaum hörbar zurück, und sie blickte ihm kopfschüttelnd nach, während er den Lift betrat. Schrecklich, wie er aussah. Er war zu alt, um sich noch täglich um das Büro zu kümmern. Sie wünschte, es würde ihn jemand zwingen, endlich in den Ruhestand zu treten.

Die Taxifahrt von Arthurs Büro zu dem von Chapman war kurz. Arthur war beeindruckt, als er die gediegenen Räumlichkeiten sah, die Chapman in der Fifty-seventh, Ecke Fifth Avenue, gemietet hatte. Das Gebäude war zwar kleiner als jenes, in dem sich die Büros von Brokaw, Miller & Patterson befanden, aber es war ein repräsentatives und gepflegtes Haus, in dem die Firma Chapman den größeren Teil einer Etage innehatte. Auf einem diskreten Schild an der Tür stand nur ›John Chapman‹. Eine Empfangsdame fragte Arthur Patterson nach seinem Namen. Er sah einige andere Klienten, die offenbar Termine mit Chapmans Partnern hatten. Die Leute im Wartezimmer sahen alle aus wie Anwälte.

»Mr. Chapman empfängt Sie sofort«, sagte die junge Frau und führte ihn weiter. Chapmans Büro war mit einem kostbaren Teppich und englischen Stilmöbeln ausgestattet. Wie bei Patterson wurden auch hier die Wände von Regalen voller Gesetzbücher eingenommen – für ihn ein Trost, in eine so vertraute Umgebung geraten zu sein. Seine Befürchtungen, in einem schäbigen Büro zu landen, waren grundlos gewesen, Arthur Patterson war erleichtert.

Als die Tür aufging, sah er sich einem gutaussehenden blonden Mann in Tweedjackett und grauer Hose gegenüber, der ihn aus lebhaften grauen Augen anblickte. Typ Harvard- oder Princeton-Absolvent. Tatsächlich hatte Chapman beide Universitäten besucht. Sein Vordiplom hatte er in Princeton erworben, um sodann seine rechtswissenschaftlichen Studien in Harvard abzuschließen.

»Mr. Patterson?« Er kam energievoll hinter seinem Schreibtisch hervor und schüttelte Arthur die Hand, betroffen, wie gebrechlich diese sich anfühlte. John Chapman hatte auf dem College Football gespielt und überragte den dreißig Jahre älteren Arthur um einiges. »Bitte, nehmen Sie Platz.« Mit einnehmendem Lächeln deutete er auf einen Sessel und setzte sich Arthur gegenüber.

»Ich bin Ihnen sehr verbunden...« Arthur hustete und rang nach Atem, »daß Sie mir sofort einen Termin gegeben haben. Es handelt sich um eine sehr dringende und wichtige Sache, und ich fürchte, daß... daß mir nicht viel Zeit bleibt.« Er meinte es so, wie es sich anhörte, als er von neuem hustete, John Chapman aber war der Meinung, es handle sich um einen heranrückenden Gerichtstermin.

»Ich fand es beeindruckend, daß Sie die Sache selbst in die Hand nehmen, Sir.«

»Danke.«

Er wußte, wer Arthur war. Für den Seniorpartner einer Anwaltsfirma war es höchst ungewöhnlich, persönlich den Kontakt mit einem Ermittlungsbüro aufzunehmen, mochte dieses auch noch so renommiert sein. Und John Chapmans Unternehmen war landesweit eines der bekanntesten und hatte mehr Ähnlichkeit mit einer Anwaltskanzlei, als mit einem Detektivbüro. Seine Ausbildung zum Juristen war ihm dabei eine große Hilfe. Er nahm Block und Stift zur Hand, als Arthur wieder gegen einen Hustenanfall ankämpfte, und war bereit, sich Notizen zu dem Fall zu machen.

»Mr. Patterson, würden Sie mir wohl erklären, um was es sich handelt? Ich möchte mir ein Bild über den Fall verschaffen, damit ich sehe, ob ich etwas für Sie tun kann.« Er war ruhig und professionell und bediente sich der Redeweise der Oberschicht, und dennoch wirkte er sonderbar anspruchslos, fast lässig, so daß Pattersons Neugierde erwachte. Warum war Chapman nicht in die väterliche Firma eingetreten? Seinem Vater gehörte die bedeutendste Bostoner Anwaltsfirma, und zwei Brüder waren bekannte Rechtsanwälte in New York. Und doch hatte John Chapman sich für diese etwas ungewöhnliche Laufbahn entschieden. Höchst interessant, aber Arthur hatte jetzt nicht die

Zeit, sich in Vermutungen zu verlieren. Er mußte seine Kraft sparen, um ihm sagen zu können, was er wollte.

»Es handelt sich... um eine persönliche Angelegenheit.« Er keuchte und nahm einen Schluck Wasser aus dem Glas, das Chapman ihm stillschweigend eingeschenkt hatte. »Es ist eine Sache von absoluter Vertraulichkeit und großer Bedeutung. Sie dürfen mit niemandem darüber sprechen.« Arthur warf ihm einen bedeutungsvollen Blick zu – bei Chapman gänzlich überflüssig.

»Mr. Patterson, ich spreche niemals über meine Fälle.«

»Ich möchte außerdem, daß Sie – wenn möglich – die Sache persönlich in die Hand nehmen. Einer meiner Partner sagte mir, Sie seien in dieser Branche die absolute Spitze. Ich möchte Ihre Spürnase und keine andere.«

Chapman wartete mit geschürzten Lippen auf den Rest, ohne eine feste Zusage zu geben. »Das kommt auf den Fall an. Ich versuche bei allen unseren Fällen mitzumischen, wenigstens bis zu einem gewissen Grad.«

»Ich möchte, wie gesagt, daß Sie diese Sache selbst übernehmen. Uns bleibt nicht viel Zeit.« Er hustete und trank Wasser. »Ich muß sterben.«

Chapman war neugierig geworden und sah ihn aufmerksam an. Der Alte zitterte vor innerer Anspannung und hielt dabei einen Ordner umklammert, den er seinem Aktenkoffer entnommen hatte. Vielleicht ging es um einen alten Fall, den er vor seinem Tod noch unbedingt lösen wollte. Wenn sie sich dem Tod nahe wußten, neigten die Menschen manchmal zu den sonderbarsten Dingen.

»Der Arzt meint, ich hätte vielleicht noch drei Monate, vielleicht auch sechs zu leben, möglicherweise auch weniger. Ich selbst halte drei Monate für realistisch. Ich möchte drei junge Frauen finden.« Chapman zog ein erstauntes Gesicht. Für einen Greis ein sonderbares Anliegen, es sei denn, es handelte sich um seine Töchter. »Es handelt sich um die Töchter meiner guten Freunde, meiner besten Freunde. Ihre Eltern sind seit dreißig Jahren tot. Zwei der Mädchen wurden kurz darauf adoptiert, die dritte blieb bei Verwandten. Sie waren ein, fünf und neun Jahre alt, als ich ihre Spur verlor, und ich habe keine Ahnung, wo sie sich jetzt befinden. Ich weiß nur, wer die jüngeren Mädchen adoptierte, und ich weiß, daß die älteste in Jacksonville, Florida, landete und vor zweiundzwanzig Jahren wieder nach New York kam, aber das ist auch schon alles. In diesem Ordner befinden sich sämtliche Informationen, über die ich verfüge, auch Zeitungsausschnitte die Eltern betreffend. Der Vater war ein bekannter Broadway-Star.«

»Kamen die Eltern gemeinsam bei einem Unfall ums Leben?« Es war von Chapmans Seite reine Neugier. Bislang interessierte ihn die Sache.

»Nein.« Arthur holte mühsam Luft und fuhr fort: »Der Vater tötete die Mutter aus einem Grund, der nie bekannt wurde. Man weiß nur, daß sie Streit hatten und er den Kopf verlor. Ich übernahm seine Verteidigung.« Chapman sah, daß Arthurs Gesicht einen Ton grauer wurde, und wunderte sich, daß er einen Kriminalfall übernommen hatte. An der Sache mußte mehr dran sein, als er verriet. »Er wurde verurteilt und beging noch in derselben Nacht in seiner Zelle Selbstmord. Ich habe damals versucht, für seine Töchter ein gemeinsames Heim zu finden.« Patterson schien dem Zusammenbruch nahe zu sein, und Chapman empfand Mitleid mit ihm, da die Erinnerung sichtlich sehr schmerzhaft für ihn war. Vermutlich hatte er sich sehr überwinden müssen, diese Dinge mit einem Fremden zu besprechen. Jeder Anwalt hätte sich in einem solchen Fall verantwortlich gefühlt, aber nicht so sehr, daß er nach dreißig Jahren die Suche nach den Kindern aufgenommen hätte. Oder litt Patterson unter Schuldgefühlen? »Aber niemand wollte alle drei. Ich mußte sie trennen und die Älteste bei Verwandten lassen.« Daß er erwog, sie bei sich aufzunehmen, davon aber Abstand genommen hatte, weil seine Frau es nicht erlaubte, verschwieg er. »Kürzlich entdeckte ich eine Zeitungsnotiz über eine junge Frau bei CBA«, fuhr er fort. »Sie heißt so wie das älteste Mädchen. Es besteht die Möglichkeit, daß sie es ist, andererseits könnte es purer Zufall sein. Den Ausschnitt habe ich beigelegt, Sie sollten der Sache nachgehen.«

Chapman nickte. Und Arthur fiel ein, daß er den Artikel erst vor wenigen Wochen in der *Times* entdeckt hatte. Er betete darum, daß es die richtige Hilary Walker sein möge. Seine Hand, die den Zeitungsausschnitt hielt, zitterte, als er das Bild anstarrte. Sie kam ihm nicht bekannt vor, aber das hatte nichts zu bedeuten. Zeitungsfotos waren oft sehr schlecht. »Darum geht es, Chapman. Sie sollen die drei jungen Frauen ausfindig machen.« Jung in seinen Augen vielleicht, aber immerhin erwachsen, dachte Chapman bei sich. Er rechnete rasch nach und stellte fest, daß sie neununddreißig, fünfunddreißig und einunddreißig waren. Nun, es würde nicht einfach werden, sie zu finden. Und Arthur bestätigte diese Ansicht. »Die Adoptiveltern der zwei jüngeren sind vor Jahren weggezogen, wohin, das weiß ich nicht... ich hoffe nur, Sie können sie finden.«

»Na, das hoffe ich auch.« Chapman nahm den Ordner in Empfang und fragte Arthur mit ernster Miene: »Und wenn ich sie finde?«

»Erst sollen Sie feststellen, wo sie leben. Dann kommen Sie zu mir und berichten mir, was Sie gefunden haben. Sie sollen ihnen sagen, wer Sie sind und wer ich bin, und daß ich als alter Freund der Familie die Schwestern zusammenbringen möchte. Ich will, daß die Begegnung in meinem Haus in Connecticut stattfindet, wenn möglich... Ich fürchte aber, ich werde nicht mehr reisefähig sein... sie müßten also herkommen.«

»Und wenn sie sich weigern?« Das war immerhin möglich. Alles war möglich. In den siebzehn Jahren seiner Berufsausübung hatte er schon viel erlebt.

»Das dürfen Sie nicht zulassen!«

»Vielleicht erinnern sich die beiden jüngeren gar nicht mehr daran, daß sie Schwestern hatten. Die Enthüllung könnte für sie ein gewaltiger Schock oder ein Einbruch in ihr Leben sein.« Chapman fragte sich, ob womöglich eine Erbschaft eine Rolle spielte, wollte aber Arthur darüber nicht befragen.

»Ich bin es ihnen schuldig, daß ich sie wieder zusammenbringe. Ich habe veranlaßt, daß sie getrennt wurden... ich habe es nicht geschafft, für sie ein gemeinsames Zuhause zu finden. Ich möchte wissen, ob es ihnen gutgeht, daß es ihnen an nichts mangelt... soviel bin ich auch ihren Eltern schuldig.«

John war versucht, ihm zu sagen, daß es dafür vielleicht ein wenig spät sei, wollte aber nicht respektlos sein. In dem Alter, in dem die drei jetzt waren, konnte es ihnen nicht mehr viel ausmachen, aus welchem Grund man sie getrennt hatte, vorausgesetzt, sie erinnerten sich überhaupt daran, Geschwister zu haben. Es stand ihm aber nicht zu, die Weisheit von Arthur Pattersons letzten Wünschen in Zweifel zu ziehen. Dieser saß da und blickte ihn mit stummer Verzweiflung an.

»Übernehmen Sie den Fall?« kam es kaum hörbar von seinen Lippen.

»Ich will es versuchen.«

»Machen Sie es selbst?«

»Nach Möglichkeit möchte ich das meiste selbst erledigen. Erst muß ich die Unterlagen lesen, bevor ich eine endgültige Zusage gebe. Es könnte ja sein, daß bereits Mitarbeiter in den in Frage kommenden Gebieten tätig sind. Sie könnten die Sache besser und rascher als ich erledigen.« Arthur nickte. Das leuchtete ihm ein. »Ich lese mir erst alles durch und teile Ihnen dann telefonisch mit, wie ich die Chancen einschätze.«

»Chapman, viel ist es nicht, was Sie in den Unterlagen finden werden. Nicht viel mehr, als ich Ihnen erzählt habe.«

»Schon gut. Es könnte ja einen Punkt geben, der mir ins Auge springt.« Er warf einen diskreten Blick auf die Uhr hinter Arthurs linker Schulter. Fast Viertel nach eins. Er ließ Sascha nur ungern warten. »Sie hören in den nächsten Tagen von mir.« Er stand auf, und Arthur folgte unsicher seinem Beispiel.

»Chapman, ich bin Ihnen sehr dankbar.«

»Keine Ursache, Mr. Patterson. Hoffentlich enttäusche ich Sie nicht.« Arthur nickte nachdenklich, nicht willens, diese Möglichkeit in Betracht zu ziehen. Chapman mußte die Mädchen finden. »Zudem muß ich Sie warnen. Es könnte eine kostspielige Sache werden.« Da blickte Arthur mit verbittertem Lächeln zu ihm auf.

»Wofür soll ich mein Geld denn sonst noch ausgeben?«

Chapman erwiderte das Lächeln. Eine Frage, die nicht einfach zu beantworten war. Er begleitete Patterson hinaus, verabschiedete sich mit einem Händedruck, bedankte sich für sein Kommen und lief dann zurück in sein Büro, um den schmalen Ordner im Safe einzuschließen. Sascha würde ihn wegen der Verspätung umbringen.

15. Kapitel

John Chapman lief aus dem Haus, in dem sich sein Büro befand, rannte die zwei langgestreckten Blocks westwärts, immer wieder auf die Uhr sehend. Unwillkürlich bemerkte er sein Spiegelbild in den Schaufenstern. Tiffany... I. Miller... Henri Bendel... die Strecke zog sich endlos, und er wußte, wie sehr Sascha Unpünktlichkeit haßte, aber er hatte ja Arthur Patterson nicht plötzlich hinauskomplimentieren können. Der Mann war alt und todkrank, und außerdem... Chapman reizte der Fall. Ebenso wußte er aber, daß Sascha dafür kein Verständnis aufbringen würde.

Sie war achtundzwanzig, durchtrainiert von Kopf bis Fuß, jeder Zoll ihres Körpers war perfekt. Ihr blondes Haar trug sie so glatt zurückgekämmt, daß es aussah, als sei es auf ihren Kopf gemalt, ihre grünen Augen wiesen die Andeutung von slawischer Schrägstellung auf, und ihr Mund war ständig schmollend verzogen, ein Umstand, der ihn vom ersten Augenblick an gereizt hatte. Sie waren sich im Haus eines Freundes, eines Ballettliebhabers, begegnet, der ihr Talent pries und davon schwärmte, wie außergewöhnlich sie schon als kleines Mädchen gewesen war. Als Erwachsene war sie noch bemerkenswerter. Als Tochter russischer Emigranten hatte sie jahrelang beim Ballet de Russe in Monte Carlo studiert und war als junges Mädchen an die Julliard School gekommen, wo sie schon als Teenager ein Star wurde. Mit zwanzig hatte sie ein Angebot des American Ballet

Theatre bekommen. Und mit achtundzwanzig war sie zwar keine Primaballerina, aber eine gute Tänzerin, die auf ihre solide Karriere sehr stolz sein konnte. Die Truppe samt allen Eifersüchteleien war ihr Lebensinhalt, und es ärgerte sie insgeheim, es nicht zur Primaballerina gebracht zu haben, aber die Wahrheit sah so aus, daß sie zu klein war und immer nur im Corps de Ballet tanzen würde. Sie konnte sich damit trösten, daß sie sehr gut war, und dies machte sie John bei jeder sich bietenden Gelegenheit klar, wenn sie nicht eben über ihre schmerzenden Füße klagte oder über die Tatsache, daß er sich verspätet hatte. Obwohl mit ihr schwer auszukommen war, war John Chapman seit Monaten von ihr verzaubert... von ihrer Disziplin, ihrer großen Routine, ihrem Talent in Verbindung mit ihrem kleinen Gesicht, ihren Füßen, die beim Tanzen auf Schmetterlingsflügeln zu schweben schienen, den großen grünen Augen... sie hatte etwas ganz Besonderes an sich.

»Du bist um eine halbe Stunde zu spät dran.« Kaum stand er atemlos vor ihrem Tisch im Russian Tea Room, funkelte sie ihn unwillig über ihren halbleeren Teller Borschtsch an. Hier hatte die Atmosphäre sich seit fünfzig Jahren nicht verändert. Die Vorliebe für Blinis und Kaviar, die sie teilten, führte sie immer wieder hierher. Außerdem war das Lokal in der Nähe des Theaters. Sie trafen sich hier ein halbes Dutzend Mal in der Woche zum Lunch oder nach den Proben oder sogar nach der Vorstellung ganz spät auf einen raschen Happen, ehe sie zu ihm gingen. Sie wohnte mit vier anderen Tänzerinnen zusammen. In dieser verlotterten und zugigen Wohnung an der West Side konnte man sich unmöglich unterhalten und schon gar nicht an Liebe denken. Vorwurfsvoll sahen ihn Saschas grüne Augen an.

»Ich wollte schon gehen.« Sie sah aus wie ein zorniges Kind, und ihm kam wie immer zu Bewußtsein, wie sehr er sie liebte.

»Schön, daß du es dir überlegt hast.« Sanft berührte er ihre Hand und lächelte dem Kellner zu, den sie schon gut kannten. Es war ein alter Russe, der mit Sascha in ihrer Muttersprache plauderte. Obwohl sie in Paris geboren war, sprach sie mit ihren Eltern noch Russisch.

»Ich hatte Hunger.« Erbarmungslos durchbohrte ihr Blick John. »Das ist der Grund, weshalb ich geblieben bin.«

»Tut mir leid. Ein wichtiger Fall hat mich aufgehalten. Der Chef einer großen Anwaltsfirma brauchte meine Hilfe. Ich konnte ihn ja nicht einfach vor die Tür setzen.« Er lächelte ihr besänftigend zu und fragte sich, wie lange er brauchen würde, um ihre Laune wieder anzuheben. Meist dauerte es nicht lange, denn ihr Zorn kam immer jäh zum Ausbruch und erlosch ebenso rasch. »Entschuldige, Liebling.« Wieder berührte er ihre Hand, sie aber ließ sich durch seine Zerknirschung nicht merklich erweichen.

»Hinter mir liegt ein sehr schwieriger Vormittag.« Ihr Schmollen machte sie noch schöner.

»Ist etwas passiert?« Er wußte, wieviel Sorgen ihr Füße, Beine und Arme machten... Tänzerin zu sein, war nicht einfach. Eine Muskelzerrung, eine Verstauchung, und ihr Leben erfuhr eine drastische Wende.

»Man versucht, uns einen neuen Choreographen schmackhaft zu machen, einen unmöglichen Menschen. Im Vergleich dazu ist Balanchine eine lahme Ente. Dieser Mann ist verrückt. Man kann nicht tanzen, was er verlangt.«

»Du schon.« In Chapmans Lächeln lag Stolz. Er hielt sie für eine bemerkenswerte Tänzerin. Und diesmal erwiderte Sascha sein Lächeln. Fast hatte sie ihm schon verziehen.

»Ich versuche es. Aber ich glaube, daß er uns umbringen will.« Seufzend aß sie ihren Teller leer. Vor der Nachmittagsprobe wollte sie nicht zu viel zu sich nehmen, deswegen war sie noch immer hungrig. John hatte sich eben Blinis bestellt, und Sascha geriet dadurch in große Versuchung, wenngleich Blinis für sie beim Tanzen viel zu schwer waren. »Hm, vielleicht sollte ich noch einen Salat nehmen.« Sie gab dem Kellner die Bestellung auf Russisch auf, worauf dieser mit einem Nicken verschwand und Sascha sich nun in eine Schilderung der Mißhelligkeiten des Vormittags stürzte. Nach seinem Fall fragte sie mit keinem Wort. Das tat sie nie. Das Ballett war ihr einziges Interesse.

»Hast du abends Probe?« fragte er mit verständnisvollem

Blick. John war ein netter Mann, dem es nichts ausmachte, daß sich alles um ihre Arbeit drehte. Daran hatte er sich gewöhnt. Seine Ex-Frau war Schriftstellerin gewesen, und er hatte sieben Jahre lang stillgehalten, während sie Gruselromane produzierte, die schließlich zu großen Bestsellern wurden. Er hatte sie als Frau und als Freundin akzeptiert, auf eine richtige Ehe aber hatte er weitgehend verzichten müssen. Alles hatte hinter ihrer Arbeit rangiert, auch ihr Mann. Sie war eine schwierige Frau gewesen. Begann sie ein Buch, dann kam die übrige Welt ächzend zum Stillstand, und sie erwartete, daß John sie vor allen möglichen Unterbrechungen bewahrte. Und das hatte er bravourös geschafft, bis ihm einfach die Einsamkeit zuviel wurde. Ihre einzigen Freunde waren die Personen ihres Buches, jede Handlung, die sie ersann, wurde für sie Wirklichkeit, und während der Arbeit pflegte sie kein Wort an ihren Mann zu richten. Von acht Uhr morgens bis Mitternacht schrieb sie, Tag für Tag, und begab sich darauf stumm vor Erschöpfung zu Bett. Am Morgen fing alles wieder von neuem an, und auch beim Frühstückstisch sprach sie nicht mit ihm, in Gedanken schon wieder bei ihrem Buch. John hatte sich in der Ehe mit Eloise sehr einsam gefühlt. Sie schrieb unter dem Namen Eloise Wharton, und wenn sie an keinem Buch arbeitete, litt sie eben deswegen an Depressionen, oder sie befand sich auf einer Rundreise, die sie in fünfundvierzig Tagen in dreißig Städte führte, in denen sie ihr letztes Werk vorstellte. Ehe er sie um die Scheidung bat, hatte er sich ausgerechnet, daß sie pro Jahr im Durchschnitt etwa dreißig Stunden miteinander gesprochen hatten, deutlich weniger jedenfalls, als er von einer glücklichen Ehe erwartete. Sie hatten sich geliebt, aber Eloise hatte ihr Leben der Arbeit gewidmet. Er war nicht mal sicher, daß ihr klar war, warum er sie verlassen hatte. Sie war in ein Buch vertieft gewesen und hatte ihm nur ganz zerstreut geantwortet, als er ihr Lebewohl gesagt und die Tür hinter sich zugezogen hatte. Es kam ihm merkwürdig vor, als er erleichtert feststellte, daß er allein weniger einsam war als mit ihr. Er konnte seine Stereo-Anlage einschalten, singen, wenn ihm danach war, Freunde einladen, die so laut sein konnten, wie es ihnen beliebte.

Und er traf sich mit anderen Frauen. Das Leben war schön. Bedauerlich war nur, daß sie keine Kinder gehabt hatten. Er war seit fünf Jahren geschieden und dachte erst neuerdings wieder an eine Ehe. Tatsächlich hatte er in letzter Zeit sehr intensiv daran gedacht.

Sascha nickte auf seine Frage nach der Probe. »Wir proben bis elf.« Sie sprach, wenn auch akzentfrei, noch immer so, als hätte sie Englisch wie eine Ausländerin erlernt.

»Kann ich dich abholen?« In seinen Augen flammte Hoffnung auf. Er sagte sich ständig vor, daß er sich nicht wieder jenem alten Schema unterwerfen dürfte. Er wollte kein Leben führen, das sich einzig um Saschas Tanzerei drehte. Sie war viel lebhafter als Eloise. Sie war vital und aufregend, während Eloise in einem dunklen, nur von einer Lichtquelle über ihr erhellten Raum saß und von Phantasiegeschöpfen bedrängt wurde. In den letzten fünf Jahren hatte sie sich nicht geändert. Sie war nur noch erfolgreicher geworden und gehörte jetzt zu den erfolgreichsten Romanautoren überhaupt. Die neue Agatha Christie, hatte die *New York Times* sie hochgelobt, und *Publishers Weekly* hatte in dieses Lob eingestimmt. Mit ihren einundvierzig Jahren lebte sie in einer Phantasiewelt. Nicht wie Sascha... ganz und gar nicht...

»Danke. Ich werde um zehn nach elf an der Bühnentür sein.« Er wußte, daß sie da sein würde. Sie war präzise wie ein Chirurg. »Sei pünktlich.« Stirnrunzelnd drohte sie ihm mit dem Finger, eine Geste, die nicht ohne Anmut war.

Er lächelte und berührte unter dem Tisch ihr Knie. »Mach' ich. Heute abend arbeite ich nicht.« Er hatte nur die Absicht, die Unterlagen zu studieren, die Arthur Patterson ihm gegeben hatte, und das würde höchstens eine Stunde, wenn nicht weniger in Anspruch nehmen. Tatsächlich stand zu befürchten, daß er nichts Greifbares vorfinden würde. »Ich möchte mir nur die Unterlagen des neuen Falles ansehen.«

»Na, gib acht, daß dein Interesse nicht zu stark beansprucht wird.« Wieder runzelte sie die Stirn. Es war ihm schon einmal passiert, daß er sich nach einer Vorstellung um eine Stunde verspätet hatte. Das duldete sie weder bei ihm noch bei einem anderen. Sie hatte so etwas nicht nötig, sie war eine echte Künstlerin.

»Soll ich dich begleiten?« Bemüht, ihr zu gefallen, sah er sie so beklommen an wie ein Schuljunge. Er hatte etwas an sich, das bei jeder Frau, mit der er näher zu tun hatte, Entzücken auslöste, auch bei Sascha, obwohl sie es ihm gegenüber nie eingestanden hätte. Sie sagte ihm nie, wie sehr sie ihn liebte oder wie sehr sie seine Gesellschaft genoß. Das war unter ihrer Würde, außerdem brauchte er das nicht zu wissen.

»John, ich treffe mich in fünf Minuten mit ein paar anderen an der Ecke. Bis später dann.« Sie stand auf, grazil und in vorbildlich aufrechter Haltung, mit einem Rücken, der wie ein Stück gemeißelter Marmor war. »Sei pünktlich, ja?« setzte sie noch einmal hinzu, eine Braue hochgezogen.

»Du Tyrannin.« Er stand auf, um ihr einen Kuß zu geben, und sah ihr nach, während er seinen Tee austrank. Dann ließ er sich die Rechnung kommen und zahlte. Sascha hatte etwas an sich, das in ihm immer ein nervöses und erregtes Gefühl hervorrief, so als könnte er nicht genug von ihr bekommen. Er spürte, daß er sie nie ganz besitzen konnte und sie sich ihm immer wieder entzog, wenn er nach ihr faßte, und doch fand er ihr Wesen sehr ansprechend und bemühte sich gern um sie. Er mochte alles an ihr. Sie war so viel lebendiger als Eloise und die endlose Reihe von Anwältinnen und anderen Karrierefrauen, die er in den fünf Jahren seit seiner Scheidung getroffen hatte. Sascha war ganz anders.

Er ging zurück ins Büro, langsamer diesmal, zunächst in Gedanken bei Sascha und dann bei Arthur Patterson und den drei Frauen, die er in seinem Auftrag finden sollte. Eine sonderbare Geschichte, die ihn zu der Frage veranlaßte, ob nicht mehr dahintersteckte, als Arthur zugeben wollte. Irgendwie fehlte ein Stück zu diesem Puzzle-Spiel, vielleicht fehlten sogar mehrere. Warum wollte er die drei unbedingt zusammenführen? Was machte es schon aus, ob sie sich jetzt noch wiedersahen? Sie waren inzwischen erwachsen und hatten ein eigenes Leben geführt, was konnten sie gemeinsam haben? Und warum fühlte Patterson sich so schuldig? Was hatte er getan? Oder vielmehr, was hatte er nicht getan? Und wer waren die Eltern dieser Frauen? Auf dem Weg drehte sich Johns ganzes Denken um diese Fragen. Sein beruflicher Erfolg beruhte vor allem auf seinem unheimlichen Geschick dafür, die fehlenden Teile einer Geschichte zusammenzutragen. Er hatte schon etliche gefunden, Einzelheiten, die in einigen wichtigen Fällen eine große Rolle gespielt hatten. Seine erstaunlichsten Leistungen hatte er in Kriminalfällen erbracht und war deswegen bei Gerichten und Anwälten des ganzen Landes respektiert. Arthur Patterson hatte sich an den Richtigen gewandt. Dennoch fragte sich John Chapman ernsthaft, ob er es schaffen würde, die Frauen zu finden.

An jenem Abend nahm er die Unterlagen mit nach Hause und vertiefte sich in das wenige, das vorhanden war – es war wirklich beklagenswert wenig. Arthur hatte ganz recht gehabt. Es stand nicht viel zur Verfügung, was ihm weiterhelfen konnte, außer den Fakten, über die sie im Büro schon gesprochen hatten. Vorhanden waren allerdings sämtliche Zeitungsartikel, die den Prozeß betrafen. Diese las John als erste, von den unerwähnt gebliebenen Elementen der Geschichte angezogen. Warum hatte Sam Walker seine Frau tatsächlich getötet? War es ein geplanter Mord, wie manche glaubten, oder ein im Affekt begangenes Verbrechen? Was hatte diese Frau ihm angetan? Wer war sie? Eigentlich waren diese Dinge für ihn nicht von Bedeutung, und doch reizte ihn diese Frage. Er las die Kritiken von einigen der Bühnenstücke, in denen Walker gespielt hatte. Dabei fiel ihm ein, daß er ihn einmal als Junge gesehen hatte. Im Gedächtnis geblieben war ihm aber nur, daß es eine eindrucksvolle schauspielerische Leistung gewesen war und daß Walker sehr gut ausgesehen hatte. Mehr wußte er nicht mehr.

Eine kurze Notiz in Arthurs zittriger Handschrift hielt fest, daß er und Sam Walker Kriegskameraden gewesen waren. Es folgten eine Aufstellung der Orte, an denen sie sich gemeinsam aufgehalten hatten, und eine Schilderung ihrer ersten Begegnung mit Solange, die für einen Mann seines Alters erstaunlich gefühlvoll formuliert war, und das noch dazu von einem Mann, der sein Leben lang nur Dokumente und Schriftsätze abgefaßt hatte. Ob wohl darin eine der Antworten verborgen war? Vielleicht war Arthur Patterson in Solange verliebt gewesen. Ebensogut aber konnte es auch bedeutungslos sein. Es änderte nichts an den Tatsachen. Sam hatte Solange aus irgendeinem Grund getötet und die drei Kinder zu Waisen gemacht.

Die Älteste war bei Verwandten in Charlestown untergekommen, bei Eileen und Jack Jones. Arthur wußte, daß sie von dort nach Jacksonville gezogen waren, weil sie es ihm gesagt hatte, als sie vor Jahren in sein Büro gekommen war und von ihm die Adressen ihrer Schwestern forderte. Arthur merkte in einer Notiz an, daß sie alles andere als freundlich gewesen sei. Außerdem erwähnte er, sie hätte gesagt, daß sie in Jacksonville in einem Erziehungsheim gelebt hätte, und John fragte sich schon, ob sie als junges Mädchen straffällig geworden war. Wenn ja, dann war sie vielleicht rückfällig geworden, und er würde sie aufgrund ihres Vorstrafenregisters ausfindig machen können. Als Vorbestrafte würde sie ohnehin leichter zu finden sein, besonders, wenn sie irgendwo eine Haftstrafe abgesessen hatte. Zumindest konnte er Patterson dann melden, daß er sie gefunden hätte.

Die zweite war von einem von Arthurs Partnern adoptiert worden, der dann gestorben war. Seine Witwe hielt sich jetzt Gott weiß wo auf und hatte Gott weiß wen geheiratet. Ein Riesenprojekt, wie es aussah. Er würde mit den Unterlagen über die Gorhams in Pattersons Büro anfangen müssen und beten, daß man in den letzten Jahren aus irgendeinem Grund mit seiner Witwe Kontakt aufgenommen hatte, möglicherweise wegen einer Treuhänderschaft oder irgendeiner Einzelheit der Hinterlassenschaft, von der Arthur nichts wußte, da er nicht zu den Nachlaßverwaltern der Gorhams gehörte... und dann war noch das Baby da...

Die Jüngste war ebenfalls praktisch verschwunden, aber nicht ohne Vorwarnung. Arthur hatte ihm gesagt, David Abrams hätte größten Wert darauf gelegt, daß er, Patterson, den Kontakt mit dem Kind nicht aufrechterhielte, da sie ein neues Leben beginnen wollten, ein Leben, strikt getrennt von der Vergangenheit. John überlegte, ob der Grund für ihren Umzug nach Kalifornien vielleicht der war, daß sie dort niemand kannte und kein Mensch wissen konnte, daß das Kind adoptiert war.

Und dann nichts mehr. Ein Zeitungsausschnitt am Ende des Ordners, jener, von dem Arthur gesprochen hatte. Aber trotz der Namensähnlichkeit hielt es John wie Arthur für unwahrscheinlich, daß diese Fernsehchefin etwas mit den gesuchten Walkers zu tun hatte. Es war ein Artikel aus der *New York Times* über den Aufstieg einer gewissen Hilary Walker bei der Fernsehgesellschaft CBA. Sogar Arthur hatte sie anhand des Fotos nicht erkannt, und der Erfolg wäre ihm praktisch in den Schoß gefallen, wenn man sie in dieser Stadt entdeckt hätte. John war schon zu lange in seiner Branche tätig, in der es sehr häufig galt, Menschen aufzustöbern, um eine falsche Hoffnung nicht als solche zu erkennen. Selbstverständlich wollte er der Sache nachgehen, aber er war überzeugt, die Frau würde sich als eine andere Hilary Walker entpuppen.

Und mehr gab es nicht. Das war alles, was an Unterlagen vorhanden war. Bequem zurückgelehnt dachte er an die drei. Wie sie finden und wo beginnen? Die Räder waren in Bewegung geraten. Und dann warf er plötzlich einen Blick auf die Uhr.

»Verdammt...« murmelte er. Halb elf vorüber. Er griff nach seiner über einer Sessellehne hängenden Jacke und lief die drei Treppen hinunter. Er bewohnte das gesamte Dachgeschoß eines hübschen Backsteinhauses an der East-Sixty-ninth Street. Und er hatte insofern Glück, als er sofort ein Taxi bekam, da aber nach Theaterschluß der Verkehr sehr dicht war, schaffte er es kaum rechtzeitig zur Verabredung mit Sascha.

Genau um zehn nach elf kam sie in Jeans und Turnschuhen, ihre Tanztasche in der Hand, heraus und war total geschafft.

»Na, wie war es?« Immer war da diese Hochspannung wie nach einem chirurgischen Eingriff, ähnlich wie Eloises Kämpfen mit schwierigen Passagen ihrer Romanfiguren. Aber irgendwie erschien ihm dies hier aufregender.

»Schrecklich war es.«

Er wußte es besser und glaubte ihr nicht. Als er ihr die Tasche abnahm, legte er den Arm schützend um sie. »Du stellst an dich selbst zu hohe Anforderungen, Kleines.« Sie war so klein und grazil, daß sie unweigerlich Beschützerinstinkte in ihm wachrief, und außerdem neigte er ohnehin dazu.

»Nein, es war schrecklich. Meine Füße haben mich fast umgebracht. Heute wird es sicher noch regnen. Das ahne ich immer im voraus.« John wußte inzwischen, daß die Füße einer Tänzerin ständige Quelle von Schmerzen und ständiges Gesprächsthema darstellten.

»Zu Hause massiere ich dir die Füße«, versprach er, als sie in einem Taxi zurück zur East Sixty-ninth Street fuhren.

Die Wohnung war friedlich und still. Im Haus gab es nur noch zwei Wohnungen, von denen eine ein Arzt gemietet hatte, den man nie antraf. Er war jünger als John, und wenn er nicht Dienst hatte und im New York Hospital Babys auf die Welt bringen half, widmete er sich einer Reihe von erlesenen weiblichen Wesen. In der anderen Wohnung lebte eine Dame, die für IBM arbeitete und acht bis zehn Monate im Jahr auf Reisen war. Die meiste Zeit konnte er das Haus, das Ausblick auf einen kleinen eigenen Garten und auf die größeren Gärten der Stadthäuser an der Sixty-eighth Street bot, für sich allein haben. »Möchtest du einen Drink?« fragte er, den Kopf aus seiner aufgeräumten Küche steckend.

»Nur Tee, bitte.« Seufzend ließ sie sich auf der Couch nieder und dehnte Arme, Rücken und Beine. Niemals ließ sie sich herbei, in seiner kleinen Küche etwas zuzubereiten. Nie wäre sie auf den Gedanken gekommen, für ihn oder für sich Dinge dieser Art zu tun. Das übernahm unweigerlich John.

Er kam wenig später mit einem Glas Tee, wie sie es liebte. Es war eine russische Tradition, die er schätzen gelernt hatte. Eigens zu diesem Zweck hatte er sich sogar Teegläser angeschafft. Ebenso fachmännisch hatte er seinerzeit Eloises kleine Zwischenhäppchen zurechtgemacht, wenn sie arbeitete. Als Gegenleistung hatte sie ihn zwischen ihren Büchern ein paarmal mit geradezu opulenten Menus verwöhnt, denn sie buk für ihr Leben gern und hatte ein Faible für die französische Küche. Anders als Sascha, die es als eine Beleidigung ihres Künstlertums aufgefaßt hätte, wäre von ihr erwartet worden, auch nur eine Scheibe Toast zu machen.

»Kommst du morgen zur Vorstellung?« fragte sie ihn, während sie langsam die Nadeln aus dem Haar zog, das nun wie ein langer blonder Schleier um ihre Schultern flutete.

Aus seinem Blick sprach Bedauern. Er erinnerte sie nur ungern daran, da er wußte, daß unweigerlich eine Szene folgen würde. Es war für sie immer Grund zur Bitterkeit, wenn er fort mußte. Sascha erwartete, daß er ständig für sie erreichbar war. Aber am nächsten Nachmittag wollte er nach Boston fliegen.

»Sascha, ich fahre übers Wochenende nach Cape Cod. Das sagte ich dir schon vor ein paar Wochen, du hast es wahrscheinlich vergessen. Meine Mutter hat Geburtstag. Ich wollte mich drücken, aber es war unmöglich. Es ist der siebzigste, also ein Ereignis von einiger Bedeutsamkeit.« Seine beiden Brüder würden samt Ehefrauen und Kindern da sein. Irgendwie fühlte er sich bei solchen Gelegenheiten immer sehr unvollkommen, da er nach jahrelanger Ehe und verschiedenen Affären immer noch ohne Anhang aufkreuzte. Alles, was die anderen hatten, war anzufassen, war eindeutig, Ehefrauen, die hübsche Saphire oder Diamanten als Verlobungsringe und Hochzeitsgeschenke trugen, Kinder mit aufgeschürften Knien und Zahnlücken, und im Falle seines ältesten Neffen sogar ein High-School-Diplom. Das Wochenende zog sich sicher in die Länge. Gleichzeitig aber wußte er, daß es auch sehr lustig sein würde. Er hatte seine beiden Brüder sehr gern, von denen der eine älter, der andere jünger war als er. Mit seinen Schwägerinnen war nicht ganz einfach auszukommen, dafür waren die Kinder prima. Daß er Sascha mitbrachte, war ausgeschlossen. Trotz seines Alters hätten seine Eltern es nicht gebilligt, wenn eine Frau ihn zu einem Familienfest begleitet hätte. »Sonntags bin ich wieder da.«

»Ach, mach dir nicht die Mühe.« Sie streckte den Rücken und ließ beide Füße anmutig auf den Boden fallen. »Sonntagnachmittag habe ich ohnehin Probe. Die Brosamen vom Tisch deiner Eltern interessieren mich nicht.« Dabei sprach aus ihrer Miene so viel Erbitterung, daß ihn ihre Wortwahl zum Lachen brachte. Hin und wieder war ihr Englisch wirklich merkwürdig.

»Ist es das, was ich für dich bin? Ein Brosamen?«

»Ich begreife nicht, was an deiner Familie so geheiligt ist. Du kennst meine Eltern, meine Tante, meine Großmutter. Sind deine Eltern um so viel besser als meine? Würden sie es mißbilligen, daß ich Tänzerin bin?« Sie klang sehr russisch und sah überaus dramatisch aus, als sie anfing, den Raum zu durchmessen. Ihr Haar flog, ihre Hände steckten in den Gesäßtaschen ihrer Jeans, der grazile Körper war angespannt vor Erregung.

»Sie leben sehr zurückgezogen, das ist alles.« Und sie waren echte Bostoner. Eine Schriftstellerin war schon schwierig genug gewesen. Eine Ballerina würde seine Mutter vollends verzweifeln lassen. Sie hatte zwar gehörigen Respekt vor den schönen Künsten, sah diese aber lieber auf der Bühne als im Schlafzimmer ihres Sohnes. »Beziehungen wie die unsere sind ihnen völlig unverständlich.«

»Für mich auch. Sind wir nun zusammen oder nicht?« Sie stand wie eine bezaubernde Elfe vor ihm, eine außer sich geratene Elfe. Sie fühlte sich von der Familie, der er sie nie vorstellte, ausgeschlossen. Ohne daß er je ein Wort darüber verloren hätte, war ihr bewußt, daß man ihr mit Mißbilligung begegnet wäre.

»Natürlich gehören wir zusammen. Aber was meine Familie betrifft, so nimmt man diese Dinge nicht vor der Ehe oder zumindest nicht vor der Verlobung zur Kenntnis.« Und sie war diejenige, die sich gegen eine feste Bindung stemmte. Sie sah keine Notwendigkeit für eine Bestätigung ihrer Beziehung.

»Sie halten uns wohl für unmoralisch?«

»Mag sein. Sie ziehen es vor, diese Dinge zu ignorieren. Da sie mit dieser Problematik nicht konfrontiert werden möchten, weichen sie ihr aus. Und als ihr Sohn habe ich das zu respektieren. Sie sind schon sehr betagt, Sascha. Meine Mutter wird am kommenden Samstag siebzig, mein Vater ist neunundsiebzig. Es ist zu spät, ihnen die moderne Lebensart aufzuzwingen.«

»Das ist lächerlich!« Wieder lief sie durch den Raum und blieb dann in der Küchentür stehen, den Blick lodernd auf ihn gerichtet. »Wärest du ein richtiger Mann, dann würdest du mich mitnehmen und sie dazu bringen, mich zu akzeptieren.«

»Da lade ich sie lieber ein, dich tanzen zu sehen, wenn sie nächstes Mal nach New York kommen. Das wäre ein viel besserer Anknüpfungspunkt. Glaubst du nicht auch?«

Sascha ließ sich dies nur wenig besänftigt durch den Kopf gehen, ehe sie sich wieder auf der Couch niederließ und ihre Turnschuhe anzog, ein böses Omen, wie er aus Erfahrung wußte. Schon oft war sie um zwei Uhr morgens aus seiner Wohnung gelaufen und zu sich nach Hause gerannt.

»Was machst du?«

»Ich will nach Hause. Dorthin gehöre ich.« Sie sah ihn voller Mißbilligung an, und er seufzte. Er haßte Szenen, Sascha hingegen lebte sich darin richtig aus. Sie schienen unabdingbarer Teil ihrer künstlerischen Existenz zu sein.

»Sei nicht albern.« Er streckte die Hand aus und faßte nach ihrer Schulter, die sich unter seinen Fingern wie Felsgestein anfühlte. »Wir beide haben gewisse Dinge im Leben, die wir allein tun müssen. Du hast deine Arbeit, deine Kollegen und deine Proben. Ich habe meine Arbeit und ein paar andere Verpflichtungen.«

»Davon will ich nichts hören. Die Wahrheit, Mr. Chapman, ist«... sie stand auf und hängte sich die Tasche über die Schulter, den Blick wütend auf ihn gerichtet, »daß Sie ein Snob sind und befürchten, Ihre Eltern würden der Meinung sein, daß ich nicht gut genug bin. Und weißt du was? Mir ist es schnuppe. Behalte deine Mayflower, dein Plymouth Rock und dein ganzes dummes Boston. Ich brauche nicht im Gesellschaftsregister zu stehen, ich möchte viel lieber eines Tages im ›Who is Who‹ stehen. Und wenn das nicht gut genug ist«... sie vollführte eine vielsagende Geste und stolzierte zur Tür. Und diesmal hielt er sie nicht auf. Er wußte, daß sie sich bis zum Sonntag beruhigen würde. Er konnte sie nicht besänftigen, indem er seine Wochenendpläne umwarf.

»Tut mir leid, daß du es so siehst, Sascha.« Als Antwort knallte sie die Tür zu, und er ächzte. Manchmal war sie wirklich unglaublich kindisch und so egozentrisch. Er gestattete sich diesen Gedanken sehr selten, aber immerhin hatte sie keine einzige Frage zu seinem neuen Auftrag gestellt. Sein Lebensinhalt interessierte sie nur, wenn er ihre eigenen Pläne durchkreuzte.

Er löschte das Licht im Wohnzimmer und ging zu Bett, ohne vorher die Gläser in die Spüle zu tun. Das konnte die Putzfrau am Morgen erledigen. Im Bett dachte er an Saschas Anschuldigungen ... er sei ein Snob und seine Eltern würden sie nicht akzeptieren. Irgendwie hatte sie nicht einmal unrecht. Seine Eltern wären von Sascha Riva sicher nicht begeistert gewesen. Sie hätten sie für zu engstirnig und ungeheuer schwierig gehalten, für ungebildet und unwissend, und, jawohl, es war für sie von Bedeutung, daß sie nicht zur ›Gesellschaft‹ gehörte. Für ihn war das nicht wichtig, aber seine Eltern legten Wert darauf, wie er wußte. Bei Eloise war es anders gewesen. Sie und Mutter waren zwar nie besonders gut miteinander ausgekommen, und Eloise hatte seine Schwägerinnen für unsagbar langweilig gehalten. Doch Eloise entstammte einer erstklassigen Familie und hatte Yale mit summa cum laude absolviert. Eloises Herkunft und Bildung waren über jeden Zweifel erhaben. Sie war intelligent und erstaunlich geistreich, Eigenschaften, die nicht unbedingt eine gute Ehefrau aus ihr machten, ganz im Gegenteil, und Sascha ließ diesbezüglich auch nicht mehr erhoffen. Er erwog, sie anzurufen, war aber zu müde, um sie um Vergebung anzuflehen, nur weil er nach Cape Cod zu seiner Mutter fahren wollte. Statt dessen drückte er sich tiefer in sein Kissen und schlief ein. Er erwachte erst durch das Schrillen des Weckers am nächsten Morgen.

John duschte und rasierte sich, machte Kaffee und ging ins Büro. Aus der Zeitung erfuhr er, daß Eloise einen neuen Bestseller verfaßt hatte. Gut für sie. Mehr hatte sie nicht im Leben, und er wußte, wie glücklich es sie machte. Hin und wieder beneidete er sie darum. Wie gern wäre er so ausgefüllt gewesen, so besessen und total eingesponnen in seine Arbeit, daß alles andere im

Leben wenig zählte. Er liebte seine Arbeit, strebte aber darüber hinaus nach viel mehr. Und bislang hatte er es nicht gefunden. Das war einer der Gründe, weshalb ihn der Fall Patterson so in Erregung versetzte. An diesem Auftrag war etwas Aufregendes, und das hatte er bei seiner Arbeit schon seit langem vermißt. Als erstes wollte er die Älteste, Hilary, finden, da ihr Schicksal speziell ihn faszinierte. Nachdem Arthur Patterson sie in Charlestown ihrem Schicksal überlassen hatte, mochte ihr Leben Gott weiß wie verlaufen sein. Dank ihres späteren Besuches bei Arthur wußte man, daß sie in Jacksonville, Florida, gelandet war. Was in weiterer Folge aus ihr geworden war, war ebenso unbekannt, denn sie hatte mit Arthur nie wieder Verbindung aufgenommen und war schlicht und einfach verschwunden. Als einzige Spur lag der Ausschnitt aus der *New York Times* vor. Eine Hilary Walker hatte bei CBA einen der obersten Management-Posten erreicht. Aber war das die gesuchte Frau? John hatte seine Zweifel, es erschien ihm zu unwahrscheinlich.

16. Kapitel

John war schon vor neun im Büro, da er noch viel zu tun hatte, ehe er seinen Wochenendausflug antrat. Etwas lag ihm besonders am Herzen, das er unbedingt erledigen wollte. Er wollte versuchen, die Hilary Walker aus Arthur Pattersons Zeitungsausschnitt anzurufen. Höchstwahrscheinlich handelte es sich nicht um die Gesuchte, aber einen Versuch war es immerhin wert. Diese Spur zu vernachlässigen, konnte er sich keinesfalls leisten. Womöglich arbeitete sie direkt vor seiner Nase bei CBA in der obersten Führungsetage.

Er sah auf die Uhr. Viertel nach neun. Er griff selbst zum Hörer, wählte die Nummer der Vermittlung und ließ sich Hilary Walkers Nummer geben.

»Hilary Walker, bitte.« Sein Mund war trocken, ein Umstand, der ihn erstaunte. Er wußte gar nicht, warum ihm der Fall Patterson so naheging.

Es meldete sich eine Sekretärin, und er verlangte abermals Hilary Walker.

»Wer spricht bitte?« fragte die Stimme.

»John Chapman, von Chapman & Co, Miß Walker kennt mich nicht. Würden Sie so freundlich sein und ihr sagen, daß es dringend ist?«

»Augenblick, bitte.« Die Person am anderen Ende der Leitung blieb ungerührt. Sie verständigte Hilary über den Nebenanschluß, und diese konnte sich beim besten Willen nicht denken, wer dieser John Chapman war und was er wollte. Sie hatte für zehn Uhr eine Produktionssitzung anberaumt und hatte keine Zeit für aufdringliche Anrufer.

»Fragen Sie, ob ich später zurückrufen kann«, sagte sie der Sekretärin, um sofort ihre Anweisung zu widerrufen. »Ach was, ich spreche jetzt gleich mit ihm.« Sie drückte den aufleuchtenden Knopf und meldete sich mit kühler, tiefer Stimme.

»Hier Hilary Walker.« Einen Augenblick lang wurde John an die Stimme seiner Mutter erinnert, die bislang die einzige Frau mit so tiefer Stimme war, die er kannte. Er kam sofort zur Sache, denn ob es sich um die richtige Hilary Walker handelte oder nicht, sie war in jedem Fall eine sehr beschäftigte Person.

»Ich bedanke mich, daß Sie meinen Anruf entgegennehmen, und ich will aus Gründen der Zeitersparnis sofort zur Sache kommen. Mein Name ist John Chapman, ich bin Chef von Chapman & Co und suche eine Frau namens Hilary Walker. Ihr Vater hieß Sam, die Mutter Solange, Hilary lebte bei dem Ehepaar Jack und Eileen Jones in Boston. Sind Sie diese Frau?«

Ein Glück, daß er ihr Gesicht nicht sehen konnte. Hilary war kreidebleich geworden und zitterte am ganzen Körper, während sie sich mit einer Hand am Schreibtisch festhalten mußte. Von all dem verriet ihre Stimme nichts.

»Nein, die bin ich nicht. Worum handelt es sich eigentlich?« Ihr erster Instinkt war gewesen, einfach zu leugnen, doch sie mußte wissen, warum der Anrufer sie suchte. Ihrer Schwestern wegen? Nicht, daß es noch von Bedeutung gewesen wäre... die waren längst in alle Winde zerstreut und ahnten wahrscheinlich gar nichts von ihrer Existenz. Schon vor Jahren hatte sie alle Hoffnung aufgegeben. Ihre Karriere war das einzige, was ihr geblieben war. Nein, viel wahrscheinlicher stand dieser verdammte Arthur Patterson dahinter.

»Es handelt sich um die Ermittlung im Auftrag eines Klienten. Er hofft, diese Miß Walker irgendwo zu finden. Als ihm der Artikel über Sie in der *Times* und im *Wall Street Journal* in die Hände fiel, dachte er, Sie könnten die Richtige sein. Eine kühne Vermutung, wie ich zugeben muß. Ich entschuldige mich wegen der Störung.« Ihre Stimme ließ erkennen, daß sie nicht die Richtige war. John mußte zugeben, daß er enttäuscht war.

»Es tut mir sehr leid, daß ich Ihnen nicht weiterhelfen kann, Mr. Chapman.« Ihre Stimme klang plötzlich weich und kühl, verriet jedoch nicht die geringste Gemütsbewegung. Es wäre auch viel zu einfach gewesen, wäre sie die Gesuchte gewesen.

»Nochmals vielen Dank, Miß Walker.«

»Keine Ursache.« Damit legte sie auf und er ebenfalls. Er hatte einen Versuch gewagt. Die Frau, die jetzt bleich und erschüttert am anderen Ende der Stadt saß, konnte er nicht sehen. Für sie war es wie ein Anruf von einem Gespenst aus der Vergangenheit. Sicher steckte Arthur dahinter, dieser alte Bastard. Er sollte sie niemals finden. Sie hatte keinen Grund, in Verbindung mit ihm zu treten und sein Gewissen zu besänftigen. Er hatte für sie und ihre Schwestern keinen Finger gerührt. Zur Hölle mit ihm und mit John Chapman, mit allen. Sie brauchte sie alle nicht.

Um zehn Uhr ging sie zur Besprechung und ließ für den Rest des Tages ihre Mitarbeiter ihren Mißmut spüren. Nach der Sitzung war sie noch immer tief erschüttert, und alle anderen ebenso. Drei Produzenten hatte sie gefeuert, und gegen die anderen ernste Drohungen geäußert. Sie kannte kein Erbarmen, aber dafür war sie seit jeher bekannt gewesen. Nach dem Anruf von John Chapman hatte sie sich nur unwesentlich härter gebärdet.

17. Kapitel

John Chapman saß in seinem Büro und war enttäuscht. Die Frau aus dem Artikel war nicht die Hilary Walker, die man suchte... die er suchte... Mit einem tiefen Seufzer ordnete er den Ausschnitt mit einem Kommentar versehen in die Akte ein. Später wollte er Arthur anrufen und ihm Bericht erstatten. Vorerst aber hatten sich zwei seiner Geschäftspartner bei ihm angemeldet. Die Sache sei dringend, hatte es geheißen.

Drei ihrer größten Fälle kamen jetzt vor Gericht, und in allen drei Fällen stand es für ihre Klienten sehr gut, eine befriedigende Sache für die Firma. Zu Mittag sah John auf die Uhr und faßte spontan einen Entschluß. Eigentlich war alles erledigt, was er sich vorgenommen hatte, und alles übrige hatte bis Montag Zeit. Seine Eltern erwarteten ihn erst zum Dinner. Wenn er die Zwei-Uhr-Maschine von La Guardia erwischte, war er um drei in Boston und konnte auf dem Weg zu seinen Eltern in Charlestown Station machen. Er würde noch rechtzeitig zu Hause eintreffen und konnte in der Zwischenzeit vielleicht etwas über Hilary Walker in Erfahrung bringen. Zwar hätte er ebensogut in Jacksonville mit seinen Nachforschungen beginnen können, legte aber bei seinen Ermittlungen Wert auf Vollständigkeit. Und ein Abstecher nach Charlestown würde vielleicht auch etwas über die anderen beiden Mädchen zutage fördern. Da er ohnehin in diese Richtung wollte, konnte er einen Abstecher riskieren.

Er sagte seiner Sekretärin, wo er für alle Fälle zu erreichen war, und fuhr mit dem Taxi zurück in seine Wohnung. Es dauerte nur zehn Minuten, bis seine Sachen gepackt waren, denn er wußte genau, was er für ein Wochenende mit seiner Familie brauchte. Und um eins war er schon unterwegs zum Flughafen, buchte einen Platz, war um zehn nach drei am Ziel und nahm am Flughafen einen Leihwagen. Nach Charlestown war es dann noch eine halbe Stunde.

Er vergewisserte sich, ob er die richtige Adresse hatte, und fuhr mit wachsendem Widerwillen durch die Straßen von Charlestown. Es war einer jener Stadtteile, die vierzig Jahre zuvor häßlich gewesen waren und mit der Zeit nichts dazugewonnen hatten. Andere Stadtviertel waren in den letzten Jahren vom Glück begünstigt worden, und man hatte sie liebevoll restauriert. Diese Häuser aber hatte man verfallen lassen. Waren sie schon häßlich gewesen, als Hilary hier wohnte, so waren sie jetzt noch viel verwahrloster. Sie waren abscheulich. Verkommene Bruchbuden, von denen die Farbe abblätterte, viele von ihnen vernagelt und abbruchreif. Da und dort sah man entsprechende Schilder an Häusern, die von der Stadt zum Tode verurteilt waren, und John konnte die Ratten ahnen, die nur darauf lauerten, sich bei Einbruch der Dunkelheit aus ihren Löchern zu wagen. Ein schrecklicher Ort, und das Haus, vor dem er anhielt, war eines der ärgsten. Er blieb stehen und unterzog es vom Gehsteig aus einer eingehenden Betrachtung. Im Vorgarten wucherte das Unkraut mannshoch, in der Luft lag schwer fauliger Müllgeruch. Die Haustür hing schief in den Angeln.

Widerstrebend stieg er die Stufen zum Eingang hinauf, den zwei kaputten ausweichend, um nicht durchzubrechen. Dann klopfte er laut und energisch an. Die Klingel hing an einem Faden und war sichtlich funktionsuntüchtig. Und obgleich er aus dem Inneren Geräusche vernahm, kam lange niemand an die Tür. Schließlich öffnete eine zahnlose Alte. Verwirrt starrte sie ihn an und fragte dann, was er wolle.

»Ich suche Eileen und Jack Jones. Die beiden haben hier vor langer Zeit gewohnt. Kennen Sie die Leute?« Er sprach ganz laut, für den Fall, daß sie taub war. Taub schien sie nicht zu sein, dafür aber dumm.

»Nie gehört. Warum fragen Sie nicht Charlie gegenüber? Der wohnt hier schon seit dem Krieg. Vielleicht kennt er sie.«

»Danke.« Ein kurzer Blick ins Hausinnere zeigte John, daß es unglaublich trist war. Er konnte nur hoffen, daß es damals, als Hilary und ihre Schwestern hier lebten, besser gewesen war, wenngleich man sich dies schwer vorstellen konnte. »Vielen Dank.« Er lächelte freundlich, und sie knallte ihm die Tür vor der Nase zu, nicht weil sie verärgert war, sondern weil sie gar nicht wußte, daß es andere Arten des Türenschließens gab.

Er sah nach beiden Seiten die Straße entlang und erwog, mit ein paar anderen Nachbarn zu sprechen. Aber als erstes ging er zu dem Haus, das die Frau ihm gezeigt hatte. Er fragte sich, ob um vier Uhr an einem Freitag nachmittag jemand zu Hause sein würde, doch der alte Mann, den sie Charlie genannt hatte, saß auf der vorderen Veranda, völlig in ein einseitiges Gespräch mit dem alten räudigen Köter vertieft, der neben ihm lag.

»Hallo.« Charlie sah freundlich aus und lächelte John zu, der die Stufen heraufkam.

»Hallo. Sind Sie Charlie?« John lächelte liebenswürdig. Damals, als er selbst die Beinarbeit machen mußte, hatte er sich sehr gut bewährt. Und jetzt, nach jahrelanger Schreibtischarbeit, verspürte er die Erregung von damals. Es tat gut, wieder einmal ganz hautnah zu ermitteln. Einmal hatte er versucht, Sascha zu erklären, wie gern er es tat. Sie hatte keinerlei Verständnis gezeigt. Für sie gab es nur den Tanz ... und das Lincoln Center ... und Proben. Alles andere zählte nicht. Hin und wieder ertappte er sich bei der Frage, ob er für sie etwas zählte.

»Ja, ich bin Charlie«, antwortete der Alte. »Und Sie?«

John streckte ihm die Hand entgegen. »Mein Name ist John Chapman. Ich suche Leute, die hier vor Jahren wohnten. In dem Haus dort drüben.« Er deutete auf das Haus gegenüber. »Eileen und Jack Jones. Können Sie sich zufällig an die beiden erinnern, Sir?« Immer war er höflich, immer freundlich, locker, ein Mensch, mit dem man gern schwatzte.

»Aber klar doch. Einmal habe ich Jack einen Job verschafft. Natürlich hat er ihn nicht lange behalten. Er soff sich durchs Leben, sie übrigens auch. Wie ich hörte, hat der Suff sie ins Grab gebracht.« John nickte, als wüßte er Bescheid. Das gehörte dazu. »Ich arbeitete drüben in der Navy-Werft. Verdammt gute Arbeit im Krieg. Ich war für die Armee nicht tauglich, weil ich als Junge rheumatisches Fieber hatte. Den ganzen Krieg über war ich da – zu Hause bei Frau und Kindern. Hört sich heute irgendwie unpatriotisch an, aber ich hatte halt Glück.«

»Sie hatten Kinder?« John sah ihn voller Interesse an.

»Die sind jetzt alle groß.« Der Alte schaukelte vor und zurück. Sein Blick hatte einen traurigen Ausdruck angenommen, während er an seiner Pfeife sog. »Und meine Frau lebt nicht mehr. Diesen Sommer sind es vierzehn Jahre, daß sie starb. Eine gute Frau.« Wieder nickte John und ließ den Alten weitersprechen. »Hin und wieder kommen meine Jungs und besuchen mich, wenn es sich machen läßt. Die Tochter lebt in Chicago. Letzte Weihnachten war ich dort... saumäßig kalt ist es dort. Sie hat sechs Gören. Ihr Mann ist Prediger.« Eine interessante Geschichte. John streichelte den Hund, während er Charlie geduldig zuhörte.

»Können Sie sich an drei kleine Mädchen erinnern, die vor dreißig Jahren bei den Jones wohnten... so um diese Jahreszeit... im Sommer 1958, genauer gesagt. Drei kleine Mädchen. Eine neun, eine fünf, die kleinste ein Baby. Sie muß damals etwa ein Jahr alt gewesen sein.«

»Nein... wüßte nicht... Jack und Eileen hatten keine Kinder. Und das war gut so. Es waren keine richtig netten Leute. Stritten und zankten sich ständig. Einmal hätte ich beinahe die Polizei geholt, weil ich dachte, er würde sie umbringen.« Nicht eben die beste Umgebung, um drei Kinder unterzubringen.

»Es waren die Kinder von Eileens Bruder. Sie waren nur den Sommer über da, aber eine blieb länger...« Er hoffte, mit diesen Hinweisen Charlies Gedächtnis auf die Sprünge zu helfen, und plötzlich sah der Alte ihn stirnrunzelnd an und stieß mit der Pfeife in Johns Richtung.

»Hm, weil Sie es sagen, fällt es mir ein... eine schreckliche Sache... er hatte seine Frau umgebracht, und die Kinder waren Waisen. Ich sah sie nur ein- oder zweimal, aber ich weiß noch, daß Ruth, das war meine Frau, mir sagte, wie niedlich sie wären und wie schrecklich Eileen sie behandelte, und daß es ein Verbrechen sei, die Kinder bei den Jones zu lassen. Ruth sagte, Eileen hätte sie fast verhungern lassen, deshalb brachte ihnen meine Frau ab und zu was zum Essen, obwohl sie sicher war, daß Jack und Eileen das Zeug selbst aßen und den Kleinen nichts gaben. Ich weiß nicht, was aus ihnen wurde. Kurz darauf zogen sie nämlich weg. Eileen wurde krank, und sie gingen nach ... Arizona, glaube ich, oder nach Kalifornien ... irgendwohin in wärmere Gegenden ... aber gestorben ist sie trotzdem. Trank sich zu Tode, wenn Sie mich fragen. Keine Ahnung, was dann mit den Kindern los war. Jack muß sie behalten haben.«

»Nur eine. Die anderen sind schon im Sommer fort. Nur die Älteste blieb bei ihm.«

»Hm, Ruth muß das alles gewußt haben. Ich weiß nichts mehr.« Er lehnte sich zurück und schwelgte in der Vergangenheit, die nichts mit Jack und Eileen zu tun hatte. Das alles lag schon so lange zurück, und damals hatte seine Frau noch gelebt ... bittersüße Erinnerungen waren es ... er schien John vergessen zu haben, während er in seinem Schaukelstuhl vor und zurück wippte. Er hatte John gesagt, was er wußte. John hatte zwar nichts besonders Wichtiges erfahren, immerhin aber konnte er dem Puzzlespiel ein kleines Stückchen hinzufügen. Arthurs schlechtes Gewissen war damit erklärt. Er muß gewußt haben, wie jämmerlich es ihnen hier ergangen war, und doch hatte er sie diesem Elend überlassen. Hilary hatte dann sogar für immer bei den Jones bleiben müssen. Allmählich konnte er sich ein Bild machen, wie sich ihr Leben in dem Haus gegenüber bei den Leuten, wie Charlie sie ihm beschrieben hatte, abgespielt hatte. Der Gedanke ließ John schaudern.

»Glauben Sie, es gibt hier jemanden, der sich an sie noch erinnert?« fragte John. Charly blickte auf und antwortete:

»Ich bin der einzige, der hier schon so lange wohnt. Die anderen sind erst seit zehn, fünfzehn Jahren da ... die meisten kürzer. Sie bleiben ein, zwei Jahre und ziehen dann fort.« In dieser Umgebung nicht unverständlich. »Mein Ältester möchte, daß ich zu ihm ziehe, aber mir gefällt es hier ... ich lebte hier mit meiner Frau zusammen, eines Tages werde ich hier sterben ...« Er sagte es abgeklärt und gelassen. »Ich gehe nicht fort.«

»Vielen Dank für Ihre Unterstützung. Sie waren mir eine große Hilfe.« John blickte lächelnd auf Charlie, der nun zum erstenmal voll wachen Interesses zu ihm aufsah.

»Warum möchten Sie Eileen und Jack finden. Geht es um eine Erbschaft?« Eine Vorstellung, die ihm selbst unwahrscheinlich erschien, doch es war immerhin eine Idee. John schüttelte den Kopf.

»Nein, ich suche eigentlich die drei Mädchen. Ein Freund ihrer Eltern möchte sie finden.«

»Na, dann hat er sich damit aber viel Zeit gelassen.« John wußte nur zu gut, wie recht Charlie hatte.

»Ich weiß. Deshalb waren Sie mir eine große Hilfe. Meist muß man sich ein Bild aus vielen kleinen Einzelheiten machen, die man erfährt, aber hin und wieder hat man Glück – so wie ich mit Ihnen – und erfährt wichtige Dinge. Vielen Dank, Charlie.« Er schüttelte dem Alten die Hand. Dieser wies mit der Pfeife in Johns Richtung.

»Bezahlt man Sie gut für den Job? Sieht mir nach viel vergeblicher Sucherei aus.«

»Ja, manchmal schon.« Die Frage nach seinem Verdienst ließ er unbeantwortet. Ehe er sich in seinen Wagen setzte, winkte er noch einmal zur Veranda hin. Es war bedrückend, die Straße entlangzufahren, und ihm war, als spürte er Hilarys Augen auf sich. Wieder drängte sich ihm die Frage auf, wie es Arthur Patterson übers Herz gebracht hatte, die Kinder in diesem Loch zu lassen.

Die Fahrt zum Haus seiner Eltern dauerte eine knappe Stunde. Sein älterer Bruder war schon da, als John eintraf, und trank mit seinem Vater auf der Terrasse einen Gin Tonic.

»Hallo, Dad. Großartig siehst du aus.« Der alte Herr sah eher aus wie sechzig als Ende siebzig. Seine Stimme klang fest, sein Haar war dicht. Mit den langen schlaksigen Beinen, die John von ihm geerbt hatte, kam er auf ihn zu und legte ihm den Arm um die Schultern.

»Na, wie geht's meinem Sohn, dem schwarzen Schaf?« Sie zogen ihn immer auf, waren aber auch sehr stolz auf ihn. John war erfolgreich, beliebt und führte ein interessantes Leben. Als einziges verübelten sie ihm die Scheidung von Eloise, denn sie hatten sich eine dauernde Verbindung mit Kindern erhofft. »Gehst du wohl allen Schwierigkeiten hübsch aus dem Weg?«

»Nicht, wenn es sich vermeiden läßt. Hallo, Charles.« Er wechselte einen Händedruck mit seinem Bruder. Beide lächelten.

Trotz der Distanz, die immer schon zwischen ihnen bestanden hatte, mochte John seinen Bruder, der sich in New York als Partner eines renommierten Anwaltsbüros einen Namen gemacht hatte. Mit seinen sechsundvierzig Jahren war er eine Kapazität auf dem Gebiet des internationalen Rechts. Seine attraktive Frau war Vorsitzende der Junior League, sie hatten drei reizende Kinder. Nach den Maßstäben von Johns Familie war Charles derjenige, der es zu etwas gebracht hatte. Aber John wurde das Gefühl nicht los, daß in Charles' Leben etwas fehlte, etwas Aufregung vielleicht oder die gute alte Romantik.

In diesem Moment kam Charles' Frau Leslie mit ihrer Schwiegermutter aus dem Haus. Johns Mutter stieß einen Freudenschrei aus, als sie ihn im Gespräch mit Bruder und Vater sah.

»Der verlorene Sohn ist heimgekehrt!« rief sie mit ihrer tiefen Stimme und drückte ihn an sich. Mit ihren siebzig Jahren war sie noch immer eine ansehnliche Frau, die das schlichte gelbe Leinenkleid mit angeborener Eleganz trug. Sie hatte ihr Haar zu einem eleganten Knoten zusammengefaßt. Um ihren Hals lag die Perlenkette, die ihr Mann ihr am Hochzeitstag geschenkt hatte, die Ringe an ihren Fingern waren seit fünf Generationen im Besitz der Familie. »Fabelhaft siehst du aus, mein Lieber. Na, was treibst du immer?«

»Unterwegs habe ich diesmal ein Stückchen Arbeit erledigt. Ich habe mit einer neuen Ermittlung angefangen.« Seine Mutter schien das gern zu hören. Sie genoß die Anwesenheit ihrer Söhne ungemein. Alle waren sie gutaussehend, unterschiedlich im Wesen, dabei sehr intelligent, und sie liebte alle drei. Insgeheim aber hatte sie John den anderen immer ein ganz klein wenig vorgezogen.

»Wie man hört, hast du Beziehungen zum Ballett«, ließ sich Leslie, die John aufmerksam über ihr Glas Bloody Mary beäugte, kühl vernehmen. Sie hatte etwas Boshaftes an sich, das John immer gestört hatte. Er konnte sich nur wundern, daß es den anderen noch nicht aufgefallen war. Leslie gehörte zu den Frauen, die alles hatten und sich darüber hätten freuen sollen; zwei hübsche Töchter, einen netten Sohn, einen gutaussehenden erfolgreichen Ehemann – und doch schien sie alle um alles zu beneiden, besonders John. Ständig hatte sie das Gefühl, er hätte es besser getroffen als Charles, und das behagte ihr nicht. »Ich hatte ja keine Ahnung, daß du dich für Tanz interessierst, John.«

»Na ja, man kann nie wissen.« Er lächelte unverbindlich, erstaunt, daß sie von Sascha gehört hatte. Dann aber verkniff er sich ein Lächeln. Vielleicht hatte sie mit einem Liebhaber im Russian Tee Room ein Stelldichein gehabt.

Kurz darauf kam der von einem Europaurlaub intensiv gebräunte Philip, der mit seiner Familie in Connecticut lebte und ein eifriger Tennisspieler war. Er hatte einen Sohn und eine Tochter und eine blonde, blauäugige Frau mit Sommersprossen. Sie sah genau so aus wie das, was sie war, seine Jugendliebe, die er dann auf dem College geheiratet hatte. Sie waren gleich alt, nämlich achtunddreißig, und seine Schwägerin pflegte sämtliche Tennisturniere in Greenwich zu gewinnen. Alle zusammen waren wirklich die ideale Familie, von John abgesehen, der nie richtig ins Schema hineingepaßt hatte und nie das tat, was man von ihm erwartete.

Hätte er Sascha mitgebracht, wäre alles noch viel komplizierter geworden. Mit Eloise war es schon schwierig genug gewesen. War sie in geselliger Stimmung, dann hatte sie großartig sein können, wenn aber nicht, brachte sie ihre Schreibmaschine mit und bestand darauf, bis Mittag zu arbeiten, was Leslie verrückt machte und in seiner Mutter die Besorgnis weckte, sie fühle sich in ihrem Haus nicht wohl. Mit Eloise auszukommen, war gewiß nicht einfach gewesen, aber Sascha hätte alle mit ihren Gymnastiktrikots, ihren knallengen Jeans, ihren Trotzanfällen und Schmollperioden schockiert. Allein der Gedanke an sie zauberte ein Lächeln auf seine Züge, während er auf den Ozean blickte.

»Na, was ist so komisch, großer Bruder?« Philip versetzte ihm einen freundschaftlichen Schlag auf den Rücken, und John fing an, ihn über Europa auszufragen. Das Schlimmste war, daß alle so nett waren und daß er sie gern hatte, und doch langweilten sie ihn zu Tode. Am Sonntagnachmittag war es für ihn eine Erleichterung, als er wieder zum Flughafen fahren konnte. Diese Gedanken weckten unweigerlich Schuldgefühle in ihm und hatten ihre Ursache darin, daß das Leben seiner Familie in so ausgefahrenen, vorgegebenen Bahnen verlief. Nach einem Wochenende wie diesem kam er sich immer wie ein Außenseiter vor, obwohl seine Mutter sich über seinen Besuch sehr gefreut hatte. Jeder ihrer Söhne hatte ihr einen Herzenswunsch erfüllt. John hatte ihr eine schöne antike Diamant-Anstecknadel mit passendem Armband geschenkt, zwei Stücke, die genau den Geschmack seiner Mutter trafen. Charles hatte ihr Aktien überschrieben, nach Johns Meinung ein sonderbares Geschenk, doch sie schien sich darüber zu freuen. Philip hatte ihr etwas gekauft, das sie sich schon seit Jahren wünschte – ein Klavier. Es sollte am Montag geliefert werden. Das sah Philip ähnlich. John hielt es für ein tolles Präsent und wünschte, er hätte selbst daran gedacht. Seine Mutter schien sich aber über Anstecknadel und Armband ebenso zu freuen.

Er gab den Leihwagen am Flughafen ab und flog in Gesellschaft anderer Wochenendheimkehrer zurück. Um acht kam er in seiner Wohnung an. Nachdem er sich ein Sandwich als Abendbrot zurechtgemacht hatte, ging er noch einmal Arthur Pattersons Aktenordner durch. Er wußte zwar nicht mehr als zuvor, immerhin hatte er aber in Erfahrung gebracht, wie das Zuhause ausgesehen hatte, in das man Hilary gesteckt hatte. Und er wußte genau, was er am nächsten Morgen tun würde.

Sascha, die später zu ihm kam, war alles andere als begeistert, als er ihr von seinem Vorhaben berichtete. »Was? Du willst schon wieder fort?« Sie war außer sich. »Was ist es denn diesmal?«

John versuchte, sie nach besten Kräften zu besänftigen. Sie hatten im Begriff gestanden, ins Bett zu gehen, als er es erwähnte. Das war ein Fehler, wie er sofort erkannte, und doch hoffte er noch auf etwas Liebe an jenem Abend. Seit dem letzten Mal waren Tage vergangen, und bei Sascha galt es immer, genau den richtigen Augenblick zu erwischen. Sie durfte nicht zu müde sein, ihre Muskeln durften nicht überbeansprucht sein, und sie durfte am nächsten Tag keinen großen Auftritt haben. Sie überhaupt ins Bett zu kriegen, war eine Riesenleistung, und nur wegen seiner Ermittlungen wollte er sich diese Gelegenheit nicht vermasseln lassen.

»Ich sagte dir schon, daß ich einen wichtigen Fall bearbeite und alles selbst in die Hand nehmen muß.«

»Ich dachte, du bist der Boß. Anders ausgedrückt der Choreograph.«

Der Vergleich entlockte ihm ein Lächeln. Er nickte. »Bin ich. Aber es handelt sich hier um eine Ausnahme. Ich habe versprochen, die Ermittlungen, wenn möglich, persönlich durchzuführen. Für meinen Klienten ist der Fall von großer Bedeutung.«

»Um was geht es dabei?« Argwöhnisch sah sie ihn an, als sie sich total angezogen auf seinem Bett ausstreckte.

»Ich suche drei Mädchen... eigentlich drei Frauen. Mein Klient hat vor dreißig Jahren ihre Spur verloren und will sie jetzt rasch finden, weil er todkrank ist.« Mehr konnte er ihr nicht erzählen. Schon diese Erklärung war fast ein Vertrauensbruch, aber er wollte Saschas Interesse wecken und sich ihr Verständnis sichern.

»Seine Töchter?« fragte sie. John schüttelte den Kopf, während er sich das Hemd aufknöpfte. »Ex-Frauen?« Wieder ein Kopfschütteln. »Freundinnen?« Abermals Kopfschütteln. »Was sind sie dann?«

»Es sind drei Schwestern, Kinder von Freunden.«

»Und sie leben in Florida?« Für sie klang das alles sehr langweilig.

»Die eine lebte vor langer Zeit dort. Ich muß ganz am Anfang beginnen. Erst dachte ich, ich hätte sie hier vor meiner Nase in New York, das war leider nicht der Fall. Deswegen müssen wir zurück zu den Anfängen.«

»Wie lange wirst du fort sein?«

»Ein paar Tage. Freitag möchte ich zurück sein. Übers Wochenende können wir dann was Hübsches unternehmen.«

»Können wir nicht. Ich habe Proben.«

»Na schön, dann werden wir eben bei der Planung darauf Rücksicht nehmen.« Er war es nicht anders gewöhnt.

»Bist du sicher, daß du in Florida nicht nur Urlaub machen willst?«

»Absolut. Ich wüßte jede Menge andere Orte, an denen ich lieber Ferien machen würde, und zwar mit dir, meine Schöne.« Er legte sich neben sie aufs Bett und überrumpelte sie mit seinem Kuß. Und diesmal lachte sie. Sie ließ auch zu, daß er sie auszog, und schlang ihre sehnigen Beine so um ihn, daß es ihn wahnsinnig machte, als sie sich liebten. Plötzlich entzog sie sich ihm, und er fürchtete schon, er hätte ihr weh getan. Durch einen Schleier des Begehrens blickte er sie an und fragte in einem heiseren Flüstern: »Alles in Ordnung?«

Sie nickte, schien aber besorgt. »Hast du eine Ahnung, was ich mir in Positionen wie dieser zuziehen könnte?« Aber sie schien es zu vergessen, als sich seine Glut steigerte und gleichzeitig ihre eigene Leidenschaft entfachte. Aber immer dachte sie an sich, ihren Tanz, ihre Muskeln, ihre Füße, ihren Körper.

»Ich liebe dich, Sascha.« Er flüsterte es ihr ins Ohr, als sie dann umschlungen dalagen, sie aber blieb sonderbar still. Sie starrte die Wand gegenüber an und schien sich zu ärgern, daß er sie beobachtete. »Was ist denn, Liebling?«

»Dieser elende Kerl hat mich heute den ganzen Nachmittag angebrüllt, als würde ich etwas falsch machen ... und ich weiß, daß es nicht der Fall war ...« Sie war besessen vom Tanz, und das machte ihn plötzlich mutlos. An diesem Punkt war er schon einmal angelangt, nur waren es seinerzeit Eloises verdammte Romancharaktere und ihre Bücher gewesen und die Handlung, die sie nicht in den Griff bekommen konnte. Frauen wie diese beiden waren sehr anstrengend. Er wünschte sich Sascha anders, wollte, daß sie sich um ihn sorgte. In aufrichtigen Momenten, wenn er sich nichts vormachte, war er überzeugt, daß sie keinen Gedanken an ihn verschwendete. Er war nicht mal sicher, ob sie imstande war, überhaupt einmal nicht an sich selbst zu denken. Sascha war total mit sich ausgefüllt. Und als er aufstand und in der Küche etwas zum Trinken holte, schien sie seine Abwesenheit gar nicht wahrzunehmen. Lange saß er dann auf der Couch im Dunkeln da, lauschte dem Straßenlärm und fragte sich, ob er je eine Frau finden würde, die sich etwas aus ihm machte, eine Frau, die sich für seine Arbeit interessierte, für sein Leben, seine Freunde, seine Bedürfnisse, kurz, eine Frau, die das Zusammenleben mit ihm genoß.

»Was machst du hier drinnen?« Sie stand in der Tür, so daß sie sich im Mondschein als anmutige Silhouette abzeichnete. Ihre Stimme war nur ein Flüstern in der Finsternis. Seine traurigen Augen konnte sie nicht sehen.

»Ich denke nach.«

»Worüber?« Sie setzte sich neben ihn, und man hätte jetzt meinen mögen, sie sei aufrichtig interessiert, doch nach einem Blick auf ihre Füße stöhnte sie auf: »O Gott, ich sollte wieder zum Arzt gehen.«

»Warum?«

»Der Schmerz läßt überhaupt nicht mehr nach.«

»Hast du je daran gedacht, das Tanzen aufzugeben?«

Sie starrte ihn an wie einen Irren. »Bist du wahnsinnig? Lieber würde ich sterben. Wenn ich nicht mehr tanzen könnte, dann würde ich mich umbringen.« Es hörte sich an, als sei es ihr Ernst.

»Und was ist mit Kindern? Möchtest du keine Kinder?« Das alles hätte er sie schon längst fragen sollen, aber es war immer so schwierig gewesen, sie vom Tanzen abzulenken.

»Später vielleicht mal.« Das hörte sich ganz vage an. Eloise pflegte sich ähnlich auszudrücken. Bis sie sechsunddreißig war und zu der Ansicht gelangte, es würde sie in ihrer Tätigkeit beeinträchtigen. Während er sich auf einer Geschäftsreise befand, hatte sie sich eine Tubenligatur machen lassen.

»Wenn man es zu lange hinausschiebt, dann passiert dieses ›Später‹ niemals.«

»Dann war es mir eben nicht bestimmt. Ich brauche zur Erfüllung keine Kinder.« Sie sagte es mit einem gewissen Stolz.

»Was brauchst du dann, Sascha? Brauchst du einen Ehemann?« Oder genügte ihr das Ballett? Das war die Frage.

»Ich hielt mich immer für zu jung, um an die Ehe denken zu

können.« Das sagte sie ganz aufrichtig und blickte im Mondlicht zu ihm auf. Er aber war zweiundvierzig und dachte an solche Dinge, dachte schon sehr lange daran. Er wollte nicht für immer allein sein. Er wollte jemanden, der ihn liebte und den er lieben konnte, nicht nur zwischen Büchern und Ballett und Proben.

»Du bist achtundzwanzig. Es wird Zeit, daß du anfängst, dir über die Zukunft Gedanken zu machen.«

»Das tue ich tagtäglich, wenn dieser verdammte Irre mich zusammenbrüllt.«

»Ich meine jetzt nicht deine berufliche Zukunft, ich meine dein wirkliches Leben.«

»Das ist mein wirkliches Leben, John.« Genau das hatte er befürchtet.

»Und wie füge ich mich in dieses Leben ein?« Es war die Nacht der Wahrheit, und er war nicht sicher, ob es klug war, sie zu erforschen. Nun war es aber passiert. Es war längst überfällig, daß einmal von etwas anderem gesprochen wurde als von ihren Füßen und den ewigen Proben.

»Das liegt an dir. Im Moment kann ich dir nicht mehr bieten. Wenn es dir genügt, wunderbar. Wenn nicht... Wenigstens war sie aufrichtig. Und er fragte sich, ob er sie zu einer Meinungsänderung bewegen konnte, ob er sie dazu überreden konnte, ihn zu heiraten... sich ein Kind zu wünschen... aber es wäre Wahnsinn, dies alles noch einmal durchzumachen. Er schien an einer fatalen Neigung zu Herausforderungen und den falschen Frauen zu leiden. »Du solltest es mal mit einer Besteigung des Mount Everest versuchen«, hatte ihm sein jüngerer Bruder einmal geraten, »damit die Spannung nachläßt.« Philip war Sascha zweimal begegnet und hielt John für verrückt.

»Möchtest du, daß ich über Nacht bleibe?« fragte sie ihn jetzt. Sie wäre ebenso gern auch gegangen. Ihre chaotische Wohnung an der West Side mit den vielen Mitbewohnern und den unzähligen Tanztaschen störte sie überhaupt nicht.

»Ich möchte, daß du bleibst.« In Wahrheit wollte er noch viel mehr von ihr. Mehr sogar, als sie zu geben hatte, und dies dämmerte ihm erst allmählich.

»Na, dann gehe ich jetzt zu Bett.« Sie stand ohne weitere Umstände auf, um im Schlafzimmer zu verschwinden. »Für morgen wurde sehr zeitig eine Probe angesetzt.« Und er mußte nach Jacksonville. Aber mehr als das wollte er sie lieben, sie aber behauptete, sie sei zu müde und litte an Muskelkater, als er zurück ins Bett kroch und einen Versuch unternahm.

18. Kapitel

Der Flug nach Jacksonville war kurz und gab Chapman Gelegenheit, ein paar Papiere durchzusehen, ein halbes Dutzend Dokumente zu unterzeichnen. Seine Gedanken aber schweiften immer wieder zu Hilary ab ... und zu dem schrecklichen Leben, das sie bei Eileen und Jack Jones geführt haben mußte nach allem, was der Alte in Charlestown ihm erzählt hatte.

In Jacksonville fuhr er geradewegs zum Erziehungsheim, verlangte einen Termin bei der Anstaltsleitung und erklärte, was er wollte. In Fällen dieser Art war es sehr ungewöhnlich, daß man jemandem Einblick in die Akten gewährte, aber es war inzwischen soviel Zeit vergangen, und der ehemalige Zögling war inzwischen neununddreißig. Es war sicher nicht verkehrt, wenn man jemandem Einblick in die Vergangenheit gewährte. Und Chapman versicherte die Heimleiterin seiner völligen Diskretion.

Da die Unterschrift des Jugendrichters dazu erforderlich war, wurde John gebeten, am nächsten Morgen wiederzukommen. Nachdem er in einem Motel im Stadtzentrum ein Zimmer genommen hatte, schlenderte er ziellos durch die Straßen. Er verbrachte einige Zeit mit dem Durchblättern des Telefonbuchs und entdeckte fünf Anschlüsse unter dem Namen Jack Jones. Einer Eingebung folgend, rief er alle an. Drei waren Schwarze, der vierte meldete sich nicht. Aber der fünfte erklärte, sein Vater sei in Boston aufgewachsen und er glaube, er sei in erster Ehe mit einer Frau namens Eileen verheiratet gewesen, ehe sein Dad seine Mutter geheiratet hatte. Er sagte, er sei achtzehn, und sein Dad sei vor zehn Jahren an Leberzirrhose gestorben. Er sei gern bereit, John alles zu erzählen, was er wußte. John fragte nun, ob er eine Ahnung hätte, wo sein Vater vor etwa fünfundzwanzig Jahren lebte oder ob vielleicht seine Mutter etwas davon wüßte, aber die Antwort darauf war einfach.

»Er hat immer hier gelebt. Wir wohnen noch immer in demselben Haus.« Chapmans Interesse erwachte sofort. Er fragte, ob er hinauskommen und sich umsehen dürfe.

»Aber sicher.« Der Junge gab ihm die Adresse an, und John war nicht weiter verwundert, als er sah, daß die Gegend sich nicht wesentlich von Charlestown unterschied. Es waren dieselben heruntergekommenen, verwahrlosten, bedrückenden Häuser in der Nähe einer Werft, nur waren hier die meisten Bewohner Schwarze. Männer auf Motorrädern kurvten in auffallender Zahl herum, ein Umstand, der Chapman nervös machte.

Es war keine gute Gegend, und wie in Charlestown hatte man den Eindruck, als sei sie niemals gut gewesen.

Jack Jones junior erwartete ihn schon. Auch vor diesem Haus stand ein Motorrad. Es sah aus, als verleihe Chapmans Besuch dem jungen Mann ein Gefühl von Wichtigkeit. Er sprach kurz von seinem Dad, zeigte ein paar Bilder und bat John sodann hinein, um ihn mit seiner Mutter bekanntzumachen. Im Hausinneren roch es entsetzlich nach abgestandenem Urin, nach Alkohol und dem Schmutz eines ganzen Menschenlebens. Das Haus war unbeschreiblich, und die Frau, die Jack jr. ihm als Mutter vorstellte, war mitleiderregend. Obwohl erst Ende Vierzig, war sie schon zahnlos und sah dreißig Jahre älter aus. John konnte nicht unterscheiden, ob ihre schlechte Verfassung Mißhandlungen oder einer Krankheit zuzuschreiben war. Sie bedachte ihn mit einem leeren Lächeln und starrte auf einen Punkt hinter ihm... nein, sie könne sich nicht an eine Nichte von Jacks erster Frau erinnern. Jack jr. entschuldigte sich ihretwegen. Tatsächlich schien sie nicht immer zu erkennen, wer ihr eigener Sohn war. Schließlich gab John es auf und war schon auf dem Weg hinaus, als Jack jr. meinte, es wäre vielleicht sinnvoll, bei den Nachbarn zu fragen. Sie lebten hier seit vielen Jahren und hatten Jack schon zu Lebzeiten von dessen erster Frau gekannt. John bedankte sich und klopfte am Nachbarhaus an. Eine ältere Frau tauchte mißtrauisch hinter der Drahtgeflechttür auf.

»Ja?«

»Dürfte ich Sie wohl einen Moment sprechen, gnädige Frau?« Es war Jahre her, seitdem er solche Sachen selbst erledigt hatte, und plötzlich fiel ihm wieder ein, wie schwer es war, das Vertrauen der Menschen zu gewinnen. Ihm fiel auch ein, wie viele Türen ihm damals vor der Nase zugeknallt worden waren.

»Sind Sie ein Bulle?« Eine vertraute Frage.

»Nein. Ich bin auf der Suche nach einer Frau namens Hilary Walker. Sie lebte hier vor Jahren, als sie noch ein Kind war. Wissen Sie vielleicht, wo sie heute sein könnte?«

Die Frau schüttelte den Kopf. Sie schien John genauer unter die Lupe zu nehmen. »Was wollen Sie von ihr?«

»Ein Freund ihrer Eltern sucht sie.«

»Dann hätte er sie vor fünfundzwanzig Jahren suchen sollen. Arme Kleine...« Kopfschüttelnd dachte sie an damals zurück, und John wußte, daß er hier richtig war. Sie sprach noch immer durch den Fliegendraht mit ihm, aber die Tür schwang langsam auf. In Hauskleid und Pantoffeln stand sie da und starrte John an, bat ihn jedoch nicht hinein. »Dieser sogenannte Onkel prügelte ihr fast die Seele aus dem Leib. Im strömenden Regen kam sie zu uns herübergekrochen und wäre fast auf unseren Eingangsstufen krepiert. Mein Mann und ich, wir brachten sie ins Krankenhaus. Fast hätte sie es nicht geschafft. Es hieß, er hätte versucht, sie zu vergewaltigen.«

»Hat ihn jemand angezeigt?« Chapman starrte sie entsetzt an. Die Geschichte wurde ja immer schlimmer. Hilarys Schicksal hatte sich zu einem echten Alptraum entwickelt.

Sie schüttelte den Kopf. »Die Kleine war viel zu verängstigt... die arme kleine Hilary.« Wieder Kopfschütteln. »Und ich hatte die ganze Zeit über gar nicht mehr an sie gedacht.«

»Und was geschah dann?«

»Sie kam zu Pflegeeltern, und dann blieb sie überhaupt im Heim, glaube ich. Zweimal haben wir sie besucht, aber sie war wie... nun ja, dem Mädel fehlte etwas, und das konnte man ihr nicht mal übelnehmen. Sie wurde mit niemandem richtig warm.« Angesichts dessen, was sie mitgemacht hatte, war das nur zu verständlich.

»Haben Sie vielen Dank.« Das also war der Grund, weshalb sie ins Heim gekommen war und nicht, weil sie sich strafbar gemacht hatte. Es war jedoch nicht auszuschließen, daß sie später nicht doch noch straffällig geworden war. Das kam unter diesen Umständen häufig vor.

In ihrem Fall war es nicht so. Gleich am Morgen bekam er ihre Unterlagen ausgehändigt. Der Jugendrichter hatte keine Einwände angemeldet. Aber der Bericht über Hilary Walker war alles andere als aufregend. Sie war eine Musterschülerin, hatte den Behörden keinerlei Schwierigkeiten gemacht, hatte sich bei zwei Pflegestellen aufgehalten, deren Adressen angegeben waren. Anschließend hatte sie drei ereignislose Jahre im Heim verbracht. Nach Vollendung des letzten Schuljahres hatte sie zweihundertsiebenundachtzig Dollar in die Hand gedrückt bekommen, und fünf Tage später war sie fortgegangen. Man hatte nie wieder etwas von ihr gehört. Eine schmale Akte, die ihm herzlich wenig über das Mädchen verriet, abgesehen von der Beurteilung ihrer Erzieherin. Diese hatte angegeben, daß Hilary verschlossen war, keine Freundschaften pflegte, aber auch nie aus disziplinären Gründen gemaßregelt worden war. Die Erzieherinnen, die mit ihr zu tun hatten, waren längst nicht mehr da, und er befürchtete schon, auch die Pflegeeltern gäbe es nicht mehr. Nur zur Sicherheit fuhr er zu den angegebenen Adressen. Die erste Frau war erstaunlicherweise noch am Leben und wohnte unter der angegebenen Adresse. Sie glaubte, sich an Hilary erinnern zu können, war aber ihrer Sache nicht sicher.

»Sie war die Hochnäsige, die nicht lange blieb. Wie sie bei der Arbeit war, weiß ich nicht mehr. Als sie sich beklagte, landete sie im Heim. Mehr weiß ich nicht mehr.« Das genügte. So wie sie von ihren Pflegekindern sprach, wie das Haus aussah – das sagte alles. Und das Haus der zweiten Pflegeeltern war schon vor Jahren wegen eines Bauvorhabens abgerissen worden. Kein Wunder, daß die Frau, die er bei CBA angerufen hatte, nicht die gesuchte war. Das Mädchen, das hier gelebt hatte, war Gott weiß wohin gegangen, um ihr Leben in jenem Elend und Schmutz zu beenden, zu dem sie mit acht Jahren verurteilt worden war, als ihr Vater ihre Mutter tötete und dann Selbstmord beging. Der beste Freund ihrer Eltern hatte sie im Stich gelassen, nachdem er sie von ihren Geschwistern getrennt hatte. In gewisser Weise kam es John vor, als hätte Arthur das Kind zur Schlachtbank geführt. Und es war nur zu verständlich, daß sie vor zweiundzwanzig Jahren in sein Büro gekommen war und ihrem Haß Luft gemacht hatte. Die Frage war, wohin war sie von dort aus gegangen? Die Spur war eiskalt, und er hatte keine Ahnung, wo er als nächstes den Hebel ansetzen sollte. Wo fing man mit der Suche nach einem Mädchen an, das in frühen Jahren viel Leid und Elend erlebt hatte? Er hatte in verschiedenen Bundesstaaten und beim FBI ihre Daten untersuchen lassen, das Ergebnis war gleich Null, doch das hatte nichts zu bedeuten. Sie konnte ihren Namen geändert oder geheiratet haben. Sie konnte in den zweiundzwanzig Jahren gestorben sein. Es konnte sich sehr viel verändert haben. Doch falls sie noch in New York war, würde er sie finden, das schwor sich John.

Er schied von Jacksonville ohne Bedauern und mit einem Gefühl der Erleichterung, endlich der Schwüle und dem Elend, das er dort angetroffen hatte, entgehen zu können. Er konnte nur annähernd nachempfinden, wie Hilary auf der Fahrt nach New York zumute gewesen sein mußte, als sie aufgebrochen war, um ihre Schwestern zu suchen, und entdeckte, daß Arthur deren Spur ebenso verloren hatte wie die ihre. Welch bittere Enttäuschung mußte dies für sie gewesen sein!

Donnerstagabend kam er nach Hause und hinterließ auf Saschas Anrufbeantworter eine Nachricht. Er wußte, es war der Abend der großen Vorstellung, aber es war schon zehn Uhr, als er ankam, und er war sehr müde.

Am nächsten Tag erstattete er von seinem Büro aus Arthur

Patterson über das Ergebnis Bericht. Am anderen Ende der Leitung trat ein langes, betretenes Schweigen ein. John Chapman konnte die stummen Tränen nicht sehen, die Arthur über die Wangen liefen.

»Nach dem Besuch bei Ihnen wird die Spur kalt. Ich habe keine Ahnung, wohin sie danach gegangen sein mag, aber ich bleibe am Ball.« Einer seiner Mitarbeiter hatte bereits Anweisungen bekommen, wie er vorgehen sollte. Es mußte in Schulen, Krankenhäusern, Arbeitsvermittlungsstellen, Jugendherbergen und Hotels nachgefragt werden. Keine geringe Aufgabe, aber irgendwo würde irgend etwas auftauchen und ihnen einen Anhaltspunkt liefern, von dem aus man weiter vorgehen konnte. In der Zwischenzeit wollte er mit der Suche nach Alexandra beginnen. »Ich muß Montag in Ihr Büro kommen und die Hinterlassenschaftsakte von George Gorham einsehen. Ich möchte wissen, ob es in jüngerer Zeit mit seiner Witwe Kontakt gab.« Arthur nickte und wischte sich die um Hilary geweinten Tränen ab. John Chapman war unleugbar ein sehr gründlicher Mann.

Schrecklich, welchen Verlauf Hilarys Schicksal genommen hatte... aber wie hätte er ahnen können... wenn er nur... ein schrecklicher Hustenkrampf schüttelte ihn, so daß er das Gespräch beenden mußte. Und John machte sich wieder an die Arbeit. Da er so lange in Florida gewesen war, erwartete ihn auf seinem Schreibtisch ein Berg von Akten. Er blieb bis halb acht im Büro und begnügte sich dann auf der Heimfahrt mit einem Hamburger aus dem Auto Pub. Es war neun, als er seine Wohnung betrat. Das Telefon läutete, Sascha wollte ihn sprechen.

»Wo warst du den ganzen Abend?« Es klang ungehalten und mißtrauisch.

»In meinem Büro. Dann habe ich mir unterwegs etwas Eßbares gekauft. Und wie geht es Ihnen, Miß Riva?« Es hatte keine Einleitung gegeben, keine Frage nach seinem Befinden. Sie hatte ihn die ganze Woche über in Florida nicht angerufen, obwohl er seine Nummer auf ihrem Anrufbeantworter hinterlassen hatte, aber er wußte ja, daß sie mit Proben eingedeckt war.

»Mir geht es gut. Gestern dachte ich schon, ich hätte mir eine

Sehne gezerrt, gottlob ein Irrtum.« Nichts hatte sich während seiner Abwesenheit geändert.

»Freut mich. Möchtest du auf einen Drink rüberkommen?« Teils wünschte er sich, sie zu sehen, teils wollte er seine Ruhe haben. Die Woche in Florida hatte sich so beklemmend hingezogen, daß er dringend Aufheiterung brauchte, aber andererseits hatte er keine Lust, sich die altbekannte Litanei über Zerrungen und Verrenkungen anzuhören.

»Ich bin fix und fertig und bin schon zu Hause. Aber wir könnten morgen etwas unternehmen.«

»Ja, wir könnten einen Ausflug machen. Wie wär's mit den Hamptons oder Fire Island?« Es war Sommer geworden, die Hitze hatte eingesetzt, und das Wochenende versprach schön zu werden.

»Dominique Montaigne gibt Sonntag eine Geburtstagsparty. Ich habe ihm versprochen zu kommen und kann nicht mehr absagen. Tut mir echt leid.« Ballett, Ballerinas, Tänzer, Proben, Vorstellungen. Es nahm kein Ende.

»Schon gut. Wir könnten uns ja auf einen Tagesausflug beschränken. Ich möchte einfach raus aus der Stadt und mich irgendwo an einen Strand legen.«

»Ich auch.« Aber er wußte, daß sie genau eine halbe Stunde liegen würde, um dann herumzuhüpfen und die Muskeln spielen zu lassen, damit sie nicht steif wurden, während sie sich entspannte. Hin und wieder konnte einem das ganz schön auf die Nerven gehen.

»Ich hole dich um neun ab. Okay?« Sie war einverstanden, und er legte auf. Plötzlich war er traurig und fühlte sich unbeschreiblich einsam. Wenn er sie brauchte, war sie nie für ihn da. Statt dessen ertappte er sich dabei, wie er an ein Mädchen dachte, das er gar nicht kannte, ein Mädchen, das vor über zwanzig Jahren hin und her gestoßen worden war zwischen verschiedenen Pflegestellen und einem Erziehungsheim. Verrückt, jetzt an sie zu denken. Er kam sich schon vor wie Eloise mit ihren erfundenen Personen. Es ergab ebenso wenig Sinn, aber Hilary war für ihn zur Realität geworden – viel mehr, als ihm lieb war.

Am nächsten Tag fuhr er mit Sascha an den Strand von Montauk auf Long Island. Es war ein erholsamer und hübscher Ausflug. Während sie ihre Übungen machte, joggte er den Strand entlang, und auf der Rückfahrt kehrten sie in ein Hummer-Restaurant ein. Erst um halb zwölf kamen sie bei ihm zu Hause an und ließen sich wie zwei Kinder ins Bett fallen. Sascha war guter Stimmung, und sie liebten sich, ohne daß sie sich beklagte, seine Leidenschaft könne ihr dauernden körperlichen Schaden zufügen. Engumschlungen schliefen sie ein, schliefen bis zehn Uhr morgens, als sie plötzlich aus dem Bett sprang, auf die Uhr sah und einen Schrei ausstieß, der ihn weckte.

»Was ist denn? Wo bist du?« Er kniff die Augen wegen der Sonne zusammen und sah sie ins Bad stürzen. Gleich darauf hörte er die Dusche prasseln. John schlug die Decke zurück und tappte ihr langsam nach, um zu sehen, was sie vorhatte. »Was machst du da drinnen?« Im Bad dampfte es, sie hatte ihr Haar zu einem Knoten am Hinterkopf zusammengefaßt und hielt ihr Gesicht in den Duschstrahl.

»Na, nach was sieht das aus?«

»Was machst du so früh am Morgen?«

»Ich habe Dominique versprochen, um halb zwölf da zu sein.«

»Ach du lieber Himmel... warum so eilig?«

»Weil ich für alle den Lunch zubereite.« Das kündigte sie an, als sie die Brause abdrehte und anfing, sich trocken zu reiben.

»Hochinteressant. Bei mir kochst du nie.« Er war ärgerlich. Am Tag zuvor war es so nett gewesen, und jetzt hatte sie es eilig, von ihm fortzukommen. Er hatte noch Lust auf Liebe, ehe sie ging, aber sie war ganz hektische Betriebsamkeit.

»Das ist etwas anderes.« Das erklärte sie so, als äußere sie etwas sehr Sinnvolles. »Es handelt sich um Leute vom Ballett.«

»Essen die etwas anderes als andere Menschen?«

»Sei nicht albern.« Er war nicht albern. Er hatte nur die endlosen Lobhudeleien der Künstler satt. »Ich rufe dich abends von zu Hause aus an.«

»Das kannst du dir sparen.« Er ging aus dem Bad, nahm eine Zigarette von der Kommode und steckte sie sich an. Er rauchte nur ganz selten, aber wenn Sascha ihn wieder einmal enttäuscht hatte, konnte eine Zigarette die Spannung lösen oder sie erhöhen, er war sich dessen nie ganz sicher, aber das Nikotin bewirkte etwas.

»John«, sagte sie mit engelhaftem Lächeln, während sie ihre Haare mit seiner Bürste bearbeitete, »sei nicht kindisch. Ich würde dich mitnehmen, aber es sind ausschließlich Kollegen da. Zu diesen Anlässen bringt niemand Außenseiter mit. Du weißt...«, sie lächelte, und zum erstenmal las er so etwas wie Rachsucht in ihrem Blick, »es ist so ähnlich wie bei deinen Familienbesuchen in Boston.« Also das war es, zum Teil jedenfalls. Nun, zur Hölle mit ihren Spielchen und Schachzügen und ihren Kollegen. »Sehe ich dich morgen abend?« Sie verharrte wie ein scheues Reh im Schlafzimmer.

»Möglich. Montags gibt es immer viel zu tun.«

Sie kam zu ihm, ganz nahe, so daß er ihren geschmeidigen Körper spürte, und küßte ihn fest auf die Lippen, was ihn sichtlich erregte – er stand nackt in der Schlafzimmertür. »Ich liebe dich.« Ihre Art, mit ihm zu spielen, war etwas, das ihn faszinierte und abstieß, und noch ehe er etwas sagen konnte, war sie verschwunden, und er hätte vor Frust am liebsten laut aufgeschrien.

Da er nichts Besseres zu tun hatte, rief er seinen jüngeren Bruder an und verbrachte den Tag mit dessen Familie in Greenwich, spielte Doppel mit Pattie, Philip und ihrem Sohn und schwamm im Pool um die Wette mit ihrer Tochter. Es war ein erholsamer, angenehmer Tag, und als sie ihn langweilten, war ihm das richtig peinlich. Sie waren anständige Leute, und sie waren schließlich Teil seiner Familie. Es war sozusagen eine angenehme Flucht aus New York und vor Sascha gewesen.

Als er nach Hause kam und das Telefon hörte, hob er nicht ab. Er wollte nichts von Dominique, von Pascal und Pierre und André, Josef und Iwan oder allen anderen hören. Er hatte sie alle satt, sogar Sascha hatte er schon ein wenig satt. Am nächsten Morgen suchte er Arthurs Kanzlei auf und ging die Nachlaßakte von George Gorham selbst durch, nachdem Arthur ihm freie Hand gegeben hatte. Er fand genau das, was er gesucht hatte. Arthur hätte es schon vor Jahren selbst entdecken können, hätte er sich die Mühe gemacht nachzusehen. Der letzte Kontakt mit Margaret Millington Gorham hatte 1962 stattgefunden, als sie bereits als Comtesse de Borne in der Rue de Varenne in Paris lebte. Seit damals war jede Verbindung abgerissen. Die Comtesse war gewiß mühelos zu finden. Ein Blick in das Pariser Telefonbuch zeigte ihm, daß noch immer ein Anschluß unter dieser Adresse existierte. Wenn sie noch lebte und ihm sagen konnte, wo sich Alexandra befand, dann war er im Geschäft.

19. Kapitel

»Nicht schon wieder!« Sascha war außer sich, John aber blieb diesmal unberührt. Geschäft war Geschäft. »Was ist? Bist du im Auftrag einer Fluggesellschaft tätig?« Sie war richtig wütend. Es war seine dritte Reise in drei Wochen.

»Ich bleibe nicht lange fort.« Zwischen ihnen hatte sich alles deutlich ein wenig abgekühlt.

»Wohin diesmal?«

Er lächelte. Jacksonville war es nicht. »Nach Paris. Wenigstens sind meine Arbeitsbedingungen sehr angenehm.« Zunächst blieb sie ihm die Antwort schuldig und beschränkte sich auf ein Achselzucken. Ihrer Meinung nach log er wie gedruckt und unternahm mit seinen Freundinnen Flugreisen in alle Himmelsrichtungen. So häufig war er noch nie auf Reisen gewesen. Wirklich sonderbar, daß er angeblich plötzlich die ›Laufarbeit‹ selbst erledigen mußte. »Freitag bin ich wieder da. Spätestens Montag.«

»Hast du denn vergessen, daß nächste Woche unsere dreiwöchige Tournee beginnt? Ich sehe dich also erst nach meiner Rückkehr. Es sei denn, du fliegst mir mal nach und siehst dir eine Vorstellung an.« Das kannte er bereits, ein ganzes Ballettensemble, völlig hysterisch und nervös, und dazu eine Sascha, die seine Anwesenheit kaum zur Kenntnis nahm, weil ihre Gedanken ständig anderswo waren.

»Ach, schon gut. Ich habe ohnehin sehr viel zu tun.« Sie würden sich einen ganzen Monat nicht sehen. Vor einem Jahr hätte ihn das gewaltig gestört, jetzt aber war er der Ansicht, es könnte eine Erleichterung sein, für ihn zumindest. Ihre Besessenheit von der Arbeit wurde für ihn allmählich bedrückend.

In der Nacht schliefen sie Seite an Seite, ohne sich zu lieben, und am nächsten Morgen setzte er sie auf der Fahrt zum Flughafen vor ihrer Wohnung ab.

»Wir sehen uns nach deiner Tournee.« Er küßte sie auf den Mund, und sie blickte mit einem Lächeln zu ihm auf, das sie unschuldig und rein aussehen ließ.

»Gute Reise. Du wirst mir fehlen.« Ungewöhnlich liebe Worte, denn normalerweise hätte sie ihm aufgrund ihrer Fußschmerzen das Wetter vorausgesagt. Ihre unerwartete Sanftheit weckte Bedauern über die Trennung in ihm. Ihr Problem war, daß sie wirklich keine Ahnung hatte, wie egozentrisch sie war, denn für sie war das alles ganz normal.

Er winkte ihr vom Taxi aus zu und nahm sich vor, sie von Paris aus anzurufen, als er um die Ecke bog, doch gleich darauf war er tief in Gedanken und grübelte darüber nach, was er in Paris finden mochte. Sicher kein Leben wie jenes, das Hilary geführt hatte, wenn Margaret Gorham einen französischen Aristokraten geheiratet hatte. Zumindest war das nicht anzunehmen.

Auf Arthurs Bitte hin flog er erster Klasse und kam um Mitternacht Ortszeit in Paris an. Nach den Zollformalitäten fuhr er direkt ins Hotel Bristol und war um zwei im Bett, aber viel zu müde, um Schlaf zu finden, so daß es fünf Uhr wurde, ehe er eindöste. Als er erwachte, stellte er erschrocken fest, daß es bereits elf Uhr war. Sofort sprang er auf, bestellte Kaffee und Croissants aufs Zimmer und wählte Margarets Nummer, noch ehe er unter die Dusche ging.

Als sich eine Männerstimme auf französisch meldete, verlangte er die Comtesse de Borne und geriet mit seinem beschränkten Französisch ins Stolpern, als der Butler ihn fragte:

»*De la part de qui, Monsieur?*« Er nannte seinen Namen, war aber nicht imstande, die Worte ›sie kennt mich nicht‹ zu übersetzen. Was immer am anderen Ende gesprochen wurde, sie kam gleich darauf selbst an den Apparat.

»Monsieur Chapote?« fragte sie in einem Französisch mit starkem amerikanischen Akzent. Sie schien verwundert zu sein.

»Entschuldigen Sie.« Er lächelte, da ihm ihre Stimme gefiel. »John Chapman aus New York.«

»Allmächtiger... André versteht amerikanische Namen immer falsch. Kenne ich Sie?« Sie war unverblümt und direkt, und ihre Stimme erweckte den Eindruck, als lache sie gern.

»Nein, Madam. Ich bin in einer geschäftlichen Sache hier. Ich möchte Sie so bald wie möglich sprechen.« Am Telefon wollte er ihr von seinem Anliegen nichts sagen.

»Ach so.« Sie wirkte ein wenig erschrocken. »Meine geschäftlichen Belange werden von New York aus geregelt.« Sie nannte ihm den Namen der Firma. »Von der Hinterlassenschaft meines Mannes abgesehen. Handelt es sich um eine Investition?«

»Nein.« Angst wollte er ihr nicht machen, aber irgend etwas mußte er ihr sagen. »Es geht um etwas Persönliches, um eine Ermittlung, die ich im Auftrag des Partners Ihres verstorbenen Gatten durchführe.«

»Pierre? Der hatte keine Partner.« Ein verwirrendes Gespräch.

»Tut mir leid. Ich meinte Mr. Gorham.«

»Ach, der arme George... aber das liegt doch schon so lange zurück. Er starb 1958... vor dreißig Jahren. Mr.... hm... Chapman.«

»Das weiß ich. Es handelt sich um eine Ermittlung, die in diese Zeit zurückreicht.«

»Ist etwas passiert?« Es hörte sich besorgt an.

»Nein. Wir hofften nur, Sie könnten uns behilflich sein, jemanden zu finden. Für uns wäre es eine große Hilfe. Aber am Telefon möchte ich die ganze Sache nicht besprechen. Wenn Sie ein paar Augenblicke für mich Zeit hätten, würde ich Sie gern besuchen.«

»Na schön.« Sie war ratlos und wünschte, sie hätte Pierre oder jemand anderen fragen können, ob sie sich mit diesem Mann treffen sollte. Was, wenn er ein Schwindler, ein Verbrecher oder sonstwas war? Aber eigentlich hatte er sich nicht so angehört. »Etwa morgen, Mr. Chapman? Wie war doch gleich der Name Ihrer Firma in New York?«

Er lächelte. Recht hatte sie, Erkundigungen über ihn einzuholen. »Chapman & Co in der Fifty-seventh Street. Mein Name ist John Chapman. Um welche Zeit wäre es Ihnen angenehm?«

»Um elf?« Sie wollte die Sache rasch hinter sich bringen. Der Mensch machte sie nervös. Doch als sie über ihre New Yorker Anwälte Erkundigungen über ihn einholte, zeigte es sich, daß ihnen die Firma bekannt war. Ihr Anwalt kannte John Chapman sogar persönlich und versicherte ihr, daß dieser über jeden Zweifel erhaben sei. Er konnte sich beim besten Willen nicht vorstellen, was Chapman von Margaret de Borne in Paris wollte.

Am nächsten Tag war er pünktlich zur Stelle. Der Butler, ein älterer Herr, empfing ihn mit der Andeutung einer Verbeugung und geleitete ihn ins Arbeitszimmer der Comtesse, einen Raum, der angefüllt war mit schönen Stücken aus der Periode Ludwigs XV. Ein winziger russischer Luster mit unzähligen Kristallen, in denen sich die Sonne fing, deren Strahlen als Myriaden Regenbogen an die Wand geworfen wurden, bildete den Blickfang. Etwas so Schönes hatte John noch nie gesehen. Er hörte sie gar nicht eintreten, da ihn die Lichteffekte und der Blick in den schönen Garten fesselten.

»Mr. Chapman?« Sie war eine große, elegante Erscheinung mit festem Händedruck und charaktervoller Stimme. Ihr Blick war warm und freundlich. Sie trug ein gelbes Chanelkostüm, darauf abgestimmte klassische Schuhe und gelbe Diamantohrringe, ein Geschenk ihres verstorbenen Mannes. Das Lächeln, mit dem sie John empfing, wirkte herzlich. Mit einer Handbewegung bot sie ihm in einem der größeren Sessel Platz an. Die meisten Sitzgelegenheiten waren extrem zierlich und nicht sehr einladend, ein Umstand, der ihr ein Schmunzeln entlockte. Und als sie sich setzten, lachte sie. »Leider wurden diese Stücke nicht für Menschen unserer Proportionen entworfen. Diesen Raum benutze ich nicht oft. Er ist als ›Damenarbeitszimmer‹ gedacht, und ich habe mich hier nie so richtig heimisch gefühlt. Meine sechsjährige Enkelin ist der einzige Mensch, der sich hier wohl fühlt. Ich muß mich entschuldigen.«

»Keine Ursache, Comtesse. Ein wunderschöner Raum.« Sonderbar, daß er sie so nannte. Sie wirkte ganz unbefangen und lachte ungezwungen, aber man konnte nie wissen, vielleicht erwartete sie eine gewisse Förmlichkeit. Und er brauchte sie als Verbündete. »Leider führt mich eine sehr heikle Angelegenheit zu Ihnen. Arthur Patterson hat mich mit dem Fall betraut.« Er wartete, ob der Name bei ihr eine Wirkung zeitigte, doch sie machte nicht den Eindruck, als sei er ihr bekannt. »Er war vor Jahren einer der Partner Mr. Gorhams, und er war es, der Alexandra Walker zur Adoption vermittelte.« Er beobachtete ihre Augen, und plötzlich sah sie aus, als wäre sie einer Ohnmacht nahe, so bleich war sie. Wortlos wartete sie, daß er fortfuhr. Aber es war klar, daß sie sich jetzt an Arthur erinnerte.

»Er ist schwerkrank und möchte aus persönlichen Gründen unbedingt alle drei Walker-Kinder finden. Er war mit ihren Eltern sehr eng befreundet, und er fühlt sich verpflichtet herauszufinden, ob es ihnen gutgeht, ehe er ...« Als er nach dem richtigen Ausdruck suchte, unterbrach sie ihn.

»Ist es dafür nicht ein wenig zu spät, Mr. Chapman? Es handelt sich jetzt nicht mehr um Kinder.«

»Ich gebe Ihnen recht. Aber er scheint die Sache bis zum letzten Moment vernachlässigt zu haben und möchte sich jetzt vergewissern, daß das Leben der Kinder gut verlaufen ist.«

»Auf wessen Kosten?«

»Verzeihung?«

Sie war wütend ... Und sie stand auf und begann den Raum zu durchmessen, wobei sie von tausend Regenbogen beleuchtet wurde. »Auf wessen Kosten möchte er es erfahren? Gewiß kümmert diese jungen Frauen ein Arthur Patterson keinen Deut, falls sie überhaupt wissen, wer das ist. Und falls sie es einmal wußten, haben sie es längst vergessen. Sie waren damals noch ganz klein.« Ihr Blick ließ Chapmans Herz sinken. Es war klar, daß sie bereit war, alles zu tun, um ihn von ihrer Tochter fernzuhalten. »Welche Rolle spielt das jetzt noch, um alles in der Welt? Alle sind erwachsen und kennen ihn nicht. Sie kennen ja nicht einmal ihre Schwestern.«

John Chapman seufzte. Irgendwie hatte sie recht. Aber er arbeitete nun einmal für Arthur Patterson. »Das ist ein Teil des Grundes für meine Ermittlungen.« Das sagte er ganz weich, bemüht, sie zu beschwichtigen und ihr zu beweisen, daß sie ihm trauen konnte. »Mr. Patterson möchte die Schwestern wieder zusammenbringen.«

»O mein Gott!« Sie ließ sich unvermittelt auf eines der zierlichen Stühlchen fallen. Dann sagte sie mit Nachdruck: »Das werde ich nicht zulassen. Welche Notwendigkeit besteht, sie zu quälen? Meine Tochter ist jetzt fünfunddreißig, Gott weiß, wie alt die anderen sind. Was sollte ihnen daran liegen, unbekannte Geschwister kennenzulernen? Es kann für sie nur eine Peinlichkeit, vielleicht sogar Schmerz bedeuten. Kennen Sie die Umstände, unter denen die Eltern der Kinder den Tod fanden, Mr. Chapman?« Er nickte, und sie fuhr fort: »Ich auch. Aber meine Tochter hat keine Ahnung, und es besteht keine Notwendigkeit, daß sie davon erfährt. George und ich haben sie sehr liebgehabt, wie unser eigenes Kind, und mein zweiter Mann betrachtete sie auch als seine Tochter. Sie wuchs als unser Kind auf, mit allen Vorteilen, die dies mit sich brachte, sie lebt jetzt glücklich mit Mann und Kindern. Sie kann auf dieses Herzweh getrost verzichten.« Ganz abgesehen davon, daß sie ihre Herkunft vor ihrem Mann verheimlichen mußte – ein Gedanke, der Margaret entsetzte. Alexandra war nicht nur ein Adoptivkind, ihr leiblicher Vater hatte ihre Mutter getötet.

»Das kann ich verstehen, aber vielleicht möchte sie ihre Schwestern kennenlernen... es wäre ja möglich... vielleicht hat sie ein Recht, eine eigene Entscheidung zu treffen. Weiß sie, daß sie adoptiert wurde?«

Margaret zögerte, sie überlegte. »Ja und nein. Wir sagten es ihr... vor langer Zeit... aber ich weiß nicht, ob sie sich noch erinnern kann. Es spielt auch keine Rolle mehr. Für niemanden. Mr. Chapman, von Ihrem Besuch wird sie nichts erfahren.«

»Das ist ihr gegenüber nicht fair.« Wieder sprach er ganz verhalten. »Und wenn Sie mich dazu zwingen, werde ich sie finden. Ich würde es vorziehen, wenn Sie mit ihr darüber sprächen und ihr den Grund für meinen Besuch erklärten. Es würde die Sache für Alexandra erleichtern.«

Margaret de Bornes Augen füllten sich mit Tränen des Zorns. »Das ist glatte Erpressung. Sie zwingen mich, ihr etwas zu eröffnen, das sie sehr unglücklich machen wird.«

»Wenn sie ihre Schwestern nicht kennenlernen möchte, muß sie es nicht tun. Sie hat ein Recht, sich zu weigern. Niemand kann sie zwingen. Aber sie hat auch ein Recht auf freie Entscheidung. Vielleicht möchte sie ihre Schwestern wiedersehen?«

»Warum? Warum nach dreißig Jahren? Was für Menschen sind sie geworden? Was hat sie mit ihnen noch gemeinsam? Nichts!« Im Falle Hilarys stimmte es, aber von Megan wußte er noch nichts. Während die arme Hilary herumgestoßen und von ihrem Onkel mißhandelt worden war, war ihre Schwester in Paris auf eigenen Ponies ausgeritten. Eine sehr ungerechte Wendung des Schicksals, andererseits mußte man froh sein, daß wenigstens eine es allem Anschein nach gut getroffen hatte. Um so mehr bedauerte er Hilary. Das Leben hatte es keinen einzigen Augenblick lang gut mir ihr gemeint.

»Comtesse ... bitte ... erleichtern Sie ihr die Sache. Sie hat ein Recht darauf, die Wahrheit zu erfahren. Und ich habe die Pflicht, es ihr zu sagen.«

»Ihr was zu sagen?«

»Daß sie irgendwo auf der Welt zwei Schwestern hat, die sie vielleicht kennenlernen möchten.«

»Haben Sie die beiden schon gefunden?«

Er schüttelte den Kopf. »Nein, aber das schaffen wir schon.« Er gab sich optimistisch, da er seine Befürchtungen lieber für sich behalten wollte.

»Warum kommen Sie nicht wieder, nachdem Sie sie gefunden haben?«

»Ich kann mir keinen Zeitverlust leisten. Wie ich schon sagte, ist Mr. Patterson todkrank.«

»Ein Jammer, daß er nicht gestorben ist, ehe er sich entschloß, das Leben der drei Frauen zu zerstören.« Aus ihren Worten waren Verbitterung und hilfloser Zorn herauszuhören. Jahrelang hatte sie Alexandra von der Wahrheit abgeschirmt, und jetzt tauchte dieser Fremde auf und wollte ihr Schmerz zufügen. Am liebsten hätte sie ihn umgebracht. John empfand Mitleid mit ihr. Margaret de Borne war eine sympathische Frau. Er bedauerte, daß die Sache sie dermaßen aufregte.

»Es tut mir leid, ehrlich.«

Sie bedachte ihn mit einem eindringlichen und harten Blick. »Mag sein. Könnten Sie Patterson nicht sagen, Sie hätten die Mädchen nicht gefunden?« Johns verneinendes Kopfschütteln entlockte ihr einen Seufzer.

»Ich muß mir erst alles überlegen«, sagte sie. »Meiner Tochter steht ein schwerer Schock bevor, schon gar, wenn ich ihr die Wahrheit über ihre Eltern sagen muß.« Aber wenigstens war sie alt genug, um es zu verkraften. Vielleicht hatte es sogar sein Gutes, daß Patterson so lange mit seiner Suche gewartet hatte. »Morgen treffe ich mich mit ihr zum Lunch. Sollte sich eine günstige Gelegenheit ergeben, werde ich mit ihr darüber sprechen.«

John nickte. Mehr konnte er nicht verlangen. »Ich wohne im Bristol. Wenn Sie es ihr eröffnet haben, möchte ich gern selbst mir ihr sprechen.«

»Mr. Chapman, vielleicht wird Alexandra Sie nicht sehen wollen. Ehrlich gesagt hoffe ich es.« Margaret de Borne stand auf und reichte ihm nicht die Hand, nachdem sie nach dem Butler geläutet hatte. »Ich danke für Ihren Besuch. Leben Sie wohl, Mr. Chapman.«

»Ich habe zu danken, Comtesse.«

André begleitete ihn mit mißbilligender Miene hinaus. Aus der Art, wie die Comtesse ihn verabschiedet hatte, war zu ersehen, daß John Chapman in diesem Haus nicht eben erwünscht war, und der Butler gab es ihm zu verstehen, indem er die Tür hinter ihm besonders lautstark ins Schloß fallen ließ.

20. Kapitel

Wie gewohnt traf Alexandra ihre Mutter in dem kleinen Salon, ihrem Lieblingszimmer an, aber sie war nicht wie sonst mit ihrer feinen Petit-Point-Stickerei beschäftigt. Ihre Mutter trug ein dunkelblaues Kleid und hatte dazu den Schmuck sehr sparsam gewählt – für sie höchst uncharakteristisch.

»*Maman,* heute siehst du so ernst aus. Hattest du am Morgen eine Besprechung mit deiner Bank?« Alexandra begrüßte sie mit einem liebevollen Kuß, den Margaret lächelnd erwiderte, doch ihr Lächeln wirkte geistesabwesend und halbherzig. Sie hatte in der Nacht nach Chapmans Besuch kaum ein Auge zugetan.

»Nein, nein, mir geht es wunderbar«, erklärte Margaret zerstreut und sah sich wie nach einer Ausflucht suchend im Raum um. Alexandra bemerkte es erstaunt.

»Ist etwas passiert?« So nervös hatte sie ihre Mutter seit dem Tod des Vaters nicht mehr erlebt. Sofort fragte sie sich besorgt, was das für einen Grund haben mochte.

»Nein, nur ein paar unangenehme geschäftliche Besprechungen, die ich gestern hatte.« Wieder rang sie sich ein Lächeln ab. »Aber nichts Besorgniserregendes, mein Schatz. Ach, da kommt der Lunch.« Mit spürbarer Erleichterung widmete sie sich dem leichten Imbiß, während sie Alexandra den neuesten Klatsch, den sie beim Friseur erfahren hatte, auftischte. Erleichtert registrierte Alexandra das Lachen ihrer Mutter. Dennoch war nicht zu übersehen, daß sie etwas bedrückte, und als der Butler abserviert hatte, wurde sie wieder merkwürdig einsilbig.

»*Maman.*« Alexandra sah ihre Mutter mißtrauisch an. »Was bewegt dich so sehr? Ich weiß genau, daß etwas los ist. Also, was gibt es?« Sie konnte nur hoffen, daß es sich nicht um eine Krankheit handelte. Margaret de Borne war zwar bemerkenswert jugendlich, aber dennoch ... und plötzlich erwachte in ihr die Sorge, ihr Gesundheitszustand könnte der Grund für ihren eine Woche zurückliegenden Flug nach New York gewesen sein. Womöglich hatte sie dort einen Arzt konsultiert und nicht nur Einkäufe gemacht. Sie hatte für die Mädchen und für Alexandra zauberhafte Geschenke mitgebracht.

Margaret sah sie nur bekümmert an, von dem Wunsch erfüllt, die Bekanntschaft mit John Chapman wäre ihr erspart geblieben. Sie atmete tief durch und wartete, bis André ihnen Kaffee eingegossen und sodann diskret den Raum verlassen hatte. Nicht, daß es etwas ausgemacht hätte, wenn er anwesend gewesen wäre, denn er war schwerhörig und verstand kein Englisch. Trotzdem wartete Margaret.

»Gestern hatte ich einen ziemlich unangenehmen Besuch. Ein Gespenst aus der Vergangenheit sozusagen.« Sie blickte ihre Tochter an, und ihre Augen füllten sich mit Tränen. Alexandra erschrak. So aufgewühlt kannte sie ihre Mutter gar nicht.

»Was für ein Gespenst?«

»Ach...« Margaret veränderte verlegen die Fußstellung. Als sie wieder ihre Tochter ansah, tupfte sie ihre Augen trocken. »Ich weiß nicht, wie ich anfangen soll. Es ist eine lange und verwirrende Geschichte.« Sie putzte sich diskret mit einem Spitzentaschentuch, das sie im Ärmel stecken hatte, die Nase und faßte nach Alexandras Hand. Alexandra rückte näher heran und hielt die Hand ihrer Mutter ganz fest. Was immer dieser Mann gewollt hatte, es mußte schrecklich gewesen sein. Margaret kämpfte erneut gegen Tränen an, während Alexandra beruhigend ihre Hand streichelte. »Kannst du dich noch an die lange zurückliegende Zeit erinnern, ehe ich Pierre heiratete?«

»Nicht so richtig, *Maman.*« Das alles hatte sie nur ganz vage und verschwommen in Erinnerung. Nur mit großer Mühe entsann sie sich an ein paar Einzelheiten. »Warum? Woran sollte ich mich erinnern?«

»Kannst du dich erinnern, daß ich schon einmal verheiratet war, ehe ich Pierre kennenlernte?« Alexandra kniff nachdenklich die Augen zusammen und nickte.

»Ja... so irgendwie... ich nehme an, das war wohl mein wirklicher Vater... aber ehrlich gesagt, weiß ich nicht mehr viel über ihn. Ich kann mich nur an Papa erinnern.«

Margaret nickte. Dieser Meinung war sie auch immer gewesen. »Nun, ich war zuvor schon einmal verheiratet, und ich dachte, du könntest dich vielleicht erinnern, daß Pierre dich gleich nach unserer Heirat adoptierte.«

Die matte Erinnerung zauberte ein Lächeln auf Alexandras Züge. Sie hatte es fast vergessen, hätte ihre Mutter es nicht erwähnt. Sie waren bei einem Anwalt gewesen, dann im Rathaus und anschließend zum Feiern im Maxim's. Es war der glücklichste Tag ihres Lebens... um so merkwürdiger, daß sie kaum mehr daran dachte. »Komisch, fast hatte ich vergessen, daß ich adoptiert worden bin.« Sie errötete. »Eigentlich hätte ich es Henri sagen sollen, aber es kam mir nie so wichtig vor. Und Papa meinte...« Beide wußten, was Pierre ihr gesagt hatte. Und sie hatte instinktiv gespürt, daß Henri sehr ungehalten gewesen wäre, hätte er erfahren, daß sie keine echte de Borne war. Deswegen hatte sie es ihm nie gesagt und hatte die Erinnerung verdrängt.

»Für deinen Vater warst du wie sein eigenes Fleisch und Blut... mehr noch...« setzte Margaret leise hinzu. Und dann fuhr sie in ihrer schmerzlichen Geschichte fort. »Aber du wurdest adoptiert« – sie hielt inne, wie um sich Mut zu machen – »nicht nur von Pierre... sondern auch von meinem ersten Mann. Wir adoptierten dich, als du fast sechs warst. Deine Eltern waren tot, und ein Partner in Georges Firma kam zu uns und erzählte uns von dir... und wir verliebten uns auf den ersten Blick in dich.« Jetzt liefen ihr die Tränen ungehemmt über die Wangen und tropften auf ihre gefalteten Hände. Alexandra starrte sie an. Was sollte das heißen? Was meinte sie damit? Margaret war nicht ihre Mutter? Plötzlich schlang sie ihre Arme um Margaret und hielt sie fest, als hätte sie Angst, sie zu verlieren.

»Daran kann ich mich überhaupt nicht erinnern. Ich dachte... ich dachte immer, du wärest meine Mutter...« Wie konnte sie das vergessen haben?... Wie war das nur möglich? Nicht, daß sich dadurch etwas geändert hatte. Aber wer waren ihre Eltern gewesen, und wer war wirklich ihre Mutter?

Margaret schnüffelte und putzte sich wieder die Nase. Es war viel schwieriger, als sie erwartet hatte. »Als du vier warst, kamen deine Eltern ums Leben... deine Mutter jedenfalls... und dein Vater ein paar Monate später. Danach warst du bei einer Tante, bei einer Schwester deines Vaters, glaube ich, aber sie konnte euch nicht... dich nicht behalten...« Sie stockte und fuhr dann fort: »Ein Freund der Familie suchte daher Adoptiveltern für dich. Und du hast uns zu den glücklichsten Menschen der Welt gemacht. Ein paar Monate später starb George, und wir kamen nach Frankreich. Alles andere weißt du noch.« So manches hatte sie übergangen, aber Alexandra mußte erst mit der Tatsache fertig werden, daß Margaret nicht ihre leibliche Mutter war.

»Wie sind meine Eltern ums Leben gekommen?« Nun trat eine längere Stille ein, und als ihre Blicke sich trafen, spürte Alexandra, wie ein Frösteln sie überlief. Tief in ihrem Herzen wußte sie, daß etwas Schreckliches geschehen war. Margaret schloß die Augen, und als sie sie wieder öffnete, sagte sie leise: »Es kam zu einem gräßlichen Streit, dessen Ursache unbekannt bleiben sollte... dein Vater war ein berühmter Broadway-Star, und deine Mutter soll sehr schön gewesen sein...«

»Das habe ich dich nicht gefragt, *Maman*...« Tränenüberströmt wartete Alexandra. Sie wußte bereits, daß jetzt der schreckliche Teil kam, aber sie wollte von Margaret die ganze Wahrheit hören.

»Dein Vater hat sie getötet.«

»Und mein Vater beging Selbstmord«, flüsterte Alexandra wie gehetzt, den Blick an ihrer Mutter vorbei in den Garten gerichtet. »Man sagte mir, daß er sich selbst getötet hat...« Erschrocken wollte sie mit einer Handbewegung ein Schluchzen zurückhalten. Margaret nahm sie in die Arme und ließ sie sich ausweinen. »Und ich habe das vergessen... alles... wie konnte ich nur?

... Und meine Mutter hatte rotes Haar... und sie sprach Französisch. O Gott... aber mehr weiß ich nicht mehr.« Sie blickte wieder zu Margaret auf. Ihr Gesicht war tränennaß. »War sie Französin?«

Margaret bereitete die Antwort sichtlich Schmerzen. Das alles war gräßlich, und sie verwünschte John Chapman und Arthur

Patterson, weil die beiden ihnen nach so vielen Jahren diese Situation praktisch aufgezwungen hatten. »Ich glaube, sie war Französin... wahrscheinlich...« Und wahrscheinlich hatte sie rotes Haar, das Alexandra von ihr geerbt hatte. Und die kleine Axelle sah haargenau so aus wie ihre Mutter in jenem Alter. Bei jeder Begegnung glaubte sie Alexandra als Kind vor sich zu sehen.

»Warum hat mein Vater Selbstmord begangen? Weil er sie umgebracht hat?« Sie wollte es wissen. So schrecklich das alles war, sie wollte die Antworten auf diese längst vergessenen Fragen kennen.

»Er beging Selbstmord, weil er schuldig gesprochen wurde. Eine schreckliche, schockierende Geschichte. Und du... du bliebst als Waise zurück.« Aber dem Rest der Geschichte konnte sie nicht ausweichen. Das war das schlimmste. Sie mußte es ihr beibringen. Wieder faßte sie nach Alexandras Hand und streichelte zärtlich die grazilen Finger, die den ihren so unähnlich waren. Äußerlich sahen sie sich gar nicht ähnlich, aber Alexandra hatte sich nie Gedanken darüber gemacht. Und plötzlich war ihr alles klar... aber sie konnte sich nur an das rote Haar erinnern, an nichts sonst... kein Gesicht, das sie damit in Verbindung gebracht hätte. Sie hatte das Gefühl, das Herz würde ihr aus der Brust gerissen, als würden lange verschüttete Schmerzen und Erinnerungen hochkommen und sie verfolgen. »Du... du hattest zwei Schwestern.« Diese Worte durchschnitten Alexandra wie ein Messer. Sie hallten in ihrem Kopf wider wie Querschläger... zwei Schwestern... zwei Schwestern... zwei Schwestern... Axie, ich habe dich lieb... lieb... Mein Gott, wie hatte sie das nur vergessen können? Jetzt erinnerte sie sich an die Berührung, den Duft... schwarzes Haar und große traurige Augen... Hillie... Hillie... und ein Baby. Alexandra machte sich unwillkürlich los von ihrer Mutter und trat ans Fenster, um auf den Garten hinauszublicken. »Wir konnten euch drei nicht nehmen... wir fühlten uns nicht...« Alexandra hörte die Stimme nicht, hörte die Entschuldigungen nicht. Sie hörte immer nur die Worte... »denk immer daran, wie lieb ich dich habe... Axie, ich habe dich lieb...« und ein kleines Mädchen, das haltlos schluchzte. Wer war das kleine Mädchen? Ihre Schwester?

»Wie hießen sie?« Jetzt wollte sie es wissen. Sie mußte es alles erfahren, aber Margaret schüttelte den Kopf. Sie hatte selbst keine Ahnung.

»Ich weiß es nicht. Ich weiß nur, daß die eine älter war als du...«

Alexandra beendete wie in Trance den Satz an ihrer Stelle »...und die andere war ein Baby.« Sie starrte Margaret schmerzerfüllt an. »Ich kann mich an sie erinnern, *Maman*... ich sehe eine Szene vor mir. Wie konnte ich das nur vergessen haben?«

»Vielleicht war es damals zu schmerzlich für dich. Vielleicht war das Vergessen einfacher. Es ist ja nichts Böses. Du hattest ein Recht auf ein neues Leben. Wir haben dich sehr liebgehabt, und wir haben alles getan, um dich glücklich zu machen.« Margaret sah aus, als hätte sie mit einem Schlag die einzige Tochter verloren. Alexandra ging zu ihr und legte die Arme um die Frau, die sie dreißig Jahre lang als ihre Mutter angesehen hatte.

»Du bist meine Mutter, *Maman*. Das wirst du immer sein. Nichts kann daran etwas ändern.«

»Ist das dein Ernst?« Sie brauchte diese Bestätigung und weinte ungehemmt, während Alexandra beruhigende Worte sprach. »Es ist schrecklich, daß diese Leute uns jetzt verfolgen, sie haben kein Recht dazu.«

»Warum sind sie gekommen?« Alexandra sah sie mit fragendem Blick an.

»Arthur Patterson, der Mann, der deine Adoption in die Wege leitete, war ein Freund deiner Eltern... und er möchte jetzt wissen, ob es dir und deinen...« fast erstickte sie an dem Wort »...deinen Schwestern gutgeht. Wenn möglich, möchte er euch zusammenbringen.«

Alexandra war schockiert. »Weiß man, wo die anderen leben?«

»Noch nicht. Aber man sucht nach ihnen. Und dich hat man bereits gefunden. Man wird also auch die anderen ausfindig machen.«

Alexandra nickte. Das war sehr viel auf einmal. Ganz plötzlich hatte sie an einem einzigen Nachmittag zwei Schwestern bekommen, dazu einen Vater, der ihre rothaarige Mutter, vermutlich eine Französin, getötet hatte, und die Frau, die sie ihr ganzes Leben geliebt hatte, war gar nicht ihre leibliche Mutter, ganz zu schweigen von den zwei Adoptivvätern anstatt nur einem. Sie hatte einiges zu verarbeiten und bedachte Margaret mit einem matten Lächeln. Dann nahm sie mit entschuldigendem Blick einen Schluck Wein.

»Das brauche ich jetzt.«

»Ich auch.« Damit erhob Margaret sich und klingelte nach André. Und als er erschien, bat sie ihn, er möge ihr einen doppelten Bourbon bringen. »Amerikanische Sitten sind unausrottbar, besonders in Krisensituationen.« Dann wandte sie sich über den Drink hinweg Alexandra zu und ließ langsam die Eiswürfel kreisen.

»Möchtest du sie treffen?«

Nachdenklich sah Alexandra sie an. »Ich weiß nicht... was ist, wenn wir uns unsympathisch sind, wenn wir alle ganz verschieden sind? Dreißig Jahre sind eine lange Zeit.«

»Das sagte ich Chapman auch. Ehrlich, es ist lächerlich. Was könnt ihr schon an Gemeinsamkeiten haben?«

Alexandra gab ihr recht, und doch konnte sie ein unleugbares Verlangen, die anderen kennenzulernen, nicht unterdrücken. Aber zuerst galt es, ein anderes Problem zu lösen, ein viel drängenderes: Henri. »Was glaubst du wird Henri zu all dem sagen, *Maman?*« Mißtrauisch musterte sie ihre Mutter, aber beide wußten, wie Henri reagieren würde. Er wäre außer sich. »Glaubst du wirklich, es macht ihm etwas aus?« Margaret sah ihr an, daß sie verzweifelt eine Verneinung erwartete. Sie konnte ihr den Gefallen nicht tun. Der Skandal wäre für Alexandras Mann unerträglich.

»Wenn er dich liebt, sollte es ihm nichts ausmachen. Aber ein Schock wird es für ihn sicher sein. Das ist unvermeidlich. Ehrlich gesagt, sehe ich aber nicht ein, warum du es ihm überhaupt sagen solltest. Dein Vater und ich, wir haben die Sache vor eurer Hochzeit besprochen und sind zu der Auffassung gekommen, daß deine Herkunft unwichtig sei. Wir lieben dich, du bist ganz und gar unsere Tochter, und was sich vor dreißig Jahren zutrug, geht niemanden etwas an. Nicht einmal deinen Mann.«

»Aber *Maman,* das ist so unaufrichtig. Ich bin es ihm schuldig, daß er es erfährt, meinst du nicht?« Ihr Blick war voller Fragen.

»Warum? Warum willst du ihn unnötig aufregen?« Margaret versuchte die Ruhe zu bewahren. Die ganze Sache war zu einem Alptraum geworden.

»Weil die Tatsache, daß ich die Tochter des Comte de Borne bin, ihm viel bedeutet. Er hält große Stücke auf Tradition und Stammbäume und dergleichen, das weißt du, *Maman.* Er hat sich kaum damit abfinden können, daß du Amerikanerin bist. Nur der Umstand, daß du einer vornehmen Familie entstammst, läßt ihn darüber hinwegsehen. Was, wenn wir ihm jetzt sagen, daß mein Vater Schauspieler gewesen ist und meine Mutter, die unbekannter Herkunft war, tötete? Ich bin die Tochter eines Mörders und Selbstmörders, Amerikanerin von Kopf bis Fuß, mit zwei namenlosen Schwestern.« Unwillkürlich lächelte sie. Das war wahrhaftig eine schwierige Situation. »Ehrlich gesagt, glaube ich, daß ihn glatt der Schlag treffen würde. Und wenn er den Schock überlebt, wird er sich scheiden lassen und meine Töchter behalten, falls er damit vor Gericht durchkommt. Sage ich ihm aber nichts, belüge ich ihn.«

»Sei nicht dumm, Alex. Wir leben ja nicht im finsteren Mittelalter. So unvernünftig kann dein Mann nicht sein. Und außerdem glaube ich nicht, daß du es ihm sagen solltest.«

»Du kennst Henri nicht. Sage ich es ihm, wird er mich verlassen und die Kinder mitnehmen. Besonders, wenn man seine politischen Ambitionen in Betracht zieht. Mein Gott, Mutter, er würde sterben ... und falls ich es ihm nicht erzähle ... und er irgendwie dahinterkommt ... oder wenn ein anderer es herausfindet ...« Alexandra überlief ein Schaudern. Margaret mußte ihr recht geben.

»Ich sagte schon ... verschweig es ihm.«

»Und wenn er dahinterkommt? Wenn es einen Skandal gibt? Bislang wußte ich ja selbst nichts. Aber jetzt weiß ich es ... wie könnte ich es ihm verschweigen? Das wäre Betrug.« Das war es auch vorher, aber jetzt hielt sie einen ganzen Berg von Informationen vor ihm geheim.

»Um Himmels willen, sei nicht so verdammt naiv.« Margaret nahm einen großen Schluck Bourbon und sah ihre Tochter an. »Du kannst nicht immer die ideale Frau sein. Hin und wieder mußt du an dich denken, es kommt ohnehin selten genug vor. Und es wäre dumm, Henri alles zu gestehen. Welchen Zweck hätte es, außer dir viele Probleme zu bereiten?« Alexandra konnte ihrer Mutter kaum widersprechen. Es stand so viel auf dem Spiel. Sie lief Gefahr, alles zu verlieren. Ihren Mann, die Ehe, ihre Kinder.

»Aber wenn ich mich entschließe, mich mit den anderen zu treffen? Wie soll ich das erklären? Wie komme ich unauffällig nach Amerika, um mich mit meinen Schwestern zu treffen? Ich kann doch nicht sagen, daß ich mit dir zum Lunch verabredet bin, um einfach für fünf Tage zu verschwinden.«

»Bist du sicher, daß du es möchtest?« Margaret war enttäuscht, das zu hören, aber Alexandra schüttelte den Kopf.

»Ich weiß es nicht... aber wenn ich wollte, dann wüßte ich nicht, was ich meinem Mann sagen soll.« Margaret hätte ihr am liebsten davon abgeraten, aber sie wußte, daß das nicht fair gewesen wäre. Sie hatte ihre eigenen Gründe, nicht zu wünschen, daß Alexandra ihre Schwestern traf. Es war dumm, aber sie fürchtete, daß sie Alexandra in gewisser Hinsicht verlieren würde, an das Gespenst einer schon lange toten Mutter und an zwei Geschwister, die den Beweis erbringen wollten, daß Blut dicker als Wasser war. Es war kindisch, und doch wünschte sie, Alexandra würde sie nie kennenlernen. Aber sie war klug genug, diesen Wunsch nicht laut zu äußern.

»Alexandra, ich glaube, du solltest Henri alles verschweigen. Alles. Du wärest am besten beraten, wenn du alles für dich behieltest.« Dann schrieb sie hastig etwas auf ein Blatt Papier und reichte ihr John Chapmans Hoteladresse und Telefonnummer. »Mr. Chapman möchte, daß du ihn anrufst, damit er dir alles erklären kann.«

»Warum ist er hier?«

Margaret zögerte nur kurz. »Um dich zu treffen.«

»Deswegen ist er nach Paris gekommen?« Margarets Antwort war ein Nicken. »Dann werde ich ihn anrufen. Das zumindest bin ich ihm schuldig.« Und als sie den Zettel mit seinem Namen in ihre Tasche steckte, sah sie auf die Uhr. Zu ihrem Entsetzen war es bereits fünf. Sie mußte heim zu Henri und den Kindern. Es war ein erstaunlicher Nachmittag voller unerwarteter Geständnisse gewesen. Margaret brachte sie an die Tür, umarmte sie lange und bewegt, und Alexandra sah sie mit feuchten Augen an. »*Maman,* du sollst wissen, wie lieb ich dich habe.«

»Du wirst immer mein kleines Mädchen sein.« Wieder liefen ihr Tränen über die Wangen, und die zwei Frauen hielten sich lange umfangen, ehe Alexandra sich endgültig zum Gehen wandte. Der Nachmittag hatte für sie einen solchen Schock bedeutet, daß sie auf der Fahrt nach Hause kaum einen klaren Gedanken fassen konnte. Ständig hörte sie eine Stimme aus der fernen Vergangenheit... Axie... denk immer daran, wie lieb ich dich habe...

21. Kapitel

Noch immer zutiefst verwirrt traf Alexandra zu Hause ein. Es war fast unmöglich, alles zu verarbeiten, was ihre Mutter ihr eröffnet hatte. Sie wurde das Gefühl nicht los, einen Traum zu durchleben, und war bemüht, sich an lange zurückliegende Dinge zu erinnern... an die Frau mit dem roten Haar... und an das kleine Mädchen, das sie Hillie genannt hatte.

»Du kommst spät.« Henri erwartete sie in ihrem Arbeitszimmer. Mit dem Gefühl, schwere Gewichte auf den Schultern zu tragen, betrat Alexandra den Raum.

»Tut mir leid, ich...« Sie zuckte bei seinem Anblick zusammen, da sie tief in Gedanken gewesen war. In Henris Augen erweckte dies den Eindruck von Schuldbewußtsein. »Meine Mutter wollte mit mir über ein paar Papiere sprechen ... ich wußte nicht, daß es so lange ... Henri, es tut mir leid.« Mit Tränen in den Augen wandte sie sich ihm zu, und er sah sie mit einem Blick an, aus dem Unglauben sprach.

»Wo warst du?«

»Ich sagte schon...« Mit zitternden Händen hängte sie ihre Kostümjacke auf. Henri tat, als hätte sie ihn betrogen. »Ich war bei meiner Mutter.« Sie war um einen ruhigen Ton bemüht, konnte aber nicht verhindern, daß sie sich nervös anhörte.

»Bis jetzt? Es ist sechs.« Seine Mißbilligung war nicht zu überhören. Abrupt drehte sie sich zu ihm um. Sie war mit den Nerven am Ende. Sie brauchte Zeit, um nachzudenken, um zu verarbeiten, was sie erfahren hatte ... und sie brauchte Zeit, um ihre Erinnerungen wiederzufinden.

»Hör mal, es tut mir sehr leid. Aber ich sagte schon, daß ich bei meiner Mutter war.«

Er hatte sich einigermaßen beruhigt, war aber noch immer ungehalten. »Sieh zu, daß es nie wieder vorkommt. Ich weiß gar nicht, warum sie dich so lange aufhält. Sie muß doch wissen, daß du wichtige Verpflichtungen hast.«

Zähneknirschend verkniff sich Alexandra eine Antwort. Ihre Mutter hatte sie so lange beansprucht, weil sie ihr beibringen mußte, daß sie zweimal adoptiert worden war ... daß ihr leiblicher Vater ihre Mutter getötet hatte ... daß sie zwei Schwestern hatte, von denen sie nichts wußte ... Kleinigkeiten dieser Art. Nichts von Bedeutung.

Hastig zog sie sich um. Sie hatte ein schwarzes seidig schimmerndes Kleid bereitgelegt und wählte dazu schwarze Strümpfe und schwarze Satinpumps. Dann erfrischte sie ihr Gesicht, legte Make-up auf und machte ihr Haar zurecht. Und nach zwanzig Minuten war sie wieder unten, um mit Henri das Haus für den Abend zu verlassen. Sie hatte kaum Zeit, den Kindern gute Nacht zu sagen, und als sie es tat, war sie den Tränen nahe. Ihre Töchter erinnerten sie an die Schwestern, die sie vergessen hatte.

»Seid lieb zueinander, ihr beide«, flüsterte sie, als sie Marie-Louise einen Gutenachtkuß gab. »Ihr wißt ja gar nicht, wie glücklich ihr dran seid, weil ihr euch habt.« Und ein Leben, umgeben von Menschen, die sie liebten, vor allem Unheil beschützt. Sie selbst hatte das Glück gehabt, von Margaret und Pierre adoptiert zu werden. Aber als sie jetzt plötzlich Henri ansah, fühlte sie sich, als hätte sie ein schreckliches Geheimnis.

»Warum bespricht deine Mutter ihre Probleme nicht mit ihrem Anwalt oder Vermögensberater?« fragte Henri verärgert auf der Fahrt zum Restaurant, wo sie sich mit seinen neuen Bekannten treffen wollten.

Alexandra hielt den Blick aus dem Fenster gerichtet. »Sie dachte, ich könnte ihr weiterhelfen. Das ist alles.«

Henri lachte, als sei dies eine geradezu lächerliche Vorstellung. »Dann hätte sie sich zumindest an mich wenden sollen. Ich hätte ihr sicher mehr nützen können.«

Alexandra wußte sehr gut, daß Margaret sich nie an Henri wenden würde. Die beiden konnten sich kaum leiden.

Sie betraten das Taillevent, ein Lokal, das sie oft besuchten. Geistesabwesend blickte sie auf die vertraute Umgebung, als Henri sie zu seinen Gästen führte und sie bekannt machte. Tout-Paris war anwesend, Männer in dunklen Anzügen und schöne, elegante Frauen. Der Raum wirkte so prunkvoll wie immer mit seiner kunstvollen Täfelung, den herrlichen Lüstern und den frischen Blumengebinden in geschmackvollen Vasen. Es war ein Restaurant, in dem nur die Elite verkehrte, und auch wenn man zu diesen Privilegierten gehörte, mußte man monatelang auf eine Reservierung warten.

Es war Henris Lieblingsrestaurant, in dem er immer wieder gern mit ihr und in Gesellschaft von Freunden, oder wie heute mit Geschäftspartnern, aß. Die Leute, die heute seine Gäste waren, konnten ihm bei seiner politischen Karriere von großem Nutzen sein, und Alexandra wußte, daß dieser Abend sehr wichtig für ihn war. Aber so sehr sie sich auch bemühte, es war ihr unmöglich, sich zu konzentrieren. Gegen Ende des Abends war sie den Tränen nahe, als sie Henris ärgerlichen Blick auf sich spürte. Sie kämpfte verzweifelt, nicht den Faden der Unterhaltung zu verlieren.

»Wie bitte?« sagte sie mindestens zum zehntenmal an diesem Abend. Sie hatte nicht verstanden, was die Dame gesagt hatte... irgend etwas über Südfrankreich... oder war es über ihre Kinder? »Es tut mir sehr leid...« Sie wurde ihrer Tränen nicht mehr Herr und bemühte sich, sie unauffällig mit ihrer Serviette abzutupfen, indem sie so tat, als müsse sie dahinter ein Hüsteln verbergen. Dabei hatte sie das Gefühl, der Abend würde überhaupt nie zu Ende gehen. Henri war außer sich, als sie endlich gingen.

»Wie hast du mir das antun können?« stellte er sie auf der Rückfahrt zur Rede. »Dein Benehmen war ein offener Affront!«

»Henri, es tut mir leid... ich fühle mich nicht wohl und konnte mich nicht konzentrieren... ich...« Dabei kreisten ihre Gedanken einzig und allein um John Chapman im Bristol und um ihren verzweifelten Wunsch, ihn anzurufen.

»Wenn du dich nicht wohl fühlst, hättest du nicht mitkommen dürfen. Du hast mir mehr geschadet als genützt.« Er machte seinem Zorn laut Luft.

»Tut mir leid... ich habe es versucht... wirklich...« Wieder flossen ihre Tränen, denn sie enttäuschte ihn ungern, aber im Moment hatte sie zuviel anderes im Kopf.

»Dafür gibt es keine Entschuldigung!« Henri ließ sich nicht beschwichtigen. Sie hätte eine Entschuldigung gehabt, nur konnte sie ihm gegenüber nicht davon sprechen. »Ich werde ein solches Benehmen nicht länger dulden.« Und dann kam der endgültige Schlag. »Wenn du von deiner Mutter kommst, benimmst du dich immer unmöglich.« Als ob sie ein unartiges Kind wäre, das zu schelten er ein Recht hatte.

»Henri, meine Mutter hat nichts damit zu tun.« Alexandra sagte es ganz leise, nachdem sie sich die Nase geputzt hatte. Henri sah sie mit loderndem Blick an, als sie an einer Kreuzung anhalten mußten. Es kümmerte ihn nicht, daß der Chauffeur alles mithören konnte.

»Los... wo warst du heute abend bis sechs?« Also schon wieder. Alexandra schüttelte nur den Kopf und starrte aus dem Fenster. Es verging eine Weile, ehe sie sich wieder zu ihm umwandte.

»Ich habe es dir schon gesagt. Ich war bei meiner Mutter.«

»War noch jemand anwesend?« Er hatte ihr noch nie Mißtrauen entgegengebracht, und es traf sie daher tief.

»Natürlich nicht. Mein Gott, was denkst du von mir?« Sie konnte sich nur schwer die Bemerkung versagen, daß sie es nicht so treibe wie er, doch ließ sie dieses Thema lieber unangetastet, denn damit hätte sie noch mehr Probleme heraufbeschworen. Sie faßte nach seiner Hand, ohne daß er Zeichen der Beruhigung hätte erkennen lassen. »Henri, bitte…«

»Du hast mir heute Schande bereitet.«

»Das tut mir sehr leid. Ich hatte so starke Kopfschmerzen…«

Henri verlor kein Wort mehr in dieser Sache. Vor ihrem Haus an der Avenue Foch angekommen, öffnete er ihr zuvorkommend die Tür und begab sich sodann in seine Räumlichkeiten und schloß die Tür mit Nachdruck hinter sich.

22. *Kapitel*

Kaum hatte Henri das Haus am nächsten Morgen verlassen und war in sein Büro gefahren, als Alexandra die Nummer des Hotels Bristol heraussuchte, den Hörer abhob und John Chapman verlangte. Dabei zitterte ihre Hand, die den Hörer hielt, und ihre Stimme bebte, als sie sich meldete. Sie kam sich vor, als beginge sie Hochverrat, und war entsprechend nervös. Hätte Henri geahnt, was sie tat oder was sie erfahren hatte, er hätte sich sehr wahrscheinlich scheiden lassen.

»Haben Sie mit Ihrer Mutter gesprochen?« Chapmans Stimme klang gelassen und war voller Wärme. Es war einfach, mit ihm ins Gespräch zu kommen.

»Ja, gestern… ich… ich hatte alles vergessen.« Sogar, daß sie ein Adoptivkind war. All die Jahre hatte sie zugelassen, daß sie es vor sich selbst leugnete... ganz zu schweigen von der Tatsache, daß sie zuvor schon einmal adoptiert worden war... und Hillie... und die rothaarige Frau... Aber Chapman schien sie deswegen nicht zu verurteilen.

»Vielleicht war das Vergessen für Sie einfacher. Es gab keinen Grund, alles in Erinnerung zu behalten.« Er hielt inne und sagte dann sanft: »Könnten wir uns heute irgendwo treffen?... Es tut mir leid, daß ich Ihren jetzigen Namen nicht kenne. Ich kenne nur den Namen Ihrer Mutter.« Das klang sehr höflich, wohlerzogen und kultiviert. Sie hatte befürchtet, sie würde es mit einem zwielichtigen Detektiv wie aus einem zweitrangigen Film zu tun haben.

»Ich heiße de Morigny. Alexandra de Morigny.« Auf den Titel legte sie keinen Wert. Für sie waren Adelstitel unwichtig.

»Danke. Ja, ich hoffe sehr, daß ein Treffen möglich ist. Gegen Mittag vielleicht? Ich möchte Ihnen zeigen, was ich an Unterlagen habe. Vielleicht könnten Sie eine Ergänzung beisteuern... zumindest aber haben Sie das Recht, alles zu erfahren, was wir wissen.«

»Vielen Dank. Ich könnte ins Hotel kommen...« Nach einem Blick auf die Uhr auf ihrem Schreibtisch überlegte sie rasch. Sie mußte ein Bad nehmen, sich anziehen und im Haus Anweisungen erteilen. Henri hatte zum Dinner Gäste gebeten. »Um elf. Wäre Ihnen das recht?«

»Es paßt mir sehr gut.« Mit etwas Glück konnte er noch abends zurück nach New York. Vor ihm lag viel Arbeit, und er wollte nicht zuviel Zeit in Paris vertun. »Wir treffen uns in der Lobby. Ich bin einsfünfundachtzig, blond, Seitenscheitel, ich komme im Tweedjacket, dazu trage ich ein blaues Hemd und eine graue Hose.« Das hörte sich mehr nach einem College-Absolventen als nach einem Privatschnüffler an. Sie lächelte, als sie sich diese Aufmachung vorstellte. Da fiel ihr ein, daß er nicht wußte, wie sie aussah.

»Ich bin ebenfalls blond, einssechzig...« Sie lachte auf. »Tut mir leid. Und ich werde ein graues Kostüm tragen.« Sie dachte dabei an ein graues Seidenkostüm, eines, das Henri gefiel, obwohl das jetzt unwichtig war. Und als sie sich ankleidete, wählte sie dazu eine rosa Seidenbluse mit einem farblich abgestimmten Hermes-Tuch und die Bulgari-Münz-Clips für die Ohren, die sie immer trug, wenn sie dezent erscheinen wollte. Sie wirkte sehr gediegen, dabei todschick, als sie gemessenen Schrittes das Bristol betrat. Mit Herzklopfen und mit klappernden Absätzen durchquerte sie die mit Marmor ausgelegte Halle und sah sich suchend um. Sie wollte schon an die Rezeption gehen und John Chapman ausrufen lassen, als sie ihn bemerkte – in einem Sessel sitzend, die Pariser Ausgabe der *Herald Tribune* in der Hand. Lächelnd stand er auf und kam mit langen Schritten auf sie zu. Sein Lächeln machte sie ein wenig atemlos. Er hatte ebenmäßige Zähne und sanfte Augen. Alexandra fand ihn auf Anhieb sympathisch. Er sah aus, als könnte er ein guter Freund sein. Ernst erwiderte sie seinen Händedruck und vermied es, den Aktenkoffer anzusehen, den er in der anderen Hand hatte. Sie wußte, daß darin das Geheimnis ihrer Vergangenheit und ihrer Geschwister enthalten war.

»Entschuldigen Sie mein Zuspätkommen.« Ihre Stimme war kaum mehr als ein Flüstern. Daran konnte er erkennen, wie verängstigt sie war. »Ich chauffiere selbst und konnte keinen Parkplatz finden, da überließ ich den Wagen einfach dem Portier.« Er nickte, und sie setzten sich in einer Ecke in zwei große rote Plüschsessel, die wie geschaffen schienen für diese Gelegenheit.

»Möchten Sie einen Drink? Oder eine Tasse Tee?« Viel zu nervös, um etwas zu sich zu nehmen, schüttelte sie den Kopf. John Chapman entnahm nun seinem Koffer den Aktenordner. Er war viel dicker als zu dem Zeitpunkt, als er ihn von Arthur Patterson übernommen hatte, da er nun auch das enthielt, was er über Hilarys Leben hatte in Erfahrung bringen können. Und bald würde auch alles über Alexandra darin verzeichnet sein.

Sie sah ihn eindringlich an. »Haben Sie schon etwas über meine Schwestern erfahren?«

»Von Hilary fehlt jede Spur, seitdem sie vor mehr als zwanzig Jahren Arthur Patterson aufsuchte und Sie und Ihre jüngere Schwester finden wollte. Sie war damals außer sich, als sie entdecken mußte, daß er nichts von Ihnen wußte. Ich vermute, daß sie im Anschluß daran selbst die Suche in die Hand zu nehmen versuchte und es nicht schaffte. Jedenfalls machte sie ihn für die Trennung der Familie verantwortlich, und ich könnte mir denken, daß sie ihn haßt. Angesichts des Lebens, das sie führen mußte, nicht unverständlich.

Was aus Megan wurde, weiß ich noch nicht, aber verglichen mit Ihrem Schicksal, traf es Hilary besonders schlimm.« Er berichtete ihr nun, was er wußte, und Alexandra stiegen die Tränen in die Augen. Ein Leben wie das von Hilary wäre für jeden eine Katastrophe gewesen. Unwillkürlich stellte sie sich vor, daß ähnliches ihren eigenen Kindern widerfahren würde – ein Gedanke, der ihr Übelkeit bereitete. Kein Wunder, daß Hilary verbittert war. Das Recht dazu hatte sie. Verlassen, geschlagen, vergessen. »Ich nehme an, sie ging sofort zu Patterson, als sie nach New York kam, und danach verliert sich ihre Spur. Nun habe ich eine sehr intensive Nachforschung in Gang gesetzt, und ich könnte mir denken, daß nach meiner Rückkehr schon einige Tatsachen vorliegen. Einmal glaubten wir, sie gefunden zu haben, ein Irrtum, wie es sich zeigte.« Er meinte die Frau im Vorstand von CBA. Doch wo immer Hilary sein mochte, er würde sie aufspüren. »Nächstes Mal ist ein Irrtum ausgeschlossen.«

»Mein Gott, was für ein schreckliches Leben.« Alexandra trocknete verstohlen ihre Tränen. Chapman bot ihr den Ordner zum Durchblättern an. Es war unerträglich, was sie da schwarz auf weiß las, und in ihrem Blick lag Entsetzen, als sie ihn wieder ansah. »Wie hat sie das alles nur überleben können?« Als sie an ihr eigenes, um so viel glücklicheres Leben dachte, wurde sie von Schuldgefühlen übermannt. »Warum mußte dies alles passieren?«

»Das weiß ich nicht. Das Schicksal nimmt nicht immer einen günstigen Verlauf, Mrs. de Morigny.«

»Ich weiß.« Es kam ganz leise von ihren Lippen. Noch nie hatte sie die Wahrheit dieses Satzes so deutlich erfaßt. Unwillkürlich mußte sie an die bunten Kaleidoskope denken, die sie ihren Kindern geschenkt hatte. Drehte man ein Kaleidoskop auch nur ganz geringfügig, dann nahmen die farbigen Teilchen eine völlig andere Stellung ein. Was kurz zuvor noch wie Blüten ausgesehen hatte, wurde im nächsten Moment zu feuerspeienden Dämonen. Es erschien ihr als Gipfel der Ungerechtigkeit, daß man Hilary den Dämonen ausgeliefert hatte. Es kostete Alexandra einige Mühe, ihre Aufmerksamkeit wieder John Chapman zuzuwenden. »Wie kann ich mithelfen, sie zu finden?«

»Im Moment können Sie gar nichts tun, es sei denn, Ihnen fällt etwas ganz Besonderes ein, das uns helfen würde. Leider beschränkt sich Ihr Wissen auf eine so lang zurückliegende Zeit, daß es uns jetzt nicht mehr viel nützen kann. Ich werde Sie anrufen, sobald ich die anderen gefunden habe. Mr. Patterson möchte, daß Sie dann in sein Haus in Connecticut kommen und dort die anderen kennenlernen. Ehe er stirbt, will er die Geschwister wieder vereint sehen.« Ein edles Ziel, wie es schien, wenn man jedoch bedachte, wieviel Leiden er verursacht hatte, bekam die Sache ein ganz anderes Gesicht.

»Wie ist er eigentlich? Sonderbar, aber ich kann mich an ihn überhaupt nicht erinnern.« Auch an ihren Vater hatte sie keine Erinnerung. Als sie unter John Chapmans Unterlagen Sams Foto entdeckte, war sie betroffen, wie gut er aussah und wie erfolgreich er gewesen war. Von ihrer Mutter existierten nur zwei Fotos. Das eine zeigte eine lächelnde junge Frau mit hellroter Haarflut. Alexandra stellte fest, daß eine gewisse Ähnlichkeit mit ihrer jüngeren Tochter bestand. Das andere Foto zeigte sie selbst und ihre Schwestern, sie und Hilary in weißen Kleidchen und schimmernden schwarzen Schuhen, das Baby in einem langen rüschenverzierten Taufkleid in den Armen der Mutter. Es war kurz nach Megans Geburt aufgenommen worden. Im Hintergrund war ihr Haus am Sutton Place zu sehen, aber Alexandra erkannte es nicht.

Chapman versuchte ihre Fragen zu beantworten. »Mr. Patterson ist hochbetagt und sehr krank. Ich glaube nicht, daß ihm noch viel Zeit beschieden ist. Nun liegt ihm sehr viel daran, die Geschwister vor seinem Tod zusammenzuführen. Es ist für ihn von größter Bedeutung.«

»Und wenn er stirbt, ehe man die anderen findet?« fragte Alexandra unumwunden.

»Er hat Vorsorge getroffen, daß die Nachforschungen nach seinem Tod fortgesetzt werden, aber er ist bestrebt, das Treffen mitzuerleben.« Sie nickte. Arthur hatte an alles gedacht. Ein Jammer, daß er nicht schon vor dreißig Jahren so viel Fürsorge an den Tag gelegt hatte. Für Hilary wäre dann alles anders verlaufen. Und das gab sie auch John Chapman zu verstehen. »Warum hat er uns nicht zu sich genommen, wenn er mit meinen Eltern so befreundet war?«

John schüttelte den Kopf. »Ich weiß es nicht. Er deutete an, seine Frau hätte sich dieser Aufgabe nicht gewachsen gefühlt. Ich habe das Gefühl, daß es ihm unendlich leid tut. Manchmal begeht man riesengroße Fehler, die man erst rückblickend als solche erkennt.« Dann wagte er, sie zu fragen, was Arthur eigentlich wissen wollte. »Sind Sie glücklich, Alexandra? Verzeihen Sie die Frage...« Aber Arthur lag viel daran, dies zu erfahren.

Alexandra sah John lächelnd an. »Ich war immer sehr glücklich, denn ich hatte wunderbare Eltern, die ich sehr liebte. Pierre de Borne war wirklich ein außergewöhnlicher Mensch. Nur gut, daß er so lange lebte. Er war die Freude meines Lebens«, sie errötete wegen ihrer Wortwahl, »und dasselbe war ich für ihn.« Dann wurde ihr Lächeln strahlend. »Und meine Mutter kennen Sie ja. Eine wunderbare Frau, finden Sie nicht? Sie ist meine beste Freundin und treueste Verbündete. Für sie bedeutete Ihr Besuch einen großen Schock.« Als sie an die Tränen ihrer Mutter dachte, wurde Alexandra ernst. »Ihr fiel es sehr schwer, bei mir an diese frühen Erinnerungen zu rühren. Wenn man bedenkt, wie alles kam, kann man das gut verstehen.« Sie seufzte und sah ihn an. »Weiß man eigentlich, warum er sie umgebracht hat?«

»Nein.« John schüttelte den Kopf. »Ich glaube, sie hatten Streit miteinander. Und er war angetrunken. Die Verteidigung plädierte auf vorübergehende Unzurechnungsfähigkeit. Mr. Patterson behauptet bis zum heutigen Tag, daß Sam, Ihr Vater, seine Frau vergöttert hat. Unverständlich, warum Menschen sich zur Gewalt hinreißen lassen.«

Sie nickte und war in Gedanken bei Hilary und Megan. »Ich hoffe, daß es wenigstens Megan gut ergangen ist und daß Hilary nach ihrer schrecklichen Kindheit wenigstens etwas Glück hatte.« Ihr war, als würde sie die beiden gut kennen und wäre mit ihnen so vertraut wie mit den eigenen Kindern. »Ich habe zwei Töchter, Axelle und Marie-Louise. Sonderbar«, sagte sie nachdenklich, »aber mir scheint, Marie-Louise sieht Hilary ähnlich.« Ebenso sonderbar, daß es Alexandra in die Heimat ihrer Mutter verschlagen hatte.

Und dann stellte Chapman ihr eine schwierige Frage. »Haben Sie Ihrem Mann dies alles schon eröffnet?«

Langsam schüttelte sie den Kopf. »Ich fürchte, Henri hätte dafür nicht das geringste Verständnis. Er wird es nicht verwinden können, daß meine Eltern ihm vor unserer Heirat nicht alles erzählt haben. Und ehe meine Schwestern nicht gefunden sind, hat es keinen Sinn, ihn mit den Tatsachen zu konfrontieren. Es würde ihn nur sehr unglücklich machen.« Das war eine Geschichte, die sie sich seit dem Abend zuvor einredete, und sie war schon fast überzeugt davon.

»Und wenn wir die anderen gefunden haben?«

»Dann werde ich ihm wohl oder übel irgend etwas sagen müssen.« Aus ihrem Lächeln sprach Unbehagen. »Ich pflege nämlich nicht einfach Hals über Kopf nach Amerika zu fliegen, Mr. Chapman.«

»Sie haben Ihren Mann nicht hintergangen, denn Sie hatten von all dem keine Ahnung.« Er versuchte, ihr Gewissen zu beruhigen, sie aber wußte es besser.

»Aber meine Eltern waren unaufrichtig. Henri wird außer sich sein, denn er hält mich für die Tochter des Comte de Borne. Für ihn ist die edle Abstammung sehr wichtig. Er selbst kann den Stammbaum seiner Familie über neunhundert Jahre zurückverfolgen. Ich kann mir nicht denken, daß ein Mörder und eine französische Kriegsbraut das sind, was er sich als Großeltern seiner Kinder wünscht.« Vielleicht war es gut, daß Alexandra nie einen Sohn bekommen hatte. Denn in diesem Fall wäre ihr Vergehen noch gravierender gewesen. Aber auch so würde er ihr schwerlich verzeihen. Chapman empfand Mitleid mit ihr, als er sah, wie bedrückt sie war. Ihr Mann mußte ein schwieriger Mensch sein.

»Ich glaube, Ihr Mann wird sich damit abfinden. Sie sind doch schon so viele Jahre verheiratet. Und er liebt Sie. Das macht vieles wett.«

»Aber nicht bei jedem, Mr. Chapman.« Sie lächelte wehmütig. Und wie konnte er so sicher sein, daß Henri sie liebte? Sie selbst wurde gelegentlich von heftigen Zweifeln geplagt. Er hielt sie wie ein kostbares Möbelstück oder wie ein meisterhaftes Gemälde. Und wenn das Gemälde sich als Fälschung entpuppte? Würde er es behalten, weil es ihm ans Herz gewachsen war? Sie war nicht überzeugt, daß Henri so handeln würde. Er war geradezu besessen von dem Streben nach Qualität, nach Perfektion und der Wahrheit. Und ihre Herkunft war in seinen Augen bestimmt indiskutabel, daran zweifelte sie keinen Augenblick. Henris Reaktion war vorhersehbar.

Chapmans Blick ruhte voller Mitgefühl auf Alexandra. Sie gefiel ihm mit jedem Augenblick besser, und er genoß es, mit ihr in einer Ecke der Hotelhalle zu sitzen und zu plaudern. Sie war sanft und zurückhaltend und hatte wundervolle Augen, Augen, wie er sie bei einer Frau immer gesucht hatte. Sie wirkte zart und anmutig. Er konnte nur hoffen, daß Arthurs Suchaktion für sie nicht mit schmerzlichen Folgen verbunden war, denn das hätte sie nicht verdient.

»Darf ich Sie zum Lunch einladen, Alexandra? Sie verzeihen mir doch, daß ich Sie so nenne?« Sein jungenhaftes Lächeln reizte sie zum Lachen.

»Sie kennen sämtliche Geheimnisse meines Lebens. Da kann ich kaum erwarten, daß Sie mich mit dem Titel meines Mannes anreden.«

»Ach, du liebe Güte... führt er denn auch noch einen Titel?«

»Natürlich.« Wieder lachte sie und sah plötzlich viel jünger aus. »Henri Edouard Antoine Xavier Baron Saint Brumier de Morigny. Hübsche Namen, finden Sie nicht auch?« Fast hätte sie sich zu einem kindlichen Kichern hinreißen lassen. Dieses

Treffen hatte sie viel Überwindung gekostet. Sie brauchte jetzt ein wenig Entspannung. Beide hatten sie nötig.

»Hat der volle Name auf dem Führerschein Platz?«

Der Gedanke brachte sie zum Lachen. Dann wurde Alexandra wieder ernst. »Mr. Chapman, was halten Sie persönlich von der ganzen Sache? Ihnen, als intelligentem, erfahrenem Menschen muß alles ziemlich schockierend vorkommen.«

»Mich kann nichts mehr schockieren. Ich halte es für ein großes Unglück, daß durch eine Wahnsinnstat so viele Menschenleben ruiniert wurden. Und ich halte es für fragwürdig, daß man jetzt sozusagen die Funken wieder zum Glimmen zu bringen versucht. Aber mir steht darüber kein Urteil zu, und vielleicht bedeutet die Wiedervereinigung für eine der drei Walker-Töchter einen Trost. Sind Sie denn neugierig auf die anderen?«

Alexandra nickte; das mußte sie unumwunden zugeben. »An Hilary habe ich eine undeutliche Erinnerung bewahrt... ein paar Einzelheiten, die mir eingefallen sind, als meine Mutter mit mir über die Angelegenheit sprach.« Sie seufzte. »Für Mutter war es ein großer Schock.«

»Und für Sie gewiß auch.« Er widerstand dem Drang, nach ihrer Hand zu fassen. »Es tut mir leid, daß ich Ihnen soviel Unannehmlichkeiten bereite.«

»Noch nicht.« Die richtige Tragödie würde erst kommen, wenn er die anderen gefunden hatte.

»Könnte ich Sie dazu überreden, mit mir trotz allem zu Mittag zu essen?« Sie gefiel ihm, und er wollte sie näher kennenlernen. John versuchte sich einzureden, daß dies dem Wunsch entsprang, seinem Klienten möglichst viel über sie berichten zu können, aber er wußte insgeheim, daß mehr dahintersteckte. Die Teile des Rätsels fügten sich ohnehin langsam zu einem Ganzen zusammen. Alexandra war eine sehr reizvolle Frau – sie gefiel ihm.

Sie zögerte nur ganz kurz und überlegte, ob es schaden konnte. »Ja, gern.«

»Haben Sie einen Vorschlag zu machen? Ich war lange nicht in Paris und weiß nicht, welche Lokale zu empfehlen sind.«

»Die besten sind die alten, Mr. Chapman.« Lächelnd stand sie auf. John verstaute wieder alle Papiere in seinem Aktenkoffer, den er verschloß. Einen Augenblick lang verspürte sie den Wunsch, ihn um das Bild zu bitten, das sie als kleines Mädchen zeigte, aber sie konnte sich denken, daß er es noch für die anderen brauchen würde. Plötzlich war ihr auch klar, warum es von ihr keine Babyfotos gab. Das fiel ihr ein, als sie durch die Halle gingen und er sie bat, ihn John zu nennen. Dabei bemerkte er, daß sie ihn so sonderbar ansah.

»Eben wurde mir etwas klar, was mir zuvor nie richtig aufgefallen ist. Meine Eltern besitzen von mir keine Babyfotos, eine Tatsache, die ich stets als ganz normal akzeptierte.«

»Sie hatten keinen Grund, an Ihren Eltern zu zweifeln. Also, wo wollen wir essen?«

»Ich dachte, wir könnten ins Ritz gehen, in die Gesellschaft zahlreicher alter Damen.« Beide lachten, und sie nahm seinen Arm.

»Das hört sich köstlich an«, sagte er.

»Neben denen sehe ich nämlich ganz jung und attraktiv aus.«

»Das sind Sie auch, oder ist Ihnen das bisher entgangen?«

»Ich versuche erst gar nicht hinzusehen, denn ich sehe nur die Falten.« Das war aber nur Gerede, sie sah nicht mal aus wie dreißig, so glatt war ihre Haut und so seidig ihr Haar. Ihm fiel ein, daß er sie sich ganz anders vorgestellt hatte.

»Komisch, ich bildete mir ein, Sie müßten rothaarig sein.«

Ihr schuldbewußtes Lächeln machte sie noch reizvoller, und seine Faszination wuchs. Sie war sehr schön auf eine unaufdringliche Weise. Fast hatte man den Eindruck, sie versuche, ihre Schönheit durch ihre damenhafte Aufmachung, die schlichte Frisur und die ebenso schlichte Kleidung zu verbergen. John drängte sich die Frage auf, wie sie wohl aussehen würde, wenn sie sich diesbezüglich keinen Zwang antun mußte. Wahrscheinlich würde sie dann ihrer Mutter sehr ähneln.

»Ich bin eigentlich rothaarig.« Das Lächeln verblaßte und erlosch völlig. »Meinem Mann gefallen rote Haare nicht, deswegen lasse ich mir eine Blondspülung machen. Axelle, meine jüngere

Tochter, ist auch rotblond, aber ich bin es schon seit Jahren nicht mehr. Henri hält es für vulgär.« Das sagte sie ganz nüchtern, und John kam insgeheim zu dem Schluß, daß Henri ein Idiot sein mußte.

Das Essen im Ritz verlief in lockerer, entspannter und angenehmer Atmosphäre. Sie sprachen über Boston und New York, über Cape Cod und Saint-Jean-Cap-Ferrat, wo sie jeweils die Sommer zu verbringen pflegten. Sie sprachen vom Segeln, von den Sommern ihrer Kindheit und davon, wie er zu seinem ungewöhnlichen Beruf gefunden hatte, anstatt, wie erwartet, Anwalt zu werden. Sie plauderten wie gute alte Bekannte, und beiden tat es leid, als sie sich schließlich vor seinem Hotel trennten und sie in den Wagen einstieg, den sie dem Portier übergeben hatte.

»John, rufen Sie mich an, sobald Sie etwas wissen.«

»Das verspreche ich.« Er faßte nach ihrer auf dem Lenkrad ruhenden Hand und beugte sich dann vor, um ihr einen Kuß auf die Wange zu drücken. »Geben Sie schön acht auf sich. Und beim nächsten Mal möchte ich Sie mit flammend rotem Haar erleben.« Beide lachten, und sie winkte und reihte sich in den Verkehr ein, erfüllt von dem Gefühl, einen neuen Freund gewonnen zu haben. John sah gut aus, er war charmant und intelligent. Sie fragte sich, warum er unverheiratet war. Er hatte nur nebenbei erwähnt, daß er geschieden sei und eine Neigung zu schwierigen Frauen habe, und dabei hatte er es belassen. Sie aber hatte ihn so sympathisch gefunden, daß sie sich nicht vorstellen konnte, warum er nicht gleich nach der Scheidung von einer Frau geangelt worden war.

Ihre Gedanken wanderten immer wieder rasch zu dem Grund seines Besuches zurück. Sie war überrascht, daß es fast vier Uhr war, als sie das Haus betrat. Und am Abend sollte eine Dinnerparty stattfinden. Hastig sah sie bei Blumenschmuck und Wein nach dem Rechten, sprach mit der Köchin und stellte mit einem raschen Blick fest, daß alles in Ordnung war. Dann ging sie zu ihren Töchtern, die mit einer Freundin im Garten spielten. Die beiden freuten sich, daß das Schuljahr bald zu Ende war und der Sommer in Cap Ferrat nahte.

Um halb sieben ging Alexandra nach oben, um sich umzukleiden. Sie ließ ihr Bad einlaufen und legte das Kleid, eine weiße bodenlange Abendrobe aus Seide, zurecht. Dazu pflegte sie lange Diamantohrgehänge, die Henris verstorbener Mutter gehört hatten, zu tragen. Sie nahm den Schmuck eben aus ihrer Schatulle, als die Tür aufging und Henri eintrat. Aus seinem Blick sprach flammender Zorn.

»Hallo, mein Schatz.« Sie stand auf, um ihn zu begrüßen, aber seine Miene ließ das Lächeln auf ihrem Gesicht erstarren. »Ist etwas passiert? Ich habe noch einmal alles kontrolliert, und es schien mir bestens zu sein...« Es war aber nicht zu übersehen, daß sich in der Zwischenzeit etwas Schreckliches zugetragen haben mußte.

»Was fällt dir eigentlich ein... mich in den Augen von ganz Paris zum Narren zu machen?«

»Mein Gott, Henri, wovon sprichst du?«

»Du wurdest heute mit einem Mann beim Lunch im Ritz gesehen, als du dich unbeobachtet glaubtest.«

Alexandra wurde kreidebleich, schaffte es aber, ganz ruhig zu erklären: »Hätte ich unbeobachtet sein wollen, dann wäre ich wohl kaum ins Ritz gegangen. Es war ein Geschäftsessen. Er ist aus New York in geschäftlichen Angelegenheiten zu meiner Mutter gekommen.«

»Alexandra, das habe ich schon gestern zu hören bekommen. Ein zweites Mal kommst du damit nicht durch. Damit wäre dein Benehmen von gestern abend erklärt, als du keinen klaren Gedanken fassen konntest. Nun, ein so ungeheuerliches Benehmen werde ich nicht dulden. Du fährst morgen nach Cap Ferrat.« Wie ein unartiges Kind sollte sie verbannt werden. Ihre Augen füllten sich mit Tränen, weil Henri so ungerecht war.

»Henri, ich habe dich nie betrogen. Das mußt du mir glauben.« Sie wagte nicht, auf ihn zuzugehen. Durch die Weite des Raumes getrennt, standen sie sich gegenüber – sie in tiefer Verzweiflung, er außer sich vor Zorn.

»Das dachte ich bis jetzt auch. In diesem Fall aber kannst du nicht erwarten, daß ich dir Glauben schenke.«

»Es ist die Wahrheit.«

»Unsinn! Und deiner Mutter werde ich gehörig die Meinung sagen. Was denkt sie sich eigentlich, dich auf diese Weise zu dekken? Im Sommer möchte ich sie nicht in Cap Ferrat sehen.«

»Henri, das ist nicht fair. Sie möchte mit den Kindern zusammensein...«

»Das hätte sie sich überlegen sollen, ehe sie dir ein Alibi für deine Affäre verschaffte.«

»Ich habe keine Affäre!« rief Alexandra verzweifelt aus. »Und meine Mutter hat mit allem nichts zu tun...«

»Ach... und ich dachte, es wäre eine sie betreffende geschäftliche Angelegenheit.« Langsam kam er näher, Triumph im Blick.

Alexandra ließ sich unglücklich und geschlagen in einen Sessel sinken.

»Es ist...«

»Um was für geschäftliche Dinge handelt es sich?« Er faßte ihr energisch unters Kinn, so daß sie gezwungen war, ihn anzusehen. Er wußte, daß sie ihm nicht die ganze Wahrheit gesagt hatte. Das konnte sie nicht. Ihm die ganze Wahrheit zu gestehen, wäre noch viel schlimmer gewesen, das wußte sie genau.

»Im Moment kann ich es nicht erklären. Es handelt sich um vertrauliche Angelegenheiten meiner Eltern«, stieß sie hervor, bleich und erschüttert.

Als Henri hinausging, drehte er sich in der Tür noch einmal um.

»Alexandra, das hätte ich von dir nicht erwartet. Sieh zu, daß es nie wieder vorkommt, andernfalls wirst du ins Haus deiner Mutter zurückkehren, aber ohne deine Töchter. Sorge dafür, daß morgen mittag alles für die Riviera gepackt ist.« Damit knallte er die Tür zu ihrem Boudoir zu. Verzweifelt saß Alexandra da und ließ ihren Tränen freien Lauf. Die Begegnung mit John war so angenehm verlaufen, und alles war ganz harmlos gewesen, und jetzt glaubte Henri, sie hätte ihn betrogen. Da fiel ihr ein, daß sie John anrufen mußte. Hastig ging sie zu ihrem Schreibtisch und wählte die Nummer des Bristol. Zum Glück war er da, und sie konnte ihm sagen, daß sie einige Wochen früher nach Cap Ferrat fahren würden, für den Fall, daß er sie erreichen wollte. Sie gab ihm die Nummer an und bedankte sich noch einmal für die Einladung zum Lunch, ohne ein Wort darüber zu verlieren, wieviel Verdruß sie sich damit eingehandelt hatte.

»Ich hoffe, sehr bald wieder mit Ihnen Kontakt aufzunehmen.«

»Ich auch.« Sie schämte sich aus mehreren Gründen dieses Wunsches. John war so nett und verständnisvoll. Aber er führte ein eigenes Leben – und sie ebenfalls. Sie hatte schon genug Ärger, ohne daß sie sich Wunschträumen hingab, in denen er eine Rolle spielte.

»Wenn ich etwas in Erfahrung bringe, rufe ich Sie an.«

»Danke, John. Und gute Reise.«

»Danke. Ich fliege morgen ab.« Er hatte gehofft, noch eine Abendmaschine zu erreichen, war aber nach dem Lunch so spät ins Hotel gekommen, daß er nicht mehr in Stimmung zum Pakken war. Ein zusätzlicher Abend in Paris war ja nicht zu verachten. Das Zusammensein mit Alexandra hatte ihn in eine entspannte und unbeschwerte Stimmung versetzt. Und als er Sascha vom Hotel aus anrief, hatte sie wieder eine ihrer unmöglichen Stimmungen, und die Rückkehr erschien ihm gar nicht mehr so erstrebenswert. Er freute sich auf das Abendessen in einem nahen Bistro und auf einen netten Bummel durch die Straßen von Paris.

Er sagte Alexandra Lebewohl. Sie legte auf und ging langsam in ihr Bad. Noch immer fand sie es ungeheuerlich, daß Henri ohne weiteres annahm, daß sie ein Verhältnis hatte. Voller Sorge dachte sie daran, wie der Sommer werden würde. Doch schon am Abend sollte sie einen Vorgeschmack darauf bekommen. Henri sprach mit ihr in seinem eisigsten Ton und behandelte sie bis zum Abschied, als sie und die Kinder das Haus verließen, wie eine Aussätzige.

»Du gibst keine Einladungen, ehe ich bei euch bin, ist das klar? Du wirst dich ausschließlich in der Villa aufhalten, und ich werde das überprüfen.« Er behandelte sie wie einen Sträfling nach einem Fluchtversuch. Sie bebte vor Zorn, als sie sich verabschiedeten.

»Darf ich wenigstens an den Strand, oder muß ich mit Kette und Kugel im Haus bleiben?«

»Ich finde es bedauerlich, daß du unsere Ehe als so große Belastung empfindest, Alexandra. Ich wußte gar nicht, daß dir unser Zusammenleben so schwerfällt.« Henri hatte buchstäblich auf alles eine Antwort parat, und als sie losfuhren, empfand sie zum erstenmal Haß. Der Chauffeur und zwei Hausmädchen begleiteten sie. Der Citroën und der Peugeot-Kombi sollten mit dem Nachtzug an die Riviera gebracht werden.

»Warum war Papa so schlecht gelaunt?« fragte Axelle auf der Fahrt zum Bahnhof, die durch dichten Verkehr führte. »War er böse auf dich?«

»Nur ein wenig.« Sie strich über die kupferroten Löckchen, wie Hilary sie vor langer Zeit gestreichelt hatte. Die so lange zurückreichende Erinnerung an ihre Schwester zauberte ein Lächeln auf Alexandras Lippen. Die Aussicht, ihre Geschwister wiederzusehen, versetzte sie in freudige Erregung. Sie konnte nur hoffen, daß Chapman die beiden bald fand und es ihr glücken würde, sich von zu Hause loszueisen, damit sie sich mit ihnen treffen konnte. Axelle aber ließ ihr keine Zeit für Grübeleien, als sie durch Paris fuhren.

»Papa sah nicht nur ein bißchen böse aus. Er war sehr böse. Hast du etwas Schlimmes gemacht, *Maman?*« Lächelnd nahm Alexandra die Hand der Kleinen. An der Riviera würde es sicher sehr schön werden. Sie würde die Zeit ohne ihren Mann unbeschwert genießen.

»Ich habe nur etwas Dummes gemacht.«

»So wie damals, als du den Hut mit den Federn und dem Schleier gekauft hast?« Axelle hatte der Hut sehr gut gefallen, aber Henri hatte durchgesetzt, daß Alexandra ihn noch am selben Tag zurückschickte.

»Ja, so ähnlich.«

»Hast du wieder einen Hut gekauft?«

»Hm... ja... irgendwie...«

»War er hübsch?«

»Ja, das war er.« Alexandra lächelte ihrer jüngeren Tochter zu. »Sehr hübsch.«

Axelle erwiderte das Lächeln verschmitzt, als sie vor dem Bahnhof vorfuhren.

23. Kapitel

Das Material, das Johns Leute in seiner Abwesenheit über Hilary zutage gefördert hatten, war hervorragend, wie er befriedigt feststellte. Man hatte herausgefunden, welche Abendschule sie besucht hatte, außerdem wußte man jetzt, daß sie in einer Stellenvermittlungsagentur gearbeitet hatte, und von dort an war es nicht mehr schwierig, ihre Spur zu CBA weiterzuverfolgen. Perfekt. Mehr war nicht nötig. Als Chapman die Unterlagen durchsah, ging ihm auf, daß er bereits beim erstenmal ins Schwarze getroffen hatte. Er hatte mit der richtigen Hilary Walker gesprochen, als er bei CBA angerufen hatte, und ebenso klar war, daß Hilary nicht gefunden werden wollte. Ihm sollte es zunächst recht sein, er wollte warten, bis man Megan ausfindig gemacht hatte. Dann erst wollte er wieder mit Hilary in Kontakt treten. Im Moment sollte sie ruhig der Meinung sein, daß sie ihn abgeschüttelt hatte.

Aber als John an sie dachte, verspürte er dasselbe komische Gefühl in seiner Brust wie immer, wenn er ihre Unterlagen durchlas. Er verspürte den Wunsch, ihr zu sagen, daß jetzt alles gut war, daß die Menschen an ihrem Schicksal Interesse zeigten, daß sie endlich aufhören konnte davonzulaufen. Es war für ihn schrecklich, sie sich einsam und allein vorzustellen. Dann aber sagte er sich, daß ihr gegenwärtiges Leben vielleicht ganz anders war, als er es sich vorstellte. Er gab seinem Assistenten Anweisung, alles über Hilary Walker von der Fernsehgesellschaft CBA in Erfahrung zu bringen. Es war gut möglich, daß sie verheiratet war oder geschieden und ein halbes Dutzend Kinder hatte. Das vom Leben geknickte kleine Mädchen, dessen Spur er von Boston nach Jacksonville und dann nach New York gefolgt war, führte vielleicht ein sehr glückliches Leben. Er hoffte, daß das der Fall war, wußte aber gleichzeitig, daß er keine Ruhe finden würde, ehe er sie nicht persönlich kennengelernt hatte. Es war verrückt, aber er war wie besessen von den drei Frauen, die in seinem Fall eine Rolle spielten, von ihrem Leben, ihrem glücklichen oder jämmerlichen Schicksal. So besessen, daß er seine Ex-Frau anrief, sie zum Lunch einlud und ihr zu entlocken versuchte, was sie beim Schreiben eines Romans für dessen Personen empfand.

»Ellie, hast du dich je in sie verliebt?« Aus seinem Blick sprach eine Spur Verlegenheit. Sie saßen in der Nähe des Springbrunnens im Four Seasons, einem Restaurant, das berühmte Vertreter der schreibenden Zunft gern zu Mittag besuchten. John wußte, daß es Eloises Lieblingsrestaurant war. Er hatte zwar das sinnliche und künstlerisch angehauchte Chaos des Russian Tea Room lieber, aber Eloise war eben ganz anders. Groß, kühl und sehr beherrscht hatte sie sich mit ihren Romanen den Erfolg erschrieben. Der kühle Marmor und die diskreten Wasserfontänen des Four Seasons entsprachen ihrem Naturell.

»Mich in sie verliebt? Wie meinst du das? Hast du die Absicht, ein Buch zu schreiben?« Sie schien belustigt, und er schüttelte energisch den Kopf.

»Nein, ich bin an einem verrückten Fall. Er reicht dreißig Jahre in die Vergangenheit, und die Beteiligten sind für mich so real geworden, daß ich kaum noch klar denken kann. In der Nacht träume ich von ihnen... tagsüber denke ich an sie... an kleine Mädchen, die mittlerweile Frauen in mittleren Jahren sind. An sie habe ich mein Herz verloren und möchte ihnen helfen.«

»Na, das hört sich mehr nach einer Vergiftung als nach Liebe an.« Mitfühlend lächelnd tätschelte sie seine Hand. Eloise hatte noch immer etwas für ihn übrig. Sie gingen einige Male im Jahr zusammen essen. John hatte sie sogar mit Sascha bekannt gemacht. Am nächsten Tag hatte Eloise ihn angerufen und ihm unverblümt erklärt, daß er eine bessere Wahl hätte treffen können. »Dich hat es ja schlimm erwischt, Kleiner. Solltest ein Buch darüber schreiben«, sagte sie jetzt.

»Diese Geschichte würde mir keiner glauben. Und außerdem kann ich nicht schreiben. Es ist nicht mein Fach, das weißt du. Es ist nur, daß mich die Sache in den Wahnsinn treibt. Wie können Menschen, die auf dem Papier stehen, zur Realität werden?«

»Irgendwie schaffen sie es.«

»Und verschwinden sie dann wieder?«

»Ja, wenn du mit ihnen fertig bist«, meinte sie tröstend und aß ihren Salat auf. »Kaum habe ich ein Buch fertig, dann verschwinden auch die Personen – für immer. Aber davor machen sie mich einfach verrückt. Es ist, als ob man von ihnen heimgesucht würde.«

»Genau!« Er gestikulierte mit seiner Gabel. »Genauso ist es.« Er wurde von Hilary heimgesucht, und wenn ihn nicht Hilary quälte, dann war er in Gedanken bei Alexandra. Er hatte sie angerufen, als er sicher sein konnte, daß es sich bei der TV-Produzentin um Hilary handelte, und sie hatte gejubelt. Jetzt wartete sie darauf, daß auch Megan gefunden wurde, und John hatte seine Mitarbeiter zur Eile angetrieben, denn mit Patterson ging es allmählich zu Ende. »Und wie werde ich sie wieder los? Der Fall raubt mir noch den Verstand.«

»Dann schließe ihn ab. Löse ihn, tue, was du tun mußt, dann wird er dich nicht mehr verfolgen. So geht es mir immer. Ist es ein harter Fall?« Anders als Sascha zeigte sie immer lebhaftes Interesse für seine Arbeit, weil sie immer auf der Jagd nach neuen Themen für ihre Romane war, wie er vermutete.

»Sehr. Aber zu zwei Dritteln haben wir ihn geschafft. Ein Teil des Puzzles fehlt mir noch, dann ist alles erledigt. Eine exotische Geschichte, die du von mir erfahren wirst, wenn alles abgeschlossen ist.«

»Eine gute Story könnte ich gebrauchen. Nächste Woche fange ich mit einem neuen Roman an. Für den Sommer habe ich mir auf Long Island ein Haus gemietet.« Wirklich erstaunlich –

diese Frau arbeitete wie eine Verrückte, und sie ging in ihrer Arbeit auf, das war sonnenklar. Sie lächelte ihrem Ex-Ehemann zu. Seit sie kein Ehepaar mehr waren, verband sie eine geschwisterliche Beziehung. »Wie geht es deiner Ballerina?« Sie sagte es ohne Bosheit, denn sie wünschte ihm nur das Beste. Als sie Saschas Bekanntschaft gemacht hatte, war sie von ihr nicht sonderlich begeistert gewesen, aber sie wußte, daß John das Mädchen liebte.

Er reagierte mit einem Achselzucken. »So lala. Ballettmenschen scheinen in einer eigenen Welt zu leben. Sie begreift die Wirklichkeit nicht, zumindest nicht die meine.«

»Noch schlimmer als eine Schriftstellerin?« Eloise lächelte.

»Viel schlimmer. Du hast dich wenigstens nicht Tag und Nacht über deine Füße beklagt und hast nicht ständig jeden Muskel deines Körpers belauert. Schon das einfache Atmen stellt für Ballettänzer eine Bedrohung dar. Immer laufen sie Gefahr, daß ihnen etwas zustoßen könnte, das sie vom Tanzen abhält.«

»Hört sich ja ziemlich langweilig an.« Sie hatte den Salat aufgegessen, nahm einen Schluck Wein und lächelte ihm zu. John gehörte zu den nettesten Menschen, denen sie je begegnet war, und hin und wieder bedauerte sie, daß sie nicht mehr zusammenlebten. Damit verknüpft war unweigerlich die Frage, ob sie sich mehr um ihn hätte bemühen sollen. Sie war klug genug, um zu erkennen, daß die Ehe nicht ihr Fall war – es wäre für sie beide auf die Dauer nicht richtig gewesen. Sie mußte mit ihrer Arbeit allein sein, und sie hatte immer gespürt, daß John eine richtige Partnerin und Kinder brauchte. »Irgendwie kann ich sie mir als endgültige Lösung für dich nicht vorstellen.«

»Ich auch nicht. Leider hat es eine Weile gedauert, bis ich das erkannt habe. Es gibt aber nicht viele Frauen, die mich interessieren. Die meisten sind nicht sonderlich intelligent, oder aber sie sind nicht nett, oder sie sind nur an sich selbst interessiert.« Unbeabsichtigt hatte er damit eine Beschreibung von Sascha geliefert, wie er sofort merkte. Seit seiner Rückkehr aus Paris sah er sie mit ganz anderen Augen. »Und was ist mir dir? Ist der Märchenprinz für dich schon in Sicht?«

Eloise tat seine Frage lachend ab und winkte einem bekannten Verleger zu. »Für diese Dinge habe ich herzlich wenig Zeit.

In dem Punkt hat sich in meinem Leben nichts geändert. Es ist schwierig, Beruf und wirkliches Leben zu verbinden.«

»Und doch ist es zu schaffen«, lautete seine Erwiderung. »Wenn man nur will.«

»Na, vielleicht will ich nicht.« Ihm gegenüber war sie immer aufrichtig. »Vielleicht möchte ich gar nicht mehr als das, was ich habe. Meine Schreibmaschine und meine alten Nachthemden.«

»Eloise, das ist ja schrecklich – in meinen Augen eine Vergeudung.«

»Nein, das ist es nicht. Alles andere wollte ich nie richtig. Niemals habe ich mir Kinder gewünscht.«

»Warum nicht?« In seinen Augen war diese Einstellung falsch. Die Menschen waren dazu geschaffen, Kinder in die Welt zu setzen. Er selbst wünschte sich seit zwanzig Jahren Kinder. Es hatte nur nicht geklappt.

»Sie stellen zu große Ansprüche. Sie lenken einen ab. Ich müßte ihnen zuviel von mir selbst geben. Deswegen war ich dir eine lausige Ehefrau. Ich wollte alles für meine Bücher aufsparen. Es ist verrückt, aber es macht mich glücklich.« John wußte, daß es stimmte. In ihrer jetzigen Situation waren sie viel besser dran. Und plötzlich mußte er lachen.

»Du warst immer verdammt aufrichtig. Deswegen will ich dir nicht verschweigen, daß ich bei diesem Fall die Bekanntschaft einer großartigen Frau gemacht habe.« Eloise zog interessiert eine Braue hoch. »Zufällig ist sie mit einem französischen Aristokraten verheiratet und eigentlich nicht mehr zu haben.«

»Hört sich aber viel besser an als deine Ballerina.«

»Ist sie auch. Aber sie geht völlig in ihrem Leben auf. Verdammt schade... sie ist sehr reizvoll.«

»Eines schönen Tages wirst du die Richtige finden. Nur Finger weg von den Künstlerinnen. Die sind viel zu egoistisch. Glaub mir, ich muß es schließlich wissen.« Sie lächelte bedauernd.

»Geh mit dir nicht so hart ins Gericht. Wir beide waren sehr jung.«

»Und du warst großartig.« Sie blieb kurz am Tisch ihres Verlegers stehen, dann ging sie in Johns Begleitung hinaus. John wünschte ihr viel Glück für ihr neues Buch, winkte ein Taxi für sie heran und ging dann zurück in sein Büro an der Fifty-seventh.

Dort angekommen entdeckte er, daß das Glück auf seiner Seite war. Einer seiner Mitarbeiter hatte die Abrams in San Franzisko aufgespürt.

»Ist das Ihr Ernst?« Er war in Hochstimmung. Sie hatten lange alles versucht und nichts gefunden. Schließlich hatten sie die Suche nach David aufgegeben und sich auf Rebecca konzentriert. Es sollte sich herausstellen, daß die beiden Los Angeles in den frühen Sechzigern verlassen hatten und in den tiefen Süden gezogen waren, um mit Martin Luther King zu marschieren, Sit-ins mitzumachen und für das Wahlrecht für Farbige einzutreten. Sie hatten in Georgia, Louisiana und Mississippi Farbigen unentgeltlich Rechtsbeistand geleistet und schließlich in Biloxi ein Anwaltsbüro eröffnet. Von dort waren sie nach Atlanta gegangen. Erst 1981 waren sie wieder nach Kalifornien zurückgekehrt. David hatte nach einer schweren Operation den Beruf aufgegeben, und Rebecca war in ein ausschließlich von Frauen geführtes Anwaltsbüro eingetreten, das Frauen in feministischen Fragen vor Gericht vertrat. Die Abrams hatten ihr Leben der Menschlichkeit gewidmet.

Johns Mitarbeiter hatten den Abrams über den Grund seiner Ermittlungen nichts gesagt. John hatte Anweisungen hinterlassen, daß er selbst mit ihnen in Verbindung treten würde, sobald Megan gefunden war. Seine Sekretärin vereinbarte für ihn einen Termin mit Rebecca Abrams, und er beabsichtigte, bereits am nächsten Nachmittag nach Kalifornien zu fliegen. Der Zeitpunkt war ideal. Sascha befand sich noch auf Tournee, und außerdem gab es etwas, das er sich schon seit Tagen vorgenommen hatte. Etwas, was er jahrelang nicht mehr selbst getan hatte, und das jetzt unbedingt getan werden mußte. Es hing mit dem zusammen, was er Eloise zu erklären versucht hatte...

Kurz vor vier verließ er das Büro und nahm ein Taxi zum Gebäude der Fernsehgesellschaft. Am Eingang wies er einen Sicherheitsausweis und eine Polizeimarke vor – beides hatte er sich hart erkämpft, es war fast unmöglich zu bekommen. Die Sicherheitsleute der Gesellschaft gaben sich zufrieden und ließen ihn ins Allerheiligste.

Er nahm den Lift hinauf und wartete unauffällig im Empfangsbereich. Dort ging er an einen Apparat und wählte Hilarys Anschluß. Die Sekretärin gab Auskunft, daß sie in einer Sitzung war.

»In ihrem Büro oder oben?« Das klang so typisch nach Insider, daß die Sekretärin ihm darauf die gewünschte Information gab.

»Sie ist hier. Mr. Baker ist bei ihr.«

»Haben Sie eine Ahnung, wann sie frei sein wird?«

»Etwa um halb sechs, sagte sie.«

»Danke.« Chapman legte den Hörer des Haustelefons auf. Die Sekretärin hatte keine Ahnung, wer der Anrufer war, nahm aber an, daß er Hilary kannte. Es mußte sich wohl um jemanden aus dem oberen Management handeln.

Um Viertel nach fünf betrat sie den Korridor. John erkannte sie auf den ersten Blick, ohne daß die Empfangsdame sie hätte ansprechen müssen. »Guten Abend, Miß Walker«, sagte diese, als Hilary an ihr vorüberging. Hilary wandte sich um, warf ihr einen Blick zu und nickte. Sie schien niemand anderen zu bemerken, auch nicht John, als er ihr zu den Aufzügen folgte und neben ihr die Kabine betrat. Ihr Anblick machte ihn ganz schwach. Er nahm jede Strähne des schimmernden schwarzen Haares wahr, das sie zu einem Knoten zusammengefaßt trug, die anmutigen Hände, den langen Hals, er konnte sogar den frischen Duft ihres Parfums wahrnehmen. Sie ging mit sicherem, ausgreifendem Schritt, und als er einmal mit ihr zusammenstieß, sah sie ihn mit grünen Augen an, die direkt in seine Seele blickten, mit Augen, die sagten, rühr mich nicht an, komm nicht in meine Nähe. An der Madison Avenue nahm sie einen Bus, anstatt sich um ein Taxi zu raufen, und stieg an der Seventy-ninth aus. Sie ging zwei Blocks in nördlicher Richtung weiter, und dann sah er, daß sie einen Arztbesuch vorhatte. Geduldig wartete er vor dem Gebäude und folgte ihr dann, als sie ein Taxi nahm und zu dem Restaurant Elaine fuhr, wo sie mit einer anderen Frau verabredet war. Er setzte sich unauffällig in die benachbarte Nische und war neugierig, was die beiden zu besprechen hatten. Die andere war eine bekannte Nachrichten-Moderatorin, die einen sehr erregten Eindruck machte. Einmal brach sie sogar in Tränen aus, ein Ausbruch, den Hilary ungerührt über sich ergehen ließ. Sie beobachtete ihr Gegenüber ernst, aber ohne Mitgefühl. Als sich die Frauen vor dem Restaurant mit einem Händedruck trennten, fiel John ein, daß die Nachrichtenmoderatorin kürzlich entlassen worden war. Ihre Entlassung hatte großes Aufsehen in der Öffentlichkeit erregt. Jetzt hatte sie entweder Hilary um ihren Job angebettelt oder hatte ihr ihren eigenen Standpunkt klargemacht. Gefeuert war sie offenbar von höherer Stelle worden, aber vielleicht hatte sie gehofft, wieder eingestellt zu werden, wenn sie Hilary für sich gewann.

Hilarys unglücklicher Miene, als sie langsam und allein wieder stadteinwärts ging, war anzusehen, daß sie nicht imstande gewesen war, der Frau zu helfen. Ein-, zweimal hielt sie inne, warf einen Blick in ein Schaufenster, um dann rasch und zielbewußt weiterzugehen. Schließlich bog sie an der Seventy-second ab und lief bis an den Fluß zu einem alten Backsteinhaus in der Nähe eines winzigen Parks. Ein sehr hübsches Haus, aber alles an ihr deutete darauf hin, daß sie allein lebte. Hilary war von einer Aura der Einsamkeit umgeben, dazu kamen eine gewisse Härte und Entschlossenheit, die an Mauern denken ließen, die sie vor langer Zeit um sich aufgerichtet hatte und die seither stehen geblieben waren. Wie damals bei Durchsicht ihrer Akte bedauerte er sie sehr, und er war zutiefst bekümmert, als er die wenigen Häuserblocks bis zu seiner eigenen Wohnung zurücklegte. Sie wohnte in seiner Nähe und schien doch in einem eigenen Universum zu leben, in einem mit Arbeit ausgefüllten Universum, das sonst nicht viel enthielt. Andererseits war ihm klar, daß sein Urteil voreilig war. Vielleicht war sie trotz allem glücklich, vielleicht hatte sie einen Geliebten, der ihr teuer war, aber doch alles an ihrer Gegenwart und Vergangenheit deutete auf einen einsamen Menschen hin, der niemanden liebte und von niemandem geliebt wurde. Und als John seine Wohnung betrat und das Licht anknipste, verspürte er den überwältigenden Drang, sie anzurufen, ihr die Hand entgegenzustrecken, ihr Freund zu werden, ihr zu sagen, daß Alexandra sie kennenlernen wollte und noch längst nicht alles verloren war ... und doch ... Vielleicht war ihr ja auch alles gleichgültig. Wie er Eloise beim Essen sagte, hatte er das Gefühl, besessen zu sein.

Er versuchte Schlaf zu finden, wälzte sich aber ruhelos hin und her, bis er schließlich mangels eines besseren Einfalls Licht machte und Sascha in Denver anrief. Er erreichte sie in ihrem Zimmer. Sie war eben nach der Vorstellung nach Hause gekommen, und ihre Füße brachten sie fast um.

»Es freut mich, daß alles unverändert ist.« Er lachte, als er auf dem Rücken liegend an sie dachte. Vielleicht hatte er sie zu hart beurteilt, als er mit Eloise über sie gesprochen hatte. In gewisser Hinsicht erregte sie ihn noch immer, und eben jetzt fehlte sie ihm sehr. »Sollen wir uns in San Franzisko treffen?«

»Wann denn?« fragte sie unbeteiligt.

»Ich fliege morgen hin. In ein paar Tagen müßte ich dort mit allem fertig sein. Wann macht ihr in Denver Schluß?«

»Morgen. Dann geht es nach Los Angeles. San Franzisko wurde abgesagt.«

»Na, dann treffen wir uns in L. A.«

»Hm, ich glaube nicht, daß das günstig wäre.« Nun trat längere Stille ein, die ihn zu einem Stirnrunzeln bewog.

»Was ist denn?«

»Einige von der Truppe könnten sich aufregen«, sagte sie vage, was ihn veranlaßte, sich langsam im Bett aufzusetzen. Er war kein Dummkopf und kannte dieses Spiel schon gut. Es war keines, das er gern spielte.

»Würde es jemanden im besonderen aufregen, Sascha?«

»Ach, ich weiß nicht. Es ist schon zu spät, um darüber zu diskutieren.« Sie hatte den Satz noch nicht fertig ausgesprochen, als sich aus dem Hintergrund eine Männerstimme vernehmen ließ.

»Ist das Dominique oder Pierre oder Petrow?«

»Das ist Iwan«, schmollte sie. »Er hat sich heute die Achillessehne gezerrt und war deswegen total genervt.«

»Dann sag ihm, daß es mir sehr leid für ihn tut. Aber erst erklär mir, was da vorgeht. Ich bin einfach schon zu alt für diesen Mist.«

»Du begreifst eben nicht, unter welchem Druck ein Tänzer steht«, jammerte sie ins Telefon, und er ließ sich ins Kissen zurücksinken.

»Ich habe mich sehr bemüht. Und was verstehe ich sonst noch nicht?«

»Tänzer brauchen andere Tänzer.«

»Ach so... jetzt kommen wir dem Kern der Sache schon näher. Du meinst einen Tänzer wie Iwan?«

»Nein... nun... ja... es ist aber nicht das, was du glaubst.«

»Woher willst du wissen, was ich glaube? Du bist so eingesponnen in die Sorge um deine Füße und deinen Hintern und deine Sehnen, daß du keine Ahnung hast, was ein anderer denkt. Auch wenn man es dir in Leuchtschrift vor die Nase hielte, würdest du es nicht verstehen.«

»Das ist nicht fair!« Unvermittelt fing sie zu weinen an, und zum erstenmal seit Monaten rührte es ihn überhaupt nicht. Ganz plötzlich, im Verlauf eines Telefongesprächs, war alles vorüber. Er hatte sie satt.

»Fair ist es vielleicht nicht, Baby«, sagte er mit seiner tiefen, warmen Stimme, »aber es ist wahr. Ich glaube, wir beide sollten uns verbeugen und zurücktreten, ehe der Vorhang fällt. Wenn ich das Programm richtig verstanden habe, dann ist der vierte Akt eben zu Ende gegangen.«

»Warum sprechen wir nicht darüber, wenn ich zurückkomme?«

»Worüber? Über deine Füße... oder darüber, daß Tänzerinnen Tänzer brauchen? Sascha, ich bin kein Tänzer. Ich bin ein Mann. Ich habe einen Job, der mich sehr beansprucht, ich führe ein ausgefülltes Leben, das ich mit der Frau, die ich liebe, teilen möchte – mit der Frau, die ich liebe und die mich liebt. Ich möchte Kinder. Kannst du dir dich in dieser Rolle vorstellen?«

»Nein.« Wenigstens war sie aufrichtig. Allein der Gedanke daran entsetzte sie. Sie hatte nicht die Absicht, zu irgendeinem Zeitpunkt ihres Lebens den Tanz für ein Jahr aufzugeben, um dann den Kampf um ihre Geschmeidigkeit wieder aufnehmen zu müssen. »Warum ist das so wichtig?«

»Weil es wichtig ist und weil ich zweiundvierzig bin. Ich kann meine Zeit nicht mehr mit Tändeleien vertun. Schon einmal habe ich der Welt der Kunst ein Opfer gebracht. Meinen Beitrag habe ich also geleistet. Jetzt möchte ich etwas anderes.«

»Genau das meine ich ... du begreifst nicht, welcher Druck auf einem Tänzer lastet. John, Kinder sind nicht wichtig.«

»Für mich schon, Kleines. Und viele andere Dinge, für die in deinem Leben kein Platz ist. Du brauchst mich nicht. Du brauchst niemanden. Sei mal ehrlich dir selbst gegenüber.« Nun trat wieder Stille ein, und plötzlich wollte er dem Gespräch ein Ende bereiten. Es gab nichts mehr zu sagen. Sie hatten sich alles gesagt und waren ihre Beziehung seit langem leid. Nur war es ihnen nicht aufgefallen. »Leb wohl, Sascha ... nimm's nicht so tragisch. Wir sehen uns bestimmt einmal wieder. Vielleicht zum Lunch oder auf einen Drink.«

Er wußte, daß sie die Sachen abholen würde, die sie in seiner Wohnung gelassen hatte. Er selbst war auf ein Wiedersehen überhaupt nicht erpicht.

»Willst du mir damit sagen, daß es aus ist?« Sie schien schokkiert, und er hörte im Hintergrund wieder die Männerstimme. Ob die beiden ein Zimmer bewohnten? Einerlei.

»Ja, das tue ich.«

»Hast du mich deswegen angerufen?«

»Nein. Es ist einfach passiert. Vermutlich war es höchste Zeit.«

»Gibt es eine andere?«

Die Frage entlockte ihm ein Lächeln.

»Eigentlich nicht.« Es war komisch, aber es gab drei, die drei Frauen, nach denen er Tag und Nacht suchte, die seine Gedanken ausfüllten und jetzt auch sein Herz, aber nicht so, wie Sascha glaubte.

»Niemanden, der wichtig wäre... also, nimm's nicht so tragisch, Sascha.« Damit legte er auf und löschte das Licht. Mit der Andeutung eines Lächelns auf den Lippen schlief er ein. Zum erstenmal seit Monaten fühlte er sich frei. Wie gut, daß er sie angerufen hatte. Endlich war es aus zwischen ihnen.

VIERTER TEIL

Megan

24. Kapitel

Der Flug nach San Franzisko verlief sehr angenehm. John kam um zwei Uhr Ortszeit an und hatte somit ausreichend Zeit bis zu seinem Termin um vier. Rebeccas Büro in einem alten Haus im viktorianischen Stil lag in einem heruntergekommenen Stadtteil. Um so erstaunter war er, als sich das Haus selbst als sehr gepflegt entpuppte und mit viel Liebe und Geschmack eingerichtet war. Überall standen Pflanzen. Rebecca Abrams war eine attraktive Frau, Anfang Sechzig. Ihr graues Haar hatte sie zu einem Pferdeschwanz zusammengefaßt, der ihr über den Rücken fiel. Sie hatte Jeans an, zu denen sie eine weiße Bluse, rote Espadrillos und eine rote Blume im Haar trug. Sie sah so aus, wie man sich eine sehr attraktive, hochintelligente und in die Jahre gekommene Vertreterin der Hippie-Generation vorstellte. Mit einem warmherzigen Lächeln lud sie John in ihr Büro ein. Sie hatte keine Ahnung, was er von ihr wollte, und schien auch nicht weiter erstaunt, daß er seinen Aktenkoffer mitgebracht hatte.

»Mr. Chapman, Sie sehen so gar nicht aus wie unsere sonstigen Klienten.« Mit einer Handbewegung deutete sie auf eine sonnendurchflutete kleine Küche. »Möchten Sie Kaffee oder Tee? Wir haben über ein Dutzend Kräuterteesorten vorrätig.« Wieder lächelte sie ihm zu. Er schüttelte ein wenig befangen den Kopf. Es war ihm unangenehm, ihr Aufregungen zu bereiten, er konnte sie ihr aber leider nicht ersparen.

»Mrs. Abrams, ich bin in einer sehr persönlichen Angelegenheit gekommen. Seit geraumer Zeit schon haben wir Sie und Ihren Mann gesucht und hatten ziemlich Mühe, Sie ausfindig zu machen. Die letzte uns vorliegende Adresse war die in New York aus dem Jahr 1957.«

Wieder lächelte Rebecca Abrams und lehnte sich entspannt zurück. Seit Jahren schon betrieb sie Yoga, und es gab kaum etwas, was sie durcheinanderbrachte. »Ja, im Laufe der Jahre sind wir ziemlich oft umgezogen. Lange Zeit lebten wir im Süden, und dann sind wir wieder hierher zurückgekommen, und mein Mann wurde krank. Vor sechseinhalb Jahren, als er einen vierfachen Bypaß bekam, haben wir eingesehen, daß es höchste Zeit war, kürzer zu treten und das Leben zu genießen. Jetzt führe ich das Büro allein oder vielmehr zusammen mit einer Frauengruppe, mit der ich mich sehr gut verstehe. Wir vertreten vorwiegend sozial schwache Klienten und treten für die Bürgerrechte ein. Das machen wir nun schon seit Jahren.«

»Und Ihr Mann?«

»Er unterrichtet zweimal die Woche am Boalt. Er arbeitet im Garten. Ach, er macht hundert Dinge, die ihn freuen.«

»Und Ihre Tochter?« Chapman hielt die Luft an.

»Ihr geht es gut. Sie ist noch immer in Kentucky. Woher kennen Sie unsere Familie, Mr. Chapman?« Sie runzelte andeutungsweise die Stirn, ohne daß ihr Lächeln erloschen wäre.

»Ich kenne sie gar nicht. Ich bin ebenfalls Anwalt, meine Firma heißt Chapman & Co. Anders als Sie habe ich nie eine große Vorliebe für den Beruf des Verteidigers gehabt und schon vor Jahren mit Ermittlungen aller Art begonnen. Deswegen bin ich eigentlich hier. In diesem Fall ist mein Klient Arthur Patterson. Ich weiß nicht, ob der Name Ihnen noch etwas sagt, aber Patterson hat Ihnen 1958 zu Megans Adoption verholfen. Sicher erinnern Sie sich jetzt.«

Sie nickte. Ihr Gesichtsausdruck war ernst geworden. »Ist etwas passiert? Warum möchte Mr. Patterson mit uns Kontakt aufnehmen?« Sie schien erschrocken zu sein, als fürchte sie, er könne ihr Megan wegnehmen. In all den Jahren war sie diese Angst niemals richtig losgeworden.

»Kurz gesagt, Mrs. Abrams, Arthur Patterson ist ein todkranker Mann. Und er will wissen, ob es den drei Walker-Schwestern gutgeht, ob sie glücklich sind und keine Not leiden. Und er hofft, sie zusammenzubringen, ehe er stirbt, weil er möchte, daß sie von ihren Geschwistern erfahren.«

»Was... jetzt?« Sie war entsetzt. »Nach dreißig Jahren? Warum sollten sie den Wunsch haben, ihre Schwestern kennenzulernen?« Sie sah aus, als stünde sie im Begriff, ihn hinauszuwerfen.

»Er hat das Gefühl, daß es ihnen etwas bedeuten könnte. Aber ich kann Ihre Einstellung gut verstehen, Mrs. Abrams. Dreißig Jahre verstreichen zu lassen, ehe man Verbindung aufnimmt... da ist eine lange Zeit.«

Ungläubig schüttelte sie den Kopf. »Als wir Megan adoptierten, haben wir Patterson klipp und klar gesagt, daß wir keinen Kontakt mit ihm oder mit den anderen Mädchen wünschen. Das war auch der Hauptgrund, weshalb wir New York verließen und nach L. A. zogen. Ich halte es Megan gegenüber für unfair, die Vergangenheit jetzt wiederaufleben zu lassen.«

»Vielleicht sollte sie selbst darüber entscheiden. Sie sagten, Megan sei in Kentucky.«

»Megan beendet dort ihre medizinische Ausbildung, sie ist Fachärztin für Geburtshilfe in Appalachia.« Rebecca sagte es mit großem Stolz, aber aus ihrem Blick sprach offene Feinseligkeit.

»Darf ich Megan dort aufsuchen?« Für ihn war es eine Formalität, aber für sie ein Affront, und sie erhob sich halb, als sie antwortete.

»Nein, das dürfen Sie nicht, Mr. Chapman.« Sie ließ sich in den Sitz zurückfallen und funkelte ihn an. »Unglaublich. Sie nehmen offenbar an, daß Sie nach all den Jahren einfach in unser Leben treten können, und erwarten, wir würden zulassen, daß Megan so ohne weiteres Schmerz und Verwirrung zugefügt wird. Wissen Sie denn, wie ihre Eltern ums Leben kamen?«

»Ja, ich weiß. Weiß es Megan?«

»Wo denken Sie hin! Mr. Chapman, lassen Sie sich gesagt sein, die Sache ist ganz unmöglich. Meine Tochter weiß nicht, daß sie adoptiert wurde.« Sie sah ihn direkt an, und Johns Herz drohte stillzustehen. Warum, um Himmels willen, hatten sie ihr das verschwiegen? Obwohl sie so liberal und freidenkerisch waren, hatten sie Megan nicht über ihre Herkunft in Kenntnis gesetzt. Das komplizierte die Sache sehr.

»Haben Sie noch andere Kinder, Mrs. Abrams?«

»Nein. Mein Mann und ich waren der Meinung, daß Megan nichts über die Sache zu wissen braucht. Wir nahmen sie als Baby zu uns, und sie ist unser einziges Kind. Es gab keinen Grund, ihr etwas über die Adoption zu sagen, als sie heranwuchs.«

»Wären Sie bereit, es ihr jetzt zu gestehen?« Er sah ihr tief in die Augen, und was er darin erkannte, erschreckte ihn. Rebecca Abrams war nicht gewillt, ihm seine Aufgabe zu erleichtern. Aber wenigstens wußte er jetzt, wo sich Megan aufhielt. Wenn es sein mußte, würde er sie in Kentucky ausfindig machen. Es war zwar grausam, aber sie hatte ein Recht darauf zu erfahren, daß sie Geschwister hatte.

Lange sagte Rebecca kein Wort. »Ich weiß es nicht, Mr. Chapman«, seufzte sie schließlich. »Ehrlich gesagt, glaube ich es nicht. Ich müßte das mit meinem Mann besprechen und mich davor mit seinem Arzt beraten. Mein Mann ist gesundheitlich nicht auf der Höhe, man sollte ihm Aufregungen ersparen.«

»Ich verstehe. Werden Sie mich in ein, zwei Tagen anrufen? Ich wohne im Mark Hopkins.«

»Ich rufe Sie an, wenn es möglich ist.« Rebecca Abrams stand auf und gab ihm damit zu verstehen, daß sie das Gespräch für beendet hielt. Sie hätte ein blaues Nadelstreifkostüm tragen können, so sachlich und kühl sah sie aus. »Fliegen Sie in der Zwischenzeit zurück nach New York?«

»Ich möchte Ihre Antwort lieber hier erwarten, für den Fall, daß Ihr Mann mich sprechen möchte.«

»Ich gebe Ihnen Bescheid.« Sie verabschiedete ihn mit einem festen Händedruck, aber in ihrem Blick lag keine Herzlichkeit mehr, als sie ihn zur Tür brachte und diese hinter ihm schloß. Sie ging an ihren Schreibtisch zurück, legte den Kopf auf die Arme und weinte. Dreißig Jahre waren vergangen, und noch immer wollte man ihr das Kind wegnehmen. Man wollte bei Megan die Neugierde auf die Vergangenheit wecken, die sie nie kennengelernt hatte, und ihr Bindungen aufzwingen. Man wollte sie mit Angehörigen zusammenbringen, nach denen sie sich nie gesehnt hatte. Es war nicht richtig, nach allem, was sie für Megan getan und für sie empfunden hatten.

Noch am gleichen Nachmittag suchte sie Davids Arzt auf und erbat seinen Rat. Er war der Meinung, daß David die Neuigkeit verkraften konnte. Rebecca brauchte zwei Tage, ehe sie sich ein Herz nahm und David von Johns Besuch erzählte. Und dann weinte sie sich in seinen Armen aus und sprach über ihre Befürchtungen. David streichelte ihr langes graues Haar, hielt sie an sich gedrückt und sagte ihr, wie sehr er sie liebte.

»Niemand wird uns Meg wegnehmen, Liebste. Wie könnte man das auch?« Ihre Reaktion rührte ihn. Als Megan noch klein war, war sie von ähnlichen Befürchtungen geplagt worden. Rebecca wollte Megan immer ganz für sich haben.

»Megan wird alles über ihre leiblichen Eltern erfahren wollen.«

»Dann sagen wir es ihr eben.«

»Und was, wenn sich ihre Gefühle uns gegenüber ändern?«

»Becky, du weißt es im Grunde besser. Warum sollte das der Fall sein? Sie liebt uns. Wir sind Ihre Eltern im besten und umfassenden Sinn. Ebenso wie wir weiß Megan, was das bedeutet. Das heißt aber nicht unbedingt, daß sie ihre Schwestern nicht wiedersehen möchte. Wenn mir morgen jemand sagte, ich hätte zwei Schwestern, von denen ich nichts wußte, würde ich sie kennenlernen wollen, aber meine Liebe zu dir oder Megan wäre nach wie vor die gleiche.« Megans Ängste waren damit noch nicht ausgeräumt, und sie unterhielten sich bis spät in die Nacht über diese Angelegenheit. Rebecca plädierte dafür, alles beim alten zu belassen, während David der Meinung war, daß sie es Megan schuldig seien, die Wahrheit zu gestehen. Es mußte noch ein Tag vergehen, bis sie zu einer Lösung gelangten. Und als schließlich der Anruf kam, wurde John von einer Woge der Erleichterung übermannt, denn er war in seinem Hotelzimmer fast verrückt geworden, aber er hatte nicht abreisen wollen, bevor er erfahren hatte, wie sich die Abrams entschieden hatten. Andererseits hatte er sie auch nicht drängen wollen.

Rebecca lud ihn ein, abends in ihr Haus in Tiburon zu kommen. Zu dritt erörterten sie dann ausführlich die Schwierigkeiten, die bei einem umfassenden Geständnis entstehen könnten. Es war deutlich zu spüren, daß Rebecca noch immer große Vorbehalte hatte, aber David war unerschütterlich und hilfreich zugleich. Sein einziger Wunsch war, daß sie selbst mit Megan sprachen. Sie hatte ohnehin vor, in zwei Wochen für ein paar Tage nach Hause zu kommen, und Rebecca und David hatten beschlossen, ihr dann die Wahrheit zu erzählen. Sie würden John anrufen, sobald das Gespräch stattgefunden hatte. Anschließend konnte er mit ihr in Kontakt treten und das Treffen vereinbaren, das Arthur Patterson so sehr am Herzen lag. John blieb nichts übrig, als sich zu fügen. Die Abrams hatten alle Trümpfe in der Hand, und er wollte in ihrem und Megans Interesse nichts verderben.

Am Wochenende flog er nach Hause und rief Arthur Patterson an. Es war dem alten Herrn anzumerken, daß es ihm nicht gutging. John wußte auch, daß er seit geraumer Zeit nicht mehr ins Büro ging. Er erklärte Patterson, daß er die Abrams gefunden hatte und daß sie in Kürze mit Megan über ihre Vergangenheit sprechen wollten. Das bedeutete zwar eine gewisse Wartezeit, aber das mußten sie in Kauf nehmen. Arthur zeigte sich nur sehr zögernd einverstanden und hoffte inständig, daß er das Ziel seiner Bemühungen noch erreichen würde.

»Was bleibt noch zu tun?« fragte er John zum Schluß.

»Wir müssen abwarten, bis wir von ihnen hören. Dann vereinbare ich einen Termin mit Megan und den anderen. Alexandra ist bereit, auf meinen Anruf hin zu kommen. Um Hilary muß ich mich erst kümmern. Aber das möchte ich erst in letzter Minute tun.« Je später er mit ihr Kontakt aufnahm, desto wahrscheinlicher war es, daß sie auf den Vorschlag einging, das spürte er.

»Uns stehen zwei Wochen Wartezeit bevor. Sollte sich früher etwas tun, verständige ich Sie.«

»Danke, John.« Und ganz überraschend setzte Patterson hinzu: »Sie haben gute Arbeit geleistet. Ich kann es kaum fassen, daß Sie die drei tatsächlich gefunden haben.«

»Ich bin selbst überrascht.« John lächelte versonnen. Er hatte eigentlich nicht daran geglaubt, und doch hatte er seinen Auftrag erfüllt. In wenigen Wochen würden sich die Schwestern kennenlernen, und seine Aufgabe war damit beendet, eine Tatsache, die er halb mit Bedauern, halb mit Erleichterung registrierte. Er dachte an Eloises Voraussage. Sobald alles vorbei war, würde er frei sein.

25. Kapitel

Nach zweieinhalb Wochen riefen die Abrams wie versprochen an. Davids Ton verriet John, daß die Aussprache mit Megan nicht einfach gewesen war.

»Sie hat es sehr tapfer aufgenommen.« David drohte die Stimme zu versagen. »Wir können stolz auf sie sein ... das waren wir ohnehin immer ...« Und dann fuhr er mit wachsender Gefaßtheit fort: »Megan wird Sie von Kentucky aus selbst anrufen, wenn Sie mit ihr sprechen möchten.«

»Könnte ich jetzt kurz mit ihr reden?« fragte John vorsichtig, und David beriet sich mit jemandem im Hintergrund, um sodann den Hörer zu übergeben. John erkannte die Stimme sofort. Obwohl ohne französischen Akzent, hörte sie sich genauso an wie Alexandra, dieselbe Betonung, derselbe Tonfall, dasselbe Lachen.

»Mr. Chapman?«

»Ja.«

»Ich muß gestehen, daß alles für mich eine große Überraschung ist.« Das klang sehr sachlich und jung und sehr nett.

»Es tut mir leid, wirklich.«

»Kann man nichts machen. Sie wollten mich sprechen?«

»Ja. Ehe ich das Treffen mit Ihren Schwestern vereinbare, möchte ich Sie in Kentucky kurz sehen. Wann hätten Sie Zeit, mit den anderen in Connecticut zusammenzukommen?«

»Das werde ich erst wissen, wenn ich meinen Dienst antrete. Mein Arbeitsplan wird erst am Tag meiner Rückkehr festgelegt. Wenn Sie wollen, kann ich Sie dann sofort anrufen.«

»Das wäre sehr nett.«

Sie hielt Wort. Pünktlich am Tag ihrer Ankunft meldete sie sich, und John fragte sich, ob dies bedeutete, daß sie erpicht darauf war, die anderen kennenzulernen, oder ob es nur ihrer Verläßlichkeit zuzuschreiben war.

Sie sagte ihm, daß sie am Sonntagnachmittag zwischen eins und fünf Zeit hätte, sich in Kentucky mit ihm zu treffen. Drei Wochen später würde sie dann für zwei Tage nach Connecticut kommen können.

Chapman vernahm das mit Unbehagen und fragte sich, ob Patterson dann noch leben würde. Aus seiner Besorgnis machte er kein Hehl.

»Ich kann ja versuchen, mit einem Kollegen den Urlaub zu tauschen, aber damit gewinnen wir höchstens ein paar Tage. Wir sind hier ziemlich unterbesetzt. Sie werden sehen, womit wir hier zu kämpfen haben, wenn Sie kommen.«

»In drei Wochen werden Sie es schaffen?«

»Ja, falls keine Notsituation eintritt. Das läßt sich nie voraussagen.«

»Ich verstehe.« Für eine junge Frau von einunddreißig Jahren war sie sehr sachlich und bestimmt. Trotz der ähnlichen Stimme unterschied sie sich doch sehr von Alexandra. Megan war äußerst zielstrebig, dazu kam, daß bei ihrer Erziehung ganz andere Werte und Ansichten eine Rolle gespielt hatten als bei Hilary und Alexandra.

Megan hatte es sich zum Ziel gesetzt, für die Armen und Schwachen einzutreten und gegen Mißstände anzukämpfen. Das waren Bestrebungen, an die Alexandra gewiß nie gedacht hatte, und Hilary war zu sehr mit dem eigenen Überleben beschäftigt gewesen, um sich menschenfreundlichen Idealen zu widmen. Es war wirklich interessant, wie verschieden sie waren. Und John mußte an das denken, was Alexandra ihm in Paris gesagt hatte. Das Kaleidoskop war abermals gedreht worden und zeigte ein völlig verändertes Bild... diesmal hatten sich die Dämonen in schneebedeckte Berge verwandelt.

Er sagte zu, am folgenden Wochenende nach Kentucky zu kommen und sie während ihrer freien Zeit im Krankenhaus zu besuchen. Er bedankte sich für ihr Entgegenkommen und setzte das Datum für die Zusammenkunft mit ihren Geschwistern für den ersten September fest. Kaum hatte er das Gespräch beendet, machte er sofort Arthur Patterson davon Mitteilung. Und am nächsten Tag rief er Alexandra an der Riviera an. Die Verbindung war anfangs sehr schlecht, und es dauerte eine Weile, bis sie ihn verstehen konnte.

»Wie... schon?« Sie schien sehr erregt. »Sie haben beide gefunden?« Wirklich erstaunlich. »Wo ist Megan?«

John lächelte, als er ihre melodiöse Stimme hörte. Alexandra sprach von Megan wie von einer alten Bekannten, die nur irgendwo einen langen Urlaub verbracht hatte. »Sie ist Ärztin in Kentucky.«

»Meine Güte... und Hilary geht es gut?«

»Ja, ich habe sie gesehen.«

»Kommt sie auch?« Mit angehaltenem Atem wartete sie auf die Antwort. Sie war ein wenig enttäuscht, als John ihr gestand, daß er Hilary noch nicht angerufen hätte.

»Ich will ihr nicht zu lange Bedenkzeit lassen. In einer Woche etwa werde ich mich bei ihr melden.«

»Und wenn sie dann nicht zu erreichen ist?«

»Keine Angst. Ich werde sie finden.« Beide mußten lachen, und gleich darauf legten sie auf. Alexandra beeilte sich, ihrer Mutter Bericht zu erstatten, die im Hotel du Cap in Cap d'Antibes wohnte. Henri hatte zu guter Letzt nichts mehr gegen ihren Besuch eingewendet.

»*Maman?*«

»Ja, mein Schatz, was ist passiert?«

Alexandra war ganz außer Atem und klang so aufgeregt wie eine ihrer Töchter. »Er hat beide gefunden!«

»Beide was?« Margaret war eben aufgestanden, trank ihren Kaffee und las die *Herald Tribune*. Sie begriff nicht sofort, was Alexandra meinte, und glaubte, es sei etwas gefunden worden, was verloren gewesen war. »Wovon sprichst du?«

»Von meinen Schwestern! Chapman hat beide ausfindig gemacht!« Das hörte sich geradezu begeistert an. Margaret stockte das Blut in den Adern. Insgeheim hatte sie gehofft, die Mädchen wären für immer verschwunden.

»Wie nett.« Sie war um einen andeutungsweise glücklichen Ton bemüht. »Geht es ihnen gut?«

»Eine, die jüngere, ist Ärztin, und die andere, Hilary, arbeitet für eine New Yorker Fernsehgesellschaft.«

»Na, da seid ihr ja ein illustres Kleeblatt, mit dir als Baronesse. Man sollte einen Film über euch drehen.« Aber sie war alles andere als guter Dinge, und das spürte Alexandra.

»Keine Angst, *Maman*, nichts wird sich ändern, du kannst ganz beruhigt sein.«

Margaret wünschte, sie hätte dessen sicher sein können. Ihre Furcht war nicht weniger stark als die von Rebecca Abrams. »Wann werdet ihr euch sehen?«

»Am ersten September. Chapman hat gerade mit mir telefoniert. Ich muß nach Connecticut.«

»Und was wirst du Henri sagen?«

»Das habe ich mir noch nicht überlegt. Vielleicht könnte ich ihm erzählen, daß ich dich irgendwohin begleite... oder in deinem Auftrag nach Amerika muß.«

»Er wird dir nicht glauben.«

»Nein, aber die Wahrheit kann ich ihm kaum sagen. Na ja, ich muß mir eben etwas einfallen lassen.« Sie plauderten noch ein wenig, bevor sie auflegten. Aber fünf Minuten später rief Margaret zurück.

»Ich werde mitkommen«, sagte Margaret lakonisch.

»Wie?... *Maman*... du kannst doch nicht...«

»Warum nicht?« Ihr Entschluß stand fest. In ihren Augen war das eine hervorragende Idee, ganz abgesehen davon, daß sie damit Alexandra das nötige Alibi verschaffen konnte. Zudem hatte sie auf diese Weise alles ein wenig im Auge und war in Alexandras Nähe, falls sie Beistand oder einen Gesprächspartner brauchte.

»Für dich ist das alles zu umständlich. Du wolltest doch erst Ende September wieder in Paris sein. Hattest du nicht zwei Wochen Rom eingeplant?«

»Ach was. Nach Rom kann ich im Oktober auch noch. Oder gleich direkt von New York aus. Ich wollte ja nur Marisa besuchen« – eine ihrer besten Freundinnen – »und mir anständige Schuhe kaufen. Aber viel lieber begleite ich dich nach New York«, und fast schüchtern schloß sie, »wenn du mich dabei haben möchtest.«

»Aber Mutter...« Der Gedanke trieb Alexandra die Tränen in die Augen. Sie spürte, welche Ängste Margaret ausstand. Niemand, kein Blutsverwandter, kein Ehemann, keine Freundin hätten jemals ihre Stelle einnehmen können. »Natürlich freue ich mich, wenn du mitkommst. Es scheint mir nur für dich eine Zumutung zu sein.«

»Lächerlich. Wenn ich hier bleibe, wird aus mir noch ein nervöses Wrack.« Und dann fiel ihr etwas völlig Verrücktes ein, und sie war begeistert. »Sollen wir Axelle und Marie-Louise mitnehmen?« Alexandras Miene erhellte sich. Der Gedanke, die Kinder bis zum Ende der Ferien, und sei es auch nur für ein paar Tage, alleinzulassen, hatte ihr ohnehin nicht gefallen. Und Henri würde gegen einen solchen Familienausflug wohl nichts einzuwenden haben.

»Eine wunderbare Idee. Ihr drei könnt in New York bleiben, während ich nach Connecticut fahre. Anschließend können wir uns noch ein wenig amüsieren, ehe wir die Heimreise antreten. Die Schule beginnt erst am elften.«

»Herrlich! Ich werde im Pierre anrufen und Zimmer reservieren lassen. Du kümmerst dich um die Flugtickets. Wann wollen wir fliegen?«

»Der erste ist ein Freitag... vielleicht sollten wir am Donnerstag, dem einunddreißigsten fliegen.«

»Wunderbar. Ich werde für zehn Tage Zimmer reservieren lassen. Wenn du eher zurückfliegen möchtest, macht es auch nichts.«

»*Maman*...« Die Rührung und die Zuneigung zu der einzigen Mutter, die sie je bewußt gehabt hatte, schnürte ihr die Kehle zu. »Ich habe dich lieb.«

»Alles wird ganz wunderbar, Liebling. Wunderbar.« Und zum erstenmal seit John Chapmans Besuch in der Rue de Varenne war Margaret tatsächlich dieser Meinung.

Henri gegenüber verschwieg Alexandra ihre Pläne noch eine ganze Woche. Sie fing eines Nachmittags auf der Terrasse ganz beiläufig davon an.

»Meine Mutter möchte, daß ich sie in Kürze nach New York begleite«, erklärte sie unschuldig, aber Henri funkelte sie sofort mißtrauisch an. Er hatte noch nicht vergessen, was sie ihm – wie er meinte – vor ihrer Abreise angetan hatte. Es war nie wieder davon gesprochen worden, aber Alexandra wußte, daß Henri ihr nicht vergeben hatte.

»Was soll das nun wieder bedeuten?«

»Nichts besonderes. Sie muß in New York ein paar schriftliche Angelegenheiten erledigen. Es geht um ein paar Investitionen, um die sie sich kümmern muß. Sie hat mich gebeten, mit den Kindern mitzukommen.«

»Das ist lächerlich. Warum willst du im Sommer nach New York?« Er traute den beiden nicht über den Weg. Sicher steckte ein gegen ihn gerichteter Plan dahinter.

»Den Mädchen würde etwas Abwechslung gewiß Spaß machen.«

»Unsinn. Du kannst später auch noch nach New York. Im Winter beispielsweise, ohne Kinder.« Seine schroffen Worte jagten ihr Angst ein. Er konnte es nicht ahnen, aber sie war entschlossen, sich durch nichts, auch nicht durch Drohungen von der geplanten Reise abhalten zu lassen, und sie würde die Kinder mitnehmen.

»Nein, Henri. Ich werde mit meiner Mutte fliegen – und mit den Kindern.«

Er sprang auf und starrte sie zornig an. »Alexandra, entwikkelst du in letzter Zeit nicht ein wenig zuviel Selbständigkeit? Darf ich dich daran erinnern, daß ich alle Entscheidungen treffe, auch für dich und die Kinder!« So unumwunden hatte er es nie ausgesprochen, es entsprach jedoch der Wahrheit oder hatte ihr zumindest bislang entsprochen, aber seit Chapmans Besuch war mit Alexandra eine Veränderung vorgegangen.

»Henri, ich glaube nicht, daß es Sinn hat, sich darüber so aufzuregen. Es handelt sich um eine Einladung meiner Mutter an mich und die Kinder.«

»Und wenn ich dir verbiete, sie anzunehmen?« Sein Gesicht war vor unterdrückter Wut über ihr schockierendes Benehmen rot angelaufen.

»Das würde nichts ändern, meine Mutter hat mich gebeten mitzukommen.«

»Deine Mutter ist weder alt noch gebrechlich. Ich will sie selbst anrufen und ihr sagen, daß du sie nicht begleiten kannst.« Diesmal aber ließ sich Alexandra von ihm nicht einschüchtern. Ihre Stimme klang ganz leise, aber ihr Tonfall war eisig.

»Ich möchte nicht mit dir streiten, aber trotzdem werde ich nach New York fliegen.«

»Warum? Liefere mir eine einleuchtende Erklärung.«

»Das wäre zu kompliziert. Es handelt sich um eine Familienangelegenheit.«

»Alexandra, du lügst!« Sein Instinkt trog nicht, aber ihr blieb nichts anderes übrig, als ihm die Wahrheit vorzuenthalten.

»Ich bitte dich... Ich bleibe nicht lange weg. Nur ein paar Tage.«

»Warum, verdammt noch mal, warum?« Er schlug mit der Faust auf den Glastisch, und sie zuckte zusammen.

»Henri, bitte, sei nicht unvernünftig.« Sie fürchtete, daß er sie zwang, ihm die Wahrheit zu gestehen. »Meine Mutter möchte ihre Familie besuchen und will, daß ich sie begleite. Daran ist doch nichts Schlimmes.«

»Schlimm daran ist, daß ich es dir nicht erlaubt habe und nicht einsehe, warum du so darauf beharrst.«

»Vielleicht, weil ich möchte.«

»Entscheidungen dieser Art hast du nicht allein zu treffen. Du bist keine alleinstehende Frau.«

»Aber auch keine Sklavin. Du kannst nicht einfach sämtliche Entscheidungen für mich treffen. Wir leben im zwanzigsten Jahrhundert, nicht im Mittelalter.«

»Und du bist keine Feministin, die tun und lassen kann, was sie will. Wenn du das sein möchtest – bitte, aber nicht unter meinem Dach. Halte dir das vor Augen, ehe du abreist.«

»Das ist lächerlich. Du führst dich auf, als hätte ich ein Verbrechen begangen.«

»Keineswegs. Aber ich bestimme nun einmal, wann und was du tust. Das ist seit vierzehn Jahren so, und ich sehe keinen Grund für Veränderungen.«

»Und wenn ich einmal selbst entscheide?« begehrte sie auf. Zum erstenmal im Leben fühlte sie sich durch seine Behandlung gedemütigt. Alexandra wußte, daß Henri ein liebevoller Gatte und ein guter Mensch war, aber er benahm sich wie ein Schulmeister und bevormundete sie ständig – das gefiel ihr von Tag zu Tag weniger.

»Es wird dir sehr viel Unannehmlichkeiten einbringen, wenn du diese neue Unabhängigkeit nicht ablegst. Ich warne dich.«

»Und ich sage dir ganz ruhig, daß ich am einunddreißigsten August mit meiner Mutter nach New York fliegen werde.«

»Das bleibt abzuwarten. Falls du jedoch deinen Willen durchsetzt und tatsächlich ins Flugzeug steigst, werden meine Töchter nicht bei dir sein. Ist das klar?« Das ganze war der reinste Machtkampf, und plötzlich haßte sie ihn deswegen. Ihm fehlte nur die Peitsche – dann wäre er der perfekte Sklaventreiber.

»Sind die Kinder auch deine Gefangenen?«

»Siehst du dich etwa als meine Gefangene an?«

»In letzter Zeit schon – genau seitdem du mich verbannt hast als Strafe für eine Sünde, die ich nie begangen habe. Den ganzen Sommer über hast du mich wie eine Verbrecherin behandelt.«

»Vielleicht ist es dein eigenes Gewissen, das in dir dieses Gefühl wachruft, meine Liebe.«

»Gewiß nicht. Und ich weigere mich, mir Schuldgefühle einreden zu lassen, nur weil ich meine Mutter begleiten möchte. Ich denke nicht daran, zu betteln und zu kriechen. Das habe ich nicht nötig. Ich bin erwachsen und kann reisen, wenn mir danach zumute ist.«

»Ach, die junge Baronin breitet ihre Schwingen aus. Willst du mir damit zu verstehen geben, daß du meine Unterstützung nicht nötig hast, weil du über ein ansehnliches eigenes Vermögen verfügst?«

»Dergleichen würde ich nie sagen, Henri.« Alexandra war erschrocken, mit welcher Verbitterung er reagierte. Ihr Mann war außer sich, daß sie sich seinen Wünschen nicht fügte.

»Das brauchst du auch nicht, meine Liebe. Ich habe jedenfalls meine Entscheidungen getroffen. Du wirst nicht fliegen.«

Sie sah ihn lange an und schüttelte dann verzweifelt den Kopf. Henri ahnte nicht, wie falsch er die Situation einschätzte. Nichts und niemand hätte sie davon abhalten können, nach New York zu fliegen. Nicht einmal ihr Mann.

26. Kapitel

John Chapmans Ankunft in Kentucky war für ihn wie eine Landung auf einem fremden Planeten. Zweimal mußte er den Flug unterbrechen und umsteigen. Am Zielflughafen angekommen, wurde er von einem Jeep abgeholt, drei Stunden über holprige Straßen in die Berge gefahren und vor einem ›Motel‹ abgesetzt, das über ein einziges Zimmer und eine Außentoilette verfügte. Abends hockte er mutterseelenallein in seinem Zimmer, hörte die Käuzchen rufen und vernahm dazu Geräusche, die er nicht kannte. Trotz all dieser Wichtigkeiten war er sehr neugierig auf Megan. Wie sie wohl aussah?

Er schlief unruhig und erwachte sehr zeitig. In der einzigen Kneipe der Ortschaft bekam er Spiegeleier und Hafergrütze vorgesetzt und dazu eine Tasse Kaffee, der schrecklich schmeckte. Zu Mittag holte ihn wieder ein Jeep ab, an dessen Steuer ein Mann saß, der, obwohl er erst sechzehn war, keine Zähne im Mund hatte. Nun ging es zu dem hoch oben im Bergland liegenden Krankenhaus, das hinter hohen Fichten versteckt stand und von Hütten umgeben war. Familien mit meist einem Dutzend Kindern bevölkerten den Weg. Viele waren barfuß und in Lumpen gekleidet. Eine Schar räudiger Hunde streunte herum und hoffte, ein paar Reste zu finden, welche die Kinder übriggelassen hatten. Unfaßbar, daß es in dieser herrlichen Gegend einen so gottverlassenen, armseligen Ort gab – nur wenige Stunden entfernt von Städten wie New York, Washington oder Atlanta. Die Armut, mit der John hier konfrontiert wurde, war erschütternd. Man sah junge Männer, die durch verheerende Arbeits- und Umweltbedingungen und wegen der Unterernährung zu gebrechlichen Greisen geworden waren, junge zahnlose Frauen mit schütterem Haar, Kinder mit aufgetriebenen Hungerbäuchen. John fragte sich, wie Megan dieses Elend ertragen konnte, als er das Krankenhaus mit einem gewissen Unbehagen betrat.

Man wies ihm den Weg zu einem Ambulanzraum. Er folgte den Anweisungen und betrat ein Wartezimmer, in dem zwanzig bis dreißig Frauen geduldig auf Bänken saßen, alle waren schwanger, in manchen Fällen mit dem achten oder neunten Kind, obwohl sie noch ganz jung waren. Viele Kinder hielten sich hier auf und plärrten und heulten.

Als John zum Schreibtisch hinsah, erblickte er einen Kopf mit rotem Haar, das zu zwei Zöpfen geflochten war. Es gehörte einer hübschen Frau in Jeans und Wanderschuhen. Als sie aufstand und auf ihn zukam, hatte er keinen Zweifel, daß sie Megan sein mußte, denn sie war Alexandra unglaublich ähnlich.

»Hallo, Doktor Abrams!« Megan quittierte diese Anrede mit einem Lächeln und führte ihn in einen kleinen Raum, in dem sie ungestört sprechen konnten. John legte ihr nun die Unterlagen vor, die er auch Alexandra gezeigt hatte, und erzählte ihr alles, was er über ihre Schwestern wußte. Das Treffen war für den ersten September angesetzt, wie sie es vorgeschlagen hatte. »Werden Sie kommen können?« fragte er besorgt. Sie beruhigte ihn freundlich lächelnd. Ihr Auftreten erinnerte sehr an Rebecca, aber vom Aussehen her ähnelte sie Alexandra sehr stark.

»Ich schaffe es, falls ich von den Patientinnen loskomme.«

»Sie sind ein erschreckender Anblick.«

»Ich weiß.« Sie nickte ernst. »Sie brauchen verzweifelt Hilfe, ärztliche Betreuung, ausreichend Nahrung und Schulbildung. Deswegen bin ich hier. Es ist unfaßbar, daß solche Zustände in einem Land wie Amerika herrschen können.« Er nickte stumm und war sehr beeindruckt, daß sie den Kampf gegen dieses Elend aufgenommen hatte.

Sie blätterte noch einmal die Unterlagen durch, sehr nachdenklich, wie es schien, und dann stellte sie ihm einige Fragen über ihre Eltern. Sie wollte dieselben Einzelheiten wissen wie Alexandra. Warum hatte Sam Solange getötet? Und was war mit den Geschwistern passiert? Was sie über Hilary las, stimmte sie traurig, aber als er ihr von Alexandra erzählte, fand sie ihr Lächeln wieder.

»Was für ein Gegensatz zu meinem Leben! Eine französische Aristokratin! Uns trennen ja Welten.« Sie sagte es in der gedehnten Redeweise des Südens, und John stimmte in ihr Lachen ein. Megan freute sich darauf, ihre Schwestern zu treffen, mochten sie auch noch so anders sein. »Sie müssen wissen, daß meine Mutter tausend Ängste wegen dieses Wiedersehens aussteht.«

»Das habe ich schon gemerkt, als ich bei ihr war. Ihr Vater war sehr bemüht, sie zu beruhigen.«

»Ich glaube, alle Adoptiveltern fürchten den Moment, in dem das Adoptivkind alles über die leibliche Familie erfahren möchte. In meinem Beruf habe ich schon einige Male diese Probleme erlebt. Aber meine Mutter hat nichts zu befürchten.« Mit gelassenem Lächeln sah Megan zu ihm auf. Sie wußte genau, wer sie war, wohin sie gehörte und was sie anstrebte – ähnlich den Menschen, die sie erzogen hatten. Auch David und Rebecca waren zielstrebig und lebten nach eindeutigen Grundsätzen. Sie waren für Megan genau die richtigen Eltern – grundanständig, hochintelligent, integer und von Liebe zu den Menschen erfüllt. Sie hatten das Bestreben, die Lebensbedingungen der Armen und Unterdrückten zu verbessern. Megan wußte das alles, und sie hatte ihrer Mutter vor dem Abschied gesagt, wie stolz sie war, so großartige Eltern zu haben. »Sie wird sich beruhigen. Ich habe ihr versprochen, sie anzurufen, sobald alles vorüber ist. So wie ich meine Eltern kenne, werden sie mich höchstwahrscheinlich sehr bald besuchen.« Beide mußten lachen, und John konnte den Blick nicht von ihren Augen wenden. Sie waren von Licht, Leben und Freude erfüllt. Megan war eine Frau, die ihren Beruf liebte und in ihm Erfüllung gefunden hatte. Allein ihre Nähe wirkte belebend. Sie war völlig anders als Mädchen wie Sascha, die in der eigenen Person völlig aufgingen. Dieses Mädchen hier dachte einzig und allein an die hilfsbedürftigen Menschen, die sie umgaben. Am Nachmittag, als Megan mit John plauderte, wurde sie zu einem Notfall gerufen und mußte einen Kaiserschnitt vornehmen. Nach zwei Stunden kam sie wieder und entschuldigte sich wegen der Störung.

»Heute habe ich eigentlich meinen freien Nachmittag. Aber immer wieder passiert etwas, deswegen bleibe ich meistens in der Nähe.« Und dann lud sie ihn zu sich zum Essen in eine barackenartige Hütte ein, die sie ganz schlicht eingerichtet hatte. Der einzige Schmuck waren die wunderschönen Patchwork-Decken, die sie einer ihrer Patientinnen abgekauft hatte. Megan bereitete einen einfachen Eintopf zu, und dann saßen sie gemütlich beieinander und sprachen über ihre Jugend, ihre Eltern, die Menschen, die sie kannte. Sie liebte ihre Eltern sehr und war ihnen dankbar für alles. Aber gleichzeitig schien sie von der Tatsache, daß sie einmal eine ganz andere Familie gehabt hatte, fasziniert zu sein.

Megan lächelte John über ihr Weinglas an – sie wirkte sehr jung und mädchenhaft. »Merkwürdig, aber ich finde das alles äußerst aufregend.« John lachte und faßte nach ihrer Hand. Megan erschien ihm als die glücklichste und selbstsicherste der drei Schwestern. Sie machte genau das, was sie wollte.

Nach dem Essen brachte sie ihn zurück zu seinem Quartier. Sie steuerte den Jeep, den ihr Vater ihr geschenkt hatte, als sie nach Kentucky gezogen war. John hätte zu gern noch mit ihr im Mondschein zusammengesessen, um mit ihr zu plaudern, sie aber mußte zurück, da ihr Dienst um halb fünf Uhr morgens begann.

»Werde ich Sie in Connecticut wiedersehen?« fragte sie scheu, als er im Mondlicht auf sie niederblickte.

»Ich werde da sein.« Er lächelte. »Eine Weile jedenfalls. Ich habe Mr. Patterson versprochen, da zu sein, um Sie alle zu begrüßen und miteinander bekannt zu machen.

»Also, bis dann.« Winkend fuhr Megan los, John sah ihr lange nach. Die Käuzchen schrien in den Bäumen, und er spürte eine frische Brise auf den Wangen. In diesem Augenblick wünschte er, er könnte für immer hier – bei Megan – bleiben.

FÜNFTER TEIL

Wiedersehen

27. *Kapitel*

Alexandra war mit dem Packen fertig. Sie wollte nur noch nach den Kindern sehen, als Henri ihr in der Halle entgegentrat und sie am Arm festhielt.

»Ich dachte, du hättest begriffen, daß ich dir nicht erlaubt habe, nach New York zu fliegen«, herrschte er sie an.

»Henri, bitte, ich werde mich nicht davon abhalten lassen.« Sie wollte keinen Streit, aber sie mußte nach New York, und es war unfair, daß er sie aufzuhalten versuchte. Henri folgte ihr ins Schlafzimmer, wo er stehenblieb und sie wortlos anstarrte.

»Warum bist du nur so verdammt eigensinnig?« Instinktiv ahnte er, daß ein Mann dahinterstecken mußte. Einen anderen Grund konnte sich Henri nicht vorstellen.

»Weil diese Reise ungeheuer wichtig für mich ist.«

»Ich verlange eine Erklärung, die diese Behauptung rechtfertigt. Warum ist dieser Flug nach New York mit deiner Mutter für dich so bedeutsam? Würdest du mir das verraten?«

Tränen schossen Alexandra in die Augen, als sie Henri über das Bett hinweg ansah. Den ganzen Sommer hatte er sie seine Mißbilligung spüren lassen, dabei war sein Argwohn völlig grundlos. »Ich kann es dir nicht erklären. Es hängt mit Dingen zusammen, die weit in die Vergangenheit zurückreichen.«

»Hat es mit einem Mann zu tun?« Anklagend blickte er sie an, und als sie ihn in der umbarmherzigen Helligkeit des Südens vor sich sah, kam er ihr plötzlich sehr alt vor, und sie fragte sich, ob er Angst hatte... Angst, daß sie eine Affäre mit einem Jüngeren angefangen hatte. Da empfand sie auf einmal Mitleid, ließ einen Augenblick in ihrer Wachsamkeit nach und schüttelte den Kopf.

»Nein, mit einem Mann hat es nichts zu tun. Es hat mit meinen Eltern zu tun.« Das stimmte, aber Alexandra meinte nicht den Comte und die Comtesse de Borne.

»Was ist mit ihnen? Alexandra, ich erwarte, daß du mir die Wahrheit sagst.« Und dann – ganz unvermittelt, als könne sie nicht mehr – ließ sie sich aufs Bett sinken und begann zu schluchzen. Er kam nicht näher und machte nicht den Versuch, sie zu trösten. Sie war ihm eine Erklärung schuldig – ja noch mehr als das, sie war zum Gehorsam verpflichtet.

»Ich wollte es dir nicht sagen ... es ist auch zu schwer zu erklären. Ich selbst weiß es erst seit Juni.« Mit traurigem Blick sah sie zu ihm auf, und er merkte plötzlich, daß etwas passiert sein mußte und daß sein Verdacht, sie hätte ein Verhältnis, vermutlich unbegründet gewesen war. Sie mußte etwas Außergewöhnliches erlebt haben. Für einen Augenblick hatte er Gewissensbisse, weil er sie zwei Monate so schlecht behandelt hatte, aber sie verflogen schnell wieder. Er stand am Fenster und wartete, daß sie weitersprach. »Meine Mutter ... meine Eltern ... da gab es etwas, das sie dir hätten sagen sollen ... ich hätte mit dir darüber sprechen sollen, nur hatte ich es fast vergessen, und ich war der Meinung, es sei ohnehin nicht von Bedeutung. Aber jetzt denke ich ...« Angst schnürte ihr die Kehle zu, während er wartete, bis sie atemlos fortfuhr: »Henri, ich bin ein Adoptivkind.«

Er starrte sie fassungslos an.

»Du bist adoptiert worden? Warum hat mir das niemand gesagt? Dein Vater hat davon kein Wort verlauten lassen.«

Trotz seines offenkundigen Entsetzens fuhr Alexandra tapfer fort. Sie wollte ihm nun alles gestehen ohne Rücksicht auf die Folgen.

»Ich wurde vorher schon einmal adoptiert. Von Margaret und ihrem ersten Mann.« Alexandra wartete, bis er auch diese schokkierende Eröffnung begriffen hatte. Langsam ließ er sich aufs Bett sinken und betrachtete sie mit stierem Blick.

»Ist das dein Ernst? Du bist nicht das leibliche Kind von Margaret und Pierre de Borne?« Er benahm sich, als hätte ihm jemand eben eröffnet, der Renoir, für den er fünf Millionen Dollar ausgegeben hatte, sei eine Fälschung. Seine reizende Frau mit dem makellosen Stammbaum war gar nicht edlen Geblütes! Sie nickte. In ihr war die Erinnerung an den Schock nach Margarets Enthüllung noch lebendig, und sie wußte, um wieviel heftiger Henri die Wahrheit treffen mußte. »Und was war vorher? Margaret ist also gar nicht deine Mutter?« Er fragte es in kaum hörbarem Ton, und Alexandra nickte, bereit, ihm alles zu erzählen.

»Nein, sie ist es nicht.«

Henri lachte voller Bitterkeit. »Wenn ich bedenke, wie sehr ich in Sorge war, unsere Kinder würden ihr zu sehr nachgeraten. Wer sind dann deine leiblichen Eltern? Weiß man das überhaupt?« Sie konnte irgend jemand sein... ein Mädchen von der Straße... aus der Gosse... ein Kind von gewöhnlichen Eltern. Diese Vorstellung war ihm widerwärtig. Nahezu seit einem Jahrtausend waren in seiner Familie eheliche Verbindungen mit peinlicher Sorgfalt geplant worden, und er hatte nun einer Frau unbekannter Herkunft seinen Namen gegeben.

»Ich weiß es erst seit zwei Monaten. Und ich wollte dir den Schock ersparen. Das war das Geheimnis, das ich vor dir bewahren wollte. Nichts sonst.« Henri ließ sich nicht besänftigen. Wütend lief er im Raum auf und ab und warf hin und wieder einen Blick in ihre Richtung.

»Mir wäre es lieber, du hättest einen Liebhaber.«

»Tut mir leid, wenn ich dich enttäuscht habe.« Alexandra war sehr bekümmert. Henri akzeptierte sie nicht mehr. Insgeheim hatte sie gehofft, daß er anders reagieren und das alles nicht so wichtig nehmen würde. Im Grunde ihres Herzens hatte sie es jedoch besser gewußt. Für Henri waren Standesbewußtsein und Tradition viel zu bedeutsam, als daß er eine Überraschung wie diese großzügig abgetan hätte, das war ihr die ganze Zeit über bewußt gewesen. Und trotzdem hatte sie auf ein Wunder gehofft, aber nun sah sie sich der Wirklichkeit gegenüber.

»Und deine Eltern? Wer sind sie? Die leiblichen, meine ich...«

Tapfer holte sie Luft und schenkte ihm reinen Wein ein.

»Meine Mutter war Französin. Ich weiß nur, daß sie Solange Bertrand hieß, eine ›Bürgerliche‹ war, wie du das nennen würdest. Mein Vater war Soldat und lernte sie bei der Befreiung von Paris kennen. Mehr weiß ich nicht. Er war Schauspieler, sehr bekannt und beliebt, und hieß Sam Walker. Die beiden sollen sehr beliebt gewesen sein, und sie hatten drei Töchter, von denen ich die mittlere bin. Und dann...« sie erstickte fast an ihren Worten, aber andererseits war sie erleichtert, sie auszusprechen... »tötete er meine Mutter in einem Anfall von Jähzorn. Und als man ihn des Mordes schuldig sprach, beging er in seiner Zelle Selbstmord und ließ mich und meine Schwestern mittellos und verwaist zurück. Ein paar Monate wohnten wir bei einer Tante, und dann fand ein Freund meiner Eltern, ein Anwalt, Pflegeeltern, wenigstens für zwei von uns, und wir wurden adoptiert. Ich hatte großes Glück, weil ich bei Margaret und ihrem ersten Mann, einem Anwalt namens George Gorham, landete. Damals war ich fünf. Zum Zeitpunkt der Bluttat war ich vier, deswegen kann ich mich an nichts erinnern. Und ich habe auch keine Erinnerung an George Gorham. Ein halbes Jahr später starb er, und meine Mutter... vielmehr Margaret... kam nach Frankreich, um über den Tod ihres Mannes hinwegzukommen... und lernte meinen Vater... Pierre kennen... alles andere weißt du ohnehin. Pierre hat mich gleich nach der Heirat adoptiert. Das wußtest du nicht, und ich habe schon lange nicht mehr daran gedacht. Wir waren eine sehr glückliche Familie... und dann kamst du, Henri.« Sie versuchte ein zaghaftes Lächeln, das sofort wieder gefror, als sie seine Miene sah.

»Was für eine nette kleine Geschichte.« Aus Henris Blick sprach lodernder Zorn. »Wie konntest du es wagen, mich all die Jahre so zu hintergehen? Selbst wenn du wirklich alles vergessen hattest, deine Mutter hat sich gewiß genau erinnert und dein ›Vater‹, wie du ihn nennst, auch... *bande de salopards*... ich könnte die Scheidung wegen Vortäuschung falscher Tatsachen beantragen... mit anderen Worten, unsere Ehe ist mit einem Makel behaftet.«

»Tragen unsere Kinder auch diesen Makel? Ich hatte keine Ahnung... wirklich...« Tränen rollten ihr langsam über die Wangen und fielen auf ihre gelbe Seidenbluse, als sie ihn ansah. Sein Gesicht verriet keine Spur von Milde.

»Unsere Ehe war ein Betrug, ein Schwindel. Und dieser Flug nach New York... um was geht es dabei? Willst du deinen Eltern Blumen aufs Grab legen?«

»Der Anwalt, der unsere Adoption vermittelte, der beste Freund meiner Eltern, ist todkrank. Er hat viele Monate darauf verwandt, mich und meine Schwestern zu suchen, und möchte uns zusammenbringen, weil er das Gefühl hat, er sei es uns schuldig. Schließlich hat er die Familie auseinandergebracht. Ich persönlich hatte großes Glück, aber eine von uns dreien leider gar nicht.«

»Und was ist aus ihr geworden? Eine Dirne in den Straßen von New York? Mein Gott, es ist nicht zu fassen! Seit einer Stunde habe ich eine Kriegsbraut, einen Mörder, Selbstmörder und Gott weiß was in der Familie. Und du erwartest scheinbar, daß ich dir nachwinke und Freudentränen vergieße, weil du deine Schwestern wiedersehen wirst, an denen dir nach so langer Zeit gar nichts liegen kann. Und deine Mutter? Welche Rolle hat sie dabei gespielt? War sie es, die für dich den Kontakt mit dem Anwalt hergestellt hat? War sie der Ansicht, dir täte ein wenig Abwechslung gut? Ich weiß, wie langweilig sie mich manchmal findet, aber ich kann dir versichern, daß diese Enthüllung nicht meinen Vorstellungen von Zerstreuung entspricht.«

»Ihren auch nicht.« Alexandra erwiderte seinen Blick voller Stolz. Sie hatte Henri gesagt, wer sie war, und wenn er sie jetzt verstieß, nun, dann litt auch er unter dem Verlust und beging noch dazu eine große Sünde. Sie hatte alles menschenmögliche getan, um ihn vor der Wahrheit zu bewahren, aber er hatte auf einer Antwort beharrt. Jetzt hatte er sie bekommen. Es blieb nur noch abzuwarten, was er unternehmen würde. »Meiner Mutter brach fast das Herz, als sie mir die ganze Geschichte eröffnete. Sie hat nie gewollt, daß die Wahrheit ans Licht kommt. Aber ich möchte meine Schwestern sehen. Ich muß sie kennenlernen und erfahren, wer sie sind. Und um deine letzte Frage zu beantworten... nein, meine Schwester ist keine Prostituierte. Sie sitzt in der Vorstandsetage einer großen Fernsehgesellschaft. Leider hat sie eine tragische Kindheit gehabt. Und meine jüngere Schwester arbeitet als Ärztin in den Bergen von Kentucky. Ich weiß nicht mal, ob ich die beiden mögen werde oder sie mich. Aber ich möchte sie wenigstens sehen, Henri. Ich möchte wissen, wer sie sind und wer ich bin... abgesehen davon, daß ich deine Frau bin.«

»Das genügt dir wohl nicht mehr? Deswegen hast du das alles heraufbeschwören müssen. Kannst du dir auch nur annähernd vorstellen, welche Auswirkung diese Sache auf meine politische Karriere hat, wenn sie öffentlich bekannt wird? Was soll aus meiner Bank werden, aus meinen politischen Beziehungen, aus meinen Verwandten? Kannst du dir vorstellen, was in den eigenen Kindern vorgeht, wenn sie erfahren, daß ihr Großvater die Großmutter umgebracht hat? Mein Gott...« Wieder setzte er sich und wagte gar nicht, sich die Konsequenzen vorzustellen. »Ich kann gar nicht daran denken.«

»Ich auch nicht«, erwiderte Alexandra kleinlaut. »Aber ich wüßte nicht, warum es bekannt werden sollte. Niemand wird über dieses Treffen berichten. Die Kinder haben keine Ahnung, warum wir nach Amerika fliegen. Sie glauben, Großmutter hätte uns eingeladen, und wir wohnen in New York. Ich werde ein Wochenende in Connecticut ›bei Freunden‹ verbringen, während die Mädchen mit meiner Mutter in New York bleiben.«

»Ich begreife nicht, warum du die Kinder mitnehmen möchtest. Das ergibt keinen Sinn.« Das fand sie nicht... und auch Margaret war anderer Meinung.

»Vielleicht brauche ich sie als seelische Stütze.« Und dann tat sie einen großen Schritt, einen, an den sie vorhin noch nicht gedacht hatte. »Es würde mich freuen, wenn du auch mitkämest. Es ist ziemlich beängstigend, Menschen zu treffen, die man vor dreißig Jahren liebte und die einem fremd geworden sind.«

»Ich kann es mir nicht annähernd vorstellen. Nein, ich werde dich nicht begleiten. Ehrlich, Alexandra...« Er stand auf und sah sie bekümmert an, denn in seinen Augen war ihr gemeinsames Leben zu Ende. »Ich flehe dich an, fliege nicht. Ich weiß zwar nicht, wie unsere Ehe gerettet werden könnte, aber es ist völlig sinnlos, nach Amerika zu fliegen und diese Frauen kennenzulernen. Sie stehen weit unter dir. Du darfst sie nicht sehen...« Und dann setzte er flüsternd hinzu: »Bleib hier.«

Diesmal aber konnte sie sich ihm nicht fügen. Nach vierzehn Jahren hingebungsvollen Gehorsams Henri de Morigny gegenüber war sie einmal standhaft. Sie mußte nach New York, sich selbst zuliebe und vielleicht auch ihren Kindern zuliebe. Sie mußte diesen Frauen gegenübertreten, die Hand nach ihnen ausstrecken und sie anfassen, sie liebgewinnen oder nicht, und ein paar alte Gespenster endgültig zur Ruhe bringen, von deren Existenz sie bis vor kurzem gar nichts gewußt hatte.

»Es tut mir leid, Henri... ich habe keine Wahl... und ich hoffe, daß du Verständnis dafür aufbringst. Für mich ist es nämlich ungeheuer wichtig. Und unsere Ehe braucht darunter nicht zu leiden. Ich kann nicht anders – ich werde mich mit meinen Schwestern treffen, um meinetwillen, tue ich etwas, das ich tun muß... für mich... und nicht, um dich zu verletzen.« Alexandra ging auf ihn zu und wollte die Arme um ihn legen, doch Henri ließ es nicht zu. Er behandelte sie wie eine Fremde, denn das war sie für ihn geworden.

»Ich weiß nicht einmal mehr, wer du bist.«

»Ist denn meine Herkunft so wichtig?« Alexandra kannte die Antwort, noch ehe sie die Frage ausgesprochen hatte. Henri verließ mit einem traurigen Kopfschütteln den Raum. Energisch putzte Alexandra sich die Nase und durchquerte die Halle, um die Sachen ihrer Kinder zu packen. Egal, was aus ihrer Ehe wurde, für sie stand eines fest: Nichts konnte sie davon abhalten, nach New York zu fliegen.

28. *Kapitel*

Erst drei Tage vor dem anberaumten Treffen betrat John Chapman wieder das Gebäude der Fernsehgesellschaft, benutzte sämtliche Ausweise, die er besaß, und fuhr mit dem Lift zu Hilarys Büro. Er lächelte ihrer Sekretärin zu, ganz so, als gehörte er hierher, und fragte, ob Hilary da sei.

»Sie geht in wenigen Minuten ...« Schon wollte sie ihn fragen, wer er war, aber er drückte sich rasch an ihr vorüber, und sie gab sich achselzuckend geschlagen. Sie konnte ja nicht jeden festnageln, der Miß Walker sprechen wollte. Dazu waren es zu viele, und er sah ganz ordentlich aus – eigentlich viel besser als nur ordentlich. Sie lächelte vor sich hin und fragte sich, ob Hilary mit dem Besucher etwas hatte. Über ihr Privatleben wußte man so gut wie nichts.

Als sich die Tür leise hinter ihm schloß, stand John in Hilarys Büro, und sie blickte erschrocken auf.

»Ja?« Sie war der Meinung, es solle etwas bei ihr abgegeben werden, ein Skript oder eine dringende Hausmitteilung. Sie war es gewohnt, ständig Leute in ihrem Büro aus- und eingehen zu sehen, aber diesen Mann hatte sie nie zuvor gesehen. Und er starrte sie einen Augenblick wortlos an. Er hatte das sonderbare Gefühl, sie sehr gut zu kennen, als er sich ihr näherte. Plötzlich bekam sie es mit der Angst zu tun und wollte nach dem Hörer greifen und Hilfe herbeirufen. Aber als er ihr zulächelte, kam sie sich albern vor. Er wirkte intelligent und vernünftig, ja, er sah sehr gut aus, aber noch immer konnte sie sich nicht vorstellen, wer er war oder was er hier wollte. Da fing er mit sonorer, leiser Stimme zu sprechen an.

»Miß Walker?« Eine unnötige Frage. Er wußte genau, wer sie war, womöglich besser als sie selbst ... »Verzeihen Sie, daß ich einfach so in ihr Büro dringe. Ich muß Sie einen Augenblick sprechen.« Sie stand auf, als er auf sie zukam. Ihre grünen Augen waren eiskalt und ihr Ton knapp.

»Ich muß jetzt gehen. Kommen Sie morgen wieder. Welche Abteilung schickt Sie?«

Eine direkte Frage, auf die er keine Antwort wußte. Er wollte vermeiden, daß sie die Sicherheitsleute der Gesellschaft rief und ihn hinauswerfen ließ. Anstatt ihre Frage zu beantworten, sagte er etwas völlig Unerwartetes. »Ich bin wegen Alexandra und Megan hier...« Er wartete die Wirkung seiner Worte ab, und wie bei einer tiefen Stichwunde oder einem Einschuß war zunächst nichts Beängstigendes – kein Blut – zu sehen. Ihre Augen waren noch immer wie unbewegtes grünes Eis. »... die beiden möchten Sie sehen.«

»Wer sind Sie?« Diesmal zitterte ihre Hand, als sie zum Hörer griff. Er kam ihr zuvor und drückte ihn auf die Gabel.

»Bitte... gestatten Sie mir fünf Minuten. Ich werde Ihnen nicht weh tun. Es ist eine lange Geschichte, aber ich will mich kurz fassen.« Und plötzlich, mit einem Schlag, wußte sie, daß er der Anrufer war, der vor einiger Zeit versucht hatte, mit ihr in Verbindung zu treten. John merkte, daß sie sich daran erinnerte.

»Ich möchte sie nicht sehen.«

»Aber die beiden erwarten Sie. Alle beide. Alexandra kommt extra von Frankreich hierher... Megan aus Kentucky...« Er kämpfte um Zeit, und in ihrem Blick zeigten sich Anzeichen von Pein... von unfaßbarem Kummer...

»Dieser alte Halunke hat Sie geschickt, nicht wahr? Warum jetzt?« Zur vollen Größe aufgerichtet sah sie ihn an. Den Telefonhörer hatte sie losgelassen.

»Er liegt im Sterben.«

»Gut so.«

»Vielleicht möchte er für seine Sünden Abbitte leisten. Er möchte alle drei Schwestern zusammenbringen, und zwar dieses Wochenende in seinem Haus in Connecticut. Er hat Monate darauf verwandt, alle zu finden...«

»Quatsch.« Sie unterbrach ihn schroff. »Ich weiß es besser. Vor mehr als zwanzig Jahren war ich bei ihm, damals hatte er keine Ahnung, wo sich meine Schwestern aufhielten, es hat ihn auch nicht interessiert. Wer hat uns aufgespürt? Waren Sie das?« John nickte, unsicher, ob sie ihn dafür hassen würde oder nicht. Er bohrte nur in alten Wunden, und sie hatte die Vergangenheit längst begraben. Seit ihrem Besuch bei Arthur hatte sie die Hoffnung aufgegeben, ihre Geschwister zu finden. Zehn Jahre später hatte sie den Traum endgültig begraben. Und jetzt wollte sie ihn nicht wieder aufleben lassen. Sie brauchte ihre Schwestern nicht mehr. Sie hatte in ihrem Leben alles über Bord geworfen, was sie an die beiden hätte erinnern können. Es gab keine Männer, keine Kinder, kein Liebesleben irgendwelcher Art. Es gab für sie nur Arbeit, Arbeit als Beruhigungsmittel, und die Menschen, die sie auf ihrem Weg nach oben zertreten hatte, um ihr Ziel zu erreichen, waren nicht mehr zu zählen. Schuldgefühle oder Reue brauchte sie nicht zu empfinden. Sie strebte nur in eine Richtung. Und sie hatte alles sich selbst zu verdanken. »Es ist zu spät, wer immer Sie sein mögen.«

»Chapman. John Chapman.«

»Nun, dann sagen Sie Patterson, daß ich kein Interesse habe. Es ist um zwanzig Jahre zu spät... oder dreißig.« Sie sah unendlich verbittert aus, als sie sich wieder setzte. In mancher Hinsicht wirkte sie jünger, als sie war, und in mancher wieder älter. Ihre Augen jedenfalls waren sehr alt und traurig.

»Und was soll ich Ihren Schwestern sagen?«

»Sagen Sie... sagen Sie...« Sie ließ den Satz unvollendet, weil ihre Stimme versagte. Mit traurigem Blick sah sie zu ihm auf. »Sagen Sie, daß ich sie damals liebhatte... aber jetzt ist es zu spät.« Er schüttelte den Kopf und setzte sich ihr gegenüber. Insgeheim betete er darum, daß er in ihr etwas Lebendiges anrühren konnte, falls noch etwas nach der endlosen Qual ihrer Kindheit davon vorhanden war.

»Es ist nicht zu spät, Hilary... es darf nicht zu spät sein... damals waren Sie für Ihre Schwestern alles...« Das hatte Arthur ihm erzählt. Einmal hatte Patterson John geschildert, wie Hilary sich um die zwei anderen gekümmert hatte, und es hatte John die Tränen in die Augen getrieben. »Sie können Ihnen jetzt nicht die kalte Schulter zeigen.«

Sie sah ihm in die Augen. Wer war dieser Mann, woher wußte

er so viel über sie? »Chapman, die beiden brauchen mich nicht mehr. Sie sind erwachsen. Was ist aus ihnen geworden? Sind sie Sekretärinnen? Hausfrauen?« Es war das günstigste Los, das sie sich für die beiden vorstellen konnte.

John Chapman lächelte. »Eine lebt als Baronin in Frankreich und hat zwei Kinder, die andere ist Ärztin in Kentucky, zwei interessante Frauen, die Sie sicher liebgewinnen werden.« Aber das war unwichtig, was zählte, war, daß ihre Neugierde sich regte.

»Welche ist die Ärztin?« Sie hatte Schwierigkeiten, sich eines der kleinen Mädchen als Ärztin vorzustellen.

»Megan. Sie ist großartig und Alexandra ebenso. Sie ist warmherzig, mitfühlend und sehr herzlich.«

»Das war sie auch schon als Kind.« Sie flüsterte es, und dann schlug sie die Hände vors Gesicht und schüttelte den Kopf. »Der Gedanke, sie wiederzufinden, hat mich in einer zehn Jahre dauernden Hölle am Leben erhalten. Ich habe meiner toten Tante zehntausend Dollar weggenommen und wollte nach New York fahren, um meine Schwestern zu suchen.« Sie lachte, aber Chapman bemerkte, daß Tränen auf die Schreibtischfläche gefallen waren. »Und dann sagte Patterson mir, daß er ihre Spur verloren hätte... er hatte keine Ahnung, wo sie steckten... und ich konnte sie auch nicht finden.« Mit leerem Blick starrte sie John an. »Was soll das alles? Es würden nur schmerzliche Erinnerungen aufgerührt.«

»Hilary, Sie sind die einzige mit schmerzlichen Erinnerungen. Den anderen fehlen diese Erinnerungen. Alexandra kann sich zwar an Sie erinnern, aber Megan weiß gar nichts mehr. Jede von Ihnen lebt ihr eigenes Leben, und Sie haben die Chance, sich wiederzusehen. Was mit Ihren Eltern passiert ist, ist nicht mehr wichtig. Nur Sie drei sind wichtig... Hilary, Sie können ihnen doch jetzt nicht den Rücken zukehren.«

»Dieser alte Schuft hat uns vernichtet. Warum soll ich zulassen, daß er sein Gewissen beschwichtigt, indem er uns jetzt zusammenführt! In meinem Leben wird sich nichts ändern, auch wenn ich meine Schwestern nicht wiedersehe. Das alles ist längst Vergangenheit. Sie sind fort. So... so wie meine Eltern... wie die ganze Vergangenheit.«

»Ihre Eltern sind für immer dahin... Ihre Schwestern nicht. Sie sind am Leben und möchten Sie kennenlernen. Und wenn Sie hinfahren und entdecken sollten, daß Sie zu den beiden keine Beziehung mehr finden, dann können Sie sich wenigstens sagen, daß Sie den Versuch gewagt haben.« Hilary schüttelte mit Nachdruck den Kopf und stand wieder auf. Mit ihren grünen Augen funkelte sie ihn an. »Ich tue es nicht. Richten Sie Patterson aus, daß ich ihn hasse.«

»Warum? Ich weiß, daß er Sie drei auseinandergerissen hat, aber steckt da noch mehr dahinter?« Diese Frage bedrängte ihn, seitdem er zum erstenmal Hilarys Akte gelesen hatte.

»Es ist unwichtig. Er weiß, was er uns angetan hat, und damit muß er fertig werden. Für mich... ist alles vorbei... ich habe mein Leben... meine Arbeit... mehr brauche ich nicht.«

»Hilary, das ist ein verdammt leeres Leben. Ich weiß es, weil ich ein ähnliches führe. Mit wem sprechen Sie in der Dunkelheit? Wer hält Ihre Hand, wenn Sie krank oder müde oder verängstigt sind? Ich habe eine Ex-Frau und meine Eltern und zwei Brüder. Und wen haben Sie? Können Sie es sich leisten, Ihre Schwestern so einfach zurückzustoßen?«

»Raus jetzt!« Sie ging an die Tür und riß sie auf. Sie hatte genug gehört, mehr konnte sie nicht ertragen. John holte einen Zettel aus der Tasche. Darauf standen die Anweisungen für die Fahrt zu Arthurs Haus in Connecticut, dazu eine Telefonnummer und die Adresse. Er blickte sie an, als er den Zettel auf ihren Schreibtisch legte. Dann erst ging er zur Tür.

»Hilary Walker, ich habe in den letzten Monaten viel über Ihr Leben erfahren. Ich habe Ihretwegen Tränen vergossen. Ich war in Charlestown, in Jacksonville, ich habe mit der Nachbarin gesprochen, die Sie halbtot vor der Tür gefunden hat. Ich war bei den Pflegeeltern. Ich weiß, wie weh Arthur Ihnen getan hat... ich weiß, was für ein elendes Schicksal hinter Ihnen liegt.« Mit feuchten Augen sah er sie an. »Aber bitte machen Sie jetzt keinen Fehler... wenden Sie sich nicht von Ihrer Familie ab.

Megan und Alexandra brauchen Sie, und Sie brauchen Ihre Geschwister... Hilary, bitte, kommen Sie zu dem Treffen. Ich werde auch dort sein und Ihnen helfen. Ich werde tun, was ich kann.« Erstaunt blickte sie zu ihm auf. Woher wußte er das alles?

Und damit drückte er ihren Arm und ging hinaus, während sie dastand und ihm nachstarrte. In ihr lebten die alten Erinnerungen wieder auf, und dazu kam eine neue Verwirrtheit. Sie wollte ihre Schwestern nicht sehen... sie wollte nicht an Axies hellrote Löckchen erinnert werden und an Megans leises Jammern in der Nacht. Sie waren fort. Für immer. Und sie konnte nicht zurück, auch nicht John Chapman zuliebe.

29. Kapitel

»Du fliegst also wirlich?« Henri sah über die ganze Länge des Schlafzimmers zu ihr hinüber. In Cap Ferrat hatten sic cin gemeinsames Schlafzimmer, oder vielmehr, sie hatten es bewohnt, bis Alexandra ihm alles gestanden hatte. An jenem Abend war Henri ins Gästezimmer gezogen – eine Geste, die keiner Erklärung bedurfte.

»Ja, ich werde fliegen.« Sie wirkte ernst und unerschütterlich. Die Kinder waren reisefertig, die gepackten Koffer standen bereit. Margaret wollte sich mit ihnen am Flughafen von Nizza treffen.

»Du hast deine Pläne also nicht geändert?«

Bedächtig schüttelte sie den Kopf. »Ich kann es nicht, es tut mir leid, Liebster.« Sie ging auf ihn zu, in der Hoffnung, er würde zulassen, daß sie ihn berührte, aber er wich einen Schritt zurück. Das traf sie bis ins Mark.

»Bitte nicht«, sagte er leise. »Also, gute Reise dann.«

»Ich bin spätestens am zehnten zurück.« Er nahm es mit einem Nicken zur Kenntnis. »Falls du mich sprechen möchtest... ich wohne in New York im Pierre. Ich werde dich anrufen.«

»Nicht nötig. Ich werde sehr beschäftigt sein.« Henri wandte sich um und trat auf die Terrasse. Nach einem letzten Blick zu ihm hin ging Alexandra hinunter. Sie bemerkte nicht, daß er beobachtete, wie sie losfuhren, sie sah auch nicht die Tränen in seinen Augen, als er auf das Meer starrte und über sie nachdachte. Er liebte sie sehr und hatte nun das Gefühl, als hätte er sie verloren. Er konnte nicht fassen, was sich zugetragen hatte... er begriff es einfach nicht. Wie hatte man dies alles zulassen können... dabei war ihm klar, daß Alexandra ebenso Opfer der Umstände war wie er. Aber für ihn hatte das alles eine viel größere Bedeutung, und jetzt war sie auf und davon, um sich mit zwei unbekannten Schwestern zu treffen. Er wünschte, er hätte sie aufhalten können, doch es war ihm klar, daß das unmöglich war.

Margaret hatte darauf bestanden, erster Klasse zu fliegen. Die Mädchen bestellten begeistert prickelnde Limonade und bliesen sich gegenseitig durch die kleinen roten Strohhalme an.

»Kinder, bitte!« mahnte Alexandra, ganz im Sinne ihres Mannes, bis Margaret bat, sie möge ihnen den Spaß doch gönnen. Und als die Mädchen dann den Gang zwischen den Reihen auf der Suche nach anderen Kindern auf und ab liefen, fragte Margaret ihre Tochter, wie Henri die Nachricht aufgenommen hatte. Alexandra hatte ihr ein paar Tage zuvor kurz angedeutet, daß sie ihm die ganze Geschichte gebeichtet hatte.

»Ausgesprochen hat er es zwar nicht«, sagte nun Alexandra ganz ernst, »aber ich glaube, daß alles aus ist. Wenn ich wiederkomme, werde ich sicher ein Schreiben seiner Anwälte vorfinden.«

»Du hättest es ihm nicht sagen dürfen. Du hättest ihn in dem Glauben lassen müssen, ich sei diejenige, die dich unbedingt nach New York schleppen wollte.«

»*Maman*, er ahnte, daß etwas anderes dahintersteckt. Er hat eine Erklärung verlangt, deshalb sagte ich ihm die ganze Wahrheit.«

Und trotz des Preises, den sie dafür bezahlt hatte, bereute sie nichts. Sie hatte jetzt ein reines Gewissen.

»Ich halte es immer noch für einen großen Fehler.« Eigentlich fürchtete Margaret, Alexandra könnte recht behalten. Henri würde sicher die Scheidung einreichen. Er würde erst gar nicht darum bitten, und Alexandra würde keinen Widerstand leisten. Margaret konnte nur hoffen, daß Henri ihr die Kinder ließ. Das alles waren keine angenehmen Überlegungen, deshalb empfand sie es als Ablenkung, als Axelle und Marie-Louise zurückkamen und verkündeten, daß ›niemand‹ an Bord sei, obwohl alle Plätze ausgebucht waren.

»Mit anderen Worten, es sind keine Kinder unter den Passagieren?« fragte Margaret schmunzelnd, und alle lachten. »Dann müßt ihr euch mit uns begnügen.« Sie spielten mit den Kindern alle möglichen Spiele, und als sie sich einen Film ansahen, saß Alexandra gedankenverloren daneben. Es gab so vieles, über das sie nachdenken mußte... ihre Eltern... ihre Schwestern... und ihren Mann, falls er bei ihrer Rückkehr noch ihr Mann war. Dennoch war sie überzeugt, die richtige Entscheidung getroffen zu haben.

Am nächsten Morgen, nachdem sie im Pierre herrlich geschlafen hatte, rief sie an der Rezeption an und ließ sich einen Termin vermitteln. Sie lief nur ein paar Blocks weit zum Friseur und war anschließend sehr erfreut über das Ergebnis der Prozedur. Als sie sich mit ihrer Mutter und den Mädchen zum Lunch traf, waren diese ganz hingerissen. Alexandra hatte sich das Blond aus den Haaren spülen lassen und hatte wieder ihre natürliche rötliche Haarfarbe.

»*Maman*, du siehst ja aus wie ich!« rief Axelle entzückt, und Margaret lachte, als Marie-Louise in die Hände klatschte.

»Was, um alles in der Welt, hat dich denn dazu verführt?« fragte Margaret über die Köpfe der Mädchen hinweg.

»Das habe ich mir schon seit langem gewünscht. Vielleicht deswegen, weil ich wirklich so bin, komme was da wolle. Ich verstecke mich nicht mehr.« Und sie fühlte sich großartig.

Margaret, die den Blick nicht von ihr losreißen konnte, flüsterte ihr zu: »Ich habe dich so lieb.« Sie faßte impulsiv nach der Hand ihrer Tochter.

Zu Mittag aßen sie im 21 und suchten nachher bei Schwarz für die Kinder ein kleines Geschenk aus. Wie immer verwöhnte Margaret die beiden Mädchen. Und wie geplant war um vier für Alexandra die Limousine zur Stelle. Ihren Töchtern hatte sie erklärt, sie wolle das Wochenende mit alten Freunden in Connecticut verbringen, während sie selbst mit ihrer Großmutter in der Stadt bleiben durften.

»Ich rufe abends an«, versprach sie, ehe sie in einem todschikken schwarzen Leinenkostüm von Chanel und mit einem Köfferchen in der Hand zum Wagen ging.

»Wir gehen ins Kino!« rief Axelle übermütig.

Alexandra hielt ihre Mutter umfangen, umarmte auch die Mädchen und warf ihnen allen eine Kußhand zu. Als sie losfuhr, erhaschte sie einen letzten Blick von ihrer Mutter. Sie glaubte Tränen bei Margaret zu entdecken, und Alexandra brannten auch die Augen. Es war beängstigend sowohl in die Vergangenheit einzutauchen als auch in die Zukunft vorzustoßen, noch dazu beides gleichzeitig. Es war aber auch überaus aufregend.

30. Kapitel

Die Fahrt nach Stonington an der Küste von Connecticut dauerte knappe zwei Stunden, die Alexandra in Gedanken an die Menschen verbrachte, die sie zurückgelassen hatte. Margaret und die Liebe, mit der sie von ihr dreißig Jahre lang verwöhnt wurde, Axelle und Marie-Louise, die ihr so unendlich teuer waren, jetzt vielleicht noch teurer... und Henri, den ihr angeblicher Betrug völlig aus der Fassung gebracht hatte. Sie erwog, ihn am Morgen anzurufen, war aber ratlos, was sie ihm erzählen sollte. Es war zwischen ihnen schon alles gesagt worden. Wie er über ihren Besuch in New York dachte, wußte sie. Er hatte ihr den Flug verboten, und zum erstenmal in ihrer Ehe hatte sie sich seinen Anweisungen nicht gefügt. Und als sie im Fond der Limousine saß, fühlte sie sich frei, sonderbar frei und ganz anders als seit langem ... fast so wie damals als Kind, wenn sie mit ihrem Vater in der Umgebung ihres Landhauses über die Felder rannte, den Wind im Haar, ihrer selbst völlig sicher und vollkommen glücklich. Sie hatte das Gefühl, als sei er bei ihr, während sie die Reise in die Vergangenheit antrat, zu der es sie so gedrängt hatte. Gedankenverloren strich sie mit der Hand durch ihr Haar und lächelte. Ich bin wieder Alexandra de Borne... Alexandra Walker korrigierte sie sich selbst. Und zum erstenmal seit vierzehn Jahren hatte sie wieder rotes Haar.

Sie durchfuhren ein Tor, das sich automatisch öffnete, und die Stimme eines Unsichtbaren gewährte ihnen Einlaß. Von dieser Sicherheitsmaßnahme abgesehen, wirkte das Anwesen einfach und nicht sehr beeindruckend. Eine gewundene Zufahrt führte sanft bergauf, und nach einer scharfen Kurve sah man ein stattliches, aus dem neunzehnten Jahrhundert stammendes Haus mit ausladender Veranda und einem kleinen Wandelgang um ein Dachtürmchen herum, genannt ›Witwengang‹. Auf der Veranda standen Korbmöbel, hinter dem Haus befand sich eine alte Scheune. Alles wirkte anheimelnd und einladend. Alexandra stieg aus und blickte um sich. Hübsch war es hier, wirklich sehr hübsch. Ihren Kindern hätte es sehr gefallen. Und dann sah sie ein bekanntes Gesicht, das ihr von der Veranda entgegensah. John Chapman kam mit einem Lächeln auf sie zu.

»Hallo ... wie war die Fahrt?« fragte er. Jeans und ein blaues Hemd, das er am Hals offen trug, ließen ihn jung und ungezwungen aussehen. Seine Augen strahlten warm und freundlich, als er sie mit einem Händedruck begrüßte und dem Chauffeur ihren Koffer abnahm.

»Sehr schön, danke. Hübsch ist es hier.«

»Ja, nicht wahr? Den ganzen Nachmittag stöbere ich hier schon herum. In der Scheune stehen ein paar wunderhübsche alte Sachen. Mr. Patterson besitzt das Anwesen schon seit vielen Jahren. Kommen Sie weiter, das Haus wird Ihnen gefallen.« Langsam gingen sie auf den Eingang zu, wobei er nicht umhin konnte, insgeheim das schimmernde rote Haar zu bewundern, das so anders war als das dezente Blond von früher. Und dann entschied er sich spontan, es ihr zu sagen: »Ihr Haar ist wundervoll, falls mir die Bemerkung gestattet ist.«

Alexandra lachte nur und schüttelte den Kopf. Sie freute sich, daß es ihm gefiel. »Zu Ehren dieser Reise entschloß ich mich, zu meiner natürlichen Haarfarbe zurückzukehren. Mit dem gegenseitigen Erkennen wird es sowieso nicht so einfach sein, warum also die Dinge noch komplizieren?« Sie lächelte, und ihre Blicke trafen sich. Schließlich nahm sie ihren ganzen Mut zusammen und stellte ihm die Frage, die sie am meisten beschäftigte. »Sind die anderen schon da?«

Mit gerunzelten Brauen sah er sie an, bemüht, unbekümmert auszusehen, obwohl er sich Hilarys wegen Sorgen machte. Sie hatte keine Zusage gegeben, und er befürchtete, sie würde nicht kommen. »Noch nicht. Megan wollte um sechs da sein, und Hilary...« Als er den Satz nicht vollendete, sah Alexandra ihn mit einem eindringlichen Blick an und nickte. Sie war sofort im Bilde, und es betrübte sie. Eigentlich kam das nicht unerwartet.

»Sie wollte nicht kommen?«

»So direkt hat sie es nicht gesagt. Ich habe ihr klargemacht, wie sehnsüchtig ihre Schwestern ein Wiedersehen erwarteten. Ich hielt es für gerechtfertigt, dies zu behaupten.« Alexandra nickte und sandte ein Stoßgebet zum Himmel, ihre Schwester würde den Mut aufbringen, ihnen gegenüberzutreten. Sie wußte, daß die Vergangenheit für Hilary sehr schmerzlich gewesen war, mehr als für sie und Megan. Vielleicht war darin der Grund für ihre Weigerung zu suchen. Alexandra hoffte aber immer noch, sie würde kommen. Tief in ihrem Inneren sehnte sie sich wie ein kleines vergessenes Kind danach, Hilary wiederzusehen. »Na, jetzt heißt es Daumen drücken«, meinte Chapman, als sie die Diele betraten. Zur rechten Seite lag ein kleiner Wohnraum, links ein großer Salon mit einem behaglichen Kamin und schönen alten Möbeln. Sie fragte sich, wo Arthur Patterson sein mochte, ihr Wohltäter, der sie zusammengeführt hatte. Im Flüsterton erkundigte sie sich bei John nach ihm.

»Er ist oben und ruht sich aus.« Arthur Patterson war in Begleitung von zwei Pflegerinnen eingetroffen, und als John ihn am

Morgen gesehen hatte, war ihm klar, daß es an ein Wunder grenzte, daß dieser Mann bis jetzt durchgehalten hatte. Fast gewann man den Eindruck, er klammere sich ans Leben, um seine letzte Pflicht zu erfüllen, und würde sich gleich nachher für immer von der Welt verabschieden. In den vergangenen vier Monaten war er um zwanzig Jahre gealtert, und es war ihm anzusehen, daß er ständig große Schmerzen litt. Geistig war er noch ungebrochen und konnte es kaum erwarten, die drei Frauen, die er zusammengebracht hatte, zu sehen.

»Sind Sie sicher, daß sie kommen?« hatte er John gefragt, und dieser hatte es in der Hoffnung bejaht, Hilary würde sie nicht im Stich lassen. Doch so wie sie Patterson haßte, war es vielleicht nicht das Schlechteste, wenn sie nicht kam. Chapman wußte nämlich nicht, ob der alte Herr noch imstande war, die Auseinandersetzung mit Hilary zu verkraften. Nach dem Mittagessen hatten seine Pflegerinnen ihn zu Bett gebracht und John gebeten, ihn bis zum Dinner schlafen zu lassen. Mr. Patterson war entschlossen, abends herunterzukommen und mit seinen Gästen zu essen. John hatte die Absicht, sich nach Tisch zu empfehlen. Bis dahin würden sich die drei Schwestern ein wenig nähergekommen sein, nachdem er sie miteinander bekannt gemacht hatte, und alles übrige lag dann an ihnen selbst... und an Arthur.

Alexandra sah sich im Wohnzimmer um und schlenderte von dort ins Eßzimmer mit dem langen englischen Tisch.

»Sieht aus, als hätte er hier viel Zeit verbracht«, bemerkte sie, »dem Haus ist anzusehen, daß es geliebt wird.« Er lächelte über diese Formulierung und antwortete, daß er nicht wüßte, wieviel Zeit Arthur hier verbracht hatte. Daß Arthur ihm anvertraut hatte, er wolle hier sterben, verschwieg er ihr.

»Möchten Sie hinaufgehen?«

»Danke.« Sie lächelte und stellte sich die Frage, wie alt John wohl sein mochte. Manchmal wirkte er jugendlich unbekümmert und reif zugleich. Er war ernst und verstand doch Spaß... verglichen mit Henri, von dem ihn Welten trennten, war er jedoch geradezu leichtsinnig und jungenhaft. Sie war an Henris gebieterisches Auftreten gewöhnt, an seine eindringliche Art, an seine Gewohnheit, einen Raum zu betreten und ihn sofort zu beherrschen, und es war sonderbar, daß ihr dies alles mit einemmal fehlte. Neben Henri wirkten alle anderen Männer schwächlich und knabenhaft. Mochten sie auch noch so liebenswert sein, stets hatte sie den Eindruck, daß ihnen etwas fehlte. Und damit verknüpft war für Alexandra die Frage, ob nach ihrer Rückkehr alles wieder so sein würde wie früher. Würde sich Henri mit ihr versöhnen, oder würde sie wieder zu ihrer Mutter ziehen oder sich ein eigenes Haus suchen müssen? Im Moment war alles völlig ungeklärt.

John führte sie in ein sonniges Eckzimmer, in dem noch die Wärme der Nachmittagssonne hing. Die weiße Bettdecke hatte eine breite Spitzenborte, neben dem Bett stand ein gemütlicher Schaukelstuhl. Die Einrichtung war wie im ganzen Haus bezaubernd altmodisch. Sie sah ein kleines Sofa und einen alten Waschtisch. Man hatte nicht vergessen, Blumen ins Zimmer zu stellen. Aus irgendeinem Grund kam Alexandra sich wieder ganz jung vor, wie ein junges Mädchen, das eben nach Hause gekommen war. Gerührt drehte sie sich zu John um und bedankte sich.

»Es ist so merkwürdig, hier zu sein«, versuchte sie zu erklären, aber ihr wollten die richtigen Worte nicht einfallen, »mir ist, als sei ich ganz jung und ganz alt, als dringe ich in die Vergangenheit ein... es ist sehr verwirrend.«

»Ich verstehe.« Er ließ sie allein, damit sie sich zurechtmachen konnte. Wenig später kam sie in einem beigefarbenen Leinenkostüm herunter. Dazu trug sie beige Schuhe mit schwarzer Kappe. Sie hatte ihr Make-up erneuert. Ihr rotes Haar brachte die ganze Aufmachung erst richtig zur Geltung. Sie wirkte elegant und selbstsicher. Als sie hinter sich Stimmen von der Treppe her hörte, drehte sie sich um. Es war Arthur, der mit Hilfe der Pflegerinnen die Treppe herunterkam. Sein gebückter Gang verstärkte den Eindruck der Gebrechlichkeit. Bei jedem Schritt stöhnte er auf. Plötzlich bemerkte er sie, hielt inne und stieß einen Ausruf der Überraschung aus. Tränen traten ihm in die Augen, als Alexandra ihm entgegenlief.

»Guten Tag, Mr. Patterson«, sagte sie leise und beugte sich zu ihm nieder, um ihm, der am ganzen Leibe zitterte, einen Kuß auf die Wange zu geben. »Vielen Dank dafür, daß Sie mich holen ließen.« Er zitterte so heftig, daß er kein Wort herausbrachte und nur nach ihrer Hand faßte und sie heftig drückte. Dann ließ er sich von ihr und einer der Pflegerinnen die Treppe ganz hinunter helfen. Nachdem man ihn in einen bequemen Sessel im großen Wohnzimmer gesetzt hatte, sprach er sie mit seiner von Schmerzen heiseren Stimme an.

»Mein Gott, wie ähnlich du ihr bist, bist du Alexandra oder Megan?« An Hilarys tiefschwarzes Haar, das diese von ihrem Vater geerbt hatte, konnte er sich noch erinnern.

»Ich bin Alexandra, Sir.« Sie war ernst und sehr bewegt, und er fing wieder zu weinen an.

»Du hast sogar Akzent. In all den Jahren hatte sie die Melodie der französischen Sprache nicht abgelegt...« Er schüttelte den Kopf, betroffen von Alexandras Ähnlichkeit mit ihrer Mutter. Und für Alexandra wiederum war es ein sonderbares Gefühl, jemandem zu ähneln, den sie nicht kannte und der ihre Mutter gewesen war.

»Hatten Sie sie sehr gern?« Sie fragte das, um die Wartezeit zu überbrücken. John war wieder erschienen und bot ihr ein Glas Wein an, aber sie lehnte ab. Sie wollte sich auf Arthur Patterson konzentrieren und die Ankunft ihrer Schwestern erwarten. Mit jedem Augenblick wuchsen ihre Neugierde und die Erregung.

Arthur nickte und sann Alexandras Frage nach. »Ja, ich mochte sie sehr... sie war ein entzückendes Mädchen, so schön und stolz... so stark und lebensvoll...« Mit einem blassen Lächeln erzählte er Alexandra von jenem ersten Mal, als er und Sam ihr in Paris begegnet waren. »Ich dachte schon, sie würde die Polizei rufen, und das hätte sie sicher getan... aber dein Vater war so umwerfend hübsch und charmant.« Er lächelte nachdenklich. Was für gute Freunde sie doch gewesen waren und was sie im Krieg alles gemeinsam erlebt hatten! »Und er war ein wunderbarer Schauspieler.« Er nannte ihr einige der Stücke, in denen Sam gespielt hatte, und Alexandra hörte wortlos zu. Da wurde plötzlich von draußen Motorengeräusch hörbar. John verschwand, und gleich darauf hörten sie Stimmen.

Auch Arthur schien zu lauschen. Unwillkürlich streckte er die Hand nach Alexandra aus, und sie hielt sie fest, als die Haustür aufging. Von seinem Sessel aus konnte er sie sehen, als sie eintrat. Sie blickte sich um, wie Alexandra es getan hatte, und dann bemerkte sie, daß sie beobachtet wurde. Wie ein verschüchtertes Kind trat sie ein. Sie sah wie Alexandras Doppelgängerin aus.

Alexandra stand langsam auf und ging ihr instinktiv mit ausgestreckten Armen entgegen. Es war, als fände sie ein Stück Vergangenheit wieder und blickte gleichzeitig in einen Spiegel. Der einzige Unterschied waren die Augen. Megan hatte grüne Augen wie Solange. Sonst aber waren sie eindeutig als Schwestern zu erkennen. »Megan?« fragte Alexandra zurückhaltend.

Die Jüngere nickte, und sie umarmten sich weinend, obwohl beide sich fest vorgenommen hatten, ihre Gefühle im Zaum zu halten. Und als Alexandra sie an sich gedrückt hielt, hatte sie einen Augenblick das Gefühl, als käme die Erinnerung zurück.

»Du siehst mir so ähnlich!« Megan lachte unter Tränen und umarmte sie von neuem. Dann ging sie auf Abstand, um sie mit etwas schiefem Lächeln zu mustern. »Nur kleidest du dich anders«, fuhr Alexandra fort. Megan trug auch zu diesem Anlaß Jeans, Wanderschuhe und ein T-Shirt – dieselben Sachen, die sie im Krankenhaus bis zu ihrer Abfahrt angehabt hatte. Es war ihre gewohnte Aufmachung – in diesem Punkt war sie Rebecca ganz nachgeraten. »Mein Gott, wie schön du bist.« Sie lachte und trat schüchtern einen Schritt zurück, als Alexandra nach ihrer Hand faßte und es übernahm, sie Arthur vorzustellen.

»Freut mich, Sie kennenzulernen, Mr. Patterson«, begrüßte Megan ihn höflich wie ein junges Mädchen, und er musterte sie mit zufriedenem Blick. Sie war fast so hübsch wie Solange, aber nicht ganz, und sie verfügte beinahe über Alexandras Auftreten. Dazu kam aber noch etwas, das sie zu einer eigenen Persönlichkeit machte, eine gewisse Reinheit und Intelligenz, die sich deutlich in ihrem Gesicht abzeichneten. Sie war eine reizende junge Frau.

»Also, du bist die Ärztin?«

»Ja, das bin ich. Oder zumindest fast. Ich beende in Kürze meine fachärztliche Ausbildung. Zu Weihnachten bin ich fertig.«

Wieder nickte er, von einer zur anderen blickend. Es war keine Bitterkeit da, kein Haß, ihr Leben war gut verlaufen, und das merkte man ihnen an. Er hatte für sie eine gute Wahl getroffen... anders als für die arme Hilary. Nach Johns Warnung fürchtete er sich vor dem, was sie sagen würde, falls sie überhaupt erschien. Aber dennoch wünschte er verzweifelt, sie würde kommen.

Sie warteten bis kurz vor acht, abwechselnd still und dann wieder durcheinandersprechend, nervös und voller Unbehagen und fremd, während Arthur ihnen Geschichten aus der Vergangenheit erzählte und Megan und Alexandra über ihre Kindheit plauderten. Alexandra hatte Fotos von ihren Töchtern, von Henri und ihren Eltern mitgebracht. Megan wiederum hatte Bilder von Rebecca und David, vom Haus in Tiburon und vom Krankenhaus in Kentucky, in dem sie arbeitete, dabei. Es sah aus, als wollten sie sich ganz rasch alles mitteilen, weil es galt, dreißig Jahre nachzuholen. Und es lag auf der Hand, daß ihr Leben völlig unterschiedlich verlaufen war. Das Krankenhaus in Kentucky lag neben dem Bild der Mädchen vor der Villa in Cap Ferrat. Und Henri war vor seinem Château in der Dordogne zu sehen, jeder Zoll ein Edelmann, während die Fotos von Margaret und Rebecca nebeneinander lagen, auf dem einen eine Frau in Jeans mit einer Blume im Haar, auf dem anderen eine im Abendkleid auf dem Weg zu einem Ball in Monte Carlo. Und Megan schnitt mit schüchternem Lächeln das Thema an, als sie zu Tisch gingen und Arthur mit Johns Hilfe langsam die Nachhut bildete.

»Sonderbar, wie unterschiedlich unser Leben verlaufen ist, findest du nicht? Und doch sind wir Schwestern... wir sehen uns sehr ähnlich... wir stammen von denselben Eltern ab und haben vermutlich ähnliche Vorlieben und Abneigungen, die wir von ihnen geerbt haben. Und sieh uns an, du bist in Frankreich umgeben von Reichtum und Luxus aufgewachsen, während ich meine halbe Kindheit bei Freunden verbrachte, weil meine Eltern für die Ziele, an die sie glaubten, im Gefängnis saßen.« Und doch hörte Megan sich nicht unglücklich an. Erstaunlich, wenn man darüber nachdachte, und beide gerieten ins Grübeln, als sie rechts und links von Arthur, der an der Stirnseite des Tisches saß, Platz nahmen. John saß neben Megan, während neben Alexandra ein Stuhl leer blieb. Langsam mußten sie sich damit abfinden, daß mit Hilary nicht mehr zu rechnen war. Alexandra, die spürte, wir ihr Herz sank, rettete sich in belangloses Geplauder, während Arthur einzunicken schien. Plötzlich hörte man draußen einen Wagen vorfahren. John erhob sich diskret. Man hörte ärgerliche Stimmen, dann wurde die Haustür aufgerissen. Die zwei Frauen warteten gespannt, und Arthur schreckte auf, als spürte er, daß noch ein Gast eingetroffen war.

»Ist etwas passiert?« fragte er verwirrt, und Alexandra faßte beruhigend nach seiner Hand, ohne den Blick von der Tür zu wenden, und dann sah sie Hilary: groß und schlank wie ihr Vater, mit weitausholenden Schritten, rabenschwarzes Haar, grüne Augen, die direkt und fest auf die Wartenden gerichtet waren. Sie trug ein dunkelblaues Leinenkostüm im Knitterlook. Eigentlich hatte sie die feste Absicht gehabt, nicht zu kommen. Nach dem Büro hatte sie sich aber spontan entschlossen, einen Mietwagen zu nehmen und zu dem Treffen zu fahren, um Arthur ein für allemal ins Gesicht zu sagen, was sie von ihm hielt. Auf diese Weise würde sie sich vielleicht für den Rest ihres Lebens von der Erinnerung an ihn befreien können. Die Begegnung mit den anderen war unwichtig. Für sie waren es Fremde. Arthur war es, dem ihr Interesse galt, als sie den Raum betrat und unvermittelt innehielt. Es war unmöglich, die beiden rothaarigen Frauen neben ihm zu übersehen. Ihr Blick wurde erst von Megan und dann von Alexandra angezogen, während John wachsam hinter ihr stand. Er spürte die in dem Raum herrschende Spannung, die innere Qual der Frau, die vor ihm stand. Wie gern hätte er die Arme um sie gelegt, Hilary aber machte den Eindruck, als würde sie jeden Moment explodieren. Sie stutzte unwillkürlich, als ihr Blick dem von Alexandra begegnete. Diese erhob sich langsam und ging wie eine Schlafwandlerin auf Hilary zu. Spontan und ohne Überlegung kam es ihr von den Lippen: »Hillie... Hillie...« Sie sah vor sich das Gesicht eines kleinen Mädchens, und hier stand nun diese Frau mit demselben schwarzen Haar... mit denselben grünen Augen... ohne zu wissen warum, brach sie in Tränen aus, und Hilary legte unwillkürlich die Arme um sie.

»Axie... meine kleine Axie...« Zum ersten Mal seit dem Tag der Trennung, als man sie bei Eileen und Jack in Charlestown zurückgelassen hatte, hielt sie ihre Schwester umfangen, und Tränen rannen über ihre Wangen. Der Schmerz der Erinnerung war schier unerträglich, als sie die hochgewachsene, elegante Frau aus Paris an sich drückte... vor sich sah sie nur das Gesicht des Kindes, das sie einst so liebgehabt hatte, und sie flüsterte unter Tränen immer wieder die Worte... »ich habe dich lieb, Axie...« Lange umarmten sie sich, und Megan beobachtete sie wortlos. Plötzlich bekam Arthur einen Hustenanfall, und John kam ihm mit einem Glas Wasser zu Hilfe. Die Haushälterin, die das Essen servierte, eilte mit Arthurs Pillen herbei, die sie von den Pflegerinnen bekommen hatte, und Megan überprüfte die Dosierung und gab die Packung an John weiter, während Hilary sich langsam zu ihnen umdrehte. »Du mußt Megan sein.« Sie lächelte unter Tränen und ließ Alexandras Hand auch nicht los, als sie die Umarmung lösten. »Seit dem letzten Mal hast du dich ziemlich verändert.« Die drei Frauen lachten, aber Hilarys Blick verdunkelte sich, als sie den alten Mann ansah. Sie hielt Alexandras Hand ganz fest, als sie sich an ihn wandte. »Ich sagte, ich würde nicht kommen, und es war mein Ernst, Arthur.« Er nickte und mied ängstlich ihren Blick. Er las alles darin, was er befürchtet hatte. Sie haßte ihn, und ihr Haß verdunkelte wie schwarzes Gift ihr Gesicht. Er wußte, daß er nichts anderes verdiente. Er wußte es besser als jeder andere. »Ich wollte dich nie wiedersehen.«

»Hillie, ich bin so froh, daß du gekommen bist«, sagte Alexandra in sanftem Ton. »Ich habe mir so sehr gewünscht, dich zu sehen... euch zu sehen«, setzte sie mit einem Lächeln, das Megan galt, hinzu. Aber Hilarys Lächeln war erloschen, und sie ließ die Hand ihrer Schwester los, als sie auf Arthur zuging.

»Warum hast du uns das angetan? Warum hast du uns nach all den Jahren zusammengebracht, um uns mit dem zu quälen, was wir nicht hatten, was uns fehlte, was wir hätten werden können, wenn wir zusammengeblieben wären?«

Er erstickte fast an den eigenen Worten und hielt sich mit beiden Händen am Tisch fest, als er ihr antwortete: »Ich hatte das Gefühl, ich sei es euch schuldig, um wiedergutzumachen, was ich euch angetan habe.« Er konnte kaum mehr Luft holen, Hilary aber blieb von seinem Zustand unbeeindruckt.

»Und du glaubst wirklich, daß man so etwas wiedergutmachen kann?« Verbittert lachte sie auf, und alle empfanden Mitgefühl mit ihr. John aber sah mit Bangen dem entgegen, was nun folgen würde. Auf diesen Moment hatte sie viele Jahre gewartet, und er hatte von Anfang an das volle Ausmaß des Hasses gespürt, den sie Arthur entgegenbrachte. »Glaubst du wirklich, du könntest mit einer Dinnereinladung dreißig Jahre Einsamkeit und Schmerz auslöschen?«

»Deine Schwestern waren vom Glück mehr begünstigt, Hilary.« Arthur war ganz offen. »Sie hassen mich nicht annähernd so wie du.«

»Sie wissen auch nicht soviel wie ich... oder etwa doch, Arthur?« Sie schrie die Worte in den stillen Raum hinein, daß sie von den Wänden widerhallten. Arthur fing wieder am ganzen Körper zu zittern an.

»Hilary, das ist doch längst Vergangenheit.« Es war ein Wortwechsel, der allein die beiden etwas anging. Nur sie beide wußten, wovon die Rede war, während die anderen sich darauf beschränkten, verblüfft zuzuhören.

»Ach, ist es das? Und was ist mit dir? Hast du alle Jahre mit dir und deinem Gewissen leben können, nachdem du meine Eltern getötet hast?« Ihre grünen Augen blitzten, und Alexandra berührte leicht ihren Arm, aber Hilary schüttelte sie ab.

»Hillie... nicht... es ist nicht mehr wichtig...«

»Nein?« Sie fuhr herum. »Woher willst du das wissen? Was

weißt du schon, du mit deinem Luxusleben in Frankreich, während ich im Erziehungsheim landete, nachdem ich vergewaltigt wurde, ständig von dem Wunsch getrieben, euch wiederzufinden. Und dieser niederträchtige Mensch wußte nicht mal, wo ihr lebt, er hatte keine Ahnung, was aus uns geworden ist. Es lag ihm nicht so viel an uns, daß er die Verbindung aufrechterhalten hätte, nachdem er uns gewaltsam trennte und ich wie ein Häufchen Elend zurückblieb... das alles wißt ihr nicht mehr, aber ich weiß es um so besser. Es blieb mir für immer in Erinnerung... ihr beide seid mir im Gedächtnis geblieben...« Ihr Blick wanderte von Alexandra zu Megan, »...jeden Tag meines Lebens vergoß ich Tränen um euch, weil ich euch nicht finden konnte. Und jetzt sagst du, es sei nicht mehr wichtig? Ich soll ihn nicht hassen dafür, daß er unsere Eltern auf dem Gewissen hat? Wie kannst du so etwas sagen?« Die Tränen liefen ihr in Strömen über die Wangen.

»Aber er hat sie nicht getötet.« Alexandra sprach für sich und Megan. »Sein Versagen lag darin, daß er uns nicht zusammenhalten konnte und im Laufe der Jahre unsere Spur verlor, aber vielleicht kann er gar nichts dafür.« Sie sah den alten Mann liebevoll an, und Megan nickte stumm. Ihr war unbegreiflich, warum Hilary Arthur so haßte. Er hatte damals zwar versagt, aber er war sicher nicht für den Tod der Eltern verantwortlich, wie Hilary behauptete. Aber Hilary schüttelte den Kopf und lachte voller Bitterkeit unter Tränen.

»Ihr wißt gar nichts. Ihr wart zu klein. Ich war dabei, als Mama starb... in der Nacht, als Daddy sie tötete... ich hörte alles mit an...« Sie fing heftig zu schluchzen an, und John rückte unwillkürlich näher, um ihr zu Hilfe kommen zu können, falls sie einen Zusammenbruch erlitt oder ihn sonst irgendwie brauchte. Er war ihr so nahe wie in den ganzen letzten Monaten, obgleich sie dies nicht ahnte. »Ich hörte ihre Schreie...« fuhr Hilary fort, »als er sie schlug, immer wieder schlug und sie zum Schweigen brachte, indem er sie würgte, bis sie tot war...« Sie stand direkt vor Arthur und kämpfte gegen ihr Schluchzen an. »Und weißt du, warum er das getan hat?« Hilarys Blick ließ Arthur nicht los, sie hatte ein ganzes Leben auf diesen Augenblick gewartet. »Er tat es, weil Mutter gestand, eine Affäre mit dir zu haben...« Hilary glaubte, die Stimmen aus der Vergangenheit zu hören, als sie ihm das entgegenschleuderte. Fast hatte es den Anschein, sie befände sich in einer anderen Welt, als sie sich an die Nacht zurückerinnerte, in der ihr Vater ihre Mutter umbrachte. »Sie hielt ihm vor, daß er sie betrogen hätte, jahrelang, mit vielen Frauen... mit allen seinen Partnerinnen... und er behauptete, das sei nicht wahr... sie sei verrückt... und da hielt sie ihm vor, sie hätte Beweise... sie wüßte, wen er nach Kalifornien mitgenommen hätte... mit wem er die Nacht zuvor zusammengewesen wäre... und dann rief sie aus, es sei ihr mittlerweile ohnehin gleichgültig... sie hätte selbst jemanden gefunden, und wenn er sich nicht vorsähe, würde sie ihn verlassen und uns mitnehmen. Da drohte er, sie zu töten, wenn sie das täte... und sie lachte, lachte in einem fort... und er sagte, sie könne ihm seine Töchter nicht wegnehmen... und sie lachte und lachte, und dann erzählte sie ihm, wer es war...« Hilary konnte vor Schluchzen kaum sprechen, aber sie zwang sich dazu, während Arthur immer heftiger zu zittern anfing. Unter Tränen stand sie vor ihm und schrie es ihm entgegen: »Sie gestand es ihm, Arthur... hörst du?« Und dann sah sie ihre Schwestern an und enthüllte ihnen, was sie immer schon gewußt hatte. »Unsere Mutter hatte eine Affäre mit Arthur, Daddys bestem Freund... und er sagte, er würde sie deswegen töten, aber sie lachte nur, und als er sagte, sie könne uns nicht mitnehmen, da trumpfte sie auf und schrie, daß ohnehin nur zwei Kinder von ihm wären...« Beklommenes Schweigen senkte sich über den Raum. Arthur war auf seinem Stuhl wie vom Blitz getroffen zusammengesunken. Als Hilary fortfuhr, flüsterte sie. Sie hatte vollbracht, was sie sich vorgenommen hatte. »Sie sagte Dad, daß Megan Arthurs Kind wäre«, kam es dumpf von Hilarys Lippen, sie hatte den Blick verächtlich auf ihn gerichtet. »Und dann hat Daddy sie erwürgt.« Erschöpft ließ sie sich auf den Stuhl neben ihm fallen und weinte verhalten. Alexandra umschlang ihre Schultern, während der alte Mann verzweifelt stöhnte.

»Ich hatte keine Ahnung davon... sie hat es mir nicht gesagt...« Er sah Megan um Entschuldigung heischend an. »Du mußt mir glauben... ich wußte es nicht... ich dachte immer, du wärest sein Kind wie die anderen...« Er konnte seine Tränen nicht mehr zurückhalten, und Megan war vollkommen durcheinander. Arthur schien seine Worte an niemanden im besonderen zu richten. »Wenn ich eine Ahnung gehabt hätte...«

Aber Hilary schüttelte mit Entschiedenheit den Kopf. »Was hättest du dann anders gemacht? Hättest du Megan behalten und Alexandra und mich verkommen lassen? Du hättest gar nichts getan. Du hast dich nicht zu meiner Mutter und nicht zu deinem Kind bekannt, du hast deinen besten Freund betrogen, und was du getan hast, das hat beide das Leben gekostet. Ihr Blut klebt an deinen Händen... und unseres ebenso. Ohne dich wäre unser Leben ganz anders verlaufen. Wie hast du all die Jahre mit diesem Wissen leben können? Wie konntest du seine Verteidigung übernehmen, nachdem du ihn betrogen hattest?«

»Hilary, er hat mich darum gebeten... ich wollte es nicht. Ich drängte darauf, daß er sich einen Strafverteidiger suchte. Aber er lehnte ab. In Wahrheit war es so, daß er nach dem Tod eurer Mutter nicht mehr weiterleben wollte.« Seine Stimme sank zu einem leisen Flüstern herab. »Und ich auch nicht. Unser beider Leben war zu Ende... von der ersten Begegnung an habe ich sie über alles geliebt.«

Megan starrte Arthur fassungslos an. Sie sah ihn jetzt mit anderen Augen. Vor ihr saß nicht ein alter Freund der Familie. Arthur war ihr Vater.

In Hilarys Blick lag ein Ausdruck, als sähe sie Arthur zum erstenmal. Er war ein Greis, dem Tod nahe, und was er getan hatte, ließ sich nicht ungeschehen machen. Für ihn war alles vorüber, egal wieviel Schuld er auf sich geladen hatte. Das Blut war seit langem verblaßt... die Menschen nahezu vergessen. Dann stand sie auf und blickte auf ihn nieder. »Ich kam, um dir zu sagen, wie sehr ich dich hasse. Weißt du was, Arthur, nach all diesen Jahren bin ich nicht einmal mehr sicher, daß es mir noch etwas bedeutet.« Sie spürte Alexandras Hand auf ihrer Schulter und drehte sich um, um ihr in die Augen zu sehen. Der Gefühlsausbruch hatte sie erschöpft. Zu ihren Schwestern gewandt sagte sie: »Vor langer Zeit habe ich euch sehr liebgehabt... aber vielleicht liegt das schon zu lange zurück...« Sie fühlte sich ausgelaugt, verbraucht, sie hatte nichts mehr, was sie geben oder nehmen konnte, aber Alexandra ließ sie nicht los, und auch Megan behielt sie im Auge. Sie war auch die erste, die etwas erwiderte:

»Auch für uns liegt alles sehr lange zurück, dennoch sind wir hierher gekommen. Ich konnte mich an keine von euch erinnern. Und ich wußte nicht, daß Mr. Patterson mein Vater ist. Wir sind gekommen, um an die Vergangenheit zu denken, aber auch, um einen neuen Anfang zu machen. Wir alle führen ein eigenes Leben und haben eigene Freunde. Wir haben schließlich nicht dreißig Jahre lang im luftleeren Raum gelebt, niemand von uns, nicht mal du mit deinem Zorn und deinem Haß.« Es war ein ruhiger Vorwurf, aber er besaß Kraft und traf ins Schwarze. »Du kannst nicht einfach kommen, eine Bombe wie diese platzen lassen und dann wieder verschwinden. Du bist es uns schuldig, die Wunden zu heilen, so wie wir dir gegenüber die Pflicht haben, dasselbe zu tun. Und deswegen sind wir alle gekommen.« Tränen liefen ihr übers Gesicht, als sie Hilary ansah, und John Chapman zollte ihr still Beifall. Wenn Hilary jetzt ging, dann war alles kaputt und ihr Leben endgültig zerstört. Sie mußte bleiben und sich ihnen stellen.

Hilary sah Alexandra an, als suche sie bei ihr Bestätigung. Diese nickte und sagte: »Hillie, bitte bleib... ich habe so lange auf diesen Augenblick gewartet.« Sie alle hatten ein großes Risiko auf sich genommen und einen hohen Preis bezahlt. Sie hatte sich Henri widersetzt – wofür sie vermutlich büßen mußte –, nur um ihre Schwestern sehen zu können. »Es hat viel Mut gekostet herzukommen – uns alle. Mein Mann hat mir verboten, euch zu treffen... ich weiß gar nicht, ob er mich noch in sein Haus aufnimmt... die Frau, die ich als meine Mutter kannte, hat mich begleitet, weil sie Angst hatte. Sie fürchtete, daß sie mich nach all dieser Zeit verlieren könnte.« Sie sagte es mit Tränen in den Augen, und Megan nickte. Rebecca hatte ebenfalls große Angst vor dem Treffen der drei Schwestern gehabt. Noch am Abend zuvor hatten sie eine Stunde lang miteinander telefoniert, und sie hatte Rebecca versprechen müssen, sobald wie möglich anzurufen und sie zu beruhigen. »Hilary, du hast mehr verloren als wir anderen... aber du bist nicht allein... wir haben dich lieb, auch jetzt noch. Du kannst uns nicht einfach den Rücken kehren.« Und dann legte sie wieder die Arme um sie und fing leise zu weinen an. »Ich werde es nicht zulassen.« Hilary stand da, aufrecht und groß, dann schlang auch sie die Arme um ihre Schwester... sie konnte ja nicht wissen, was sie alles erlebt hatte. Aber es war ja nicht ihre Schuld... auch nicht Megans Schuld... vielleicht nicht einmal die von Arthur. Sie gestand es sich nur ungern ein, aber es war immerhin möglich. Er hatte sich wie ein Dummkopf benommen und einen hohen Preis dafür bezahlt. Sie spürte über Alexandras Schulter hinweg seinen bekümmerten Blick auf sich.

»Könnt ihr mir je verzeihen?« Dabei sah er die Älteste an, und sie brauchte lange, bis sie darauf antworten konnte.

»Ich weiß nicht... ich weiß nicht, was ich empfinde...« Sie hielt Alexandra fest umfangen, und ihr Blick richtete sich auf Megan.

Arthur fuhr fort: »Ich bin froh, daß ihr gekommen seid. Ihr hattet ein Recht auf ein Wiedersehen. Und wäre ich ein anderer Mensch gewesen, hätte ich meiner Frau getrotzt und euch alle behalten. Ich wollte es ja, aber sie sprach sich so vehement dagegen aus, daß ich nichts ausrichten konnte. Jetzt tut es mir unsagbar leid, aber es ist zu spät.« Traurig sah er Hilary an und dann Megan, seine Tochter, die er fortgegeben hatte. »Ich habe einen großen Fehler begangen. Aber ich habe dafür bezahlt. Mein ganzes Leben war ich einsam... seit dem Tod eurer Mutter...« Er konnte nicht weitersprechen und schüttelte nur den Kopf. Dann stand er, unterstützt von John Chapman und einer der Pflegerinnen, auf. »Jetzt muß ich nach oben. Für uns alle gibt es reichlich Stoff zum Nachdenken.«

Hilarys Enthüllung, die bei allen einen schweren Schock ausgelöst hatte, war für Arthur und Megan besonders bedeutungsvoll. Auf sonderbare Weise fühlte sie sich nun verantwortlich für den Tod ihrer Mutter... wäre sie nicht geboren worden, hätte Sam Solange vielleicht nicht getötet... aber diese Überlegungen hatten keinen Sinn. Es war auch zu spät, Tränen über Dinge zu vergießen, die dreißig Jahre zurücklagen. Es war vielmehr Zeit, in die Zukunft zu schauen. Ehe Arthur hinausging, drehte er sich noch einmal zu ihnen um. »Ich möchte, daß ihr so lange wie möglich bleibt... solange ihr wollt. Eines Tages wird dies euer Zuhause sein. Ich vermache euch das Haus, damit ihr euch hier treffen könnt, damit ihr endlich ein gemeinsames Zuhause habt... einen Ort, zu dem ihr mit euren Familien kommen könnt.«

Alexandra und Megan bedankten sich leise, und Megan half ihm die Treppe hinauf, während Hilary dastand und ihm wortlos nachsah. Als er draußen war, drehte sie sich zu Alexandra um und sagte mit einem Kopfschütteln: »Ich weiß nicht, ob ich je aufhören werde, ihn zu hassen, Axie.« Der Name kam ihr auch nach all den Jahren zwanglos über die Lippen, und die Jüngere lächelte.

»Doch, das wirst du. Du mußt. Es ist nicht mehr viel da zum Hassen. Er ist ja fast schon gestorben.« Hilary nickte. Daß Arthur Patterson nicht mehr lange zu leben hatte, war klar. »Ich bin nur dankbar, daß er uns rechtzeitig zusammengebracht hat. Daß ihm so viel daran lag, es zu versuchen.« Arm in Arm gingen sie langsam die Treppe hinauf, und Hilary begleitete Alexandra in ihr Zimmer, wobei sie an den Raum erinnert wurde, den sie in Jack und Eileens Haus geteilt hatten: alle drei in einem Bett, und sie hatte krampfhaft versucht, das Baby am Schreien zu hindern, damit Eileen sie nicht prügelte.

»Wie sind deine Kinder?« Sie ließ sich im Schaukelstuhl nieder. Es war ein anheimelnder Raum, aber sie war noch unentschlossen, ob sie die Nacht über bleiben sollte. Sie wollte nur eine Weile dasitzen und mit Axie plaudern.

Alexandra lächelte. »Marie-Louise sieht dir unglaublich ähnlich. Sie hat deine Augen... und Axelle sieht aus wie ich selbst auf Kinderfotos. Sie ist sechs und Marie-Louise zwölf. Zwischen den beiden hatte ich eine Fehlgeburt.« Mit einem schmerzlichen Stich fiel zum erstenmal seit Jahren Hilary die eigene Abtreibung ein. Danach hatte sie sorgsam jeden Kontakt mit Kindern gemieden, und jetzt hatte sie plötzlich zwei Nichten. »Kannst du noch Französisch?«

»Ein wenig.« Hilary lächelte. »Aber sicher nicht genug.«

»Marie-Louise und Axelle sprechen ohnehin Englisch, das verdanken wir meiner Mutter.«

»Wie ist dein Mann?« Hilary war neugierig und wollte vieles wissen... über ihren Mann... ihre Eltern... ihr Leben... ihre Kinder... ihre Angewohnheiten... Sie wollte wissen, ob sie sich ähnlich waren. Ob sie nach all den Jahren etwas gemeinsam hatten. Die Ehe gehörte sicher nicht dazu, denn Hilary war einer Verbindung immer bewußt ausgewichen.

Alexandra seufzte. Sie wollte aufrichtig sein. »Er ist schwierig, intelligent und sehr anspruchsvoll. Er möchte alles bestimmen, auch im Haus. Und er erwartet Perfektion.«

»Stört dich das nicht?« Hilarys Neugierde war erwacht. Sie beobachtete Alexandra, die die Schultern hochzog und lächelte.

»Eigentlich nicht. Ich bin es nicht anders gewöhnt. Und ich weiß, daß er uns trotz seiner rauhen Schale liebt... oder vielmehr geliebt hat.« Sie seufzte. »Ich weiß nicht, was weiter werden soll. Er war so außer sich, als ich ihm unsere Geschichte erzählte...«

»Nun ja, sehr schön ist sie wirklich nicht.«

»Besonders für Megan«, setzte Alexandra mitfühlend hinzu, als Megan den Gang entlangkam. Sie hatte Arthur, dessen Schmerzen fast unerträglich waren, zu Bett gebracht und ihm zur Linderung eine Spritze gegeben.

»Er lebt nicht mehr lange«, sagte sie leise, und Hilary fiel, wie vorher auch schon John, auf, wie sehr ihre Stimme der Alexandras ähnelte. »Vermutlich hat er schon überall Metastasen. Geistig ist er noch ganz auf der Höhe.«

»Der alte Dreckskerl«, zischte Hilary, worauf Megan sich mit flammendem Blick zu ihr umwandte.

»So darfst du nicht von ihm reden. Er hat für seine Sünden gebüßt... er hat uns zusammengebracht. Was möchtest du sonst noch von ihm?«

»Etwas, was er uns nicht geben kann«, schleuderte Hilary ihr entgegen. »Die Vergangenheit... etwas Anständiges, das wir hätten gemeinsam erleben können, anstatt des herzzerreißenden Trennungsschmerzes.«

»Wir haben es überstanden... sogar du, Hilary. Sieh dich an, du hast viel Erfolg gehabt. Du hast einen phantastischen Job, ein gutes Leben.« Ein leeres Leben, wie nur Hilary wußte und wie Alexandra argwöhnte. Es gab niemanden, zu dem sie eine Bindung hatte, niemanden, den sie überhaupt wahrnahm. Und während sie miteinander diskutierten, betrat John Chapman den Raum. Er hatte sich zunächst diskret zurückgezogen, weil er vermutete, sie würden bis spät in die Nacht miteinander reden. Sie hatten viel zu besprechen und mußten sich erst kennenlernen. Seine Aufgabe war erfüllt.

»John, werden wir Sie wiedersehen?« Alexandra war die erste, die es fragte, und er schüttelte den Kopf mit bedauerndem Lächeln.

»Nein, es sei denn, Sie erteilen mir einen Ermittlungsauftrag, was ich nicht hoffe. Meine Aufgabe ist erledigt.« Und leise setzte er hinzu: »Sie werden mir fehlen.« Monatelang hatte er mit jeder von ihnen sozusagen gelebt, während er sie suchte und immer mehr über sie erfuhr. Und plötzlich merkte er, daß ihm Hilary am meisten fehlen würde. Ihre Vergangenheit hatte ihm viel Herzweh bereitet, und er war zu spät gekommen, um ihr zu helfen. »Viel Glück Ihnen allen.«

»Wir danken Ihnen.« Sie standen auf und drückten ihm die Hand, und Megan gab ihm mit schüchternem Lächeln einen Kuß auf die Wange. Sie hatte ihn sehr liebgewonnen.

»Sollten Sie je nach Kentucky kommen, dann rufen Sie mich an.«

»Werden Sie noch lange dort bleiben?« fragte John, der nur sehr ungern Abschied nahm. Megan lächelte ihm zu.

»Meine Ausbildung ist im Dezember beendet, aber ich bin ziemlich sicher, daß ich bleiben werde. Meinen Eltern habe ich es noch nicht gesagt –« mit einem Achselzucken lachte sie auf und sah dabei sehr jung aus – »aber sie werden es sich schon denken.

Mein Dad jedenfalls. Er weiß, wie verrückt ich bin.« Sie tauschten ein langes, warmes Lächeln und dann umarmte auch Alexandra ihn.

»Geben Sie acht auf sich.« Sie fühlte sich bemüßigt, alle zu bemuttern, ein Zug, der John sehr berührte. »Danke für alles.«

»Lassen Sie sich bloß nicht überreden, die Haare wieder zu färben... Sie sehen jetzt wundervoll aus...«

»Danke.« Sie errötete, und er lächelte. Auch Hilary reichte ihm die Hand und bedankte sich widerstrebend.

»Tut mir leid, daß ich Sie damals am Telefon angelogen habe...« Und dann rang sie sich die Worte ab: »Jetzt bin ich doch froh, daß ich hergekommen bin.« Sie sah ihre Schwestern an, und wieder wurden ihre Augen feucht. Hilarys Blick wanderte nun zu John zurück, der sie impulsiv in seine Arme nahm. Sie ließ es sich gefallen, und er wünschte, er könnte sie immer so halten. Es gab so vieles, was das Leben Hilary versagt hatte.

»Hilary, jetzt wird alles gut... es wird sich alles zum Guten wenden...« Seine Worte rührten eine Stelle in ihrem Herzen an, die schon lange verhärtet war, und es tat ihr leid, als sie sich losmachte und mit scheuem Lächeln zu ihm aufblickte.

»Kommen Sie und besuchen Sie mich mal im Büro.«

»Mach' ich. Vielleicht können wir zusammen essen gehen.«

Sie nickte, nicht imstande, etwas zu sagen, weil die Tränen ihre Stimme erstickten. Nach so vielen Jahren der Einsamkeit war sie plötzlich von Menschen umgeben, die sie liebte und von denen sie wiedergeliebt wurde.

Jetzt war es Alexandra, die den Arm um sie legte und ihr übers Haar strich, als sie John Chapman hinunterbegleiteten und seinem Wagen nachwinkten. Anschließend gingen sie zurück zu Hilarys Zimmer. Sie bewohnte den Raum neben Alexandras. Hilary schlüpfte in ihr Nachthemd und kam noch zum Plaudern zu ihren Schwestern. Megan und Alexandra erzählten von Paris, von Kentucky und von Südfrankreich, und sie sprachen darüber, ob Megan Kinder haben wollte oder nicht. Sie war nicht sicher, ob sich Nachwuchs mit ihrem Beruf vereinen ließ, aber Alexandra versicherte ihr, daß die Kinder die größte Freude im

Leben darstellten. Hilary ließ sich im Schaukelstuhl nieder, noch immer höchst erstaunt über alles, was sich zugetragen hatte. Es war wirklich unfaßbar, daß sie nach all den Jahren wieder zusammen waren und miteinander schwatzten, als wären sie nie getrennt gewesen.

»Ich habe mir nie Kinder gewünscht und es nie bereut«, log Hilary, in deren Bewußtsein die Erinnerung an die Abtreibung aufglomm. »Na ja, ich weiß nicht... vielleicht doch, als ich jünger war. Jetzt ist es ohnehin zu spät.«

»Wie alt bist du?« Megan fragte es mit gerunzelter Stirn, denn sie hatte es vergessen. Sie selbst war einunddreißig, und Hilary...

»Neununddreißig.«

»Heutzutage warten viele Frauen mit dem ersten Kind so lange. Zumindest in dieser Gegend hier.« Sie lächelte. »Wo ich arbeite, bekommen viele ihre ersten Kinder mit zwölf und dreizehn, manchmal noch früher.« Es war eine andere Welt, so verschieden von diesem behaglichen alten Haus in Connecticut und dem Leben, das ihre Schwestern führten. Und dann lachte sie. »Ist es nicht erstaunlich, wie verschieden wir alle sind und doch gleichzeitig so ähnlich? Ich lebe in den Bergen von Kentucky«, und mit einem Blick auf Alexandra, »und du in einem phantastischen Haus in Paris und in einem Château auf dem Land und den Sommer über in einer Villa in Südfrankreich.« Und zu Hilary gewandt sagte sie: »Und du, du stehst praktisch an der Spitze einer Fernsehgesellschaft. Ist das nicht merkwürdig?«

»Noch seltsamer wäre es gewesen«, sagte Hilary gedämpft, »wenn wir uns vor fünfundzwanzig Jahren hätten sehen können. Damals war mein Leben nicht so angenehm.«

»Wie war es denn?« fragte Megan schließlich, und Stück für Stück erzählte Hilary in den nächsten zwei Stunden ihre Geschichte, häufig unterbrochen von Weinkrämpfen. Alles. Das Häßliche und das Allerhäßlichste, das Tragische und Brutale. Sich mitzuteilen stellte eine Erleichterung für sie dar. War sie es einst gewesen, die die Schwestern behütete, so wurde sie nun von ihnen getröstet, und Alexandra hielt ihre Hand, während Megan ihrerseits ihre Geschichte erzählte: von Sit-ins in Mississippi und von damals, als man in einer regnerischen Nacht im Osten Georgias auf ihren Vater schoß. Sie erzählte ihnen, was für grundanständige Menschen ihre Adoptiveltern waren, wie unbeugsam sie an ihren Prinzipien festhielten und wie sehr sie sie liebte und an ihnen hing. Und dann berichtete Alexandra von Margaret und von Pierre, und von ihrem Leben mit Henri, von ihren Ängsten und von der Befürchtung, daß er die Scheidung einreichen würde.

»Er wäre ein verdammter Narr, wenn er es täte.« Hilary warf ihr langes schwarzes Haar mit einer energischen Kopfbewegung über die Schulter. Es war eine Geste, die in Alexandra eine Erinnerung wachrief.

»Er ist so versessen auf einen tadellosen Stammbaum, und der unsere ist für jemanden wie meinen Mann, gelinde gesagt, exotisch, wie man zugeben muß.« Alle drei lachten, und als die Sonne aufging, saßen sie noch immer da und unterhielten sich. Unter Gähnen und Küssen und Umarmungen und Versprechen, in ein paar Stunden wieder zusammenzukommen, ging man zu Bett, um bis Mittag zu schlafen. Alexandra war die erste, die wieder auf den Beinen war. Sie rief ihre Mutter und ihre Kinder im Hotel an und erfuhr, daß sie ausgegangen waren. Deshalb hinterließ sie eine Nachricht, daß alles gutgegangen war und sie am Sonntagabend kommen würde. Dann überlegte sie kurz, ob sie Henri anrufen sollte, wußte aber nicht, was sie hätte sagen sollen. Sie ging hinauf, duschte und zog sich an, und als sie wieder hinunterkam, war Megan schon auf. Sie trug Jeans und eine weiße Bluse und dazu eine Schleife im Haar. Sie war einem kleinen Mädchen ähnlicher als einer Ärztin, und Alexandra sagte es ihr. Die beiden plauderten bei Kaffee und frischen Waffeln. Eine von Arthurs Pflegerinnen teilte ihnen mit, daß er eine schwere Nacht hinter sich hatte. Megan ging zu ihm, um nach ihm zu sehen, als Hilary in Shorts und Seidenbluse herunterkam. Sie hatte das schwarze Haar zu einem Nackenknoten zusammengefaßt und war barfuß. Sie wirkte viel jünger als am Abend zuvor, und Alexandra wurde klar, daß dies für sie alle zutraf. Sie hatten eine Reise in die Vergangenheit unternommen, und die Lasten, die sie hatten altern lassen, waren ihnen von den Schultern genommen. In ihrem Fall war es die Angst davor, was Henri unternehmen würde, davor, daß niemand sie lieben würde, wenn er sich scheiden ließe. Aber auch falls es zur Scheidung kam, hatte sie noch immer Margaret und die Kinder, und jetzt hatte sie auch zwei Schwestern, die sie nicht im Stich lassen würden. Jetzt erschien ihr alles nur mehr halb so schlimm. Tatsächlich fühlte sie sich sehr wohl, und zum ersten Mal seit langem verspürte sie keine Angst.

»Gestern war es sehr spät, findest du nicht?« Hilary lächelte noch ein wenig verschlafen. »Was steht heute auf dem Programm? Wenn wir nicht achtgeben, werden wir uns bis morgen noch zu Tode quasseln.« Beide lachten herzlich, bis Alexandra mit einem nachdenklichen Blick auf ihre Schwester sagte: »Du fährst auch morgen zurück?« Sie dachte an die Nachricht, die sie ihrer Mutter hinterlassen hatte. Sie wollte ihr die Kinder nicht zu lange aufbürden, denn sie konnte sich lebhaft vorstellen, wie sie Margaret beanspruchten. Außerdem hatte sie ihnen eine Woche in New York versprochen.

»Ich muß«, antwortete Hilary. »Montag habe ich ein paar wichtige Termine angesetzt.« Aber war das nicht immer der Fall? Wann gab es für sie keine Termine? Sie schmunzelte. »Wann fährst du zurück?«

»Morgen abend. Meine Mutter wohnt mit Axelle und Marie-Louise im Pierre in New York. Morgen hat sie sicher ihren Tiefpunkt erreicht, obwohl sie mit den Kindern sehr gut auskommt. Die beiden können sehr anstrengend sein.« Alexandra hielt inne, in Gedanken bei Margaret und deren Befürchtungen. »Zudem habe ich das Gefühl, ich müßte zurück und Mutter beruhigen. Ich glaube, sie hatte Angst, daß ich sie nicht mehr liebhabe, wenn ich zwei Schwestern habe, und daß sie dann für mich nicht mehr wichtig ist. Ich bin es ihr schuldig, ihre Befürchtungen zu zerstreuen.«

Hilary nickte lächelnd. »Wenn du willst, fahren wir zusammen. Wir könnten während der Woche mal abends ausgehen...

oder zu Mittag...« Hoffnungsvoll wie ein Kind mit einer neuen Freundin sah sie Alexandra an, deren Augen aufleuchteten.

»Ja, sehr gern. Du könntest meine Kinder kennenlernen. Wir bleiben noch eine ganze Woche in New York. Und dann könntest du uns in Paris besuchen!« schloß sie triumphierend. »Zum Teufel mit Henri de Morigny!«

»Großartig!« lachte Hilary, als Megan zu ihnen trat.

»Was kocht ihr beide denn heute aus?« Sie sagte es lächelnd, aber ihr Blick war ernst.

»Nur ein wenig Spaß und Tollerei in New York.« Hilary sah sie liebevoll an. Für sie war Megan noch immer das ›Baby‹. »Möchtest du mithalten? Du könntest bei mir wohnen.«

»Oder mit uns im Pierre«, bot Alexandra ihr an, aber Megan hatte sich bereits anders entschieden.

»Ich würde es gern tun, aber ich werde noch ein paar Tage hierbleiben. Arthurs Zustand verschlechtert sich zusehends. Falls etwas passiert, möchte ich zur Stelle sein.« Daß es sehr bald der Fall sein würde, war klar. Es war das einzige, was sie für ihn tun konnte, ihr erstes und letztes Geschenk an ihn als Tochter. Sie wollte bei ihm sein, wenn er starb. Später versuchte sie, es Alexandra bei einem Spaziergang im Garten zu erklären. »Er ist so entsetzlich gebrechlich... als wäre er schon nicht mehr von dieser Welt. Ich weiß, daß Hilary ihn bis ins Innerste haßt, aber ich habe keine Rachegelüste. Mein Leben war gut, ich liebe die einzigen Eltern, die ich je kannte... Arthur Patterson ist für mich wie ein spätes Geschenk, ein Mensch, der mir einmal viel hätte bedeuten können. Dafür ist es jetzt zu spät. Mir bleibt nichts übrig, als ihm Lebewohl zu sagen und ihm beim Sterben zu helfen. Und wenn ich es ihm wirklich erleichtern könnte, wäre ich sehr glücklich.«

»Dann solltest du es tun, Megan.« Alexandra, die durch Megan irgendwie an ihre Töchter erinnert wurde, lächelte.

Abends nahmen sie ein einfaches Abendessen zu sich. Die Haushälterin befleißigte sich äußerster Diskretion und ließ sie die meiste Zeit allein, so daß sie wieder ungestört plaudern konnten. Schließlich kam das Gespräch auf John Chapman.

»Ich dachte schon, er wollte mich überfallen, als er sich gewaltsam Eingang in mein Büro verschaffte«, lachte Hilary, und Alexandra wurde rot.

»Mir hat er auf den ersten Blick gefallen«, gestand sie.

»Mir auch«, versicherte Megan, und die drei lachten wie junge Mädchen und stellten Vermutungen über seine Frau an.

»Ich glaube, er ist geschieden«, versuchte Alexandra sich zu erinnern, aber Hilary tat die Frage achselzuckend ab.

Sie hatte ihr Herz seit Jahren niemandem mehr eröffnet, und es genügte ihr, daß sie sich gerade mit zwei Schwestern ausgesprochen hatte. Die letzten vierundzwanzig Stunden waren sehr anstrengend gewesen, aber dieses Wochenende in dem warmen, behaglichen Landhaus war wie eine Heimkehr. Ihr Schiff war endlich glücklich im Hafen eingelaufen.

31. Kapitel

Am nächsten Tag saßen sie auf der Veranda und verplauderten viele Stunden. Sie versprachen, sich zu besuchen und zu schreiben, und alle weinten, als Hilary und Alexandra gemeinsam aufbrachen und Megan zuwinkten, bis sie ihrer Sicht entschwunden war. Sie hatte zugesagt, vor dem Rückflug nach Kentucky in New York Station zu machen und sich mit ihnen zum Dinner zu verabreden. Und Alexandra hatte sich auf Zehenspitzen in Arthurs Zimmer begeben, um sich zu verabschieden, Megan hatte ihm eben eine Injektion verabreicht, so daß er schlief. Ein Auge hatte er aufgemacht, ein Lächeln war über seine Züge gehuscht, als ob er jemand anderen sehen würde, und dann war er wieder eingenickt. Hilary hatte die Szene von der Tür aus beobachtet. Sie hatte ihm nichts mehr zu sagen.

Lange ruhte ihr Blick auf ihm, ehe sie sich umwandte und hinunterging, um mit Alexandra nach New York zu fahren.

»Glaubst du, er wird bald sterben?« fragte Alexandra unterwegs. Arthur tat ihr sehr leid, weil er so einsam und allein war. Sie war erleichtert, daß Megan bei ihm bleiben wollte.

»Wahrscheinlich. Er hat vollendet, was er sich vorgenommen hat.« Ihr Ton war bar jedem Mitgefühls, aber auch ohne Haß.

Sie kamen knapp vor dem Dinner im Hotel an, und Alexandra drängte Hilary, mit hinaufzukommen und die Mädchen und Margaret zu begrüßen. Nach einigen Protesten und dem Einwand, sie sei nicht ordentlich angezogen und es sei schon spät – in Wahrheit hatte sie Angst, Alexandras Familie kennenzulernen und womöglich deren Abneigung begegnen zu müssen – kam sie doch mit. Alexandra und Hilary sahen aus wie zwei Mädchen bei der Rückkehr aus dem Ferienlager, erholt und glücklich. Alexandra öffnete die Tür zur Suite und merkte, daß Hilary nach Luft schnappte, als Axelle auf sie zugelaufen kam.

»Hallo, mein Schatz... sieh mal, wen ich mitgebracht habe!« Alexandra benahm sich, als hätte sie den Weihnachtsmann bei sich, und Axelle blieb wie angewurzelt stehen und starrte die hochgewachsene dunkelhaarige Frau an, die hemmungslos in Tränen ausbrach.

»Wer ist das?«

»Meine Schwester«, erklärte Alexandra und weinte, während sie nach Hilarys Hand faßte, ebenfalls. »Wir haben uns sehr lange nicht gesehen. Wir haben noch eine Schwester, sie heißt Megan... sie konnte heute nicht mitkommen. Das ist deine Tante Hilary«, sagte sie sanft und liebevoll, und Axelle kam vorsichtig näher. Hilary stand mit ausgebreiteten Armen da, noch immer schluchzend. Sie brachte nur die Worte aus der Vergangenheit über die Lippen: »Ach, Axie...«

Als nächstes kam Marie-Louise und gab ihr zur Begrüßung einen zaghaften Kuß. Auch Hilary fiel jetzt auf, wie ähnlich sie ihr selbst waren. Fast hatte sie das Gefühl, sie stünde ihrer eigenen Tochter gegenüber. Dann stellte Alexandra sie ihrer Mutter vor.

»*Maman*, das ist Hilary... Hilary, das ist meine Mutter, Margaret de Borne...« Und plötzlich weinten alle drei, und Margaret nahm Hilary wie eine zweite Tochter in die Arme.

»Ach, wie ich mich freue! Ist auch alles in Ordnung? Ich habe mir solche Sorgen gemacht!«

Alexandra lächelte und wischte sich über die Augen, und Hilary tat es ihr gleich und betrachtete die Mädchen. »Sind wir nicht schrecklich? Aber ich habe eure Mami sehr lange nicht gesehen...«

»Warum nicht?« Für die Kinder war alles ziemlich verwirrend, Alexandra setzte sich auf und nahm Axelle auf den Schoß. Ihr Blick wanderte von ihr zu Marie-Louise und Hilary und dann zu ihrer Mutter.

»Vor langer Zeit sind uns sehr viele, sehr traurige Dinge zugestoßen, und wir haben uns nie wiedergesehen. Damals war ich fünf, ein wenig jünger als Axelle. Und Hilary hatte keine schöne Kindheit. Wir hatten große Sehnsucht nach einander und konnten bis jetzt nicht zusammenkommen.«

»Ach so«, meinte Axelle, als verstünde sie alles, und Marie-Louise nickte. Dann steuerte Axelle etwas Eigenes, etwas Wichtiges zur Unterhaltung bei. »Gestern waren wir im Bronx Zoo, und dann haben wir die Rockettes in der Radio City Music Hall gesehen!« Alle lachten, und Margaret bestellte Champagner. Als Alexandra die Mädchen zu Bett brachte, vertraute Margaret Hilary leise an, wie erleichtert sie sei, daß das Treffen gut verlaufen war. Sie gestand auch, daß sie sich große Sorgen gemacht hätte.

»Alexandra liebt Sie über alles«, tröstete Hilary sie, erstaunt über die Sympathie, die sie für Margaret empfand. Sie erkannte in ihr eine Frau voller Wärme, mit Mut und Stil und mit einem wundervollen Sinn für Humor begabt. »Meine Schwester hat mit so viel Liebe von Ihnen und Ihrem Mann gesprochen. Ihre Gefühle für Sie beide und für das, was Sie für sie getan haben, werden sich nie ändern. In ihrem Herzen werden Sie immer ihre Eltern sein.«

Die Worte trieben Margaret die Tränen in die Augen. Dankbar drückte sie Hilarys Hand. Dann stellte sie ihr die Frage: »Und Henri? Hat sie von ihm gesprochen?«

Hilary nickte.

»Seit dem Abflug hat er nicht angerufen, so sehr verübelt hat er uns diesen Ausflug. Für ihn war alles ein großer Schock. Ich denke, es war ein Fehler, daß Alexandra es ihm gesagt hat.«

»Ich glaube, sie möchte als das genommen werden, was sie ist. Das ist sehr wichtig für sie. Und ich kann ihr nur beipflichten. Er wird sich daran gewöhnen müssen. Wie wir alle.« Das hörte sich sehr sachlich und vernünftig an.

Margaret lächelte traurig. »Ach, Sie kennen Henri nicht.«

»Wovon ist die Rede?« Alexandra hatte die Mädchen, die heftig protestierten und bei ihrer neuen Tante bleiben wollten, zu Bett gebracht. Sie hatte ihnen aber versprechen müssen, daß Hilary am nächsten Tag wiederkommen würde. »Die Kinder möchten morgen mit dir zum Lunch. Hast du Zeit?«

»Für dich? Und ob!« Hilary lächelte glücklich. Sie konnte es kaum erwarten, mit den Mädchen das Gebäude der Fernsehgesellschaft zu besichtigen, sie zum Lunch auszuführen und abends ins 21 zum Dinner zu gehen. Sie war mit einem Schlag Tante geworden und staunte nicht schlecht, wie sehr ihr diese Rolle behagte.

Margaret hörte lächelnd zu, wie sie Pläne für den nächsten Tag schmiedeten. Sie küßte Hilary beim Abschied wie eine eigene Tochter. Dann wandte sie sich Alexandra zu und sah ihr tief in die Augen.

»Du bist jetzt glücklicher, nicht wahr, mein Liebling?«

Alexandra nickte. »Ja, das bin ich. Das Wiedersehen mit den beiden bedeutet mir sehr viel... noch mehr als ich geahnt habe... Ich bin so froh, daß wir uns zu dem Treffen entschlossen haben.« Sie schlang ihre Arme um Margaret und hielt sie ganz fest. »Und so froh, daß du mitgekommen bist.«

»Ich auch.« Margaret mußte wieder gegen die Rührung ankämpfen. In den letzten Tagen waren viel Tränen geflossen. Und dann berichtete Alexandra von Megan. »Was für ein Schock für Mr. Patterson«, murmelte Margaret erschüttert, als sie hörte, daß Arthur Patterson eigentlich Megans Vater war.

»Ja, es war ein Schock. Ich dachte, er würde ihn nicht überstehen. Megan bleibt jetzt ein paar Tage bei ihm. Viel länger hat er ihrer Meinung nach nicht mehr zu leben.« Es war sehr traurig, wenn man darüber nachdachte, aber vielleicht hatte Hilary recht. Er hatte erreicht, was er sich vorgenommen hatte, und konnte jetzt in Frieden sterben. Und seine Tochter würde in seiner letzten Stunde bei ihm sein.

32. Kapitel

Der Lunch mit den Kindern am nächsten Tag wurde ein Riesenspaß. Margaret bestand darauf, Mutter und Tante mit den Kindern allein zu lassen, und behauptete, Besorgungen machen zu müssen und Zeit für sich selbst zu brauchen. Hilary und Alexandra vergnügten sich nun nach Herzenslust mit den Mädchen. Nach ein paar Änderungen in ihrem Terminkalender schaffte es Hilary sogar, sich den Nachmittag freizunehmen. Sie gingen im Park spazieren und anschließend zum Tee ins Plaza. Und über die Köpfe der Mädchen hinweg sannen Hilary und Alexandra darüber nach, welchen Lauf ihre Geschick genommen hätte, wenn ihre Eltern nicht umgekommen wären und das gute Leben in New York kein jähes Ende gefunden hätte... ein Leben am Sutton Place mit ihrem Vater, der ein Star war und sie ins Plaza zum Tee ausführte.

»Das sind müßige Spekulationen, meinst du nicht, Axie? Aber so schlecht geht es uns auch nicht.« Hilary lächelte, als sie hinausschlenderten und die Straße überquerten, um zum Pierre zu gelangen. Am Abend traf Hilary sich mit ihnen im Hotel zum Dinner, und als sie wieder allein in ihrer Wohnung saß, fühlte sie sich richtig erschöpft. Sie war Kinder nicht gewöhnt, und so entzückend sie auch waren, so waren sie doch viel anstrengender als ein ganzer Tag im Büro.

Das Telefon schrillte, als sie die Tür hinter sich schloß. Verwundert hörte sie John Chapmans Stimme. Megan hatte ihn angerufen und verständigt, daß Arthur friedlich gestorben war. Seine Beerdigung sollte in zwei Tagen in Connecticut stattfinden.

Megan wollte so lange bleiben und dann erst nach Kentucky zurückkehren.

»Ich dachte, das müßten Sie wissen«, sagte John. »Ich bringe Sie gern hinaus zur Beerdigung.«

Sie überlegte kurz und schüttelte dann den Kopf. »Nein, John, ich glaube nicht, daß ich hinfahren sollte.« Es war anzunehmen, daß Alexandra an der Beerdigung teilnehmen würde, aber das war etwas anderes, weil auch Alexandra ganz anders war.

»Denken Sie noch immer mit Haß an Arthur?«

»Vielleicht nicht mehr. Ich weiß es nicht. Jedenfalls ist jetzt alles vorbei. Ich bin nur der Meinung, daß meine Anwesenheit unnötig ist.« Auf jeden Fall war sie aufrichtig, und John mußte sich verlegen eingestehen, daß er dankbar war, einen Grund für einen Anruf gehabt zu haben, auch wenn es ein unangenehmer war.

»Wie war das Wochenende?«

»Das glücklichste meines Lebens. Einfach wundervoll! Heute habe ich den ganzen Nachmittag mit meinen Nichten verbracht. Sie sind großartig und Alexandra nicht minder. Ebenso Megan...« Und dann setzte sie verlegen hinzu: »John, ich möchte mich für Ihre Bemühungen, uns zusammenzubringen, sehr bedanken.« Ihre Dankbarkeit galt in erster Linie John und nicht Arthur.

»Mr. Patterson hat es ermöglicht. Ich hatte nicht mehr zu tun, als die Suche durchzuführen.« ... und Tag und Nacht an dich zu denken... und mir über dich und deine Schwestern den Kopf zu zerbrechen... und schlaflose Nächte zu verbringen.... »Hm, sagen Sie... könnten wir mal zusammen essen? Vielleicht gegen Ende der Woche, wenn ich aus Connecticut zurück bin...« Er kam sich vor wie ein Fünfzehnjähriger und lachte. »Klingt verrückt, aber Sie fehlen mir...« Er sprach nicht weiter, aber was er gesagt hatte, hatte sie angerührt. Plötzlich war Hilary offen gegenüber Zärtlichkeit und Schmerz und den Gefühlen anderer. Und sie spürte etwas sehr Kraftvolles und Warmes, das von ihm ausging. Dies erweckte einen ganzen Schwarm neuer Gefühle in ihr. Das Wochende hatte ihr etwas gegeben, das sie nie zuvor gehabt hatte – nicht in dreißig Jahren: Liebe. Sie war wie eine Blume, die Wasser bekommen hatte.

»Ich habe mir um Sie große Sorgen gemacht.« Am Telefon sagte man diese Dinge leichter, als wenn man ihr persönlich gegenübersaß.

»Warum?« Sie war erstaunt. »Sie kannten mich ja gar nicht.«

»Doch... in vielerlei Hinsicht... ich kannte Sie besser, als die meisten Menschen ihre Kinder kennen.« Er schalt sich, weil er ihr diese Dinge sagte, aber plötzlich konnte er kein Ende mehr finden. »Sie halten mich sicher für verrückt.«

»Ja, irgendwie schon.« Sie lachte. »Aber nett verrückt. Es klingt, als ginge Ihnen Ihr Job zu Herzen.«

»Nicht immer... aber diesmal... Wann treffen wir uns zum Lunch?« Mehr denn je fühlte er sich wie ein Schuljunge, und Hilary lächelte. »Wäre Ihnen Donnerstag recht?«

»Hört sich gut an.« Und falls sie Termine hatte, würde sie alle absagen, nötigenfalls sogar die Verabredung mit Alexandra. »Sie wissen ja, wo ich arbeite.« Beide lachten.

»Ich hole Sie um Viertel nach zwölf ab. Und falls ich zu spät komme, nur keine Panik. Hin und wieder komme ich nicht so ohne weiteres aus dem Büro.« Anders als Sascha hatte sie dafür Verständnis, da sie oft mit ähnlichen Problemen zu kämpfen hatte.

»Keine Angst. Wir können von Glück reden, wenn ich nicht in einer Besprechung hängenbleibe. Ich werde mein möglichstes tun, um zwölf frei zu sein, auch wenn das heißt, daß ich weniger Rausschmisse beschließen kann.« Sie lachte, und er lächelte versonnen vor sich hin, als sie auflegten. John konnte es kaum erwarten, Hilary wiederzusehen.

33. Kapitel

Wie Hilary vermutet hatte, fuhr Alexandra zu Arthurs Beerdigung, wenn auch vor allem deshalb, um mit Megan zusammen sein zu können. Nachher war sie mit Megan und John nach New York zurückgefahren. An jenem Abend kamen die drei Schwestern zum letztenmal beim Dinner zusammen. Um Mitternacht flog Megan nach Kentucky ab. Zuvor lernte sie Margaret und die Mädchen kennen, und alle hatten einen angenehmen Abend verbracht, wenngleich Megan etwas bedrückt war. Für sie waren es sehr sonderbare Tage gewesen. Sie hatte einen Vater gefunden, von dessen Existenz sie nichts geahnt hatte, und einige Tage später war er in ihren Armen gestorben. Doch das größte Geschenk waren die beiden Schwestern, die er ihr hinterließ.

Sie sprachen von dem Haus, das Arthur ihnen vererbt hatte, und was sie damit anfangen würden. Die Haushälterin würde so lange bleiben, bis alles geregelt war. Für die Instandhaltungskosten hatte Arthur einen großzügigen Betrag ausgesetzt. Sein sonstiges Vermögen sollte zu gleichen Teilen an die drei Frauen fallen, da er keine anderen Angehörigen hatte. Alexandra drängte darauf, daß sie alle im nächsten Sommer dort Ferien machen sollten.

»Das könnten wir jedes Jahr so halten! Es könnte zur Tradition werden.« Sie blinzelte ihnen zu, und Megan lächelte verschmitzt.

»Kann ich ein paar Hinterwäldler mitbringen?«

»Warum nicht?« setzte Hilary mit geheimnisvollem Blick hinzu. Sie freute sich auf den nächten Tag und auf die Verabredung mit John Chapman, von der sie ihren Schwestern nichts erzählt hatte. Sie fürchtete, sie würden merken, wie sehr er ihr gefiel, und das wäre ihr peinlich gewesen.

Um elf Uhr brachten sie Megan zum Flughafen und anschließend setzte Hilary ihre Schwester vor dem Hotel ab und fuhr nach Hause. Beide waren fast am Ende ihrer Kräfte, denn es war für sie eine gefühlsbeladene Woche gewesen. Besonders Alexandra freute sich auf ein frühes Zubettgehen.

In ihrem Zimmer brannte noch Licht. Die Tür war geschlossen, und Margaret war offenbar schon im Bett, aber als Alexandra vor der Tür stand, konnte sie jemanden in ihrem Zimmer hören. Da wurde die Tür aufgerissen, und sie sah sich ihrem Mann gegenüber, der eben erst angekommen war. Margaret hatte sich nach der Begrüßung klugerweise sofort zurückgezogen. Henri hatte sein Kommen nicht angekündigt, tat aber so, als sei seine Reise ohnehin geplant gewesen und keine Überraschung.

»Henri?« Alexandra starrte ihn an, als hätte sie ein Gespenst vor sich.

»Hast du jemand anderen erwartet?« Diesmal war es keine Anschuldigung. Er lächelte, und sie starrte ihn erstaunt an. »Zumindest hoffe ich es nicht. Geht es den Kindern gut?«

»Sehr gut, danke. Alles war wundervoll.«

»Das hat mir deine Mutter schon erzählt. Ich habe bereits mit ihr gesprochen.«

Und dann hielt Alexandra das Versteckspiel nicht mehr aus. Warum war er gekommen? Warum war er hier? Welche Drohung würde er jetzt ausstoßen? Aber sonderbar, sie empfand nicht annähernd so viel Angst wie früher. Sie musterte ihn neugierig, als er sich setzte und ein Glas von dem Champagner trank, den er während des Wartens bestellt hatte. »Möchtest du einen Schluck?« Lässig hielt er ihr das Glas entgegen. Alexandra war dies alles noch immer unbegreiflich.

»Nein, danke, Henri. Warum bist du gekommen?« fragte sie ziemlich unterkühlt.

»Ich bin gekommen, um dich ... und die Kinder zu sehen ...« Er sprach bedächtig, als sei er im Zwiespalt, was er sagen sollte. »Ich dachte mir, es gäbe einiges zu besprechen.« Sein Blick lag besorgt auf ihr.

»Du hättest mich anrufen können.« Ihre Augen blickten kalt, als müßten sie sich gegen den Schmerz wappnen, den er ihr zufügen würde.

»Wäre dir das lieber gewesen?« Er sah so bekümmert aus, daß

es ihr das Herz zerriß, aber sie widerstand dem Impuls, auf ihn zuzugehen. Noch immer fürchtete sie eine mögliche Zurückweisung. Vielleicht war er gekommen, um ihr mitzuteilen, daß er die Scheidung wollte. Sie mußte es wissen, jetzt gleich.

»Ich begreife nicht, warum du kommen mußtest.«

Henri stand auf, setzte sein Glas ab und kam auf sie zu. »Um dich zu sehen, *ma chérie*. Wenn es auch manchmal unglaublich scheint... ich liebe dich sehr... und es spielt keine Rolle, woher du kommst...« und er fügte behutsam hinzu, »nur... was aus dir geworden ist, ist wichtig.« Aus seinem Lächeln sprach fast so etwas wie Scheu. »Wie ich sehe, bist du wieder rothaarig. Der Ton ist lange nicht so grell, wie ich ihn in Erinnerung hatte.« Er beobachtete sie, suchte in ihren Augen nach etwas, von dem er hoffte, daß es nicht endgültig zerbrochen war. »Für mich war es ein gewaltiger Schock, als du mir von deiner... von deiner Familie erzähltest. Das wäre es wohl für jeden gewesen... und ich kann nicht einfach daherkommen und dir einreden, ich hätte mich geändert und würde nicht mehr so große Ansprüche stellen, dich nie wieder ins Élysée zu einem Bankett schleppen... aber ich nehme dich, wie du bist... wenn du mich als das nimmst, was ich bin...« Erstaunt registrierte Alexandra, daß in seinen Augen Tränen schimmerten. Dies also war der Mann, von dem sie angenommen hatte, daß er sie verabscheute... Da war er nun und sagte ihr, daß er sie liebe. »Ich liebe dich sehr. Und ich möchte, daß du nach Hause kommst...... in ein paar Tagen... wenn du willst, bleibe ich hier bei dir...« Er zog sie herrisch in seine Arme, und sie wußte mit absoluter Sicherheit, daß er sich nie ändern würde. Aber er war mit offenen Armen auf sie zugekommen, und dafür war sie ihm dankbar. Sie bot ihm mit weichem Lächeln ihre Lippen, als er leise auflachte.

»Weißt du, daß mir dein Haar sehr gefällt...« Er ließ seine Hand durch die seidigen Strähnen gleiten, und beide lachten. Vielleicht hatte sich doch einiges geändert... vielleicht... und wenn nicht, sie hatte vierzehn Jahre lang mit ihm zusammengelebt, in guten und in schlechten Tagen... und sie wünschte sich, daß es so blieb.

Henri schloß die Tür und nahm seine Frau mit einem erwartungsvollen Lächeln in die Arme. Er war glücklich, daß er sich entschlossen hatte, ihr nachzureisen, und als er ihre sanften Hände spürte, kannte sein Glück keine Grenzen.

34. Kapitel

Der letzte Abend in New York verlief glücklich und traurig und sehr gefühlsbeladen. Zum Dinner waren sie im Cote Basque verabredet. Henri und Alexandra nahmen die Kinder mit, Margaret begleitete sie auf Alexandras Drängen hin, und Hilary kündigte an, daß sie einen Freund mitbringen wollte, was Alexandra ein wenig ungewöhnlich fand. Sie wollte aber nicht weiter in sie dringen. Als es sich zeigte, daß dieser Freund John Chapman war, war sie insgeheim entzückt. Sie hatte von Anfang an Sympathie für ihn empfunden, und sie spürte auch, daß Henri Gefallen an ihm fand. John sah fabelhaft in seinem dunklen Anzug aus. Sein ruhiges Wesen, seine offenkundige Intelligenz und gute Erziehung nahmen sofort alle für ihn ein. Es dauerte nicht lange, und die Gruppe unterhielt sich glänzend. Margaret lud sie alle ein, und Henri gestattete den Mädchen sogar zum Essen ein paar Schluck Champagner. Es war ein wunderbarer Abschluß der Reise, und man verabschiedete sich mit Küssen und Umarmungen, als sei es ein Abschied für immer, obwohl Hilary und John darauf bestanden hatten, am nächsten Tag vor dem Abflug zum Flughafen zu kommen.

Es sollte geradezu eine klassische Szene werden. Axelle mit einer Riesenpuppe unter dem Arm, Marie-Louise mit einem Zauberkasten, den sie an sich drückte und den ihr Tante Hilary geschenkt hatte, Alexandra mit ihren von Bergdorf und Bendel stammenden Trophäen und Margarete mit einem Stapel von Louis-Vuitton-Gepäckstücken, die sich in den knappen zehn Tagen wundersam und beträchtlich vermehrt zu haben schienen. Außerdem Henri, der sich bemühte, Herr der Lage zu bleiben. Er hatte die Tickets und rettete die Pässe aus Axelles flinken Händchen. Hilary und Alexandra schwatzten inzwischen unentwegt und vereinbarten, sich möglichst bald wiederzutreffen. Hilary zog ernsthaft in Erwägung, Weihnachten mit ihnen in St. Moritz zu verbringen, falls nicht Megan nach New York kommen würde. In diesem Fall wollte sie im Frühling kommen. Trotz der vielen Worte und der hektischen Unterhaltung kam unweigerlich der letzte Moment, als Margaret die Mädchen, die Hilary hundertmal zuwinkten, in die Maschine bugsierte. Henri unterhielt sich abseits von den beiden Frauen mit John. Ein letztes Mal sah Hilary ihrer Schwester in die Augen und zog sie unter Tränen an sich.

»Axie, ich kann dich nicht wieder gehen lassen...« Sie erstickte fast an den Worten, und Alexandra umarmte sie.

»Ich weiß... versprich mir, daß du bleibst, wie du bist.« Wieder weinten sie, und Hilary glaubte schon, sie könnte Alexandra nie wieder loslassen. Die Szene erinnerte sie zu stark an die Vergangenheit, an den roten Lockenkopf in ihren Armen, an das kleine Mädchen, das sie so liebgehabt hatte. »...Axie... ich habe dich lieb... Axie...« Das Echo der Vergangenheit hallte in ihren Ohren wider. Alexandra hielt sie noch immer fest. »Wir werden uns bald wiedersehen. Ich rufe dich von Paris aus oft an.« Henri winkte ihr, es war höchste Zeit. Sie mußten gehen. In wenigen Minuten würde man die Gangway wegschieben, aber Hilary konnte sich nicht von ihrer Schwester trennen, konnte sie nicht loslassen. Da kam John, löste die tränenüberströmte Hilary sanft aus der Umarmung und hielt sie in seinen starken Armen.

»Guten Flug, Alexandra. Sicher gibt es bald ein Wiedersehen«, sagte John leise. Alexandra setzte sich in Bewegung, und von Tränen geblendet blickte sie noch einmal auf Hilary zurück, die ihr mit großen Augen und totenbleichem Gesicht zuwinkte. John hatte den Arm um sie gelegt. Unter Tränen lächelnd flüsterte sie vertraute Worte: »Lebwohl, Axie.« Dann war Alexandra mit ihrem Mann in der Maschine verschwunden.

»Schon gut, mein Liebling...« flüsterte John Hilary zu, und zum erstenmal in ihrem Leben fühlte sie sich geborgen. Sie blickte zu ihm auf, und er lächelte. »Schon gut, Hillie...« Er hielt sie fest, und sie wußte, daß es die Wahrheit war, als er sagte: »Jetzt wird alles gut.«